Négar Djavadi, 1969 geboren, besuchte das französische Gymnasium in Teheran. Ihre Familie gehörte zu den Gegnern des Schah-Regimes und später auch von Ayatollah Khomeini. Im Alter von elf Jahren floh sie mit ihrer Mutter und ihren beiden Schwestern auf Pferden über die Berge Kurdistans aus dem Iran und vor der Islamischen Revolution. Sie ließen sich in Paris nieder.

Négar Djavadi studierte Film an der INSAS in Brüssel, wo sie 1994 ihren Abschluss machte. Von 1996 bis 2000 unterrichtete sie Film an der Universität Paris. Sie arbeitete als Drehbuchautorin, Cutterin und Regisseurin.

Sie drehte vier Kurzfilme, die auf zahlreichen Festivals gezeigt wurden. Im Jahr 2005 erhielt sie den Preis für das beste erste Drehbuch für «Après la pluie, les amoureux». Sie war, gemeinsam mit Charlotte Paillieux, Drehbuchautorin der Fernsehserie «Tiger Lily, 4 femmes dans la vie», die beim *Festival de la Fiction TV* in La Rochelle 2012 ausgezeichnet wurde.

2016 veröffentlichte sie ihren ersten Roman «Désorientale», der 2017 unter dem Titel «Desorientale» bei C.H.Beck erschien, übersetzt von Michaela Meßner.

Der Roman wurde in Frankreich zu einem Bestseller und mit dem von der Buchhandlung *L'Autre Monde* organisierten *L'Autre Prix* ausgezeichnet. Négar Djavadi erhielt für den Roman außerdem den *Prix du Style* 2016, den *Prix Emmanuel-Roblès*, den *Prix Première* und den *Prix littéraire de la Porte Dorée*.

Die englische Übersetzung «Disoriental» erhielt den *Lambda Literary Award*, den *Van Cleef & Arpels Albertine Prize*, stand auf der Shortlist des *National Book Award for Translated Literature* und auf der Shortlist des *Dublin Award*. «Arène» (2020) erhielt den *Prix Millepages* 2020, die Filmrechte wurden an die französische Produktionsfirma *Silex Films* verkauft.

Von Persepolis nach Paris

Négar Djavadi im Gespräch mit Noémie Lecoq

Vier Jahre nach ihrem großartigen ersten Roman «Desorientale», der durch ihre Figur Kimiâ von ihrer Flucht aus dem Iran und ihrem neuen Leben in Frankreich inspiriert war, hat die Drehbuchautorin und Schriftstellerin Négar Djavadi ihr neues Buch «Die Arena» (Frankreich, 2020) veröffentlicht. Ein großes Pariser Fresko mit einer Vielzahl unterschiedlicher und widersprüchlicher Figuren, denen sowohl das Schlimmste als auch das Beste widerfahren kann …

Wie kommt man vom Drehbuch zum Roman?

Obwohl ich mehrere Theaterstücke geschrieben habe, habe ich immer auf den Roman geschielt. Allerdings hatte ich lange den Eindruck, mich nicht so in der Sprache bewegen zu können, wie es mir gefiel, weil die französische Sprache so ein Gewicht hat, so eine Bürde sein kann. Dann las ich eines Tages ein Buch von Salman Rushdie, das sich an indische Schriftsteller richtet und sie dazu ermutigt, sich in einer anderen Sprache als ihrer ursprünglichen auszudrücken. Ich fühlte mich angesprochen und ich beschloss, mich nicht mehr einschüchtern und vom Schreiben eines Romans abhalten zu lassen. Ich habe mit «Desorientale» losgelegt und habe das Manuskript an Liana Levi geschickt, die mich ein paar Tage später anrief und sagte, dass sie es veröffentlicht!

Warum dieser Titel «Die Arena»?

Die Arena ist dieser kreisförmige Raum, den wir alle kennen, der Raum des Stierkampfes und der Gladiatoren, aber sie ist auch, im Jargon der Drehbuchautoren, der Ort der Handlung.

Was war der Ausgangspunkt des Romans? Die Figuren? Die Situationen? Die Stadt?

Vor allem die Lust über diesen Stadtteil Belleville zu sprechen, den ich so gut kenne. Er erlaubt einem, die Fantasie zu beschwören, weil er so dicht bevölkert ist mit Menschen, die unzählige verschiedene Sprachen sprechen, sich nicht verstehen. Frustration – das ist das Gemeinsame meiner Figuren, was sie dazu bringt, allein ihrer eigenen Logik zu folgen, die sie auf die unterschiedlichsten Wege führt, die sich dann kreuzen. Eine Handlung hatte ich schon, vor allem dank der Figur Benjamin Grossmann: Mir scheint, dass das Bild das Geld ersetzt hat, und die Könige der Welt heute, das sind die Chefs der Streaming-Plattformen!

Wie verbindet man Realität mit Fiktion?

In unserem täglichen Leben befinden wir uns ständig inmitten einer Fiktionalisierung von Tatsachen, die schließlich nur darin untergehen, damit verschmelzen können – der Begriff *fake news* ist mittlerweile Teil unserer Gegenwartssprache geworden, und ich habe mit dieser Verwirrung und Vermischung bewusst gespielt.

Welche sind Ihre literarischen Einflüsse und Vorbilder?

Marguerite Duras, Henri Michaux oder Albert Camus, die angelsächsische Literatur – Virginia Woolf, die mich mit jedem ihrer Romane überrascht, die Thriller von Richard Price … Ich mag es, wenn man mir eine Geschichte erzählt!

Was haben Sie aus dem Iran behalten?

Die Liebe zu Geschichten, genau! Es ist ein Land, in dem man viele Geschichten teilt, das bildet die gemeinsame Basis, trägt auch den Widerstand gegen eine repressive Macht. Die Leute sagen mir, dass sich meine Herkunft auch in meinem Stil wiederfindet, den Bildern, den Metaphern, die ich verwende …

Es gibt alle Formen des Exils in «Die Arena». Genau wie bei Ihnen?

Man kann seit der Zeit, in der ich in Frankreich sesshaft geworden bin, nicht mehr sagen, dass ich im Exil bin … Aber es gibt noch eine andere Art des Exils: Es ist eine Fremdheit des Selbst in der Welt, wie bei Camus. Als ich «Desorientale» veröffentlicht habe, kamen viele Leserinnen zu mir, um mir anzuvertrauen, dass sie sich selbst im Exil fühlten – in ihrer Familie, an einem Ort, in ihrer Sexualität … Das gilt auch für die Personen in «Die Arena», die unter der Unfähigkeit leiden, ganz sie selbst sein zu können.

Négar Djavadi trifft Jean-Claude Vantroyen

«Die Arena» ist Paris. Dort, wo Jugendliche aus den Vierteln, Dealer, Polizisten, Mütter, Migranten, Prediger aus den Medien, Aktivisten, Politiker und Experten der Freizeitindustrie aufeinanderstoßen. Négar Djavadis vielstimmiger, choraler Roman trägt uns mit Höchstgeschwindigkeit dorthin, zum höllischen Rhythmus der Stadt. «Paris wird immer mehr zu Chicago. Und es wird schlimmer werden, wenn wir nichts tun.»

Négar Djavadi hat uns mit «Desorientale» bezaubert und berührt, ihrem ersten Roman, der einen großen Erfolg mit seiner Geschichte einer jungen Iranerin hatte, die aus ihrer Heimat flieht, um in Paris zu landen. Aber diese Frau des Kinos, die auch in Brüssel studiert hat, diese Drehbuchschreiberin, kann sie auch etwas anderes schreiben, das nicht so nah an ihrer eigenen Geschichte ist? Diese Frage beschäftigte gewisse Kreise, die sie in der literarischen Arena stolpern sehen wollten. «Die Arena», das ist also genau der Titel, den sie ihrem zweiten Roman augenzwinkernd gegeben hat.

Und es ist ein voller Erfolg, der all denen prächtig den Mund stopft, die an der Ecke lungern. Diese Arena, das ist Paris, genau genommen das Dreieck Belleville – Jaurès – Buttes-Chaumont. Das sich manchmal erweitert zum Rest vom Paris, wenn wir der einen oder anderen Figur folgen. Sie sind zahlreich, diese Figuren. Da ist Benjamin, Serienchef und Europa-Repräsentant bei BeCurrent, dem Netflix des Romans; seine Mutter Cathie, die in der Nachbarschaft wohnt; Camille, eine jugendliche Bloggerin; ihre Mutter Valentine; Stéphane, der islamistische Nerd; Sam, die Polizistin mit nordafrikanischem Hintergrund; Amir, der afghanische Migrant; Therese Liu, das kleine, chinesische Mädchen, und Chloé, Ariane, Moka, Dalloz, Clément, Djam, Mélina, Thomas, Roxane, die Politikerin, Yolande, Jasmin, Nouara, die Mütter …

Alle werden in diese brodelnde Arena geworfen wie Teilchen in einer brownschen Bewegung. Alle sind auf irgendeine Weise miteinander verbunden wie in der Theorie der Dominosteine oder des Flügelschlag eines Schmetterlings. Es ist der Tod des jungen Issa, der alles auslöst. Und das Verschwinden des Handys von Benjamin. Wie Öl, das man ins Feuer gießt. Und es wird eine Explosion geben. Unausweichlich, intensiv und mörderisch.

Ist Paris eine permanente Kampfarena?

Das Buch bleibt ein Roman, eine Fiktion, und in der Fiktion ist immer alles in einer Art Nahaufnahme. Natürlich ist Paris nicht Tag für Tag, Stunde für Stunde eine Arena. Aber das ist sie eben auch, auf jeden Fall in bestimmten Vierteln. Ich wohne seit mehr als zwanzig Jahren im 10. Arrondissement, und da gibt es so etwas. Seit zwei oder drei Jahren gab es mehrere Todesfälle in meiner Nachbarschaft. Zuletzt wurde ein vierzehnjähriger Junge im Juli getötet.

Wie sehen Sie die Zukunft dieser Art Viertel und solcher Metropolen wie Paris?

Ich hoffe verzweifelt, dass wir uns mit dieser Frage, was aus Paris wird, auseinandersetzen. Dass die Ökologie, von der unentwegt gesprochen wird, zuallererst eine Humanökologie sein wird. Ich habe den Eindruck, dass wir weggeschaut haben, denn die Probleme sind enorm. Und das sind alles ebenso Probleme eines Viertels wie einer Stadt wie eines Landes. Was mich schockiert, ist, dass alle den Schwarzen Peter weitergeben. Im Rathaus sagt man, es sei Sache des Staates zu handeln, und der Staat sagt das genaue Gegenteil.

Derweil werden die Probleme immer schlimmer. Es steuert alles auf eine Implosion zu. Eine Explosion. Und dabei gibt es eine reale urbane Gewalt. Es gibt eine Chicagoisierung von Paris.

Es gibt jedoch auch, und der Roman zeigt das, Menschen guten Willens.

Es gibt ungeheuer viele Menschen mit gutem Willen. Es ist eine superherzliche Nachbarschaft. Es gibt die Leute, die Vereine gründen, viel gegenseitige Hilfe leisten, solidarisch sind, einen sehr wohlwollenden Blick auf die Kinder haben. Aber es ist fast, als wollte man das Wasser aus dem Meer ablassen, es ist sehr schwer, der Wirkung dieser Droge zu widerstehen.

Sie haben einen vielstimmigen, einen choralen Roman geschrieben. War das der beste Weg, um uns jene Zerstreuung, jene Partikularisierung der Gedanken und der Handlungen spüren zu lassen?

Ich hatte zunächst Lust, einen Roman über Paris zu schreiben, Paris als Ganzes umfassend zu beschreiben. Also musste ich mir mehrere Figuren vorstellen, um die Stadt und ihre Menschen vergegenwärtigen zu können. Diese Stadt, die wir durchqueren und die uns durchquert. Unaufhörlich gibt es Unterbrechungen, Lärm, Gerüche, Gespräche, die je nachdem, wie wir uns bewegen, in unser Leben eindringen. Ich wollte dieses Perpetuum mobile beschreiben, die Verdichtung dieser Stadt zeigen, ihre Beweglichkeit, ihre Fähigkeit, das Leben der Menschen ganz zu durchdringen.

Alle diese Charaktere scheinen ohne Unterlass überfordert zu sein, kurz vor dem Zusammenbruch.

Wir sind eiskalt erwischt worden, denke ich. Die Welt folgt einem Rhythmus, der vielleicht nicht unserem eigenen Tempo entspricht, wir müssen nicht dauernd von unseren Handys belästigt werden, von Erledigungen, vom Leistungs- und Erfolgsdruck. Wir haben viel von unserer Animalität verloren, aber etwas davon ist uns ohne Zweifel geblieben, wir mögen es immer noch, uns einfach hinzusetzen, ruhig zu sein und den Sonnenuntergang zu beobachten.

Benjamin ist eines der hohen Tiere bei BeCurrent, dem Netflix Ihres Romans, und das ist kein Zufall. Zwischen den Serien und der Realität, wo liegt da die Wahrheit?

Was ist die Wahrheit? Man sagt, dass wir uns heute in der Welt der Post-Wahrheit befinden, in einer Art von Indifferenz, Gleichgültigkeit gegenüber den Fakten. Und es stimmt:

Noch bevor sie überhaupt kenntlich werden, werden die Fakten schon von Diskursen, Interpretationen, Extrapolationen, verschiedenen Szenarien umgewandelt. Und das Faktische – im Roman: Wer hat Issa getötet und wie ist er gestorben? – interessiert eigentlich niemanden.

Ein Faktum wird schnell von einer ganzen Horde zerstückelt, der Meute, die aus den sozialen Medien, den Nachrichtenkanälen kommt und nach immer neuer Nahrung verlangt. Also wird es fiktionalisiert, wir fiktionalisieren. Wir befinden uns im Zeitalter der Unterhaltung, die uns von der Wahrheit und der Welt ablenkt.

Wollen Sie mit diesem Roman eine Zeugin, eine Whistleblowerin sein?

Ich habe einfach versucht, etwas zu zeichnen, das ich von meinem Fenster aus sehe. Und ich befrage mich selbst über diese Gesellschaft des Bildes, darüber, dass wir selbst zu Figuren dieser Gesellschaft des Bildes werden, und darüber, wie wir wieder aus ihr herauskommen.

«Die Arena» lebt von Ihrem Schreibstil, hundertprozentig, lebhaft, schnell und wahrhaftig.

Ich wollte den Rhythmus der Stadt und der Welt erfassen, diese Vielfalt von Sprachen, Gedanken, Interessen, von Wünschen, unterschiedliche Logiken, die aufeinanderprallen. Aber jeder bleibt in seinem Korridor, in seiner Logik. Und es ist so laut, dass niemand dem anderen zuhört.

Jean-Baptiste Hamelin im Interview mit Négar Djavadi

Paris wird zur Arena – ein Bild steht im Mittelpunkt von Négar Djavadis zweitem Roman.

Das von einem Handy aufgenommene Bild löst heftige Emotionen, einen Sturm der Empörung aus. Achtundvierzig Stunden lang wird das Leben in den Pariser Stadtvierteln durcheinandergewirbelt. Stunden, in denen die Personen, die dort leben, zu Chaos und Aufruhr neigen und umeinander kreisen, ohne sich wirklich zu begegnen. Atemberaubend und aktuell.

Wie fühlen Sie sich vier Jahre nach dem Erfolg von «Desorientale», gerade auch in diesem besonderen Moment, wenn Sie jetzt Ihren neuen Roman «Arène» vorstellen?

Das löst bei mir starke und ganz besondere Gefühle aus, gerade in diesem Jahr, in dem der Roman abgeschlossen wurde, während des Lockdowns. Es ist sehr beeindruckend, sich so schnell austauschen zu können, mit Erstlesern zu sprechen, sie zu treffen und zu wissen, dass der Roman nun seinen Weg gehen wird.

Ihre Arena ist Paris. Die Arena ist ein Ort für das Spektakel, für Gewalt und das Töten. Warum haben Sie dafür Paris gewählt, genauer gesagt seine Arbeiterviertel?

Der Großteil der Handlung spielt sich im Osten von Paris ab, in einem Umkreis zwischen Belleville und Jaurès, bis zum Kanal Saint-Martin. Ich hatte Lust, über dieses besondere Viertel zu schreiben, in dem ich seit etwa zwanzig Jahren lebe, das sehr familiär, aber auch sehr gewalttätig ist, das sich über vier Arrondissements erstreckt und eine lange Geschichte der Einwanderung erzählt. Ein Ort, an dem das «Zusammenleben» täglich praktiziert wird. Und darüber hinaus hatte mich die Idee, über Paris zu schreiben, diese erstaunliche Stadt mit ihrem zügellosen Rhythmus, ihren Sehenswürdigkeiten, ihren so unterschiedlichen Vierteln und ihrer vielfältigen Bevölkerung, schon seit Langem begleitet. Ich wollte, dass der Roman in seiner Form und seiner Geschichte diese Vielfalt widerspiegelt, das Paris des 21. Jahrhunderts, in dem die Menschen zusammenleben, ohne sich auszutauschen, wo stattdessen Bildschirme wie ein Spinnennetz miteinander verbunden sind. Die Arena ist dieses Paris, das historische Paris, das Paris der Denkmäler, in dem ein Ereignis Personen verbindet, die sich nie begegnen werden.

Zahlreiche Charaktere bevölkern den Roman, aber ein bestimmter Mann spielt die Hauptrolle. Warum haben Sie diese Wahl getroffen?

Benjamin Grossman ist tatsächlich die Hauptfigur in dieser Galerie. Er ist Direktor für Film bei der amerikanischen Plattform BeCurrent, einem Konkurrenten von Netflix. Ich bin selbst Drehbuchautorin und kenne diese Art von Menschen gut, dieses Milieu. Das war jedoch nicht der Grund, weshalb ich mich dazu entschieden habe, dass Benjamin die Geschichte lenken muss. In diesem Roman wollte ich mich mit einem Thema auseinandersetzen, einem Phänomen der Gegenwart, das mich herausfordert, das bei mir Fragen aufwirft. Es ist die Art und Weise, wie Fakten und Ereignisse von den Nachrichtenkanälen, den sozialen Medien aufgegriffen und dann «fiktionalisiert» werden. Wenn die Ereignisse inszeniert werden, erzeugt der Gegensatz, der zwischen den tatsächlichen Fakten und dem medialen Narrativ entsteht, eine kognitive Dissonanz, die die Ereignisse unlesbar macht. Das erleben wir derzeit mit dem

Covid-Engineering, das mehr Szenarien ausspuckt als Antworten liefert. Mein Ziel war es, eine Geschichte zu schreiben, die diese Manipulation der Realität illustriert, ausgerechnet mit einer Hauptfigur, die selbst ein Meister der Fiktion ist, jemand, der alle Codes kennt.

Die Arena ist die Herrschaft des Bildes. Hat das Bild das Geld ersetzt?

Es ist wahr, dass es in der Literatur zahlreiche Sittengemälde gab, die sich in Paris abspielen, Gesellschaftsromane mit vielen Charakteren, die sich oft um Geld drehten. In diesem Roman geht es nicht um Geld. Der Motor der Geschichte, des Romans, der das Geld ersetzt, ist das Bild. Denn heutzutage hat das Bild einen Marktwert, einen enorm hohen Wert. Man kann, wenn man zur richtigen Zeit am richtigen Ort ist, mit seinem Smartphone das «richtige» Bild einfangen, jenes Foto, das durch die Unmittelbarkeit der sozialen Medien aus seinem Urheber eine von den Medien hofierte berühmte Persönlichkeit machen wird. Das ist sie, die Arena, das ist Paris, das sich selbst in einem Foto beschreibt, das Polemik und damit mediale Erregung auslösen wird. Benjamin steht für diese Welt der Bilder, diese Welt, in der man mit dem richtigen Bild alles Mögliche erreichen kann.

Vier Jahre nach «Desorientale» legt Négar Djavadi mit «Die Arena» ein weiteres Buch vor, ein Werk voller Scharfblick, das die Handlung geschickt vorantreibt, eine Geschichte, die wie eine Falle auf die Figuren und die Leserinnen und Leser wirkt. Ein Bild, das mit dem Handy eines Teenagers aufgenommen wird, eine kurze Szene, die zu einer erschütternden Fiktion wird, die alles zerstört, was sich ihr in den Weg stellt, jede Form von Wahrheit. Négar Djavadi beobachtet. Sie beobachtet, wie ihre Figuren den Boden unter den

Füßen verlieren und sich in einem Alltag, der ihnen keine Zeit mehr lässt, infrage stellen. Ein kurzer Moment der Unaufmerksamkeit und das Leben der Menschen gerät aus den Fugen. Angesichts der aufgeheizten Emotionen gibt es keine Möglichkeit mehr, umzukehren. Dieses Buch ist von teuflischer Präzision, es tickt wie ein Schweizer Uhrwerk, streut hier und da einige wichtige Details ein, gönnt sich gelegentlich Szenen, in denen ein paar mediokre Menschen in den Genuss der Vergänglichkeit kommen, den Genuss, gesehen und erkannt zu werden.

Négar Djavadi

DIE ARENA

Négar Djavadi

DIE ARENA

Roman

Aus dem Französischen
von Michaela Meßner

C.H.BECK

Titel der französischen Ausgabe:
Arène

Erschienen bei Liana Levi, Paris, 2020

Die Übersetzung wurde gefördert durch ein Stipendium der VG WORT im Rahmen von NEUSTART KULTUR.

Die Beauftragte der Bundesregierung für Kultur und Medien

Für die deutsche Ausgabe:

www.chbeck.de
Umschlaggestaltung: geviert.com, Nastassja Abel
Umschlagabbildung: Belleville district, Paris
© Peeter Viisimaa, GettyImages
Satz: Fotosatz Amann, Memmingen
Druck und Bindung: Druckerei C.H.Beck, Nördlingen
Gedruckt auf säurefreiem, alterungsbeständigem Papier
Printed in Germany
ISBN 978 3 406 79126 0

myclimate

klimaneutral produziert
www.chbeck.de/nachhaltig

Vorbemerkung der Autorin

Pariskundigen, vor allem denen, die den Ostteil der Stadt kennen, wird auffallen, dass ich mir bei den Ortsbeschreibungen und geografischen Besonderheiten der Viertel einige Freiheiten herausgenommen habe. Diese Erfindungen, Änderungen und Anpassungen sind absichtlich und gewollt. Der Realismuseffekt sollte uns nicht vergessen lassen, dass diese Orte integraler Bestandteil eines fiktionalen Werkes sind. Ganz wie die Figuren, die darin entwickelt werden. De facto gilt auch hier die Standardformel: Jede Ähnlichkeit mit lebenden oder real existierenden Personen etc., etc.

Präludium

Das Ende ist das Schlimmste, nein, der Anfang ist das Schlimmste, dann die Mitte, dann das Ende, am Ende ist das Ende das Schlimmste [...].

Samuel Beckett, Der Namenlose

Hätte seine Mutter nicht schreiend die Tür zu seinem Zimmer aufgestoßen, er wäre nie nach draußen gegangen. Drei Tage liegst du jetzt schon hier rum Liegst wie ein Weichtier aufm Bett, starrst die Decke an und lässt mich alles machen Deine Schwester hat noch Fieber Ich habe die Bettwäsche heute Morgen schon zum Trocknen in den Waschsalon gebracht Ich hab dir gesagt, du sollst sie holen Hab ich das gesagt oder nicht? Was? Heute Morgen schon! HAB ICH'S DIR GESAGT ODER NICHT?

Er war aufgestanden, noch bevor sie, wie sonst immer, vor Erschöpfung oder aus Frust zu heulen anfing, niedergedrückt von der Last eines Lebens, in dem ständig alles schieflief. Drei Kinder allein großziehen, dann noch die Arbeit in der Schulkantine und die beengten Wohnverhältnisse, die Feuchtigkeit in den Wänden, die Risse, das Leck im Heizkörper, die Asthmaanfälle, das Ekzem. Niemand hatte sie darum gebeten, drei Kinder in die Welt zu setzen, das war einfach so passiert. Aber sichtbarer war sie dadurch nicht geworden. Jetzt, mit siebenunddreißig, war das Maß voll, ihre Geduld endgültig aufgebraucht, und der Rest auch.

Er wusste das alles. Schon als kleiner Knirps wusste er Bescheid. Seine Mutter machte sich ja keinen Begriff, wie genau er sie beobachtete. Und er gab sein Bestes, ihr das Leben zu erleichtern. Manchmal zeigte sie ihm ihre Anerkennung, vor allem vor den

Nachbarinnen, mit einem freudigen Lächeln, bei dem ihre Augen nur noch zwei leuchtende Schlitze waren. Na also. Endlich hab ich einen Mann im Haus!, gluckste sie und sah ihn von der Seite an. Sechzehn Jahre und mindestens zehn Zentimeter größer als sie. Wer weiß, vielleicht hatte sie ihn deswegen großgezogen, damit wenigstens er sich um sie kümmern würde, nicht wie die beiden Sprücheklopfer, die sie geschwängert hatten, und dann bye bye. Wie auch immer, ja, er gab sein Bestes. Holte den kleinen Bruder von der Schule ab, ging mit der kleinen Schwester zum Kinderarzt, baute das Etagenbett auf, machte den verstopften Abfluss wieder frei. Als er gesagt hatte, er kümmere sich jetzt auch um die Einkäufe und die Rechnungen – Ich bezahl das, M'man, mach dir mal darum keine Sorgen mehr –, hatte sie nichts gesagt. Keine Fragen gestellt.

Er selbst hatte auch keine gestellt, als Rotor ihm mit seinen Wurstfingern die Scooterschlüssel hingehalten hatte. Er hatte nur gespürt, wie ihm das Herz fast die Brust zerriss, wie ihm das Adrenalin heiß in den Bauch schoss. Er hatte es geschafft, scheiße aber auch, er hatte es geschafft!

«Nimm! Du fährst, okay?»

«Logo!», hatte er geantwortet und sich die Schlüssel geschnappt, die vor seiner Nase baumelten.

«Und du (Rotor hatte sich zu Diz umgedreht), du flackst dich hinter ihn, dann wartest du, bis du auf seiner Höhe bist, und dann machst du ihn alle … Hey, ich rede mit dir!»

Jedenfalls gab es keine offenen Fragen. Das war die Revanche für den Fight in der Rue des Chaufourniers vor zwei Wochen. Jetzt waren sie am Zug. Cité Rouge gegen Grange-aux-Belles. Ihm waren sie völlig wurscht, diese ganzen Geschichten um die Banden oder die Gangs, oder wie auch immer man die Schublade nannte, in die man sie steckte, nur weil sie auf der Straße rumlungerten. Er könnte wetten, dass keiner mehr weiß, wie's angefangen hat. Die Hood, das Dope, das Dope, die Hood. Kann gut sein, dass er da noch gar nicht geboren war. Solange du außen vor bist, siehst du nichts. Du spazierst durch die Gegend, guckst dich um, Bäume, Läden, Restaurants, ein Naturalia, und glaubst, alles ist gut. Aber das wird schnell Chicago hier, wenn du dich ein bisschen länger umguckst und wirklich die Augen aufmachst. Vor allem, wenn es Nacht wird. Er denkt oft an das Referat, das seine ganze Schulklasse in der Achten schreiben musste. Sein Viertel lag an der Schnittstelle zwischen vier Pariser Arrondissements: dem 10., dem 11., dem 19. und dem 20. 70 % Großwohnsiedlungen, 43 % steuerfreie Haushalte, 25 % der Bevölkerung unterhalb der Armutsgrenze. Und keine Gemeinschaft ist davon ausgenommen: Weiße, Schwarze, Juden, Araber, Chinesen, Inder, Sri-Lanker, Kariben, sie alle haben ihr Päckchen zu tragen. Was die widerlichen Tunnel, durch die sie sich jeden Tag kämpfen mussten, eigentlich schon erklären dürfte. Der Pissegestank im Hof. Die Aufzüge, die monatelang außer Dienst waren. Die Schaben, die in den Wänden hockten. Die Suffköpfe, die auf dem Gehsteig abhingen. Die Spritzen bei den Mülltonnen. Die Schlägereien. Die Angst. Die Einsamkeit.

Wie auch immer, er weiß nur, dass das hier sein Zuhause ist. Das ist sogar die einzige Gewissheit in seinem Leben. Nicht bloß sein Viertel. Sondern sein Land. Sein Königreich und sein Käfig. Er war im Louvre gewesen, auf dem Eiffelturm, im Jardin du Luxembourg, im Invalidendom, in den Theatern, in Konzerten, aber nur mit der Schule. Sonst rührt er sich nicht vom Fleck. Was sollte er auch tun?

Vor dem Verlassen der Wohnung sah er ein letztes Mal nach seiner Mutter, die gerade 3-Minuten-Schnellkochnudeln ins Sieb kippte. Er musterte ihr Gesicht, das hinter dem Wasserdampf verschwand, und sagte sich: Sie wird sich umdrehen, wird merken, dass ich die Flatter habe, und mich bitten zu bleiben.

Aber nein. Sie war echt sauer. Und wenn sie echt sauer ist, dann kapiert sie nichts mehr. Worauf wartest du. Na los. Geh sie holen! Heute Abend hat sie es aber auch mit ihrer Bettwäsche! Wahrscheinlich wurde sie schon geklaut, die Scheißbettwäsche. Er hatte schon erlebt, dass Leute den Waschmittelspender im Waschsalon einschlugen, nur um an fünf Gramm Waschmittel für einen Euro ranzukommen. Und Bettwäsche erst!

Mensch, Gabriel, jetzt GEH SCHON!

Und da ist er gegangen.

Er zögert, bevor er die Tür des Wohnblocks aufzieht, die in den Hof führt. Er denkt, er könnte noch einen Moment dableiben, im Treppenhaus, und dann wieder zurückgehen und ihr verkünden, womit sie sowieso rechnen muss. Siehst du? Man hat mir meine Bettwäsche geklaut! Hab ich dir heute Morgen etwa nicht gesagt, dass du sie holen gehen sollst, Gabriel? JA ODER NEIN?

Und morgen?

Er konnte sich ja nicht sein ganzes Leben lang hier verkriechen.

Die Angst war schon immer da, wie eine Blase in seinem Bauch. Er wusste, dass sie eines Tages platzen würde, um ihr Gift in seine Adern zu jagen. Alle wissen das, auch wenn sie so tun, als wär nichts. Es hat ihn nicht davon abgehalten, sich den Scooterschlüssel zu schnappen. Du fährst, hat Rotor gesagt. Ergebnis: Die Dreckskerle aus Grange-aux-Belles hatten Diz an die Bullen verpfiffen. Der wurde am nächsten Abend verhaftet, wegen Mordes. Aber er nicht. Ihn hatten sie sich aufgehoben. Man musste bei der Abrechnung schließlich genau auf die Reihenfolge achten, nicht wahr? Eine Frage des Respekts und der Ehre. Und vor allem der Macht. Außerdem kennt er sie alle, die ganze Bande, ist mit ihnen aufgewachsen, bevor seine Mutter, die sich jahrelang bei der Stadtverwaltung die Beine in den Bauch gestanden hat, diese Wohnung bekam und sie umgezogen waren. Dieselbe Schule, derselbe Jugendklub, dieselben Sonntagnachmittage im Stadion in der Rue Albert-Camus, Fußballspielen mit einem Ball, den man beim Paki auf dem Boulevard de la Villette gekauft hatte.

Er lässt seinen Blick über den Hof schweifen, aufmerksam wie ein Tier auf der Pirsch. Der Hof liegt dunkel da, still. Nichts Besorgniserregendes. Ein lauer Ragoutgeruch hängt in der Luft. Er würde gern was Leckeres mit einer dicken warmen Soße essen. Mit Auberginen, genau. Aubergine hat er erst einmal gegessen, hat ihm aber sehr geschmeckt.

Er geht langsam. Einen Schritt nach dem anderen. Imposant und massiv erheben sich zu beiden Seiten mindestens dreihundert Meter lang Wohnblöcke. Die Cité Rouge. 430 Sozialbauwohnungen. Schon 1930, als sie gebaut wurden, war «Sparen» die Devise. Roter Backstein, völlig schmucklos zusammengesteckt, wie Kapla-Steine, solide genug, um darin bis ans Ende aller Zeiten Familien aufeinanderzustapeln. Scheint so, als wäre der Architekt, der die Sache geplant hat, mitten im Bau in Rente gegangen, sie stand wohl schon von Anfang an unter einem guten Stern, diese Cité! Egal, es gab mal eine Zeit, in der er hier ziemlich selbstbewusst aufgetreten war. Eigentlich vor fünf Tagen erst, aber es kommt ihm so vor, als sei das schon ein Jahrhundert her!

Der Hof ist so ruhig, dass er sein Herz gegen den Brustkorb hämmern hört, als würde es hoffen, dass man ihm die Tür aufmacht, damit es fliehen kann. Auf seinen Haarwurzeln liegt eine hauchdünne Schweißschicht. Ist es irgendwie besonders warm für Ende Januar oder liegt es daran, dass er von innen heraus brennt?

Als er den Eingangszaun erreicht, stellt er sich vor, wie er bis zum Waschsalon geht und dann weiter bis zum Pizzaladen auf der anderen Seite der Avenue, sich dort ein Stück Margherita bestellt und mit Atil, dem Verkäufer, redet. Eine Margherita mit einer Extraportion Käse drauf, genau, und eine Coca mit Eiswürfeln. Er hatte sich geschworen, den Laden eines Tages zu kaufen und in einen Friseursalon zu verwandeln. Er hatte sogar schon angefangen, Geld beiseitezulegen, weil er mit seinem kleinen Bruder und seinen Homies den zehnten Geburtstag mit einem Laserspiel feiern wollte.

Als er sich gerade sagt, dass er vielleicht besser nicht am Müllraum vorbeigeht, ist es schon zu spät. Ein Arm legt sich ihm um den Hals und zieht ihn nach hinten. Eine Klinge sticht ihn in den Rücken, dass ihm die Luft wegbleibt. Und plötzlich dreht sich die Welt auf den Kopf.

Sie sind zu zweit auf ihm drauf. Einer drückt ihm das Gesicht mit dem Schuh auf den Boden, damit er nicht schreit, und der andere macht ihn kalt … Er glaubt, Malik zu riechen, ein Geruch nach nassem Trainingsanzug. Ein anderer steht im Hof Schmiere. Muss sein. Nach acht Stichen nimmt der Schmerz ihn vollkommen in Beschlag und er verliert das Bewusstsein.

Jetzt nimmt er sie durch den feuchten Spalt in seinem linken Auge wahr. Verschwommene Schatten, die zum Eingangszaun der Cité huschen. Hoodies. Kapuzen auf dem Kopf. Silbernes Nike-Zeichen auf dem Rücken. Alle drei   Oder nur einer und er sieht alles dreifach. Seine alten Bros.   Der kleine Hof der Vicq-d'Azir-Schule.   Die Bonbons in der Boulangerie.   Die Basketballspiele auf dem Square Juliette-Dodu.

Er will um Hilfe rufen, aber es gelingt ihm nicht. Sein ganzer Körper scheint in einer zähen Flüssigkeit zu versinken. Er will nicht wissen, was das ist. Er versucht, sich auf die Seite zu rollen, sich an einem Müllcontainer festzuhalten, sich aufzurichten, aber sein Fleisch löst sich in ganzen Stücken. Der Schmerz wirft Flammen um ihn. Sein Hirn macht dicht.   Es lohnt nicht mehr, sich dagegen zu wehren. Irgendwie ist er auch erleichtert. Also. Jetzt ist es passiert. Außer um seine Mutter sorgt er sich um nichts mehr. Sie wird sich allein durchschlagen müssen und vor allem auf den kleinen Bruder aufpassen, damit der nicht auch noch verschwindet, ein Opfer des Unglücks, das alle trifft, die ihm zu nahe kommen. Aber wer weiß, vielleicht kehrt er ja zurück, wie das Girl aus der Serie *Another Us*. Er wird nur wegen ihr zurückkommen. Um sie zu beschützen. Vielleicht gibt es das Ende gar nicht. Jedenfalls wird bald ein anderer sterben. Weil man auch ihn rächen wird, es gibt keinen Ausweg, er

moderato

Alle Geschichten beginnen an der Schnittstelle zwischen dem, was wir vom Realen erwarten, und dem, was das Reale uns wirklich bietet.

Benjamin Grossmann
– Notiz aus seinem Handy

I
ZUSAMMENSTOSS

1

Die letzte Februarwoche hat schon begonnen, trotzdem ist er seit seiner Rückkehr von Los Angeles Mitte Dezember seine Mutter noch nicht besuchen gegangen, hat sie bloß einmal die Woche angerufen. «Einmal die Woche, das scheint mir doch eine gute Lösung, meinst du nicht?», hatte Cathie ihm vor sechzehn Jahren vorgeschlagen, als er losgezogen war, um sein eigenes Leben zu leben.

Noch heute hält er sich an diese Vereinbarung, die er für einen vernünftigen Deal hält, trotz seines übervollen Terminkalenders, der endlosen Meetings, Reisen und Zeitzonenverschiebungen. Erzählen, was es Neues gibt, ein paar beruhigend banale Sätze tauschen, ich liebe dich, mein Schatz, ich dich auch, Maman, und dann auflegen. Wenn ihm der Druck hin und wieder auf der Brust lastet, die er in eines dieser uniweißen Popelinhemden gezwängt hat, bei Figart im Zehnerpack gekauft, gestattet er sich einen zusätzlichen kleinen Anruf, unter irgendeinem Vorwand, weil Cathies ehrliche Stimme die Gabe hat, ihn mit einer wirklicheren Wirklichkeit zu verbinden als jener, in der er selbst sich jeden Tag aufhält.

Allerdings hat er seit einigen Monaten das seltsame Gefühl, dass seine Mutter sich nicht mehr richtig für ihn interessiert. Er hat den Eindruck, vielleicht zu Unrecht, dass sie ihn ganz bewusst nicht nach seiner Arbeit fragt, und wenn er davon anfängt, gelingt es ihr immer, das Gespräch abzubrechen und aufzulegen. Wie sonst ließe sich ihr Schweigen erklären, nachdem er ihr das Interview, das Anfang Juni in *Le film français* erschienen war, wenige Tage nach seiner Ernennung bei BeCurrent, flugs gemailt hatte? Der Titel… allein schon der Titel! «Jetzt ist die endgültige Entscheidung gefallen: BeCurrent hat Benjamin Grossmann, ehemals Atlantis TV, als Verantwortlichen für die Entwicklung der Filmbranche in Frankreich auserwählt.» *Endgültige Entscheidung… auserwählt…* Ihn, Benjamin Grossmann. Fast fünfunddreißig Jahre alt. Einen Meter sechsundachtzig groß, fünfundachtzig Kilo schwer. Angenehmes Gesicht. Hervorgetreten aus der anonymen Masse, um sich dem neuen Streaming-Riesen anzuschließen, dem Prinzen des Entertainments, mit einhundertsechs Millionen Abonnenten weltweit. Wie war es zu erklären, dass sie nie nachgefragt hat, was er in Los Angeles eigentlich tat? Wo er seine Abende verbrachte? Mit wem er Umgang hatte? An welchem Projekt er arbeitete? Während ganz Paris ihn damals mit Nachrichten und Mails bombardiert hatte, um das herauszufinden.

Wie viele weltweit… 2000… 3000… hatten das Eintrittsticket zum neuen Eldorado der Vergnügungsindustrie erhalten, für das diese Plattformen stehen? Selbst die Obamas hatten ihren Waggon im Ansturm auf das Gold an die Lokomotive angekoppelt, mit ihrer Gesellschaft Higher Ground Productions, mit der Netflix beliefert werden sollte, der Erzkonkurrent von BeCurrent. Es vergeht kein Tag, an dem Benjamin nicht spürt, wie sein Herz sich mit Adrenalin vollpumpt, er ist direkt dran am schnellen Puls dieses neuen Wirtschaftszweiges. Und sie mischen mit, Menschenskind! Lassen ganze Sturzbäche an Geschichten auf die Menschheit niedergehen, Emotionslawinen, rund um die Uhr, sieben Tage die Woche, mit einer Großzügigkeit und einer Effizienz, mit denen kein Priester, kein Iman, kein Rabbi, kein Guru, kein Politiker mithalten kann. Dem, was sie erfinden, erschaffen, verbreiten, exportieren können, sind keine Grenzen mehr gesetzt. Dem, was sie aus dieser Welt machen können!

Gerade eben, kurz vor 20 Uhr 30, hatte er nach einem langen, internen Meeting, in dem es um die künftigen großen Umwälzungen ging, Cathies Nachricht abgehört – «Kannst du heute Abend bitte vorbeikommen? Ich muss dir was geben» – und beschlossen, dies als günstige Gelegenheit zu betrachten, endlich einen Moment mit ihr zu verbringen. Sich die Zeit zu nehmen, ein Glas miteinander zu trinken, zu reden, und dann auf ganz natürliche Weise zu seinem typischen Tagesablauf zurückzukehren. Diese wahnsinnige Energie, mit der er jeden Morgen aufsteht, das erste Glas Wasser trinkt, noch bevor er einen Fuß auf den Boden gesetzt hat, den selbst zubereiteten Früchte- und Gemüsecocktail zu sich nimmt, gefolgt von einem schnellen Blick auf die Kommentare zu den BeCurrent-Produktionen in den Sozialen Medien, und dann… (Nein, dass er ernsthaft mit dem Joggen angefangen hatte, musste er ihr nicht erzählen, schließlich hat Sport ihn noch nie interessiert; sie würde denken, er mache bloß die Amerikaner nach, was nicht ganz richtig ist, aber das zu erklären wäre zu zeitraubend. Er musste auch nicht über das sprechen, was sich gerade im Büro anbahnte, zumal er ihr ja die große Neuigkeit verkünden will.)

Er hätte zu der Feier von Blue Velvet gehen können, der kleinen Produktionsfirma, in der er als Praktikant angefangen hatte. Hätte seine Aura spazieren führen können, die ihn seit seiner Ernennung am Firmament umgab, inmitten einer Bande von Neidern, die sich nicht scheute, sich an ihn dranzuhängen, ihm auf die Schulter zu klopfen und vor seinen Augen zu prüfen, ob sie seine Handynummer in ihrem Adressbuch gespeichert hatten. Einige hatten ihm mit einem empörten Auflachen, gespickt mit etlichen «Kannst du dir das vorstellen?» und «Das ist doch ungeheuerlich!», hinterbracht, dass manche sich gefragt hatten, ob er den Posten vielleicht nur bekommen habe, weil er Jude war. Er hätte sie lächerlich machen können, indem er erklärte, dass Grossmann mit zwei N ein deutscher oder Schweizer Name war. Er hätte sie auch ignorieren und vor ihren (gespielt) verdutzten Gesichtern einfach nur den eitlen Pfau spielen können, ein Glas billigen Wein in der Hand. Ein paar lustige Anekdoten erzählen, immer die gleichen, in denen er auf bescheidene Art die Hauptrolle spielte, an der Seite von Aaron Sorkin oder Jenji Kohan ... *Aaron und Jenji, jawoll, Alter!*

Aber er hatte sich lieber unter wolkenbruchartigem Regen durch den Stau gekämpft, um ans andere Ende der Stadt ins 10. Arrondissement zu gelangen und den Abend mit Cathie zu verbringen. Warum? Weil der kleine Benji, der nach dem stolzen Lächeln seiner Mama schielte, wenn sie sein Zeugnis las, immer noch in ihm steckte, irgendwo in diesem schlanken, ästhetischen Körper mit den sorgfältig herausgearbeiteten Muskeln. Es war ihm bisher nie in den Sinn gekommen, diesen schmächtigen und vereinsamten Jungen abzuschütteln, dieses Einzelkind, das überzeugt war, ohne die Ermunterungen und die unverbrüchliche Unterstützung seiner Mutter niemals den Gipfel erreichen und eines Tages den Himmel berühren zu können. Doch seit geraumer Zeit empfand er dieses ständige Bedürfnis nach mütterlicher Anerkennung als belastend, zumal Ariane es gegen ihn ins Feld führte, wenn ihr die Argumente ausgingen; vor allem an den Winterabenden, wenn der Lichtmangel und Temperaturstürze jene Kräfte abzuschwächen drohten, die sie vor fünf Jahren einander in die Arme getrieben hatten (nur dass Ariane ihn um diese Uhrzeit im Blue Velvet wähnte ...).

2

«Warte, Nico, Benji ist gerade gekommen. Komm rein, mach schon. Ich telefoniere gerade mit Nico. Nathalies Vater hatte einen Schlaganfall, sie müssen nach Nizza fahren. Aber es geht ihm gut …»

Gefangen im winzigen Eingangsflur der vierundfünfzig Quadratmeter großen Wohnung, gelegen im zweiten Stock, rechte Tür, den durchnässten Regenmantel über den Rücken geworfen, lässt Benjamin, dem das Schicksal des Vaters der Nachbarin, den er kaum kennt, vollkommen egal ist, seinen Schlüssel in die Tasche gleiten.

«Du musst mich dringend von dem da befreien, mein Schatz», sagt Cathie zu ihm, ihre Lautstärke dämpfend, um die Nachbarn nicht zu stören.

«Das da» ist ein Umzugskarton, der am Ende des kleinen Gangs, in den der Eingangsflur mündet, vor Benjamins ehemaligem Zimmer auf dem Boden steht.

«Nein, Nico, leg nicht auf … Ja, gib mir Nathalie … Ich hab alles reingepackt, was von deinen Sachen noch hier war. Auch den Film.»

«Den Film?!»

Cathie nickt – «Ja, Nathalie, wie geht es dir?» – und verschwindet im Wohnzimmer, um dort hektisch ihr Gespräch fortzuführen, als hinge das Geschick der Menschheit davon ab.

Benjamin fährt sich mit der Hand durch die triefnassen Haare, um sie zurückzustreichen, und blickt ihr nach. Sie steht leicht gebückt da, hat aber immer noch die fantastische Figur einer ehemaligen regionalen Handballmeisterin, ein Meter fünfundsiebzig, fester Gang, breite Schultern, darüber das ewige, leger sitzende Männerhemd mit hochgekrempelten Ärmeln, dazu eine gerade geschnittene schwarze Jeans. Nachdem Cathies Begrüßung nicht so ausgefallen ist, wie er es sich erhofft hat, kämpft Benjamin gegen die melancholische Anwandlung an, die ihn plötzlich überfällt – Enttäuschung? Traurigkeit? Letztlich hatte er keine zwei Minuten gehabt, um auf ihre Nachricht zu antworten und ihr zu sagen, dass er kommt. Es war nicht gesagt, dass sie mit ihm gerechnet hatte.

Während Cathie ihre Gesprächspartnerin mit endlos vielen guten Ratschlägen überhäuft, lässt Benjamin den Blick durchs Wohnzimmer schweifen. Es kommt ihm jedes Mal kleiner und abgewohnter vor als beim letzten Mal. Das dreisitzige Schlafsofa aus beigefarbenem Segeltuch, das sie vor zwanzig Jahren an dem Wochenende vor der Ankunft seines deutschen Brieffreundes bei IKEA gekauft hatte, mit der alten, roten Wolldecke, die gefaltet auf der Armlehne ruht. Der vage orientalisch anmutende Teppich, in dessen Mitte seine Mutter wie auf einer schwimmenden Insel steht. Das Billy-Regal, gefüllt mit Klassikern und ein paar politischen Büchern, die sie vor der Wahl gekauft hatte. Nichts Fantasievolles, keine Brüche. Und überall diese spürbare Sauberkeit wie ein notwendiger Trost für die Gefahren des Lebens, als wäre jede Oberfläche akribisch abgeleckt worden. Auf dem Zedernholztisch thronen ein Blumenstrauß, wahrscheinlich samstags auf dem Markt gekauft, und eine dreiviertel volle Flasche Weißwein. Daneben ein Duralexglas, halb leer. Nur eins. Für einen kurzen Moment fragt sich Benjamin, ob er nicht in die Küche gehen, sich ein Glas einschenken und sich dann aufs Sofa setzen soll, dann wäre Cathie gezwungen, ihr Gespräch abzukürzen. Aber jetzt Wein trinken, nachdem er den ganzen Tag aus Zeitmangel nichts anderes als einen Energieriegel gegessen hatte, war keine gute Idee. Seit er vor Kurzem von Éric Berne *Was sagen Sie, nachdem Sie «Guten Tag» gesagt haben?* gelesen hat, achtet er außerdem darauf, nicht das Verhalten eines bockigen Kindes an den Tag zu legen.

Benjamin verweilt ein paar Sekunden vor ihrem Schwarz-Weiß-Porträt, das im Eingang an der Wand hängt und das seine Mutter mit der alten, silbernen Pentax ME geschossen hat, deren Auslöser immer wie eine Nähmaschine geklungen hatte. Vor dem noch unfertigen Teenagergesicht, aufgenommen in dem letzten Sommer, den er in Saint-Malo im Haus seiner Großmutter mütterlicherseits verbracht hatte, die damals schon sehr krank gewesen war. Dann wendet er sich dem Karton zu.

3

In den frühen 1990er-Jahren war Cathie als Cutterin im Filmarchiv tätig gewesen, ein kleiner Job, eintönig und anstrengend, in dem sie für die Restaurierung einer Reihe von Filmen der Brüder Lumière verantwortlich war, deren Material sich aufzulösen drohte. Die enorme Arbeit wurde im Rahmen des Lumière-Projekts realisiert, das vom Kulturministerium anlässlich der Feierlichkeiten zum ersten Jahrhundert des Kinos ins Leben gerufen wurde. Nach abgeschlossener Restaurierung wurden die Filme als 35-mm-Standardfilm aufgezeichnet und bei der Projektion geprüft. Oft waren mehrere Filmkopien nötig, dazwischen stundenlange Farbkorrekturen, um einen perfekten Schwarz-Weiß-Film und schließlich eine brauchbare Endkopie zu erhalten. Am Ende des Tages wurden die Zwischenergebnisse zur Verbrennungsanlage gebracht und vernichtet.

An dem Morgen, an dem Cathie, die keine Betreuung für ihn hatte, ihn aus dem Bett holen, mit Medikamenten vollstopfen und wie einen kleinen Eskimo anziehen musste, um ihn in die Festung des Filmarchivs in Bois-d'Arcy mitzunehmen, war Benjamin elf Jahre alt und hatte eine schlimme Bronchitis. Eineinviertel Stunden später – fünfundzwanzig Minuten mit der Metro, dazwischen zwei Umstiege, eine vierzigminütige Zugfahrt ab dem Gare Montparnasse und ein zehnminütiger Spaziergang – packte sie ihn in eine warme Decke ein, setzte ihn in einer Ecke ihres Schneideraums auf einen Kunstlederstuhl und begann eine lange Vorführungssitzung. Am späten Vormittag öffnete Benjamin, als er wieder ihr Parfüm im Zimmer roch (*Vol de nuit* von Guerlain, ihr einziger Luxus, wie sie sagte), seine fieberschweren Augenlider: Er sah, wie die Gestalt seiner Mutter mit dem Rücken zu ihm mehrere, wahrscheinlich nahezu perfekte Filmkopien in einen großen Behälter hinein abspulte. Ein pfeifendes Geräusch, das an das rotierende Rotorblatt eines Hubschraubers erinnerte, erfüllte den Raum. Nachdem sie die Filme los war, beugte sich Cathie über ihren Sohn, legte ihm zärtlich die Hand auf die brennende Stirn, flüsterte ihm ein paar liebevolle Worte zu und ging dann in den Vorführraum, um mit dem Lichtbestimmer die letzten Änderungen für die endgültige Kopie zu besprechen. Zu jener Zeit beherrschte Cathie, die vor Vitalität und Optimismus nur so sprühte, die Atmosphäre, wirbelte durch den Raum und erweckte alles, was sie berührte, zum Leben. Zumindest empfand Benjamin das so. Fasziniert von den schwarzen 35-mm-Streifen, die wie riesige Spaghetti nero di seppia aus dem großen Behälter hingen, streckte Benjamin die Hand aus, um sie zu berühren. *Ein Film der Brüder Lumière … der Brüder Lumière!* Er war von den berühmten Erfindern des Kinematografen ebenso beeindruckt wie von der glatten Polyesteroberfläche, die durch seine Finger glitt, und fasste den aberwitzigen Entschluss, wenigstens einen vor der Zerstörung zu retten. Er richtete sich mühsam auf, nahm einen Schluck Wasser und wartete, bis seine Atmung sich beruhigt hatte. Als er wieder zu Kräften gekommen war, schlug er die Decke zurück und stand auf. Vor lauter Eile, Aufregung und Panik wankend, zog er wahllos an einem der meterlangen silbernen Korkenzieher-Bänder. Er wusste besser als jeder andere, dass diese Kopien exklusives Eigentum des Kulturministeriums und somit des französischen Staates waren, sie dem Filmarchiv zu entnehmen, war nichts weniger als Diebstahl. Aber es war stärker als er.

Mit zitternden Beinen, ganz benommen von der Krankheit, legte er eine leere Filmspule in das elektrische Spulgerät, schob das Ende des Filmstreifens in den Schlitz und trat dann mit dem Fuß auf das Pedal unter dem Gerät. Vorsichtig, wie Cathie es ihm an einem Tag beigebracht hatte, als im öffentlichen Dienst gestreikt wurde und sie wieder einmal keine Betreuung für ihn bekommen konnte, drückte er das Pedal mit dem Fuß und sah zu, wie sich das lange Filmband um die Spule wickelte. Der Film wurde schnell dicker und nach wenigen Minuten erschien die große Handschrift seiner Mutter auf dem letzten durchsichtigen Teil des Filmstreifens: *Hafen und Vesuv, 1897 – Kopie 7.*

Jahrelang hatte er die Filmrolle, geschützt durch die kleine, runde silberfarbene Metallbox, unter seiner Matratze versteckt gehalten. Ein Grund, warum er jeden Morgen selbst sein Bett gemacht und auch selbst die Laken gewechselt hatte. Erstaunt über Benjis «unglaubliche Reife», wie sie es nannte, hatte Cathie immer eine Gelegenheit gefunden, dies mit Stolz, aber wie beiläufig zu erwähnen. Es war Beweis genug, dass sie als ledige Mutter, von einem unverantwortlichen Mann mit einem Sohn alleingelassen, gezwungen, in ein Problemviertel voller Drogendealer und Junkies zu ziehen, seine Erziehung trotzdem nicht verbockt hatte.

Benjamins Geheimnis kam wenige Tage vor seinem vierzehnten Geburtstag ans Licht. Als Cathie feststellte, dass ihr Sohn plötzlich einen Meter fünfundsiebzig erreicht hatte, gestattete sie sich das Vergnügen, sein Bett gegen ein größeres auszutauschen, eines aus dem Katalog von La Redoute.

Die Entdeckung des Films führte zu einem Streit, der über mehrere Stockwerke hinweg die Wände wackeln ließ, dem Einzigen in seiner weitgehend ereignislosen Jugendzeit. Cathie wusste, wie sehr ihr Sohn das Kino liebte, zumal sie sich selbst zugutehielt, diese Liebe geweckt zu haben, aber sie wusste auch genau, dass er niemals, und zwar wirklich niemals, *seinen* Brüder-Lumière-Film verkaufen und damit riskieren würde, sie beruflich und wahrscheinlich auch strafrechtlich in Gefahr zu bringen. Aber der Gedanke, betrogen und verraten worden zu sein, und das über so viele Jahre hinweg, war so unerträglich, dass sie Lust hatte, alles kaputt zu schlagen. Die ganze Welt war nur auf eins aus, verstehen Sie? Die ganze Welt war darauf aus, einen zu täuschen, einem die Würde und die Geduld zu rauben; einem alle möglichen Lügen, falsche Theorien und hinterlistige Unwahrheiten aufzutischen. Da sollte einem weisgemacht werden, dass Asbest keinen Krebs verursacht, dass radioaktive Wolken an den Grenzen halt- und dann höflich wieder kehrtmachen, dass in den Kellern des Nahen Ostens Massenvernichtungswaffen wie die Pilze wachsen. Aber dass ihr Sohn so etwas tat! Hatte sie ihm so wenige Werte vermittelt, dass er log und betrog, bevor er überhaupt wusste, wie man sich richtig den Hintern abwischt?

Sie hatte lange gezögert, da sie den Film aber nicht in einen der überquellenden Müllcontainer des Mietshauses werfen wollte, die in einem baufälligen Müllraum standen – *Herr im Himmel, ein Brüder-Lumière-Film!* –, hatte sie ihn konfisziert, zusammen mit seinem Nintendo 64.

Bis zu dieser schrecklichen Entdeckung hatte Cathie sich eingebildet, ihren Sohn mit allem, was ihn ausmachte, zu besitzen, seinen Körper, seine Stimmungen, seine Mimik, seine wichtigsten Interessen, seine Ängste, seine Migräne, sein Schweigen. Sie war die **M**utter, die **S**chöpferin und auch die **H**üterin. Doch nun musste sie feststellen, dass dieser Junge sich ihr in Teilen schon lange entzogen hatte (trotz der Risse, die in den Mauern ihres Vertrauens zu ihm aufgetaucht waren, versuchte sie dennoch, keinen Zusammenhang zwischen seinem Verhalten und der Hinterhältigkeit ihres Exmannes Alexis Grossmann herzustellen, dieses Parasiten, der sie verlassen hatte, um sich ohne einen Blick zurück mit einer anderen Frau in der Bretagne niederzulassen). Wer war Benjamin wirklich?, fragte sie sich, als sie an der halb geöffneten Tür seines kleinen Schlafzimmers vorbeiging und ihn beobachtete, wie er über das schmale, auf zwei Böcken ruhende Brett gebeugt saß, das ihm als Schreibtisch diente, und fleißig seine Hausaufgaben machte. Würde dieser dunkle Teil mit der Zeit wachsen und sein ganzes Wesen einnehmen?

4

Die Beine angewinkelt und die Bauchmuskeln angespannt, um seinen Rücken nicht zu belasten, bückte sich Benjamin, um den Karton hochzuheben, der viel schwerer war, als er angenommen hatte. Er erinnert sich, dass es damals sein größter Wunsch gewesen war, wieder in den Besitz dieses Films zu gelangen, lange bevor andere Dinge – angefangen mit dem heftigen Verlangen, Inès Moaziz, die ältere Schwester seines Freundes Abdelatif Moaziz, zu verführen – sich dazwischenschoben, um ihn erst ans Ende der Liste zu verschieben und dann endgültig auszuradieren.

Er steht auf, wirft einen Blick in das sieben Quadratmeter große Zimmer, in dem er aufgewachsen ist, sein Kopf füllt sich mit wehmütigen Bildern, wie er unter dem Plakat von Jim Jarmuschs *Dead Man*, das er der Platzanweiserin im Bastille-Kino abgeschwatzt hat, seinen Silberschatz hütet. Weil er in der 5. Klasse der Vicq-d'Azir-Schule einer der wenigen Schüler war, der ein eigenes Zimmer hatte, kamen ihm diese sieben Quadratmeter damals so groß und majestätisch vor wie eine Suite im Ritz. Abdelatif lebte mit seinen Eltern und den beiden Schwestern in einer knapp dreißig Quadratmeter großen Zweizimmerwohnung. Benjamin lud ihn oft zu sich ein, getrieben von zwei einander widersprechenden Impulsen: dem beschämenden Vergnügen, zu sehen, wie der schwarze Blick seines Freundes vom dunklen Schleier des Neides getrübt wurde, und dem aufrichtigen Vergnügen, sein Glück und sein Spielzeug mit ihm zu teilen.

Die relative Dunkelheit des Raumes, mittendurch der rote Strich des Reklameschildes des algerischen Restaurants im Erdgeschoss, ist ihm so vertraut, dass ihm sogleich zwei gleichermaßen überraschende wie rätselhafte Dinge ins Auge fallen. 1. Cathies übliches Chaos, die das Zimmer nach seinem Auszug in eine Art Wäschezimmer und Rumpelkammer verwandelt hatte, wurde in eine Ecke verbannt und mit einer grünen Plane abgedeckt. 2. Eine Matratze, eingewickelt in seinen alten orangefarbenen Schlafsack, wurde unters Fenster gelegt; am Kopfende zwei aufgerissene Kekspackungen und eine Dose Fanta.

Noch bevor sich nach einem ersten Erstaunen Fragen auftun könnten, ertönt Cathies Stimme aus dem Hintergrund: «Ich habe alles reingepackt, was ich finden konnte, du musst es selbst aussortieren.»

«Schläft hier jemand?»

Er hat, vielleicht zu Unrecht, den Eindruck, dass sie ihn besonders aufmerksam beobachtet, als wollte sie prüfen, ob er hören kann, was sie ihm gleich verraten wird. Denn sie will ihm bestimmt etwas verraten, nicht wahr? Wenn eine Matratze auf dem Boden liegt, egal in welchem Zimmer, in egal welcher Wohnung, folgt doch automatisch die logische Annahme, dass dort jemand schläft, oder nicht?

Beim Betrachten ihres Gesichts – seit neun Monaten haben sie sich jetzt nicht mehr gesehen, obwohl er ihr vor seiner Abreise ein iPad geschenkt hat … obwohl sie auch über Facetime miteinander hätten sprechen können ... – fragt er sich, ob sie ihr glattes Haar, durch das viele silberne Fäden laufen, kürzer geschnitten hat. Normalerweise fallen sie ihr bis knapp auf die Schultern, während sie jetzt ...

«Hör zu, ich habe beschlossen, einen kleinen Afghanen aufzunehmen ... Na ja, klein ... Er dürfte so vierzehn, fünfzehn Jahre alt sein ... Amir ... Ein unglaublicher Junge, also man kann nicht behaupten, dass das Leben sanft mit ihm umgesprungen ist! Ich brauche Platz, damit er seine Sachen unterbringen kann, deshalb habe ich aufgeräumt. Stell dir vor, er hat sich fest vorgenommen, sein Zimmer zu streichen, vielleicht sogar die ganze Wohnung, und das heißt, dass ...»

... *Sein* Zimmer ... Hat sie wirklich *SEIN* Zimmer gesagt?

Benjamin holt tief Luft und versucht, seine Stimme neutral klingen zu lassen, aber seine Worte bekommen eine schrille Note, zumal er ungeduldig wird, weil er so müde und so hungrig ist.

«Du hast einen Afghanen aufgenommen ... Hier? Seit wann?»

«Oha, keine Ahnung! Das dürfte jetzt drei, vier Monate her sein ...»

Ah, dieses leichte Lispeln, wenn sie einer Frage ausweichen möchte! Benjamin sucht nach einer Antwort, aber Cathie kommt ihm zuvor.

«Jetzt schau nicht so, ich bitte dich. Er wird mich schon nicht mitten in der Nacht überfallen, weißt du.»

Schau nicht so. Ja, wie schaute er denn? Man könnte fast meinen, sie hätte mit seiner Reaktion gerechnet, hätte ihren kleinen, provokanten Satz schon lange eingeübt. Benji wird kommen, seine runden Augen aufreißen, mir meine Leichtsinnigkeit, meine Naivität, meinen Mangel an emotionaler Distanz vorwerfen, und ich kontere mit einem Satz, in dem das Wort «Überfall» steckt, das wird ihn auf der Stelle beruhigen. Nur dass Benji weit davon entfernt ist, so niederträchtige wie klischeehafte Dinge zu befürchten! Vorerst stellt er einen zwingenden Zusammenhang zwischen ihren allmählich immer kürzeren Telefongesprächen … *drei, vier Monate* … und dem kleinen Afghanen her. Als er noch ein Kind war, hatte Cathie ihn, wenn er seinen Teller nicht aufessen wollte, mit ihrem strengen Blick gebändigt, flap, flap, flap, mit einer Mischung aus Ungeduld und Wut, und ihm dann den immer gleichen Sermon über den kleinen Afrikaner heruntergebetet, der nichts auf seinem Teller hat. Ein Sermon, der in regelmäßigen Abständen von einem scharfen «Ist dir das klar?» unterstrichen wurde, nach dem sich Benjamin vollkommen leer fühlte und der ihm seinen Egoismus, seine Undankbarkeit und seine Oberflächlichkeit vorhielt. Und jetzt ging die Tour weiter, mit einem afghanischen Teenager, der in *seinem* Zimmer wohnte! Was wollte sie ihm mit ihrem zweideutigen Lachen sagen? Dass es auf dieser Welt wichtigere Probleme gab als ihn? Dass die Menschen litten, während er sich im sonnigen Kapitalismus ein schönes Leben machte? Als ob er das nicht wüsste! Als ob er nicht ganze Tage damit zubringen würde, mit einer prometheischen Hoffnung nach starken, dichten, bewegenden, kraftvollen Geschichten zu suchen, die die Tragödien dieser Welt widerzuspiegeln vermochten.

«Das hab ich nicht gesagt …»

«Ich weiß», sagt sie mit einem Anflug von Müdigkeit, auf den Benjamin bewusst nicht eingeht, um nicht vom Thema abzulenken.

«Ich versteh das nicht, warum hast du mir nichts davon erzählt?»

Das war genau der richtige Tonfall: nüchtern, ohne Nervosität in der Stimme.

«Weil ich nicht glaube, dass du ein offenes Ohr für diese Art von Informationen hast, mein Schatz.»

Es hätte ihn nicht verletzen dürfen, dass er angeblich kein offenes Ohr für so etwas hatte, das sagt er sich selbst nur zu oft. Und doch tat es das. Ein Stich ins Herz, und im Zentrum der Stachel eines unsäglichen Vorwurfs, den er schnell für sich folgendermaßen übersetzte: «Eigentlich rufst du mich nur an, um mir von dir und deinen Erfolgen zu erzählen, Benjamin.»

Sehr gut! Wunderbar! Wenn es das ist, was sie denkt! Er war nicht gekommen – eine Stunde und zehn Minuten im Stau! –, um sich in diesem Knäuel aus Urteilen zu verheddern, und er will auch nicht länger in diesem deprimierenden Licht stehen, will nicht fühlen, was er gerade fühlt, dabei kann er es gar nicht genau definieren. Wut, Enttäuschung, das Gefühl, ausgeschlossen zu werden … Wie auch immer man es nennt, schon schießt es ihm wie ein Stich in die Kiefer. Sodass sie sich verkrampfen. Heiß werden. Mein Gott, wie sehr er das hasst! Er hätte niemals kommen dürfen, nicht nach einem Tag wie diesem, nicht mit leerem Magen. Jeden Tag lernt er etwas besser, sich in den Griff zu kriegen, sich zu kontrollieren, das plötzliche Nervenflattern zu beherrschen, seine Emotionalität (seine Schwachstelle) zu überwinden und sich an die Fakten zu halten … und … und … Und genau das wird er tun. Jetzt. Hier rausgehen, mit seinem Karton unterm Arm.

«Soll ich dir den Schlüssel zurückgeben?»

«Ja, das wäre nett. Ich wollte schon einen nachmachen lassen, aber dieses Schloss …»

Das Ende von Cathies Satz wird von dem Bienenschwarm von Empfindungen übertönt, der in Benjamins Ohren summt. Und von dem enervierenden Klappern dieses verdammten Schlüssels, der ganz unten in der Tasche seines Regenmantels an seinem Autoschlüssel hängt. Er kramt in der Tasche, zieht ihn heraus … und balanciert unterdessen den Karton auf seinem linken Arm. Es ist seine Schuld. Er hätte sie schon vor Jahren von seinen Sachen befreien, das Kapitel selbst beenden sollen; Gelegenheiten hatte es

Tausende gegeben. Schließlich holt er den Schlüssel heraus. Er überlegt, ob er noch den mexikanischen Schlüsselanhänger abnehmen soll, den bunten Totenkopf, den er im Sommer, als er in die siebte Klasse kam, auf einem Flohmarkt gekauft hatte, aber es ist zu kompliziert. Ganz zu schweigen davon, was es über ihn verraten würde. Kleinlichkeit … Materialismus …

Er geht auf sie zu – vier Schritte – und legt ihr alles in die geöffnete Hand. Dann tritt er zwanzig Zentimeter zur Seite und hat bereits die Hand auf der Türklinke.

«Okay, ich gehe dann jetzt!»

Seine Reaktion ist unverhältnismäßig. Zu dramatisch, zu viel Pathos, er weiß es, aber er kann es nicht verhindern. Immerhin hat er es dank dieser Art von Reaktion geschafft, sich in einer Welt selbstgefälliger Haie und Vatersöhnchen zurechtzufinden, er, der Sohn eines alkoholkranken Regisseurs und einer Cutterin, die von Jean-Luc Godard und Claude Sautet träumte, aber nie aus der Nummer mit den zerfledderten Filmen herausfand.

5

Der enge Raum mit den Briefkastenreihen wird von dem klebrigen Licht der Deckenlampe erhellt, aus der schon seit dem letzten Jahrhundert Zacken herausgebrochen sind. Eine grausige Mischung aus Feuchtigkeit in den Wänden, fettigen Fleischdämpfen und den Ausdünstungen aller möglichen Innereien, die in der schlecht belüfteten Küche des algerischen Restaurants auf Spieße gesteckt wurden, hängt starr in der Luft. Mit stockendem Atem geht Benjamin im Zickzack zur Haustür, um zu vermeiden, dass seine Church's Leder-Mokassins «Pembrey» auf die gelblichen Schlieren treten, die der Müll hinterlassen hat.

Kaum hat er die Eingangstür des Gebäudes aufgerissen, erstarrt er. Zwei Meter vor ihm erkennt er den orange-gelben Wollmantel mit dem Tigerfellkragen wieder. Es ist der Mantel der Nachbarin aus dem vierten Stock, Chloé Irgendwas, eine Frau in ihren Vierzigern, dünn und drahtig, lachende Augen und ein beunruhigend roter Haarschopf. Als Benjamin ihr vor vielleicht acht Jahren eines frühen Morgens im Mai zum ersten Mal begegnet war, rauchte sie, an die Eingangstür gelehnt, eine Zigarette. Sie hatte tiefe, dunkle Augenringe, trug ein langes geblümtes Kleid, das bis zu den Brüsten offen war, und Espandrillos. Mit der heiseren Stimme eines Menschen, der die ganze Nacht geschrien hat, hatte sie Benjamin, der aus seiner Einzimmerwohnung im zwölften Arrondissement gekommen war, um Cathies Kühlschrank zu reparieren, erklärt, sie sei vor ein paar Tagen eingezogen und warte auf die Lieferung eines Sofas. Ihre Art zu reden, erinnerte ihn an Julie Prescott, die von Susan Blakely gespielte Figur aus der bahnbrechenden Serie aus den 1970er-Jahren, *Arm und Reich*, und an die gemurmelte Replik von Rudy Jordache, als er sich im Bett an sie schmiegt: «Wenn man so rothaarig ist wie du, sollte man immer Grün tragen.»

Chloé steht drei Viertel von mir abgewandt und ist offenbar in ein Gespräch mit dem alten Youssef Khermissi vertieft, dem tunesischen Besitzer eines Ladens auf der linken Seite des Mietshauses (da er hinter der Tür steht, kann Benjamin nur seine markante Nase und ein Stück seines Stalin-Schnurrbarts sehen). Der heruntergekommene Laden, einst das Königreich der orientalischen Musik der 1980er-Jahre, reihenweise Kassetten und CDs an den Wänden, hat sich in den letzten Jahren Richtung Telefonie und Paketzustellung entwickelt und öffnet erst am frühen Nachmittag.

Ahhhrg, wie er dieses Gefühl hasst! Jedes Mal, wenn er Chloe begegnet, hat er den Eindruck, sich in ein verängstigtes Fischlein zu verwandeln, das in der albtraumhaften Falle eines elektrischen

Netzes gefangen sitzt. Allerdings ist es auch so, dass sich Chloe, sobald sich unglücklicherweise ihre Blicke treffen, nicht nur auf ihn stürzt, wild gestikuliert und laut lacht, sondern ihm auch eindringliche Blicke zuwirft, anzügliche Schmollgrimassen macht, aufreizend den Kopf neigt, und schließlich eine schlaffe Hand auf seinen Arm legt: «Sollen wir vielleicht zu mir gehen, was trinken …» Ein Angebot, das er sofort ausschlägt, während er sich dafür verflucht, es einmal angenommen zu haben. An einem Abend im Juni. Er hatte die Gelegenheit ergriffen, sich bei seiner Chefin, Caroline Piazzelli, beliebt zu machen – der charismatischen Gründerin von Atlantis Studio und Altantis TV, die eine Reihe von Césars gewonnen und bei verschiedenen Festivals Nominierungen bekommen hatte –, da deren Dealer auf Tauchstation gegangen war. Benjamin hatte das Büro mit dem Versprechen verlassen, die Sache so schnell wie möglich zu regeln. Er war zur Metro gerannt und hatte sich in die Küche des algerischen Restaurants vorgewagt, in dem einer der Köche, ein gewisser Reda, heimlich den Warenüberschuss unter die Leute brachte, der sonst im obersten Stockwerk eines Gebäudes an der Place du Colonel-Fabien verkauft wurde, einem der berühmtesten Orte in Paris.

Da ihm sozusagen durch den 21-Uhr-Andrang die Hände gebunden waren, hatte Reda ihn gebeten, nach Dienstschluss, gegen 3 Uhr morgens, wiederzukommen. Das war die Minimalbehandlung für weiße Gelegenheitskunden wie ihn, die seine Position innerhalb der Drogenhändlerhierarchie des Viertels verkannten und ihn als Notanker benutzten. Um nicht warten zu müssen, hatte Benjamin bei Chloe geklingelt, von der er wusste, dass sie Stammkundin war. Im Handumdrehen hatte Chloé die Sache für ihn geregelt. Zum Dank war er noch auf ein Glas geblieben, dann zwei, dann vier, hatte einen kräftigen Zug von dem Joint genommen und sich dann zur Erfrischung ein paar Lines reingezogen. Er hatte ihr zugehört, wie sie über einen unwichtigen Typen herzog, mit dem sie gerade Schluss gemacht hatte, hatte Schuhe und Socken ausgezogen, damit sie ihm eine Massagetechnik vorführen konnte, die sie kürzlich in dem Seminar «Wellness zur Leistungssteigerung» gelernt hatte, organisiert von ihrem Unternehmen. Sie hatten gelacht, viel gelacht, halluzinierte Zuckungen, Wogen schallenden Gelächters, die über ihren Köpfen zusammenschlugen, und dann … Natürlich bedauerte er es! Er hatte sich verhalten wie ein brünstiges Säugetier, aber vor den Internationalen Strafgerichtshof von Den Haag hätte ihn das auch nicht gebracht!

Sex war noch nie sein Antreiber gewesen. Und doch, das musste er zugeben, je mehr Erfolg er hatte, je professioneller und bedeutender er wurde und je mehr Designerklamotten er kaufte, desto mehr Sex wartete an jeder Ecke auf ihn, mit unverhoffter Leidenschaft. Sosehr man sich dessen auch bewusst war, musste man doch den Tatsachen ins Auge sehen: die Wahrscheinlichkeit, dass er – und Millionen von Männern und Frauen wie ihm – einen Seitensprung ausschlagen würden, lag nahezu bei null. Manchmal fühlte er sich immer noch schäbig, besonders wenn Ariane ihm erzählte, dass ihre Freundinnen ihre starke Beziehung bewunderten. Aber aus einem anderen Blickwinkel betrachtet, bei dem die gesellschaftliche Dimension stärker zum Tragen kam als die moralische, gehörte dieses Fehlverhalten nun mal zu dem Preis, den man zahlen musste, wenn man ganz nach oben kommen wollte: BeCurrent. Eine Spitzenposition, durch die Ariane (unter anderem) am Tisch von Simon Baker speisen und ihre Instagram-Story mit angeberischen Selfies fluten konnte. Wie stellen sich die Menschen das eigentlich vor? Dass man nur einen Traum haben, Wettbewerbe gewinnen, einen guten Abschluss machen, einen Job finden, sich den Arsch aufreißen muss, und dann kommt der soziale Aufstieg ganz von allein?

Benjamin zieht langsam die Eingangstür auf, sein Blick fällt auf Fataler Irrtum, die gerade einen Zettel liest, den Khermissi ihr überreicht hat. Tief über den Karton gebeugt, geht er an der Restaurantfassade entlang, wobei sein The-Kooples-Regenmantel ein paar widerwärtige, feuchte Staubmäuse aufwirbelt. Als er sich hundert Schritte weiter in Sicherheit wähnt, hebt er den Kopf und geht schnellen Schrittes Richtung Belleville.

Die nächtliche Februarkälte ist wie ein Schlag ins Gesicht. Es regnet nicht mehr, aber die Luftverschmutzung ist immer noch hoch. Ein paar Meter weiter kämpft ein Lkw mit zerbeulter Karosserie mit dem Einparken und verursacht einen unüberhörbaren Stau.

6

Nach zwei gescheiterten Manövern setzt Xiang Hu Liu zum dritten Mal zum Einparken an. Er weiß, dass der Platz nicht reicht, und glaubt, es trotzdem zu schaffen. Die anderen Autofahrer können gern hupen, soviel sie wollen, um diese Tageszeit sind so viele auf Parkplatzsuche, da wird er auf dem Boulevard keinen besseren mehr finden.

Bevor er einen neuen Versuch unternimmt, rückwärts einzuparken, kurbelt er das Fenster herunter, damit sich der Beschlag auf der Windschutzscheibe auflösen kann. Sofort dringt ein stechender Uringeruch in die Fahrerkabine, und er verzieht unwillkürlich das Gesicht. Den Blick starr in den Rückspiegel gerichtet, bewegt er vorsichtig das Lenkrad. Als er sich vorbeugt, um die Entfernung besser einschätzen zu können, sieht er sich im Rückspiegel. Das Bild eines verbrauchten Achtunddreißigjährigen, der bald noch jämmerlicher dran sein wird, als er es jetzt schon ist. Um die Wahrheit zu sagen, kann er sich nicht mehr recht an das sanft lächelnde Gesicht des jungen Xiang Hu Liu erinnern, leitender Angestellter in einer Fabrik in Wenzhou, der jeden Morgen in einem gestärkten Hemd und einem maßgeschneiderten Anzug zur Arbeit ging, in Begleitung seiner jungen Frau, Mei Yang, die in der Produktionswerkstatt Vorarbeiterin war. Es fällt ihm sogar schwer, sich vorzustellen, dass in seinem schmerzenden Körper jemals ein so selbstbewusster, ehrgeiziger Mensch existiert haben könnte, wahrscheinlich weil er an einem Morgen im Juni 2009, vor dem mit Vorhängeschlössern versperrten Gittern des Personaleingangs, so urplötzlich verschwunden war. Mit wenigen Worten, auf Schreibmaschine getippt, mit Tesa an eine der Metallstangen geklebt, hatte man sie über die endgültige Schließung der Fabrik informiert. Keine vorherige Ankündigung, keine Erklärung. Keine Hilfeleistung. Nicht an diesem Morgen und auch nicht am nächsten. Man hatte ihn nicht zum Jammern oder zum Selbstmitleid erzogen, aber nach all den Jahren konnte ihn niemand, und zwar bis heute nicht, von dem nagenden Gefühl befreien, dass sein Leben, was auch immer er tat, von dieser Demütigung tief getroffen, für alle Zeiten nur einem erbärmlichen, wackeligen Stuhl gleichen würde.

Xiang Hu Liu versucht, mit aus dem Fenster gerecktem Kopf genau aufzupassen, damit er nicht wieder mit dem Hinterrad an der Bordsteinkante hängen bleibt. Seit einigen Monaten beobachtet Mei ihn aus dem Augenwinkel, wenn er abends von der Arbeit nach Hause kommt, und wenn er aus Versehen einmal blinzelt, stürzt sie sich auf ihn und ruft: «Siehst du, du brauchst eine Brille! Was du da gerade gemacht hast, das hast du früher nie gemacht!» Er lässt sie zwitschernd wie ein Beo um ihn herumspringen, eine Brille, eine Brille, eine Brille, zuckt mit den Schultern, wendet sich ab, achtet nicht auf sie. Was soll er sich eine Brille kaufen! Im Moment gehen ihm die 1500 Euro nicht mehr aus dem Kopf, die sein Chef, Peifeng Yu, von ihm fordert, weil er am Lastwagen ein paar Schäden verursacht hat. Es beschäftigt ihn so sehr, dass er nachts nicht mehr schlafen kann. Er weiß, dass er jederzeit zu Frau Chi gehen kann, die Kredite an Geringverdiener wie ihn vergibt, aber die Zinsen, die sie verlangt, sind so überzogen, dass er ihr sein ganzes Monatsgehalt überlassen müsste, obwohl er doch eigentlich auf eine Waschmaschine sparen wollte. Er hat gerade erst die Rückzahlung der 2400 für die Wohnungskaution geleistet. Und davor waren es 1200 für den französischen Führerschein. Und noch davor die 27 000 Euro Reisekosten, die er für sich und seine Frau an die Schleuser zahlen musste und zehn Jahre lang abbezahlt hatte. Inzwischen gibt Peifeng Yu ihm kein Geld mehr. Erst hat er ihn schwarz arbeiten lassen, jetzt weigert er sich, ihm seinen Lohn zu zahlen. Das geht nun schon bald drei Wochen so. Er musste sich 100 Euro von Jian ausleihen, seinem Kollegen aus dem Restaurant, in dem er seit neun Jahren arbeitet, durfte Mei aber nichts davon sagen. Zum Glück gib ihm die Wirtin Essen für die Kinder mit. Wenn er könnte, würde er noch einen dritten Job annehmen, aber seine Tage sind bereits randvoll. Sogar die Samstage. Aufwachen um 4:30 Uhr. Von 6 bis 10 Uhr Lieferung an Peifeng Yu, dann von 10 bis 16 Uhr der Dienst im Restaurant, an zwei Abenden in der Woche sogar bis Mitternacht; an den anderen Abenden stehen weitere Lieferungen an. Hin und wieder bittet Peifeng Yu ihn darum, eine Prostituierte und ihre Kunden hinten in den Lastwagen zu lassen und mit ihnen ein paar Runden auf dem Périférique zu drehen. Anschließend muss er auch noch alles wieder sauber machen.

Als der Lkw mutwillig beschädigt wurde, bat er Peifeng Yu – der wie er aus der Stadt Rui'an stammt, aber seit etwa dreißig Jahren in Frankreich ansässig ist – um Nachsicht. Er versprach ihm, es werde nicht mehr vorkommen; er werde aufpassen, werde noch härter arbeiten, auch sonntags, aber der dicke Fettkloß hat ihn so gleichgültig angeschaut, als sei er eine zerquetschte Wanze, und gebrummelt, er schulde ihm diese 1500 Euro, weil es seine Schuld sei, denn er hätte ja nicht in einer so dunklen Straße parken müssen. Dabei war die Straße gar nicht so dunkel gewesen, aber Xiang Hu Liu hatte nicht weiter insistiert, denn er hatte Angst, Peifeng Yu zu beleidigen und auf der Stelle gefeuert zu werden. Seitdem parkt er nur noch auf dem Boulevard, vorzugsweise in der Nähe einer Straßenlaterne, auch wenn das zur Folge hatte, dass er eine Stunde lang durchs Viertel kurven musste.

Er zieht die Handbremse an, verriegelt das Lenkrad und steigt aus. Noch bevor er die Tür abschließt, zündet er sich eine Zigarette an, die er in La Chapelle irgendwelchen Schmugglern abgekauft hat, nimmt einen langen Zug, um seine Nerven zu beruhigen. Sie würden über die Runden kommen, wenn Mei noch in der Textilwerkstatt arbeiten würde. Aber als sie vor über einem Monat zum dritten Mal überfallen wurde, wollte sie nicht mehr dorthin zurück. Der Inhaber der Werkstatt, Luc Yong, ein eingebürgerter Chinese, hat schnell Ersatz für sie gefunden und ihr nicht einmal mehr den letzten Wochenlohn ausbezahlt. Diesmal verfolgten die Gauner sie mehrere Meter, warfen sie zu Boden und entrissen ihr die Handtasche. Es sind immer die gleichen, Xiang Hu Liu sieht sie abends, wenn er das Restaurant verlässt. Schwarze und Araber, alle minderjährig. Wenn die Nacht hereinbricht, kommen sie wie Regenwürmer aus den Cités gekrochen und fallen über sie her, weil sie überzeugt sind, dass Chinesen immer Geld in der Tasche haben. Sein Kollege Jian hat ihm erklärt, dass «einen Chinesen bashen» sogar ein Initiationsritus ist, wenn man einer Gang beitreten will. Mei hatte zwei gebrochene Rippen, aber sie erstatteten keine Anzeige. Wenn sie Französisch sprechen würden und ihre Lebensverhältnisse etwas stabiler wären, dann hätten sie es wohl getan.

7

Trotz der brennenden Straßenlaternen und der bunten Leuchtreklamen ist der Boulevard de la Villette, den in der Mitte ein Grünstreifen teilt, fast immer schummrig, fast düster.

Wer noch nie in Paris war, wer nur an Postkarten oder die prunkvollen Panoramen französischer Exportfilme denkt, kann sich nicht vorstellen, dass dieses Viertel, das sich über vier Arrondissements im Osten der Stadt erstreckt, nur etwa dreißig Gehminuten vom schicken Marais entfernt liegt. Anders als auf diesen weichgezeichneten Bildern sind wir hier am Nullpunkt architektonischer Harmonie angelangt. Von den 1950er-Jahren bis heute sind anarchische Renovierungen, sukzessive Abrisse und eine willkürliche Bebauung der Grund dafür, dass alle, die es wagen, den Blick nach oben zu richten, mit Verletzungen ihres ästhetischen Feingefühls und Zuckungen der Netzhaut zu rechnen haben.

Eingequetscht zwischen altehrwürdige Gebäude, denen die Auspuffgase graue Fassaden bescherten, sind die modernen großen Mietshäuser mit den bezahlbaren Mieten, wahrscheinlich entworfen von rachsüchtigen Geistern, denen es nicht gelang, den ausgeschriebenen Wettbewerb für die Louvre-Pyramide zu gewinnen, von einer atemberaubenden barocken Hässlichkeit. Es fehlt ihnen nicht nur an Ästhetik, sie sind noch dazu erstaunlich heruntergekommen. Mit billigen Materialien erbaut, scheinen sie bereits Jahrhunderte alt. Die Klamottenläden und Lebensmittelgeschäfte ereilt das gleiche Schicksal: kaum renoviert, verfallen sie auch schon wieder. Man könnte meinen, je mehr sozial Schwache in einem Viertel leben, desto weniger Aufmerksamkeit und Beachtung hat es verdient. Und was den Bevölkerungsreichtum angeht, dessen linke Wurzeln in die Arbeiterklasse zurückreichen, bis zur Kommune und darüber hinaus, sowie die sukzessiven Einwanderungswellen – Polen, Armenier, Griechen, Belgier, Italiener, aschkenasische Juden, Marokkaner, Algerier, Portugiesen, Tunesier, sephardische Juden, Chinesen –, hat das Dreieck Belleville/Ménilmontant/Jaurès die Nase vorn. Danach folgt die ewige Spirale. Die natürliche Anpassung des menschlichen Verhaltens an seine Umwelt. Schmutz, Dreck, kaputte Möbel auf dem Bürgersteig, zerbrochene Flaschen, getrocknete Pisserrinnsale, Kotzepfützen …

… Benjamin Grossmann weicht zweien aus, kommt an einem weiteren Telefonladen vorbei, dem vierten in weniger als fünfzig Metern; dann an dem vietnamesischen Restaurant, das sich auf Suppen spezialisiert hat; dem alten Waschsalon, der von einem Ehepaar aus dem ehemaligen Jugoslawien betrieben wird, wo der Mann, ein Koloss von über eins neunzig, mit einer alten, geschwollenen Narbe quer über dem rasierten Schädel, noch unter der blendenden Dusche der Neonleuchten alles putzt. Mit drei langen Schritten sprintet er über den Boulevard, um den mittleren Grünstreifen zu erreichen. Vor etwas mehr als fünfundzwanzig Jahren, als Cathie und er nach der Scheidung seiner Eltern aus der Wohnung in der Rue d'Alésia im 14. Arrondissement ausgezogen waren, um hierher, ins Gelobte Land der Verdammten der Erde, ins Herz der gescheiterten Utopie des Kosmopolitismus zu ziehen, gab es diesen Asphaltstreifen noch nicht. Ursprünglich für Spaziergänge am Tag konzipiert, wurde er nach Einbruch der Dunkelheit zum Hoheitsgebiet chinesischer Prostituierter, die in regelmäßigen Abständen in Trauben beisammenstanden. Innerhalb weniger Jahre, während das euphorische Lachen des chinesischen Wachstums die Welt erzittern ließ, wurden die Neuankömmlinge durch ihren spektakulären Zuwachs gezwungen, ihren Wirkungskreis weit über den ursprünglichen Standort in der Nähe des asiatischen Supermarkts von Belleville zu erweitern. Indem sie zwei so widersprüchliche Konzepte wie Diskretion und Sichtbarkeit perfekt miteinander kombinierten, hatten sie sich allmählich auf den mittleren Grünstreifen vorbewegt, ihn Meter um Meter erobert, ohne dass es jemandem aufgefallen wäre. An diesem Abend sind es mindestens zwanzig – *zwanzig!* – direkt vor Benjamins Augen. Alle mit langen, fransigen Haaren, Miniröcken aus Synthetik, dicken, silbrig glitzernden schwarzen Strumpfhosen, plaudernd oder herumhüpfend, um sich warm zu halten. Sie sind jünger, außerdem verführerischer als ihre Vorgängerinnen, Frauen, die ganz unauffällig ausgesehen hatten und die Benjamin an den Samstagnachmittagen, wenn er mit seiner Mutter einkaufen ging, den Einkaufswagen mit dem Schottenkaro hinter sich herziehend, neugierig beobachtet hatte. Dass sie Arm in Arm untergehakt den Boulevard auf und ab liefen, hatte ihnen den Spitznamen «Bordsteinschwalben von Belleville» eingetragen. Ihre unaufgeregte und verzweifelte Inszenierung hatte etwas, das ihn zugleich faszinierte und abstieß. Was genau war es? Er war sich nicht ganz sicher.

Benjamin, der sich dessen bewusst ist, dass er sogar in diesem verwahrlosten Zustand durch seine Erscheinung noch ihre Aufmerksamkeit erregt, eilt schneller zu seinem auf der anderen Seite des Boulevards geparkten Auto. Auf keinen Fall möchte er mit ihnen in Kontakt kommen, möchte nicht hören, wie sie glucksen und um ihn herumscharwenzeln. Er hat vor allem eine Scheißlust auf eine Zigarette. Ein Himmelreich für eine Zigarette! Er holt tief Luft – ein vergeblicher Versuch, die Anspannung loszuwerden, die ihm jetzt in jedem Muskel steckt –, dann weicht er einem Motorroller aus, und schon steht er auf dem Bürgersteig gegenüber.

Drei Tage nach seiner Ankunft in Los Angeles hatte er mit dem Rauchen aufgehört, hatte sich den Forderungen des Trainers von BeCurrent, Kenneth Altman, gebeugt, der das alterslose Aussehen eines Videospiel-Söldners und den starren Blick eines Waschbären hatte. Mit seinem wie aufgeklebten Lächeln, mit dem er Vertrauen schaffen wollte, hatte er *Benny* erklärt, um Teil der *BeC*-Community zu werden, müsse man als Erstes einen Lebensstil annehmen, der mit der Effizienz und Klarsicht konform ging, die man von ihm erwartete. Täglicher Sport, Vitamincocktail, glutenfreie Mahlzeiten, Meditation … und einen ganzen Haufen weiterer Routinen, die er sich angewöhnen musste, um die Leistung jener Maschine zu steigern, die die Gruppe repräsentieren und Dollars einfahren sollte, denn genau das war sein Körper jetzt. «*You do not belong to yourself anymore, buddy. You belong to something bigger … Much bigger than you!*»

Benny gehorcht so schnell und entschieden wie ein Junge, der zu allem bereit ist, um vom Weihnachtsmann das erste Spielzeug auf seinem Wunschzettel zu bekommen. Was hat es noch für eine Bedeutung, dass die Amerikaner uns mit ihrer Werbung, ihren ikonischen Bildern und den Lügen gedungener Ärzte den größten Teil des zwanzigsten Jahrhunderts gezwungen haben, ihre Zigaretten zu rauchen! Jetzt pflockt der Marlboro-Cowboy sein Pferd vor einem Fitnessstudio an, nimmt Echinacea, um sein Immunsystem zu stärken, und schluckt Chia-Samen, und wieder einmal bleibt einem nichts anderes übrig, als zu gehorchen. Nur ist Paris nicht L. A. Aus der Traum vom Kaninchen aus dem Zauberhut und dem verwunschenen Wald des Hollywood Boulevard. Seit seiner Rückkehr liefert sich Benjamin sinnlose Schlachten mit seinen Nerven, um sich nur ja keine anzustecken.

Außerdem wandert sein Blick nach links, angezogen von der tristen Fassade des Café-Tabac der Familie Cheng. Um seinen unbändigen Drang zu bezwingen, denkt er an jenen fernen Novembernachmittag zurück, den er am elften Geburtstag des ältesten Sohnes Georges Cheng, einem fettleibigen Jungen mit Bürstenhaarschnitt, der ihn aus unerfindlichen Gründen zum Freund gewählt hatte, dort zwischen den Formica-Tischen verbracht hatte. Abdel Moaziz hatte sich über ihn lustig gemacht, weil er der einzige Weiße war, der eine Einladung erhalten hatte. Die gelb-rosa Sahnetorte, der zahnlose Großvater, der an der Theke hockte, der eisgekühlte Kokosnusssaft, die Bonbontüte, gefüllt mit Leckereien, die scharf gewürzt und überraschend waren ...

Benjamin geht einen Schritt langsamer, gerade so viel, dass er den Tabaktresen im hinteren Teil des Raumes und die einfarbigen Zigarettenschachteln in den Regalen sehen kann. Jawohl, das ist es: Er wird hineingehen und sich eine Packung Kippen kaufen. Er hat gerade mit der Entwicklung von *Spleen* begonnen, einem 78 Millionen Euro teuren dystopischen Science-Fiction-Thriller mit Juliette Binoche und Christian Bale in den Hauptrollen, da dürfte es ihm ja wohl gelingen, eine einzige jämmerliche Zigarette zu rauchen, ohne gleich die ganze Packung aufrauchen zu müssen! *Sieh dich doch um, Captain America wird hier nicht aus dem Nichts auftauchen und dir das Ohr lang ziehen, um dich auf den rechten Weg zurückzubringen ... Du bist zu Hause, verdammt noch mal, das ist deine Stadt, dein Viertel, du machst, was du willst!*

8

Ein leicht melancholisches Wärmegefühl umfängt ihn. Er fühlt sich wie ein Reisender, der zum Ausgangspunkt seiner Odyssee zurückgekehrt ist, nachdem er den Wirren der Zeit getrotzt und tausend Stürme überstanden hat. Hier sieht es aus wie damals, ein unwandelbarer Ort, festgefahren in Gleichgültigkeit und beherrscht von ureigenen Gesetzen.

Der Saal ist voll und in eine virile Dämmerlichtatmosphäre getaucht. Von dem kleinen Altar, der am Fuß eines kalten Heizkörpers steht, steigt Weihrauchduft auf. Betrunken sitzen die Chinesen an den Tischen, rubbeln Karten aus *Cash* und *Millionaire* frei und schreien in Mandarin, in Wenzhou oder im Dialekt irgendeiner anderen verlorenen Provinz im hintersten Fernen Osten herum. Er hat sie schon immer um ihre Freiheit beneidet und sich zugleich über sie geärgert. Die Freiheit, so zu sein, wie man ist, so zu leben, wie man leben möchte, ohne irgendetwas oder irgendjemandem auch nur das geringste Zugeständnis zu machen, und der Kultur des Gastlandes schon gar nicht. Wenn er einem dieser Männer erzählen würde, dass ihm neuntausend Kilometer von hier entfernt ein Verrückter, der sich proteinlastig ernährt, das Rauchen verboten hat und dass er ihm gehorcht wie ein verängstigter Hund, würde der in ein ansteckendes und beschämendes Gelächter ausbrechen.

Zum ersten Mal hat Benjamin das seltsame Gefühl, dass BeCurrent ihm im Tausch für seine Träume und Wünsche den Willen abgesaugt, ihn in eine mächtige Marionette verwandelt hat, so künstlich wie vergänglich, und dann in dieser Stadt ausgesetzt, um dem Unternehmen zum Aufschwung zu verhelfen. Er weiß, dass alle Produzenten am Standort Paris, wirklich alle, ihn zu kontaktieren versuchen, in der Hoffnung auf ein Treffen, auf sein gesteigertes Interesse für ihr Einzel- oder Serien-Projekt. Wer ihn in letzter Zeit gesehen hat, brüstet sich gern mit einem: «Ich habe Benjamin gesehen, weißt du, Grossmann …» Wer ihn noch aus einem anderen Leben kennt, einem, in dem man ihn kaum eines Blickes würdigte, sagt jetzt stolz: «Du kannst ihn gern von mir grüßen, wenn du magst.» Aber wer ist er jetzt, in diesem Augenblick? Wer ist dieser Mann, der in dem Bewusstsein auf den Tabaktresen zugeht, dass kein Kopf sich nach ihm umdrehen, kein Blick ihm seine Existenz bestätigen wird, während er selbst es nicht mehr gewohnt ist, ignoriert zu werden und sein Lächeln in alle Richtungen zu schicken, ohne dass es jemand noch im Flug auffängt? Hat er wirklich hier einen Geburtstag gefeiert?

Vor ihm tauscht ein Chinese mit abgewetzter Jacke das Los, mit dem er gewonnen hat, gegen ein Dutzend weitere, die er sich mit der Akribie eines Wissenschaftlers aussucht. Unterdessen wirft Benjamin einen Blick auf den Tresen und glaubt, Georges Cheng wiederzuerkennen, halb verdeckt hinter dem krummen Rücken seines Vaters. Verwaschenes, formloses T-Shirt. Die Arme über dem kräftigen Oberkörper gekreuzt. In eine angeregte Diskussion mit einem Typen verwickelt, der einen Arm in der Schlinge trägt. Ja, das ist er. Die Wangen sind weniger rund, aber die tiefen Grübchen sind dieselben. Schon als Kind hat er immer gesagt, dass er dort, hinter diesem Tresen, enden wird. Und das war schließlich schon eine ganze Menge. Eine Bar-Tabac in Paris, auf dem Boulevard de la Villette! Die Garantie für eine rentable und solide Erwerbstätigkeit.

Während Benjamin Georges beobachtet, erklingen in seiner Tasche vibrierend die ersten Töne von Lana Del Reys «Video Games», die Ariane sich ausgesucht hat, damit ihre Anrufe sich von den anderen abheben. Er zögert noch, ranzugehen. Wenn er es nicht tut, wird sie wieder anrufen, bis sie zu ihm durchdringt. Wie soll er ihr erklären, dass er den Anruf nicht annehmen konnte, wo er doch eigentlich im Blue Velvet sein sollte, mitten auf einer todlangweiligen Party?

Er verlagert das Gewicht des immer schwerer werdenden Kartons auf den linken Arm, zieht umständlich sein iPhone 11 aus der Innentasche seines Regenmantels, die plötzlich bodenlos tief zu sein scheint. Als er abhebt, fällt ihm Cathie ein. Sie hat ihm nicht einmal die Chance gegeben, ihr zu sagen, dass Ariane schwanger ist …

«Wo bist du?», schießt Ariane gleich los.

Die brüske Frage lässt vermuten, dass es ihr ziemlich egal ist, wo er sich aufhält, nur dass er noch nicht wieder zurück ist, das passt ihr nicht.

«Ich bin bald zu Hause, Schatz», sagt er und hat Mühe, den Karton festzuhalten, der sich schon gefährlich neigt.

«Der Dubliner Makler hat gerade angerufen. Um zehn Uhr nachts, stell dir vor … nur um mir zu sagen, dass die Wohnung, die wir haben wollten, heute Nachmittag vermietet worden ist. Er hat mir zwei Fotos von einer anderen in der Nähe der Grafton Street geschickt, wir müssen uns schnell entscheiden.»

Im gleichen Augenblick macht der Mann, der vor Benjamin in der Schlange steht, die Hände voll bunter Rubbellose, einen Schritt zur Seite, ganz offensichtlich um ihm Platz zu machen. Durch ein Plexiglasfenster vor Aggressionen von außen geschützt, wirft die chinesische Verkäuferin, die einzige Frau an diesem Ort, Benjamin einen unergründlichen Blick zu. Die Art von Blick, mit denen die Chinesen im Viertel nur die Nicht-Chinesen anschauen.

In seiner Bedrängnis stellt er eine Ecke des Kartons auf dem Tresen ab.

«Warte, Ariane … Ich … Es ist zu laut hier …»

«… Ernsthaft, ich glaube, du musst …»

«Ich kann dich nicht hören …»

«Ich rufe dich zurück …»

«Nein, ich ruf dich zurück … Ariane?»

Aufgelegt.

Er würde das verfluchte Telefon gern sofort ausschalten, vielleicht hat sie ihn ja nicht gehört oder wollte nicht hören, dass er sie zurückruft. Doch die ungeduldige Miene der Verkäuferin, die sich schon dem nächsten Kunden zuwenden möchte, hält ihn davon ab.

Es bedarf einer weiteren Reihe von Turnübungen, um seine Brieftasche aus der Innentasche seiner Jacke zu ziehen, das Päckchen Winstons zu bezahlen, das über und über mit makabren Warnungen bedruckt ist, den Karton abzustellen, sein Wechselgeld einzustecken, den Karton wieder an sich zu nehmen, sich umzudrehen und dem Kerl hinter ihm, der ihn fast schon über den Haufen rennen möchte, um an sein Glücksspiel zu kommen, mit kräftiger Stimme eine Entschuldigung entgegenzuschmettern … Und den Raum schließlich in die andere Richtung zu durchqueren.

Plötzlich geht die Tür auf und katapultiert einen schwarzen Hoodie Richtung Benjamin, zusammen mit der eisigen Luft von draußen. Der Zusammenstoß ist nicht heftig, aber durch das Gewicht des Kartons gerät Benjamin aus dem Gleichgewicht.

Es vergehen einige Sekunden, bis er den Körper bemerkt, der vor seinen Füßen kauert, die Hand auf der Zigarettenschachtel, die auf den Boden geschleudert worden ist. Der Körper richtet sich mit der Wendigkeit eines Tänzers wieder auf und steht ihm plötzlich von Angesicht zu Angesicht gegenüber. Obwohl er fast einen Meter achtzig groß ist, ist es ein Jugendlicher. Sechzehn, siebzehn Jahre alt. Gemischtrassige Eltern. Kapuze auf dem Kopf. Große haselnussbraune Augen. Ein schwarzer Flaum über der Oberlippe. Sein jugendliches Gesicht, wie festgeschraubt auf den breiten Schultern, ist so nah, dass Benjamin seinen Atem spüren kann, der nach einer kräftig gewürzten Soße riecht, als er ihm ein lässiges «sorry» hinwirft, bevor er die Zigarettenschachtel auf den Karton knallt. Von dem Bedürfnis getrieben, schnell seine Verärgerung zu zeigen und sich als Erwachsener aufzuspielen, will Benjamin gerade den Mund aufmachen und ihm einen knappen Satz mit einem «pass auf» darin vor den Latz knallen, aber der Junge steht schon in der Schlange vor den Tabaktresen. Das silberne Nike-Logo auf seinem Rücken glänzt unter dem Licht der in die Zwischendecke eingelassenen Spots.

9

Als Benjamin wieder in der beruhigenden Sicherheit seines Autos sitzt – einem schwarzen Audi A4, den er sich vor acht Jahren von seinem ersten anständigen Gehalt gekauft hat –, den Karton auf dem Beifahrersitz, wirft er einen herausfordernden Blick auf das so heiß ersehnte und so lächerlich kleine Päckchen der Marke Winston. Ein riesiges, glasiges Auge, einer Folterkammer entronnen, schwebt über der dramatischen Warnung vor den Gefahren des Nikotins und starrt ihn flehend an. Er zögert, die Hand auszustrecken. Du entscheidest, flüstert ihm der alte Kenny Altman leicht enttäuscht zu, du bist der Boss. Ja, er entscheidet hier … Und er entscheidet sich, das verfluchte Päckchen nicht anzurühren. Er wendet den Blick ab, öffnet das Fenster, um ein wenig frische Luft reinzulassen. Das hat mit Altman nichts zu tun, nein, wirklich … Sicher? Ja, sicher! Er hat einfach nur keine Lust. In einem Anflug von frisch erstarktem Optimismus lässt er den Motor an, bereit, durch die Stadt zu düsen, nach Hause zu kommen, dann noch schön warm zu duschen, bevor er zu Ariane nach … Ariane …

Sie hat ihn nicht zurückgerufen.

Er muss sie unbedingt anrufen, wenn er vermeiden möchte, dass sie ihm beim Nachhausekommen eine Szene macht. Mein Gott, wie vorhersagbar die Mechanismen einer Paarbeziehung sind, denkt er und kramt in seinen Taschen nach seinem Handy.

Es ist nirgendwo zu finden.

Eine Welle von Panik schwappt durch Benjamin Grossmanns Gehirn. Sie vertreibt Ariane aus seinen Gedanken und spült mit einem Schwall alle unerlässlichen, essenziellen, entscheidenden Informationen, die in den Mäandern seines Handys gespeichert sind, an die Oberfläche. Telefonnummern, Nachrichten, Notizen, seine speziell für ihn programmierte Lauf-App, Fotos, Codes … Sein Gedächtnis, sein ganzes verdammtes Gedächtnis! Außerdem fliegt er dieses Wochenende nach Dublin und dann nach London, und er kann ja nicht … Scheiiiiiße! Er beißt die Zähne zusammen, will sich selbst beruhigen, ganz vernünftig überlegen … Die Cloud, die unantastbare Cloud. Ein ordentlicher Teil ist da bestimmt gespeichert. Aber nur ein ordentlicher Teil …

Er schließt die Augen, versucht, sich zu konzentrieren und sich bildlich vorzustellen, was in dem Moment geschehen ist, als er es aus der Innentasche seines Regenmantels geholt und den Anruf angenommen hat. Aber was sich ihm dabei sofort in den Sinn drängt, ist der Zusammenstoß. Der wendige Körper des Teenagers, sein Gesicht zwei Zentimeter von seinem entfernt … Sein breiter Oberkörper … Sein Atem … Die Schnelligkeit, mit der er weggelaufen ist … Alles passt, fügt sich mit schwindelerregender Geschwindigkeit zusammen!

Benjamin springt aus dem Auto und schließt es ab. Die schrille Hupe eines Fahrrads, gefolgt von einer Flut von Beleidigungen, zielt in seine Richtung.

Er stößt die Tür zu dem Bar-Tabac auf.

Er ist nicht mehr da.

Benjamin steht breitbeinig auf dem Bürgersteig und lässt den Blick panisch in alle Richtungen schweifen. Sieht ihn nicht. Etwa zwanzig Meter entfernt steht eine Gruppe junger Leute, vorwiegend schwarz gekleidet, vor den Wohnblöcken, die mit schmutzig weißen Platten verputzt sind, seit Ewigkeiten durch große Netze geschützt, um zu verhindern, dass sie runterfallen. Benjamin hatte mitangesehen, wie diese Betonklötze aus dem Boden schossen, wie sie sich dann mit Einwandererfamilien und Leuten aus dem Prekariat bevölkerten, dann den Namen Cité erhielten, die Cité Blanche, und ihre Fassaden dann plötzlich, wie wenn ein alter Mann seine

Zähne verliert, mit ein paar Platten weniger der allgemeinen Gleichgültigkeit anheimfielen.

Auf diese Entfernung kann Benjamin in der dichten Masse von Sweatern und Kapuzenpullovern, die wie eine große Säule vor dem Eingang zur Cité stehen, keinen schwarzen Hoodie entdecken. Und doch muss er da sein. Wohin sonst hätte er so schnell verschwinden können?

Er nähert sich. Er hat keine Strategie, braucht aber eine, wenn er sich dieser Gruppe von Bros nähern und sich zurückholen will, was ihm gehört. Denn je weiter er geht, die Augen fest auf die lärmende, ausgelassene Gruppe gerichtet, desto mehr geht es ihm um den eigentlichen Gegenstand. Er gehört ihm. Ihm allein! Er war vom gleichen Punkt gestartet wie sie. Von diesem düsteren Stück Boulevard, von diesen kaputten Bürgersteigen, und ist bis an sein jetziges Ziel gekommen. Auf die anständige Art. Ohne jemanden auszurauben. Alles, was er hat, hat er selbst bezahlt, ihr Mistkerle!

10

Von dem Moment an, als sie die Tür geöffnet hatte, noch vor dem Lichtanschalten, war die alte Leonie (der Grund für Nicos Anruf) auf sie zugestürzt, hatte miaut wie eine übergeschnappte Sirene und sich in einem ebenso verzweifelten wie dankbaren Tanz an ihren Beinen gerieben. Wie ich an manchen Abenden, hatte Cathie gedacht, die sich entsetzlich danach sehnte, von jemandem in den Arm genommen zu werden. Wann sie sich in ein so verletzliches, kleines Wesen verwandelt hatte, blieb ihr ein Rätsel. Früher hatte sie ihren Alltag mit der Überzeugung gestemmt, als Siegerin hervorzugehen. Nach Feierabend, wenn die Rolltreppe der Metro Belleville sie nach mehr als einer Stunde und zehn Minuten Fahrt endlich an die Oberfläche beförderte, freute sie sich, einen ganzen Abend vor sich zu haben, es sich in ihrem Tempo gemütlich zu machen, sich eine Suppe aus dem Tetrapack aufzuwärmen, die *Libération* zu Ende zu lesen, auf dem Sofa vor den Fernsehnachrichten zu sitzen, in aller Ruhe zwei oder drei Gläser Wein zu trinken, ohne sich vor irgendjemandem rechtfertigen oder sich dafür schämen zu müssen. Sie verspürte sogar einen gewissen Stolz, wenn sie an ihre Kollegin Marysa Fontelli dachte, die gezwungen war, auf dem Heimweg vom RER-Bahnhof noch bei Picard vorbeizugehen, in die Küche zu stürmen, den Tisch zu decken, sich mit den wechselnden Launen ihres Ehemanns herumzuschlagen, der immer überzeugt war, müder zu sein als seine Frau, obwohl sie die gleiche Anzahl von Arbeitsstunden geleistet hatte wie er. Der Stolz rührte hauptsächlich daher, dass sie nach Alexis nicht mehr auf die Lockgesänge eines Lebens zu zweit hereingefallen war. An Gelegenheiten hatte es nicht gemangelt, aber ein primitives Warnsystem, das mit der Geschichte ihrer früheren Liebesbeziehungen zusammenhing, hatte dafür gesorgt, dass sie sehr auf der Hut war. Marysa war schon vor einem Jahr in Rente gegangen … Was war aus ihr geworden? Für Cathie wäre es Ende des Jahres so weit. Das Fallbeil …

Sie hatte die Schüssel gefüllt, die in einer Ecke der Küche auf dem Boden stand. Während die bedrückende Stille in der Wohnung vom Knacken des Trockenfutterkauens zermahlen wurde, hatte sie den kleinen Spritzer Erbrochenes vom Boden aufgewischt. Magen-Darm … Davor fürchtet sie sich am meisten. Nichts vermag besser die ganze Nacht den Einsamkeitsalarm schrillen zu lassen, mit Schmerzen und Übelkeit, die einen wie der Todesengel vom Bett zur Toilette und von der Toilette zum Bett verfolgen. Seit Neuestem trägt sie in jeder ihrer Taschen ein hydroalkoholisches Gel mit sich herum und wäscht sich zehnmal am Tag die Hände, weniger um die Keime loszuwerden, als um die Reue fernzuhalten, dass das

Leben dir beim Entleeren deines Darms zusieht. Jetzt hat sie ja Amir …

Sie fragt sich immer noch hin und wieder, ob sie wohl auf die Idee gekommen wäre, ihn oder einen anderen bei sich aufzunehmen, wenn Benjamin sie in der Nacht, als sie Geburtstag hatte, im Halbdunkel ihres Wohnzimmers saß und allein eine traurige Flasche Weißwein leerte, einfach angerufen hätte. Natürlich war ihre Erwartung übertrieben gewesen, allein schon wegen der Zeitverschiebung. Aber ob übertrieben oder nicht, ein letzter Hoffnungsfunke hatte sich entzündet, und wäre dieser auf den viel beschäftigten Geist ihres Sohnes auf der anderen Seite des Atlantiks übergesprungen, dann wäre er vielleicht nicht nach draußen entwischt, auf die zubetonierten Straßen dieser Stadt, die voller Gewalt waren, um sich an einen Teenager zu heften, der auf einer Bank saß und gerade eine dieser kostenlosen Zeitungen, die am Metro-Ausgang verteilt werden, zu entziffern versuchte. Zwar sehen einige Leute in der Aufnahme eines unbegleiteten minderjährigen Ausländers – Herr im Himmel, welche verwaltungstechnischen Meetings enden mit der Hervorbringung solcher Ausdrücke? – einen Akt des Engagements, doch Cathie weiß, dass es sich um etwas anderes handelt.

Sie öffnet das Wohnzimmerfenster, um etwas zu lüften, entschlossen, dort stehen zu bleiben, bis Leonie satt ist. Jedenfalls hat sie nichts Besseres zu tun, während sie wartet, dass Amir nach Hause kommt. Derzeit stürzen sich alle auf die Migranten, das neue Aufregerthema, das gerade in aller Munde ist. Dass sie sich täglich vor dem Eingang zum Square Villemin versammelten, gegenüber der Gare de l'Est, hatte schon vor fünfzehn Jahren Unruhe ins Viertel gebracht, aber es hatte niemanden beschäftigt oder erschüttert. Damals hatte es noch ein paar letzte Telefonzellen gegeben, in denen sie nach Einbruch der Dunkelheit aufeinanderhockten, nachdem sie ihre Habseligkeiten in die Bäume geschleudert hatten. Aber um Menschen zu bewegen, braucht es die große Masse, nicht wahr? Es braucht Tausende von schutzlosen Leibern, die zum Spielball der Meere werden, im Wasser treibende Leichen, Kinder, die mit dem Gesicht nach unten tot im Sand liegen, Schreie und Tränen, dass wir endlich die Augen auf sie richten. Fünfzehn Jahre! Amir war glücklich, dass man ihn für die Teilnahme an einem Dokumentarfilm ausgewählt hatte, glücklich, in den Augen der Franzosen zu existieren. Und Cathie hatte mit einem verständnisvollen Lächeln genickt und nichts gesagt.

Er hatte ihr erzählt, die Hazara würden von den Taliban und dem Islamischen Staat verfolgt, weil sie Schiiten sind. Sein Vater sei getötet worden. Seine Mutter und seine Geschwister seien bei einer Bombenexplosion nahe der iranischen Grenze ums Leben gekommen, als sie aus ihrem Land flohen. Aber Cathie bekam ihre Zweifel an dieser Version, als sie ihn im Innenhof des Mietshauses dabei überraschte, wie er, als er sich unbeobachtet fühlte, mit ans Ohr gepresstem Telefon geplaudert und gelacht hatte. Amir war mit einer Stimmung in die Wohnung zurückgekehrt, die sie nicht von ihm kannte. Verspielt. Fast kindlich. Selbst die Konturen seines Gesichts waren runder geworden, als hätte eine ungeheure Freude ihm Feuchtigkeit gespendet. Sie hatte instinktiv geahnt, dass die Person am anderen Ende der Leitung seine Mutter gewesen war, denn er war ganz unwillkürlich aus sich herausgegangen. Wahrscheinlich hatte er sich diese blutige Tragödie ausgedacht, zumindest in Teilen – oder man hatte es ihm nahegelegt –, um die Menschen im Westen zu erweichen. Denn wenn man akzeptiert werden will, genügen der Krieg und die Angst vor dem Tod nicht mehr. Man muss über die Banalität hinausgehen und sich zu etwas Einzigartigem machen, muss sich eine bewegende Geschichte einfallen lassen, mit der die anderen sich identifizieren können. Cathie stellte ihm keine einzige Frage zu seiner Vergangenheit, weder damals noch später, um das zerbrechliche Vertrauen zwischen ihnen, das täglich zunahm, nicht zu beschädigen. Seit diesem Anruf sagte sie sich, sie kümmere sich auch seiner Mutter zuliebe um ihn. Sie gab ihm zu essen, beruhigte ihn, wenn er in der Nacht Albträume hatte, verscheuchte die Stimmen, die ihn verfolgten, und die Angst, die ihn beim Anblick einer Uniform ergriff, damit er bei guter Gesundheit war, wenn diese Frau, sofern sie noch lebte, ihn eines Tages wiedersehen würde.

Auf dieser Höhe erstreckt sich der Boulevard mit seinen dürren, nackten Bäumen, soweit das Auge reicht. Sie wünschte sich – und auch das war neu –, die Fenster ihres Wohnzimmers würden auf diese Seite hinausgehen, und nicht auf den Innenhof, dann könnte sie manchmal dem Schauspiel da draußen zuschauen, so erbärmlich es auch sein mochte. Es ist die Zeit der Nachtschwärmer, der Saufnasen, der Jugendlichen, die noch keine Verantwortung tragen. Und dieser armen, halb erfrorenen Chinesinnen, die man hergebracht hat, um sie in illegalen Betrieben und Restaurants kostenlos arbeiten zu lassen, damit sie die Tausenden von Euros zurückzahlen, die ihre Reise gekostet hat. Erst vor wenigen Monaten wurde eine von ihnen vergewaltigt und in dem Mietshaus drei Nummern weiter in der Annahme, sie sei tot, zurückgelassen. Niemand wollte später die Dreizimmerwohnung der Mariani im ersten Stock kaufen, nicht mal zum Schleuderpreis.

Was haben sie gemeinsam, all die Bewohner dieses Viertels? Es gibt kein sie einendes Ereignis, kein Fest, ja nicht einmal mehr die Gleichgültigkeit. Manchmal hat Cathie den Eindruck, dass alles um sie herum immer ruinöser wird, ohne dass sie etwas dagegen tun könnte. Selbst die Luft riecht immer mehr nach Elend und Gewalt. Mittlerweile stehen Soldaten vor der Synagoge in der Rue de

Belleville, gibt es Drogendealerbanden in der Grange-aux-Belles und ermordete Prostituierte. Wenn sie sagt, dass sie am Boulevard de la Villette wohnt, erwidert man ihr in selbstgefälligem Ton: «Ah, aber das ist ein Viertel für Bobos!» Als ob eine Handvoll temporär Beschäftigter aus dem Bereich der darstellenden Kunst und Freiberufler, die oft selbst in prekären Verhältnissen leben, etwas gegen Armut, Arbeitslosigkeit oder Drogen ausrichten könnten! Sie hat die Nase voll von all den abgedroschenen Phrasen, die man im Radio, im Fernsehen und in den Social Media überall hört und die einem als unumstößliche Wahrheiten präsentiert werden. Sie geben ihr das Gefühl, in einer Welt zu leben, die auf die Dimensionen einer Grundschulklasse geschrumpft ist, mit leicht verständlichen Äquivalenzen und einfach zu lösenden Gleichungen. Da braucht man nicht allzu viel Grips und muss seine grauen Zellen nicht strapazieren, es genügt, sich ein paar Glaubenssätze und Vorurteile einzuprägen und sie gleichlautend wieder auszuspucken. Nicht nur unser Leben ist, wie sie findet, roboterhaft, sondern auch unser Denken. Wie sollte es auch anders sein in einer Welt, in der multinationale Konzerne und ihre Apps unsere Freizeit, unsere Reisen, unsere Beziehungen, den Inhalt unseres Tellers, unseres Schranks, unsere Sexualität verwalten; in der Gegenstände Erkennungscodes von uns verlangen, in der Chips unter unsere Haut implantiert werden? Wir können uns an diese neue Welt nur anpassen, wenn wir auch unsere Erwartungen ändern, wenn wir nicht länger versuchen, Nuancen wahrzunehmen und nach Erklärungen zu suchen, die jenseits des äußeren Scheins liegen.

Während sie ihre Gedanken schweifen lässt, glaubt sie, Benjamin auf dem Gehsteig gegenüber der Cité Blanche stehen zu sehen. Sie reckt den Hals und blinzelt ... Das kann nur er sein. Hier trägt weit und breit niemand solche Klamotten wie er. Was macht er noch hier? Sie spürt ein besorgtes Kribbeln im Magen, das ihr höchst vertraut ist und die ausschließlich ihrem Sohn gilt. Sie hat ihr Handy nicht dabei, sonst würde sie ihn anrufen. Würde er überhaupt rangehen?

Sie hatte gewusst, dass er impulsiv reagieren würde, sobald er das mit Amir erfuhr. Deshalb hatte sie es ihm ja nicht am Telefon erzählen wollen. Benjamin kann sich wochenlang zurückziehen – zermürbende Schmollphasen, die er beschönigend «eine Zeit des Nachdenkens» nennt – und in der er sie nicht mehr anruft. Als sie ihm mitgeteilt hatte, dass sie sich die Flugtickets nach Los Angeles nicht von ihm bezahlen lassen wollte oder dass sie nicht zur Beerdigung seines Vaters anreisen würde, hatte er genauso reagiert – nur hatte die Beerdigungsphase mehrere Monate gedauert. «Nimm es bitte nicht persönlich!», hatte sie jedes Mal gesagt und vergeblich gehofft, er werde schon noch zur Einsicht kommen. Nein, sie hätte nicht *sein* Zimmer sagen sollen, auch wenn er sich seit seiner Rückkehr nicht eine Stunde Zeit genommen hatte, um sie zu besuchen. Das Wort war ihr im letzten Moment so rausgerutscht, dabei war ihr bewusst, dass sie es besser nicht gesagt hätte.

... Benjamin setzt sich in Bewegung ...

... Sie folgt ihm mit dem Blick. Vielleicht ist ihm doch noch eingefallen, wo er sein Auto geparkt hat. Kaum ist ihr dieser Gedanke gekommen, wird er von einer Frage verdrängt: Wo ist der Karton? Wahrscheinlich hat er ihn in einen der Müllcontainer im Haus geworfen, hat in aller Ruhe den Inhalt inspiziert und dann den Film herausgefischt, was der Grund ist, weshalb er noch in der Gegend ist. Cathies Sehkraft hatte in letzter Zeit ganz schön nachgelassen, außerdem ist sie zu weit weg, um Details erkennen und sehen zu können, ob er die kleine Metallbox des Filmarchivs in der Hand hält, aber die Erklärung erscheint ihr plausibel. Was kümmert ihn schließlich der Plunder, den sie all die Jahre geduldig für ihn aufgehoben hat?

Ein großer weißer Lastwagen biegt um die Ecke der Rue Burnouf und verdeckt ihr die Sicht auf Benjamin. Cathie verzieht verärgert das Gesicht. Als der Lkw sein Manöver beendet hat, ist Benjamin nicht mehr da.

11

Er steht hinter ihm, den Blick auf seine weißen Jordan-Sneakers mit nagelneuen Gummisohlen gerichtet. Allein der Anblick dieser Schuhe, die mit dem Handy eines anderen bezahlt wurden, bringt ihn maximal in Rage.

Als der Junge loslief, beschloss Benjamin sofort, ihm zu folgen und dabei einen großen Abstand zu wahren, um ihn nicht zu alarmieren oder den Verdacht seiner Kumpel zu wecken, die er zurückgelassen hat. Es hat keinen Sinn, sich etwas vorzumachen, Benjamin weiß sehr wohl, dass seine massiven Trizeps- und Brustmuskeln, die er monatelang durch das Heben von Eisen gestählt hat, ihm nichts nutzen würden gegen einen dieser Möchtegern-Stammesführer, die sich auf seinem Terrain niedergelassen haben. Ein Quadratmeter vor dem Eingang eines heruntergekommenen Wohnblocks, und schon halten die sich für Prinzen!

Er hat nicht gesehen, wie der Junge ihnen sein Handy zugesteckt hat, auch nicht, dass er es herausgenommen hat, um es ihnen zu zeigen. Aber er hat sie reden, sich schieflachen und in die Hände klatschen sehen. Faustchecks, die genauso gut bedeuten könnten: «Verdammt, den hast du echt gearscht, diese Hackfresse! Und die Tussi hört gar nicht mehr auf, ihn anzurufen!»

Benjamin zögert, ihn am Ende des Boulevards anzusprechen, auf Höhe des Kommunistischen Parteisitzes, eines imposanten, aber überraschend diskreten Baus von Oscar Niemeyer, den er zwei-

oder dreimal für Dreharbeiten gemietet hatte. Dieser Bereich ist immer beunruhigend düster, als würde sich der mächtige Schatten der führenden Ideologie des 20. Jahrhunderts, im Vermietungsgeschäft recycelt, über den Gehsteig spannen.

Bevor Benjamin sich entschieden hat, ist der Nike-Hoodie schon nach rechts abgebogen. Jetzt tritt er in das chemisch-gelbe Lichtfeld der Straßenlaternen auf der Place du Colonel-Fabien. Benjamin folgt ihm, und könnte sich in den Hintern beißen, dass er so lange gezögert hat.

Wenige Passanten. Fast kein Auto. Der Junge rennt wie eine Wildkatze in ihrem Jagdrevier. Es ist Jahre her, dass Benjamin sich zu Fuß hierher gewagt hat, vor allem zu dieser Stunde. Ein großes braunes Gebäude, voll von farbigen Neonröhren, die an seiner Fassade befestigt sind, nimmt einen Großteil des Platzes ein. «Generator» leuchtet es in Großbuchstaben über dem Eingang. Er hat das gleiche Zeichen, den gleichen Eingang, schon einmal gesehen, nur wo?... Wo? *Egal, denk nicht drüber nach.* Die angrenzende Bar mit ihrer täuschend echten Industriefassade hat das alte Café ersetzt, in dem sich jeden Morgen eine Gruppe jüdischer Mütter getroffen hat, ohne ihre Kinder, die sie gerade in die Schule gebracht hatten. Drei oder vier Personen, eingemummelt in Mäntel und Schals, unterhalten sich auf dem Gehsteig.

Der Junge überquert diagonal die Avenue Claude-Vellefaux. Benjamin wirft einen kurzen Blick auf seine Uhr: schon 22:40 Uhr. Er hatte sich vorgenommen, noch vor morgen die acht Überarbeitungen der Staffel 1 von *Spleen* zu lesen. Er sollte besser nicht noch mehr Zeit vertrödeln, wenn er eine schlaflose Nacht vermeiden will. Der Junge geht durch eine kleine Passage, steigt ein paar Stufen hinunter und kommt in einen riesigen, formlosen Raum; eine Art abschüssige, geschlossene Innengasse, umrahmt von etwa fünfzehn Stockwerke hohen Gebäudeblöcken, die sich hier und da zu schmalen Wegen öffnen, von den Genies der Stadtverwaltung Rue Albert-Camus genannt. Als ob Albert Camus nicht Besseres verdient hätte als ein paar Bäume, die gepflanzt wurden, damit alles schön öko aussieht, und fette Pflastersteine auf dem Boden.

Kein Licht. Kein Geräusch, nur das entfernte Brummen der Autos. Was für ein Glück, dass er hier durchläuft! Benjamin beschließt, ihn noch ein paar Meter gehen zu lassen, bevor er ihn anspricht. Ja, noch ein Stückchen ... bis da drüben ... in der Nähe der Treppe, die zum Stadion unten führt, wo er als Kind die meisten Sonntagnachmittage verbracht hatte. Fußballspiele, von den Vätern der anderen Kinder organisiert. Er war nicht besonders gut im Ballspiel, wurde aber angerufen. Zum einen, weil sie wussten, dass er wenigstens immer verfügbar war, zum andern aus Mitgefühl für seine Mutter. Er sieht sich immer noch auf dem Spielfeld, wenn die Nacht hereinbricht und es nicht mehr weit ist bis Spielende, erschöpft, verschwitzt, aber leicht, erfüllt von einem unerhörten Gefühl der Freiheit, als ob er aus demselben Stoff gemacht wäre wie der Himmel und die Luft. Auch er war hier aufgewachsen. Auch er war hier zu Hause. Doch trotz ihrer Lebendigkeit scheinen seine Erinnerungen jemand anderem zu gehören. Jemandem, der er nicht hätte werden dürfen.

Sein Herz rast. Seine Schuhe machen ein schreckliches Geräusch, das laut in seinem Schädel widerhallt. Seine Schuhe, ein Geburtstagsgeschenk von Ariane, gekauft in London, diesen Herbst ... *Generator*, da hatte er ihn gesehen! Die florierende Kette von Hostels in Europa ... in Verhandlungen mit dem Kundendienst von BeCurrent.

Er atmet einen Schwall eiskalter Luft ein, die ihm in der Lunge brennt. Seine Fingerspitzen beginnen zu kribbeln, Zeichen einer beginnenden Migräne. *Das fehlte gerade noch!* Das Beste wäre, mit dem Ganzen hier so schnell wie möglich abzuschließen.

... Was soll er zu ihm sagen? Gib mir mein Handy zurück? Und wenn er sich weigert? *Warum sollte er sich nicht weigern, du Schwachkopf? Er wird dir ja wohl nicht dein Handy zurückgeben und sich obendrein noch entschuldigen!* Was also? Die andere Möglichkeit wäre, direkt zur Polizei zu gehen und den Vorfall zu melden. Stundenlang in einem schmutzigen Korridor hocken, seine Unachtsamkeit erklären, eine Opferhaltung einnehmen, sich von einem desillusionierten Polizisten wie ein Idiot behandeln lassen, Tonnen von Papier unterschreiben und dann ... Wozu das alles? Um sich anzuhören, die Straßen seien nun mal voller Abschaum und Krimineller, und sie hätten Besseres zu tun, als nach einem Handy zu suchen. Du meine Güte! Da kann er auch gleich kehrtmachen und nach Hause gehen!

Als sie auf Höhe des kleinen, eingezäunten Platzes ankommen, dreht sich der Junge plötzlich um die eigene Achse. Er ist etwa zehn Schritt von Benjamin entfernt, eine klar umrissene Gestalt, die sich deutlich von dem nächtlichen Hintergrund abhebt. Das Gesicht ist nicht zu erkennen, ein großes Loch in der Kapuze. Sieht er ihn an? *Wen sonst? Wen außer dir sollte er ansehen?* Benjamin hat die herrische Kehrtwende nicht kommen sehen, die erzwungene Gegenüberstellung von Angesicht zu Angesicht. Jetzt muss er sich dem stellen. Im gleichen Tempo weitergehen. Entschlossen. Offen. Sich selbstsicher geben. Ihn beeindrucken.

Einen Meter vor ihm bleibt er stehen. Der Junge starrt ihn an. Fordert ihn heraus. Die Stille zwischen ihnen, zwei männliche Stadtbewohner im Adrenalinrausch, ist mit leicht entflammbaren Partikeln geladen. *Stell dir vor, er weigert sich.*

«Was willst'n von mir?»

Wieder greift er als Erster an, nutzt den Vorteil.

Benjamin wirft schnell einen Blick auf die Hände des anderen, die tief in den Taschen seines Hoodies stecken, plötzlich starr vor Angst bei der Vorstellung, er könnte eine Klinge oder sonst etwas Scharfes herausziehen.

«Was is? Sie verfolgen mich ... Ich verkauf aber nichts!»

«Ich will mein Handy zurück», sagt Benjamin und betont jedes einzelne Wort.

«Was?! Ich hab kein Handy!»

«Schon gut, hören Sie auf, ich hab Sie ...»

«Du hältst mich für'n Dieb, was?» (Er macht einen Schritt vor.) «Isses das?!»

«Hören Sie ...»

«Gar nichts tu ich! Scheiße aber auch ...!»

Er dreht ihm den Rücken zu und geht.

Diese blöde Art, immer gleich aufzubrausen, die anderen zu duzen, nicht zu hören! In dieser Stadt ist Reden nicht angesagt. Die Leute machen den Mund nur auf, um dich anzubellen. Aber Benjamin möchte reden, möchte sagen, was er zu sagen hat, ohne gleich eine Abfuhr ins Gesicht geklatscht zu bekommen. Wut kocht in ihm hoch. Er legt seine Hand auf die Schulter des Jungen, spürt den Knochen unter den Muskeln in seinen Handballen. Bevor dieser sich ihm entwindet.

Die Geschwindigkeit, mit der sich der Junge umdreht, zwingt Benjamin, einen Schritt zurückzutreten. Den Zeigefinger drohend auf Benjamins Gesicht gerichtet, schimpft er: «Fass mich nicht an, du Mistkerl!» Seine Hand fächert sich breit und kraftvoll auf, legt sich auf Benjamins Brust und stößt ihn heftig zurück. Sein Atem bildet kleine Dampfpakete zwischen ihnen.

Der Junge verzieht den Mund und blickt abschätzig auf den jetzt wankenden arroganten Fatzke in Anzug und weißem Hemd, der es gewagt hat, seine lausigen Finger auf ihn zu legen. Ohne Scheiß, wer ist dieser Typ mit der Dirty-Harry-Frisur? Wär schön, wenn er jetzt aus den Latschen kippen würde, direkt vor seinen Füßen …

… Aber Benjamin fängt sich wieder. Richtet sich auf. Nimmt wieder seinen Platz ein, in der Kehle steckt ihm ein Wirbelsturm an Verständnislosigkeit und Wut. Seine Schläfen brennen, die Migräne hat schon darin Fuß gefasst. Flackernde Lichtpunkte fliegen vor seinen Augen. Gleich wird er schreien.

«ICH WILL, DASS DU …»

«Halt die Fresse, Mann! Du lässt mich jetzt in Ruhe, du dreckiger … »

Hätte ihn Benjamin doch nur den Satz beenden lassen. Hätte er nur zwei Sekunden tief durchgeatmet. Wäre nur nicht dieser elektrische Schmerz durch seinen Schädel geschossen, den Arm hinauf und in die geschlossene Faust. Das Krachen der Fingerknöchel gegen den Kiefer. Das Geräusch aufeinanderprallender Knochen. Dann verzerrt sich das Gesicht des Jungen, wird nach hinten katapultiert Doch da erreicht Benjamin noch ein anderes Geräusch, weniger organisch, hart und hohl zugleich, metallisch und vibrierend.

Der Junge vor ihm rutscht an den Gitterstäben herab, läuft wie geschmolzener Käse auf den Boden. Langsam. Widerstandslos. Das Gesicht, jetzt ohne Kapuze, ist stahlgrau. Seine weit aufgerissenen Augen sind in ihren Höhlen erstarrt wie Eiskugeln.

Verblüfft wendet Benjamin nicht mehr den Blick von ihm. Was ist passiert? Sein Herz rast. Eine irrationale Angst lähmt ihn. Das metallische Geräusch klingt ihm noch in den Ohren. Er versucht, die Hand vorzustrecken, um ihn zu berühren, doch der brennende Schmerz, der ihm durch die Finger schießt, hält ihn zurück. Er hat den Eindruck, sich mit ihm auf einem Schiff zu befinden, das in einen Sturm geraten ist. Der Boden stampft. Das Bild dreht sich in Zeitlupe. Die Sekunden ziehen sich immer mehr in die Länge.

Der Junge rollt sich ein, stützt eine Hand auf den Boden, hält sich an einer der Metallstangen fest und richtet sich wieder auf. Ein Bein nach dem anderen. Benjamin tritt so nah an ihn heran, dass der Moschusgeruch des jugendlichen Körpers ihn voll ins Gesicht trifft. Er will ihm helfen. Beugt sich vor. Doch der Ellbogen des Jungen landet in seinem Plexus. Und schleudert ihn von sich.

Ein paar Sekunden später, während Benjamin noch mit offenem Mund nach Luft schnappt, löst sich die Welt allmählich wieder aus ihrer Verzerrung und kehrt zur normalen Geschwindigkeit zurück. Alles ist seltsam ruhig. Die Stille dämpft ein schlurfendes Geräusch, ein Schrammen über den Bürgersteig. Kurzatmig dreht Benjamin Grossmann langsam seinen Kopf. Der Junge entfernt sich mühelos, wird von der Nacht verschluckt.

12

Die kleine Tankstelle an der Ecke zur Rue Louis-Blanc ist ein leuchtender Kubus im Halbdunkel der Place du Colonel Fabien. Ein Auto steht in der Nähe des Ausgangs, der Kofferraum ist geöffnet. Ein paar undeutliche Gestalten, angestrahlt vom Halo der Neonlichter, reden, ans Auto gelehnt, miteinander. Der beißende Wind fährt ihnen in ihre Kleidung. Gleich hinter ihnen verweist ein kleines, in den Boden gerammtes Metallschild, eine Art umgedrehte Schaufel, auf die morbide Vergangenheit des Ortes. Hier stand eines der makabersten Bauwerke, das Paris je gekannt hat: der Galgen von Montfaucon, ein gigantisches, fast sechs Meter hohes Gerüst unter freiem Himmel, Stützpfeiler mit Querbalken, von denen Eisenketten hingen. Hier sollten die Leichen der zum Tode Verurteilten ausgestellt werden, manchmal bis zu sechzig, gehenkt, zur Schau gestellt, den verschreckten Blicken der Passanten ausgesetzt und vom Wind geschaukelt. Wen man zuvor auf der Place de Grève einen Kopf kürzer gemacht hatte, der wurde an den Füßen aufgehängt. Über seinen finsteren Balken flogen Schwärme von Raubvögeln und Krähen und verdunkelten, blutige Fleischfetzen im Schnabel, den Himmel. Die Luft war dick, heiß, vom Verwesungsgestank verpestet. Sechs Jahrhunderte lang, vom elften bis zum siebzehnten, war der Tod hier kein Ende mehr, sondern ein nicht enden wollendes Spektakel, so unerträglich und erschütternd, dass die Anwohner noch sehr lange Zeit, noch Jahrzehnte nach seinem Abriss, behaupteten, Schreie und Wehklagen zu hören, das Kettengerassel, das knarzende Geräusch der Falltür in der Mitte, durch die man die Reste verschwinden ließ. Das Viertel hielt sich für verflucht, verflucht für alle Zeiten durch das Leid und die Tränen der zu Tode Gefolterten und ihrer Familien.

Benjamin weiß nicht, durch welche Orte er seinen schmerzenden Körper geschleppt hat, als er plötzlich wieder an der Oberfläche der Stadt auftaucht, gegenüber der Tankstelle. Sein Hemd ist durchnässt bis auf die Haut, sein Haar verfilzt wie ein Strohballen. Er sieht aus, als sei er völlig am Ende. Benommen bleibt er einen Moment stehen und schaut sich um.

Langsam schaltet sein Gehirn sich wieder ein und passt sich der örtlichen Geografie an. Sein Herz klopft immer noch schnell. In seiner linken Schläfe brennt die Migräne, dicht wie ein Feuerball. Er beginnt, den Platz in die andere Richtung zu umrunden, wo es keine Straßenlaternen gibt, wo das Pflaster alle drei Minuten erzittert, sobald die Hochbahn mit ohrenbetäubendem Lärm in den Tunnel einfährt. Sein schwerer Schritt vermittelt ihm das Gefühl, ein verwundeter Soldat zu sein, von einem fernen Schlachtfeld auf das Pflaster einer großen Metropole katapultiert. Wäre er weniger verwirrt oder weniger um sein Äußeres besorgt, hätte er auf die unscheinbaren Gestalten geachtet, die neben einem vor der Tankstelle geparkten Auto standen, hätte er wahrscheinlich das ihm zugewandte Gesicht bemerkt …

… dunkler als die anderen, die Augen leicht geschlitzt, sandfarben. Die Augen eines alten zentralasiatischen Stammes, der hauptsächlich in Afghanistan ansässig ist, der Hazara, die den Mongolen ähneln. Ein vor allem sorgenvolles Gesicht; schon seit so vielen Jahren und aus so vielen Gründen, dass er weder alt noch jung wirkt – obwohl er jung ist –, sondern verschlossen wie ein unbewohntes Haus. Es ist das Gesicht von Amir Behzadi, dem neuen Bewohner seines Zimmers.

13

Die Hände tief in den Taschen seiner Jeans, wartet Amir beim Auto des Assistenten. Weil er sich verloren fühlt in dieser Sprache, diesem Alltagsfranzösisch, das zwischen den Mitgliedern des Drehteams mit einer einschüchternden Leichtigkeit hin und her geht, achtet er nicht weiter auf ihr Gespräch. Es kommt immer der Moment, in dem er langsamer wird im Kopf, die Konzentration flöten geht und einem Gefühl der Fremdheit Platz macht, das ihn heimtückisch überfällt und das Fenster zwischen ihm und der Welt schließt. Seine einzige Hoffnung ist, dass er bald gehen darf und sich dann zu Hause schlafen legen kann. Morgen hat er um acht Uhr eine Stunde Naturkunde, und er mag es nicht, wenn er im Unterricht müde ist. Er hätte den Regisseur fragen sollen, ob er gleich nach der letzten Aufnahme gehen kann, aber er hat sich nicht getraut, aus Angst, dass der ihn für zu arrogant oder zu egoistisch hält und ihn nicht mehr leiden mag. Er hat immer Angst, die Franzosen zu enttäuschen, immer; dass sie ihn nicht mehr wollen, dass sie ihn zurückweisen, dass sie ihn fallen lassen. Die Angst, wieder ins

Nichts zu stürzen, zurück auf den Grund dieses Lochs ohne Luft zum Atmen, aus dem er entkommen konnte, verlässt ihn nie.

Sein Blick schweift Richtung Place du Colonel-Fabien. Abgesehen von ein paar Passanten, die dem Metro-Eingang zuströmen, ist der Platz leer. Zwei Männer rauchen eine Zigarette vor den mit Graffiti besprühten Auslagen einer Apotheke an der Ecke der Rue de la Grange-aux-Belles. Ein eleganter Herr im beigefarbenen Regenmantel und mit glatt rasierten Wangen steht auf dem Gehsteig gegenüber und fasst sich mit der Hand an die Schläfe. Er sieht verloren aus, als habe er sich im Viertel geirrt. Fasziniert beobachtet ihn Amir. Nach und nach taucht aus den Tiefen seines Gedächtnisses ein anderes Bild auf. Ein Schwarz-Weiß-Porträt, in Ebenholz gerahmt, das im Flur an der Wand hängt. Das Foto eines Teenagers, etwa im gleichen Alter wie er. «Das ist mein Sohn», hatte Cathie gesagt, als er zum ersten Mal die Wohnung betrat. «Das wurde vor langer Zeit aufgenommen, am Meer.» Der Junge hat die Arme über seiner nackten Brust verschränkt, sein halblanges Haar ist nass, er runzelt die Brauen, um seine hellen Augen vor der grellen Sonne zu schützen.

«*Chodeche ya na*?», fragt sich Amir. Ist er es, oder ist er es nicht? Benjamin. Genau, Benjamin. Cathie hatte ihm beigebracht, wie man seinen Vornamen ausspricht. «Du musst das erste «n» weglassen, darfst es nicht betonen.»

Das ist er.

Ja, das ist er…

14

Benjamin meidet den Boulevard und wagt sich in die verlassenen Straßen vor, die sich zwischen den Gebäuden hindurchschlängeln. Hinter diesen Fenstern schlafen Menschen oder versuchen zu schlafen, streiten sich, trinken, vögeln, sehen fern, verschicken Nachrichten, weinen, dröhnen sich zu, pflegen ein krankes Kind. Er schlägt den Kragen seines Regenmantels hoch. Es ist kalt. Eine feuchte Kälte, wie eine Strafe. Er geht am Eingang einer Gesamtschule vorbei, über dem sich eine alte Frankreichflagge um den Mast gewickelt hat. An der Zwischenwand prangt ein Graffito aus hellroten Buchstaben, wie neues Blut, HEILT EURE ÄNGSTE.

Er wechselt den Gehsteig, um nicht auf einen Deckenhaufen zu treten, um den herum sich Plastiktüten und leere Dosen häufen und unter dem wahrscheinlich jemand liegt, den Glück und Hoffnung für alle Zeit verlassen haben. Er möchte über dieses schreckliche Bild aus einem fernen Jahrhundert nachdenken, aber es gelingt ihm nicht. Dutzende anderer Gedanken kreisen mit atemberaubender Geschwindigkeit in seinem Schädel, belasten ihn. Ein Gefühl der Scham, bei dem das Geräusch eines Schädels gegen Metall noch immer mitschwingt, verfolgt ihn weiterhin wie ein Schatten, auch wenn es sich langsam verflüchtigt, seit die Kälte und der Spaziergang etwas Ordnung in seine Gefühle gebracht haben. Scham? Aber weswegen? Weil er sich zurückholen wollte, was ihm gehört? Also ehrlich! Die Telefonnummern in seinem Adressbuch sind ein Vermögen wert! Wer würde nicht gerne versuchen, einem Prominenten einen Streich zu spielen, indem er sich für ihn ausgibt? Stellen Sie sich nur vor, Christian Bale, ausgerechnet er, der bestbezahlte Schauspieler der Welt, hatte sich schier zerrissen, um ihn zu überzeugen, ihn bei der Serie mitspielen zu lassen. Ganze

Nächte hatte er mit seinem Agenten durchtelefoniert, Dutzende von Reisen gemacht. Jetzt wird er einen Teil der Nacht damit zubringen müssen, all seine Codes zu ändern, dabei hatte er auch so schon endlos viel zu tun. Mein Gott! Vielleicht hätte er ihm nicht so gegenübertreten sollen – *er hat dich zuerst geschubst, er …* –, zugleich ist es wohl die einzige Sprache, die diese Halunken verstehen.

Dieser Dreckskerl kann von Glück reden, dass er nicht bereit ist, noch mehr Zeit zu verplempern und eine Anzeige aufzugeben (morgen früh? Unmöglich. Vielleicht am späten Nachmittag). Nicht ausgeschlossen, dass die Polizisten aus dem Viertel ihn längst kennen, ihm schon mehrfach Handschellen angelegt haben. Es war auch nicht ausgeschlossen, dass sie vielleicht hocherfreut wären, einen guten Grund zu haben, es wieder zu tun und ihn am Ende für immer wegzusperren. Der Dreckskerl sollte ihm dafür danken, dass er wieder in sein Auto gestiegen ist, zwei Schmerztabletten aus dem Handschuhfach geholt, mit einem Rest aus der Wasserflasche geschluckt hat und dann verschwunden ist.

Er fährt über die Notre-Dame-Brücke Richtung Rive Gauche, während er konzentriert *Trying Your Luck* von den Strokes lauscht, das gerade im Radio kommt. Es sind nur noch wenige Kilometer bis zu seiner Wohnung im 5. Arrondissement, am Ende der Avenue des Gobelins. Das Viertel mit seinen gepflasterten Straßen, den jahrhundertealten Geschäften, dem Markt, dem Akkordeonspieler, der jeden Sonntag vor der Kirche aufspielt und die Leute zum Tanzen bringt, ist so lebendig und familiär, dass es wie ein Dorf wirkt. Und er lebt dort! An dem Abend, an dem er mit der elften Klasse im Théâtre de la Contrescarpe Peter Handkes *Kaspar* gesehen hatte, schwor er sich, eines Tages in dieser Gegend zu wohnen. Denn das ist Paris, mehr als jeder andere Stadtteil. Mit Blick auf die Rue

Mouffetard versteht man, warum jedes Jahr 33 Millionen Touristen in diese Stadt strömen.

Nach fast einem Jahr der Suche hatte er in einem nüchternen Gebäude aus den 1970er-Jahren diese Wohnung aufgetan. Das war einige Monate vor seiner Ernennung zu BeCurrent gewesen, als sein Name noch in der Pipeline war und er tapfer wie eine kleine Spitzmaus, die man im Dschungel freilässt, die vielen Managementhürden überwand. Drei Zimmer, 85 Quadratmeter mit Blick nach Süd-Ost, vierter Stock mit Aufzug, Parkplatz und Keller. 3900 Euro Monatsmiete. OK, das war überzogen. Aber mein Gott, was war hier nicht überzogen? Eine Viertelstunde Parken für drei Euro, was war damit? Und eine Flasche Coca-Cola mit einem Einkaufspreis von 30 Centimes, die für fünf Euro an den Endverbraucher geht, was war damit? Und eine Kinokarte: 15,50 Euro im Pathé Beaugrenelle! Außerdem träumt gar nicht jeder davon, sein Auto in einem Parkhaus abzustellen, eine Cola zu ordern oder durchs 15. Arrondissement zu flanieren, dagegen eine Wohnung in der Rue de l'Arbalète … Wer auf diesem Planeten, von Vancouver bis Seoul, von Dakar bis Sydney, würde darauf spucken?

Denn die Höhe der Mieten ist ja gerade deshalb entmutigend, deprimierend, diskriminierend, weil sie wie eine Mautsperre wirkt und es nicht jedem gestattet ist, dort Fuß zu fassen. Schließlich ist es kein Verbrechen, nach einem langen Tag voller Kompromisse, Stress und Auseinandersetzungen in einer nahezu Achtzig-Stunden-Woche nach Hause zu wollen, ohne erst über Spucke, Kippen, Dosen, Pisse, Blut steigen zu müssen, urbane Hinterlassenschaften von Leuten, die die Straße als ihre Toilettenschüssel betrachten. Als sein Vorgesetzter in Los Angeles, Jason Hopper, ihn angerufen hatte, um ihm mitzuteilen, BeCurrent werde nach Dublin umziehen, hatte sein erster Gedanke seiner Wohnung gegolten. Er hatte sogar einen Kauf erwogen, aber der Besitzer, ein Zahnarzt im Ruhestand, der vermutlich nach Portugal gegangen war, um in den Genuss der Steuerbefreiung zu kommen, hatte nicht verkaufen wollen. «Kein Problem, Monsieur Marsan, ich verstehe das», hatte Benjamin mit übertriebener Höflichkeit geantwortet. Ihn trieb weit mehr der Ärger über diese Abfuhr an als der verrückte Wunsch, die Wohnung zu kaufen, als er sich gleich nach Beenden des Gesprächs vornahm, ihn Anfang Juli anzurufen, falls in Dublin alles glattliefe und er genug Geld beiseitegelegt hätte, um ihm ein großzügigeres Angebot zu machen.

Im Drosseltempo fährt er über die Notre-Dame-Brücke und muss seitlich ranfahren, um einen als Privatfahrzeug getarnten Polizeiwagen passieren zu lassen, der plötzlich das Blaulicht aufs Dach setzt, um durch den Stau zu kommen. Das roch förmlich nach Machtmissbrauch mit Vollgas. Ein paar Meter weiter hält Benjamin an der Ampel. Paris erstrahlt zu beiden Seiten in atemberaubender Schönheit. Lichter, Passanten, Restaurants, Cafés … Der Gedanke, zu diesem Fluss, dieser Energie, diesem Teil der Menschheit dazuzugehören, der selbstbewusst und reich genug ist, spontane Ziele und Impulse zu haben, um sich eine Meeresfrüchteplatte, erlesene Weißweine und Verdauungsschnäpse leisten zu können, ohne sich Gedanken über das Morgen zu machen, hebt seine Laune. Dennoch kann er es kaum glauben. Es kann es immer noch nicht recht fassen. Er, Benjamin Grossmann, gebürtig aus Belleville, dessen Vater, wäre er nicht schon mit achtundvierzig Jahren einem Herzinfarkt erlegen, jetzt an seinem Bier ersticken würde, wenn er ihm den Mietpreis nannte (den er schnell in Franc umrechnen würde). Seit dem ersten Arbeitstag bei BeCurrent muss Benjamin Grossmann jeden Morgen seine Designerkleidung anziehen, sein Haar mit Styling Clay zurückbürsten, sich Van Cleef & Arpels Eau de Toilette auflegen, die Concierge mit ostentativer Höflichkeit begrüßen, einigen Ladenbesitzern zuwinken, die ihm das guten Kunden vorbehaltene Lächeln schenken, um sich klarzumachen, dass das wirklich er ist. Er selbst ist der Kerl, der auf der Zielgerade noch schnell in die Spitzengruppe gewechselt und dann nach Los Angeles gedüst ist, um bei der Entwicklung und Produktion der Serie *Another Us* zu lernen, wie die komplexe, ausgeklügelte und unersättliche Maschinerie von BeCurrent funktioniert.

Die Serie ist seit drei Wochen online und hat bereits eine beeindruckende Anzahl von Aufrufen. Wenn seine innere Stimme jetzt am unteren Bildrand erscheinen könnte, würden dort Fragen auftauchen, Fragen wie diese: Wie viele der Menschen, die sich in den Straßen dieser Stadt tummeln, die das Land, die Sprache, das Viertel, die Computermarke, die Schuhmarke teilen, sind auch Fans von *Another Us*? Wie viele von ihnen tauschen sich gerade, hier in dieser Sekunde, begeistert über diese Serie aus, schicken ihren Freunden Nachrichten, um ihnen zu sagen, so, jetzt ist es so weit, jetzt bin ich auch voll süchtig, oder setzen gerade im Ozean der nächtlichen Posts einen Tweet ab? «Hey, ihr Pflaumen, schaut euch *Another Us* an!» «Diese Serie ist der Hammer!» «Bin ich hier der Einzige, der wie festgetuckert vor *#AnotherUs* hockt und sich die Augen ausheult?» Wie viele? Wie viele begeistern sich, analysieren, kommentieren, spekulieren und fragen sich, wie in Gottes Namen diese Staffel enden wird? Einige Tausende! Hunderttausende! Und wie viele Menschen auf der ganzen Welt? Es ist atemberaubend!

Er verspürt den irrwitzigen Drang, sein Handy zu zücken, die rote Ampel zu nutzen, um schnell auf Twitter zu gehen und die verrückten Kommentare zu lesen, die den ganzen Tag über in allen Sprachen gepostet werden. Doch kaum hat er diesen Gedanken zu Ende gedacht, da hört er schon wieder dieses Geräusch. Den Aufprall auf Metall. Sieht wieder den Körper zu Boden sacken.

II
AUF DEN QUAIS

1

Die drei Gestalten gehen an der Place du Colonel-Fabien und der Tankstelle vorbei und dann die Rue Louis-Blanc hinunter, in Richtung Quai.

Drei Uniformen in kräftigem Blau, eine Frau und zwei Männer, die schweigend nebeneinanderher gehen. Bam bam bam bam. Das Hämmern ihrer Schritte auf dem Beton erinnert Sam an diese Elektro-Musik, die in den 2000ern groß in Mode war und die sie auf dem Schulhof des Louise-Weiss-Gymnasiums in Straßburg gehört hat.

Es ist erst 6 Uhr 30 am Morgen. Die feuchte Nachtluft hat die Stadt noch fest im Griff und die Bürgersteige sind menschenleer, daher können sie es sich erlauben, auf eine improvisierte, fast feierliche Art in einer Reihe zu gehen, die ihnen ein Gefühl von Stolz und Macht gibt und sie noch einmal in ihrer Wahl bestärkt, der Pariser Sicherheits- und Bereitschaftskompagnie beigetreten zu sein, der CSI-75, einer städtischen Einheit der Nationalpolizei. Wenn in einer Stunde die Pariser auf die Straße strömen, mit ihren schwankenden Stimmungen, ihren Sorgen, ob sie am Monatsende über die Runden kommen, und ihren existenziellen Zweifeln, wird alles anders sein. Niemand wird ihre Nützlichkeit infrage stellen – irgendjemand muss ihre Arbeit ja tun –, aber man wird sie nicht mehr auf dieselbe Weise fürchten. Es erstaunt Sam immer noch, auch nach zwölf Jahren in diesem Beruf. Dieser eine Augenblick, in dem sich die Realitäten umkehren, in dem das Erlöschen der Laternen, mit dem der offizielle Tagesbeginn verkündet wird, wie eine Pendelbewegung zur Abwertung ihres Images führt. Nachts hat ein Streifenpolizist für jemanden, der sich nichts vorzuwerfen hat, eine gewisse Logik und Kohärenz, ja er hat sogar eine beruhigende Wirkung. Am Tag dagegen … Da wird dieselbe Person zu einem Ärgernis, einem Hindernis, zu einem Störfaktor bei den kleinen Tricksereien, die das tägliche Leben erträglich machen; das Auto, das man in zweiter Reihe geparkt hat, die Sandwichpackung, die man in den Rinnstein wirft, das Kind, mit dem man einfach so die Straße quert, weil man auf die andere Seite will.

Auf dem Polizeirevier reden alle über die Selbstmordwelle, die ihre Kollegen erwischt hat. Fast einer pro Woche. Es werden wieder die gleichen Forderungen aufs Tapet gebracht, wieder kocht die gleiche Wut hoch. Die zahlenmäßige Unterlegenheit, die fehlenden Mittel, die beschissenen Arbeitszeiten mit einem freien Wochenende alle sechs Wochen, eine unmenschliche Verwaltung, vor allem aber die Vorgesetzten, die mehr damit beschäftigt sind, auf Kosten der örtlichen Polizeibeamten ihre Karriere voranzutreiben, als diese zu schützen. Wenn Sam sich in diese Diskussionen einmischt, wenn sie anfängt, über die Arbeitsbedingungen und die Opfer, die die Polizei bringt, nachzudenken, zieht es sie völlig runter. Vor allem seit sie und Denis aus ihrer Zweizimmerwohnung nahe der Metrostation Saint-Maur, in der sie seit fast drei Jahren wohnten, ausziehen mussten. Die Eigentümerin, Georgina Szicek, eine Wirtschaftsprüferin, hatte beschlossen, sie ihrer Tochter zu schenken, die sich im zweiten Jahr ihres Medizinstudiums befand.

Mit dem Kündigungsschreiben in der Hand hatte Georgina Szicek eines Abends bei ihr in der Wohnung angeklopft, die Sam aufgrund dieses dummen Bedürfnisses, etwas sein Eigen zu nennen, immer als ihre Wohnung betrachtet hatte. Wie oft in diesen drei Jahren hatte sie «meine Tür», «meine Wohnung», «meine Straße» gesagt? Als besäßen die Worte, waren sie erst einmal ausgesprochen, die Macht, die Realität zu verändern und unseren Wünschen anzugleichen. Sie hatte ihr damals selbst aufgemacht. Denis war mit seiner 4. Klasse unterwegs auf Klassenfahrt. In den ganzen zehn Minuten, in denen Georgina Szicek ihr auf der Türschwelle stehend die Erfolgsgeschichte ihrer Tochter erzählt hatte, hatte sie sie freudig angestrahlt («Oh nein, wie nett von Ihnen, ich möchte auf keinen Fall stören!»), sodass Sam, statt ihre Überraschung zu zeigen, mit ihr zu streiten und sie darauf hinzuweisen, wie brutal sie in ihr Zuhause eingedrungen war, ihr am Ende noch gratuliert hatte. Wie idiotisch von mir, hatte sie gedacht, als sie allein im Halbdunkel des Eingangsflurs stand, den Umschlag mit dem Kündigungsschreiben in der Hand. Sie mochte noch so sehr Polizistin sein, mochte noch so viele Manipulations- und Einschüchterungstechniken beherrschen, aber wenn sie ihre Uniform auszog, war es so, dass Sam – ein Spitzname, den ihr Polizeichef Berry, Leiter der Polizeistreife im Bezirk Les Halles, in dem sie angefangen hatte, wegen ihrer Ähnlichkeit mit Samantha Micelli gegeben hatte, dem lebenslustigen Teenager aus der Serie *Wer ist hier der Boss?*, die allerdings nur er bemerkt hatte – wie ein angestochener Luftballon in sich zusammenschnurrte, durch die Luft trudelte und verschwand.

Sie wurde wieder zu Asya Baydar. Der Provinzlerin. Sie war hineingeboren in eine türkischstämmige Familie, und ihre Mutter predigte ihr mit der Regelmäßigkeit eines Mantras, dass sie in jeder Situation den Mund halten, lächeln und kein Aufhebens machen solle. «Wir sind hier nicht zu Hause, verstehst du?», schloss Latifa Baydar auf Türkisch, mit einem gewinnenden und traurigen Lächeln, als ob die Tatsache, dass man irgendwo nicht zu Hause war, zur Folge hatte, dass man überhaupt nichts mehr war. Aber ihre

Töchter ließen sich nichts vormachen; auch zu Hause in ihrer Heimatstadt Konya hätte ihre Mutter irgendein Argument gefunden, um ihnen die Notwendigkeit klarzumachen, dass sie sich niemals bemerkbar machen durften. Über ihre ganze Kindheit hinweg hatte Asya genickt, auf den resignierten Blick ihrer Mutter starrend, während jede Faser in ihr von dem heftigen «Nein» erschüttert wurde, das mit zweiunddreißig Jahren immer noch kein Ventil gefunden hatte.

Seit einem Monat lebten sie daher in einer unattraktiven Wohnung in Maisons-Alfort, einem Vorort im Südosten, sieben Gehminuten von der RER entfernt. Etwas Besseres hatten sie trotz ihrer beiden Beamtengehälter nicht finden können. In Paris lagen die einzigen für sie erschwinglichen Wohnungen, wenn man die schimmeligen, dunklen Erdgeschosslöcher einmal außen vor ließ, im Viertel Gare du Nord, unweit vom Krankenhaus Lariboisière. Die Rue Ambroise-Paré. Die Rue de Rocroy. Wo bei Einbruch der Dunkelheit hungrige Geister dir *Metha Metha Metha Metha* ins Ohr flüstern, in der Hoffnung, man hätte sich hierher gewagt, um seine Methadonvorräte aufzufüllen. Sie suchen gar kein Methadon? Kein Problem! Sie haben alle Arten von chemischem Mist auf Lager, den ganzen synthetischen Scheiß, den sie im Netz gekauft haben und nun zu unschlagbaren Preisen weiterverhökern. Vielleicht können andere dieses makabre Ballett ertragen, Sam ist dazu außerstande. Sie würde sich fühlen, als wäre sie ununterbrochen auf Arbeit und müsste versuchen, das Wasser aus dem Meer zu schöpfen. Außerdem hätte jeder dieser Junkies sie wiedererkennen und ihr in einem Anfall guter Nachbarschaft ein Fläschchen Säure ins Gesicht spritzen können, um sich für irgendeine uralte vorläufige Festnahme zu rächen.

Es war ihnen nichts anderes übrig geblieben, als auf die andere Seite des Périphérique zu ziehen und auf einen Lottogewinn zu warten – sie füllte immer noch ein paar Scheine aus, in Erinnerung an die Zeit, als sie und ihre Schwestern heimlich die kleinen Kästchen des Glücksspiels ankreuzten, was ihre Eltern nicht merken sollten, den Kopf voller Hoffnung auf ein anderes Leben – und sich funktional einzurichten. Gepanzerte Eingangstür, amerikanische Küche mit laut ratternder Abzugshaube, die wahrscheinlich für ein Kernkraftwerk entwickelt worden war, und Schränke, kilometerweise Schränke ... Bei Immobilien ist «funktional» von ganz großer Bedeutung! Dieses letzte Kästchen müssen Sie ankreuzen, selbst wenn Sie bei allem anderen Zugeständnisse gemacht haben: Charme, Licht, besondere Note, Lage. Wenn Sie dann auch noch «funktional» wegstreichen, dann bleibt Ihnen nur noch, sich eine andere Wohnung zu suchen. Der einzige Pluspunkt, der auf Denis' Beharrlichkeit zurückzuführen war, weil er hier eine Chance auf Vergrößerung witterte, war der zusätzliche Raum von 10,82 m², der momentan von einem Heimtrainer, einem Wäscheständer und aufgerissenen Umzugskartons belegt war. Es war ihr immer noch nicht gelungen, sich in den Räumen wirklich einzurichten, schon gar nicht in diesem Zimmer, das laut Denis, der immer das Positive in allem sah, für ein Baby gedacht war. Wenn man seiner Argumentation folgte, hieße das, dass sie dort Fuß gefasst hatten.

2

Als Asya Baydar ins Teenageralter kam und die Veränderungen ihres Körpers Freiheitseinschränkungen zur Folge hatten, konzentrierte sie sich nur noch auf ein einziges Ziel: aus Straßburg abzuhauen. Aus der Wohnung über der Schneiderei ihrer Eltern auszuziehen und nach Paris zu gehen. Dabei halfen nicht nur ihre Verbissenheit im Studium und im Sport, die vielen Ausdauertrainingsstunden im Park der Orangerie, sondern auch die Streitereien, das Geschrei, das ständige Türenschlagen, ihr frontaler Widerstand gegen Ahmet Baydar, der sich, da es ihm nicht genügte, als Familienvater die höchste Funktion zu bekleiden, zum Hüter einer Kultur aufgeschwungen hatte, die seiner Meinung nach durch seine Töchter in permanenter Todesgefahr schwebte. Mit seinem ausladenden Bauch, seinen Riesenpranken, die eine Wassermelone zu Mus zerquetschen konnten, und seinen Ringerschultern stand Ahmet Baydar wie eine Festung zwischen seinem Nachwuchs und der Welt. Von seinen vier Kindern, drei Mädchen und einem Jungen, bewies nur Asya genug Hartnäckigkeit, Widerstandsfähigkeit und Arroganz, um ihm mit neunzehn Jahren zu entfliehen. Vielleicht weil sie das einzige Baydar-Mädchen war, das in Frankreich geboren worden war, achtzehn Monate nachdem Ahmet – der 1974 allein nach Bischwiller gekommen war, um im Textilunternehmen Vestra zu arbeiten – beschlossen hatte, in Straßburg sein Glück zu versuchen.

Asya war das Kind der Familienzusammenführung, der sozialen Emanzipation, des besseren Lebens. Sie hatte das Licht der Welt im Stadtteil Neudorf erblickt und besaß, was auch immer ihre Mutter darüber dachte, kein anderes Zuhause als dieses eine. Für Salim, den kleinen Bruder, galt das ebenso. Nur dass Salim … Wann immer sie auf ihrer Facebook-Seite vorbeischaute, und ihr dort Porträts von Erdoğan in Posen, die eines sowjetischen Führers würdig wären, entgegenblickten, wollte Asya am liebsten schreien. Seit Salim 2015 an seinem Treffen im Zénith de Strasbourg teilgenommen hatte, war er zu einem seiner glühendsten Anhänger sowie ein fleißiger Besucher der neuen, von Ankara finanzierten Moschee geworden, in der in zahllosen Predigten gegen Regimegegner gehetzt wurde. Sie hatte wiederholt versucht, ihn in ein Gespräch zu verwickeln, hatte ihn an Atatürks Erbe erinnert, hatte ihm die autoritären Entgleisungen seines Helden vor Augen gehalten, das Schicksal der Minderheiten, und ihm immer wieder gesagt, dass er über ein Land, in dem er gar nicht lebte, das er gar nicht kannte, nicht reden könnte, aber es war vergebliche Müh. Salim reckte sofort die Brust und bekam schreckliche Wutanfälle, was die Familienatmosphäre gut zehn Jahre lang vergiftete. Sie musste ihrer Mutter und ihren Schwestern gar nicht erst in die Augen schauen, sie wusste auch so, dass die schwarze Galle, die während des Familientreffens verspritzt worden war, das man noch dazu ihr zu Ehren organisiert hatte, da sie ja die Einzige war, die weiter als fünf Kilometer von ihren Eltern entfernt wohnte, sofort auf ihr Konto gehen und in die bereits überquellende Das-ist-alles-deine-Schuld-Schublade gestopft werden würde. Wie auch immer, es war so, wie ihre zwei Jahre ältere Schwester Dunya einmal zu ihr gesagt hatte: «Sobald du auftauchst, läuft alles aus dem Ruder, und am Ende werden alte Rechnungen beglichen.» Selbst als Salim sie mit den Worten beleidigte: «Du und diese Hurensöhne von Bullen, was glaubt ihr eigentlich? Dass wir alle Terroristen sind?», gab man ihr die Schuld, weil sie von einer Festnahme vor einer Moschee erzählt hatte, die eskaliert war.

An einem brütend heißen Nachmittag im Juni 2005, genauer gesagt am 22. Juni, stieg die neunzehnjährige Asya Baydar auf dem Bahnsteig Nummer 8 der riesigen Gare de l'Est, die lange als der schönste Bahnhof der Welt galt, im 10. Arrondissement aus dem Zug. Ende des 19. Jahrhunderts fuhr hier der mythenumwobene Luxuszug der Internationalen Schlafwagengesellschaft, «Orient-Express» genannt, zunächst nach Wien und dann nach Konstantinopel, dem heutigen Istanbul, jener Stadt, in der ihre Großmutter väterlicherseits geboren worden war. Asya kannte die Geschichte des Bahnhofs auswendig, ganz wie die der meisten Denkmäler in Paris. Dabei hatte sie nie vom Eiffelturm oder dem Quartier Latin geträumt, sondern von Freiheit, Anonymität und Bewegung. Nichts zu sein als sie selbst, ohne Vergangenheit, ohne Bindungen, ohne Fesseln, ihre eigene Herrin und ihre eigene Retterin. Mit dem Strom jener Leben verschmelzen, die anderen Schicksalen entrissen wurden und aus allen vier Himmelsrichtungen stammten; Frauen und Männer, die sich von morgens bis abends mit der Notwendigkeit konfrontiert sahen, auf der Höhe von etwas zu sein, etwas, das mit Vertikalität zu tun hatte, nicht jedoch mit Ehrgeiz oder Erfolg, beides aber zugleich einschloss. Etwas Undefinierbares, vielleicht sogar Unerreichbares, das aber real und unverbrüchlich genug war, sie alle in eine Metropole zu treiben. Während sie wankend und benommen über den überfüllten Bahnsteig lief und sich von den vorbeistürmenden Reisenden anrempeln ließ, wusste sie, dass sie einmal Polizistin werden würde. Sie hatte es schon lange gewusst, jetzt war es offensichtlich. Es war der einzige Beruf, der ihr die Tore dieser Stadt weit öffnen und es ihr ermöglichen würde, sich diese unmittelbar zu eigen zu machen. Niemand konnte sie länger davon abbringen, schon gar nicht ihr Vater. Am Tag nach ihrer Ankunft, als sie das billige Hotel in der Rue des Poissonniers verließ, ließ sie sich die Haare kurz schneiden, um sie nie wieder wachsen zu lassen.

Nur dass sie nicht mehr in Paris wohnte.

Was noch keiner in ihrer Familie wusste.

Doch in drei Tagen, wenn sie zu Ahmets Entlassung aus dem Krankenhaus nach Straßburg fuhr, muss sie es ihnen sagen. Ihr Vater wird selbst nach seiner Kehlkopfkrebsoperation die Kraft finden, verdrossen den Kopf zu schütteln und dann ein paar schön warm gehaltene, kurze Sätze rauszuhauen, unterstrichen von dramatischem Kopfnicken, Sätze, die verdeutlichen sollten, wie sehr sie ihn enttäuscht hatte, dessen ist sie sich sicher. Jetzt bist du zweiunddreißig … wohnst immer noch zur Miete … In wilder Ehe mit einem kleinen Französischlehrer … Nicht mal mehr in Paris … Pfffff… In der Banlieue?! *Eyvah!* Sieht so dein beschissener Traum aus?!

Er wird sie mit seinen verbrauchten Augen mit den durchscheinenden Lidrändern ansehen, wie er es immer tut, nicht weil er auf eine Antwort wartet, sondern damit sie in seiner Seele den traurigen Funken eines angekündigten Sieges lesen kann. Die Väter sind weise, aber die Kinder wollen nicht hören. So sieht die Welt von Ahmet Baydar aus, der bereit ist, jede Realität zu verzerren, zu zertrampeln, zu leugnen, zu vernichten – mit der weltlichen Komplizenschaft des Allmächtigen –, um zu dieser trostlosen Schlussfolgerung zu gelangen. Auch wenn er noch nie einen Fuß in die Pariser Banlieue gesetzt hat, das Fernsehen ist da, und Ahmet Baydar hat gesehen, er weiß Bescheid.

Sie kann jederzeit Denis' Optimismus vorschützen, das zusätzliche Zimmer, ein geplantes Baby … Aber dann werden sie unweigerlich auf ihren Beruf zu sprechen kommen, der ja nicht mit einem Familienleben vereinbar ist. Ihre Schwestern werden sich einmischen … Und Salim! Salim, dem sie die Windeln gewechselt hatte und der noch nicht einmal Haare am Kinn hatte, als er ihr auch schon den Jeans-Minirock zum Vorwurf machte, den sie zu ihrem siebzehnten Geburtstag im Ausverkauf ergattert hatte. Dann werden sie sich über ihren Egoismus ereifern, ihre Gleichgültigkeit, ihren Mangel an Bewusstsein – *und Mama, die jeden Tag mit der Nachricht deines Todes rechnen muss, hast du schon mal an Mama gedacht?* –, wie Hunde in einem Rudel. Niemand zieht eine Tochter groß, meine arme Asya, damit sie eines Tages eine Waffe am Gürtel trägt und wie ein Kerl die Stiefel knallen lässt … Nicht einmal die Franzosen!

Sie hat beständig Angst vor diesem Tag, den sie mit ihnen in der immer gleichen Atmosphäre ungelüfteter Zimmer verbringen muss, in denen sie in körperlicher und seelischer Beengtheit aufgewachsen war. Zumal Denis nicht mitkommen wird – während ihre Schwestern mit türkischem Ehemann und den Kinder anrücken werden, und Salim mit seiner jungen Frau. Denn solange sie nicht verheiratet sind, kommt es nicht infrage, dass dieser *yabancı* unter ihrem Dach wohnt. Aufgrund einer Mischung aus Scham und Bestürzung hat sie Denis diesen Ausdruck nicht übersetzt, hat jedes Mal eine Ausrede erfunden, um ohne ihn gehen zu können, und war, was noch beschämender war, überrascht, als er ihr diese Ausrede abnahm (armer Denis, begreift nicht, was sich da hinter der Fassade abspielt; und selbst wenn sie es ihm erklären würde, er besaß weder die Codes noch die kulturelle Prägung, die es ihm begreiflich machen könnten). Aber musste sie ihn wirklich anlügen? Muss sie das demütigende Urteil ihres Vaters hinnehmen, muss sie ihnen wieder allein gegenübertreten und so tun, als wäre sie Single? Als sie in die Cité kommen, schwillt ihr innerlich der Kamm. Und wenn sie einfach nicht hinging?

3

Die Cité GAB (für Grange-aux-Belles), die um die Rue Albert-Camus herumgebaut wurde, ist ein großer Komplex mit einem Platz, einem Stadion, einem Schwimmbad, einem Kindergarten, einem Pflegeheim und einem Ärztezentrum. Ursprünglich sollte er wohl ein Ort der Nähe und des Austauschs sein, ist aber schon seit Langem eine Brutstätte des organisierten Verbrechens. Vor Kurzem hat die Stadtverwaltung mitten auf den Straßen einen Meter hohe Barrieren aufgestellt, um zu verhindern, dass ganze Herden von Jugendlichen sämtlicher Couleur, große Jungs mit großer Klappe, aufgekratzt und skrupellos, mit ihren Scootern wie die Bekloppten durch die Straße düsen und die Schulkids auf ihrem Nachhauseweg über den Haufen fahren. Zwei oder drei Motorroller für die ganze Bande, gekauft von dem, was sie sich als Schmieresteher verdient haben. Achtzig Euro am Tag, nur dafür, sich auf den Bürgersteig zu pflanzen und die Augen offen zu halten … Hahahaha, wer bietet mehr? Zu diesem Preis spannen sie am frühen Abend die kleinen acht- oder zehnjährigen Brüder ein, sodass sie immer jemanden aus der Familie bei der Arbeit haben. Bei dem Stundensatz verdienen diese Gauner mehr als Sam, Denis oder irgendeiner ihrer Lehrer, die von ihren Versuchen, nur ein klein wenig Wissen in ihr Hirn zu stopfen, völlig ausgelaugt sind. Ein Blick auf ihre Klamotten genügt: Schuhe von Nike für 400 Euro, Trainingsanzüge frisch aus der Verpackung, Canada-Goose-Parkas. Na los, machen Sie schon, verlangen Sie doch mal von denen Respekt vor den Institutionen! Sie kennen nur den Respekt, der sich an der Zahl der Geldscheine misst, die man in der Tasche hat, was Geringverdiener wie sie automatisch ausschließt.

Während die Gestalten, die dort in den Winkeln kauern, so früh am Morgen normalerweise davonhuschen, sobald sie auftaucht, dicke Schwaden eines stechenden Rauchs hinter sich herziehend, ist es dort, seit der Treffpunkt vor einigen Wochen ausgehoben wurde, ruhiger geworden.

An der Place du Colonel-Fabien, im obersten Stockwerk eines Mietshauses mit unauffälliger Fassade, befindet sich einer der meistfrequentierten Treffpunkte der Hauptstadt. Der Feinkostladen für Gras und Shit. An sieben Tagen die Woche geöffnet, von 19:00 bis 21:00 Uhr, dann wieder von 3:00 bis 6:00 Uhr morgens. Gelegen an der Metro-Linie 2, Nation-Porte Dauphine, Direktverbindung für alle, die um 19 Uhr ihre schicken Büros im Westen verlassen, sowie für alle, die um 2:00 oder 3:00 Uhr morgens aus den trendigen Bars im Osten kommen. An der Zerschlagung der Bande, einer großen Freitagabend-Operation der Drogenfahnder, hatte Sam nicht teilgenommen. Doch am folgenden Freitag war sie im Morgengrauen als Verstärkung im Einsatz, bei der Verhaftung zweier Schmieresteher der Bande von Grange-aux-Belles, die in den Mord an einem Jungen aus der Cité Rouge verwickelt waren, Gabriel Rahal. Sechzehn Jahre alt. Im Müllraum der Cité gelyncht. Weder in den Fernsehnachrichten noch in der Presse wurde dieser Vorfall auch nur mit einem Wort erwähnt. Solange diese Leute unter sich aufräumen, kümmert das niemanden. So haben sie wieder freie Hand und können weitermachen, während auf der Ebene der Macht all jene, die den Leuten einreden wollen, diese diffusen Zonen, diese Gebiete auf der anderen Seite des Périférique, die sogenannten «Problemviertel», hätten die städtische Kriminalität für sich allein gepachtet, diese Fakten weiter leugnen können. Okay, wir reden hier nicht über echte Gangs wie in Los Angeles oder Mexiko-Stadt, hier hat niemand vergoldete Zähne oder auf den Hals tätowierte Klapperschlangen, doch das ändert nichts daran, dass Morde geschehen und kiloweise Rauschgift im Umlauf ist.

Sam blickt nach oben zu der Wohnung eines der beiden verhafteten Jugendlichen, des jüngeren, Malik Chouri, gerade mal siebzehn Jahre alt. Das einzige Fenster mit Blick auf die Straße ist dunkel. Die Vorhänge sind zugezogen. Sie sieht wieder das entsetzte Gesicht der Mutter, als ihre Wohnungstür, auf der Rückseite mit einer algerischen Flagge geschmückt, mit einem Rammbock eingeschlagen wird. Die Angst in ihren weit aufgerissenen schwarzen Augen. Ihre entsetzten Schreie beim Anblick ihres Sohnes, der mit gefesselten Händen in den Flur geschubst wird. Sam hatte versucht, sie davon abzuhalten, sich auf ihn zu stürzen, was ihr heftige Schläge auf die Brust eingetragen hatte. Dann war die Mutter, von Schluchzern geschüttelt, in ihren Armen zusammengebrochen. Wäre sie ihrem Impuls gefolgt, hätte Sam sie zu sich herangezogen und ihr übers Haar gestreichelt, bis sie sich beruhigt hätte, wie sie es immer bei ihren Schwestern tat. Aber sie hatte den nötigen Abstand eingehalten. Hatte sie auf das Bettsofa gelegt, auf dem sie eine halbe Stunde zuvor geschlafen hatte, und ihr ein Glas Wasser gebracht.

Nein, sie will keine Kinder in die Welt setzen. Zusätzliches Zimmer hin oder her, sie will nicht! Nicht in diese Welt.

Einen kurzen Moment kreuzt ihr Blick den ihres Kollegen Arnaud Ciriac, genannt Dalloz, nach dem juristischen Verlag, weil er die Marotte hatte, bei jeder Gelegenheit zu sagen: «Gesetz ist Gesetz!» Dalloz wendet sich ab und lässt Sam mit einem vagen Gefühl des Unbehagens und der Verzweiflung zurück.

In den neun Monaten, die sie nun schon Seite an Seite mit Dalloz auf den Straßen unterwegs ist, hat sie sich an diesen – misstrauischen? scheelen? – Blick gewöhnt, mit dem er Sam zwanzig Zentimeter unter seinen ein Meter dreiundachtzig ins Gesicht sieht und der sie jedes Mal unvorbereitet trifft. Es ist die Art von Blick, die Männer vom Gehsteig aus Frauen zuwerfen, die rückwärts einparken. Ein Blick, der direkt aus der prähistorischen Höhle in ihrem Gehirn kommt, in der sich, seit Eva aus Adams Rippe erschaffen wurde, ein riesiger Haufen versteinerter, dämlicher Überzeugungen gebildet hat. In ihrer Truppe kommen vier Frauen auf über zweihundertfünfzig Männer. Dalloz, der erst vor Kurzem nach Paris versetzt worden ist, einundvierzig Jahre alt, mit einer platten Nase und einem breiten Hals, der ihn eher wie einen Polen als einen Normannen aussehen lässt, hat nicht verstanden, warum er eine Mannschaftskameradin geerbt hat. Dann hat er sich auch noch erlaubt, laut seine Gedanken zu äußern, was zu Feindseligkeiten zwischen ihnen führen könnte.

Seit der Kampf gegen den Terrorismus nicht mehr Sache der Spezialeinheiten ist, seit Streifenpolizisten zum bevorzugten Ziel von Möchtegern-Märtyrern wurden, sieht man nicht selten das alte

Machotum wieder aufflammen. Es ist noch gar nicht so lange her, dass vor einem Einsatz manchmal ein Vorgesetzter zu Sam gesagt hat: «Bleib im Auto, Mädchen, du bist uns sonst eh nur im Weg.» Es lag Krieg in der Luft, Krieg und Angst. Und in Kriegszeiten fühlen sich die Männer an der Front eher durch die Dalloz als durch die Sams beschützt. Und die Dalloz fühlen sich noch berechtigter, ihre Brustmuskeln spielen zu lassen, sanft über ihren knospenden Bart zu streichen und die Sams zu Sensibelchen zu erklären.

Als sie mit dem Glas Wasser für die Mutter des Jungen aus der Küche kam, hatte ihr Dalloz, der im Flur unter einem entsetzlich hässlichen Bild von Mekka stand, von dem eine Variante auch im Wohnzimmer von Ahmet und Latifa Baydar hing, den gleichen Blick zugeworfen.

«Du musst das nicht tun … Wir sind nicht hier, um sie zu trösten, dass sie einen Mörder großgezogen hat.»

«Lass mich, ja?», hatte sie erwidert.

Vielleicht hatte sie aber auch gar nichts gesagt. Vielleicht hatte sie sich nur vorgestellt, ihm zu antworten, in Wirklichkeit aber geschwiegen und sich gefragt, wann er ihr die paar Gramm Menschlichkeit, die sie sich noch bewahren konnte, heimzahlen würde. Was bildete er sich ein? Natürlich konnte sie den Wasserhahn ihrer Empathie zudrehen, wann immer sie wollte, nur wollte sie eben nicht. Jeden Tag brachte diese Stadt etliche Perverse, Psychopathen, Kriminelle, Süchtige, Sadisten und Mörder hervor; und jeden Tag ist sie, gezwängt in ihre Uniform, bereit, ihren Teil dazu beizutragen, die Füße im Blut, in der Scheiße oder im Wahnsinn, um zu trennen, zu isolieren, zu beschützen, in Sicherheit zu bringen. Die gleichen Straftaten, die gleiche Gewalt, die gleichen Verbrechen, dumm, erbärmlich, unerträglich, erschreckend … Aber das genügte nicht, damit man sie in Frieden ließ.

4

Zur gleichen Zeit schlägt Benjamin nach einem schrecklichen, gerade mal dreistündigen Schlaf die Augen auf, und sein Blick fällt auf die violetten Zahlen der an die Decke projizierten Uhr. 6:35. Sofort schrillt ein Alarm in seinem Kopf. Sein Handy! Er hat sein Handy nicht mehr fürs Joggen. Aber er muss joggen gehen. Er muss!

Mit diesem Ritual – einer vierzigminütigen Strecke zum Jardin du Luxembourg und wieder zurück – beginnt Benjamin Grossmann, der Entwicklungsleiter der französischen Tochtergesellschaft von BeCurrent, seinen Tag. Von dieser Routine abzuweichen, ohne mit diesem wertvollen, in den Muskeln gespeicherten Gefühl durch den Tag zu gehen, dass er zu denen gehört, die schon im Morgengrauen ihr Schicksal in die Hand nehmen, in der Kälte und der Stille, einzig und allein von ihrem Willen getragen, erscheint ihm ganz einfach unvorstellbar. Er wird aufstehen, sich recken, ein paar Mandeln knabbern, dann die verschiedenen Schichten seiner Anti-Schweiß- und Thermo-Schutzkleidung anlegen, seine Ultra-Boost-Schuhe mit den maßgeschneiderten Sohlen, seine Handschuhe …

Nein, das kann er nicht. Nicht ohne seine RunMind-App. RunMind zeichnet seine Geschwindigkeit, seine Herzfrequenz und den Kalorienverbrauch auf, berechnet seine Schrittfrequenz und haut ihm seine Lieblingsplaylist auf die Ohren. Um die Wahrheit zu sagen, und im Gegensatz zu dem, was er jedes Mal behauptet, wenn ihm jemand mit der Bewunderung für seine Top-Form schmeichelt, läuft er nicht gerne genug, um sich wie seine kalifornischen Kollegen eine ganze Sammlung von Ersatzgeräten zuzulegen. Alles, was er hat, ist seine App, sein Verbündeter seit dem ersten Kilometer, sein Verbindungskanal zu den 50 Millionen Aficionados auf dieser Welt. Einige sind seine virtuellen Sportskameraden geworden. Er verfolgt neidvoll ihre Leistungen, schickt ihnen Nachrichten und bekommt als Dank und zur Ermutigung eine ganze Reihe von Emojis geschickt. In den ersten Monaten meldete sich sogar Ken Altman bei ihm, um ihn willkommen zu heißen und einen Kommentar abzugeben. *10 Kilometer pro Stunde, klasse, Mann! Stolz auf dich!* Beeinflusst durch die paranoide Folge 1 der Staffel 3 von *Abgestürzt*, hatte Benjamin sich sogar gefragt, ob sich hinter den sporadischen Auftritten nicht eigentlich eine tägliche Überwachung verbarg, mit der sein Durchhaltevermögen und seine Ehrlichkeit bewertet und der Geschäftsführung von BeCurrent mitgeteilt werden sollten, die (auch) auf der Grundlage dieser Tatsache entscheiden würden, ob sie ihn behalten wollten oder nicht.

Obwohl er diese Hypothese schon vor geraumer Zeit verworfen hat, spürt er sie jetzt wieder durch seine Hirnwindungen zucken wie einen Regenwurm. Gleich nach Unterzeichnung des Einstellungsvertrags wurde er vorgewarnt, er könne, wie jeder andere seiner Kollegen, zu jeder Tages- und Nachtzeit entlassen werden, und zwar wegen Leistungsversagen, Vernachlässigung der Unternehmenskultur oder irgendeines anderen Grundes, der sofort öffentlich gemacht und allen Arbeitnehmern verkündet werden würde, wahrscheinlich, um Angst zu schüren und ihnen ihre Verletzlichkeit in Erinnerung zu rufen. Er schreckt hoch, voller Panik. Um Himmels willen, er hatte Altman vergessen! Damit sein Herz nicht zu rasen beginnt, versucht er, einen kühlen Kopf zu bewahren. Seine Angst zu besiegen. Sie sich vorzuhalten und genau anzuschauen. *Hör auf durchzudrehen, bleib vernünftig, um Himmels willen, bleib vernünftig!* Er hat sich schon seit Wochen nicht mehr bei dir gemeldet. Er ist sich deiner sicher, er weiß, dass er dir vertrauen kann. Mal ehrlich, er kümmert sich täglich um so viele Leute, steht noch dazu unzählige Stunden im Stau, da hat er anderes zu tun, als sich auf eine so kleine Nummer wie dich zu fokussieren. Aber nehmen wir mal an, dass er sich heute – mit der Zeitverschiebung in neun Stunden – plötzlich fragt: Hoppla, was ist eigentlich aus dem kleinen Benny geworden? Wie es wohl mit seinem Training steht? Das ist doch möglich, oder nicht? Natürlich ist es möglich! Bei Captain America ist alles möglich, dafür wird er sogar bezahlt!

Bei diesem Gedanken gerät Benjamins Herz aus dem Takt und spielt verrückt. Sollte er nicht besser aufstehen und ihm eine E-Mail schicken? Ihm erklären, dass er sein Handy im Büro vergessen hat – auf keinen Fall durfte er ihm sagen, dass es gestohlen wurde – und dass er folglich RunMind heute Morgen nicht benutzen kann. In diesem Fall wird er notgedrungen zugeben müssen, dass er so fahrlässig war, die App nicht auch auf seinem zweiten Handy zu installieren, dem, das ausschließlich für die Anrufe in Los Angeles bestimmt war ... Warum, zum Teufel? Warum hatte er das nicht getan? Jetzt drück mal kurz auf Pause, zum Kuckuck, und stell dir vor, dass Altman heute Morgen und an tausend anderen Morgen, die noch kommen werden, alles andere im Sinn hat, als an dich zu denken, das ist genauso wahrscheinlich wie das Gegenteil, warum, zum Teufel, solltest du also so voreilig sein und dich selbst denunzieren?

Benjamin zieht seine heißen Füße unter der Anti-Staubmilben-Decke hervor, die leicht ist wie eine Cremewolke, bezogen mit einem blumigen Bettbezug von Kenzo. Er lässt ein paar Atemzüge verstreichen. Das Geräusch hatte ihn zurückgehalten, metallisch, unwirklich fast, denn sonst hätte er diesen Gauner schnell überwältigt ... Nein, es war eher der Körper gewesen ... wie er langsam an den Gitterstäben hinabgerutscht war ... sein glasiger Blick. *Dieser Blick!* Hatte er das Bewusstsein verloren? Kann es sein, dass irgendetwas in seinem Gehirn abgeklemmt wurde, eine Ader, eine Verbindung, ein Nerv? Natürlich nicht, wie hätte er sonst wieder aufstehen und laufen können? Wie hätte er ihn zurückstoßen können?

Aber hatte er ihn danach noch zurückgestoßen?

Er strengt sein Gedächtnis an, um ein Bild, ein Detail, eine Empfindung herauszuquetschen, irgendetwas, das diese Frage beantwortet. Vergebens. Es kommt nichts, kein Bruchstück einer Erinnerung, nicht das geringste Teilchen. Die Migräne, diese furchtbare Migräne, die zäh ihre Tentakel ausstreckt, seinen Schädel spaltet und die Welt in Stücke reißt, hat alles verschluckt.

Er dreht sich zu Ariane um, die auf der anderen Seite der Maginot-Linie gestrandet ist, die seit einiger Zeit mitten durch ihr Bett geht. Ariane schläft wie immer in der Seesternstellung, flach auf dem Rücken, einen Arm um den Kopf gelegt, den anderen ins Leere gestreckt. Er beobachtet sie. Ihre zarte Nase. Ihren halb geöffneten, vom Schlaf geschwollenen Mund. Die Masse ihres zart mit natürlichem Farbstoff aufgehellten Haars. Die glatte Kurve ihres Halses ... Die von dem Hemdchen verdeckte Brustwarze ... Er möchte gern näher an sie heranrücken, den Oberkörper an ihre Seite rücken und seine Hand um ihre Brust legen, die seit einigen Wochen ganz rund geworden ist. Er hatte begonnen, jede Veränderung ihres Körpers mit Erstaunen und überschwänglichem Vergnügen zu beobachten, auch ein wenig schuldbewusst, weil er sich dabei ertappte, dass er sie wieder so begehrte wie zu Beginn ihrer Beziehung, als Begehren die einzige Möglichkeit war, an sie heranzukommen. Doch er hält sich zurück. Früher, wenn er mitten in der Nacht ins Bett kam oder im Schlaf hochschreckte, presste er sich mit dem köstlichen Beweis ihrer Wirkung an ihren Leib und passte seinen Atem dem ruhigen Rhythmus des ihren an, sodass seine Zweifel, seine Ängste und seine innere Unruhe sich in der Wärme ihrer Haut auflösten, die sich durch den regelmäßigen Besuch des Hamams der Großen Moschee von Paris wunderbar glatt anfühlte.

«Das Baby muss sich erst einnisten, bevor du mich anfassen darfst, verstehst du? Ich denke, ich werde auch nicht mehr ins

Schwimmbad gehen, obwohl das eigentlich unproblematisch wäre», sagte sie ihm an einem Dienstagabend Ende November nach ihrer ersten «Schwangerschaftsuntersuchung», an der Benjamin wegen eines unaufschiebbaren Telefontermins mit Jason Hopper nicht teilnehmen konnte.

Obwohl er ihren Tonfall ein wenig herablassend fand, der ihm unterstellte, nicht verstehen zu können, was sie gerade durchmachte, hatte Benjamin mit einem zärtlichen Lächeln genickt (er weiß nicht, warum, aber er hätte sich mehr wertgeschätzt gefühlt, wenn sie «vögeln» statt «anfassen» gesagt hätte). Er war nicht bereit, die harten Monate, die Hormonspritzen, die geplanten Begattungsakte und die Enttäuschungen zu vergessen. Sie hatten die amtliche Bestätigung, dass sie zu den Paaren gehörten, die nicht einfach so locker flockig schwanger werden konnten (ein Paar von vieren, hatte Dr. Cazan ihnen zum Trost gesagt). Schuld daran waren das Alter, das Rauchen, der Alkohol, schlaflose Nächte, Stress, Adrenalin, Sonnencremes, Blei, Plastik, die Luftverschmutzung, organische Schadstoffe, Faktoren, die störend in den Hormonhaushalt eingriffen usw. Dennoch hatten sie eine Achterbahn der Gefühle hinter sich. Sie hatten geheiratet, um Anspruch auf Maßnahmen der künstlichen Befruchtung zu haben, hatten sich gestritten (viel), hatten sich versöhnt (oft), hatten sich beschnitten, erniedrigt und bestraft gefühlt (manchmal), waren zum Glück siegreich daraus hervorgegangen und hatten ein paar Federn gelassen (ein ganzes Bündel). Selbstverständlich wollte Benjamin dieses embryonale Wesen auf keinen Fall erschrecken, indem er mit seiner Männlichkeit in dessen Hoheitsgewässer eindrang. Wenn er sich einen solchen Putsch erlauben würde, dann wäre das Baby so entsetzt, so erschüttert über sein trauriges, egoistisches Verhalten, dass es gar keine andere Wahl hätte, als die Leinen loszumachen. Dieses Katastrophen-Szenario war mehr oder weniger die fiktionale Geschichte, die Ariane ihm an einem Novemberabend erzählt hatte. Ein Familiendrama rund um das Thema Schuld und Rache mit der Pointe, «Wenn mein Vater hier aufkreuzt, dann sterbe ich!». Zugleich aber galt: Sollte der Mindestsicherheitsabstand von einem Meter zwischen ihren Leibern Ariane entspannen, sie beruhigen, ihr den Eindruck vermitteln, dass sie beide im selben Team waren, ooooohhhh ja, dann war er einverstanden!

«Wir haben unser ganzes Leben noch vor uns, mein Schatz! Das Wichtigste ist, dass es ihm bei dir gut geht ... und dass es sich einnistet!»

«Bist du dir sicher?»

«Ja, bin ich!»

Er hatte nicht nachzufragen versucht, wann genau sich dieser Einnistungsprozess denn verfestigen und in seine Endphase eintreten würde. Er hatte sich mit einem schnellen Kuss begnügt und dann ins Bad verzogen, um eine lange Zahnseidesession abzuhalten.

5

Als er am Vorabend nach Hause kam, lauerte ihm, wie er schon erwartet hatte, Ariane auf, im Nachthemd auf dem Bett sitzend, ihren Laptop und den kleinen Vorrat völlig berechtigter Vorwürfe gleich in Reichweite.

Als sie ihn ohne Vorwarnung und noch ehe er die Schwelle des Zimmers überschritten hatte, mit dieser rauen Stimme, die Benjamin so mochte, fragte: «Warum hast du mich nicht zurückgerufen?», verspürte er den so verzweifelt menschlichen Impuls, sie teilhaben zu lassen an dem, was er gerade durchgemacht hatte. Obwohl er klatschnass war, seine Nerven blank lagen und der verdammte Schmerz an seiner Schläfe ihn immer noch quälte, hätte er ihr gerne erzählt, was passiert war, ihr gesagt, wie feindselig und gefährlich die Welt war, und sie dann antworten hören, dass er recht daran getan hatte, sich das nicht gefallen zu lassen. Er hätte gern in ihren grauen Augen mit den herrlich schweren Lidern ein zärtliches Verständnis und die Angst, ihn zu verlieren, aufblitzen sehen. Dann hätte er sie getröstet, die Sache heruntergespielt, sie in die Arme genommen. Und sie hätten sich gemeinsam über die Grausamkeit aufgeregt, die in allen Ecken dieser Stadt lauert, und mit einem Freudenschauer das Glück genossen, dass sie es sich leisten konnten, außen vor zu bleiben. Und sie hätten gelacht! Er wusste nicht, warum, aber er fühlte sich deprimiert. Vielleicht weil er schnell noch einen Abstecher in den Keller gemacht hatte, um den von Cathie vorbereiteten Karton hinter einem Haufen von reparaturbedürftigen Möbeln und nutzlosen Gegenständen zu verstecken, denn er konnte ihn schließlich nicht mit nach oben nehmen, ohne zu verraten, woher er kam. Er zögerte, er hätte ihn gern geöffnet und den Film herausgenommen, doch nach einigen Minuten intensiven Zauderns ließ er die Vernunft siegen.

«Außerdem habe ich versucht, dich zurückzurufen, aber du bist nicht rangegangen.»

«Tut mir leid, mein Schatz, es war einfach zu voll dort, ich konnte nichts verstehen … Übrigens, Gaëlle lässt dich herzlich grüßen, Gaëlle Batz, die leitende Kamerachefin. Jedenfalls habe ich das Auto aus der Werkstatt geholt, dein Vater kann damit sicher aufs Land fahren.»

Zum dritten Mal an diesem Abend, und nur, um seiner vorherigen Lüge (dem berühmten Abend im Blue Velvet) zusätzlich einen Anstrich von Wahrhaftigkeit zu geben, belügt er sie, indem er Gaëlle Batz erwähnt, die Ariane mehrmals bei Filmvorführungen getroffen hatte. Wieder spürt er den faden Geschmack von Schuldgefühlen aufsteigen. Mal ehrlich, warum musste er so daran feilen, es so realistisch wirken lassen? Es war schon nach Mitternacht, da könnte er es doch bei aufrichtigem Lächeln und lakonischen Antworten bewenden lassen. Wie dem auch sei, Lüge oder Wahrheit, Ariane schien ihm gar nicht mehr zuhören und noch weniger ihn trösten, ermuntern oder mit ihm lachen zu wollen. Außerdem wirkte sie gleichgültig und drehte ihm dann den ultraflachen Bildschirm ihres Computers mit den Fotos hin, die der Immobilienmakler ihr von der Dubliner Wohnung geschickt hatte. Sie strahlte eine solche Ungeduld aus, dass die Luft, erfüllt vom Zedernaroma des holzstäbchenbewehrten Raumbedufters, schon ganz verpestet war. Sie wollte offenbar schnell Antworten auf wichtige Fragen finden und die Sache hinter sich bringen. Dabei muss gesagt werden, dass sie seit Wochen einen Großteil ihrer Tage damit zubrachte, für sie beide eine Wohnung zu finden, eine Aufgabe, die zu lösen sich als weit schwieriger erwies, als sie sich vorgestellt hatten, da die Nachfrage in Irland, diesem von «tech companies» eroberten Land, so groß war. Ariane wartete nur darauf, und das wahrscheinlich schon seit Stunden, dass sie jedes Foto ausführlich kommentierten und am Ende eine Entscheidung trafen. Sie gab zu, die vertraglichen Bedingungen seien berücksichtigt, die Kriterien stimmten überein. Nur irgendetwas passte da nicht ... Die Größe der Fenster? Die überflüssige Rundung der Wand im Eingangsbereich? Oder aber ... die Nähe des Badezimmers zum Kinderzimmer? Ach ja, das Fehlen einer Büroecke im Wohnzimmer ... Oder sonst wo ... Jedenfalls fehlte eine Büroecke!

«Ruf ihn bitte morgen an und sag ihm, dass es nicht geht. Ich kann dir nicht sagen, warum, aber ich bezweifle, dass er auf die Bemerkungen einer Frau etwas geben würde ... Aber wenn er wirklich nichts anderes hat, dann müssen wir sie wohl nehmen ...»

Benjamin nickte das schnell ab. «Ich fahre dieses Wochenende sowieso hin, ich werde das vor Ort mit ihm besprechen.» Er wollte sie in jedem Fall beruhigen, ihr den Eindruck vermitteln, dass sie sich auf ihn verlassen konnte.

«Aber du rufst ihn morgen an, okay? Die Sache mit der Büroecke ist wirklich …»

«Keine Sorge, ich werde ihn anrufen!»

Er unterbrach sie mit einer Stimme, die viel nervöser klang, als ihm lieb war, und ärgerte sich darüber. Er stand bereits mit einem Fuß im Flur und brannte darauf, seine Scheißkopfschmerzen mit einer heißen Dusche zu behandeln. In Wahrheit fürchtete er weniger das ewige Gerede von der Inkompetenz des Immobilienmaklers, sondern dass die fehlende «Büroecke» Arianes Gedanken auf ihren Roman lenken würde. In dem Fall könnte er ebenso gut ein Bier zischen und allem, was er noch zu tun hatte, bevor er den Kopf aufs Kissen sinken ließ, Adieu sagen.

Ariane hatte, wie so viele Schauspielerinnen, deren Karrierestart glattlief, die in ihren Vierzigern dann aber an den Rand gedrängt wurden, mit dem Schreiben begonnen. Der nächstlogische Schritt wäre es gewesen, einen angemessen budgetierten Fernseh- oder Kinofilm zu schreiben, eine Mehrgenerationen-Familienkomödie, verrückt und mitreißend, mit einer ihr selbst auf den Leib geschneiderten Hauptrolle. Aber sie hatte sich für einen Roman entschieden. Zum einen, um ihre Kollegen auszustechen, denn aus der Masse «herauszustechen» war ohnehin bei jeder sich bietenden Gelegenheit ihr oberstes Ziel. Zum anderen wollte Ariane, Spross einer Akademikerfamilie, die sich rühmte, Jean Baudrillard, Michel Serres und den berühmten englischen Soziologen Richard Hoggart bei sich zu Hause empfangen zu haben, nach ihrer privilegierten und behüteten Jugend – Schule im Elsass, Stanlowa-Tanzkurse, im Sommer Segelkurse auf der Ile de Ré, nach dem Abi das zweijährige akademische Programm mit Spezialisierung auf Literatur und Geisteswissenschaften am Lycée Fénelon und am Conservatoire National d'Art Dramatique –, diesem Metier, das sie für trostlos, sexistisch, grob und archaisch hielt, erst recht seit der Weinstein-Affäre, vor Augen führen, dass Schauspielerinnen und Verstand ein hervorragendes Duo waren. Doch Benjamin hatte sie taktvoll darauf hingewiesen, im einundzwanzigsten Jahrhundert habe der Roman stark an Bedeutung verloren. Beweis dafür war, dass es vielen Romanautoren lieber war, eine Filmadaptation bei Netflix, BeCurrent, Apple TV oder Amazon angeboten zu bekommen, als einen Literaturpreis zu erhalten, und einige bereits beim Schreiben ihrer Werke darauf schielten. Weil sie verstanden hatten, dass Ruhm und Geld weitgehend auf dieser Seite zu finden waren.

«Wenn du wüsstest, wie viele Bücher ich jeden Tag erhalte, selbst von Verlagen und Autoren, die in der Literaturwelt bereits etabliert sind.»

«Das ist mir egal», hatte Ariane ihm das Wort abgeschnitten, «ich will nicht länger von diesem Beruf abhängig sein. Die Geschichte, die ich erzählen möchte, ist auf jeden Fall ein Roman.»

Inspiriert hatte sie das berühmte Foto von Javier Bauluz, das im September 2000 am Strand von Tarifa in Spanien aufgenommen worden war und den Titel «Tod an den Pforten zum Paradies» trägt. Im Vordergrund sitzt ein Urlaubspärchen in Badesachen unterm geblümten Sonnenschirm, mit einer Kühlbox und drei Bierdosen zu ihren Füßen, während im Hintergrund die Leiche eines Mannes zu sehen ist, ein Geflüchteter in einem gelben T-Shirt, der mit dem Gesicht nach unten im Sand liegt.

Nachdem sie Benjamins sämtliche Schreibhandbücher gelesen und die dreitägige Masterclass bei John Truby, dem Papst der Drehbuchautoren, besucht hatte, machte Ariane sich ans Werk, einen Roman über das Leben dieses Paares vor und nach dem Foto zu schreiben; und dann über eine noch spätere Phase, als ihr schreckliches Bild in den Medien und auf Websites die Runde gemacht und ihnen zu einer traurigen Berühmtheit verholfen hatte. Benjamin hatte sie ermutigt, es hatte ihn überrascht, dass sie sich einer solchen Herausforderung stellen wollte, und der Pitch hatte ihn begeistert. Er hatte in den letzten Jahren weiß Gott genug Projekt-Exposees zum Thema Migration gelesen! Außerdem hatten von Canal+ über die verschiedensten Plattformen bis hin zu ARTE alle mit dem Gedanken gespielt, eine eigene Serie zu diesem Thema zu produzieren, oder hatten es schon getan. BeCurrent hätte fast selbst einen Versuch unternommen, startete dann aber eine Marktstudie und musste feststellen, dass das Thema für die Generation der Millennials, ihre damalige Hauptzielgruppe, nicht genug Identifikationspotenzial besaß. Aber Arianes Idee ging weiter, war weitaus einzigartiger. Sie schlug sich nicht auf die Seite der Opfer, versuchte nicht, die Leser traurig zu stimmen, auf oberflächliche Emotionen zu setzen und dann stundenlang darin herumzurühren. Sie beschäftigte sich mit dem plötzlichen Auftauchen der Tragödie in der Banalität unseres Alltags und mit der Frage, welche Verantwortung wir ihr gegenüber haben.

Er hatte ihren hohen Anspruch, ihre Klarsicht und ihr Bedürfnis, die Welt herauszufordern, was sie stark von Grossmanns Eltern unterschied, immer sehr anziehend gefunden. Schon am Abend ihrer ersten Begegnung, bei der Vorführung eines sehr schlechten Spionagefilms von Atlantis Cinéma, bei dem sie mutig die unglaubwürdige Rolle einer Doppelagentin verteidigte, die sich in eine Post-9/11-Welt verirrt hatte, waren ihre Energie, ihr Selbstvertrauen und ihre Zuversicht auf Benjamin übergesprungen. Sie war viereinhalb Jahre älter als er, strahlte, war elegant und hatte eine so einschüchternde Aura, dass Benjamin, damals Produktionsassistent bei Atlantis TV, eine Weile brauchte, bis er zu glauben wagte, dass sie wirklich ihn wollte. Einen Monat nach diesem Abend stellte er seine Zahnbürste neben die ihre und ließ ein paar Kleidungsstücke im Schrank zurück. Sechs Monate später unterzeichneten sie gemeinsam einen Mietvertrag. Ihre Beziehung verlieh ihm schnell Legitimität und Mut, beruflich wie persönlich. Vor ihr, so sagte er oft, sei er selbst wie ein brandneues, leistungsstarkes Mobiltelefon gewesen, dessen Akku man aber noch nie aufgeladen habe.

Doch die Rollen hatten sich vertauscht, seit sie mit dem Schreiben dieses Buches begonnen hatte. In jedem Augenblick, den sie miteinander teilten, sezierte Ariane wie besessen ihre Figuren, deren Charakterzeichnung und Probleme und verlangte Benjamins aktive Teilnahme. Die eigentliche Verärgerung rührte von dem diffusen und unangenehmen Eindruck, dass sie ihn benutzte, ihn als Modell für die Beschreibung des Mannes auf dem Foto hernahm: des jungen Mannes, der in aller Seelenruhe auf einen sterbenden oder bereits toten Menschen blickt, ohne die geringste Absicht, seinen Arsch vom Sand hochzukriegen und ihm eine der Getränkedosen zu bringen, die im kalten Wasser seiner Kühlbox schwimmen. Denn wer sonst wechselt regelmäßig den Kopf seiner Zahnbürste, bewahrt Münzen in seinen Taschen auf, hängt die Kleiderbügel immer falsch herum? Wer streut Talkumpuder in seine Sportsocken und gießt sich Calvados in den Tee? Und wer ist, wie sie einmal gesagt hatte: «... in der Lage, bei allen Anlässen so zu tun als ob, ohne sich jemals wirklich am rechten Platz zu fühlen.»

«Willst du damit sagen, er ist ein Antiheld?», fragte er, weil er sich unwillkürlich von der Figur zu distanzieren und sie in eine Kategorie zu packen versuchte, in die man ihn, Benjamin Grossmann, niemals stecken könnte.

«Nein, ein Antiheld ist einer, der alles aus dem Gleichgewicht bringt, der Mist baut (Arianes Selbstsicherheit auf einem Gebiet, das bislang ihm vorbehalten war, ärgerte Benjamin maßlos). Das ist bei Jonas ganz und gar nicht der Fall … Ich denke, ich werde ihn Jonas nennen, was meinst du?»

«Gute Idee … nenn ihn Jonas … Warum nicht?»

«Jedenfalls ist Jonas ein normaler Mann, weder ein Held noch ein Antiheld. Er ist nur einer von den Vätern, die ihren Söhnen versprechen, zum Fußballspiel zu kommen, dann aber nicht aufkreuzen … angeblich wegen der Arbeit, aber im Grunde kommt er mit der Situation nicht klar … die anderen Eltern, der Trainer … Ab und zu geht er hin, und da er der genialste Papa der Welt ist, kann niemand ahnen, was er wirklich fühlt.»

Arianes wohlbegründete Entgegnung hatte natürlich Benjamins winzige Hoffnung zunichtegemacht. Wird er die Fußballspiele seines Kindes verpassen? Wird er sich ihm gegenüber verstellen, so wie er es anderen gegenüber tut? Er hätte gern das Kinn in die Höhe gereckt und mit Nein geantwortet. Aber er hatte einen zu großen Scharfblick, und ihn überkam eine wilde Angst.

Vielleicht sah nur er sich so, sie aber hatte ein anderes Bild?

Denn wer von den Menschen, mit denen sie Umgang hatten, war wirklich hundertpro authentisch? Wer? Wer konnte behaupten, keine geschönte Version seiner selbst geschaffen zu haben, keinen verführerischen Avatar, den man beim Mittagessen mit Kollegen und auf Partys mit Freunden zur Schau trägt, mit Posts auf Facebook, LinkedIn oder Instagram füttert und durch die beruhigende Fassade vollkommener Uniformität schützt? Wie viele Menschen melden sich bei den sozialen Netzwerken unter einem Pseudonym an, um endlich alles sagen zu können, was sie denken, frei von der Leber weg, frei von den Zwängen des Anstands?

Mit gespielter Begeisterung bat er sie eines Sonntagmorgens, das erste Kapitel lesen zu dürfen, um Gewissheit zu haben. Aber sie hatte sich stur gestellt. Grund für ihre Weigerung war der Rat eines US-amerikanischen Schriftstellers, von dem Benjamin noch nie etwas gehört hatte, niemals seinen Roman herzuzeigen, solange er noch nicht fertig war. Du liebe Güte, wenn man sich für Schriftsteller interessiert, ihre kreativen Prozesse und Ratschläge, kann man sein ganzes Leben mit den Küchenrezepten zubringen, die sie im Internet breittreten! Keine andere Berufsgruppe spricht so viel über die eigene Arbeit, giert so sehr nach Anerkennung. Doch Benjamin hatte der Versuchung, den Computer seiner Frau zu durchstöbern – ein Klischee, das gern von Drehbuchautoren benutzt wird, denen kein Plot Twist mehr einfällt –, nicht nachgegeben.

6

Vor dem Fenster bremst ein Auto an einer roten Ampel. Was tun? Trotzdem aufstehen und joggen gehen? Oder liegen bleiben und durch die Holzlamellen der Jalousie die Linien draußen anstarren, die mit dem Tageslicht immer heller werden?

Es ist zu spät.

Zu spät, um es mit der bereits zerfasernden Nacht aufzunehmen. Selbst wenn er jetzt loslaufen würde, hätte er keinen Anspruch mehr auf die tapfere Einsamkeit des Morgenjoggers; auf den leeren Bus, der an seiner Haltestelle vorbeifährt, weil es keine Fahrgäste gibt; die lange Mietshausreihe mit den dunklen Fenstern; die Floristin in der Rue Claude-Bernard, die in ganze Schalkilometer gemummt zusieht, wie sich das Metallrollo ihres Ladens aufrollt; den martialischen Zaun des Jardin du Luxembourg, der aussieht wie eine Speerreihe. All diese Momentaufnahmen, die seine Schritte phrasieren und der Stadt ihre Einzigartigkeit und ihr Mysterium verleihen. Nur in der Morgendämmerung ist die Stadt Paris so offenkundig der Zeitlosigkeit verhaftet. In diesem eisigen und nebligen Licht, vor seinem durch die Anstrengung geschärften Blick, erhalten die Denkmäler Macht und Majestät, werden sie zu beunruhigenden, verstörenden, grandiosen Rätseln, rein gewaschen von den Ereignissen und Jahrhunderten. An manchen Morgen könnte das Palais du Luxembourg noch immer den Hof der Regentin Maria von Médici bergen, und nicht den Pomp des Senats. Die olivfarbenen Metallstühle im Jardin, die vereinzelt auf den dunklen Alleen stehen, könnten ebenso gut auf die baldige Ankunft einer Bevölkerung unter deutscher Besatzung warten wie auf den Ansturm der Büroangestellten in der Mittagspause, die unter Orangenbäumen, von denen einige die Regentin gekannt haben, ihre dreieckigen Sandwiches verschlingen. Aber sobald die Straßenlaternen erloschen sind, was in etwa zehn Minuten der Fall sein wird, wird das 21. Jahrhundert wie ein fotografisches Bild im Entwicklerbad aufscheinen. Und Benjamin hat keine Lust, sich in Premium Thermo Tights und Langarmshirt mitten in diesem verängstigten und verwirrten Jahrhundert wiederzufinden.

Er hört, wie das Auto an der Ampel losfährt, und plötzlich steht er auf. Er wird nicht im Bett liegen bleiben, wenn andere schon draußen sind, aktiv, einsatzbereit, damit beschäftigt, ihren Bauern auf dem Schachbrett der Welt voranzubringen. Um seinen Organismus zu boosten, die fast schlaflos verbrachte Nacht wieder wettzumachen, in der er alle seine Zugangscodes geändert hat, bevor er sich in die Lektüre der Story-Treatments von *Spleen* gestürzt hat, wird er eine der Adderall-Tabletten einwerfen, die er als Reserve für den Fall aufbewahrt, dass sein Provigil-Vorrat zur Neige gegangen ist und er keine Zeit hatte, Nachschub zu bestellen. Er kann es sich absolut nicht leisten, über die Nebenwirkungen von Adderall beunruhigt zu sein, nicht jetzt. Mit Arianes reglosem Körper im Blick schließt er leise die Tür, um sie nicht aufzuwecken. Einen Moment lang glaubt er, ein Lächeln auf ihren Lippen wahrzunehmen.

7

Und schon taucht die Stadtlandschaft auf.

Ausgedehnt. Friedlich.

Ein prächtiger Anblick!

Sam läuft langsamer. Vor ihr erstreckt sich, soweit das Auge reicht, das funkelnde Wasser des Canal Saint-Martin. Die metallenen Brücken und die Übergänge mit ihrer leichten Architektur folgen in regelmäßigen Abständen aufeinander. Die meisten von ihnen wurden zwischen Mitte und Ende des 19. Jahrhunderts erbaut, Zeitzeugen einer Epoche, in welcher der Kanal die Pariser mit Trinkwasser versorgte und zum Transport von Lebensmitteln und Baumaterialien ins Herz der Stadt diente. Zwar kennt sie in diesem Viertel jeden Winkel wie ihre Hosentasche, doch dieser Anblick erfüllt Sam mit einem intensiven und innigen Gefühl. Der Eindruck, dass all diese Schönheit sie von einer ungeahnten Last befreit, indem sie sie mit einem Teil von ihr verbindet, der so sanft pochend und weich ist wie der Schädel eines Neugeborenen.

Am gegenüberliegenden Ufer, wo seit ein paar Jahren mit derselben Geschwindigkeit wie Aknepickel im Gesicht eines Teenagers luxuriöse Markendesignerläden aufploppen, kommt Bewegung ins Bild. Aus Parkhäusern und dunklen Gassen tauchen immer mehr Autos auf. Nervös und ungeduldig, schlägt das Tagleben schon eine erste Bresche in die nächtliche Reglosigkeit, bevor schwere Artillerie aufgefahren wird. Der Himmel, in dem sich zum Teil dicke Wolken türmen, ist stahlblau.

Es scheint wieder ein Sturm aufzukommen. Der Herbst war dieses Jahr eine Verlängerung des Sommers, und der Winter sieht manchmal wie Frühling aus. Seit einer Woche regnet es nun schon täglich, das Wetter spielt völlig verrückt. Sturmböen, wenn auch nur sporadisch, nicht länger als ein oder zwei Stunden, dann wieder ein dichter, unbeständiger, nicht zu deutender Himmel, Schicht um Schicht hängt das Grau schwer über dem menschlichen Ameisenhaufen, bereit zu explodieren. Die Luft riecht nach Gewalt oder Aufruhr. Nein, denkt Sam, es gibt überhaupt keinen Grund, ihnen noch einmal nachzugeben und nach Straßburg zurückzukehren …

«Kommt mal her … Jetzt sind hier welche.»

Als Clément Merx – fünfundzwanzig Jahre alt und erst seit Kurzem in ihrer Einheit – seine megafonartige Stimme erhebt, die in krassem Gegensatz zu seiner geringen Körpergröße steht, wendet sie ihm den Kopf zu. Der Blickkontakt mit ihrem Kollegen, dessen untere Gesichtshälfte von dem kompakten Atemdunst verdeckt wird, der aus seinem Mund strömt, nimmt Sam augenblicklich die innere Unruhe.

Merx steht oben auf der Treppe, die zum Kanal führt, den Oberkörper vorgebeugt in Richtung der Brücke, die beide Ufer verbindet. Sein dünner Hals und sein glattes Gesicht, das noch immer jugendliche Züge trägt, lassen ihn neben Dalloz' schrankartiger Statur wie ein verirrtes Schaf aussehen.

Als Sam in Olivier Sultaniks Büro Merx zum ersten Mal begegnet war, er trug Jeans und ein sauber gebügeltes weißes T-Shirt, hatte sie angenommen, er wolle Dalloz beeindrucken, um seine körperlichen Mängel und im gleichen Aufwasch seine fehlende Erfahrung wettzumachen. Damit hatte sie aber falschgelegen. Vielmehr hatte Dalloz die Steilvorlage, die sein Name ihm lieferte, zum Vorwand genommen, das ganze Ausmaß seines Wissens über die *Wahnsinns*-Karriere des größten *Wahnsinns*-Radsportlers aller Zeiten, Eddy Merckx, vor ihm auszubreiten. «Kennste, wa?» Der Neue hatte milde lächelnd genickt (sie würde darauf wetten, dass kein Mann über vierzig ihm die schwärmerische Erwähnung seines berühmten Namensvetters vorenthalten hatte). Und Sams innerer

Radar hatte angeschlagen und ihr gesagt, dass dieser Junge viel reifer war, als sein Milchbubigesicht vermuten ließ.

«Da ist sogar noch ein Vierter … Da drüben, gleich hinter der Brücke!», sagte Dalloz und streckte den Zeigefinger aus.

Eigentlich musste sie gar nicht näher rangehen, um zu wissen, wovon er sprach.

Seit mehr als anderthalb Jahren wird der letzte Abschnitt des Kanals, der auf Höhe der Brücke in der Rue Louis-Blanc beginnt, in der Verlängerung von Bassin des Morts, von einer Unzahl von Zelten besetzt, in denen sich scharenweise die Migranten stapeln, die meisten davon aus Afghanistan. Es waren gut und gerne siebenhundert, wenn nicht gar neunhundert Männer und Jugendliche. Die wie verlorene Seelen durchs Viertel geistern. Darauf wartend, dass der Tag zur Nacht und die Nacht zum Tag wurde, dass die Zeit verging und sich das Rad eines jämmerlichen Schicksals drehte. Die mangelnde Hygiene, dazu der Verpackungsmüll und die auf den Boden geworfenen Lebensmittelreste, ziehen jeden Tag ganze Rattenregimenter an, die sich bis in ihre Zelte vorwagen. An den Ufern des Kanals, wo sich einige im Morgengrauen hinknien, um ihre Waschungen vorzunehmen und sich dann zum Gebet zurückzuziehen, schwimmen Aberhunderte von Plastikflaschen. Die Gleichgültigkeit der Anwohner ihnen gegenüber kann als stillschweigende und fatalistische Hinnahme einer unausweichlichen Situation gedeutet werden. Oder als bewusste Leugnung ihrer Existenz. Wie dem auch sei, es herrscht eine seltsame Stimmung im Viertel. Auf der einen Seite die alteingesessenen, stets in Eile befindlichen, dem Stadtleben angepassten Bewohner, auf der anderen Seite diese Gespenster, diese Streuner, diese Zombies. Die *Walking Dead* einer lebensgroßen Fiktion, die sich an den ländlichen Ufern des Canal Saint-Martin entfaltet.

In den letzten Wochen tauchten auf dieser Seite der Brücke, aus

Platzmangel oder weil es dort schöner war, vereinzelt Zelte auf. Zum Schutz vor Feuchtigkeit auf Paletten gebaut, die man beim Lidl geklaut hatte, standen sie für die Möglichkeit, dass bald ein anderes Lager entstehen könnte, mit Gewalt und Drogenhandel im Schlepptau. Tabletten, Shit, Crack, Alkohol, Passierscheine der Präfektur, Handys, Führerscheine. Hier wurde mit allem gehandelt.

Vor dem Lager auf der Louis-Blanc-Brücke hatte sich unter der Überführung zwischen den Stationen Jaurès und Colonel-Fabien ein weiteres, viel größeres, heterogenes und wildes Lager gebildet. Tausend alleinstehende Männer und Hunderte von Familien. Sam hatte zu dem beeindruckenden Aufgebot an Polizisten gehört, das eines Morgens, kurz vor sechs Uhr, an der Kreuzung bei der Metro Jaurès ausschwärmte, um schnell das Viertel abzusperren und das Lager aufzulösen. Sie waren in großer Zahl und ohne Vorwarnung gekommen, um zu vermeiden, dass kritische Verbände oder Journalisten vor Ort sein würden. Die am Abend im Fernsehen ausgestrahlten Reportagen, teilweise von Anwohnern gefilmt, vermittelten ein jämmerliches Bild. (Denis hatte die Nachrichten gesehen, während Sam, unter dem Vorwand, einen Sessel kaufen zu wollen, sich den ganzen Abend in ihr Tablet vertieft hatte).

Jedenfalls ist es ganz einfach: In dieser Geschichte werden sie von allen gehasst. Sie, die sichtbaren Vertreter eines stets abwesenden Staates, angefangen beim Innenminister, der es eilig hat, die heiße Kartoffel der Verantwortung an die Bürgermeisterin von Paris weiterzureichen, die sie wiederum an ihn zurückreicht, um ihren Ruf als XXL-Verfechterin des Humanismus nicht zu beschmutzen. Selbst der Papst, der den Boulevard de la Villette wahrscheinlich noch nie gesehen hat, kaufte der Bürgermeisterin ihre Seiltanznummer ab und gratulierte ihr dazu, dass sie ihre Stadt zu einem Zufluchtsort für Migranten machen möchte. Unterdessen schickt man sie los, damit sie vor Ort die bösen Sheriffs spielen. Ein Teil der Bevölkerung ist wütend auf sie, weil sie die Dinge einfach laufen lassen und nicht eingreifen, der andere Teil ist wütend auf sie, weil sie die Dinge nicht einfach laufen lassen und eingreifen. Sie sind zur Zielscheibe aller Wut, Frustration und Ohnmacht geworden. Sam bestreitet keineswegs, dass es Polizisten gibt, denen der Schlagstock locker sitzt und die schnell verbal ausfällig werden, sodass sie wie tollwütige Hunde wirken, die man auf das Wild gehetzt hat. Vor allem, wenn Denis, der als Angestellter im öffentlichen Dienst Großdemonstrationen gewohnt ist, bei ihren spätabendlichen Diskussionen, die immer in Streit ausarten, darauf herumreitet. Aber der lausige Umgang mit dieser Tragödie kann doch nicht allein ihre Schuld sein, oder?

An jenem Morgen war Sam überrascht gewesen, dass keiner der Migranten auch nur einen Mucks gemacht hatte. Wenn sie die Obdachlosen ausquartierten oder die Junkies aus ihren Unterkünften holten, gab es normalerweise viel Geschrei, viele Kämpfe und Beleidigungen. Aber diesmal: nichts. Sie waren in die Evakuierungsbusse eingestiegen wie Tiere, die man zum Schlachthof führt. Resigniert und schweigend hatten sie ihre Habseligkeiten zurückgelassen. Als am späten Vormittag der letzte der siebzig Busse endlich abgefahren war, hatten die Reinigungskräfte, die mit Masken und weißen Overalls ausgestattet waren, um die Zelte und Matratzen in riesige Müllcontainer zu werfen, unter Schlafsäcken versteckt drei verweste Leichen gefunden, darunter einen Teenager. Sam hatte selten ein so unerträgliches Bild gesehen. Es war weit schlimmer als die lapidare Äußerung des Journalisten in den 20-Uhr-Nachrichten: «… tot in einem Zelt aufgefunden».

Zurück im Polizeirevier, hatte sie sich, um nicht loszuschreien, auf der Toilette eingeschlossen und in die Hand gebissen, bis sie blutete. Wer waren diese Leichen? Wo kamen diese Menschen her?

Wie alt waren sie? Gab es irgendwo in dieser Welt des Wahnsinns und der Verwüstung jemanden, der an sie dachte, der sich Sorgen um sie machte, der auf eine Nachricht von ihnen wartete? Wie viele von denen, die Sam in die Busse gesetzt hatte, hatten sie angeschaut, sie berührt, wie viele hatten Nacht für Nacht bei ihnen geschlafen?

Dort wurde sie sich der grausamen Realität bewusst, die sich hinter dem Wort «Migrant» versteckte, mit dem diese heterogene Masse in ein einziges umherirrendes Volk verwandelt wurde. «Migranten» sagte man so, wie man früher Juden sagte. Aber was hatten sie gemein, diese Afghanen und Eritreer, diese Eritreer und Somalier, diese Somalier, Jemeniten, Ägypter, Syrer, die alle wie Abfall auf einem Haufen hockten? Was denn, abgesehen von einem Stück Gehweg, das regelmäßig von der überirdischen Metro durchgeschüttelt wurde, das davor von einem Haufen betrunkener, lärmender Slawen besetzt gewesen war und über dem ein zäher Gestank hing, bei dem es einem den Magen umdrehte? Was konnte man da anderes erwarten als Prügeleien, Abrechnungen, Morde? Ein Türke und ein Kurde würden sich für weniger als das bis zum Ende aller Zeiten gegenseitig abschlachten.

«Da müssen wir hin … Wer immer da liegt, die soll'n alle weg, voller Einsatz, volle Ladung», befahl Dalloz.

«Bleibt ihr hier, ich gehe», beschwichtigt ihn Sam und geht auf die Treppe zu, die zum Kanal führt.

Sie hat keine Lust, sich anzuhören, wie Dalloz mit seiner Tenorstimme und seinem verschliffenen Kauderwelsch voller Anspielungen noch das ganze Viertel aufweckt. Und sie wollte ihm auch nicht dabei zusehen, wie er jedes Zelt öffnet und filzt, als habe er die Hoffnung, Pablo Escobar zu finden.

«Bist du dir sicher?»

Sam spürt, wie ihr die Hitze in die Wangen steigt. Sie hätte am liebsten mit einer ironischen Antwort gekontert – «Nein, ich zittere von Kopf bis Fuß» –, besinnt sich aber eines Besseren.

«Ja, bin ich. Wie müssen ihm ja nicht gleich zu dritt zu Leibe rücken ...»

Sie sagt es mit einem ruhigen Lächeln und einem entschlossenen Blick, um deutlich zu machen, dass sie niemanden braucht, um ihre Arbeit richtig zu machen.

Als sie den Fuß auf die zweite Stufe setzt, erlöschen die Straßenlaternen. Es wird bald hell werden. Vor ihr heben sich die Baumwipfel deutlich von dem Hintergrund eines zunehmend weißen Himmels ab. In einem Schauspielkurs auf dem Gymnasium hat sie einen Trick gelernt, wie man den Rücken schön gerade hält und die anderen einschüchtert, indem man mit der Nase schaut und nicht mit den Augen. Ein Trick, den sie anwendet, sobald sie sich beobachtet fühlt. So wie jetzt. Denn sie beobachten sie alle beide, nicht wahr?

8

Aber nicht nur Dalloz und Merx beobachten sie. Da gibt es diesen Schatten, der am anderen Ufer am Laternenpfahl klebt. Eine undefinierbare Gestalt. Schwarze Mütze und Fäustlinge. Handy vor dem Gesicht. Der Daumen in Alarmbereitschaft, leicht taub von der Kälte.

Plinnnggggg ...

Ein leiser kristalliner Laut kitzelt die Luft in dem Augenblick, in dem der Daumen die rote Aufnahmetaste drückt. Mit einer Geschwindigkeit von dreißig Bildern pro Sekunde wird die Realität – eine Polizistin, die zum Ufer des Canal Saint-Martin hinabsteigt – vom mikroskopisch kleinen Auge der Kamera erfasst und von den elektronischen Mäandern des Apparates aufgezeichnet. Zum Glück wird es schnell hell, sonst wäre das Bild viel zu dicht und körnig gewesen, als dass man etwas hätte erkennen können.

Jetzt schwenkt das Display des Mobiltelefons langsam nach links, eine Kamerafahrt zur Seite …

9

… dem Rhythmus von Sams Schritten folgend.

Das ist Sams liebster Augenblick. Jetzt beschleunigt sich die Zeit, mit unmittelbarer Auswirkung auf ihr Nervensystem. Sie geht weiter … geht darauf zu … die Muskeln sind angespannt, in die Uniform gezwängt, vor Adrenalin und Selbstsicherheit strotzend. Dieser Moment kurz davor. Kurz vor dem Zusammenstoß mit der Realität. Vor dem Von-Angesicht-zu-Angesicht, den Worten, dem Kontakt. Bevor sie den gepressten Klang ihrer eigenen Stimme hört und sie nicht wiedererkennt. In dieser Sekunde ist sie alles, absolut alles, was sie sein wollte in ihrem Leben, in jeder Sekunde. Stark, selbstbewusst, unbesiegbar. Ja, unbesiegbar! Ahmet Baydar hat keine Vorstellung davon, was sie empfinden könnte, und hat auch nie versucht, es herauszufinden. Dieser Schwebemoment zwischen zwei Realitäten ist Sams Droge. Sollte eines Tages alles dafürsprechen, diesen Beruf aufzugeben, würde die Aussicht, diese Droge nicht mehr spüren zu können, sie noch ein wenig ausharren lassen.

Der Körper, fast einen Meter achtzig groß, liegt direkt vor ihren Füßen. Mit dem Gesicht nach unten. Schwarzer Hoodie, das silberne Nike-Komma mitten auf dem Rücken. Er hat die Kapuze über den Kopf gezogen und die Knie leicht angewinkelt, so als wäre er zunächst getaumelt, bevor er sich fallen ließ. Wahrscheinlich war er viel zu zugedröhnt, betrunken oder beides, um die Zelte fünfzig Meter weiter zu erreichen. Immerhin war er nicht ins Wasser gefallen wie der alkoholisierte Migrant, den die Wasserschutzpolizei am Abend zuvor bei Aubervilliers aus dem Wasser gezogen hatte. Sam fällt auf, dass seine Schuhe weg sind. Wurden ihm wahrscheinlich geklaut. Vielleicht von jemandem aus einem der Zelte. Seine schwarzen Baumwollsocken sehen neu aus, weisen weder Tragespuren noch Löcher auf (wenn sie später an diese Szene denkt, kommt ihr jedes Mal diese Nahaufnahme in den Sinn und sie erinnert sich, diese Bemerkung gemacht zu haben ... *weder Tragespuren noch Löcher* ... Der Teufel steckt im Detail ... *Im Detail!* Sie wusste es doch, sie hätte wachsam sein müssen).

«Hey ... Steh auf! Na los!»

Ihre Stimme ist ziemlich durchdringend und autoritär. Trotzdem rührt er sich nicht. Dabei ist ihr schon klar, dass er sich nicht aufsetzen, sich recken und Entschuldigungen stammeln wird.

Sie will sich gerade bücken und ihn kräftig schütteln, als sie über sich ein scharfes Geräusch hört. Sie schaut auf. Dalloz. Oberkörper nach vorne gereckt und Knie gebeugt. So nah an der Kante, dass es aussieht, als wollte er mit geschlossenen Füßen ans Ufer springen und den ganzen Schlamassel selbst regeln. In zehn Sekunden wird er da sein, gleich neben ihr ... Nein, drei Schritte von ihr, über den Kerl gebeugt, bereit, seine muskulösen Arme unter seinen Achseln zu verkeilen, ihn mit einem Ruck hochzuheben und ihm so laut ins Ohr zu brüllen, dass er auf der Stelle wieder nüchtern ist.

Sams Gehirn spielt die Szene in Hochgeschwindigkeit durch. Diese Chance will sie ihm keinesfalls lassen, sie darf nicht zusehen, wie er sein erschreckend wirksames Theater abzieht, indem er ganz nebenbei eine kleine Bemerkung wie diese hier fallen lässt: «Man muss sich im rechten Moment zu behaupten wissen. Das ist hier kein schickes Internat, von wegen sanftes Erwachen und so 'n

Scheiß!» Ein Satz, den sie schnell übersetzen würde mit: «Was zum Teufel treibst du da, Baydar, stehst hier rum und flüsterst ihm süße Nettigkeiten ins Ohr!»

«Aufsteeeehen!», schreit Sam und stößt ihn mit der rechten Fußspitze an.

Eine Sekunde vergeht. Und in dieser Sekunde öffnet sich irgendwo in ihrem Körper ein Ventil. Ein Magma aus Verbitterung, Wut, Verzweiflung, Überdruss und Ohnmacht ergießt sich in ihre Muskeln. Ihr Blick ist auf das Nike-Logo gerichtet – noch immer reglos, sodass es sie jetzt wie ein hochgezogener Mundwinkel zu verhöhnen scheint –, Sam kann nicht anders, sie muss es noch einmal tun. Doch diesmal ist es ein richtiger Fußtritt. Ehrlich. Fest. Sie trifft ihn genau über der Hüfte. Wo das Fleisch weich ist, wo der Fuß auf keinen Widerstand trifft. Wo die Message heißt, dass man es ernst nehmen sollte.

Sie hört auf.

Und begreift sofort.

10

Als die asynchronen Töne mehrerer Sirenen die Stille zerreißen, ist das Einzige, was Camille Karvel sich erhofft – die wegen ihrer Angewohnheit, bei jeder Gelegenheit zu filmen, Cam oder Rec genannt wird, oder auch Asphalt, wegen ihrer flachen Brust –, dass ihre Hand jetzt nicht zu zittern beginnt. Dabei hat Cam, die sich seit Wochen hinter diesem Laternenpfahl versteckt, um mit dem alten, abgelegten iPhone ihrer Mutter (seit Valentine Karvel zur Göttin des Konsumverzichts avancierte, weigert sie sich, ihr ein neues Handy zu kaufen) die drei Polizisten zu filmen, die im Morgengrauen zum Quai hinuntergehen, mittlerweile eine recht ruhige

Hand beim Filmen. Aber ihre Fingerspitzen sind eiskalt und schmerzen. Und da sie von ihrem Standort aus keine andere Wahl hat, als so stark wie möglich heranzuzoomen, besteht bei der kleinsten Bewegung die Gefahr, dass das Bild, das ohnehin schon sehr verpixelt ist, so verschwommen wird wie die Bilder einer Parkplatzüberwachungskamera.

Sie versucht, ihre Atmung unter Kontrolle zu bekommen. Lange, tiefe Atemzüge wie beim Kickboxen, für das sie sich Anfang des Jahres eingeschrieben hat. Und vor allem vermeidet sie, auf den Zeitzähler zu achten, dessen Ziffern am oberen Rand des Bildschirms durchrauschen.

13′43″ 44″ 45″

Und sie filmt weiter!

Eine unkontrollierbare Anspannung hatte sie gepackt. Wenn sie gewusst hätte, dass die Dinge sich so entwickeln würden, nämlich genau, wie sie es sich erträumt hatte, dann hätte sie sich die Kamera ihres Vaters geschnappt, eine eher unauffällige Kodak Pixpro mit einem schön ergonomischen Handgriff, die ein Vermögen gekostet hatte und nur dem Zweck diente, im Urlaub an den Stränden von Biarritz damit anzugeben. Aber woher hätte sie wissen sollen, dass an genau diesem Morgen, einem Februarmorgen, bekackt wie alle anderen, langweilig, lächerlich, unbedeutend, ihre Anstrengungen belohnt werden würden? (und vielleicht … vielleicht … sie wagt es sich kaum auszumalen!) Wie hätte sie ahnen können, dass das Große Rad bei ihr stehen bleiben würde?

Seit einiger Zeit ploppen aus den Tiefen ihres jugendlichen Schädels mit dem ratzekurz geschnittenen Haar, einem Werk von L'Ami Gérard, dem Herrenfriseur aus der Rue des Pyrénées, solche Fragen auf. Fragen, die sich aus abstrakten Begriffen ergeben, wie Schicksal, Zufall, Verhängnis, Glück oder wie auch immer man diesen erschütternden Moment nennen mag, in dem das eigene Leben ohne

Vorwarnung aus den Fugen gerät und man woandershin katapultiert wird. Nur man selbst. Während um einen herum Millionen von Menschen ihren Weg fortsetzen. Warum? Warum hat das Leben einen auserwählt? Warum stürzt es sich plötzlich auf einen, um einen zu retten, zu zerstören, zu verwandeln, zu bestrafen, zu belohnen oder einen einfach nur kurz zu streifen und daran zu erinnern, wie klein man doch ist, falls man so stolz war, es zu vergessen? Kürzlich hat sie im Haus ihres Vaters *Another Us* entdeckt – ihre Mutter ist der Ansicht, bereits von zu vielen verdummenden Kanälen und Programmen belagert zu sein, und weigert sich daher, BeCurrent zu abonnieren – zwölf Folgen ohne Atempause in drei Tagen verschlungen –, und das hatte den zugleich seltsamen wie beunruhigenden Eindruck noch verstärkt, dass in diesem Leben das Unvorhersehbare Gesetz ist. Jedem kann jederzeit alles passieren. Wie Lilly Waters, dieser stinknormalen Mutter aus *Another Us*, die zu Beginn der Serie ihre dreizehnjährigen Zwillinge bei einem Autounfall verliert. Lilly Waters sitzt am Steuer, Clarissa mit offenen blonden Haaren und einem roten Tank-Top auf dem Vordersitz (ein Detail, das später für die Handlung entscheidend ist) und Amy, die genauso aussieht wie ihre Schwester, aber kurze Haare hat, auf dem Rücksitz. Nach einem herrlichen Picknicktag, mit dem das Schuljahresende gefeiert werden soll, fahren sie, lauthals *Under the Bridge* von den Red Hot Chili Peppers singend, nach Hause, als ein rasend schnelles Auto ihnen von rechts die Vorfahrt nimmt und sie voll erwischt. Es vergeht keine Nacht, in der Camille, unter die Bettdecke verkrochen, den Blick auf die sich bewegenden Lichter der Straßenlaternen gerichtet, die an die Decke projiziert werden, nicht an diese Szene denkt. Eine zweiminütige Plansequenz. Zwei Minuten, die ein ganzes Leben enthalten.

Diese zunächst sehr beunruhigende Ahnung hatte sie einige Tage nach dem 13. November 2015 zum ersten Mal heimgesucht, als ihr völlig verwüstetes, in Angst und Schrecken erstarrtes Viertel untersucht, analysiert und zur No-go-Zone erklärt wurde, und dennoch gab es dort die unglaublichsten Geschichten, die in Cafés, in Treppenhäusern, auf Schulhöfen und in Supermärkten immer wieder erzählt wurden. Geschichten aus dem Leben, die einen für alle Zeit ein paar Schritte weit aus dem Tritt bringen und einem die Welt aus einem neuen Blickwinkel zeigen. Die Mutter von Samuel Ramblac, einem Jungen, der früher in ihrer Klasse war, wollte mit Freunden im *Petit Cambodge* zu Abend essen, doch in letzter Minute wurde der Abend abgesagt, weil es bei ihr zu Hause eine Überschwemmung gab. Karims neuer Lebenspartner, der Nachbar aus dem dritten Stock, hatte es nicht mehr geschafft, Karten für das Konzert der Eagles of Death Metal zu bekommen, weil er sich zu spät darum gekümmert hatte. Der ältere Bruder der Apothekerin dagegen, der mittlerweile nach Deutschland gezogen und für ein paar Tage nach Paris gekommen war, war im Bataclan gewesen, weil der Freund, bei dem er wohnte, eine Karte übrig hatte; sie wurden beide getötet. Vier Monate später, am 22. März, dem Tag nach ihrem dreizehnten Geburtstag, teilten ihre Eltern ihr mit, dass sie sich trennen wollten.

Die Ereignisse im November, aber auch die Enthüllungen über das Netzwerk der Buttes-Chaumont, die nach dem Anschlag auf den Sitz von Charlie Hebdo am 7. Januar publik wurden, und die Tatsache, dass die Kouachi-Brüder über die Rue de Meaux, die Straße direkt gegenüber ihrer Wohnung, geflohen waren, waren die Auslöser für den heftigen Wunsch ihres Vaters, das Viertel und wahrscheinlich auch ihre Mutter zu verlassen. Am Abend des 22. März, an dem Camille den ganzen Tag geschrien und geweint und sich am Abend erschöpft mit ihrem iPad in das Spiel Monument Valley geflüchtet hatte, war ihr Vater ins Zimmer gekommen, um ihre Zuneigung zu suchen. Er hatte – das würde sie nie vergessen – zum allerersten Mal vorher angeklopft. Mit ruhiger, irgendwie nach Opfer klingender Stimme, hatte er ihr erklärt, er habe die Nase voll von *diesen Leuten* – von welchen, hatte er nicht gesagt. Diese Leute, die nichts respektierten, denen alles egal war, die zwischen öffentlich und privat keinen Unterschied machten. Außerdem frage er sich, nach fünfzehn Jahren in diesem Haus Ecke Avenue Claude-Vellefaux und Place du Colonel-Fabien, in denen er seine Tochter auf eine öffentliche Schule geschickt und sich an einem lausigen Kollektiv beteiligt hatte, das auf dem leeren Grundstück neben der Tankstelle einen Gemeinschaftsgarten betrieb, ob *wir* wirklich zum Zusammenleben geschaffen waren. Denn er träume davon, aus dem Haus gehen zu können, ohne zu riskieren, einem Märtyrerkandidaten über den Weg zu laufen, ohne auf Erbrochenes, eine Spritze oder eine tote Ratte zu treten, ohne um die ausgeweideten Mülleimer, die auf dem Bürgersteig abgestellten Möbel einen großen Bogen machen zu müssen – und natürlich auch um Pacha, den historischen Landstreicher der Rue Sambre et Meuse, der zahnlos und krank bei einem Lüftungsschacht saß, umgeben von Schmutz aller Art, die Hose systematisch auf die Knie gezogen und den Arsch an der Luft.

«Aber deine Mutter hat ja nie von hier wegziehen wollen …»

Und wahrscheinlich, hatte Camille gedacht, wollte sie noch eine ganze Menge anderer Dinge nicht, über die ihr Vater geflissentlich schwieg, ohne zu wissen, dass sie nach ihren immer häufigeren und immer heftigeren Auseinandersetzungen diese Dinge alle längst kannte.

Sie hatte ihm wortlos und ohne zu nicken zugehört. Sie hatte ihn mit der kleinen Show, die er abzog, um sie zu täuschen, vor allem aber, um die Wahrheit zu vertuschen, auflaufen lassen. In Wahrheit, da war sich Camille sicher, glaubte er, etwas Besseres verdient zu haben. Etwas Besseres als diese Straßen, diese Geschäfte, diese

Nachbarn, etwas Besseres als diese Frau, die er mit siebenundzwanzig geheiratet hatte, und als das beengte Leben in dieser Dachwohnung, die ein Architekt aus nach und nach aufgekauften Dienstmädchenzimmern zusammengestückelt hatte. Etwas Besseres, denn sein Gehalt hatte sich verdreifacht, seit er in der orthopädischen Abteilung des keine hundert Meter entfernten Saint-Louis-Krankenhauses gekündigt hatte, um zu einer Privatklinik im Batignolles-Viertel zu wechseln. Es tue ihm in der Seele weh, den öffentlichen Dienst zu verlassen, hatte er geschworen, denn dieser gehe jeden Tag ein wenig mehr dem völligen Verfall entgegen ... Und dann diese Krankenträger, die keinen Finger rührten und sich einen Dreck um die OP-Zeitpläne scherten! Doch egal, die ersten Gehaltsschecks hatten seine Seele schnell von dieser Qual befreit, falls sie sich nicht bereits auf dem Weg zur Klinik, den er auf seinem neu erworbenen Piaggio-Roller zurücklegte, in Luft aufgelöst hatten. «Männer sind so berechenbar!», hatte seine Mutter, dürr und dehydriert wie ein alter Schwamm, gewitzelt, als sie vom Balkon aus zusah, wie er sich auf sein Gefährt schwang. (Die empirische Beobachtung zahlreicher getrennter Eltern hatte Camille zu der Überzeugung gebracht, dass verlassene Frauen eine ganz typische Magerkeit entwickeln, als trockne etwas in ihnen aus und schrumpfe schnell dahin. Vielleicht das beruhigende Gefühl, das vor allem bei Frauen jenseits der Vierziger in gesellschaftlicher Hinsicht so wichtig war, ein Zuhause und einen Mann im Bett zu haben).

Der einzige Haken an William Karvels Fluchtplan war seine Tochter, die ein Einzelkind war. Und dieses dämliche gemeinsame Sorgerecht, das für ihn umso wertvoller wurde, je vehementer seine zukünftige Exfrau Valentine es ihm verweigerte.

Damals hatte Camille begonnen, sie alle zu hassen, weil sie bei beiden den bestialischen Wunsch witterte, sich gegenseitig zu bekriegen, bevor Anwälte und Richter sich einschalten und sie zur Rückkehr in die Zivilisation zwangen. Und das einzige Territorium in Reichweite, das in keinem zuvor bei einem Notar oder einer Verwaltung unterzeichneten Vertrag erfasst worden war und auf dem man die Eigentumsflagge hissen konnte, das war sie. Damals hatte sie auch begonnen, alles mit ihrem ersten Handy (das inzwischen von den Jungs aus der Cité Blanche vernichtet worden war) zu filmen. Sie nahm die Details ihrer Welt auf, selbst die unbedeutendsten, ehe diese in zwei Teile zerbrach. Bilder, die sie in einer einzigen Datei mit dem Titel: «Der brutale Prozess der Teilung» gespeichert hatte.

Am Ende war ihr Vater, um «das Gleichgewicht zu wahren» – ein Ausdruck, den die Psychologin verwandte, zu der ihre Eltern sie geschickt hatten, damit sie ein gutes Gewissen haben konnten –, dazu bereit, seine Träume von keimfreien Vierteln aufzugeben, um sich anderthalb Kilometer weiter niederzulassen, auf der anderen Seite des Kanals, im zweiten Stock des Haussmann'schen Gebäudes, vor dem sie gerade stand. Zunächst allein, bevor schon bald eine Kollegin aus der Radiologie dazukam, die aus dem Libanon stammte, dreizehn Jahre jünger als er, ein Fan von Selbstbräunungsmitteln und Bankanlagen. Diese Beziehung warf für Camille eine Frage auf, von der sie glaubte, dass sie für viele ihrer Zeitgenossen von Bedeutung sein dürfte: Warum verlassen Papas die Mamas immer für eine viel jüngere Frau, obwohl diese strahlende Jugend an ihrem Arm ihr Alter doch so grausam hervorhebt? Gott sei Dank schlief Camille am anderen Ende des Flurs, in dem Zimmer, das ihr Vater, der sie unbedingt auf seine Seite ziehen wollte, sehr schnell *ihr Zimmer* nannte und dessen Fenster auf die Quais hinausgingen. Von da aus hatte Camille, die vom leisesten Geräusch von draußen wach wurde, gesehen, dass die Migranten dort ihr Lager bezogen, und dann die drei Polizisten entdeckt.

11

Ohrenbetäubendes Sirenengeheul erschüttert das gegenüberliegende Ufer. Blaulichtstrahlen blitzen auf. Unterdessen wird der Himmel sekündlich heller, steigt vom Gehsteig das brodelnde Geräusch von Menschen auf, die atmen, kauen, Fragen stellen.

Immer mehr Menschen umringen sie, bleiben stehen und recken die Hälse, um besser sehen zu können, doch Camille konzentriert sich weiter auf das rechteckige Display ihres Handys. Plötzlich strömen Dutzende von Menschen mit und ohne Uniform aus Polizeiautos und Mannschaftswagen und brechen in den von ihr gefilmten Ausschnitt ein.

Eine Trage wird auf dem Boden abgestellt.

16′07″

Das Geschehen auf dem Bildschirm wird immer konfuser, verworrener, unverständlicher. Herauszoomen bringt auch nichts. Es wäre das Beste, aufzuhören …

… Aber sie will weitermachen! Will noch mehr!

Niemand von denen, die der Copwatch-Bewegung oder irgendeiner anderen Bewegung oder Gruppe angehören, die rund um die Uhr die Polizei belauern, um ihr Fehler nachzuweisen, die während der Blockaden in die Viertel stürmen, die ganze Demos aufmischen, die Flohmärkte von Barbès oder Montreuil überwachen, die Social Media mit verwackelten Gewaltszenen überschwemmen, hat je eine ähnlich spektakuläre Aufnahme gemacht wie sie. Eine Polizistin – kein Mann, keiner dieser robocopartigen, entmenschlichten Bereitschaftspolizisten mit maskiertem Gesicht und Gewehr über der Schulter –, eine Polizistin also, die einem leblos und schutzlos daliegenden jungen Mann einen Tritt versetzt, einem armen Migranten, der auf dem bloßen Asphalt liegt, und die dann erst merkt, dass er tot ist … *tot!* Das hat noch nie jemand gefilmt!

Außerdem sind ihr trotz des engen Bildausschnitts recht ruhige Aufnahmen gelungen … Sie im Profil, wie sie neben der Leiche hockt … die Finger suchten den Puls … ihr fassungsloser Blick nach oben zu ihrem Kollegen, einem kräftigen, übergewichtigen Mann, Typ gealterter Rugbyspieler … Ihre Augen sind auf die schuhlosen Füße gerichtet, auf der Suche nach einer Antwort … Je öfter Camille die auf ihrem Handy gespeicherten Bilder betrachtet, desto größer wird die Aufregung, die ihr ins Blut schießt. Sie bedauert nur eins: Es ist ihr nicht gelungen, das Gesicht des Toten festzuhalten. Der dicke Polizist hatte ihn umgedreht, aber das Gesicht war im Schatten geblieben, verdeckt von den drei hektischen Polizisten, die wie Hexer bei einer Beerdigungszeremonie um ihn herumsprangen.

Hatte sie aus diesem Grund nichts, aber auch gar nichts gefühlt, obwohl sie zum ersten Mal mit einer Leiche konfrontiert wurde? Oder lag es daran, dass es keine Blutlache gab, keine explodierten oder zerfetzten Gliedmaßen, bei deren Anblick es ihr den Magen umdrehen könnte? Oder waren die vielen Serien daran schuld, die sie schon geschaut hatte, allein in ihrem Zimmer, ganz zu schweigen von den beschissenen Fernsehfilmen ihrer Mutter, sodass solche Szenen jetzt schon zu ihrem Alltag gehörten? Wie viele Stunden ihres Lebens hatten sie schon gefüllt? Wie oft waren sie ihr noch im Kopf herumgegangen, obwohl die Folge längst vorbei war? Wie oft hatte sie sie in die Küche mitgenommen oder ins Bad, ja sogar ins Bett, und sich beim Einschlafen Geschichten ausgedacht, in denen sie mal die Rolle des Opfers innehatte, mal die der Inspektorin oder des Mörders?

Das war letztlich nichts Beängstigendes, nichts Unerwartetes.

Unerwartet ist nur, dass sie hier steht und filmt, dass sie Teil eines Tatorts ist. Scheitelpunkt eines noch nie da gewesenen Dreiecks, das durch die Brutalität des Zufalls entstanden ist: die Polizistin, die Leiche und die Zeugin, Camille Karvel. Disparate, dissonante Schicksale, an einem nebelgrauen Morgen im Februar urplötzlich miteinander verwoben. Es gibt da etwas, das sie direkt anspricht, das ihr von dieser geschärften Kraft erzählt, die aus dem Nichts auftaucht, uns ins Visier nimmt und überfallartig in die Logik unserer Geschichte eingreift.

… 16′45″

Als ihr fühlloser Daumen sich gerade auf den roten Knopf zubewegt, um die Aufnahme zu stoppen, packt eine Hand sie fest an der Schulter.

Sie erschrickt. Ihr Herz rast.

«Was machst du hier?»

Ihr Vater … Es ist nur ihr Vater, denkt sie erleichtert, und nicht irgendein wütender Repräsentant der Ordnung, bereit, sie mit dem Rücken gegen den Laternenpfahl zu stoßen und ihr das Handy zu entreißen (eine Behandlung, die ihr vor der Zentrale der Kommunistischen Partei zuteil wurde, als sie eine Überprüfung der Personalien gefilmt hatte).

Bevor sie sich umdreht, versucht sie, wie jedes Mal, wenn sie zu dem einen oder anderen Elternteil kommt, sich genau zu erinnern, unter welchen klimatischen Bedingungen ihre Beziehung stand, bevor sie auseinandergingen. Momentan segeln sie durch einen skandinavischen Winter; konstante Kälte, noch dazu Nebel. Gestern Morgen hat sie ihren Vater zum letzten Mal in der Küche gesehen (am Tag davor war seine Freundin nach Québec geflogen, um an den «Frankophonen Radiologietagen» teilzunehmen, und er nutzte die Gelegenheit, um mit Marc, einem früheren Kommilitonen, auszugehen und spät nach Hause zu kommen). Kein Vorwurf, kein Streit. Nur ein resigniertes Nebeneinander an einem Frühstückstisch, der so einladend war wie ein Trümmerfeld. Sie klebten beide mit der Nase auf dem Handy und leerten ihre Tasse, während im Hintergrund in jedem Zimmer France Inter lief – eine Angewohnheit seiner Mutter, die sein Vater beibehalten hatte.

«Camille, ich rede mit dir!»

Diesmal hört sie deutlich die Verärgerung in der rau klingenden Stimme ihres Vaters, die sie geerbt hat. Natürlich erwartet William Karvel, der es eilig hat, wie jeden Morgen, dass seine Tochter sofort reagiert. Doch da Camilles Verhaltensstrategie im Wesentlichen darin besteht, immer anders drauf sein zu wollen als ihre Eltern, dreht sie sich mit der Langsamkeit einer sich sonnenden Katze um. Seufzend. Die haselnussbraunen Augen sind von Trägheit umflort, und ihr Kopf ist im genau richtigen Winkel geneigt, um die unvermeidliche Begegnung von Angesicht zu Angesicht hinauszuzögern. Sie weiß sowieso schon, welcher Gesichtsausdruck sie am Ende der Bewegung erwartet. Das angespannte Gesicht eines Vaters, der sich fragt, ob dieses ungreifbare Geschöpf mit dem mineralischen Teint, mit dem Eisengehänge, das vom linken Ohr baumelt, und der Kangol-Mütze auf dem Kopf, dieses Geschöpf, das genauso groß ist wie er selbst, tatsächlich seine Tochter ist. Nicht bloß die kleine Puppe, die er mit demonstrativem Stolz auf den Schultern trug, für die er sich am liebsten das Herz herausgerissen hätte, wenn sie weinte, oder das heitere Mädchen, das ihm jeden Sonntagabend beim Lasagnekochen half, während sie gemeinsam ihre Lieblingsplaylist hörten, sondern offizielle Trägerin seiner Gene und Chromosomen. Auch wenn er mit solchen Überraschungen nicht gerechnet hatte. Und so kam es dann unweigerlich! William Karvels Blick sendet Skepsis und Unverständnis an das Gesicht seiner Tochter:

«Herrgott, Camille, es ist 8:05 Uhr!»

Er tippt auf das Ziffernblatt seiner Uhr, das so groß ist wie ein Hockey-Puck.

«Hast du keinen Unterricht?»

8:05! Sie hätte nicht gedacht, dass es schon so spät ist. In gewisser Weise kommt ihr das gelegen, dass er vor ihr steht, da muss sie sich später keine Lügengeschichte ausdenken.

«Schon gut, ich gehe», sagt sie mit der gleichen Unaufrichtigkeit wie ihr Vater, während er so tut, als warte er auf eine Antwort, die er schon kennt.

Sie sieht ihrem Vater über die Schulter, als fände das eigentliche Spiel anderswo statt. Sie bemerkt die gebrechliche Gestalt von Madame Cixous, die an der Ampel steht und wartet. Irène Cixous klammert sich an ihren neuen Rollator – von der jüngsten Tochter, die nach Israel zurückgekehrt ist und jetzt in Jerusalem lebt, bei Amazon gekauft –, den Camille zusammen mit ihr beim Postamt in der Rue Léon-Jouhaux abgeholt hat. Der Vorteil dieses Modells, hatte Frau Cixous freudig erklärt, ist der vorne befestigte Korb, in den sie ihren übergewichtigen Kater hineinsetzen und spazieren fahren kann. Camille begegnet ihr oft morgens auf dem Weg zur Bäckerei, und sie begleitet sie sogar manchmal. Aber heute ist Frau Cixous auf dem Rückweg, im Korb liegt das in zwei Hälften geschnittene Baguette, sie selbst geht gekrümmt wie Herbstlaub. In Camilles Brust regt sich ein wenig Zärtlichkeit … Die vom ärgerlichen Durchgreifen ihres Vaters schnell wieder zunichtegemacht wird.

«Stell dir vor, man hat mir auch schon eine SMS geschickt, dass du nicht erschienen bist! Ich sag's dir, das fängt echt gut an!»

«Mensch, siehst du denn nicht, was hier vor sich geht?»

Ihre etwas aufgesetzte Entrüstung sollte die Aufmerksamkeit ihres Vaters von sich ablenken.

«Da ist jemand gestorben, genau da … Und du … boah ey … (Kopfschütteln, Augenrollen) Ehrlich, das ist krank!»

«Und was geht dich das an? Da sind Polizisten und Ärzte, die regeln das schon. Deine Aufgabe ist es, zur Schule zu gehen!»

«Ist das alles, was dich interessiert?»

«Ich habe keine Zeit, mit dir darüber zu reden, was das mit mir anstellt! Und du dürftest die auch nicht haben!»

«So ein Quatsch ...»

Wenige Meter weiter zetert eine Frau: «Wir wollen das nicht länger hinnehmen ... das muss aufhören! Wir leben hier!» Aus den Grüppchen, die sich hier und da gebildet haben, kommt positives Echo. Wechselweise ist Protestgeschrei die Antwort. Camille dreht sich zu dem aufgeregten Grüppchen um und kann ihren Vater auf diese Weise etwas auf Distanz halten.

«Ich will nicht noch einmal so eine SMS erhalten, verstanden, Camille? Ich gehe, ich bin spät dran!»

Zur gleichen Zeit erhält William Karvel auf seinem Handy eine Mitteilung von France Info:

> FRANCEINFO
>
> LIVE
>
> Unwetter in der Region Hauts-de-France:
> Die Behörden haben die Zahl der Todesopfer auf 13 erhöht.

Und löscht sie sofort.

Sie braucht ein paar Sekunden. Ein paar Sekunden, um sich wieder mit den Ereignissen am anderen Ufer zu verbinden, wo eine mehr oder weniger unter Kontrolle gebrachte Aufregung herrscht. Um sich allmählich von der Verärgerung zu befreien, dass ihr Vater sie überrascht hat, um ihrem Gehirn Zeit zu lassen, die Informationen zu verarbeiten, die es über ihre Netzhaut empfangen hat, sie zu entschlüsseln, zu interpretieren, zu analysieren ... Plötzlich gefriert ihr das Blut in den Adern. *Nein, das ist nicht wahr, das kann er nicht sein!* Auf der Trage liegt … in einem schwarzen Sack, der bis zum Hals zugezogen wurde … *Nein, nicht er!* Mit versteinertem Gesicht, dem gleichmäßig weißen Licht des Tages ausgesetzt Gefroren in der Asche Tot

NEEEIN!

Mit einem blindwütenden Hass, der ihr die Kehle zuschnürt, filmt sie die wenigen Sekunden, die noch bleiben. Bevor der schwarze Sack geschlossen wird. Bevor die Trage im Krankenwagen verschwindet. Und die Türen sich schließen.

III
VIRENBEFALL

1

Geduscht, glatt rasiert, die noch feuchten Haare zurückgekämmt, blauer Anzug aus Karostoff, weißes Hemd frisch aus der Reinigungsfolie und eng anliegender Armani-Parka – so betritt er den schmalen Fahrstuhl mit den Mahagoniwänden, ein Relikt aus den 1970er-Jahren. Und schon sieht er sein Bild in dem langen, rechteckigen Spiegel. Wenn man die dunklen Ringe außer Acht lässt, die wie Wimpel unter seinen Augen hängen – was für einen Donnerstagmorgen völlig normal ist, sagt er sich, schließlich hat er seit Wochenbeginn bereits fünfundfünfzig Stunden gearbeitet –, unterscheidet den heutigen Benjamin Grossmann nichts vom gestrigen. Er nutzt die Fahrtzeit nach unten, exakt siebenundzwanzig Sekunden, um seinen Bauch einzuziehen, alle Energie in die Muskeln zu pumpen und den Rücken maximal zu strecken. Wieder versucht er, das Stressgefühl loszuwerden, das ihn seit dem Morgengrauen umschwirrt wie eine unter einer Glocke gefangene Fliege, die ihm ins Ohr flüstert, dass er diesen Tag, der ohne Joggen und ohne Stretching begann, schon nicht mehr ganz in der Hand hat. Mein Gott, was ist nur los mit ihm? Er hat schon Tausende von Tagen ohne Joggen zugebracht, was ihn nicht daran gehindert hat, einen Fuß vor den anderen zu setzen und der zu werden, der er ist. Er muss aufhören, ständig daran zu denken, das war doch total lächerlich!

Er hatte die Wohnung in aller Eile verlassen, in der Hoffnung, eine halbe Stunde früher im Büro zu sein, bevor Ariane aufstehen und ihn mit der Umzugsorganisation aufhalten konnte. Die dringlichste Aufgabe an diesem Morgen: sich die Zeit zu nehmen, sein Smartphone über iCloud zu orten und sämtliche Daten aus der Ferne zu löschen – wozu er am Tag davor keinerlei Energie mehr gehabt hatte, denn nach der heißen Dusche, der Änderung seiner verschiedenen Passwörter und Zugangsdaten und der sorgfältigen Lektüre des Drehbuchs von *Spleen*, achtundsechzig Seiten, musste er gegen 3 Uhr morgens ausführlich auf eine dringende E-Mail von Christian Bales Agenten antworten, der ab Folge 4 nicht länger von der Stichhaltigkeit der Figurenentwicklung seines Mandanten überzeugt war.

Entgegen seiner Gewohnheit muss Benjamin heute Morgen nicht durch die Tiefgarage und verlässt das Gebäude direkt übers Erdgeschoss. Mit Blick auf den bevorstehenden Umzug nach Dublin hat er sein Motorrad, eine Triumph Bonneville T100 «Steve McQueen», eine Woche zuvor verkauft, und Arianes Eltern wollten an diesem Wochenende sein Auto abholen, um es aufs Land zu bringen. Aus einem romantischen Impuls heraus, der eigentlich gar nicht zu ihr passt, möchte Ariane, dass ihr Kind dieses Auto kennenlernt, in dem sie an einem Abend im März, als sie auf der Autobahn zwischen Frankreich und Belgien hilflos und verängstigt in einem heftigen Schneesturm feststeckten, einander versprachen, ein Kind zu machen, wenn sie da jemals lebend wieder rauskämen. Was wahrscheinlich mit den drei Fehlgeburten und dem zweijährigen Abenteuer im Verfahrenslabyrinth einer künstlichen Befruchtung zu erklären war, die diesem Versprechen gefolgt waren.

Die Tür zum Müllraum steht einen Spalt offen, ebenso die Tür in den Keller. Nasse Wischgeräusche, begleitet von einem gemurmelten, melancholischen Gesang, der an den monotonen Singsang von Kirchenliedern erinnert, überlagern die Stille in diesem Eingang, der in ein sepiafarbenes Licht getaucht ist. Alle Oberflächen, Böden, Wände, Lampen, Fenster glänzen wie in einem Luxushotel. Ein stechender Chlorbleichegeruch liegt in der Luft. Auf seinem Weg zum Eingang ruft Benjamin noch im Gehen der unsichtbaren Concierge ein wohlwollendes und beschwingtes «Guten Morgen, Madame Villela» zu, woraufhin sie sofort zu singen aufhört.

«Guten Tag, Monsieur Grossmann», antwortet die ferne Stimme hinter der Wand.

Selbstverständlich wird das ein guter Tag, spricht Benjamin sich Mut zu. Es gibt keinen Grund, warum ihm dieser Tag misslingen sollte, verdammt noch mal! Überhaupt keinen. Mit dem Elan eines Boxers, der in den Ring steigt, bereit, die vor ihm liegenden Stunden in Angriff zu nehmen, reißt er die schwere schmiedeeiserne Tür auf. Jetzt beginnt der Kampf. Erster Schritt: sich ein Taxi schnappen.

2

Auf dem Bürgersteig vor dem Gebäude begegnet Benjamin Édouard Spire, dem geschiedenen Nachbarn aus dem zweiten Stock, Personalchef einer großen Versicherungsgesellschaft … oder auch einer Bank. Da er nicht damit gerechnet hat, ihm so früh über den Weg zu laufen, erstarrt er für eine Sekunde; eine Sekunde zu lang.

Spire, ein Mann um die fünfzig, grau meliertes, sehr kurz geschnittenes Haar, eine Statur, die sich, kaschiert durch einen tadellos gepflegten Kamelhaarmantel mit drei Knöpfen, Richtung Verfettung entwickelt, ist der letzte Mensch auf diesem Planeten, dem Benjamin begegnen möchte. Wenn Benjamin und Ariane an manchen Sonntagen auf dem Markt seinen Rundschädel inmitten der italienischen Waren entdecken, tauschen sie einen vieldeutigen, sogenannten «Spire»-Blick voller Ironie, mit einem Seufzer der Verärgerung, Belustigung und Langeweile. (Allerdings ertappt sich Benjamin manchmal dabei, auf den Anblick des besagten Schädels zu warten, allein wegen der ungeheuren Freude an diesem Augenblick der Komplizenschaft.)

Spire dagegen sucht mit Feuereifer Benjamins Gesellschaft, kämpft um seine Aufmerksamkeit, sodass Benjamin sich schon fragt, ob er womöglich absichtlich so spätabends mit seinem Hund Gassi geht, genau dann, wenn er normalerweise nach Hause kommt, um sich so einen Augenblick ganz mit ihm allein zu ergaunern. Wenn er durch das Visier seines Motorradhelms Spires plumpen Leib beizeiten bemerkt, macht Benjamin schnell noch eine Extratour. Sonst täte sich ein Abgrund unter seinen Füßen auf.

Da Spire sich rühmt, seit der französischen Erstausstrahlung von *Twin Peaks* im Jahre 1994 ein Serienfan zu sein, hält er Benjamin für den idealen Sparringpartner. Er begegnet ihm mit dem Stolz eines Napoleon Bonaparte, der dem König von Preußen gegenübertritt und in die Knie zwingt, indem er mit einer Stimme wie ein verrostetes Scharnier entgegnet: «Ach was, du hast diese Folge nicht gesehen? Das musst du UNBEDINGT tun!» Und natürlich ist diese Folge die beste der ganzen Staffel, was Spire sogleich in einem überdrehten und endlosen Monolog kommentiert, gespickt mit einer Unmenge Superlativen.

«Wie geht's?», fragt ihn Édouard Spire, dessen von der morgendlichen Kälte gerötete Wangen aussehen wie geschälte Rote Bete.

Um das Gespräch abzukürzen, nickt Benjamin mit einem freundlichen Lächeln. Wahrscheinlich zu freundlich, um Spire auszubremsen und aus seinem Blickfeld zu verbannen. Im selben Moment hört er erstaunlich scharf mehrere durchdringende Schreie einer … einer … Möwe. Orientierungslos, als sei er plötzlich ans Meeresufer geschleudert worden, hebt Benjamin instinktiv den Blick in die weiße Unermesslichkeit.

«Ich wollte ein Uber nehmen, aber das war unmöglich. Ich hätte nicht gedacht, dass man das Viertel so schnell abriegeln würde! Wartest du auch auf ein Uber?», knattert Spire, den ganz offensichtlich nichts von seinem Ziel abzubringen vermag: Benjamin aufzuhalten.

Keine einzige Möwe.

Hat er jetzt etwa wegen des Schlafmangels oder des Adderalls akustische Halluzinationen? Er könnte ja Spire fragen, ob er auch eine Möwe gehört hat, lässt es aber lieber sein. Spire schien es allerdings gar nicht befremdet zu haben, dass er verwirrt den Blick gehoben und den Himmel abgesucht hat.

«Nein, ich habe kein Uber gerufen … Warum abgeriegelt?»

«Hast du heute Morgen kein Radio gehört?»

Spire wartet, bis Benjamin den Kopf schüttelt und ihm diesen Punkt lässt, bevor er in triumphierendem Tonfall fortfährt: «Der König von Spanien wurde zum Mittagessen in den Senat eingeladen!»

«Aha.»

«Vor einer Woche war es der Terrorist, der in der Salpêtrière einer Not-OP unterzogen wurde, und jetzt Felipe! Genau an dem Tag, an dem ich einen Termin am anderen Ende der Stadt habe … Ich habe dir doch gesagt, dass ich mir *The West Wing – im Zentrum der Macht* noch einmal angeschaut habe? Wirklich eine WUNDERBARE Serie!»

«Ja, ja …»

Benjamin wendet den Blick ab, auf der Suche nach einer Lösung, um ihm zu entkommen.

«Wenn du willst, laufen wir zusammen zum Gare d'Austerlitz und nehmen dort gemeinsam ein Taxi. In Bahnhofsnähe dürfte es welche geben.»

«Tut mir leid, ich kann nicht. Ich habe in zwanzig Minuten einen

Termin … Ich werde schnell in die Metro springen», sagt er, während er sich rückwärts fortbewegt. «Viel Glück!»

Schnell in die Metro springen. Wie konnte er nur so einen Quatsch von sich geben!

Wie auch immer, da er sicher darauf bauen kann, dass Spire ihm hinterherschaut, bleibt ihm nichts anderes übrig, als zur Metro am anderen Ende der Straße zu eilen, dreihundert Meter weiter.

Benjamin ist schon seit Jahren nicht mehr mit der Metro gefahren. Wenn sich seine alten Schulfreunde vom Gymnasium, mit denen er ab und zu einen Abend verbringt, über seine Freunde und seinen Lebensstil lustig machen, setzt er noch eins drauf und behauptet ironisch, eines habe er mit den Politikern gemeinsam, nämlich dass er nicht wisse, wie viel ein Metro-Ticket kostet. Im Laufe der Jahre hatte er zwar den Grund für seine Vermeidungshaltung mehr oder weniger vergessen, doch in dem Moment, als er am Fuße der Treppe der Metrostation Censier-Daubenton ankommt und sich in einem heillosen Durcheinander wiederfindet, in dem es so hektisch und brutal zugeht wie bei einem Rugbyspiel, wird sofort die Erinnerung an den kleinen Benji geweckt, der noch in ihm schlummert. An den kleinen Jungen, den seine Mutter herumschubste, während sie unermüdlich vom Bus in die Metro wechselte, an den Jungen, der mit butterweichen Beinen in den Gängen herumstand und mit seinen großen, von Müdigkeit überschatteten Augen die Erwachsenen anstarrte, die sich an ihre Sitze klammerten und das Gesicht abwandten, um ihn nicht zur Kenntnis nehmen zu müssen. Gemeinhin nimmt man an, dass von der Natur abgeschnittene Großstadtkinder nicht viel über das Leben lernen, solange sie noch nicht in die Schule gehen. Was für ein Unsinn! Noch ehe sie sprechen können, haben sie begriffen, was man tun muss, wenn man überleben will, nämlich seine Illusionen aufgeben, sich in der Kunst des Alleinseins inmitten anderer Menschen vervollkommnen und lernen, schnell zu laufen. Beweis: dieses zwei oder drei Jahre alte Mädchen, das sich in ihren Kinderwagen verkrochen hat, erdrückt von riesigen Leibern, die über ihr aufschießen, sie erschrecken, sie anrempeln, während ihre Mutter verzweifelt mit dem Blick nach einer guten Seele sucht, die ihr behilflich sein könnte, den Kinderwagen die Treppe hochzutragen. Wozu Benjamin sich anbietet und dadurch vier wertvolle Minuten verliert.

Schon sehr früh gab es drei Kriterien, die für ihn materiellen Reichtum definierten. Das erste, das ganz weit oben rangierte: nicht mehr mit der Metro fahren zu müssen. Das zweite: nicht mehr im örtlichen Billig-Discounter einkaufen zu müssen (vor allem nicht im Supermarkt in der Rue de Belleville, einem Ed, der später ein Aldi und dann ein Dial wurde, die ideale Kulisse für Dantes *Inferno*). Und das letzte: sich zum Kaffee einen Perrier zu bestellen. Er hatte sich geschworen, sein Bestes zu geben, um alle drei Ziele noch vor seinem dreißigsten Lebensjahr zu erreichen. Und es war ihm gelungen, auch wenn eine subtile psychische Blockade ihn bis heute daran hindert, einen Perrier zum Kaffee zu bestellen. Er hatte sich das nur ein einziges Mal gegönnt, an einem heißen Tag auf einer Café-Terrasse in der Avenue Victor-Hugo. Doch als die Getränke kamen, hatte ihn das seltsame Gefühl gepackt, er überschreite seine Grenzen, wage sich in eine gesellschaftliche Zone vor, in der er immer nur ein Hochstapler sein könnte.

In der Linie 6 der Metro versucht Benjamin, der bei der Ausfahrt aus dem Tunnel von einem Ruck überrascht wurde, nun schon zum zweiten Mal, sich an der Mittelstange festzuhalten. Vergeblich. Doch sein Leib wird von den anderen so stark zusammengedrückt und aufrecht gehalten – das Bild einer Hähnchenbrust in der Vakuumverpackung wäre nicht übertrieben –, dass er selbst bei einem brutalen Stopp nicht umfallen würde. Zum Glück ist er dank seiner Größe zumindest eine Nasenlänge über den Gerüchen.

Trotz dieser unvermeidlichen Kompression, bei der rachitische Brustkörbe aufeinandertreffen, sind manche Menschen nicht bereit, mit dem Spielen von Candy Crush aufzuhören oder den Basscocktail, der aus ihren Kopfhörern dröhnt, um ein paar Dezibel runterzuschalten. Die *warriors*, die den Überlebenskampf in feindlicher Umgebung gewohnt sind, haben schon vor langer Zeit erkannt, dass es, wenn man einmal an diesem Punkt angelangt ist, nicht mehr darauf ankommt, ein vorbildliches staatsbürgerliches Verhalten an den Tag zu legen. Zwei Frauen, dem Aussehen nach zu urteilen höhere Angestellte im Privatsektor, unterhalten sich miteinander, während sie an ihm kleben. Der Kopf der einen schmiegt sich unter Benjamins Achselhöhle.

«... und er ist genau wie sie ... erklärt uns eine Stunde lang, warum wir unbedingt Grün wählen sollen! Und als Fred sie in dem Moment, als wir uns zu Tisch begeben, fragt, wohin sie in den Urlaub fahren, weißt du, was sie antworten? Auf die Île de la Réunion! ›Wir brauchen unbedingt ein wenig Sonne‹ ... Was für Heuchler!»

«Sag mal, die müssen ja Kohle haben!»

«Klar haben sie das! Schau dir das nächste Mal ihre Klamotten an. Das fällt erst gar nicht auf, weil sie eine total verkorkste Figur hat, aber sie hat ...»

Als sie in die Station Edgar-Quinet einfahren, ertönt der durchdringende Signalton der Metro und übertönt ihre Stimmen. Plötzlich gehen die Türen auf und eine wilde Horde strömt ins Abteil, zu allem bereit, um ein paar Millimeter zu erobern. Die Kraft der Bewegung schleudert Benjamin gegen die Metallstange. Er muss den Arm nicht mehr in die Luft recken, um zu versuchen, sich festzuhalten, sondern klebt an der Stange wie ein junger Verlobter an seiner Braut. Etwas ... Kantiges ... Hartes ... drückt ihm in den

Rücken. Der Druck wird in dem Moment stärker, als die Metro losfährt. Nervös versucht Benjamin, einen Blick hinter sich zu werfen, um zu sehen, was es ist – ein Rucksack voller Steine? Eine Kommode? Unmöglich! Dieses Scheißteil rammt sich ihm in den Leib, ohne dass er etwas dagegen tun kann.

3

Wegen einer Verkehrsregelung steht die neunjährige Thérèse Liu neben ihm in der Metro der Linie 11, am Rand des Bahnsteigs der Station Pyrénées.

Nachdem es ihrer Mutter gelungen war, sich mit ihrem acht Monate alten Bruder, der in ihren Armen schläft, einen Platz auf einer Sitzbank zu ergattern, hat sie Thérèse allein an der Tür zurückgelassen. Wenn Sie sie in diesem Wald aus ungeduldigen Leibern, die ihre ein Meter zweiunddreißig überragen, entdecken können, werden Sie sehen, dass ihr kleines, schwarzes Köpfchen eingekeilt ist zwischen einem hervorstehenden Bauch, der in einem lila Pullover steckt, und einer Einkaufstasche, die von der Schulter einer Frau hängt, die gerade eine SMS eintippt. Doch Thérèse hat die Augen geschlossen und ihr rundwangiges Gesicht zeigt nicht die geringste Regung. Um den Grund zu erfahren, muss man über die Empathie hinausgehen, die diese klaustrophobische Situation unweigerlich hervorruft, und hinter ihre geschlossenen Augenlider eintauchen. Dort entspinnt sich eine ganz andere Geschichte. Die Geschichte einer Welt in Schwarz und Weiß, in der die Winde toben und Stürme den Schnee aufwirbeln, in der Riesenfische sich unterm Eis verstecken, in der kräftige Hunde mit hellem Fell Schlitten durch die weiße Unendlichkeit ziehen und schmale Boote auf einem schillernden Fluss fahren. Diese Welt, aus einem seltsamen Film, den die Lehrerin ihnen im Unterricht vorgespielt hat, um ihnen zu zeigen, wie früher das Leben in der Arktis aussah, vor dem dramatischen Abschmelzen der Gletscher und dem Rückgang des Packeises, hat sie seit gestern nicht mehr losgelassen. *Nanuk, der Eskimo.*

Aus dem wimmelnden Bauch der Stadt taucht der Zug auf, der in die andere Richtung fährt, trudelt in der Station ein und hält parallel zu ihren Waggons. Eine Sekunde später ertönt die Stimme des Fahrers: «Danke für Ihre Geduld, die Fahrt geht gleich weiter.»

Thérèse muss ihre Augen gar nicht öffnen, um zu wissen, was vor sich geht. Hinter ihren geschlossenen Lidern wirbelt weiter der Sturm um Nanuk und seine Familie. Sie hätte sich nie vorgestellt, dass eine Familie anderswo als in der Stadt leben könnte, dass es Iglus gibt, dass Menschen Nahrung finden können, ohne ihren Geldbeutel zu zücken. Die Lehrerin hat ihnen erklärt, dass die Eismarke Eskimo deshalb so genannt wurde, weil dieses Eis damals, als der Film 1922 in den Vereinigten Staaten lief, zum ersten Mal vermarktet wurde. Thérèse hatte sich die Geschichte gemerkt, um sie eines Tages weiterzuerzählen, obwohl sie gar nicht wusste, wie das Eis aussah. Sie wollte schon eine Frage stellen – diese und noch eine andere: Warum sehen die Inuit den Chinesen so ähnlich? –, hatte entschlossen einen Finger gehoben, aber da begann die Glocke zu läuten und es war zu spät. Die Lehrerin bat sie, ihre Frage für den nächsten Tag aufzuheben. «Mach dir nichts draus, Thérèse, wir reden später darüber.» Nur dass heute Morgen, nachdem sie aufgewacht war, ihre Mutter (die Nanuks Frau wie aus dem Gesicht geschnitten war) auf Mandarin zu ihr sagte: «Heute gehst du nicht zur Schule, dein Vater braucht dich, er muss ein Telefonat führen.»

«Ich wollte die Lehrerin noch was Wichtiges ...»

«Keine Wiederrede. Zieh dich lieber gleich an, du kommst mit mir.»

Also ging sie mit ihrer Mutter zum medizinischen Zentrum des Roten Kreuzes bei der Metro Télégraphe, um den kleinen Bruder impfen zu lassen, bevor sie zum Arbeitsplatz ihres Vaters fuhr.

4

Benjamin Grossmann nutzte den Umstieg bei der Station Montparnasse, um sich als einer der Ersten in den Waggon zu schleichen und einen Klappsitz zu ergattern. Aber auf dieser Linie, die unter anderem das sehr beliebte 7. Arrondissement bedient, fahren viel weniger Leute als auf der ersten. Einige Sitze bleiben unbesetzt und zwischen den Fahrgästen kann die Luft zirkulieren. Benjamin wirft einen Blick auf die Streckenkarte über der Tür. Über fünf Stationen.

In einem pawlowschen Reflex lässt er seine Hand in die Innentasche seiner Jacke gleiten, um sein Zweittelefon herauszuholen und einen Blick auf Instagram oder Twitter zu werfen. Doch kaum wollen seine Finger danach greifen, besinnt er sich eines Besseren. Besser nicht riskieren, dass ihm das auch noch gestohlen wird. Zumal dieses Handy mit einem ultrasicheren System ausgestattet ist, das es ermöglicht, mit den BeCurrent-Führungskräften in Los Angeles verschlüsselte Gespräche zu führen, und somit wieder auf andere Art unentbehrlich für ihn ist.

Ihm gegenüber sitzt eine Frau, die ihr Haar zu einem lockeren Dutt hochgesteckt hat und deren Gesicht zum Teil von einer Gratiszeitung verdeckt wird.

Die Titelblattschlagzeile in schmalen, alarmistischen Großbuchstaben, **WER EROBERT PARIS?**, über einem Mosaik von Gesichtern in düsteren Farben, fesselt Benjamins Aufmerksamkeit. Etwas kleiner und luftiger: **Wahlumfrage: Was die Pariser von ihrem Bürgermeister erwarten.**

Stimmt ja, die Wahlen!

Benjamin wird sich zum ersten Mal seit langer Zeit mit überraschender Klarheit einer Tatsache bewusst, die man pathetisch oder lächerlich finden könnte, wenn er darüber reden würde. Er merkt, dass es die Welt, die er früher gekannt hatte, vor seiner Ernennung bei BeCurrent, immer noch gibt und dass sie weiterhin nach den alten Mechanismen funktioniert. Wieder organisiert sich die Demokratie mit dem üblichen Ernst eines Notars, der erfolgreich eine Transaktion durchführt. Da er keine Zeitungen mehr kauft und keine Zeit hat, auf der Website von *Le Monde* oder bei der Zeitung *Les Jours* nachzulesen, die er abonniert hat – zwanzig Euro im Monat –, hat er den bevorstehenden Wechsel offenbar nicht mitbekommen. Dabei hält er sich selbst für einen bestens informierten und aufmerksamen Bürger, der den Finger am Puls der Zeit hat. Nur dass die Zeit, in der sich Benjamin Grossmann fortan bewegt, nicht mehr die Gegenwart ist, sondern das Jetzt.

Die Metro hält an der Station Sèvres-Babylone. Für ein paar Sekunden. Dann ertönt das Türschließsignal. Ein schlanker junger Mann in einem billigen Anzug und einem offenen blauen Hemd, vom Typ Student-im-Unternehmenspraktikum, setzt sich auf den Klappsitz neben ihm und schaltet sofort sein Handy wieder ein. Benjamin folgt seinem Zeigefinger, mit dem er den Twitter-Feed abfragt. Die Bewegung ist ihm so vertraut, dass er die Schwingungen in seinem eigenen Finger spürt. Der Zeigefinger verharrt bei einem Artikel über in der Justiz angewandte künstliche Intelligenz und klickt ihn an.

Benjamin lässt seinen Blick durch den Waggon schweifen. Abgesehen von drei oder vier Personen, die in eine Zeitung vertieft sind oder ins Leere starren, haben die meisten von ihnen einen Bildschirm vor der Nase. Dieses so harmlose, unbedeutende, banale Bild ist wenigstens insofern außergewöhnlich, als es aus jedem beliebigen U-Bahn-Waggon in jeder beliebigen Stadt der Welt stammen könnte. Tokio, New York, Dubai, Brüssel, São Paulo. Wesen, die mit einem Anderswo verbunden sind, das bevölkert ist von gesichtslosen, namenlosen Wesen, die selbst wiederum mit noch einem anderen Anderswo verbunden sind, bevölkert von anderen Wesen, und so weiter und so fort, in einer Endlosschleife, ähnlich wie Eschers unmögliche Treppe. Eine Kette einzelner Individuen, gleiche Kleidung, gleiche Schuhe, eingebunden in einen Alltag mit den gleichen Sorgen und den gleichen Ängsten. Prekäre Lebensverhältnisse, Arbeitslosigkeit, Terrorismus, Finanzkrisen, Gesundheitskrisen, industrielle Zerstörung, Umweltkatastrophen. Apokalyptische Tragödien, die uns hart getroffen haben, die uns die Unsicherheit unserer Welt in Erinnerung rufen, die ein jeder im Kopf hat und fürchtet, trotz aller äußerlichen Ruhe und Toleranz. Er erinnert sich an die mit Applaus begrüßte Rede eines der drei Gründer von BeCurrent, der aktuellen Generaldirektorin Margaret Cockburn, auf der MIPTV in Cannes, der weltgrößten Messe für Fernsehen und digitale Inhalte. Laut dem Wirtschaftsmagazin *Forbes* ist sie eine der einflussreichsten Frauen. Meg Cockburn ist achtundfünfzig Jahre alt, ihre weiße Mähne wird von einem dünnen Haarband gehalten, das ihre Stirn zur Geltung bringt, die so breit ist wie eine Windschutzscheibe. «Wir leben in einem Zeitalter der globalisierten Erfahrungen, der Uniformisierung der Gefühle. Ob es uns gefällt oder nicht, die Ideologien wurden durch Instant-Emotionen ersetzt. Wir sind künftig, alle gemeinsam, eher in eine Emotionsgemeinschaft als in eine Interessensgemeinschaft eingebunden. Und unsere Geschichten, meine Damen und Herren, sind das Fundament dieser Gemeinschaft!» Der Beifall, der ihrer Rede folgte, war wie ein Lichtregen auf Benjamin niedergegangen. Er saß in derselben Lokomotive wie Meg Cockburn, auf dem Weg in eines der größten Abenteuer des 21. Jahrhunderts. Alles, was er tun musste, war, durchzuhalten, hart zu arbeiten, Risiken einzugehen, indem er die Fehler minimierte, um den heiligen Gral zu finden.

Ein blaues Flackern am Rande seines Blickfeldes lenkt ihn zurück auf den Bildschirm seines Nachbarn. Ein überwiegend dunkles Amateurvideo, das auf Twitter gepostet wurde. Die Bildqualität ist mäßig, der Bildausschnitt aber stabil. Videos dieser Art, von denen hundert Prozent städtische Gewalt zeigen, geworfen in die Arena der öffentlichen Rachlust, gibt es in den sozialen Netzwerken zuhauf. Man muss nur eines gesehen haben, um alle zu kennen, sagt sich Benjamin, der gerade den Blick abwenden will, als ihn etwas zurückhält ... Etwas wie ein Déjà-vu, eine Vertrautheit ... Das ist doch der Quai de Jemmapes, oder nicht? Ja, er erkennt das Ufer ... Der schwarzfunkelnde Streifen des Canal Saint-Martin, durchbohrt vom gelb-orangefarbenen Strahl einer Natriumdampflampe. Ein Polizist kommt die Treppe herunter ... *Man könnte fast meinen* ... Benjamin beugt sich vor, bis seine Schulter die seines Nachbarn berührt ... *Eine Frau* ... eine Polizistin also ... Zu ihren Füßen liegt ein Körper, mit dem Gesicht nach unten, direkt auf dem Asphalt ...

Das ist ein spannender Anfang, denkt er, die tadellose Dramaturgie der Unmittelbarkeit, des berühmten «Was-wird-als-Nächstes-passieren?» Auf der einen Seite eine Polizistin, auf der anderen ein regloser Körper. Mehr bedarf es nicht, damit wir weiterschauen, aufmerksam bleiben, unseren Geist wie einen Bogen spannen und ihn von allem lösen, was ihn umgibt, bis wir die Welt auf die Maße eines Rechtecks reduzieren. Bis wir den Atem anhalten. Jetzt beginnt die Geschichte. Alle Geschichten. Geschichten, aus denen Religionen gewebt wurden, ebenso wie Geschichten, die Kriege entfesselten. An der Schnittstelle zwischen dem, von dem wir annehmen, dass es passieren wird, und dem, was tatsächlich passiert. Das ist Eva, die in den Apfel beißt. Christoph Kolumbus, der glaubt, nach Ostindien in See gestochen zu sein, und in Amerika landet. Das ist John Fitzgerald Kennedys Präsidentenauto, das auf der Elm Street in Dallas vorbeifährt, und die Kugel, die aus dem Nichts kommt und ihn im Nacken trifft. Die antike Stadt Palmyra, innerhalb weniger Minuten vom IS zerstört. Plötzlich hebt die Polizistin das Bein und versetzt dem Mann einen kräftigen Tritt in die Seite. Der Mann rührt sich nicht. Das Bild wackelt leicht, dann ein schneller Zoom auf die benommen wirkende Polizistin, im Profil. Der Blick ist gesenkt … Richtet sich auf den Körper. Der noch immer reglos daliegt.

… Benjamin erstarrt. An seiner Schläfe beginnt eine Ader zu pochen. Jetzt nimmt das Nike-Logo auf dem Hoodie des Mannes die Mitte des Bildschirms ein. Die dichte und bedrohliche Stille, die von dem Bild ausgeht, erfasst ihn. Erdrückt ihn. Er ist zu keinem anderen Gedanken mehr fähig.

5

Im tumultreichen und aufgekratzten Paris der Revolution, im Herzen des ländlichen Viertels Belleville-Ménilmontant, bekannt dafür, höchster Punkt der Stadt zu sein, steht im prächtigen Anwesen des Abgeordneten Lepeletier de Saint-Fargeau am 12. Juli 1793 ein Mann in seinen Dreißigern, Claude Chappe, mit stolzer Miene und gereckter Brust feierlich vor drei verblüfften Mitgliedern des Nationalkonvents. Über ihnen erhebt sich ein seltsames, von ihm selbst erfundenes Holzbalkengerüst mit zwei beweglichen Armen, das optischer Telegraf genannt wird.

Chappe hatte diesen Herren gerade die Zuverlässigkeit seines Fernkommunikationssystems demonstriert, das auf der Übermittlung einer kodierten Nachricht durch ein visuelles Signal von Relaismast zu Relaismast beruht, der sich jeweils am äußersten Sichtfeldrand befindet. Elf Minuten zuvor war eine sechsundzwanzig Wörter lange Nachricht erfolgreich über fünfundzwanzig Kilometer übertragen worden, von Belleville-Ménilmontant nach Saint Martin-du-Tertre, über die Relaisstation Écouen. Elf Minuten, die im darauffolgenden Jahr zur Fertigstellung der ersten Telegrafenlinie der Welt zwischen Paris und Lille führten. Etwa fünfzig Jahre später, im Jahr 1844, stehen einen Tag vor Inbetriebnahme des ersten elektrischen Telegrafen bereits 534 Masten im ganzen Land und bilden ein Netz von fünftausend Kilometern.

An jenem Julitag bricht in Belleville-Ménilmontant – genau an der Stelle der heutigen Metrostation Télégraphe – eine neue Ära an, in der der unbändige und unersättliche Wunsch des Menschen, Entfernungen zu verkürzen und mit seinen Mitmenschen zu kommunizieren, auf die endlosen Geleise kommender Jahrhunderte gesetzt wurde.

Zwei Jahrhunderte später sind wir ihm immer noch verfallen.

Die Gelenkarme des Chappe-Telegrafen sind längst von der Erdoberfläche verschwunden, die Elektrizität hat den Alltag revolutioniert, Satelliten wurden in den Weltraum geschossen, mit der Mikro- und Nanotechnologie ist noch das Allerwinzigste sichtbar gemacht worden, Computer haben die Schreibtische erobert, dann die Wohnzimmertische, Mobiltelefone haben es in jede Handtasche, jede Mantel- und Hosentasche geschafft, sie werden immer kleiner, immer raffinierter, immer leistungsfähiger, und doch ist der Wunsch, der Chappe antrieb, unverändert geblieben. Es ist der gleiche Wunsch, der Milliarden ungeduldiger Finger antreibt, mit einem kleinen Klick zu kommentieren, zu archivieren, zu antworten, zu liken, zu retweeten. Die Leichtigkeit der Geste und die Geschwindigkeit der Wellen haben das Bewusstsein für die Handlung einfach ausgelöscht.

Um 9:25 Uhr an diesem Donnerstag im Februar, an dem jeder Quadratzentimeter der Stadt – diesem von optimistischen und von Stolz erfüllten Menschen geschaffenen Meisterwerk – von Menschenmassen und Gedränge erfüllt ist, an dem jeder zur Arbeit, ins Büro, in die Schule, ins Café eilt – nimmt Stéphane Jahanguir Scharif nicht an der allgemeinen Hetze teil, sondern schneidet sich geruhsam einen Granny-Smith-Apfel in sein Müsli – während unter dem von @Corky geposteten Tweet, mit dem zwei Minuten und siebenundvierzig Sekunden langen Amateurvideo im Anhang, der Zähler nur so rast. Hunderte von Lesern haben auf den Tweet, der ohne große Fanfare einen Aufschrei der Entrüstung ankündigt, bereits mit einem Retweet reagiert: «Eine Polizistin tritt die Leiche eines 17-Jährigen. Sein Name war Issa Zeitouni. #Polizeigewalt #IssaZeitouni»

Die Filmmontage stellt die Polizistin in den Mittelpunkt, sodass der Eindruck entsteht, sie gehe die Stufen zum Canal Saint-Martin bereits mit der Absicht hinunter, der Leiche einen Tritt zu versetzen. Selbst Clément Merx, der allein in der Umkleidekabine der Polizeiwache sitzt und diskret seine Twitter-Nachrichten checkt, nimmt dies mit Entsetzen zur Kenntnis.

Als Endlosschleife erscheinen die Bilder bei jeder Wiederholung brutaler, abscheulicher, als würde jeder Retweet sie mit einer zusätzlichen Wutschicht anreichern. Schon gelangen sie in die bereits überquellende Rubrik von Bildern aus der Kategorie «Polizeigewalt» gegen Demonstranten, Einwanderer, Umweltschützer, Schwarze, Araber, Vorstädte und Gymnasiasten. Nur dass dieses Mal zur Brutalität noch das erschreckende Gefühl hinzukommt, dass eine Grenze überschritten wurde: Nicht einmal Leichen werden noch verschont.

Hunderte und bald schon Tausende von Retweets. Dabei weiß niemand, wer @Corky ist. Und außer vielleicht ein paar Journalisten oder Mitgliedern des Kollektivs Copwatch Hexagon wird auch niemand versuchen, das herauszufinden. Keiner der Männer und Frauen, deren Leben bald aus den Fugen geraten wird, wird je erfahren, dass das schlanke junge Mädchen, das heute Morgen, wie jeden Morgen, Richtung Lycée Claude-Debussy rennt, @Corky heißt. Ja, sie ist es, die sich einen Weg durch das Wahnsinnsgetümmel auf der Place de la Bataille de Stalingrad bahnt, begleitet vom Rhythmus des bellenden Gesangs von DMX in ihren Ohren. Die eine schwarze Kapuzenjacke trägt, eine alte Vans-Tasche geschultert hat und sich verschlossen gibt, um nur ja nicht angesprochen zu werden. Deren Name, Karvel, vom litauischen Großvater stammt, einem Einwanderer und Sturkopf namens Jurigis Karvelis, der in den 1950er-Jahren nach Frankreich kam und in den Stahlwerken des Nordens angestellt wurde.

Jetzt hält sie an der Kreuzung der Avenue Secrétan, um einen Bus mit einer SNCF-Werbung vorbeifahren zu lassen: EUROPA IST GLEICH NEBENAN. Jemand hat in aller Eile daruntergeschrieben: DA HABEN WIR UNS ECHT VERARSCHEN LASSEN! Sie sieht, wie Faïza Alaoui aus der Abschlussklasse der Profiloberstufe Wissenschaft vorübergeht, gehüllt in einen lila Vollkörperschleier, der sich wie ein Fallschirm bauscht. Sie wird ihn bis zum Eingang der Schule anbehalten, wo ihre beiden Freundinnen, von denen eine zum Islam konvertiert ist, auf sie warten. Gemeinsam werden sie mit großer Geste ihren Schleier ablegen, wobei sie sich zum Zeichen des Protests gegen das freiheitsfeindliche Gesetz, das ihnen das Tragen des Schleiers in der Schule verbietet, manchmal selbst dabei filmen. Bevor sie über die Straße geht, zückt @Corky ihr Handy und macht ein Foto von der Clocharde, die schon vor vielen Jahrzehnten unter der Metallkonstruktion der Metro gestrandet ist, mit nackten Beinen, umgeben von Kleidung und allen möglichen Arten von Unrat.

6

Als Stéphane Jahanguir Sharif mit der Nase über dem Mülleimer, der einen säuerlichen, an verfaulte Zwiebeln erinnernden Geruch verströmt, die Apfelschalen wegwirft, erkennt er darin unwillkürlich eine Art häusliche Allegorie zu dem, was er eine Woche zuvor am Set des freien Nachrichtensenders LCI erlebt hat, als er dieser … dieser … dieser feministischen Trulla, dieser Bérénice Allais gegenüberstand. Einer Art Pseudointellektueller in ihren Vierzigern, die sich als Fürsprecherin des gesunden Volksempfindens aufspielt, sich die Fingernägel lackiert, sich knallroten Lippenstift auf den Mund schmiert und ihre amazonenhaften Kurven mit eng anliegenden Kleidern und Lederjäckchen betont, damit sie weiter ihren Blödsinn verzapfen kann, ohne als Lesbe rüberzukommen. Du schaltest den Fernseher ein, und schon siehst du sie, du schaltest das Radio ein, und schon hörst du sie, du gehst ins Internet, und schon ist sie da … bevor sie in ein, zwei Jahren verschwinden wird, abgelöst von einem Klon mit frischem Blut, noch inkompetenter als sie, dafür aber hysterischer.

Stéphane Jahanguir mag sich noch so oft gedanklich diesen Albtraum vor Augen führen, er kann es trotzdem nicht fassen. Wie konnte er nur so grob seine Fassung verlieren, wie ein Schuljunge an der Spitze der Prozession, dem man plötzlich das Mikro reicht?

Ihm war gleich zu Beginn der Sendung klar, dass diese Polygamiegeschichte, diese ewige Leier islamophober Moralapostel aller Couleur, ihn aufs Glatteis führen sollte. Und doch war er fröhlich in ihre Falle getappt. War den vermüllten Abhang hinuntergerauscht wie ein verdammter Jean-Claude Killy und dann wie ein Kothaufen erster Güte gegen die Wand gefahren! Der Dämon … Immer derselbe … ist aus seinem Versteck herausgekommen. *Der*

Schaytan fließt durch die Adern wie Blut heißt es im Hadith… sein Mischlingsblut… die ihm auferlegte Prüfung…

Dabei hatte er ja nun wahrlich oft genug und immer wieder drauf hingewiesen: Nein, das Thema Moral interessierte ihn nicht. Ja, früher hatte er erbittert gegen alles gekämpft, was Muslime daran hinderte, nach ihren Riten und Überzeugungen zu leben. Ja, er war Vorsitzender der Vereinigung *Bürger zweiter Klasse* gewesen, die durchaus zu Gewaltaktionen geneigt hatte. Unter anderem hatte sie vor den Vorstadtsiedlungen riesige provokative Schilder aufgestellt, auf denen das Wort «Getto» stand. Hatte die Statue der Marianne auf der Place de la République mit einem Schleier verhüllt. Aber das gehörte der Vergangenheit an. Jetzt kämpfte er dafür, sämtliche Muslime Frankreichs – Sunniten, Schiiten, Alawiten, Ibaditen, Reiche, Arme, Araber, Afrikaner, Türken, Pakistaner, Geschäftsleute, Intellektuelle – in einem gemeinsamen kulturellen Projekt zu vereinen, dem nationalen, privaten und kostenlosen Fernsehsender MUZ, bei dem jeder eine Stimme haben sollte, um Fragen zu stellen, eigene Ideen zu vertreten, die eigene Vision darzulegen, mit Spielen, Dokumentarfilmen, innergemeinschaftlichen Debatten, Filmen und Serien, die man in muslimischen Ländern einkaufen und französisch synchronisieren wollte. Ziel war es natürlich, auch Weiße und Nicht-Muslime anzuziehen, ihnen ein anderes Bild des Nahen Ostens und Afrikas zu vermitteln, als das aus den in Staub und Chaos gedrehten Reportagen.

Er war die Auftritte von einem anderen Vierundzwanzig-Stunden-Nachrichtensender gewöhnt und nun zum ersten Mal bei diesem Sender zu Gast, im Rahmen einer Debatte über die Modalitäten eines konstruktiven Dialogs zwischen Muslimen und Nicht-Muslimen. Er wollte diesen Raum nutzen, um endlich das MUZ-Projekt vorzustellen und mit Nachdruck auf die Notwendigkeit dieses Werkzeugs zur Erweckung und intelligenten Unterhaltung hinzuweisen, aber diese … diese Schlampe hatte weiter auf den Gerüchten über die Polygamie des neuen, mutmaßlich salafistischen Imams von Dünkirchen herumgeritten, den er drei Wochen zuvor zu einem Treffen mit den Gläubigen empfangen hatte. «Haben Sie seine drei Frauen gesehen?» Sie hatte es gewagt, ihm diese Frage zu stellen! Ob er seine drei Ehefrauen gesehen habe?! Was sollte denn das für eine dreckige Anspielung sein?! Was hätte er wohl darauf erwidern sollen, ohne aus dem Häuschen zu geraten? Auch hier hatte er Ruhe bewahrt, dabei hatte es in seinem Schädel wie in einem Kochtopf gebrodelt. Er hatte sogar versucht zu lächeln, wie er es von der großen, schlanken und nervösen Brünetten gelernt hatte, deren Blick ihn immer ganz unruhig machte, Vanessa Win, der Kommunikationstrainerin, der er 350 Euro die Stunde zahlte, damit sie ihm beibrachte, sein Image zu pflegen und seine Sprache anzupassen.

Aber die Schlampe wollte ihn nicht von der Angel lassen … *«Polygamie» «Unterwerfung» «Ah, Sie können es uns nicht sagen!» «Nun sagen Sie es schon!»* … Ihre feuchten Lippen, die wie Saugnäpfe an ihm klebten. Und diese auf sein Gesicht gerichtete Kamera! Sein zerknittertes, verwirrtes Gesicht, zur Schau gestellt auf einer ganzen Wand aus Bildschirmen direkt vor seiner Nase. Er, das Halbblut, hatte Göttin Vanessa aufmerksam gelauscht und war ihrem Rat gefolgt. Er hatte seinen Bart gestutzt, um wie ein Fußballkommentator aufzutreten, und Jeans und Kragenhemd gegen einen schönen Zara-Anzug mit versteckten Taschen getauscht, in denen er seine Wut verstauen konnte. Aber es war nie genug! Er war der Feind. Die Bestie von Gévaudan, auf die man jede Fantasie projizieren durfte.

«Sie scheinen nicht zu wissen, Herr Sharif, dass die Französische Republik …»

Plötzlich sprang ihm der Dämon aus der Kehle … den schwarzen Strudeln seines Blutes entrissen. Und Stéphane Jahanguir schimpfte in einer Sprache, die eines ehemaligen Dozenten für Zellbiologie unwürdig war, dass in diesem verdammten Land – *diesem verdammten Land!* – alle Männer ihre geheimen Bettgeschichten oder offiziellen Geliebten haben, dass davon einige sogar vor der versammelten Elite der Republik an den Beerdigungen teilnehmen, nachdem sie vom Staat unterhalten wurden, aber drei Frauen zu haben, stellt ein moralisches und existenzielles Problem von nationaler Bedeutung dar!

Und so hatte er weitergeredet und weitergeredet, völlig außer sich, mit Schweißtropfen auf den Schläfen, bevor er sich erhob – *was war nur in ihn gefahren?* – und die Bühne verließ.

Noch in der gleichen Sekunde hatte die Dampfwalze sich in Gang gesetzt. Ein richtiger Lynchmord! Und dann noch die Laufschrift am unteren Bildschirmrand mit kruden und abstoßenden, aus dem Zusammenhang gerissenen Sätzen, und der ganze Zirkus drum herum. Hätte er sich ein Megafon geschnappt, wäre er auf die Spitze der Juli-Säule auf der Place de la Bastille geklettert und hätte: «Es lebe die Polygamie!» gerufen, es wäre aufs Gleiche hinausgelaufen. Kein Wort über die Schlampe, die ihm das Hirn verdreht hatte, über ihre programmierte Gewalt. Erst als er das Set verließ, konnte Stéphane Jahanguir sich an diese Anekdote erinnern: Vor einigen Monaten hatte *Bürger zweiter Klasse* ihr und anderem Ungeziefer ihrer Art den Zutritt zu der großen Party zu Ehren des Schauspielers Samuel L. Jackson verwehrt, der gekommen war, um über Rassentrennung und sozialen Kampf zu sprechen. Obwohl er von seinem Amt als Vorstand der Vereinigung zurückgetreten war, hatte sie wohl geglaubt, er trage die Schuld an ihrer Ablehnung, und hatte die Gelegenheit genutzt, ihn dafür bezahlen zu lassen.

Er hatte den nächsten Morgen abgewartet, um dann ein wenig hektisch Pierre Chalhoub anzurufen. Der fünfundsechzigjährige französisch-ägyptische Gründer der NewLineMedia-Gruppe, Besitzer mehrerer Radio- und Fernsehsender, der zu den Top 20 der vermögendsten Männer in Frankreich gehörte, Mitglied des sehr erlesenen Klubs Le Siècle, ein großer Polo-Fan und generell begeistert von allem Britischen, war der Hauptinvestor von MUZ. Er sollte ihm die Türen des französischen Medienrats CSA und des digital-terrestrischen Fernsehens TNT weit öffnen, die das Projekt zu einem Ereignis machen würden. Mit seinem wohlgenährten Leib, stets picobello gekleidet, den runden grünen Augen, groß wie Parabolantennen, und dem dünnen, nur wenige Millimeter über der Lippe gestutzten Schnurrbart, sah er aus wie die Grinsekatze, ein großer, lässiger Kater, der seine Welt vor Eindringlingen schützte. Auch wenn keiner weiß, warum, hatte er den zweiunddreißig Jahre jüngeren Stéphane Jahanguir, den er auf einer Konferenz für Jungunternehmer kennengelernt hatte, ins Herz geschlossen. Vielleicht, weil der Allmächtige (der in Chalhoubs Fall koptischer Christ war) Stéphane Jahanguir so rothaarig wie Prinz Harry geschaffen hatte, eine Farbe zwischen der faden Blondheit seiner Mutter, die aus dem Jura stammte, und dem Lehmbraun seines Vaters, der aus Asad Kaschmir kam, dem pakistanischen Kaschmir, einer der militarisiertesten Regionen der Welt, gelegen am Fuße des Himalayas. Vielleicht aber auch, weil er in Paris geboren war, auf der Seite der Goutte d'Or, wo Chalhoubs Vater einst eine Zahnarztpraxis besaß. Vielleicht hatte er aber auch ganz pragmatisch den Prototypen des aus der Diversität stammenden jungen Wolfs in ihm gesehen, nach dem die Amerikaner in Frankreich suchten: ein kultivierter Mann, der sich zu helfen wusste, unternehmerisch denkend, mit dem Talent, Menschen um sich herum zu versammeln und zu einigen, zudem ausgesprochen ehrgeizig. Chalhoub war von seiner Rede über die Immigration beeindruckt gewesen. Eine Rede, die, beeinflusst von seiner kaschmirischen Herkunft, nichts mit der kolonialen Vergangenheit Frankreichs zu tun hatte und letztlich realistischer war als die emotionalen und nervtötenden Reden seiner Zeitgenossen mit nordafrikanischen oder afrikanischen Wurzeln.

Im Bemühen um Transparenz hatte Stéphane Jahanguir mit ihm über seine Zeit als Aktivist gesprochen, seine gewalttätigen Aktionen, seine (überaus belanglosen!) Verbindungen zu einigen Figuren der Pariser Radikalenszene und die (völlig verlogenen!) Anschuldigungen, die von den Superhelden des Säkularismus gegen ihn erhoben wurden, indem sie ihn als Marionette des Haqqani-Netzwerks bezeichneten, einer in Pakistan sehr präsenten Fraktion der afghanischen Taliban. Gott sei Dank sah Chalhoub dies als einen weiteren positiven Aspekt an, der zu seiner Persönlichkeit als Selfmademan noch Weitblick und Erlösung hinzufügte. Nach diesem Sieg hatte Stéphane Jahanguir allmählich begriffen, wie er mit ihm reden musste, damit seine Sätze in den Ohren des Multimillionärs wie Mozart-Walzer klangen.

Schon beim ersten Klingeln, diffus und wie aus weiter Ferne, wusste Stéphane Jahanguir, dass Chalhoub nicht in Frankreich war. Trotz seiner Enttäuschung – er wollte unbedingt mit ihm sprechen, um jedes potenzielle Missverständnis auszuräumen – hinterließ er ihm eine respektvolle, freundliche Nachricht, ohne zu erwähnen, was bei dem verfluchten Fernsehauftritt geschehen war. Mit etwas Glück war Chalhoub auf einer seiner Lieblingssafaris unterwegs oder befand sich an einem Ort ohne Internetverbindung mitten in einer geheimen Verhandlung.

Allerdings war die Wahrscheinlichkeit, dass er von den französischen Nachrichten abgeschnitten war, sehr gering.

Wenn auch vorhanden.

Diese tröpfchenweise, homöopathische Dosis Hoffnung, die zwar durch die geradezu zwanghafte Erwartung eines Anrufs von

Chalhoub konterkariert wurde, half Stéphane Jahanguir, durchzuhalten. Der Allmächtige hatte ihm eine Prüfung auferlegt, und er musste sie bestehen, das war er sich schuldig. Er kümmerte sich so gut es ging um seine Kinder, brachte eines in den Kindergarten, die beiden anderen in die Schule, ging zur Reinigung, zum Supermarkt und begleitete seine Frau Shahnaz, eine Pakistanerin, die er während eines langen Aufenthalts in Lahore geheiratet hatte und die gerade dabei war, sich um die Staatsbürgerschaft zu bewerben, zu ihrem Französischkurs. Er versuchte, sich auf ein Geschichtsbuch über den Werdegang der Abtrünnigen im 16. Jahrhundert zu konzentrieren. Er beschloss, sich aus den sozialen Netzwerken zurückzuziehen, obwohl er dort trotz täglicher Beleidigungen und Drohungen von rechtsextremen Mikroben und Islamfeinden aller Couleur immer sehr aktiv gewesen war. Er sagte einen bezahlten Redebeitrag vor muslimischen Start-Uppern ab sowie die Kurse, die er freiwillig zweimal wöchentlich jungen Leuten aus den Vorstädten erteilte, die den Wunsch hatten, eine Eliteuniversität zu besuchen. Er war absolut nicht in der Stimmung, das Geschehene noch einmal durchzukauen, die empörten und lauten Kommentare seiner sogenannten Unterstützer zu lesen und zu hören, die seine Virilität hervorhoben – eine Nachricht auf Facebook: *Der hast du wunderbar eine aufs Maul gegeben, dieser Schlampe!* –, während er nur die zerstörerische List des Shaitan darin sah.

A'udhu billahi minasch-Schaitan-ir-Radschim

Aber jeder Tag, der verging, heute war es der siebte, brachte ihn den dunklen Ufern des Zorns und der Isolation ein wenig näher.

7

Wie Pac-Man, der einen Punkt nach dem anderen verschlingt, schluckt die Müdigkeit, gefräßig und methodisch, Sekunde für Sekunde das gesamte in seinem Körper verteilte Dopamin. Er schleppt sich apathisch an den Arbeitstisch, lässt sich auf dem Hocker zusammensacken, greift nur mit großer Mühe nach der fünfzig Zentimeter entfernt stehenden Milchflasche, sodass kein Zweifel besteht: Er ist wieder mittendrin! Diese verdammte Depression, eine riesige Welle, ungeheuer riesig, mit der Stéphane Jahanguir nun schon seit so vielen Jahren kämpft, schlägt erneut über ihm zusammen. An manchen Morgen, er dürfte damals gerade sieben oder acht Jahre alt gewesen sein, gab ihm seine Mutter, ahnungslos und dumm, weil sie es eilig hatte, ihn loszuwerden, damit sie noch eine Stunde länger schlafen konnte, bevor sie nach Les Halles in das Schuhgeschäft gehen musste, in dem sie arbeitete, eine ihrer Psychopharmaka, Tafil oder Tranxen, zu denen sie eine leidenschaftliche Beziehung hatte. Manchmal erfasst ihn die Welle nur für ein paar Tage und ebbt dann wieder ab. Manchmal bäumt sie sich auf, gewinnt an Kraft, wird immer mächtiger und zieht ihn in den dunklen Abgrund hinunter, als wäre er nichts weiter als eine Larve auf dem Grund des Ozeans. Während dieser beängstigenden Zeit verschwindet die Welt, als würde sie dem Licht entrissen. Angst und Traurigkeit zerquetschen ihm die Brust und zerstören ihn.

In diesem Moment, während irgendwo im Gebäude eine Tür zuschlägt und jemand so heftig niest, dass im Treppenhaus die Wände wackeln, hat Stéphane Jahanguir nur einen Wunsch: seinen Kopf neben die Müslischale zu legen, Allah um Hilfe anzuflehen und im Nichts zu versinken. Aber Shahnaz wird bald mit vielen Tüten vom Supermarkt in diese winzige Küche zurückkommen, wird Schränke und Schubladen leeren und aufräumen, bam, bam, bam,

bam, öffnen, schließen, öffnen, schließen (mit dem kleinen Yasser, der an ihr klebt und wegen einer Mittelohrentzündung launisch ist und quengelt).

Sie versteht ihn nicht, hat keine Ahnung, was er durchmacht. Und obwohl er es ihr in seinem pavianhaften Urdu erklärt, obwohl er gewillt ist, sich verletzlich zu zeigen, ist sie außerstande zu begreifen, wie weit der Riss klafft, aus dem sein Leben entweicht. Ihre Erziehung hat sie weder auf ein komplexes Leben vorbereitet noch auf die Möglichkeit, ihre Existenz infrage zu stellen und das Vertrauen in die Verlässlichkeit ihrer Familie zu verlieren. Sie kommt aus dem Land der Reinheit, im wahrsten Sinne des Wortes, aus Pak-Istan, und aus dem Land des binären Denkens. Das Gute auf der einen Seite, das Böse auf der anderen, und dazwischen die Berliner Mauer. Er beneidet seine Frau, beneidet sie alle um die Zweidimensionalität ihrer Existenz, ohne raue Stellen, ohne ein Adergeflecht. Und diese Frau ist die Shahnaz, die er geheiratet hat. Mein Gott, wie sehr er die kleinen, feinen Unterschiede hasst! Das fängt schon bei seinem eigenen Blut an …

Da heute Morgen der Versuch, sich gerade zu halten und ein Müsli zu essen, nicht funktioniert hat, hieße die Lösung vielleicht, die noch in seinem Körper verbliebenen Energieteilchen zusammenzuraffen, eine SMS zu schicken und eine halbe Stunde später eine kleine Tüte an die Tür gebracht zu bekommen. Eine sehr kleine. Gerade genug, um drei oder vier Lines rauszubekommen, um etwas gegen das Neurotransmitter-Defizit zu unternehmen und wieder zum *jahanguir* (Welteroberer) zu werden, den sich sein Vater für ihn erträumt hatte – zum Pakpak, wie ihn seine Bastarde von Cousins mütterlicherseits nannten.

Vor zwei Monaten hatte er seine letzte Dosis aufgebraucht, am Abend seiner Rückkehr aus Katar, wo er in Begleitung von Chalhoubs Anwalt Alban Nouri mehrere Geschäftsleute und Produzenten getroffen hatte, die großes Interesse an MUZ zeigten. Er war zu aufgekratzt gewesen, um einschlafen zu können, deshalb hatte er es, erfüllt von einem gigantischen Rachegelüst, auf einen Rutsch geschnupft. Während eine in seine Venen gepflanzte Pumpe ihm Schwerkraft in die Adern injizierte, schrie fast die ganze Nacht hindurch eine scharfe Stimme – genau wie die Stimme von Ausbilder Sergeant Hartman in *Full Metal Jacket* – von der Decke herab: DU WIRST IHNEN DIE AUGEN ÖFFNEN, NICHT WAHR, SHARIF? DU WIRST IHNEN ZEIGEN, MIT WEM SIE ES ZU TUN HABEN! Schau dir gut an, von wem ich rede: von eitlen Schreiberlingen, die jedem Hype hinterherjagen; von bürgerlichen Intellektuellen, die sich in den Knoten ihrer hohlen Rhetorik verheddert haben, während es an allen Ecken und Enden hapert; die Arabs ... Schlimmer als alle Arabs! Die erklären sich selbst zu den einzigen Muslimen im Universum und sprechen in ihrem Namen, als trügen sie die verdammte Krone des auserwählten Volkes. DU WIRST JETZT AUFHÖREN, SO SINNLOS HERUMZUFUCHTELN, UND IHNEN ERKLÄREN, warum sie, trotz ihres Wissens und ihrer Arroganz, völlig danebenliegen. Warum DU NICHT *Charlie* BIST, nicht wegen der Gotteslästerung, neeeeinnn, sondern, wisst ihr, weil die, die in den verwüsteten Straßen von Karachi, Aleppo oder sonst wo verrecken, die den Propheten anflehen (Friede sei mit Ihm und Seinen Nachkommen), damit Er ihnen zu Hilfe kommen möge, niemanden sonst haben, den sie anflehen könnten. Auf den sie ihre Hoffnung setzen könnten. NIEMANDEN! Keiner dieser Diktatoren, die IHR UNTERSTÜTZT, hat jemals etwas für sie getan. Wenn man sie im Kino zeigt, diese armen Schlucker, dann weint ihr alle, was das Zeug hält, dann gebt ihr ihnen fünf Sterne, dann schreibt ihr «erschütternd», «ein notwendiger Film», «AUSSERORDENTLICH», aber wenn sie das Pech haben, zur leidenden und gedemütigten Realität zu werden, wenn sie nicht wollen, dass man ihre einzige Hoffnung beschmutzt, BELEIDIGT, dann sind sie gegen die Meinungsfreiheit! Ich rede hier nicht von den Anschlägen, wer hat hier was von Anschlägen gesagt? Ich rede von Widersprüchen, von unendlicher Dummheit. Ganz im Ernst, siehst du ihn nicht, den Widerspruch? WEIL DU DAS ELEND NICHT KENNST, mein Freund, weil du nicht weißt, wie es ist, den Müll nach Regenwürmern zu durchwühlen, die du fressen kannst!

Später, als er sich virtuell in dem Videospiel Red Dead Redemption 2 an der mexikanischen Grenze verlor, hatte das verheißungsvolle Licht des neuen Tages sich plötzlich über seinen auf der Couch zusammengesunkenen Körper ergossen, hatte seine Augen gekitzelt, die starr wie Steine waren, und ihn zum Morgengebet eingeladen. Überwältigt von diesem wunderbaren Licht, das zu ihm gekommen war, um ihn von sich selbst zu befreien, hatte er in seinem Nervenkostüm einen Hauch von Reue verspürt.

Als er sich Gesicht, Hände und Füße wusch, den Blick starr auf den Abfluss gerichtet, in dem das widerwärtige Wasser seiner Sünden wegfloss, hatte er sich selbst das Versprechen gegeben, dies sei das letzte Mal gewesen. Das allerletzte Mal. Dank Gott war alles perfekt … Passte alles zusammen. Das war nicht der Moment, wegen ein paar Gramm ins Straucheln zu geraten. *Deine Hände sind wie gemacht für Gold, Stéphane Jahanguir … Deine Hände sind wie gemacht für Gold …* Renn nicht ins Verderben, nicht durch deine eigenen Hände.

8

Er muss nur diesen Typen kontaktieren, Émail Diamant, der die Haare zu einem Dutt auf dem Kopf aufgebunden hat und einen roten, sternförmigen Anstecker mit dem eingelassenen vergoldeten Profil von Lenin am Revers seiner Jacke trägt. Zwei, drei Lines, mehr nicht. Ein kleiner Daumennagel voll, mehr nicht. Ein Schnipserchen. Ehrlich, kein Grund, Alarm zu schlagen!

Er schlurft den schmalen Gang entlang, öffnet die Tür zum Wohnzimmer – Oberbegriff für einen Raum, der vollgestopft ist wie das Hinterzimmer eines Basars, den Kindern als Spielzimmer dient und zugleich als Trockenraum, Esszimmer und Lebensmittelpunkt genutzt wird, mittendrin ein mit orientalischem Stoff bedecktes Schlafsofa und ein Fernseher von der Größe eines olympischen Schwimmbeckens. Trotz der aufgezogenen Vorhänge ist es darin immer düster. Wenn die Sonne sich zu dieser Jahreszeit überhaupt blicken lässt, dann nur für eine halbstündige Stippvisite gegen Tagesende. Die beiden PVC-Fenster gehen auf eine Straße im 18. Arrondissement hinaus, die sich permanent im Umbau befindet und wo hin und wieder ein paar ratlose Bauarbeiter auftauchen, die sofort wieder verschwinden.

Auf allen vieren sucht Stéphane Jahanguir auf dem Kelim nach seinem Handy, um Émail Diamant eine Nachricht zu schicken. Nachdem Shahnaz und Yasser gegangen sind und er Voicemail, iMessage, E-Mail, WhatsApp und Telegram gründlich gecheckt hat, um sicherzugehen, dass Chalhoub nicht versucht hat, ihn zu kontaktieren, wirft er es wutentbrannt mitten in einen Haufen aus Plastikautoteilen, zerstückelten Barbies, Verkleidungen, Bayblade-Kreiseln und Pokémon-Karten. Beim Durchwühlen dieses Durcheinanders von Miniaturobjekten, an denen die klebrigen Spuren der Finger seiner Kinder haften, überkommt ihn plötzlich das Bedürfnis, zu weinen. Er liebt sie so sehr, seine Kleinen, so sehr! Warum gelingt es ihm dann nicht, die Kraft dieser Liebe als Schutzschild gegen die Dunkelheit zu nutzen? Warum dieses Gefühl, sterben zu müssen?

Beim Atmen hebt sich seine ganze Brust … Nichts ist größer als Er, nichts ist wie Er …

Als ihm eine Träne über die Wange kullert – das ist nichts weiter, bloß die Folge deiner gestörten Chemie –, findet er endlich sein Handy, das unter der Spiderman-Maske versteckt war. Für einen kurzen Moment, bevor er das Display umdreht, denkt er bei sich, dass vielleicht … Man weiß ja nie … *Nichts ist größer als Er …* Er blickt aufs Display. Eine Meldung von France Inter macht ihn darauf aufmerksam, dass die Zahl der Todesopfer durch die Unwetter in der Region Hauts-de-France auf dreizehn gestiegen ist. Soll er sich doch zum Teufel scheren, Chalhoub!

Zwei Nachrichten von Mada Soucko auf WhatsApp. Er erinnert sich, heute Nacht das Handy stummgeschaltet zu haben, was erklärt, warum er nichts gehört hat.

Mada Soucko.

Sprachen sie noch miteinander?

Seit sie an der Spitze von *Bürger zweiter Klasse* seine Nachfolge angetreten hatte, hatte sich ihre Beziehung zu einer Art kaltem Krieg entwickelt, der sich immer mehr zuspitzte. Ihr Konflikt beruht im Wesentlichen darauf, dass Mada von afroamerikanischen Aktivisten, ihren Theorien und ihrer Art zu kämpfen fasziniert ist, und sich bereitwillig ihres Vokabulars bedient. Stéphane Jahanguir hatte die Nase voll davon, dass sie bei jeder Gelegenheit Begriffe wie «postkolonial», «Intersektionalität» und «rassifiziert» anbrachte.

Bei ihrem letzten Treffen gab er sich Mühe, bis zum Ende durchzuhalten und Mada – langer Hals, darauf ein majestätischer Kopf, gehüllt in einen Hektar Wax-Stoffe – zu verstehen zu geben, dass sie einen schweren Fehler beging, wenn sie systematisch behauptete, die Realität von zwei Jahrhunderten Sklaverei auf amerikanischem Boden seien eine Folge des französischen Kolonialismus. Tatsache ist, dass es in Frankreich, ob es einem nun gefällt oder nicht, hämmerte er ihr ein, indem er mit dem Zeigefinger auf den

Tisch klopfte, in den Bussen niemals Sitzplätze ausschließlich für Weiße gegeben hat, dass dort einem schwarzen Mädchen niemals der Zugang zu einer öffentlichen Schule verwehrt, noch jemals getrennte Toiletten eingerichtet worden waren. Man könne sich daher *eben nicht!* auf die Brutalität eines unbegründeten Schmerzes berufen.

Er rechnete damit, dass sie ihm an die Gurgel springen und ihn gehörig durchschütteln würde, doch sie blieb stumm. Dann entfuhr ihrer Kehle ein schallendes Gelächter. Dieses Lachen war das Ergebnis jahrelangen Vereinsmilitantismus, hitziger Debatten und leidenschaftlicher Versammlungen. Theatralisch. Furchterregend wirksam. Demütigend.

«Unbegründet?! Wowowowowowow! Und was ist mit Thiaroye?»

Mit ihrer monotonen und herrischen Stimme (ihr Markenzeichen) rief sie ihm, die andern durch lange Blicke in die Runde zu Zeugen nehmend, in Erinnerung, dass die senegalesischen Schützen, darunter auch ihr Großvater, im Dezember 1944 demobilisiert, dann im Militärlager Thiaroye in Dakar repatriiert worden waren … Zu welchem Zweck war das noch mal geschehen? Um die französischen Truppen weißer zu machen!

«Du bist böswillig, Mada, du weißt sehr wohl, dass die amerikanische Armee, die bis '48 segregiert war, diese Trennung zwischen weißen Soldaten und Gewehrschützen gefordert hatte!»

«Ich weiß nur, dass: 1. Die französischen Gendarmen nur deshalb auf sie schossen, weil sie ihre Demobilisierungsentschädigungen einforderten; 2. Dass es siebzig Tote gab!» (Daumen und Zeigefinger, die sie für die Aufzählung verwendet hatte, wurden nun zu dem umgekehrten L einer auf Stéphane Jahanguir gerichteten Waffe geformt. Sie machte eine Kunstpause, damit in der Stille ihre ernsten Worte nur umso eindringlicher nachhallen konnten, bevor sie fortfuhr.) «Fragst du dich nie, warum Ousmane Sembènes Film *Camp de Thiaroye*, der 1988 in Venedig den Sonderpreis der Jury erhielt, in Frankreich erst 1998 gezeigt wurde? 1998!… Und dann auch noch in jämmerlichen drei Kinos, die nur von Cinephilen besucht werden. Wie nennst du das? Ist das Zensur oder eine Verschwörung der Amerikaner, die diese armen Franzosen gezwungen haben, ihre beschissenen Blockbuster zu zeigen, anstatt …»

Als Madas Stimme durch den feuchten Raum hallte, der ihnen als Versammlungssaal diente, drehte sich alles im Kopf Stéphane Jahanguirs, der am Ersticken war, auf der Suche nach Sauerstoff. Er bekam keine Luft mehr in diesem Raum, seinem einstigen Reich, mit Wänden voller Plakate mit gereckten Fäusten, geschwollenen Gesichtern und schockierenden Slogans. *In fünf Tagen* *mit Nouri nach Katar gehen* *sie dabei erwischen, wie sie Millionen auftreiben* und *den Coup des Jahrhunderts durchziehen* – Mada konnte reden! Konnte in aller Seelenruhe ihre Angela-Davis-Nummer abziehen! Letztlich hatte er sie nicht unbedingt aus intellektueller Affinität ausgewählt. Selbst heute, da der Allmächtige zur tragenden Wand seines Lebens geworden war, fühlte er sich dem Denken eines Guy Debord näher als den Spinnern der Nation of Islam. Sein Plan: Mada sollte hinter ihm aufräumen. Sie sollte, so lange bis MUZ aufgebaut wäre, *Bürger zweiter Klasse* aus dem Schatten der Vorstädte und der harten Aktionen herausholen und zu einem Ort machen, an dem man sich gerne aufhält (er selbst hatte bereits Dutzende unglücklicher Sätze aus seinen virtuellen Accounts gelöscht und die anderen Mitglieder aufgefordert, dies ebenfalls zu tun).

Trotz ihrer siebenundzwanzig Jahre war Mada die ideale Kandidatin, um diese Transformation zu vollenden, und ihre erste Amtstat war die Soirée gewesen, die sie für Samuel L. Jackson organisiert hatte. Sie hatte das Vorstandsamt angenommen, weil sie selbst einen in der Medienlandschaft bereits etablierten Verband brauchte, um sich durchsetzen zu können. Stéphane Jahanguir hatte intuitiv gespürt, dass sie seine ideale Nachfolgerin wäre, nachdem er in der Libération im Anschluss an eine Kontroverse, die um den Ausdruck «Afro-Franzose» entbrannt war, ein Porträt über sie gelesen hatte. Die Journalistin beschrieb sie als «Kommunikationsprofi mit über 50 000 Followern bei Twitter, die ganz genau weiß, wer sie ist, aber kein überdimensioniertes Ego hat». Mit ihren farbenfrohen Miniröcken, ihrer Afro-Pop-Frisur und ihrer Vintage-Brille falle Mada Soucko, so die Journalistin, unter die Rubrik «Diversity Chic». Eine Frau, die sich im Café Charbon in der Rue Oberkampf verabredet, Aimé Césaire und Toni Morrison zitiert, die Arctic Monkeys hört und durch die Straßen des Viertels Saint-Ouen, in dem sie aufgewachsen ist, mit derselben Gelassenheit schlendert wie durch die Gänge von France Inter.

Der Bildschirm strahlt ein weißes Licht ab. Sofort beginnt das Handy, dass Stéphane Jahanguir in seiner mit Sommersprossen übersäten Hand hält, zu vibrieren. In dem Nebel, in dem er versinkt, fühlen sich diese nachdrücklichen kleinen Hüpfer, dazwischen ein elektronisches Grunzen, wie heftige Stöße an. Er stellt fest, dass er sich immer noch an derselben Stelle befindet. Auf allen vieren zwischen den Spielsachen.

Auf dem Bildschirm steht in weißen Buchstaben: MADA SOUCKO, was mit seiner müden Netzhaut kollidiert und in seinem Gehirn Turbulenzen erzeugt. Und doch wird ein kleiner Teil in ihm plötzlich von einer Welle der Sympathie für sie erfasst. So dürfte ein Hund, der draußen geblieben ist, im strömenden Regen, verlaust und elend, für den Menschen empfinden, der ihm die Tür öffnet. Du musst rangehen, du musst mit ihr reden! … Wozu? Was habe ich ihr zu sagen? … Du musst gar nichts sagen, du Trottel, sie ist diejenige, die anruft! Und wenn sie anruft, dann nur, weil sie mit dir reden will, du in deinem Erdloch vergrabener Maulwurf! Warum sollte sie denn sonst immer wieder anrufen? Geh ran, nun mach schon!

Er schließt die Augen. Hinter seinen zitternden Augenlidern erscheint das Bild des durchsichtigen Plastiklöffels, den seine Mutter in der Hand hält, gefüllt mit der weißen, widerlichen Paste eines Antibiotikums. Die Hand mit der sahnigen Haut, beängstigend groß, bereit, ihm den Löffel mit allen Mitteln in die Kehle zu rammen … Na los, zähl bis drei, dann machst du den Mund auf! Meine Güte, wogegen wehrst du dich eigentlich? Das wird dir helfen, dich besser zu fühlen, sonst bleibst du noch wie ein Bazillus an deiner Bettdecke kleben!

«Hallo», hört er sich völlig begeisterungsfrei sagen.

«Ah, endlich! Ich wollte schon auflegen   Stéphane?»

Madas leicht verzerrte Stimme, gefiltert durch irgendwo durchs Universum wirbelnde Wellenschichten, erinnert ihn an die Stimme seines Vaters, der von Zeit zu Zeit aus Karachi anruft. Sein Vater …

«Bist du draahaaan? …»

«Ja, Mada. Ich … Ich komme gerade aus der U-Bahn … Geht es dir gut?»

«Ja.» (Stéphane Jahanguir fürchtet schon, dass sie ihn ebenfalls nach seinem Befinden fragt, aber sie redet gleich weiter). «Hast d das verr Zeu ges n?»

«Das … was? Was für 'n Zeug? Nein, ich … ich war in der Metro … Ein Termin ganz weit draußen … War schwierig …»

«Müssen uns echt   bevor du   Ich kann   von hier   nicht   nur   sauer   verrü   das s   weil du   sicher»

Um Mada verstehen zu können, deren Sätze immer abgehackter

klingen, richtet er sich auf. Er geht in den Fersensitz, die Augen auf den prallen Bauch eines Schaumstoff-Pikachu gerichtet. Aber Madas Worte zerfallen weiter in einzelne Päckchen.

Zu kraftlos, um aufzustehen und zum Fenster zu gehen.

Er dreht den Oberkörper nach rechts. Nach links. Vergeblich. Das Problem liegt bei Mada, beschließt er, sie muss was ändern. Er fühlt sich plötzlich völlig erschlagen, als hätte ein schier endloser Zwischenfall eine sehr wichtige Angelegenheit unterbrochen. Er sollte besser auflegen und sie in dem Glauben lassen, das Gespräch sei von allein abgebrochen.

Nur dass sie zurückrufen wird. Er würde nicht gleich antworten. Sich dann aber gezwungen fühlen, es trotzdem zu tun. Sich verfluchen und drangehen. Also könnte er genauso gut Ruhe bewahren und nicht reagieren.

«*Hast du dir das verrückte Zeug angesehen?* Das hat sie doch gesagt, oder? Das verrückte Zeug.»

«zurzeit   geschl»

«Mada, ich versteh dich sehr schlecht. Wo bist du?»

«...»

«Mada ...? Wo bist du?»

«Washi...»

«Wa...? (Kaum ist ihr diese Silbe entwischt, erinnert er sich an ein fernes Gespräch, verirrt in einer anderen Welt, bei dem jemand ihm erzählt hatte, dass Mada Soucko einen Dokumentarfilm über die Schwarze Feminismusbewegung vorbereitete, und zwar für ... France 24?) Bist du in Washington?!»

Die Frage platzt mit einer Kraft aus ihm heraus, zu der er sich gar nicht imstande gefühlt hatte. Ach, diese alte, schon ganz zerknautschte Eifersucht, so bitter! Er hatte gedacht, er wäre sie los, aber da ist sie wieder und drückt ihm den Kopf noch ein bisschen mehr unter Wasser. Jetzt hofft er nur, dass sie sagt: «Aber nicht doch, natürlich nicht! Ich sitze in der RER und fahre nach Noisy-le-Sec!»

«Ja.» (Stéphane Jahanguirs Gesicht fällt in Sekundenschnelle in sich zusammen. Sie ist also in Washington, trägt ihren «afrofranzösischen» Leib in universitären Kreisen spazieren, präsentiert sich als Regisseurin, kneift hinter ihrer Clubmaster-Ray-Bans die mandelförmigen Augen zusammen, um intellektueller zu wirken, während du, armer Trottel, wie ein Waschlappen in deinem Wohnzimmer hockst und heulst!) «Ich bin zurü machen wenn du fest.»

Dieses Mal ist Mada ganz weg.

Stéphane Jahanguir nutzt die Gelegenheit, um sofort zur Mailbox zu wechseln. Und Émail Diamant eine Nachricht zu schreiben. «Eitrige Mandelentzündung. Brauche 1 (hält inne, löscht die 1) 2 Packungen Aspirin. Ist das OK so etwa in (ein Blick auf die Uhrzeit am oberen Displayrand. Schahnaz …) 15 Minuten?» Schon als er auf Senden drückt und sieht, wie der Text seine Farbe ändert, fällt ihm eine Last von der Brust. Ein Gefühl, das sich Sekunden später noch intensiviert, als Émail Diamant mit einem gelben «Daumen hoch»-Emoji antwortet. Komisch ist, dass der Daumen zu lächeln scheint. Stéphane Jahanguir spürt einen Hauch von Erleichterung und lächelt zurück.

«Bist du n dran?»

Madas Stimme ist wieder da, wie ein Tier, das aus seinem Bau kriecht. Wie spät ist es jetzt in Washington … zwei Uhr morgens oder so? Warum ist sie noch auf? Warum schläft sie nicht? Er brennt darauf, sie danach zu fragen, und sollte es den Tod bedeuten.

«Ja, klar bin ich dran», sagt er, jedes Wort einzeln betonend, um so neutral wie möglich zu wirken. «Ich versteh dich sehr schlecht, Mada. Ich werde mir gleich deine Nachricht anschauen, so in etwa fünfzehn Minuten, wenn ich zu Hause bin. Und dann melde ich mich gleich bei dir.»

«Sup r!»

Er legt auf und öffnet Madas Nachricht.

> Bin mir nicht sicher, ob du dir den Film angesehen hast, kein Retweet von dir, kein Kommentar. Das macht irre die Runde. Ungeheuerlich! Erst hab ich gedacht, das ist ein Migrant, aber nichts da. Sein Name: Issa Zeitouni. Aus Grange aux B. Im Netz gibt's nicht viel, Mitglied in einem Futsal-Club. Djam wird sich umhören. Bin in 10 Tagen wieder da. Kann von hier nicht viel tun. Kümmerst du dich drum? Ich schick dir den Link.

Während die Bilder des Amateurvideos langsam vor seinen Augen vorbeiziehen und ihm eine Geschichte erzählen – die unglaubliche Geschichte der Polizei *in diesem Land*, der es nicht mehr genügt, Muslime zu kontrollieren, zu demütigen, zu beleidigen, sondern die jetzt sogar Toten Fußtritte versetzt –, spürt Stéphane Jahanguir, wie die mesolimbischen Bahnen seines Gehirns wieder durchblutet werden. Obwohl seine Neurotransmitter schon dem Tode nahe sind, beginnen sie jetzt im synaptischen Raum herumzuzucken, sich zu befreien, in sein Blut zu strömen und den Nucleus accumbens zu stimulieren. Er hat das Gefühl, dass sein Gesichtsfeld sich weitet, dass die Finsternis, die sich vor ihm ausbreitet, wie ein ausgedorrtes Stück Land Risse bekommt und in dicke Brocken zerfällt.

In dem Augenblick, als der «ÉmailDiamantesque»-Code an der Tür ertönt – zweimal kurz, Pause, einmal lang –, betritt Issa Zeitouni durch die große Pforte das Leben von Stéphane Jahanguir, wie der Messias, dessen Namen er trägt. Während Stéphane Jahanguir aus dem Wohnzimmer geht, um die Tür zu öffnen, mit energischeren Schritten als zuvor, überkommt ihn ein seltsames Gefühl. Eine Verzückung. Eine Freude. Das Gefühl, dass Seine Hand ihn wieder einmal gerade rechtzeitig am Arm gepackt hat, um ihn zu retten, während er fiel … und fiel …

Und wenn er Mir um eine Armlänge entgegenkommt, dann komme Ich ihm um zwei Armlängen entgegen. Und wenn er auf Mich schreitend zukommt, dann komme Ich eilend zu ihm.

9

Wie üblich hat Olivier Sultanik den letzten Knopf seines gestärkten Hemdes geöffnet. Die Schultern sitzen etwas verloren in dem tadellos geschnittenen Anzug, denn damals, als er ihn sich gekauft hatte, war er zehn Kilo schwerer gewesen. Aber aufs Detail kam es nicht an, wichtiger war, eine gewisse Klasse zu zeigen, ohne protzig zu wirken, was er sich ohnehin nicht leisten konnte.

Sultanik ist an einem Punkt seiner Karriere, vielleicht sogar seines Lebens, angelangt, an dem man nicht mehr bluffen oder auf ein Wunder hoffen kann, sondern sich so akzeptieren muss, wie man ist. Es war nicht seine Art, sich mehr Respekt zu verschaffen, als seine Position es erforderte, dafür zu sorgen, dass die Polizeibeamten, denen er auf den Fluren seiner Polizeiwache oder anderswo begegnete, vor Ehrfurcht erstarrten, oder zu verlangen, dass man allein aufgrund seiner Aura seine Befehle befolgte. Er hatte Siege und Niederlagen erlebt, hatte alles Menschenmögliche getan, Tag und Nacht, wenn es sein musste, und dabei zwei Ehen in den Sand gesetzt. Dabei hatte er – dem es weder an Gelegenheiten noch an Ideen gemangelt hätte – die Redlichkeit oder den ursprünglichen Weg aus den Augen verloren. Jenen Weg, den er nach dem Abschluss der École supérieure de la police zu seinem Ziel erwählt hatte; an dem er auch später festhielt, als er Offizier der Nachtstreife in der Goutte d'Or wurde, steife Leichen einsammelte, denen noch die Spritze im Hals steckte, und durch das Elend watete; später dann auch als Polizeiattaché der Französischen Botschaft in Berlin und schließlich vor acht Jahren als Kommissar. Und zwar trotz der wachsenden und zermürbenden Frustration, das Verbrechen nur selten im Griff zu haben. Trotz der Einsamkeit, der Zweifel, der Müdigkeit. Kein Fehltritt, keine Schwäche war erlaubt. Doch seit geraumer Zeit, warum, weiß er nicht, würde er am liebsten alles hinschmeißen und weit weggehen, sein Leben ändern, sich in der Welt verlieren. Es ist das erste Mal, dass er das so intensiv fühlt, und er hofft, dass es sich am Ende nur als vorübergehender Lebensüberdruss erweist. Vielleicht liegt es daran, dass ihm seine dreizehnjährige Tochter Léna, die seit fünf Jahren bei ihrer Mutter in Montréal lebt, viel mehr fehlt, als er sich eingestehen mag. Vielleicht liegt es aber auch an diesem ewig grauen Himmel. Wie dem auch sei, er kennt sich selbst und weiß, selbst wenn er innerlich ausgebrannt sein sollte, so ist er doch niemand, der leicht die Richtung wechselt, sein Team im Stich lässt und den Rückzug antritt. Er kann lediglich seiner Karriere einen kleinen Beschleunigungsschub versetzen und sich einer neuen Herausforderung stellen, und das will er auch. Nur dass die Bilder, die er sich auf seinem Tablet ansieht, in seinem Spezialstuhl für Rückenkranke mit der extra breiten Kopfstütze, ihn mit Blick auf seine Zukunft nicht im Geringsten beruhigen.

Auf der anderen Seite des Schreibtischs steht Sam, aufrecht, leicht breitbeinig und die Hände hinterm Rücken verschränkt, das Kinn so hochgereckt wie möglich. Nur genügt diese Position nicht, um zu verhindern, dass sie die flackernden Bilder auf Sultaniks Tablet erkennt. Lichtlinien. Flüchtige Bewegungen. Das gallertartige Zittern des Canal Saint-Martin. «Naaaaain!», schreit eine verzweifelte Stimme in ihrem überlasteten Kopf. Sie will nicht. Sie will nicht mehr. Sie hat diese Bilder schon gesehen. Völlig niedergeschmettert hatte Merx sie ihnen unauffällig auf dem Dispaly seines Handys gezeigt.

Schon bald hatten alle Kollegen sie gesehen.

Sogar Sultanik; bevor er ihren Namen durch den Gang brüllte.

Man könnte allerdings fast den Eindruck gewinnen, dass er gar nicht mehr aufhören kann, sie sich immer wieder anzusehen. Vielleicht wollte er ja auch, dass sie ihm zusah, wie er mit blutendem Herzen den Tiefschlag einsteckte, den sie ihm da versetzt hatte. Er hat sie zwar keines Blickes mehr gewürdigt, seit sie den Raum betreten hat, und doch weiß sie genau, was er denkt. Er denkt, dass dies absolut nicht der richtige Zeitpunkt war, sie schon wieder in eine gewaltige Scheiße reinzureiten. Nicht nach dem Skandal um den Tod des Vaters einer Familie von illegal Eingewanderten ohne Papiere, der vor zehn Tagen in einem Polizeiauto an einem Herzinfarkt verstorben ist. Ganz zu schweigen von den Spannungen, Missverständnissen und immer häufigeren Konfrontationen zwischen Polizei und Bevölkerung, zu denen sich noch der ewige Personalmangel hinzugesellte, die zahlenmäßige Überlegenheit der Gegner, die vollkommen veraltete Ausrüstung, die Räumlichkeiten, die Sitzungen im Rathaus sowie der Friedenswächter, der im Hôpital Lariboisière zwischen Leben und Tod schwebt ... Und diese dämliche Reform, die den Dienst am Bürger in den Mittelpunkt ihres Berufs stellen sollte, zum «Großprojekt der fünfjährigen Amtszeit» erklärt, die sie wieder bloß zwingt, mehr zu tun, ohne die Mittel dafür zu haben, alles über den Haufen zu werfen, sich mit den Gewerkschaften anzulegen, die Dienste zu destabilisieren, für Spaltung zu sorgen, die Wut zu schüren, den Frust zu mehren ...

Und wofür das alles? Damit am Ende, in zwei Jahren, in sieben Jahren wieder ein anderer Präsident am Horizont auftaucht, der erneut den Spieß umdreht.

Die angespannte Stille, die zwischen ihnen herrscht, quillt über von dieser ranzigen, sauren Realität, mit der sich Sultanik den lieben langen Tag unter der rissigen Decke seines Büros herumschlägt.

Auf der Treppe hallen Schritte. Stimmfetzen erheben sich im Zimmer nebenan, gleich einem Fliegenschwarm. Was macht sie hier? Warum ist sie nicht auf der anderen Seite der Tür, in den warmen Büros, in denen eine Stimmung herrscht wie bei einem von Trauer überschatteten Jahrmarktsfest, wo sich morgens der Kaffeegeruch mit Ammoniakdämpfen mischt? Oder auf den Straßen, in den Gängen der Metro, in den Treppenhäusern, wo sie klettern, sich ducken, aufstehen, springen, Sachen schleppen, Schläge einstecken müssen?

Ein Gefühl der Einsamkeit überkommt sie, gesellt sich zu ihrer Panik hinzu.

Ein schreckliches, unerwartetes Gefühl, als hätte man sie gerade aus ihrem eigenen Haus geworfen. Als wäre das Leben, wie sie es bisher gekannt hatte, plötzlich stehen geblieben.

Sie ist die einzige Verantwortliche. Wer auch sonst?

Ein kaltes Zittern durchfährt sie von innen.

Sie füllt ihre Lungen … *Beruhige dich, das wird ja nicht* … atmet langsam aus … *ewig dauern. Du wirst in aller Ruhe Sultanik deine Version schildern, eine Version, die nichts mit diesen schrecklichen Bildern zu tun hat. Er wird dir zuhören, wird dir eine Strategie vorschlagen, wie du durchhalten und aus diesem Sumpf wieder herauskommen kannst.*

Und Denis?

Was soll sie Denis sagen?

Um 17 Uhr ist sie mit ihm an den Ufern der Marne zum Joggen

verabredet, anschließend wollten sie zum Abendessen zu ihrer Schwester fahren, die noch immer an der Porte de Vanves wohnt, wenige Straßen von der Wohnung entfernt, in der sie aufgewachsen sind. Da er den sozialen Netzwerken nicht traut, kann es sogar sein, dass Denis noch gar nicht Bescheid weiß. Das Beste wäre also, ihm nichts zu sagen, jedenfalls nicht sofort, um ihn nicht zu beunruhigen. Sie könnten gut auf dem Rückweg im Auto darüber sprechen, nachdem Denis eine Weile mit ihrer Familie verbracht hätte.

10

«Was zum Teufel haben Sie da getan, Baydar?»

Sam ist erschrocken. Es fährt ihr wie ein elektrischer Schlag durchs Herz.

Sultanik steht vornübergebeugt da, die Unterarme auf den Schreibtisch gestützt, der Blick glasig wie unter Zellophan. Er sieht sie mit einer Mischung aus Neugier und Unverständnis an und wartet auf eine Antwort. Er könnte ihr anbieten, sich doch zu setzen, aber nein, dazu hat er immer noch keine Lust.

Sam will schon den Mund aufmachen, will etwas sagen, aber plötzlich wird ihr Hals ganz trocken.

«Also? Was ist da nur in Sie gefahren? Das passt ja sonst gar nicht zu Ihnen, dass Sie Ihre Muskeln spielen lassen, oder?»

Er hat diesen ein wenig theatralischen Akzent vom Mittelmeer, sanguinisch, der zu seiner unvorteilhaften Statur im Widerspruch steht, stämmig wie ein Strommast. Ein Akzent, der in Sams Ohren, da sie im Elsass aufgewachsen ist, furchtbar exotisch klingt, als komme er aus einem fremden Land, das sie liebend gern kennenlernen würde. Sultanik ist vielleicht nicht in der Stimmung, sie zu beruhigen, versucht aber doch, zu verstehen, denkt sie, *mich* zu verstehen. Allein schon dieser Gedanke dämpft ihr Herzrasen ein wenig.

«Ich … ich weiß es nicht. Das hat sich nicht wirklich so zugetragen wie in diesem …»

«Sie wissen es nicht?! Aber Sie wissen schon, wer Sie sind, welche Uniform Sie tragen, und in welchem Viertel? Das wissen Sie schon, oder?»

Er verstummt, um Baydar, die ganz verstört und verzweifelt blickt, Zeit zu geben, über seine Worte nachzudenken. Sultanik fragt sich manchmal, ob dieses Viertel nicht verflucht ist. Hier spuken immer noch die Geister der Geschichte herum, über die er in einem Paris-Buch gelesen hat, das im 19. Jahrhundert von einem gewissen Émile de Labédollière geschrieben wurde und das seine zweite Frau, die Historikerin war, Gott weiß wo ausgegraben hatte. Die Geschichte des Galgens von Montfaucon mit seinen monumentalen Gabeln, Symbol für die Todesstrafe und die Grausamkeit der Justiz. Er stellt sich die Leichen der Gehenkten vor, die ausgestellt wurden, bis sie verwest waren, und das unaufhörliche Rasseln der Ketten im Wind. «In dieses tiefe Beinhaus, wo so viel menschlicher Staub und so viele Verbrechen zusammen vermodert sind, sind nach und nach viele große Menschen, viele Unschuldige gekommen, um ihre Gebeine zur Ruhe zu bringen», schrieb Victor Hugo in *Der Glöckner von Notre-Dame*. Sechs Jahrhunderte lang wurde dort das Grauen zur Schau gestellt! Sultanik ist sich nicht sicher, ob diese verfluchten sozialen Netzwerke, voll mit Bildern von Gewalt, von verstümmelten Körpern, von Leichen, die in einer Schleife vor unseren fassungslosen Augen vorbeiziehen, ohne jede Distanz, ohne jeden Respekt vor den Toten, nicht letztlich unsere heutigen Galgen sind.

«Was Sie da getan haben, Baydar, war kein unglücklicher Fußtritt», fuhr er fort und versuchte, wieder in die Gegenwart zurückzufinden. «Wenn man heutzutage einen jungen Burschen, der gerade ein Auto demoliert, zu fest anpackt, ist das schon Polizeigewalt! Sie nehmen einen Crack-Dealer fest: Polizeigewalt! An der Metro Stalingrad stehen die Dealer auf der einen Seite und machen ihr Ding, und die Bullen stehen direkt daneben, an die Mannschaftswagen gelehnt. Die wagen sich kaum in ihre Nähe … So sollen wir jetzt funktionieren: Solange die Sache nicht überkocht, spielen wir Blumenrabatte am Straßenrand!»

Er hält sofort an sich, weil sich ein Hauch von Wut in seine Stimme geschlichen hat und Sultanik es hasst, vor seinen Leuten wütend zu werden, egal vor wem. Und vor Baydar möchte er das schon gar nicht: Sie ist überhaupt nicht die Art von Person, die zu harten Mitteln greift oder andere überrollt, auch wenn sie zäh sein kann. Er hatte sie sogar dazu ermuntert, im April beim Paris-Marathon mitzulaufen, und ihr herzlich gratuliert, als sie unter die ersten zwanzig kam. *Was für ein Schlamassel!*

Er lehnt sich in seinem Sessel zurück. Kratzt sich mechanisch die Haut der rechten Hand, als würde seine gesamte Anspannung sich auf diese Stelle konzentrieren. Sam war hin und wieder ein trockener, roter Fleck an seinem Daumen aufgefallen, wahrscheinlich Schuppenflechte. Was soll sie tun? Reden? Oder warten, bis er sie etwas fragt? Sie fühlt sich wie das kleine Mädchen, das sich vor Ahmet Baydars gequältem Schweigen fürchtet.

«Ciriac hat mir bereits gesagt, dass Sie nicht mit der Absicht, den jungen Mann zu treten, zum Kanal hinuntergegangen sind … Und das möchte ich gern glauben …» (Warum hat er Dalloz vor ihr befragt?, fragt sich Sam.) «Offenbar dachtet ihr alle drei, es sei ein Migrant im Drogenrausch …»

Wieder hebt er den Blick und schaut sie an. Seine Stimme klingt wieder wie sonst. Sam nickt und versucht, seinem Blick standzuhalten.

«Aber wissen Sie, das wäre auch nicht besser gewesen. Ihr hättet ihn angefasst, wir hätten die Verbände im Nacken gehabt, die Presse ... Aber das hier! Ein Junge aus dem Viertel, Herrgott, Baydar ... Aus der Cité GAB! (Er hebt die Stimme, hat sich nicht mehr unter Kontrolle. Er stockt einen Moment, dann kann er nicht länger an sich halten.) Der Junge geht aufs Gymnasium. Er hat eine Familie, Freunde ... das sind bestimmt keine Chorknaben, das gebe ich zu, aber trotzdem! Ihnen brauche ich ja wohl nicht zu erklären, was diese Bilder jetzt schon angestoßen haben und was da noch kommen wird! Wer schert sich schon um die Details ... um die Begleitumstände? Die Zeit des Abwägens der Begleitumstände ist vorbei! Die Leute – und zwar alle Leute, egal, ob aus dem Viertel oder nicht, Schwarze, Weiße, Muslime, Nicht-Muslime, Politiker, linksextreme Aktivisten, Journalisten – sehen nur, dass Sie ihn misshandelt haben, statt sich um ihn zu kümmern! Das ist ein Verstoß gegen den gebotenen Respekt vor den Toten, Baydar! Sind wir uns da einig oder nicht?»

Einig worüber? Darüber, dass das alles ist, was die Leute sehen, oder einig darüber, dass sie ihn misshandelt hat? Nein, sie hat ihn nicht «misshandelt». Das hat sie nicht! Sie will es ihm sagen, alles noch einmal von Anfang an erzählen, aber Sultanik dreht sich in seinem Stuhl um und wendet sich von ihr ab. Letztlich scheint er nicht mehr auf irgendeine Antwort zu warten. Er wirft einen flüchtigen Blick auf die Uhr an der Wand, eine Elektro Vedette aus den 1960er-Jahren, ein Geschenk des Teams zu seinem fünfundvierzigsten Geburtstag. Sam bemerkt, wie sich die Kieferknochen unter seiner glatt rasierten Haut bewegen. Reflexartig folgt sie seiner Blickrichtung.

11:10 Uhr.

«Sie werden bald hier sein, Baydar.»

Sam versteht sofort.

Damit hatte sie nicht gerechnet, Gott bewahre, niemals!

Der Schock ist so groß, dass sie das Gefühl hat, ihr Körper verflüssige sich von innen heraus. Ihre Beine … Nein, jetzt bloß nicht zusammenklappen … Nicht vor ihm.

«Wir haben keine zwei Stunden mehr, dann geht dieser Film viral. Deshalb haben wir keine Wahl. Wir wissen, wie das anschließend läuft. Sie werden schon bald nach Sanktionen schreien. Gerechtigkeit! Sie liegen bereits auf der Lauer, um uns das Leben dieses farbigen Jungen um die Ohren zu hauen, ein Muslim, einer, der nichts zählt. Wir mögen uns noch so gut mit ihrer Rhetorik auskennen, wir werden es trotzdem volles Rohr abkriegen. Und ihr, unsere Einsatzkräfte vor Ort, gleich als Allererste! Wir geben uns alle Mühe, das Image der Polizei in diesem Land aufzupolieren, Baydar … jede Abteilung, jeden Tag … und sich so zu verhalten, wo wir noch einen anderen Fall an der Backe haben, den mit diesem armen illegalen Einwanderer ohne Ausweispapiere und seinem Herzinfarkt, das macht all unsere Anstrengungen zunichte … (Nervöses Husten). Der Staatsanwalt hat sich an die Polizeiaufsichtsbehörde gewandt (ausgestreckte Hand, wiederholtes Blinzeln). Ich muss Sie bitten, mir Ihre Waffe auszuhändigen.»

crescendo

Nur er wusste damals, dass sein betäubtes Herz auf immer zur Unsicherheit verdammt war.

Gabriel García Márquez,
Hundert Jahre Einsamkeit

IV
DÜSTERE MORGENSTUNDEN

I

Der Sitzungssaal von BeCurrent, gelegen im achten und obersten Stockwerk eines modernen Luxusgebäudes im 7. Arrondissement, ist trotz seiner atemberaubenden Größe von einer so vollkommenen Sauberkeit, dass er wirkt, als sei er einer Architekturzeitschrift entsprungen. Eine Fensterwand aus Schallschutzglas öffnet den Blick auf eine große Panoramaterrasse und bietet all den Glücklichen, die Zugang zu ihr haben, einen, wie es in Reiseführern so gern heißt, «atemberaubenden Blick auf Paris». Mit anderen Worten: die poetische Erfahrung von Horizontalität, die komplexe Leichtigkeit der Linien. Der Blick schweift vom Champ de Mars zur École Militaire, vom Eiffelturm zur goldenen Kuppel des Invalidendoms und gibt dem Betrachter ein grandioses Gefühl von Fülle und Macht, vor allem aber das, privilegiert zu sein, über dieser herrlichen Stadt zu schweben, hoch oben in der Luft, frei von allem Unnötigen, allen Zwängen, von alldem viel zu wichtig genommenen Alltagskram. An der Schwelle zu einer grenzenlosen und unendlichen Welt.

Meg Cockburn hatte es abgelehnt, den europäischen Hauptsitz nach dem Vorbild großer Rundfunk- und Fernsehanstalten und wichtiger Produzenten wie TF1, ARTE, Canal+, Gaumont oder Lagardère in einem abgelegenen Gebäude in der westlichen Banlieue anzusiedeln. BeCurrent wollte damit seinen kreativen Köpfen nicht bloß den Genuss eines einladenden und angenehmen Ortes bieten, sondern vor allem die Intensität eines Gefühls. Sie sollten sich nämlich nicht als Produzenten, Autoren oder Regisseure sehen, sondern als Erfinder der Neuen Welt. Einer Welt der unendlichen Möglichkeiten, die sie in diesem Gebäude Tag für Tag gestalten würden, vor allem in diesem schwindelerregenden Saal, der von den festen Mitarbeitern der «Reaktor» genannt wurde.

In dieser Höhe sind die Abermillionen Liliputaner, die auf dem Festland herumwuseln, keine menschlichen Wesen mehr, die Sorgen haben, nicht getilgte Kredite, die am Monatsende knapp bei Kasse sind, unerwartetes Leid erfahren und uneingestandene Hoffnungen haben, sondern Prototypen. Im Übrigen macht die Tatsache, dass aus dieser Entfernung kein Gesicht mehr zu erkennen ist, es viel einfacher, sie als Datengeneratoren zur Entwicklung ausgeklügelter Algorithmen zu betrachten. Wichtig an ihnen ist nur eins: die Gesamtheit ihrer Verhaltensmuster, die von unvorstellbar komplexen Maschinen analysiert, verschlüsselt, berechnet und strukturiert werden können, um sie dann auf einer Reihe von Servern zu speichern, überwacht von Aberhunderten Ingenieuren. Jede dieser Personen ist ein einzigartiges Exemplar, dessen Vorlieben, Wünsche, Erwartungen und Interessengebiete zu jeder Zeit berücksichtigt werden, um massenhaft fiktionales Filmmaterial herzustellen und die absolut fantastische Summe von 97 345 Stunden zu erreichen, denn so viel Inhalt wird pro Minute, die auf dieser Erde verstreicht, auf BeCurrent angeschaut.

Für die Manager von BeCurrent ist jedes Individuum ein Abonnent. Einige sind es tatsächlich, andere nur potenziell. Die erste Kategorie muss man nach der dreißigtägigen kostenlosen Testphase bei der Stange halten, sie dann zufriedenstellen, mit Inhalten versorgen, überraschen und natürlich am Ende in treue Kunden verwandeln. Sie bekommen gezielte E-Mails, personalisierte Angebote und alle möglichen Benachrichtigungen zugeschickt, die auf ihren

Handydisplays aufploppen und ihnen das Gefühl geben, Mitglieder eines auserlesenen Klubs zu sein. Wenn sie Geburtstag haben, erscheint auf ihrer Startseite ein Regenbogen, der ihren Bund mit BeCurrent symbolisiert. Je nach Geschmack und Vorlieben erscheinen auf der Startseite Vorschaubilder der Filme oder Serien. Die zweite Kategorie muss man mit der gleichen wilden Entschlossenheit erobern wie Rom einst beim Aufbau seines Reiches. Tatsächlich wird die Welt an dem Tag absolut perfekt sein, an dem das letzte widerstrebende Mitglied der zweiten Kategorie ausgerottet und die Heraufkunft einer einzigen BeC-Gemeinschaft eingeläutet sein wird.

Seit BeCurrent sich vor anderthalb Jahren in Frankreich niederließ, musste es trotz der für US-amerikanische Unternehmen geltenden vorteilhaften Bedingungen fast 700 000 Euro an Steuern zahlen. Zu diesem Betrag kamen noch verschiedene Verbindlichkeiten hinzu, wie etwa die Unterstützung französischer Kunstschaffender, für die 2 % des Umsatzes für das CNC, das Nationale Zentrum für Kino und Bewegtbild, abgeführt wurden, oder die Verpflichtung, die vom CSA auferlegten Regeln zur kulturellen Vielfalt einzuhalten. Daher traf BeCurrent, eher ein Anhänger des schnellen Wachstums, der Gewinnmaximierung und der Dividenden als des «atemberaubenden Blicks auf Paris», dessen Aktienkurs in einem Jahr um 60 % gestiegen war, die Entscheidung, binnen zehn Tagen seine Büros in Frankreich zu schließen und nach Irland zu verlegen, sodass die gesamte französische audiovisuelle Branche fortan gezwungen war, für jedes noch so kleine Treffen den Ärmelkanal zu überqueren. Natürlich wies die offizielle Erklärung der Direktoren den Verdacht, aus steuerlichen Gründen das Land zu verlassen, weit von sich. Sie sprachen von der Notwendigkeit, sich in einem angelsächsischen Land niederzulassen, um sich den nordeuropäischen Ländern anzunähern. Dieser Wunsch, den alten Kontinent zu umarmen, wurde durch den Bau eines zwanzigstöckigen Gebäudes in der Nähe des Dubliner Hafens symbolisiert, das viel höher, moderner, geräumiger und luftiger war als das Gebäude im siebten Arrondissement und das mit seiner spitz zulaufenden und abstrakten Geometrie an ein an der Erde vertäutes Schiff erinnerte. Ein Gebäude, dessen prächtige, ganz aus hellem Glas bestehende Fassade sich beständig der Farbe des Himmels anpasste. Neben der üblichen Ausstattung bietet es mehrere Restaurants und Cafeterien, Sportanlagen, einen Innengarten und Ruhekabinen.

Als Benjamin Grossmann zum ersten Mal den Reaktor betrat – auf einer der fast schon irreal weißen Wände prangt der BeCurrent-Slogan NOW! in großen, einbetonierten Metallbuchstaben, die an die industrielle Seite des Unternehmens erinnerten –, hatte er das Gefühl, dass sich von nun an nichts mehr zwischen ihn und sein Glück stellen könnte. Er war Charles Lindbergh, der auf dem Pariser Flughafen Le Bourget aus der *Spirit of Saint Louis* stieg; Neil Armstrong, der seinen ersten kleinen Schritt auf dem Mond machte. Auch war er der erste Mann im vierten Stock, der Fiction-Etage – verantwortlich für die Entwicklung des französischen Zweiges! –, in der Massenunterhaltung die Königsklasse. Als er auf der Terrasse stand, im gleißenden Licht eines Morgens im Mai, durchgeschüttelt von dem schwindelerregenden Gefühl, der Schwerelosigkeit zu trotzen und gleichzeitig die schönste Stadt der Welt zu seinen Füßen zu haben, sah er sich und Cathie vor sich, an einem anderen Maimorgen, sechsundzwanzig Jahre zuvor. Ein Samstagmorgen, beschienen von einer zitternden und bleichen Sonne. Man sieht sie aus dem Bus der Linie 69 steigen und Hand in Hand den Quai Anatole-France entlanggehen, hundert Meter vom BeCurrent-Gebäude entfernt, bevor sie die Straße zum Musée d'Orsay überqueren. Benjamin ist neun Jahre alt und hat eine Levi's-Jeansjacke an, die er zum Geburtstag geschenkt bekommen hat. Cathie trägt ihr Haar platinblond gefärbt, dazu eine rote Stoffhose und schwarze Converse-Schuhe. Ihre Tasche hat sie sich quer über die Schulter gehängt, gefüllt mit Baguette-Sandwiches, Wasserflaschen und Chips für das Picknick in der Mittagspause. Um sie herum ist alles so sauber und weitläufig, so großartig, dass Benjamin sich fragt, ob der Bus sie nicht vielleicht in eine völlig andere Stadt katapultiert hat.

Eine Woche zuvor, gegen 22 Uhr, hatten sie sich auf dem Wohnzimmersofa, eingekuschelt in die rote Wolldecke, die Cathies alte Tante gestrickt hatte, auf ARTE *Der Prozess* von Orson Welles angesehen, nach dem Roman von Franz Kafka. Oder besser gesagt, Cathie hatte ihn gesehen, denn bereits von den ersten Bildern an – Nahaufnahme des schlafenden Gesichts eines Mannes, des Schauspielers Anthony Perkins –, begleitet von den letzten Klängen des eindringlichen Adagios von Albinoni, hatte Benjamin gegen den Schlaf angekämpft, den Geruch von Jasmin, feuchtem Holz und Zigaretten in der Nase, der von der Bluse seiner Mutter ausging. Beim Frühstück am nächsten Tag, als er sich ganz auf die Milch konzentrierte, die er in seine mit einer Schicht Schokolade bedeckte Schale goss, verkündete Cathie mit fröhlicher Stimme, sie werde ihn am nächsten Wochenende an den Ort mitnehmen, an dem dieser Film gedreht wurde.

«Nach Paris?!»

«Ja, mein Schatz, nach Paris», sagte sie, während sie langsam mit der Messerklinge an einem Baguette entlangfuhr, um es aufzuschneiden. «Er wurde hier gedreht, hauptsächlich aus Geldgründen, denke ich.»

«Im Studio, in Epinay, wo Papa arbeitet?», fragte Benjamin, der hoffte, all diese Informationen mit seinem Vater teilen zu können.

«Nein, mein Schnurzel. Da, nimm … Streich dir ein wenig Marmelade drauf … Außerdem arbeitet dein Vater nicht die ganze Zeit im Studio. Im Moment schon, aber das kommt ganz auf den Film an.» (Cathies übernatürliche Gabe, aus dem Tonfall von Benjamins Stimme noch das kleinste versteckte Gefühl herauszuhören, war entwaffnend). «Welles hat ihn am Gare d'Orsay gedreht, wo sich heute das Musée d'Orsay befindet. Das war damals ein völlig verlassener Ort, und er hat ein Studio daraus gemacht. Du wirst sehen, die Uhr aus dem Film hängt immer noch da!»

Da er über die ersten Minuten des Films nicht herausgekommen war, hatte er natürlich auch die Uhrenszene verpasst, traute sich aber nicht, das zuzugeben. Er wollte weiter ihr verschworener Komplize sein und hatte Angst, Cathie könnte ihre Meinung ändern. Im Jahr davor hatte ihn sein Vater zum ersten Mal an ein Filmset mitgenommen, in einen der Säle des Palais de Justice, aber es endete in einem Albtraum. Anstatt bei ihm zu bleiben, hatte Alexis Grossmann ihn mit einem energischen «Rühr dich nicht von der Stelle, mein Sohn» hinten in dem großen Gerichtssaal zurückgelassen und war dann gegangen, um ein Uhrenproblem zu lösen. Beeindruckt und eingeschüchtert von dem faszinierenden Universum, in dem er sich befand – die riesige Kamera auf einer großen Maschine aus Stahl, die gewaltigen Gerüste, die endlose Reihe von Projektoren, die Dutzenden von Statisten, die viel beschäftigten, nervösen, besorgten Techniker, die außer Atem in alle Richtungen rannten, schwere Gegenstände in Händen, schwitzend, einander anrempelnd, schreiend, um dann plötzlich in Totenstille zu erstarren –, war Benjamin wie gelähmt hocken geblieben. Eine Stunde später, als Alexis Grossmann ihn mit einer hundsmiserablen Laune wieder herausgeholt hatte, da er gezwungen war, unverzüglich zum Set des nächsten Tages zu eilen, war er so aufgewühlt gewesen, so verloren, dass er im Auto in einen Weinkrampf verfallen war. Daraufhin hatte sein Vater ihn angebrüllt, er sei zu laut und hindere ihn daran, sich auf die Straße zu konzentrieren. All die verrückten Geschichten, die er Abdel Moaziz am nächsten Tag auftischte, über Den-berühmten-Tag-den-ich-mit-meinem-Vater-am-Set-verbrachte, waren einfach nur hochgradiger Blödsinn. Aber

Abdel hatte ihm alles geglaubt und ihm das Versprechen abgerungen, ihn beim nächsten Mal mitzunehmen.

Jahre später erinnerte er sich an diesen Samstag im Musée d'Orsay, der sich wie Ferien angefühlt hatte, als er in einem Buch mit Interviews las, dass Orson Welles vor den Dreharbeiten zu *Der Prozess* über eine Entscheidung der Filmproduzenten, Vater und Sohn Salkind, höchst erbost gewesen war, denn diese wollten die gigantischen Kulissen, die er sich für die Innenräume vorgestellt hatte, nicht in den Studios in Zagreb bauen lassen. Er war im Hotel Meurice in Paris abgestiegen und fragte sich in qualvollen Nächten, wie er ohne dieses Set auskommen sollte. Als er in einer dieser Nächte vor dem Fenster stand, bemerkte er in der schwarzen Unendlichkeit, die vor ihm lag, zwei Vollmonde. Verblüfft schaute er genauer hin und begriff schließlich, dass die beiden Monde in Wirklichkeit zwei Uhren waren, die beiden Bahnhofsuhren der Gare d'Orsay. Da er dies als ein Zeichen ansah, sprang er in ein Taxi und fuhr trotz der späten Stunde zur Gare d'Orsay, einer riesigen, verlassenen Industriebrache mitten in der Stadt. Wie benommen irrte er bis zum Morgengrauen durch diesen Rohbau aus Stahl und Glas. Er entdeckte ein unter Schutt und Staub begrabenes, weitläufiges Labyrinth aus Räumen, dazwischen kilometerlange Gänge. Hier hatte er seinen Film, er wartete nur noch auf ihn.

Noch heute muss Benjamin Grossmann, wenn er sich in dem Saal im achten Stock befindet, beim Blick von der Terrasse jedes Mal an diese Orson-Welles-Geschichte denken. Seine Aufgabe bei BeCurrent ist es, den gequälten und isolierten Welles des Jahrzehnts ausfindig zu machen, ihn zu beruhigen, zu unterstützen, wertzuschätzen und ihm die Mittel an die Hand zu geben, die er für seinen künstlerischen Ausdruck braucht. Mit seinem Team ist er jetzt einer der Golden Boys dieses beginnenden 21. Jahrhunderts. Junge Menschen mit durchtrainierten Körpern, ultra-vernetzt, leidenschaftlich, unermüdlich, begeistert, aber auch hart, rücksichtslos, ohne Skrupel, imstande, Schicksale zu gestalten und zu zerstören, während sie mit schamloser Abgeklärtheit unsichtbare Millionengeschäfte machen. Keiner von ihnen hat es bis hierhin geschafft, nur weil der Vater oder die Mutter ... BeCurrent ist eine Republik, keine Monarchie, im Gegensatz zu einigen Bereichen der Filmindustrie, wo die Posten und Karrieren von einer Generation zur nächsten weitergegeben werden. Wie Sklaven, die sich schlagen, um Gladiatoren zu werden, sind die Positionen hier hart erkämpft und werden mit Zähnen und Klauen verteidigt. Die Herausforderung besteht darin, in nicht nachlassendem Tempo einzigartige Eigenproduktionen auf den Markt zu werfen, starke Inhalte, die unmittelbar ansprechen, um sich gegen die Konkurrenz zu behaupten und die Aufmerksamkeit von anderen Angeboten abzulenken. Ein täglicher Kampf in einer extrem wettbewerbsintensiven Domäne, Gestalt geworden in den langen LED-Lichtbalken der großen BeCurrent-Lobbys auf der ganzen Welt, auf denen die exponenzielle Zahl der Abonnements in Echtzeit und in roten Zahlen durchrattert, damit jeder, sobald er einen dieser Tempel betritt, an seine wahre Mission erinnert wird.

Gelegentlich hat er, wie der Heilige, der an der Existenz Gottes zweifelt – vor allem, wenn sich die Fahrstuhltüren nicht sofort schließen und er mit diesen ebenso abstrakten wie spektakulären Zahlen konfrontiert wird –, das Gefühl, sich in eine Dystopie verirrt zu haben. Ist das wahr? Sind wir wirklich so? Versuchen wir wirklich, die Menschen in unseren breiten Netzen zu fangen, als wären wir auf Schmetterlingsjagd? Wie lange noch werden sie so weitermachen, 106 102 312, 106 102 313, 106 102 314, und vor ihren Bildschirmen hocken bleiben? Wird einst der Tag kommen, an dem sich niemand mehr für die Welt interessiert? Was ist der Grund für diese ansteckende Krankheit, diesen Wahnsinn? Und dann klingelt sein Handy, er stößt die Tür zu seinem Büro auf, und der Tag nimmt wieder seinen Lauf. Der Glaube erstarkt wieder in ihm, fährt ihm in die Glieder, unversehrt, elektrisierend, berauschend, und der ganze Rest, absolut alles, wird zweitrangig.

Als er heute Morgen ankam, hatte er überhaupt keine Zeit, auszuführen, was er geplant hatte. Kaum hatte er in seinem Büro die Jacke ausgezogen, da klingelte auch schon das Telefon. Seine Sekretärin Nina war noch nicht da, also musste er selbst zum Hörer greifen, um das Klingeln zu beenden, bevor es ihn in den Wahnsinn trieb. Er verbrachte fast eine Stunde am Telefon, sprach mit einem verzweifelten Produzenten, der ihm jedes einzelne seiner Probleme detailliert schilderte und ihn um eine Fristverlängerung für die Abgabe der endgültigen Fassung seines Pilotfilms bat, was Benjamin ablehnte. Dann musste er sich an die Lösung einer mathematischen Aufgabe machen, die so knifflig war, dass sie eines Fields-Medaillengewinners würdig wäre: Er musste den imposanten Schreibplan von *Spleen* ändern, um den durchgeknallten Agenten von Christian Bale zufriedenzustellen, der ihn zunächst mit E-Mails bombardiert hatte und nun von ihm verlangte, sich in jeder Phase des Schreibprozesses mit den Autoren zu treffen. Gegen 11 Uhr, die vierte Tasse Kaffee in der Hand, ging er in den Reaktor, um dort auf sein Treffen zu warten.

Nun sitzt er also vor seinem Laptop, am anderen Ende des riesigen 6000 Euro teuren Besprechungstischs, entworfen von dem niederländischen Designer Josh Van Eyk, dessen Nachbildungen in Besprechungsräumen in Los Angeles, Tokio und Johannesburg stehen. Anstatt die Zeit zu nutzen und sich auf sein Interview vorzubereiten, hat er schnell seinen Twitterfeed überflogen, den Film gefunden, vorgespult und schon …

… starrt er wie gebannt auf ein Standbild. Das Bild ist Teil einer vermurksten Halbnahaufnahme, die er nach mehreren Versuchen endlich isolieren kann. In der Mitte, der Leichnam des Jungen, umgeben von dunklen Gestalten, kurz bevor der Leichensack über seinem Gesicht geschlossen wird. Er könnte es stundenlang anstarren. Als wäre etwas zugeschnappt. Erstarrt in einer Schicht der Verzweiflung, wie vor einer verwüsteten Landschaft. Ist er das? Nein, das kann nicht sein, das ist er nicht ... Aber doch, natürlich! Derselbe Hoodie, dasselbe Nike-Logo auf dem Rücken ... Von Wellen der Angst hin und her geworfen, hört Benjamin wieder dieses Geräusch. Den Aufprall seines Schädels auf dem Metall, danach das langsame Zusammensacken seines Körpers auf dem Boden. Sein wächserner Teint ... die Augen, reglos wie Steine. Trotzdem war er aufgestanden, war weggelaufen ... Aber der Aufprall hätte sehr wohl *Nein!* Doch!

Während sein Gehirn flashartig mit Bildern vom Vortag bombardiert wird, bekommt er eine Panikattacke: Der andere hat sein Handy! Um Himmels willen, wie konnte er nur sein Handy vergessen? Dieser verdammte Produzent und sein idiotischer Pilotfilm! Die Polizei hat es wahrscheinlich schon in seinen Sachen gefunden! Und von da die Verbindung zu ihm gezogen ... Um dann hier aufzuschlagen? Er hat noch keine ruhige Minute gehabt, nicht eine Einzige, um sich auf sein eigentliches Ziel zu konzentrieren: sein Handy zu finden und aus der Ferne alle Daten zu löschen, oder es zumindest zu versuchen. In den elektronischen Mäandern seines Geräts findet man nicht nur seinen Namen, seine Adresse und seine Flugtickets, sondern auch das Kennzeichen seines Autos, seines Motorrads, seine Fotos, alles, absolut alles, womit man ihn binnen weniger Sekunden identifizieren kann. Was hatte ihn nur geritten, ihm hinterherzulaufen, um die Angelegenheit selbst in die Hand zu nehmen? Er hätte direkt zur Polizeiwache gehen und den Diebstahl melden müssen.

Nein, der Aufprall konnte doch nicht ...

Aber klar konnte er das!

Vielleicht hatte der Junge das Handy ja von allen Daten gereinigt und dann weiterverkauft? Ich meine, das war doch seine Absicht gewesen, oder nicht? Es stehlen, dann weiterverkaufen und sich dafür topmodische Jordans holen! Und wenn er nicht die Zeit gehabt hat, es an jemanden weiterzuverkaufen, bevor er   bevor er   starb? Um das Feuer einzudämmen, das sich nun in seinem ganzen Körper ausbreitet, hält Benjamin das Video an und beginnt, die Kommentare unter dem Tweet zu lesen.

AxGautier @Gautier · 1h

Die Polizei sollte eigentlich für Ordnung und Gerechtigkeit stehen! Schaut euch diese Psychopatin an, lässt ihren Frust an einer Leiche aus!

5 12 13

Ghettoblaster @AliceLalice · 56m

Eine Schande ist das! Die Bullen sollten sich echt was schämen! #IssaZeitouni #GerechtigkeitFürIssa

3 9 11

Titou @Western · 56m

Das Problem ist dass man die schon viel früher hätte stoppen müssen. Wir haben uns an die Polizeigewalt schon gewöhnt☹☹

9 14 5

> **KrisFou** @reboost15 · 56m
>
> IHR SEIT DRAN GEWÖNT WIR NICHT. WIR KÄMPFEN JEDEN TAG!

10 2 7

Simoned'Abrevoir @Fifi75 · 56m
Kämpf du mal lieber mit dem Duden!

3 17 5

Dante @Vassili · 55m
Moment mal, ich versteh das nicht, wir haben also zwei Polizeien: Eine, die uns täglich beschützt und im Kugelhagel der Terroristen stirbt? Und dann noch eine andere? Unsere Gesellschaft geht noch an ihrem mangelnden Unterscheidungsvermögen zugrunde!

13 2 3

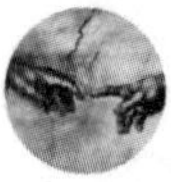

MagneToi @matmax · 54m
Das wird ja immer besser! Weiß man eigentlich schon, wer gefilmt hat? #IssaZeitouni

8 2 17

TonioBanderas @Gégé · 56m
Gott oder die Russen?

4 5 7

BazookaBanane @citécité · 54m
Keiner macht was gegen den Rassismus. Die Medienärsche und die Politikerdeppen schauen bei Polizeigewalt immer weg. Wir leiden verdammt noch mal jeden Tag darunter, und das ist allen wurscht!

8 2 17

Lafuneste @WInMalabar · 54m
Echtwiderlich!!! Voll zumkotzen!
Drecksau! #IssaZeitouni

7 13 8

Er weiß eigentlich nicht, warum, aber er zieht sich, obwohl er das gar nicht möchte, gierig die ganzen Kommentare rein, die unter dem Originaltweet aufploppen. Wonach sucht er? Nach seinem Namen? Seiner Handynummer? Nach irgendeinem aberwitzigen Zeichen, das ihm aus dem Nichts geschickt worden ist? Allerdings muss er Ordnung in das Chaos in seinem Kopf bringen. Seine Verabredung wird jeden Moment durch die Tür kommen. Gott sei Dank ist BeCurrent so sicher wie ein deutscher Bunker; es kommt einer Heldentat gleich, Zugang zu den Stockwerken zu bekommen: Ausweispapiere, Sicherheitsbadge, Sicherheitsschleuse, Leibesvisitation. Er muss unbedingt die Kontrolle über seine Nerven zurückgewinnen, wieder zu dem freundlichen und gelassenen Benjamin Grossmann werden, den jeder gewohnt ist.

Seltsamerweise tröstet ihn die bulimische Lektüre dieser Kommentare. Aus dem Bauch heraus, emotional, brutal, beleidigend, wütend – die Worte fliegen an seinen Augen vorbei wie die weißen Streifen auf einer Autobahn. Nach und nach nehmen sie ihm die Angst vor der Verhaftung, die ihm bevorsteht. In diesem Gebäude. Vor den Augen seiner Kollegen. Außer ihm scheint sich die ganze Welt auf die Polizistin zu konzentrieren. Sie hat ihn nicht getötet, und trotzdem ist sie die Übeltäterin. Sehr schön! Perfekt! Benjamin hatte sogar zwei oder drei Tweets gelesen, in denen man sich vorgeblich über diese neuen Politiker in ihren Dreißigern aufregt, die so austauschbar sind in dem, wie sie aussehen und reden, dass man sich nicht mal ihre Namen merken kann. Und auch ein Retweet dieser schamlosen Mikrobe mit seinem psychopathischen Rotschopfgesicht à la Cletus Kasady: Stéphane Jahanguir Sharif. Ein so unglaublicher Name, dass man sich fragt, ob der Kerl ihn sich vielleicht nur ausgedacht hat, weil er versuchen will, in den Kreis der berühmten Männer zu gelangen, die nur durch ihre drei Initialen bekannt sind.

Vor zwei Jahren hatte dieser kranke Typ in den sozialen Netzwerken zu einem Boykott aufgerufen und die von Atlantis TV für France Télévisions produzierte Spionageserie *Ligne de mire*, Ziellinie, an der Benjamin drei Jahre lang Tag und Nacht gearbeitet hatte, niedergemacht. Weil diese Serie angeblich, haltet euch fest, «rassistisch, fremdenfeindlich und islamfeindlich» sei. Weil sie mit dem Segen der staatlichen Fernsehsender «die Dichotomie zwischen den tapferen und fotogenen Franzosen und den dschihadistischen und teuflischen Muslimen» aufrechterhalte. Das schrieb dieses Rattengesicht auf seiner Facebook-Seite in fünf grotesk selbstsicheren Zeilen. Dichotomie! Dabei tauchte der einzige Dschihadist der Serie – *der einzige!* – nur in sechs Sequenzen der zweiten Folge auf. Das Ergebnis war ein schwindelerregender Rückgang der Einschaltquoten, wiederholte Krisensitzungen beim Sender bis hin zur endgültigen Einstellung von Staffel 2, drei Wochen vor Drehbeginn.

Hunderttausende Euro an öffentlichen Geldern wurden vergeudet, mehr als zweihundert Menschen über Nacht arbeitslos. Zweihundert Menschen, wegen fünf unglücklicher Sätze! Natürlich entgeht dieser Aspekt der Realität vollkommen dem vermeintlich scharfen Auge dieses **B**eobachters der Gesellschaft (wie er sich selbst in seiner Twitter-Bio beschreibt), des **G**roßen **V**erteidigers der **M**enschheit und Rechnungsprüfers der Ungerechtigkeiten, die dem Volk Allahs angetan werden. Diese Erfahrung hat Benjamin gelehrt, dass es für diese Art von Menschen, die beständig Opfer aus dem Ärmel ziehen, durch das Spiel der Reposts und Retweets fortan ausreicht, «ich» zu sagen, damit sich dieses «Ich» binnen weniger Minuten in ein «Wir» verwandelt. Ein tyrannisches «Wir», das Horden von Anonymen um sich versammelt, die mit krankhafter Wut in den Netzen umherziehen, auf der Suche nach einem Ventil, mit dem sie sich Luft machen können. Seither folgt Benjamin diesem Orangefarbenen Ungeziefer auf Facebook und Twitter, ohne je wirklich zu lesen, was er schreibt, während er in der realen Welt den Gehsteig gewechselt hätte, um nicht die gleiche Luft wie er atmen zu müssen. Die einzig plausible Erklärung für diesen virtuellen Masochismus ist der abstrakte Eindruck, ihn auf diese Art im Auge behalten zu können, wie eine Vogelspinne, die in einer Ecke des Zimmers hockt.

Die Tür öffnet sich.

Benjamin klappt seinen Computerbildschirm zu und springt auf, ein übertriebenes Lächeln auf dem Gesicht.

2

«Wie geht's, Carlo?»

Mit überbordender Energie schüttelt Benjamin die verschwitzte, speckige Hand von Carlo Praz, der von Nina bis in den Reaktor begleitet worden ist.

«Wunderbar ... Wunderbar ... Na aber hallo! (Rundumblick, Zungenschnalzen) Woooow! Der Hammer!»

Mit vorgereckter Brust, die Hände in den Taschen seiner blau karierten Wollhose, ein warmes Lächeln auf den Lippen, spielt Benjamin Grossmann die gleiche beruhigende Partitur, die er bislang immer gespielt hat, wenn er sich mit einem Neuankömmling in diesem Raum aufgehalten hat. Er lässt dem Gast Zeit, die Raumdimensionen zu erfassen, sich frei zu bewegen, das Licht des Himmels aufzusaugen – heute kompakt und besonders milchig – und ihn mit dem großzügigen Stolz des Hausbesitzers, der den schönsten Raum seines Anwesens herzeigt, zu begleiten. Der Unterschied ist nur, dass Benjamin Grossmann sich in genau diesem Moment, innerlich am Boden zerstört, an sein Ritual klammert wie ein Ertrinkender an eine Planke.

Carlo Praz bleibt vor dem großen Panoramafenster stehen und wirkt so geblendet wie Charlie beim Betreten von Willy Wonkas Schokoladenfabrik. Eine Minute später dreht er sich mit offenem Mund zu Benjamin um.

«Fan-tas-tisch!»

«Nicht wahr? Hier sind wir, ehrlich gesagt, besser aufgehoben als in meinem Büro. Außerdem stehen momentan auf jeder Etage Umzugskartons!»

«Ja, das kann ich mir vorstellen!»

Energisch zieht Benjamin einen Stuhl heran und bittet Carlo Praz, sich zu setzen.

Läuft doch, denkt er, erleichtert, dass Praz das Interesse an ihm verloren hat, um seinen irren Blick über Ninas Körper wandern zu lassen, geschnitten wie ein Wattestäbchen, seidige, schwarze Haut, eine gewollt lässige Frisur, während sie zwei Tassen Kaffee und zwei Evian-Fläschchen auf den Tisch stellt. Der feiste Praz sieht mit seinem dichten Bart, der kakifarbenen Bomberjacke und der alten Harley-Davidson-Mütze, die seine beginnende Glatze verbergen soll, eher aus wie ein zurückgebliebener Teenager, der Mangas sammelt und Vicodin nimmt, als ein vielversprechender, junger, französischer Regisseur, der nach Hunderten von Clips und Werbespots für eine wunderbare Adaption des Buches von Hubert Selby Jr., *Der Dämon,* einen Vertrag mit der BBC unterschrieben hat. Sechs Folgen von tragischer und berauschender Schönheit, die sich derzeit in der Postproduktion befinden und an denen Benjamin dank seiner privilegierten Beziehung zu Jill Hall, der Produzentin, Exklusivrechte genießt.

Benjamins großes Interesse an dieser Miniserie beruht auf seiner Faszination für Buch und Autor. *Der Dämon* war eine der wenigen Geschichten, die er unbedingt verfilmen wollte, nachdem er sie mit sechsundzwanzig als Praktikant bei Blue Velvet gelesen hatte.

Nachdem er sich einige Sporen verdient hatte, konnte er einen Versuch starten, die Rechte zu erwerben; er hatte viele Anläufe gemacht, leider immer ohne Erfolg. In der Nacht, in der er begann, die Serie von Praz auf seinem Computer anzuschauen, während er endgültig auf die Liste der Enttäuschungen seines Lebens schrieb, dass er diesen Traum nicht hatte in Erfüllung gehen sehen, fiel seine Bewertung auf den ersten Blick weitgehend negativ aus: Wie konnte ein kaum dreißigjähriges Kind, das aus der hohlen Welt der Werbung kam, die albtraumhafte Wahrheit von Harry White erfassen? Vier Stunden später rief er, wie festgeklebt auf dem Sofa seines Wohnzimmers sitzend, in Los Angeles an. Er war sich sicher, dass sie sich beeilen mussten, wenn sie verhindern wollten, dass die anderen Plattformen sich Praz vor ihnen krallten. Noch wusste er nicht, ob Praz ein potenzieller Orson Welles war, aber man musste ihm sofort einen Exklusivvertrag anbieten. Die Unterhaltungsindustrie zwingt dich zu einer Spielerexistenz, du musst Einsätze bringen, würfeln und dann schauen, welche Zahlen herauskommen. Zumal die Praxis der Exklusivverträge so üblich geworden war und es mittlerweile um solch kolossale Summen ging, dass Benjamin sich fragte, ob nicht bald ein offizieller Markt für Serienerfinder entstehen würde, ganz wie im Fußball. Nur mit dem einen Unterschied, dass die Öffentlichkeit im Gegensatz zu Fußballstars nur selten die Namen der Schamanen kennt, die diese fiktionalen Werke erschufen.

«Ich denke, wir sollten unterschreiben, ehe die BBC mit *The Demon* herauskommt», sagte er zu Jason Hopper, dem Fiction-Chef von BeCurrent. »Glaub mir, danach werden sie es sich einander aus den Händen reißen.»

«Schick mir die Serie, ich gebe dir in einer Stunde Bescheid.»

Um 5:50 Uhr, als er vom Joggen zurückkam und gerade eine Provigil-Tablette schlucken wollte, um in den Morgen zu starten, rief Hopper ihn an:

«Für Praz gebe ich grünes Licht, bei egal welchem Projekt. Halt mich auf dem Laufenden.»

Als Hopper aufgelegt hatte, ging Benjamins Adrenalinspiegel durch die Decke. Was für ein irrer Job! Was für ein Wahnsinn! Freie Hand! «Grünes Licht», hat er gesagt! Jason Hoppers Vertrauen und Mut legten sich wie der Umhang eines Superhelden schützend um seine Schultern. Er spürte die ganze Kraft von BeCurrent – «wir können 6 Milliarden Dollar in originäre Inhalte investieren», hatte ihnen Meg Cockburn in ihrer Neujahrs-E-Mail verkündet –, die Nachricht schoss zusammen mit den Psychostimulanzien des Provigil in seine Adern, und er hob ab. Zwei Tage später empfing er Praz in seinem Büro. Er schüttelte ihm mit Wärme und Respekt die Hand. Für Benjamin war Praz nun der Regisseur, der es geschafft hatte, Harry White in die Wohnzimmer von Millionen von Menschen zu bringen, die niemals neugierig genug gewesen wären, in eine Buchhandlung zu gehen und ein Buch von Selby zu kaufen. Während Praz vor einem Foto von Vivian Maier stand – das Benjamin spontan in einer New Yorker Galerie erstanden und für das er Unsummen gezahlt hatte –, beobachtete ihn Benjamin und stellte dabei erneut fest, dass man sich im Wissen um das eigene Talent gewisse Freiheiten herausnehmen konnte, wie etwa das Tragen unförmiger Jeans und die Zurschaustellung der Poritze.

Zu seinem großen Erstaunen hatte Praz keinerlei Raum für Diskussionen gelassen. Er hatte ihm einen Ordner mit etwa fünfzehn Seiten voller Fotos und historischen Dokumenten gegeben, die den Titel *French* trugen. Sein Projekt: ein Historienfilm über die Geschichte der Heroinausfuhr von Frankreich in die Vereinigten Staaten. Der Film sollte in Marseille im Jahr 1947 beginnen – Kriegsende, Streik der Hafenarbeiter, die korsische Mafia, die Ankunft der CIA in Frankreich, die befürchtet, dass die Kommunisten sämtliche Hafenaktivitäten unter ihre Kontrolle bringen, die Entscheidung, die CGT durch die Gründung der Force Ouvrière zu schwächen – und würde Anfang der 1970er-Jahre mit der Verhaftungswelle von Mitgliedern der French Connection zu beiden Seiten des Atlantiks enden. Ein Projekt, von dem Praz seit Jahren träumte und das seiner Ansicht nach für die französischen Rundfunkanstalten wirtschaftlich und künstlerisch zu ambitioniert war.

«Aber das sagen sie dir natürlich nicht, die Schlaumeier. Sie verwirren dich mit ihren Ausflüchten, ›nicht konzeptionell genug‹, ›nicht betroffen genug‹, ›nicht gemäßigt genug‹. Wären die Amerikaner die Produzenten, man würde sich drauf stürzen, um es zu kaufen und zu adaptieren, aber den Mut zum ersten Schritt aufzubringen ... (Kichern, Kopfschütteln.) Wenn Sie mich wollen, dann nehmen Sie mich, ansonsten gehe ich woandershin und schau, was ich kriegen kann.»

«Aber ganz sicher nicht!», hatte Benjamin aus einem ehrlichen Impuls heraus gekontert und das Projekt bereits auf zwanzig Millionen geschätzt. «Geld ist bei uns nicht das Problem, wir müssen es nur erst einmal wollen.»

Das Dossier wurde noch am gleichen Tag durch die Übersetzungsabteilung gejagt und wartete am nächsten Morgen in Hoppers E-Mail-Postfach darauf, dass er aufwachte.

Benjamin Grossmann und Carlo Praz sitzen nebeneinander vor dem Laptop mit dem geöffneten Facetime-Programm.

Auf der anderen Seite des Bildschirms, der jetzt die winzige Schnittstelle zwischen zwei entfernten Punkten des Planeten ist, in Kalifornien, ist es Nacht. Zu dieser Jahreszeit eher kalt und stürmisch. Es ist zwei Uhr morgens und Jason Hopper, die Haare kurz geschoren wie ein tibetanischer Mönch, lebendig, gut gelaunt, Fan des Indoor-Boulderns, der Meditation und energetisierender, natürlicher Substanzen, befindet sich in seinem Haus in Santa Monica, das so imposant ist wie ein Ozeandampfer. Drei Etagen einer modernen und aberwitzigen Montage aus Glaskuben, mit Terrasse, Pool, Fitnessraum, Sauna und Jacuzzi, den Benjamin an einem Sonntagmittag, als er auf dem Weg zu einem in Los Angeles niedergelassenen, französischen Agenten war, nur vage durch die Fensterscheiben seines Mietwagens gesehen hatte.

Im Augenblick ist auf dem Bildschirm Hoppers Schritt zu sehen, während dieser stehend versucht, das zu grelle Licht einer Lampe hinter ihm zu dimmen. Dies ändert nichts an der respektvollen Haltung, die Benjamin eingenommen hat, seither fester Bestandteil seiner Persönlichkeit, sobald Jason Hopper auf einem Bildschirm erscheint, egal auf welchem, egal wo, egal wann. Es ist fast so, als katapultierten ihn hochempfindliche innere Sensoren, die nach der Ankündigung seiner Ernennung zu BeCurrent in seinem Gehirn aufgetaucht sind, augenblicklich in einen anderen Bewusstseinszustand. Laut Ariane geht er in den «Hopper-Modus», ein Ausdruck, den sie mit moralisierender Ironie verwendet und der ihren Ehemann, je nach Laune, amüsiert oder ärgert.

Üblicherweise vernetzen diese virtuellen Treffen Benjamin nicht nur mit Jason Hopper, sondern mit dem, worum es in seinem Leben wirklich geht: selbst Jason Hopper zu werden. Vor allem seit er die Schnittstelle überschritten hat, seit er auf die andere Seite gewechselt ist (und sei es auch nur hinter dem Steuer eines Mietwagens) und Stunden damit zugebracht hat, ihm bei der Arbeit zuzusehen und ihm zuzuhören, wie er sich ebenso klug über die Feinheiten einer 4-Akte-Struktur auslassen kann wie über Sigmund Freuds Triebkonzept, über die Notwendigkeit, tägliche Rituale zu schaffen, um die Anzahl von Entscheidungen auf ein Minimum zu reduzieren, oder über Shungas, diese japanischen erotischen Drucke, die er offenbar sammelt. Benjamin will den ganzen Jason Hopper. Seinen Job ebenso wie das Phlegma, das männliche Charisma, das

Lächeln, so einladend wie ein offenes Fenster, die millimeterscharf gezeichneten Brust- und Trapezmuskeln. Und diese beeindruckende Balance zwischen Autoritätsgebaren und Lässigkeit. Als Benjamin ihn zum ersten Mal in London traf, bei seinem vierten Vorstellungsgespräch, kam ihm unwillkürlich das Wort «Eiche» in den Sinn, obwohl er, der in einer Großstadt aufgewachsen war, mitten in einem Arbeiterviertel, wo jeder Grasstängel in einer Pisselache endet, noch nie die Gelegenheit hatte, eine echte Eiche zu sehen. Er gibt sich selbst zehn Jahre bis zum Erfolg, denn dann wird er fünfundvierzig sein, so alt wie Hopper jetzt. In manchen Nächten, wenn auf dem Schlachtfeld seines Körpers die extreme Müdigkeit mit den Adrenalinrückständen des Tages kämpft, wandert sein Geist zwischen disparaten Bildern umher, auf denen Hopper ihn mit weit geöffneten Armen an seiner Bürotür begrüßt und ihm höchstpersönlich, eine väterliche Hand fest auf seiner Schulter ruhend, verkündet, dass er ihm den Platz freiräumt. Nur dass Jason Hopper aus einem für Benjamin unerfindlichen Grund in diesem Moment aussieht wie Keanu Reeves.

Doch heute spürt Benjamin keinerlei existenzielle Verbindung. Heute ist von dieser herbeifantasierten Zukunft, die ihm den Energieüberschuss, den Biss verliehen hat, mit dem er bei seinem Aufstieg den Fuß auf die höchste Stufe setzen und das berühmte grüne Licht erteilt bekommen konnte, nicht das Geringste zu spüren. Den Blick starr auf den Bildschirm gerichtet, sieht er immer noch hinter Jason Hopper, der sich wieder in seinen Stahldrahtstuhl setzt (wahrscheinlich ein Harry Bertoia), das Bild, das er noch vor wenigen Minuten betrachtet hatte … die Leiche von Issa Zeitouni, die auf dem eisigen Kopfsteinpflaster des Quai de Jemmapes liegt. Ein geisterhaftes Bild, wie Fragmente eines alten Gemäldes, versteckt unter einem bekannten Bild, durch Röntgenstrahlen nur für den Blick von Experten kenntlich gemacht.

«Nochmals Entschuldigung, Jungs!»

In Hoppers weich gekauter, grober Aussprache ergab das so etwas wie ein *NOuchmallÄntschulldigUng!*

Wie die meisten gebildeten Amerikaner nutzte Hopper jede Gelegenheit, um seinen französischen Gesprächspartnern zu verdeutlichen, dass er kein ungehobelter, karrieregeiler Cowboy aus einer Herde von Wasps war, sondern ein sensibler Bostoner, neugierig, mit europäischen Vorfahren, in diesem Fall einer in Cambrai geborenen Großmutter mütterlicherseits (weshalb Benjamin am Tag nach seiner Rückkehr nach Frankreich in eine Confiserie geeilt war, um eine Mischung Bêtises de Cambrai in der typischen Blechdose zu kaufen und sie ihm zu schicken). Ihm über die Dauer eines Gesprächs zu folgen, erfordert höchste Aufmerksamkeit, was Hopper überhaupt nicht bewusst ist, da niemand sich traut, es ihm zu sagen. Im Gegenteil, die meisten Franzosen fühlen sich geschmeichelt, dass dieser menschliche Gigant, Inbegriff des amerikanischen Traums, ihrer kostbaren Sprache – und damit ihnen selbst – so viel Bedeutung beimisst, und schenken ihm dafür ein übertriebenes Lachen und glückseliges Glucksen, was Benjamin mit dem erleichterten Gefühl beobachtet, dies fortan nicht mehr selbst tun zu müssen.

«Wie geht es dir – *wigetsdiaa* –, Carlo?», fragt Hopper und streicht dabei mit den Fingerspitzen über seinen beeindruckenden Bizeps, den eine Maori-Tätowierung erst so richtig zur Geltung bringt.

«Gut ... gut», antwortet Praz, vornübergebeugt wie ein Schwerhöriger, der sich anstrengen muss, zu verstehen, was man sagt.

«Ich freu mich riesig, dich zu sehen, und noch dazu bei uns ...Bei BeCurrent! *The Demon* fand ich klasse! Sehr gute Arbeit ... Wirklich *fantastic*!»

«Danke ... Ich freue mich riesig, hier zu sein ... Außerdem ist der Kaffee ausgezeichnet!»

«Hahahaha! Das hoffe ich doch!»

Der freundschaftliche, fast fröhliche Plauderton geht Benjamin runter wie Butter, so wohltuend wie eine Dusche mit Erdbeerduschgel. Verdammt, dieses Gespräch zwischen Hopper und Praz ist für ihn der Gipfel seines Lebens! Dass er so oft morgens noch vor der Morgendämmerung aufgestanden ist, geschah nur, um einen Moment wie diesen hier zu erleben. Immer, wenn er sein Bett gemacht hat, um zu verhindern, dass Cathie seine Lumière-Brüder entdeckte; jede schlaflose Nacht, die er mit einem Drehbuch, bei Dreharbeiten, vor einem Film, vor einer Serie verbracht hat; jedes Wochenende, an dem er sich zu Hause eingesperrt und gelesen, nachgedacht und die Mechanismen des Erfolgs analysiert hat. Er spürt den Stolz des Handwerkers, der zusieht, wie sein Werk eine Form bekommt, und der sich auf dem richtigen Weg weiß. Hopper ist ihm noch nie so weit entgegengekommen, dass er sogar ein Treffen außerhalb der Bürozeiten vereinbart hätte. In Los Angeles ist es jetzt zwei Uhr morgens! Normalerweise muss Benjamin über Nacht aufbleiben, um über aktuelle Projekte zu sprechen. Also wirklich! Wie konnte er sich nur so schnell von seinen Gefühlen überwältigen lassen? Immer dieses Problem, seine Gefühle im Griff zu behalten … Diese Schwierigkeit, sie zu kontrollieren, sie klein zu halten, zu zermahlen … Wer könnte behaupten, dass dieser Junge seinetwegen gestorben war? Nach ihrem leichten Zusammenstoß könnte er noch wer weiß welchen Gaunern über den Weg gelaufen sein … Typen wie ihn kannte man doch, die ritten sich immer in die Scheiße, hatten Umgang mit …

«Sag mal, Ben, hast du *ihn* wegen *French* gebrieft?»

«Ich habe ihm gerade gesagt, dass wir sein Projekt mit großer Freude gelesen haben und dass wir gerne damit loslegen würden» – seine Stimme ist klar, gewinnend, genau die Art von Stimme, die Hopper gewohnt ist. «Mit sehr großer Begeisterung sogar! Natürlich gibt es da noch ein paar Dinge, die wir klären müssen, Jason, die darfst du dann ausarbeiten.»

«Ganz genau! Ist das in Ordnung für dich, Carlo?»

«Genial!», antwortete Carlo mit der Freude eines Hundes, der sich gerade seinen Knochen geschnappt hat.

3

Nachdem Hopper einen leidenschaftlichen Monolog über die Blickachsen begonnen hatte, an denen Praz seiner Meinung nach noch feilen musste, spricht er über Charaktere, Nebenhandlungen und Dramaturgie. Praz beugt sich immer weiter vor, streicht sich mit Zeige- und Mittelfinger über den Rundbart und lauscht angestrengt. In seinem Gesicht spiegelt sich eine Mischung aus Konzentration und Vergnügen wider, ganz der von Hopper angestrebte Effekt, der weiter ein paar beruhigende «ich denke»- anstelle von beängstigenden «man muss»-Sätzen einstreut.

Benjamin beobachtet sie mit der Zufriedenheit des siegreichen Kriegers. Von Minute zu Minute wächst die Wahrscheinlichkeit, dass hier gleich ein Pakt geschlossen wird, geheim, aufregend, außergewöhnlich. Der die Konturen ihrer Zukunft absteckt. Seiner Zukunft! Wie ungeheuerlich, dass er gerade drauf und dran war, mit wilden Vermutungen alles zu verderben! Ein auf Twitter geposteter Film! Dabei hatte Ken Altman ihm immer wieder, während er ihm mit seiner zupackenden Hand fast den Arm zerquetschte, eingebläut: «Alles, was nicht jetzt ist, gehört der Vergangenheit an, o. k.? Und die Vergangenheit, das ist *Bullshit*, mein Freund, *Bullshit*!»

Handyklingeln schallt durch den Raum.

«Geh ran, Carlo, kein *problem*», sagt Hopper.

Verärgert, dass er Hoppers mitreißenden Monolog unterbrechen muss, zieht Praz ein schuhgroßes Mobiltelefon aus seiner Bomberjacke. Er wirft einen Blick aufs Display, dann dreht er sich zu Benjamin um. Bei Praz' erleichtertem Blick wird Benjamin schlagartig klar, dass er … Wie hatte er nur vergessen können, das zweite Handy stummzuschalten?

«Tut mir leid», sagt er panisch und zieht es eilig aus der Tasche.

Während er auf den seitlichen Knopf drückt, sieht Benjamin *Privat 1* in weißen Buchstaben auf schwarzem Hintergrund aufleuchten. Das Klingeln hört auf, aber die Angst hat ihn jetzt vollkommen im Griff. Jemand ruft ihn an … von seinem Handy aus!

«Ben?»

Er hört Jason Hoppers Stimme aus der bodenlosen Leere, die ihn umgibt, zu ihm aufsteigen. Seine inneren Sensoren lassen Benjamin zu ihm aufblicken. Aber sein Hirn ist so benebelt, dass er Hoppers Gesichtsausdruck nicht zu deuten vermag. Überraschung? Ärger? Wut? Er stellt nur fest, dass er nicht mehr lächelt.

«Was geht hier ab?», fragt Hopper in einem oberlehrerhaften Ton.

Er muss etwas sagen. Den trockenen Mund aufmachen und ihm eine Erklärung bieten. Und schon vibriert dieses verdammte Handy in seiner Hand los!

«Das ist mein Arbeitstelefon … Die Produzentin von *Gorilla* hat mich heute Morgen angerufen (dabei war es gestern Abend), ein Problem mit der Abmischung der zweiten Folge … Ich erzähl dir das noch … Es ist ein bisschen ärgerlich, weil die Pressevorführungen für die ersten beiden Folgen bereits angelaufen sind … Ich fürchte, da muss ich ran …»

«O. k. … (verärgert, ja, verärgert) Du glaubst, dass …»

«Ich brauche nur eine Minute! (Er war gerade Jason Hopper ins Wort gefallen!) Ich will nur … (aufgesetztes Lächeln, jämmerlich)

ich will ihr nur sagen, dass ich sie zurückrufe.» (Er steht auf und wendet sich an Praz.) «Tut mir wirklich leid, Carlo!»

Gott sei Dank ist der Raum riesengroß!

Während er, den Atem anhaltend, die gegenüberliegende Seite des Reaktors erreicht und versucht, nicht daran zu denken, wie er die beiden gerade abserviert hat, hört er Hoppers amerikanischen Singsang wieder anheben.

Er steht vor dem in Metallfarbe gestrichenen «N» von *NOW!*, eine düstere Prophezeiung, als sei seine Gegenwart eine beständige Isolation. Er will gerade drangehen, als das Handy zu vibrieren aufhört.

Höllenqualen leidend, drückt er das Telefon trotzdem an sein Ohr – «Hallo?» –, nur für den Fall, dass Praz in seine Richtung blickt. Das kann nur die Polizei sein. Sicher rufen sie noch einmal an … Es sei denn, sie sprechen bereits mit Ariane, dem zweiten Namen auf der «Favoritenliste» nach *Privat 1*. Ariane ist ganz bestimmt drangegangen. Sie geht immer ran, für den Fall, dass ein Casting-Direktor auf die gute Idee kommen sollte, ihr eine Rolle anzubieten. Bei diesem Gedanken beginnt sein Herz zu rasen. Ein Lichtstrahl zieht vor seinen Augen vorbei und sticht in seine Schläfe. Oh, mein Gott! Was soll er Ariane nur sagen? Er hat in seinem Leben noch nie etwas Böses getan, zumindest nichts, wofür man ihn jetzt so hart bestrafen sollte. Wirklich nichts! Außerdem dürfte Ariane Besuch von ihrem Vater haben, der sein Auto abholen will. Michel Page, dieser kleine, strenge Soziologe, die Karikatur eines bleichgesichtigen Intellektuellen, mit Cordhose, Wollpullover und Seidenschal, führt sich auf, als leite er die geisteswissenschaftliche Fakultät von Harvard. Trotz des freundlichen Empfangs, den er ihm seither bereitet, sieht Benjamin immer noch den Stachel der Feindseligkeit in seinem düsteren Blick. Seine Tochter hatte Besseres verdient, Besseres als einen Arrivisten der Sparte audiovisuelle

Medien, aufgewachsen in Belleville, ein kleiner Kulturschaffender ohne feste Anstellung, ein Faulpelz und Lebemann.

Die Minute, die Benjamin sich geben wollte, ist längst verstrichen. Er kann nicht den ganzen Vormittag da stehen bleiben und so tun, als spreche er mit einer Produzentin ... Was tun?

Kaum hat er sich diese Frage gestellt, beginnt das Mobiltelefon auch schon zu vibrieren. *Privat 1.*

Die Angst in seinem Kopf schlägt Purzelbäume.

Er schaut sich kurz um. Praz' Gesicht ist durch den Computerbildschirm leicht verdeckt. Benjamin bewegt sich noch einen guten Schritt weiter, um sicherzustellen, dass er ihn wirklich nicht mehr sehen kann. Und geht ran.

4

Es stinkt so sehr, dass sie sich am liebsten übergeben würde. Seit Jahren unterdrückt Camille ihren Harndrang, um nicht aufs Klo gehen zu müssen. «Du bekommst noch eine Harnwegsinfektion», hatte ihre Mutter, als sie sich noch im Detail für sie interessierte, immer gesagt. Sie hat keinen Schimmer, was eine Harnwegsinfektion ist, aber was es bedeutet, auf einer ekelhaften Kloschüssel zu hocken, von jahrhundertealtem Gestank erstickt, so hilflos wie ein Waisenkind im London des neunzehnten Jahrhunderts, das weiß sie wohl. Der einzige Ort auf der Welt, der so widerlich ist und an dem so wenig Privatsphäre herrscht wie auf den Toiletten einer Pariser Schule, dürfte das Gefängnis sein. Camille versteht nicht, wie der Lehrkörper sich dermaßen an Wissen und Bildung berauschen, das ganze Leben an den Lehrplan ketten und Erfolg und Verdienst verherrlichen kann, während man ihnen nicht einmal das Grundrecht auf Hygiene garantiert. Anstatt sie zu zwingen, Mäuse zu sezieren, sollte man ihnen lieber beibringen, wie man beim Pissen richtig zielt und anschließend die Spülungskette zieht. Dieses in der Kindheit erworbene unsoziale Verhalten tritt letztlich überall zutage. In Cafés, Restaurants, Zügen. Richtig krank! Die Gesellschaft würde viel besser funktionieren, wenn jeder seinem Mitmenschen vertrauen könnte und die Gewissheit hätte, dass jeder für seine Ausscheidungen Verantwortung übernimmt und sich vorm Hinausgehen die Hände wäscht.

Die Nase in ihrem Schal vergraben, schiebt Camille den klapprigen Türriegel vor. Ein Abstand von mindestens vier Zentimetern zwischen Tür und Türrahmen lädt die Jungen dazu ein, den Mädchen beim Pinkeln zuzusehen. Vor ihrer Nase die ewigen Kritzeleien, Sex und Rassismus verherrlichende Zeichnungen, Beschimpfungen, Beleidigungen. Man könnte doch meinen, dass das Internet mit seinem ständigen Strom an Gewaltorgien, pornografischen Bildern und dem in Gruppen oder unter dem Deckmantel der Anonymität geäußerten Schwachsinn einladend genug wäre, um als Abladeplatz für die primitiven Teenagerinstinkte zu dienen. Pustekuchen! Heimlich einen Penis hinkritzeln oder «Scheißkanake» auf die Toilettentür zu schreiben, ist immer noch angesagt.

Die Eingangstür knallt. Es erschallt das hysterische Lachen von Natascha Mirkilian, gespickt mit Igittigitt, Bäh und weiteren Lautmalereien. Camille weiß nicht, wann diese Kluft zwischen ihr und Mädchen wie Natascha Mirkilian entstanden ist, kleine Fangirls, die sich nur im Rudel fortbewegen und immer so tun, als passiere in ihrem Leben ständig etwas Phänomenales, aber so war es nun mal. «Du bist gemein geworden, Camille!», hatte ihre Mutter gesagt und tadelnd das Gesicht verzogen, weil sie längst vergessen hatte, wie tief ihre Sätze sie verletzen konnten. Bevor sie auch nur den kleinsten Finger rührt, wartet sie, bis Mirkilian und ihre nicht minder bescheuerte Freundin Sama Sabri sich in den hinteren Toiletten, die fürs Jointpaffen nach der Schulkantine reserviert sind, eingeschlossen haben. Sie will partout vermeiden, dass die beiden kommen und vor ihrer Tür herumlungern, um sie zu nerven. Sie hat den ganzen Morgen auf diesen Moment gewartet und es kaum abwarten können, wieder allein zu sein, um ihr Handy einzuschalten und nachzusehen, wie viele «Retweets» und «Gefällt mir» sie bekommen hat. Nichts hätte sie daran hindern können, es schon vorher einzuschalten. Ein guter Teil der Unterrichtsstunde geht immer dafür drauf, dass die Lehrer sich mit den Schülern anlegen, die ihr Handy mit dem Display ihnen zugewandt vor sich auf den Tisch legen, als befänden sie sich in einer Gewerkschaftssitzung. Aber niemand weiß, dass sie @Corky ist, und sie will auch gar nicht, dass es jemand erfährt. Außerdem wollte sie die Überraschung hinauszögern, wollte das Sparschwein mit der irren Hoffnung zerschlagen, dass es randvoll sein wird.

Wie alle auf Twitter ist auch Camille auf der Jagd nach Popularität und Followern. Würde man sich ohne dieses Ziel bei einem sozialen Netzwerk anmelden, bliebe man schnell auf den Rang eines Bürgers dritter Klasse hängen, ein Unsichtbarer, ein Bettler, verurteilt zu einem langen Aufenthalt im Frachtraum, zwischen Ratten und anderen Vergessenen. Selbst die Promis scheuen keine Mühe, den Zähler ins Laufen zu bringen. Einige gehen so weit, dass sie Doppelgänger erfinden, um zu testen, ob sie wieder genauso populär werden würden, wenn sie wieder bei null anfingen. Und die Politiker erst! Zu jeder Lüge, jeder Pose, jedem Bauchtanz bereit, nur um einen Retweet oder ein Like zu bekommen. Camille erzählt wenigstens keine Lügengeschichten, markiert nicht den Troll, verbreitet keine Fake News, um sich von der Masse abzuheben. Sie filmt, montiert, kommentiert, im Einklang mit ihren Überzeugungen. Sie ist auch keine Journalistin, hat sozusagen keine Verpflichtung zur Objektivität (die sich natürlich in der Twittosphäre ebenso auflöst wie der Rest der Pflichtethiken des 20. Jahrhunderts). Ja, sie hat ihren Film so geschnitten, dass er die Polizistin belastet. Sie weiß sehr wohl, dass sie Issa nicht umgebracht hat … Das weiß sie … Aber verdammt noch mal, allein beim Gedanken an das, was sie getan hat, würde sie am liebsten alles klein schlagen!

Seit ihrem dritten Lebensjahr, dem ersten Tag an der Vorschule Boy-Zelinski, hatte Issa seinen Platz in ihrem Leben. Er war der in Tränen aufgelöste Junge mit der salzkaramellfarbenen Haut, neben den sie von der Lehrerin des ersten Vorschuljahrs gesetzt worden war, mit der Bitte, gemeinsam das sechsteilige Puzzle einer Artischocke zu legen. Als sie sechs waren, kamen sie gemeinsam in die Grundschule Vicq d'Azir und anschließend in die sechste Klasse des Grange-aux-Belles-Gymnasiums. Freizeitzentrum, Naturunterricht, Fußballtrainingscamp im blauen Trikot, Rom-Reise, London-Reise, Manga-Klub … Issa war immer dabei, Nike Basketballschuhe und Kapuze auf dem Kopf, einen Kopf größer als die anderen. Die ihn nicht kannten, wussten nicht, dass sein Vater aus dem Süden Marokkos kam und eine sehr dunkle Hautfarbe hatte. Sie dachten immer, er sei Afro-Franzose wie Yannick Noah, ein Irrtum, der es Issa ermöglichte, seine kleine Halbstarkennummer abzuziehen, ein arrogantes Auftreten zu kultivieren, verächtlich zu tchipen und sich schiefzulachen, ehe er dem Idioten, der die Bemerkung gemacht hatte, entgegenhielt, Marokko, man stelle sich nur vor, liege auch in Afrika, *wallah*! Sie erinnert sich daran, wie sie ihn eines Freitagnachmittags zu sich nach Hause mitgenommen hatte, nachdem er allein gegen Samir Benzaoui, Idir Salah und Ibrahim Redouane gekämpft hatte. Sie dürften damals alle neun oder zehn Jahre alt gewesen sein. Noch am selben Morgen hatten die drei Jungen Issas Mutter Nouara im Café gesehen, obwohl der Ramadan gerade erst begonnen hatte, und waren auf Issa losgegangen. Issa hatte Angst, mit blutverschmiertem Gesicht nach Hause gehen und seiner Mutter die Wahrheit sagen zu müssen. Nouara war es zuzutrauen, dass sie in der Schule aufschlug, sich die Jungs vorknöpfte und die Eltern vorladen ließ, was den Pausenhof für ihren Sohn zu einer harten Probe gemacht hätte. Valentine Karvel, Camilles Mutter – die beruflich gerade mitten in einer Umschulungsmaßnahme steckte und daher eigentlich oft zu Hause war –, hatte sich einverstanden erklärt, nichts zu verraten. Sie hatte Nouara angerufen und ihr Bescheid gegeben, dass ihr Sohn bei ihnen zu Hause sei und dort auch übernachten werde.

Vor drei Wochen wurde Gabriel Rahal (der von der ersten bis zur vierten in ihrer Klasse gewesen war) tot im Müllhaus der Cité Rouge gefunden. Und jetzt Issa! Sie war mit dieser Art von Nachrichten aufgewachsen, grausamen, erschreckenden Nachrichten, die von Zeit zu Zeit aus den unterirdischen Gefilden des Viertels wie der Rauch aus einer Schusswaffe aufstiegen. Die großen Brüder flüsterten sie in den Treppenhäusern einander zu oder unten vor den Mietshäusern, und die Kleinen schleppten diese verzerrten, übertriebenen und wenig stichhaltigen Stories in jeden Winkel des Schulhofes. Obwohl sie ein ungeheures Verlangen hatte, den Schauder, den diese Geschichten ihr bereiteten, weiterzugeben, vermied es Camille, sie am Familientisch zu erzählen, aus Angst, ihre Eltern könnten in Panik geraten und beschließen, sie in eine Privatschule zu stecken. Sie hätte sich nie träumen lassen, dass sie alle eines Tages groß genug sein würden, um von diesen Geschichten eingeholt und verschlungen zu werden.

4703 Retweets 2148 Likes
248 Benachrichtigungen
Der Hashtag #IssaZeitouni führt die Trends in Frankreich an.
13 Follower mehr
Ein Artikel auf der Website des *Parisien* mit einem Link zum Video

Camille weiß, dass es nicht richtig ist, dass es einen Mangel an Respekt gegenüber Issa bedeutet, aber diese Zahlen überwältigen sie und bescheren ihr dasselbe wunderbare Gefühl, wie wenn sie auf ihrem Skateboard durch die Straßen der Stadt rast, mit Pete Rock in voller Lautstärke auf den Ohren. Nur tausendmal greifbarer, dichter, organischer. Die unbändige Freude, etwas Unglaubliches zu besitzen, die Fähigkeit, gleiches Spiel zu spielen mit all denen, die meinen, von ihrem Leben, von ihrer aller Leben, Besitz ergreifen zu können, sie zu lenken, zu missachten, zu beherrschen. Sie hat die Mittel, sich ihnen entgegenzustellen. Messen. Kontrollieren. Die Macht an sich reißen! Das ist die Geschichte, die dieser Zähler ihr erzählt, der sich vor ihren Augen schier überschlägt – 4745 4746 47 48 … –, so berauschend wie der Applaus nach einer Aufführung. Meine Damen und Herren, @Corky hat die Macht ergriffen! Sie hat alles aufgemischt, eine Unterwasserwelle ausgelöst, die jetzt an die Oberfläche schwappt und sich über die Verantwortlichen ergießt. Diejenigen, die Bescheid wissen, die die Gesellschaft am Laufen halten, die Steuern zahlen, etwas zu sagen haben, die William Karvels, die Valentine Karvels, ihre Kollegen, die desillusionierten Lehrer des Lycée Claude-Debussy, die sie ansehen, als wäre sie eine Backsteinmauer. Sie wettet, dass einige von ihnen gerade darüber sprechen, sich empören, mit beiden Füßen fest in ihrem gutbürgerlichen Bewusstsein verankert, aber in solche Widersprüche verstrickt, dass man sich fragt, wie sie überhaupt aufrecht stehen können. Diese Welt, *ihre* Welt, die nur aus Angst und Kompromissen besteht, zu dieser Welt soll sie nach ihrem Studium dazugehören. Wenn in den hinteren Toiletten nicht gerade so viele Schüler wären, würde sie sich echt einen ablachen!

Sie klickt auf das Briefsymbol am unteren Bildschirmrand. Jemand hat ihr eine persönliche Nachricht geschickt, sie nimmt zwar den Klingelton wahr, zögert den Moment aber bewusst noch etwas hinaus. Außerdem mag sie Direktnachrichten sehr. Sie verschaffen ihr das romantische Vergnügen, sich dem allgemeinen Gewusel des Netzes zu entziehen, durch eine kleine Hintertür zu verschwinden und sich hinter die Kulissen des großen Theaters zu wagen.

Ogre de Tervuren @LeBaron

Hallo,
bravo, der Film ist klasse! Hast du darauf geachtet, deine Spuren im Internet zu verwischen, damit die Bullen dich nicht zurückverfolgen können? Ich sage dir das, weil es mir passiert ist, und glaub mir, es ist ziemlich heftig und nervig. Wenn du noch in Paris bist, kann ich dir gern helfen.

Sie hatte sich noch nie wirklich mit dieser Frage beschäftigt, obwohl sie weiß, dass sie es hätte tun sollen. In der Regel haben ihre Videos mit dem Vermerk «Polizeigewalt», ein oder zwei pro Monat, nicht dieselbe Durchschlagskraft wie die der Profis in dieser Kategorie, sind nicht heftig genug, um die Aufmerksamkeit der Polizei auf sich zu ziehen, hatte sie immer gedacht. Außerdem kann man seine IP-Adresse nur über kostenpflichtige Websites verschleiern, und sie hat nicht das Geld, monatlich irgendwas zu blechen.

Sie liest die Nachricht noch einmal.

Mal ehrlich, sie hat keine Lust, sich da jetzt einen Kopf zu machen. Sie möchte lieber den Triumph von @Corky auskosten, sich mit diesem warmen Gefühl nach drinnen zu verziehen, wie Elizabeth Jennings, die russische Spionin aus der Serie *The Americans* (die Lieblingsserie ihrer Mutter), die nach einer erfolgreichen Mission, verkleidet als Kellnerin, Chefsekretärin oder Krankenschwester nach Hause kommt, als wäre nichts geschehen, für ihre

Kinder kocht und den Nachbarn, einen FBI-Agenten, mit einem Unschuldslächeln und einer Flasche Bier begrüßt.

Camille sagt sich, es wäre besser, nicht zu antworten und das Ganze auf sich beruhen zu lassen. In vier Stunden, wenn sie dieses Aquarium wieder verlässt, in dem sich keiner mehr darum bemüht, sie vom Meer träumen zu lassen, wird sie noch mal einen Check machen. Oder heute Abend, nach einer Tour durchs Viertel, durch die Gegend, in der Issa gewohnt hat, falls sie dann nichts Besseres zu tun hat, als sich in ihrem Zimmer einzuschließen, dem richtigen, dem bei ihrer Mutter. Aber die Direktnachricht beschäftigt sie, macht sie so nervös, dass sie kurz noch den Thread von @LeBaron checkt. Offensichtlich weiß er, wovon er spricht. In seinem Profil schreibt er: «lonesome cowboy. im gegenmachtmodus. man muss die shortcuts kennen». «Man muss die Shortcuts kennen» ist einer der zehn Ratschläge, die amerikanische *Copwatcher* einem geben, um die Polizei zu überrumpeln. In den Netzwerken nutzen einige diese Parole als Wiedererkennungszeichen.

Die Bullen … dich zurückverfolgen … heftig …

Die lärmende Horde von Teenagern, die durch die Gänge tobt, hindert sie daran, sich zu konzentrieren. Sie hat überhaupt keine Ahnung, wie wichtig sie diese Warnung nehmen soll. Wie sollte so eine Bedrohung konkret aussehen? Wie würde man sie in die Tat umsetzen? Plötzlich spürt sie wieder genau, dass sie erst sechzehn ist. Hat das Gefühl, zu schrumpfen, ganz klein zu werden und überhaupt nichts mehr von irgendwas zu verstehen. Während sie von allen Seiten angeblafft und geschubst wird, gelingt es ihrem Hirn bloß noch, ihr immer wieder eine Verhaftungsszene vor Augen zu führen, wie man sie schon milliardenfach im Fernsehen gesehen hat: wütende Polizisten von dem Kaliber des alten Rugbyspielers von heute Morgen, die in aller Herrgottsfrühe ein Mietshaus stürmen, die Tür des Täters finden und mit einem Rammbock aufbrechen. Würde das bei ihr auch so laufen? Wenn ja, könnte sie drauf wetten, dass ihre Eltern die Situation ausnutzen würden, um ihre Anwälte anzurufen, sich gegenseitig die Schuld für ihr kriminelles Verhalten in die Schuhe zu schieben und mittels SMS und Telefonnachrichten den Dritten Weltkrieg auszulösen.

Plötzlich beruhigt sich der Lärm auf den Fluren und verlagert sich hinter die geschlossenen Türen der Klassenzimmer. Sie muss hier raus, sonst wirft sie der Französischlehrer noch aus dem Kurs. Aber das kann sie nicht, nicht solange all diese Fragen auf sie einprasseln. Sie antwortet schnell:

Corky @Corky

Wer bist du?

5

Eine Wahnsinnsenergie fließt durch die Kanäle, die zu seinem Herzen führen. Die graue Mütze tief ins Gesicht gezogen, damit man ihn nicht erkennt, eilt Stéphane Jahanguir Sharif durch die Straßen. Nicht nur wegen der kalten Regentropfen, die immer zahlreicher vom schiefergrauen Himmel fallen, sondern weil er so gerne spürt, wie sein Körper die kühle Winterluft durchschneidet. Zumindest in diesem Moment. Wie lange schon hat er keinen Fuß vor die Tür gesetzt? Drei Tage? Vier? Er weiß es nicht einmal mehr.

Um ihn herum sind Passanten und Autos, Hunderte und Aberhunderte, aber in Zeitlupe, konsistenzlos, ohne Tiefe, wie auf eine stumpfe Leinwand projiziert, die über die Stadt ausgebreitet ist. Nur Stéphane Jahanguir hat Kontur, hat Substanz. Nur er hat den richtigen Rhythmus. Er überholt sie, kreuzt ihre Reihen, kräftig, nüchtern, wachsam. Unverwundbar!

Es geht ihm gut. So gut!

Nicht zu vergleichen mit den letzten drei Monaten, in denen er versuchte, seine durchgebrannten Neurotransmitter zu reparieren – mit Magnesium, Vitamin B, Pfefferminzöl und tropischem Basilikum –, und dachte, er hätte eine ätherische Glückseligkeit erreicht, während er immer tiefer sank. Das Schweigen dieses Arschlochs Chalhoub hatte immerhin den Vorteil, offenzulegen, dass in seinem Inneren etwas Klebriges, Schmutziges verrottete. Und ihn mit sich riss. Wäre er, anstatt ätherisches Öl zu inhalieren, bevor er sich auf diese Bühne voller tollwütiger Ratten begab, in dem Zustand gewesen, in dem er sich jetzt befand – *lebendig, schrecklich lebendig!* –, wäre alles anders gekommen. Wie schade! Wie jammerschade!

Er steckt die Hände in die Jackentaschen, wehrt sich dagegen, sich noch einmal von diesen tödlichen Qualen mitreißen zu lassen. Er geht schneller. Rennt fast. In den vierunddreißig Jahren, die er dank Gott nun schon auf dieser Erde ist, hat er oft genug miterlebt, wie sein Körper brachlag, völlig abgekapselt, sodass etwas so Banales, wie ohne Schmerzen einen Fuß vor den anderen zu setzen, zu einer Freude wurde. Eine grundlegende Bewegung, die allein für sich genommen das Dasein bedeutet –… *der, der auf dem rechten Wege aufrecht schreitet …*

Er hat wieder ein Ziel!

Alles fügt sich wieder aufs Beste … Mada in Washington … Issa Zeitouni tot aufgefunden … Die Leiche von einer Polizistin geschändet …

Nicht ausgeschlossen, dass sie ihn für einen Migranten gehalten hat, der dort über Nacht gestrandet war. Ohne Decke. Ohne auch nur einen Pappkarton zum Schutz vor der Kälte. Der Kerl hätte also auch tot sein können, gefroren wie ein Eiszapfen, und diese Schlampe, statt ihm zu helfen oder ihn anzubrüllen, wenn sie das wollte, hat ihn getreten, als wäre er Müll! Es wird keine Gerechtigkeit für Issa geben, genauso wenig wie für die anderen muslimischen Kinder in Clichy-sous-Bois oder anderswo. Wenn du einmal begriffen hast, dass nicht alle Menschen rechtliche Ansprüche haben, weder hier noch in Los Angeles, Sydney, Rom, Brasilia, Naypyidaw oder Soweto, dass Gerechtigkeit in erster Linie eine Frage der Herkunft und der Postanschrift ist, dann siehst du die Welt nicht mehr mit denselben Augen.

Stéphane Jahanguir spurtet mit seinen schwarzen Puma Hip Top Sneakers über den regenglänzenden Asphalt des Boulevard de Clichy Richtung Pigalle. Hungrige, durch die Umweltverschmutzung langsam gewordene Tauben flattern bei seinem Vorbeimarsch auf. Zur Stunde sind überall auf der Welt, von den USA bis Südkorea, Millionen von Menschen gerade mit der Planung ihres nächsten Paris-Urlaubs beschäftigt ... Millionen ... aufgeregt und voller Vorfreude, bald in der Stadt der Lichter zu sein und sich in den engen Straßen von Pigalle und Montmartre zu verlieren, dem symbolträchtigen Viertel des Sex und der Ausschweifungen, in dem nach Einbruch der Nacht die Nostalgie zelebriert wird. Und da steht er nun, keine fünf Meter vom Moulin Rouge entfernt, dieser aufgedunsenen und abstoßenden alten Matrone, die er nicht einmal mehr eines Blickes würdigt. Wie kann dieses Euphoriesymbol der Belle Époque, das von geschickten Geschäftsleuten errichtet wurde, damit die Bourgeoisie sich zwischen Prostituierten, Transen und Ganoven vergnügen konnte, den Menschen des 21. Jahrhunderts noch zum Träumen bringen? Rundherum kleben obszöne Bilder an den Wänden, altmodische Sexshops, deren Schaufenster mit Instrumenten aller Art überladen sind, Vibratoren, Dildos, Analplugs, Handschellen, Peitschen. Kreidebleiche Wachsfiguren werden in sexy Outfits gesteckt, die aufreizend wirken sollen, aber aussehen, als stammten sie aus einer Fabrik in Nordchina. Die Perfekte Frau, authentisch weiß, muss sich am Ende des Tages in eines dieser lächerlichen und abscheulichen Outfits werfen, sich selbst auf ihre Geschlechtlichkeit reduzieren, sich wie ein Stück Pastete zur Schau stellen, nur zum Vergnügen des Mannes, egal welchen Mannes, des eigenen, desjenigen, den sie in einer Bar aufgegabelt hat, in einem Swingerklub, auf Tinder ... Und dann hält man ihm – ausgerechnet *ihm*! – die Polygamie vor, beschuldigt ihn, seine Frau zu versklaven! ... *Sie hätten es gerne, dass ihr ungläubig werdet – so, wie sie selber ungläubig wurden –, sodass ihr dann gleich seid.*

... In seinen verrücktesten Träumen bewaffnet der Allmächtige seinen Arm und hilft ihm, all diese Schändlichkeit vom Angesicht der Erde zu tilgen. Träume, von denen er niemandem erzählt.

Verborgen unter all den Bildern, die in diesem Moment in Stéphane Jahanguirs Kopf herumschwirren und die Wut in seinem Herzen nähren, das Gründungsbild. Das erste. Das Gesicht seines Vaters. Wie betäubt. Niedergeschmettert. Sprachlos. Die Nacht des 21. Juni 1998, Fest der Musik. Vor Mansour Sharifs flehenden Augen zerbersten mit ohrenbetäubendem Knall, während «Arschloch», «Kameltreiber«, «Geh zurück in dein Kaff» geschrien wird, die Scheiben seines Autos, weil er sich geweigert hat, den Parkplatz, den er nach einer halben Stunde Herumkurven endlich gefunden hatte, an zwei betrunkene Männer abzutreten, die auch gerade einen suchten.

Er ist zwölf Jahre alt. Sein Papa, der an die Porte d'Orléans gezogen ist, bringt ihn zurück zu seiner Mama nach Goutte d'Or, nach einem gemeinsamen Wochenende, an dem sie das Übliche gemacht haben: McDonald's, Parc Montsouris, Lammcurry zum Mitnehmen, DVD-Abend, Diskussionen über Azad Kaschmir, über die Flüsse, die der Region den Spitznamen «Halsschlagader Pakistans» eingebracht haben, ihre Kriege, ihre Toten und die Ungerechtigkeiten, die unter den hinduistischen Mistkerlen verübt worden waren. Stéphane Jahanguir hat das Land seines Papas noch nicht gesehen, aber Papa hat ihm versprochen, ihn mitzunehmen, sobald er die französische Staatsbürgerschaft erworben hat. Er hätte den Antrag auf Staatsbürgerschaft besser schon stellen sollen, als er noch mit Mama verheiratet war, nur wollte er nicht, dass Mama denkt, er habe sie nur aus diesem Grund geheiratet. Zugleich, angesichts der körperlichen und geistigen Verfassung seiner Mama, ihrer Wutanfälle, der Leichtigkeit, mit der sie einen vollen Aschenbecher gegen die Wand schleudern oder drei Tage am Stück schlafen kann, fragt sich Stéphane Jahanguir manchmal, aus welchem anderen Grund er sie geheiratet haben könnte. Wegen der cremigen Blässe ihrer Haut? Ihres schallenden Lachens? Ihrer Fähigkeit, die Beine breitzumachen?

«Komm, Papa … Wir gehen zur Polizei», hatte Stéphane Jahanguir vorgeschlagen und seine vor Angst eiskalte Hand in die feuchte Hand seines Vaters gleiten lassen, während die beiden Typen, begleitet von Nirvanas *Rape me,* das eine Gruppe junger Leute in schwarzen Klamotten lauthals auf dem Bürgersteig grölte, in bester Laune zu ihrem Auto torkelten, das mitten auf der Straße stand.

«Nein   Das ist sinnlos.»

Ratlos hatte Stéphane Jahanguir sich gefragt (und das fragt er sich noch heute), ob Papa geweint hatte. An seiner Stimme war irgendetwas komisch … ein Zittern … eine Müdigkeit. Er hatte den Kopf gehoben, um nachzusehen, aber in der Dunkelheit sein Gesicht nicht richtig sehen können.

«Na komm schon, Papa …»

Diesmal schüttelte Papa nur den Kopf.

Einige Monate später machte sich der Informatiker Mansour Sharif auf den Weg nach Muzaffarabad, angeblich weil sein sterbender Vater ihn sehen wollte. Doch an dem Tag, an dem er seinem Sohn in einem pakistanischen Restaurant in der Nähe der Metrostation La Chapelle von seiner Reise erzählte, überreichte er ihm ein Paket: darin seine Uhr, ein kleiner Taschen-Koran und ein Umschlag mit Geldscheinen, den er seiner Mutter geben sollte. Er ermahnte ihn eindringlich, gut zu lernen und nicht zu vergessen, dass er Muslim war und Jahanguir hieß. Falls der Junge, dessen Haar einen noch kräftigeren Orangeton hatte als Safranreis, was seinen Vater seit dem Tag seiner Geburt immer wieder irritiert hatte, bis dahin zu blöd gewesen wäre, zu begreifen, dass sein Papa beschlossen hatte, seine dunkle Haut zu retten und nicht mehr zurückzukommen, so ließen diese Ratschläge keinen Zweifel mehr offen. Zu dem Kummer gesellte sich das belastende Gefühl, das eigene Unglück in sich zu tragen: Wäre Stéphane Jahanguir doch nur groß genug gewesen, hätte Papa ihn nicht zu seiner Mama zurückbringen müssen … Hätte Papa ihn nicht mit einer Weißen gezeugt, die so mittellos war, dass sie einen Pakpak heiraten wollte, der nach Paris gekommen war, um dort sein Studium zu beenden … Hätten die beiden doch bloß nicht dieselbe Buslinie 68 genommen, in der sie sich begegnet waren (der Pakpak hatte angeboten, das Busticket zu bezahlen, das die Weiße nicht berappen wollte, weil sie wieder arbeitslos war) …

Vierzehn Jahre später, als Stéphane Jahanguir nach einem Aufenthalt in Lahore einen Abstecher nach Muzaffarabad machte, war Mansour Sharif mittlerweile ein Herr mit schütterem weißen Haar, wohlhabend, verheiratet, Vater von fünf weiteren Kindern, die ihm ähnlich sahen, Direktor eines Hotels, das trotz der letzten Terroranschlagswelle und der wieder aufflammenden Spannungen zwischen Neu Delhi und Islamabad stets gut gefüllt war. Für seinen ältesten Sohn war er ein Fremder. Und dieser Fremde hinter seinem Schreibtisch, der so lang war wie ein Tennisplatz, sagte zu ihm mit seiner gewohnt langsamen und ruhigen Art, die Worte aneinanderzureihen, und ohne explizit auf seine Abreise Bezug zu nehmen: «Weißt du, Jahanguir, als die Weißen noch Leute wie mich ausbeuten konnten, sie schuften lassen konnten, ohne sie zu bezahlen, brauchten sie ihren Rassismus nicht zu zeigen. Erst als sie begriffen hatten, dass wir keine Sklaven mehr sein wollten, dass wir imstande waren, ein Studium zu absolvieren, unseren Abschluss zu machen, die gleiche Arbeit wie sie zu haben und sie sogar zu übertreffen, erst da ging alles so richtig los.»

Er selbst lebt weiterhin in Paris, im 13. Arrondissement, aber für diese Stadt empfindet er nicht mehr Liebe als ein Tier für den Dschungel, in dem er geboren wurde. Sie ist sein Ökosystem und basta.

6

Stéphane Jahanguir bestätigt die «60», indem er die Taste des Geldautomaten drückt, der zwischen einen Dessousladen und ein Café gequetscht worden ist. Eines dieser Konzept-Cafés, die sich in den letzten Jahren erst in den schicken Vierteln ausgebreitet haben und jetzt auch die sozial schwachen Viertel erobern. Starke Farben, Ledersessel, weiche Sofas, zerschlissene Teppiche, eine Kaminecke, wobei das Ganze den Eindruck vermittelt, als säße man im Raucherzimmer eines englischen Klubs, in dem die Zeit bei 22 Uhr stehen geblieben ist. Wenn Sie für ihren Tee in etwa den Tageslohn einer Kassiererin berappen müssen, lassen Sie sich davon nicht die Laune verderben, denn das ist Teil Ihrer neuen Privilegien.

Alles ist ein einziger Krieg. Überall. In jeder Sekunde.

Revierkämpfe.

Während das Geldscheinpäckchen aus dem Auswurfschlitz kommt, hört Stéphane Jahanguir wieder die näselnde Stimme der Schuld in seinen Ohren fiepen, die ihn ermahnt. Lösche die Nummer von Émail Diamant endgültig aus deinen Kontakten, verdammt! Lösch sie einfach! Im Geiste durchlebt er noch einmal die Übergabe im engen Eingangsflur seiner Wohnung. Um nicht mitansehen zu müssen, wie die knochigen Finger seines Dealers das Geld zählen – 380 ... 390 ... 400! –, hatte er seine Augen auf das goldene Lenin-Profil gerichtet, das an Émail Diamants Jackenrevers geheftet war; mit Lenin teilte er die Porte d'Orléans, die Depressionen und die Überzeugung, dass Gewalt der Motor der Geschichte ist. Anschließend war das Geld in der Gesäßtasche von Émail Diamants Baggypants verschwunden. Das Geld, das er gespart hatte, um Shahnaz und die Kinder nach Mekka zu bringen! Wie kann man sich nur so in die Scheiße reinreiten?

Allerdings, so versucht er sich zu beruhigen, kann er ohne diese zwei Lines unmöglich aus dem Haus gehen und tun, was er tun muss. Sieh dich doch um, verdammt noch mal: Bar, Sexshop, Apotheke, Sexshop, Café, Bäckerei, Apotheke, Bar, Sexshop. Niemand kann ohne Krücken geradeaus gehen. Niemand! Einer von vier Franzosen nimmt Psychopharmaka (und die anderen drei saufen wie ein Loch oder rauchen oder stopfen sich voll oder holen sich Frischfleisch aus dem Internet und schauen YouPorn). Sie sind die größten Konsumenten von Psychopharmaka in Europa! Meister in allen Kategorien! Schlafmittel, Antidepressiva, Anxiolytika ... Und die Behörden *dieses Landes* verbieten Cannabis (eine Substanz, die Stéphane Jahanguir übrigens noch nie gemocht hat)! Sobald sich eine Stimme erhebt, um diese Heuchelei anzuprangern, erwacht sofort die Seeschlange. Die Rechte brüllt, die Mitte steckt den Kopf in den Sand, die Linke windet sich vor Verlegenheit, Beobachtungsstellen werden eingerichtet, Kommissionen, Meinungsumfragen ... Nicht, weil Cannabis eine gefährliche Droge wäre, nein, weil sie Angst macht, weil sie eine Einwandererdroge ist, die auf den kargen Böden des Orients wächst, in Marokko, Afghanistan, Algerien, Indien ... Sie riecht nach an der Wand aufgereihten Schuhen, nach düsteren Treppenhäusern, nach Faulheit und Kindergeld. Und Sie werden Sie auch garantiert nicht im Schaufenster eines Pariser Geschäfts finden, im Gegensatz zu Alkohol oder Xanax. Aber überall sonst! Und zwar überall! Zwischen den Sitzen der Metro, auf denen vom Alkohol verwüstete Penner rumlungern, unter den auf dem Bürgersteig abgestellten Mülltonnen, in den Ritzen der Hauswände … Sechzig Jahre Verbot und Unterdrückung … Aber pssst! Bloß das Maul halten.

Je lauter die Reden, die er innerlich schwingt, desto heftiger steigt Wut aus der Tiefe seiner Brust, heilsam, belebend, und trägt ihn mit einem einzigen Schwung auf die andere Seite des Boulevards.

Bevor er in die Rue Lepic einbiegt, wirft er noch schnell ein paar Blicke zurück. Diese zwanghafte Geste stammt noch aus der Zeit, als er als Präsident von *Bürger zweiter Klasse* Morddrohungen erhielt. Rechtsextreme Spinner riefen in den Netzwerken dazu auf, ihn und seine ganze Familie zu töten, was ihn nötigte, mehrmals im Jahr die Wohnung zu wechseln und die Kinder zu Hause einzusperren. Ende September 2011, wenige Tage nach seiner Rückkehr aus Pakistan, wurde er von Agenten des Inlandsgeheimdienstes, die ihn in die Gefährder-Datenbank aufgenommen hatten, so unauffällig wie Vogelscheuchen auf freiem Felde überwacht. Sechs Monate später gaben sie ihr groteskes Spiel auf. Vielleicht weil sie nicht die nötigen Mittel hatten. Oder weil Stéphane Jahanguir Sharif sich als der geschicktere Spieler erwiesen hatte, denn er legte sich den ritualisierten Tagesablauf eines Pariser Bobo zu, um ihren Eifer zu dämpfen.

Jeden Morgen um 7:30 Uhr verließ er sein Arbeiterviertel im 18. Arrondissement, um anderthalb Kilometer weiter in die schicke Ausgabe des 18. Arrondissements mit seiner legendären Rue Lepic zu gelangen, die seit Amélie Poulain als ein Muss in jedem Reiseführer steht. Anstatt – wie in diesem Moment – direkt die Tür der Kneipe *Au lapin de Montmartre* aufzustoßen, kaufte er sich die Zeitung, ließ sich vor den bunten Ständen der Händler ein wenig treiben, bewunderte die in der Nacht gefangenen Doraden und die korsischen Clementinen, schüttelte ein paar Hände. Dann lehnte er sich an die Theke, trank seinen doppelten Espresso und eilte zur Metro, Richtung Jussieu-Fakultät, wo er Molekular- und Zellbiologie unterrichtete. Was diese Clowns nicht wussten, war, dass er mit seinem Wissen sechs Monate seines Lebens in einem x-beliebigen Labor (z. B. dem der Universität) hätte verbringen können, um jedes x-beliebige tödliche Virus mithilfe von im Internet gekauften DNA-Fragmenten in großen Mengen zu synthetisieren, dann ein paar Selbstmordkandidaten zu finden, es ihnen zu injizieren und sie an öffentlichen Orten auszusetzen, um den schlimmsten Terroranschlag auszulösen, ohne auch nur einen Tropfen Blut zu vergießen. Jawohl, solche Fähigkeiten hatte er, sie ruhten warm verpackt in den neuronalen Netzwerken seines Gehirns. Er hätte sich vom ersten Tag an barmherzig zeigen, sie ansprechen und ihnen sagen können, dass es ziemlich überflüssig war, ihn beim Kaffeetrinken auf Kosten der Steuerzahler zu beobachten, aber er hatte es vorgezogen, sich so lange zu amüsieren, bis sie von selbst die Lust daran verloren.

Seitdem ist es seine Gewohnheit, sich dort zu verabreden, im *Lapin du Montmartre*. Den Journalisten, oftmals junge, krass ausgebeutete und erschöpfte Freiberufler, stellt er zu Beginn immer die gleiche Frage:

«Wissen Sie, wie die Rue Lepic entstanden ist?»

In der Regel erntet er ein erstauntes «Nein». Wie bitte? Er wettert gar nicht unerbittlich gegen die Regierung und ihre Unfähigkeit, die muslimische Frage zu verstehen? Das gestattet ihm, den heiteren Ton eines Schulmeisters anzuschlagen und die Geschichte von Napoleon I. zu erzählen, der eines Tages im Jahr 1809 beschloss, auf den Montmartre-Hügel zu klettern, um sich einen der berühmten Chappe-Telegrafen anzusehen, der auf dem Glockenturm der Kirche Saint-Pierre de Montmartre angebracht war.

«An diesem Tag regnete es und der Hang war für das arme Pferd so steil, dass der Kaiser es stehen ließ und seinen Aufstieg zu Fuß fortsetzte. Als er oben angekommen war, nutzte der Pfarrer die Gelegenheit, ihm zu sagen, man müsse unbedingt einen neuen Weg anlegen, den Ort leichter zugänglich machen … Und dann hat Gott sich auch noch eingemischt, damit wir jetzt hier sitzen können! Hahahaha! (Pause von zwei Sekunden, damit sein Gegenüber die Information verdauen kann) Natürlich wurde die Straße zuerst Rue de l'Empereur getauft … Dann Rue Royale … Und dann, nachdem Schluss war mit Empire und Kaiserreich, war auch Platz für die Rue Lepic, die nach einem tapferen General benannt ist!»

Da funktioniert die Illusion noch. Während er ihnen sein sympathischstes Gesicht zeigt, erkennt er schon an ihren Blicken, dass das Ganze ins Kippen gerät, als würde einer der Waggons ihrer Gewissheiten entgleisen. Ein Blick in Wikipedia genügt, um alle Details der Anekdote zu erfahren, aber die Tatsache, dass sie aus seinem Mund kommt, demselben Mund, der Stigmatisierung, Islamfeindlichkeit, Identitätsverleugnung und Polizeigewalt anprangert, hält diese kleinen Intelligenzbestien auf ihren Sitzen fest. Er weiß, er ist ein Programmfehler in ihrem System, und das amüsiert ihn. Seine Herkunft, seine orange Farbe, sein Werdegang, seine Abschlüsse, die Tatsache, dass er akzentfrei spricht, den Konjunktiv verwendet …

«Einen Doppelten?», fragt der Wirt und streckt ihm seine große Flosse entgegen.

«Nein, einen Kaffee, einen Espresso.»

«Ist ja schon ein Weilchen her...»

Stéphane Jahanguir weiß nicht, ob er auf die Flut von Unrat anspielt, die er gerade durchwatet hat, oder ob er es ehrlich meint. Egal, dank Gott beginnt ein neuer Tag.

«Ich war abgetaucht!», sagt er und entscheidet sich damit für eine eher nichtssagende Antwort.

Während er auf seinen Kaffee und vor allem auf Djam wartet, holt er sein Handy hervor, um Shahnaz anzurufen und sich nach Yasser zu erkundigen. Er sehnt sich schrecklich nach der Stimme seines Sohnes. Er möchte den Moment, in dem er ihn fragt: «Wie geht es dir, mein Schatz?», in jede seiner Kinderzellen eingravieren, damit er sein ganzes Leben lang nicht vergisst, dass sein Vater sogar dann an ihn dachte, als er nicht an seiner Seite war. Es zerreißt ihm das Herz bei dem Gedanken, dass diese Sekunde, die Sekunde, in der er ihm, nach einem Haufen anderer Fragen, diese eine Frage stellen wird, im Abgrund der Zeit versinken und für immer darin verschwinden wird.

Auf dem Display seines Handys erscheint ein langer Bandwurm von Nachrichten aus den sozialen Netzen. Er hatte nur den von Mada gesendeten Link zum Video geteilt, ohne persönlichen Kommentar, um nicht in der Scheiße zu rühren, und trotzdem bekommt er Dutzende Weitergeleitet-Meldungen. Ein zufriedenes Lächeln zieht ihm den Mundwinkel in die Breite, ein zarter Strich, verloren unter dem Gestrüpp seiner roten Haare. Offensichtlich gibt es noch Leute, die in der gesättigten Atmosphäre der virtuellen Agoras noch auf die Nachrichten achten, die er postet. Die mediale Lynchjustiz hat ihn noch nicht erledigt. Vielleicht haben die Leute sich ja auch alle längst anderen Dingen zugewandt.

7

«Als ich da aufgekreuzt bin war seine Mam schon draußen aber boooooah ey die war voll im Arsch *wallah*!»

«Wo wollte sie hin?», fragte Stéphane Jahanguir.

«Die Leiche von ihr'm Sohn anschauen da war'n endkrass viele Leute bei ihr alles Nachbarn von überall und Bullen auch würdsch mal sagen aber in Zivil.»

«Tu mir einen Gefallen, sprich etwas langsamer … Du verschluckst eh schon alles, da versteh ich kein Wort mehr.»

«O. k. tchuligom, Bruder.»

«Kennst du seine Mutter gut?»

Djam kommt aus Ménilmontant, zwei Metrostationen von der Place du Colonel-Fabien entfernt, und verfügt über ein enzyklopädisches Wissen über die Bewohner des Pariser Ostens. Er nimmt einen Bissen von seinem Sandwich, der in Nullkommanichts in seinem Magen verschwindet, und spricht weiter. Der gutturale Akzent soll männlich wirken und erinnert Stéphane Jahanguir an den Akzent, den sich sein älterer Bruder Ehsan nach dem Eintritt in die erste Klasse zugelegt hatte:

«Bin ihr beim Café vonner Chinesin übern Weg gelaufen das is alles Hab nur zu ihr gesagt Hallo wie geht's un so … mehr nich.»

«Von wem hat sie das von ihrem Sohn erfahren?»

«Vonner Polizei würdsch mal sagen.»

«Würdest du sagen oder bist du sicher?»

«Sicher. Ham nach dem Morgengebet an ihre Tür geklopft.»

«Betet sie?»

«Nää.»

«Muslima?»

«Atheistin … Kabylin …»

An die Bar gelehnt, beißt Djam wieder in sein Eier-Tomaten-

Salat-Gurken-Sandwich, als hätte er gerade einen Hungerstreik durchgemacht. Eine Flüssigkeit, so rosig wie das Blut von einem Wackelmilchzahn, läuft ihm am Kinn herunter, fließt übers Baguette und dann durch seine drallen Finger. Neugier und Abscheu zwingen Stéphane Jahanguir, ihm genau dabei zuzusehen, mit dem Bedauern, keinen derartigen Appetit an den Tag legen zu können. Es bedarf wohl einer deutlich stärkeren Lebenstauglichkeit, um beim Anblick seiner Nahrung in einen solchen Zustand der Wildheit abzudriften. Außerdem hat er nichts bestellt. Noch eine Tasse Kaffee und ein großes Glas Wasser. Aber es ist Zeit. Überall kauende Münder in dem feuchtheißen Raum, in dem es nach nassen Mänteln und Feuertopf riecht, dem Tagesgericht. Er spürt Übelkeit aufsteigen, hat einen papiernen Geschmack im Mund. Er greift nach dem Glas Wasser, kippt es in einem Zug hinunter.

«Läuft bei dir, ja?»

«Läuft», sagt Stéphane Jahanguir mit einem übertriebenen Lächeln. «Und bei dir?»

Djam nickt mit seinem großen Kopf, während er geräuschvoll den Brei in seinem Mund hinunterschluckt. Ein echtes Vieh, der Junge; stämmig, der Hals fünfundzwanzig Zentimeter breit, an den Seiten abrasierte Haare, oben eine Strähne, so glatt wie Teer. Am Hinterkopf sieht der Schädel aus, als wäre er mit einer Schaufel geplättet worden.

Stéphane Jahanguir ist froh, ihn zu sehen und ihm etwas zu essen zu kaufen. Je mehr Minuten vergehen, desto bewusster wird ihm, dass Djam ihm gefehlt hat. Mit seiner Canada-Goose-Jacke, die er Gott weiß wo aufgetrieben hat, seinem schwarzen Rollkragenpullover und seiner Adidas-Trainingshose riecht Djam meilenweit gegen den Wind nach Straße, nach endlosen Faustchecks, nach stundenlangem Rumlungern in der Imbissbude an der Ecke, wo in einem Französisch, das im Couscoustopf dampfgegart wurde, Blödsinn gequatscht wird. Ein geschlossenes, beruhigendes Universum, frei von Scham und Ängsten, das Stéphane Jahanguir kennengelernt hatte, als er bei *Bürger zweiter Klasse* anfing (in Djams Alter bereitete er sich mit Deroxat, das er sich in Zehnerpackungen übers Internet gekauft hatte, auf die Aggregation vor und hörte laut Rapmusik). Die Menschen, die ihn aufgenommen hatten, haben ihm Platz gemacht. Warum sucht er dann die Gesellschaft der Chalhoubs? Was geht in seiner verqueren Seele vor, dass sie von einer Glühbirne angezogen wird und sich einbildet, es sei die Sonne? Er braucht nur vor Djam zu stehen, und schon kehrt ein wenig von diesem Gefühl zurück, in der Welt nützlich zu sein, das sich in seinem aus dem Takt geratenen Hirnsystem so schnell verflüchtigt.

Ohne ihn wäre Djamalhedin Osamane jetzt wahrscheinlich sechs Fuß unter der Erde, irgendwo in einem Niemandsland in Syrien. Als er mit neunzehn Jahren die Tür von *Bürger zweiter Klasse* aufgestoßen hatte, während er darauf wartete, dass sein Kontaktmann die Abreise nach Mossul organisierte, zusammen mit zwei weiteren Rekruten, hatte Djamalhedin Osamane genug mildernde Umstände, Bedürfnis nach Anerkennung und Hass gesammelt, dass er so formbar war wie Gummi. Sein Badass-Körper wirkte wie ein geladenes Sturmgewehr. Man musste es nur noch nehmen, spannen und sein Gebet sprechen. Heute ist Djam bei der Vereinigung angestellt – Telefonbereitschaft am Nachmittag, Organisation des Ordnungsdienstes bei Demonstrationen (ein Posten, der nach Madas Ankunft und der Implementierung ihrer Kommunikationsstrategie eingerichtet wurde). Er ist Stéphane Jahanguir, der ihm als Erster zu verstehen gegeben hat, dass alles hier stattfindet und nicht dort, absolut treu ergeben. Übrigens war Djam der Einzige gewesen, der ihn sofort nach der Sendung angerufen hatte. Er war außer sich, schlug ihm vor, bei *seiner Hurenmutter* aufzuschlagen, und ihr ein bisschen den Kopf zurechtzurücken.

Stéphane Jahanguir hatte ihn davon abgebracht und sich gleichzeitig gefragt, wie es ihm gelungen war, so schnell an die Privatadresse von Bérénice Allais heranzukommen.

«Wer ist Issa Zeitouni? Beschreibe ihn mir.»

«Sein Vater Reda ist im Knast», sagt Djam und quetscht seine klebrigen Finger auf der Serviette platt. «Der wohnte in der Ecke Colonel-Fabien, hat sich aber erwischen lassen, weil er beim Algerier aufm Boulevard gedealt hat. Da hat er abends gearbeitet. Hat immer voll einen auf Brain gemacht, *wallah*! Es heißt, die Jungs aus dem Viertel hätten ihn auffliegen lassen, weil sie ihn loswerden wollten.»

«Und der Junge?»

«Wie alle anderen auch. Nur, dass der bei seiner Größe als Basketballer hätte enden können.»

«Hat er gedealt?»

«Hat mitgeholfen, würdsch sagen. Seine Mutter will nicht, dass er endet wie sein Scheißvater. Scheint, dass sie ihm jeden Abend die Taschen filzt.»

«Was sagen seine Freunde?»

«Voll geschockt ... alles nur noch Zombies! Die glauben, das is 'n Rückspiel der Cité Rouge, wollen rausfinden, wer Issa aufm Gewissen hat.»

«War Issa beim Mord an Gabriel Rahal dabei?»

Djam bricht in ein fettes Gelächter aus, das seine Schultern auf beängstigende Weise durchschüttelt:

«Da sind die Jungs vom FBI dran, die lassen nicht locker!»

«Und was ist mit der Polizistin?»

Stéphane Jahanguir kennt die Antwort bereits, stellt die Frage aber trotzdem, weil es das Einzige ist, was ihn interessiert.

«Das macht alle aggro, aber ich kenn die, die machen da jetzt kein großes Ding draus. Zu viele Bullen in der Gegend letzte Zeit.

Das vertreibt die Kunden. Das fuckt mich richtig ab, ohne Scheiß, aber damit haben die nichts zu tun, ja!»

Djam schlingt das Endstück seines Sandwichs hinunter, als könnte er seine Wut kleinkriegen.

Genauso hatte er sich das gedacht.

Das kommt dabei raus, wenn die Straße durch deine Adern fließt. Das Dope, der Drang zum leichten Geld, Abrechnungen. Für diese Kids ist das nicht mal mehr nur Alltag, das ist ihr Erbe – *er muss aufhören mit Émail Diamant … Er kann nicht so weitermachen und dieses Elend noch anheizen … Drei Monate, und er hat alles kaputt gemacht!* Die Maschinerie läuft so rund, die verschlingt sie bei lebendigem Leib, bevor sie überhaupt ihren Namen schreiben können. Die können sich ein Leben außerhalb ihrer Siedlungsgrenzen, wo sie auf ihrem Gemeinschafts-Scooter umherdüsen, um den Spot zu schützen, an dem sie ihren Kram verkaufen, gar nicht vorstellen. Solange du in deiner Konservenbüchse bei deinen Homies im eigenen Saft schmorst, um die Bestie zu füttern und Kohle zu machen, um den Rachegelüsten, die vor deinen Augen tanzen, freien Lauf zu lassen – was willst du mehr? In guten Zeiten bis zu 20 000 Euro am Tag, da wundert es einen ja wohl kaum, dass ihre einzige Sorge darin besteht, ihr Revier im Auge zu behalten, und sie bereit sind, dafür auch ein paar Leichen hinter sich zu lassen.

Und das geht schon seit Jahren so. Seit vielen, vielen Jahren, alle wissen's, alle haben's gesehen. Polizisten, Politiker, Journalisten. Aber sie schauen weg, als ginge der Schlamassel sie nichts an. Reden lieber über die Serie *The Wire* und bilden sich ein, das gäb's nur in Baltimore. Da muss in einem Büro des Innenministeriums doch tatsächlich jemand gesagt haben: «Lassen wir doch die Kanaken in Ruhe, wir könnten sie sogar unterstützen, indem wir die ganze Scheiße einfach weiterlaufen lassen. So bleiben sie in ihrer Blase und machen uns keinen Ärger. Und mit ein bisschen Glück rotten sie sich am Ende gegenseitig aus. Ist das nicht wunderbar?» Und das Echo dieser genialen Idee hallt bis heute nach. Denn wer geht eigentlich gegen das Elend vor? Wer denn, Hand aufs Herz? Und mit welchen Mitteln? Seit sie gewählt worden ist, hat die Bürgermeisterin nicht einmal zwei Stunden mit ihnen in ihrem Viertel zugebracht! Es dürfte ihr gerade recht sein, dass der Drogenhandel diesen Kids das Hirn gewaschen hat, sonst würden sie am Ende noch begreifen, dass keine politische Partei hienieden irgendetwas für sie vorgesehen hat. Und vielleicht würden sie dann aufbegehren ... Oder sie würden sich *Bürger zweiter Klasse* anschließen, würden dafür kämpfen, mehr als nur der Fußabtreter im Wahlkampf zu sein. Aber selbst dieser Kampf ist den Kids dort egal. Wie viele Anrufe hat das Verbandsbüro nicht schon gestartet, um die Mitgliederzahl zu vergrößern, und dabei darauf hingewiesen, dass sie mit 50 000 Mitgliedern – *50 000! Bei fast sechs Millionen Muslimen* – ein Team für den Kampf gegen Islamfeindlichkeit, Gewalt und täglich erlittene Ungerechtigkeiten aufstellen könnten?

«Soll ich mich drum kümmern?», fragt Djam mit dem Ernst eines Soldaten, der seinen Kommandanten befragt.

In der Stille, die Djams Frage folgt, bricht in Stéphane Jahanguirs Kopf eine Lawine von Sätzen los. Wirre Sätze, zusammengerollt zu einem Knäuel, Sätze, die er seit einer Woche schon so oft wiederholt hat. Sätze wie: «Sie behandeln mich immer noch wie einen Kriminellen», «Ich bin nur ein Ungeziefer, das sich in ihrem schönen sozialen Gewebe eingenistet hat», «Selbst wenn wir uns in zahme Hunde in Hugo-Boss-Kleidung verwandeln, sie werden uns doch nie haben wollen». *Die schlimmsten Kreaturen in seinen Augen sind jene, die taub und stumm sind und nicht begreifen.* Es ist an der Zeit, zu begreifen und zu handeln. «Der Westen begeht den Fehler, uns nachzulaufen, uns zu jagen, statt uns in die Falle zu locken. Dadurch lassen sie uns viel Zeit, uns zu organisieren, damit wir umgekehrt sie in die Falle locken können», hatte ihm einmal ein Scheich in Pakistan gesagt, mit dem schelmischen Lächeln des Kämpfers, der sich lange mit dem Thema beschäftigt hat.

«Ja», sagt Stéphane Jahanguir schließlich mit einem Blitzen in den Augen.

Djams fröhliches Lächeln bestärkt Stéphane Jahanguir: Er hat nur darauf gewartet, grünes Licht zu bekommen, und das offensichtlich schon seit geraumer Zeit.

«Und Mada?», fragt Djam der Form halber.

«Mada? Die ist in Washington!», antwortet er mit einem sanften Lächeln.

Djam schnalzt mit der Zunge, mit dem diabolischen Blick eines Jungen, der schon bei dem Gedanken, die Lehrerin zu hintergehen, jubelt. Und sollte Stéphane Jahanguir im Sinn gehabt haben, eine Diskussion über Madas Opportunismus vom Zaun zu brechen, so scheint die Tür weit offen zu stehen. Aber Stéphane Jahanguir hält sich lieber zurück, schließlich durfte er nicht vergessen, dass er selbst sie auf den Posten geholt hatte.

«Im Moment ist ihr vor allem daran gelegen, dass *Bürger zweiter Klasse* dazu Stellung nimmt. Sie wird einen Text verfassen und ihn mir schicken. Ich werde dann mit Karim besprechen, ob er ihn am frühen Nachmittag auf die Website stellen kann. Er wird seinen Weg machen.»

«Also, ich gönn mir jetzt 'n Käffchen», sagt Djam, den Blick auf seine große Schweizer Uhr gerichtet, nicht weil er wissen will, wie spät es ist, sondern um abzuschätzen, wie viel Zeit ihm noch bleibt.

«Willst'n Käffchen?»

«Nein.»

Stéphane Jahanguir würde lieber auf die Toilette gehen, sich den Rest der Packung reinpfeifen und der wenig euphorischen Stimmung, die in ihm hochgekommen ist, den Boden unter den Füßen wegziehen.

Aber er widersteht.

Als Djam die Hand hebt, um den Patron auf sich aufmerksam zu machen, piept sein Handy, das in glänzend schwarzer Schutzhülle auf dem Tresen liegt. Djam dreht es um und schaut aufs Display.

«Diese Schweine, echt jetzt! Schau dir das an, das hat Soda mir geschickt… Du weißt schon, der ausgeflippte Typ. Seinem Bruder, Ludo heißt der, gehört die Werkstatt in der Avenue Vellefaux.»

Ein düsteres Foto der Place du Colonel-Fabien erscheint auf dem Display von Djams Handy. Im Vordergrund sind einige Autos zu sehen, die kreisförmig um ein Rondell in der Mitte geparkt sind. Im Hintergrund sieht man drei Polizeiautos, die vor dem großen braunen «Generator»-Gebäude parken. Vor einem der Autos stehen drei Polizisten im Einsatz, die sich ihre GI-Joe-Ausrüstung um den Gürtel geschnallt haben. Einer von ihnen hat seinen Blick auf die Kamera gerichtet.

Sie treten schon in Erscheinung, denkt Stéphane Jahanguir, dabei ist die Leiche von Issa Zeitouni noch warm. Sie könnten in die soziale Bastion eindringen, als die man die Cité GAB betrachten muss, könnten in den Augen eine weiße Fahne tragen und auf die Jugendlichen zugehen, die wie betäubt sind, weil sie einen der ihren verloren haben, von Tür zu Tür gehen, mit den Eltern sprechen, die besorgt, erschrocken, hilflos sind angesichts dieser dumpfen Gewalt, und sich entschuldigen. Sich einfach entschuldigen für das, was auf dem Quai de Jemmapes geschehen ist. Aber nein! Sie treten lieber so auf, als wären sie gerade in Kabul gelandet und müssten ihre Macht zur Schau stellen, damit jeder versteht, dass sie das Viertel gut im Blick haben. Das ist ihre verdammte Botschaft…

…Genau das hatte Stéphane Jahanguir sich erhofft.

In den Western, die sich sein Vater immer in der Originalversion anschaute, die Wangen prallvoll mit scharfem Lammcurry, wenn da die Cowboys das Indianerdorf stürmten und die Kinder abschlachteten, den Zorn der Apachen auf sich zogen, die dann aus Rache einen Konvoi von Pionieren auslöschten, gab es immer einen weißen Helden oder ein indianisches Halbblut mit westlicher Erziehung, einen geläuterten ehemaligen Ganoven oder einen zum Christentum konvertierten Eingeborenen, der sich als Friedensstifter aufspielte.

Einen Jäger der Finsternis.

Immer.

8

Vor dem glänzenden Fahrstuhl von BeCurrent, der im vierten Stock hält, damit er aussteigen kann, schüttelt er Carlo Praz' laue Hand und verspricht ihm mit warmherziger Stimme, seinen Agenten zu kontaktieren und die Rechtsabteilung noch heute auf die Verträge anzusetzen.

Selbst wenn man das Bild dieses festen Händedrucks auf Pause stellte, selbst wenn man ihn genau beobachten oder alles in Zeitlupe abspielen würde, könnte niemand erahnen, welcher Sturm unter Benjamin Grossmanns Schädel losbricht. Das Gesicht in der Maske eines Mannes erstarrt, den die Vorsehung dazu auserkoren hat, seinem Gegenüber die Erfüllung seiner Wünsche versprechen zu können, bleibt er perfekt in seiner Rolle und agiert wie immer. Die gleichen Gesten, die gleichen Worte, der gleiche Enthusiasmus. Dann verlässt er den Fahrstuhl, aufrecht und mit einem letzten Lächeln Richtung Praz, der seinen Weg nach unten fortsetzt und hinter den Schiebetüren aus getöntem Glas verschwindet.

Mit den eiligen Schritten eines Mannes, der alles auf die Zukunft gesetzt hat, geht Benjamin durch den Flur, in dem jetzt keine Kletterpflanzen mehr ranken. Er winkt Salomé Bosse aus der Marketingabteilung freundlich zu. Dann macht er Nina, die in der Nähe des Küchenbereichs ein persönliches Telefonat führt, ein Zeichen, in sein Büro zu kommen. Er kann nicht einfach gehen, ohne ihr Bescheid zu sagen, nein, das kann er nicht. Er wirft einen Blick auf seine Uhr, eine Lip aus den 1960er-Jahren, das einzige Erbstück seines Vaters. Genau dreizehn Uhr fünfzehn.

Er betritt sein Büro, das ein einziges Chaos ist, vollgepackt mit Umzugskartons, und schließt die Tür. Er möchte unbedingt vermeiden, dass seine Mitarbeiter, vor allem dieser kleine Arschkriecher Boris Guerrati mit seinen Ralph Lauren-Hemden, in die er seinen schmalen Oberkörper kleidet, seit er weiß, dass er ihm nach Dublin folgen wird, sich einbilden, sie könnten zur Nachbesprechung des Treffens mit Praz sein Büro stürmen. *Er hatte gewusst, dass dieser Tag in der Katastrophe enden würde, verdammt, er hatte es gewusst.* Der Regen rinnt am Fenster herunter. Er mag kein Licht anmachen. Könnte er sich doch nur in seinen Sessel fallen lassen, die brennenden Schläfen massieren und die Kontrolle über seine Gedanken zurückgewinnen. Aber er hat keine Zeit. Er muss in jedem Fall hier raus, bevor die Wände ihn zermalmen.

Er verweilt vor dem Schwarz-Weiß-Foto von Vivian Maier, das immer noch an der Wand hängt und das er in sein persönliches Gepäck packen möchte (er muss unbedingt den Makler anrufen …). Im Vordergrund das Spiegelbild eines Schwarzen von natürlicher und bescheidener Eleganz, mit dunkler Hose, Jacke und weißem Hemd, im Spiegel eines Schaufensters; im Hintergrund das imposante Gerüst der Stadt New York. Jedes Mal, wenn Benjamin dieses Foto betrachtet, hat er das Gefühl, dass dieses Spiegelbild in Wirklichkeit nicht das des Mannes ist, der vor dem Schaufenster steht, sondern eine Projektion, ein Kameraschwenk auf einen Traum: den Traum eines armen Kindes, eines Kindes, das Zeitungen verkauft oder Schuhe putzt und sich den Mann vorstellt, der er später einmal sein wird. Er hatte Jason Hopper behandelt, wie es geboten war. Er war zu Praz gegangen, hatte sich neben ihn gesetzt und gesagt: «Tut mir wirklich leid, ich hätte das Handy ausschalten sollen … Aber die gute Nachricht ist, dass alles bestens ist und die Vorführung morgen Nachmittag wie geplant stattfinden wird!» Was auch stimmte, obwohl die Information vom Vortag stammte und nicht wichtig genug war, um sie zu teilen. Seine Lüge hatte trotzdem funktioniert, ja, daran gab es nicht den geringsten Zweifel, denn Jason hatte mit einem gewissen Wohlwollen genickt.

«Gah nikt schlimm. Wia haben uns guhd mit Cahlo untahalten!»

Genau das hatte er gesagt: gut unterhalten. Nicht nötig, ihm eine Entschuldigungsmail zu schicken. Wahrscheinlich war er schlafen gegangen oder vögeln oder hatte sich vor seinen japanischen Drucken einen runtergeholt … Mein Gott, er konnte doch nicht die Hälfte seines Lebens in Jason Hoppers Kopf verbringen und seine Reaktionen auseinanderpflücken!

Nina klopft an die Tür.

«Komm rein … »

«Ist es gut gelaufen?»

«Sehr, sehr gut! Sag bitte das Mittagessen mit den Drehbuchautoren von *Spleen* ab und erzähl ihnen, dass ich sie zurückrufe. Ich werde am Set von *Rageuses* zu Mittag essen.»

«Wolltest du nicht heute Nachmittag dahingehen?»

«Doch, doch, aber alle Schauspielerinnen sind heute da, und wir haben den dritten Drehtag. Ich hab mir gesagt, es wäre ganz gut, wenn ich dahinginge. Hat man denen das Filmmaterial ans Set geschickt?»

«Ja. Hab ich heute Morgen überprüft.»

All diese Lügen sind plausibel. Es hat Sinn, mit den Schauspielerinnen von *Rageuses* zu essen, einer Komödienserie über eine weibliche Rap-Gruppe aus Saint-Denis, und sich eine Weile am Set umzuschauen.

«Wenn du mich sprechen willst, ruf mich auf dem Arbeitshandy an oder melde dich beim Generalregisseur.»

Kaum hat er die Worte ausgesprochen, da bereut er sie auch schon. Und baff, schon hat er's vermasselt!

«Soll ich einen Kurier schicken, dass er dein anderes Handy bei dir zu Hause abholt?», schlägt Nina vor, die junge Göttin der Effizienz und Loyalität.

«Nein … Eigentlich habe ich es gar nicht vergessen (langes, schiefes Lächeln, mit dem er Zeit gewinnen wollte). Es war nicht richtig an meinem Arm befestigt, und heute Morgen beim Joggen ist es mir dann runtergefallen. Das Display ist zersprungen. Ich werde versuchen, es morgen reparieren zu lassen.»

Sofort bricht ihm kalter Schweiß aus in den Achselhöhlen. Er fühlt sich so schäbig, dass er nicht weiß, was er sagen soll. Was macht er da eigentlich? Er errichtet gerade eine Mauer aus Lügen zwischen sich und Nina, ausgerechnet der Frau, die eine Komplizin seiner Lügen ist! Die eine erstaunliche Fantasie entwickeln kann, wenn sie etwa einem beharrlichen Produzenten verkündet, Benjamin Grossmann sei gerade zu einem Location Scouting in einen Kurort in der Nähe von Budapest gefahren und erst in einer Woche wieder erreichbar. Doch die Katastrophe, in der er steckt, lässt nicht nur keine Verbündeten zu, sondern zwingt ihn auch zu einer unerträglichen Doppelzüngigkeit. Seltsam, wie die Welt, die man so geduldig aufgebaut hat, plötzlich schrumpfen kann wie ein Stück Wäsche, das bei der falschen Temperatur gewaschen worden ist.

«Ist das alles, Ben?»

Ninas Tonfall ist ein klarer Hinweis, dass er sich besser besorgt zeigen sollte. Er sieht sie an … Sprich mit ihr! Erzähl ihr alles, bevor dein Gehirn komplett davon aufgefressen wird! In diesem Moment weht ihn ein Hauch von Zärtlichkeit für die lächelnde junge Frau an, wie er es noch für niemanden in diesem Gebäude empfunden hat. Sie ist so unschuldig, so fürsorglich.

«Ist das alles, Ben?» – während er …

«Ja, ja! Ich dachte an Praz … Er ist wirklich eine Wucht!», sagt er mit höchster Begeisterung.

Cathie sagt immer, «eine Wucht», er weiß nicht, warum ihm das als Erstes eingefallen ist.

«Das scheint mir auch so! Er hat mir erzählt, dass er auf einem Hausboot zwischen Paris und London gelebt hat.»

«Ach ja?»

«Ja, ich habe mich mal auf seinem Insta-Account umgesehen. Da gibt es tolle Fotos!»

Nachdem Nina gegangen ist, schluckt Benjamin zwei Ibuprofen und eine weitere Adderall-Tablette, wirft einen Blick in den Flur, um sicherzugehen, dass Boris Guerrati nicht in der Nähe ist, und eilt zum Fahrstuhl.

Die frische Luft draußen lässt ihn frösteln. Während er, geschützt durch das Vordach über der Eingangstür des Gebäudes, den Reißverschluss seines Parkas hochzieht, versucht Benjamin, die von Ken Altman empfohlene Priming-Methode anzuwenden, um Stress abzubauen: langsam atmen und sich dabei auf ein glückliches Ereignis konzentrieren. Nur dass sich in dem Durcheinander, das auf seine Nerven drückt, kein glückliches Ereignis ausmachen lässt. Und er weigert sich, Arianes Schwangerschaft in dieses Seelenchaos hineinzuziehen.

Gebeutelt von einer unkontrollierbaren Angst, die sich auf alles zu stürzen scheint, was ihn umgibt, zieht er seine Kapuze hoch, um sich vor dem Regen zu schützen, und läuft nach Norden, Richtung HSBC-Bank auf der Avenue des Champs-Élysées.

An der Ecke Quai d'Orsay und Boulevard Saint-Germain muss er plötzlich stehen bleiben, um eine berittene Einheit der Garde Républicaine vorbeizulassen. Majestätische Pferde, mit seidigem Fell, die mit der bedächtigen Geschwindigkeit des 19. Jahrhunderts dahintrotten und im Vorbeitraben die Luft mit dem flüchtigen Geruch von Pferdeäpfeln und Wald füllen. Trotz seiner Ungeduld erinnert sich Benjamin an die Zeit, als er Reitunterricht nehmen wollte, um mit Ariane und ihrer Familie, die alle hervorragende Reiter waren, an den Wochenenden, die sie im Landhaus der Familie in einer Bucht der Somme verbrachten, auszureiten. Er hatte aus Zeitmangel und wahrscheinlich auch aus mangelnder Motivation aufgeben müssen und es hingenommen, dass er vom Clan abgeschnitten war – Familien haben immer diese Manie, sich für einen «Clan» zu halten, sobald sie mehr als drei Stunden zusammen verbringen! – und dass sie ihn für einen Frischluftverächter hielten. Durch das ohrenbetäubende Hufgetrappel auf der Straße dringen Fetzen eines Gesprächs zwischen zwei leitenden Angestellten, die hinter ihm stehen, zu ihm durch.

«… vier Stunden Fortnite pro Tag! Ich weiß nicht, ob das was hilft, dass Irrsinn»

«Wir sind zu einem Psychologen gegangen, sonst hätten wir»

Sobald die Patrouille den Weg wieder freimacht, stürmt Benjamin los und versucht, die zwei Minuten aufzuholen, die er durchs Warten verloren hat.

Er überquert den Pont Alexandre III, der ihm heute mehr als sonst wie eine pompöse Ansammlung aus glitzernden Vergoldungen und komplizierten Mustern erscheint; geht am Grand und Petit Palais vorbei, die wie die halbe Stadt in Straßenbauarbeiten stecken. An jeder Kreuzung sorgt der Regen für unentwirrbare und laute Stauknoten. In eine Schicht verschmutzter Luft gehüllt, sind die Autos ineinander verkeilt wie Puzzleteile, die man auf den Boden gekippt hat. Ein Bus mit einer Werbung für die Francis-Picabia-Ausstellung im Centre Georges-Pompidou an der Seite überrollt fast einen Fahrradfahrer, der ein «Arschloch!» ausstößt, das im Brummen der Motoren untergeht.

Seine HSBC-Filiale liegt drei Straßen vom BeC-Gebäude entfernt, aber er wird auf keinen Fall so unvorsichtig sein und mitten am Tag vor dem Schalter aufschlagen, um 1600 Euro abzuheben. Nicht zu vergessen, dass das eine ungeheure Zeitverschwendung wäre. Er müsste Hände schütteln, müsste sich von allen Leuten Kommentare zu *Another Us* anhören (nach den letzten, intern veröffentlichten Zahlen ein phänomenaler Erfolg bei den Dreißigjährigen Besserverdienenden), müsste sich angesichts der Flut von Fragen und freundlichen Kommentaren leutselig, zugänglich, JasonHopperesque geben. Wie Sie sich denken können, darf ich den Handlungsverlauf der zweiten Staffel nicht spoilern! Natürlich werde ich Angela Nolan sagen, dass Sie sie anbeten, das wird sie sehr freuen! Nein, sie ist Australierin! In letzter Zeit hatte er jedes Mal, wenn er in seiner Agentur vorbeiging, den Umzug nach Dublin bereut, denn die Faszination, die ihn jetzt umgab, legte letztlich den Gedanken nahe, dass er fast die gesamte Summe, die zum Kauf seiner Traumwohnung, mit einem großen, von Licht und Stille durchfluteten Zimmer für sein Kind, notwendig gewesen wäre, als Darlehen hätte aufnehmen können. Vor allem seit er während eines Gesprächs mit seinem neuen Berater, bei dem sein Ego unerwartet mit ihm durchging, angedeutet hatte, er sei mehr oder weniger der Urheber der Serie. Als er gerade auf die Avenue des Champs-Élysées abbiegt, glaubt er, aus der Ferne eine Frauenstimme rufen zu hören: «Benjamin?» Dann noch einmal, etwas deutlicher: «Hey … Benjamin …» Der Tonfall ist ihm vertraut, nur kann er ihn in dem Moment nicht mit einem Gesicht in Verbindung bringen. Er beschließt, schneller zu gehen, in der Hoffnung, dass es ein Irrtum war. Doch das Klackern sich gefährlich nähernder Absätze lässt keinen Zweifel. «Ben!» Eine Hand berührt seinen Ellbogen. Drückt ihn fest. Zwingt ihn, sich umzudrehen.

Trotz des Regenschirms mit der Aufschrift agnès b., der den oberen Teil des Gesichts verdeckt, erkennt Benjamin sofort Virginie Saulnier, Produzentin bei Octobre Productions, jüngste Tochter von Jean-Patrick Saulnier, der in den 1980er-Jahren ein großer Filmverleiher war. So ist das Leben nun mal, in dem Moment, da du dir nur eines wünschst, nämlich auf deinem Rücken die blinkende Anzeigetafel BITTE NICHT STÖREN! zu tragen, läuft dir Virginie Saulnier über den Weg. Seit er zu BeC gerufen wurde, hat sie ihn in ganzen sieben Mails um ein Treffen gebeten …

«Das ist ja unglaublich, dass ich dich hier treffe! Gerade heute Morgen habe ich an dich gedacht», sagt sie, und nimmt schnell ihren Regenschirm beiseite, um ihn zu begrüßen. «Wie geht es dir?»

Trotz ihres dynamischen und sexy Auftretens à la Kate Moss und ihres Lippenstifts, der so appetitlich ist wie eine Kirsche, hat Virginie Saulnier diesen säuerlichen Atem, bei dem Benjamin jedes Mal sofort verkrampft, wenn er ihr begegnet, weil er an den Geruch feuchter Handtücher erinnert, die man zusammengeknäuelt in der Strandtasche vergessen hat. Dieser säuerliche Geruch ist wahrscheinlich auch ein Grund, warum es ihm so widerstrebt, ihr ein Treffen anzubieten.

«Sehr gut, und du?», fragt er in dem freundlichen Ton, den er gegenüber Produzenten anschlägt. «Du siehst … (ja wie denn, verdammt?) … richtig fit aus!»

«Bin ich auch!»

Dass sie so aufgedreht ist, verheißt nichts Gutes. Benjamin möchte sich entschuldigen und sich vom Acker machen, aber Virginie Saulnier kommt ihm zuvor, macht zwei Schritte nach vorn, hält ihren Regenschirm etwas höher, um sie beide zu schützen und so einen Raum der Intimität zu schaffen: «Ich habe gerade eine Serie von 8 × 52′ für TF1 fertiggestellt, *La Corde*, ein Fantasy-Thriller mit Joey Starr, du hast bestimmt schon davon gehört?»

«Aber klar doch … das ist super! Bravo!»

«Hör zu, ich wollte dir ein Projekt schicken, aber es ist mir sehr wichtig, dass du es persönlich liest. Es wurde von einem jungen Belgier geschrieben, hochbegabt, ganz in der Art von *The Leftovers*. Ich weiß, dass die Zuschauer diese Serie nicht mochten, aber für mich ist sie noch immer ein großes Vorbild. Du hast sie doch gesehen?»

Benjamin schüttelt kaum merklich den Kopf, so sehr ärgert ihn diese Frage. Was stellt sie sich vor, dass man Entwicklungsleiter bei BeCurrent wird, indem man einen Bingo-Wettbewerb gewinnt? Hinter Benjamins entgegenkommender Miene verbirgt sich die Panik eines Mannes, der jetzt nach der schnellsten und effektivsten Strategie sucht, um einen Eindringling loszuwerden. Vor zehn Jahren war Virginie Saulnier, deren Leben, kaum war sie dem Bauch ihrer Mutter entkommen, im Bereich Film und audiovisuelle Medien bereits vorgezeichnet war, eine der gefragtesten Produzentinnen des französischen Fernsehens – dank der Produktion einer gewagten Miniserie für ARTE, in der es um eine französische, nach Afrika ausgewanderte Familie ging –, aber sie ist schon vor einer ganzen Weile vom Sockel gestürzt. Mehrere Fehlschläge, schlechte Entscheidungen, die ihre große künstlerische Mittelmäßigkeit an den Tag brachten, eine arrogante Selbstgefälligkeit gegenüber den Autoren, die sie nur ungern angemessen bezahlt und wertschätzt, ganz zu schweigen von ihrer Schwierigkeit, sich gegenüber den neuen Produzenten in ihren Dreißigern zu behaupten, die sich wie amerikanische Söldner im Irak aufführen.

«… mir gefällt es, wenn die Natur das Ruder in die Hand nimmt und unsere Existenz verändert, das ist im Wesentlichen der gemeinsame Nenner zwischen diesem Projekt und den *The Leftovers*. Eine sehr starke Serie! Sie spielt in einem Dorf, aber es ist kein Dorf wie …»

Benjamin unterbricht ihren Endlosmonolog mit dem Taktgefühl eines Außenministers, der die Verhandlungen für beendet erklärt.

«Schick es mir. Ich werd's lesen.» (Das ist die einzige Lösung! Die Einzige!)

Da sie mit dieser Antwort nicht gerechnet hatte, bevor sie nicht alle ihre Argumente ausgepackt hatte, kichert Virginie Saulnier los und beschenkt Benjamins in Panik geratenen Geruchssinn mit einem glückseligen Lachen. Da Benjamin sich noch nicht daran gewöhnt hat, dass es zu solchen Reaktionen kommt, sobald er Interesse bekundet, empfindet er – selbst in diesem Augenblick, da sein Geist im Treibsand versinkt – unweigerlich dieses seltsame, hybride Gefühl, hin- und hergerissen zwischen der Freude zu sehen, welche Macht er über die Leute aus der Branche hat, und der Verachtung, die ihre Unterwürfigkeit in ihm auslöst.

9

Eine halbe Stunde später geht Benjamin Grossmann, den Umschlag mit den 1600 Euro in der Innentasche seines Parkas, durch die Sicherheitsschleuse der HSBC-Bank und hat es eilig, ein Taxi zu erwischen. Er wirft einen flüchtigen Blick auf die «schönste Straße der Welt», die in ihrer altmodischen Sorglosigkeit vor ihm liegt, so übertrieben wie eine Pappkulisse für die Touristen vom anderen Ende der Welt, dass sie mit dem Triumphbogen im Rücken ein Selfie machen können. Auf den alten Litfaßsäulen hängt in einer Reihe das Werbeplakat für die Langversion von Federico Fellinis Film *Das Schiff der Träume*, der in einer Woche in die Kinos kommt. Ein Film, den Cathie ihm am Sonntagmorgen seines dreizehnten Geburtstags, dem offiziellen Datum seines Eintritts in die Adoleszenz, unbedingt auf DVD hatte zeigen wollen. Die 1983 gefilmte Geschichte dieser einzigartigen Expedition auf einem Luxusdampfer voller Künstler und schillernder Persönlichkeiten, die in Neapel aufgebrochen waren, um die Asche einer großen Sängerin zu begleiten, hatte ihre Schwangerschaft stark geprägt. Benjamin erinnert sich noch immer an die dekadente und prunkvolle Atmosphäre, an den Moment, an dem die Überfahrt eine tragische Wendung nimmt, nachdem serbische Flüchtlinge, die am Vorabend des I. Weltkriegs aus dem österreichisch-ungarischen Kaiserreich fliehen, an Bord geholt werden. Cathie hatte ihm erzählt, der Drehbuchautor Tonino Guerra habe Fellini zu dem Filmanfang inspiriert, in Anspielung auf das Verstreuen von Maria Callas' Asche in der Ägäis (vielleicht könnten sie sich den Film mit Ariane ansehen, bevor sie nach Dublin aufbrachen … vielleicht).

Er hebt die Hand, aber vor seinen Augen fährt ein Taxi davon. Er läuft schnell über die Straße. Der Anblick des Gewimmels auf den Café-Terrassen, die zur Mittagszeit überfüllt sind, erinnert ihn daran, dass er den ganzen Tag noch nichts gegessen hat. Das Adderall nimmt den Hunger, macht seinen Mund aber trocken wie Schleifpapier und verstärkt spürbar seine Migräneanfälle (er muss die Zeit finden, sich Provigil zu bestellen …).

Während ihm ein zweites Taxi davonfährt, ohne auf seine ausladenden Gesten zu reagieren, warum zum Teufel weiß er auch nicht, löst sich ein Satz von Romain Gary aus den Tiefen seines

Gedächtnisses und stürzt auf ihn zu wie ein Freund, der ihm zu Hilfe eilt. *Plötzlich dachte ich, dass die Welt einen gern hinters Licht führt.* Französischunterricht in der Sechsten. Die Lehrerin, Madame Bernard, hatte sie gebeten, ein Blatt Papier herauszuholen und diesen Satz zu kommentieren, der aus einem Text stammte, den sie ihnen am Vortag ausgeteilt hatte. Verloren hinter seiner Ponysträhne, hatte der kleine Grossmann ihn wieder und wieder gelesen, denn er verstand überhaupt nicht, worauf der Autor hinauswollte. Wieso hinters Licht? Hinters Licht von was? Wovon sprach der da? An diesem Tag prägten sich die Textur seiner Verwirrung und diese völlig neuartige Erfahrung intellektueller Panik so tief in sein Nervengewebe ein, dass er während seiner gesamten Schulzeit jedes Mal, wenn er mit einer ähnlichen Situation konfrontiert war, die verbrauchte Gestalt von Madame Bernard vor sich sah, wie sie seinen erbärmlichen Aufsatz einsammelte. Doch jetzt sprudeln die Worte in seinem Kopf nur so hervor, ohne seinen Willen erst um Erlaubnis zu bitten; erstaunlich verständlich, mit unfehlbarer Weitsicht die Gleichgültigkeit einer Welt beleuchtend, die nie Zeit hat, einen wegen erlittenes Unglücks zu bemitleiden.

Ein paar Sekunden später hält endlich ein Taxi an.

Nachdem er auf der Rückbank Platz genommen hat, kurbelt Benjamin das Fenster runter, um frische Luft zu atmen. Er bemerkt, dass es aufgehört hat, zu regnen. Das Industriegrau des Himmels kippt bereits ins Blassgraue. Als er gerade versucht, seine Gedanken zu sammeln und aus dieser unerträglichen Verwirrung herauszufinden, beschließt der Fahrer, ein Gespräch anzufangen. Er sei ganz und gar nicht einverstanden mit dem Streik der Schausteller, die seit dem Morgengrauen die Ausfahrten aus Paris blockierten und die Autos am Verlassen der Hauptstadt hinderten. Benjamin bemerkt, wie seine schwarzen Augen ihn im Rückspiegel suchen, in dem Bemühen, zwischen ihnen beiden – zwei Bürger in den Fängen der extremen Zentralisierung dieser Stadt – eine gewisse Verbundenheit herzustellen. Da er keinen Drang verspürt, auf dieses Spiel einzugehen, brummt er dreimal ein trockenes «Hm», als habe er Sägespäne verschluckt, und wendet den Blick nach draußen.

Im Rückspiegel dürfte Benjamin Grossmann mit seinen regelmäßigen Gesichtszügen und der ingwerfarbenen, mit Haarwachs gezähmten Frisur aussehen wie einer dieser eingebildeten weißen Yuppies, die sich ihre Energie lieber für die entscheidenden Ereignisse des Tages aufsparen, als sie in einem Small Talk mit einem Taxifahrer aus der Subsahara zu verplempern. Benjamin ist sich dessen bewusst, dass er ein jämmerliches Bild abgibt, aber er kann nicht anders. Er will nur eins: seine Nase an die Scheibe drücken, das steinerne Herz von Paris an sich vorbeiziehen sehen und in Ruhe gelassen werden. Zwei Minuten. Nur zwei Minuten! Um zu verstehen, was mit ihm passiert. Er weiß es immer noch nicht, hat kein Wort, es zu beschreiben ... *Plötzlich dachte ich, dass die Welt einen gern hinters Licht führt* ... Die einzige einigermaßen artikulierte Reflexion, zu der er in der letzten Stunde fähig war, und selbst die ist nicht von ihm. Er trägt 1600 Euro in der Innentasche seiner Jacke mit sich herum – 1600! – und hat sich noch nicht die Zeit genommen, darüber nachzudenken, dass das wirklich eine verdammt hohe Summe ist. Da spielt es keine Rolle, dass er 17 342 Euro im Monat verdient; 1600 Euro, das ist kein Pappenstiel! Ganz zu schweigen davon, dass es sich vielleicht um eine Falle handelt, einen erstklassigen Hinterhalt, auf den er zustürmt wie ein frisch aus dem Ei geschlüpfter Spatz.

Das Taxi kriecht um die Église de la Madeleine herum, diese bemerkenswerte neoklassizistische Architektur mit der imposanten Fassade und den acht Säulen, ohne Glockenturm oder Kreuz, und reiht sich dann in den dichten Verkehr auf dem Boulevard des

Capucines ein. Je weiter er sich von den vornehmen Vierteln im Westen entfernt, desto schmaler werden die Fahrbahnen und desto dichter die Menschenmenge. Man rennt in alle Richtungen, Wege kreuzen sich, man schlängelt sich durch, streift einander, weicht einander aus, in einer greifbaren und ansteckenden Spannung. An einer roten Ampel stürzt ein alter Rom, mit einer Gesichtshaut, dick wie eine Brotkruste, auf die Windschutzscheibe des Taxis zu, in der einen Hand ein Reinigungsmittel, in der anderen einen Abzieher. Sofort wird der Fahrer unruhig, gestikuliert, regt sich auf und murmelt Beleidigungen in seiner Sprache. Der alte Mann drängt ihn nicht weiter, lässt vor seinen Augen ein Schaumrinnsal die Scheibe runterlaufen und humpelt auf Benjamin zu. Er wirft Benjamin einen so flehenden Blick zu, dass diesem unwohl wird und er verschreckt überlegt, wie er reagieren soll. Im selben Moment springt die Ampel auf Grün, und das Taxi fährt wütend los. «Diese Leute wollen nicht arbeiten …», knurrt der Fahrer, bevor er verstummt, vermutlich weil er sich daran erinnert, dass seinem Kunden nicht nach Eintracht zumute ist.

Um die Rue Caumartin zu vermeiden, die auf ganzer Länge von einem Lieferwagen behindert wird, biegt das Taxi im letzten Moment ab, was ein Hupkonzert nach sich zieht, und bleibt in dem Durcheinander auf der Place de l'Opéra stecken. Benjamin hat direkt das überdimensionierte Werbeplakat von BeCurrent für seine neue Serie *The Forgotten* vor der Nase, ein Fantasy-Thriller, gedreht zwischen Oslo und Brügge. Das Plakat bedeckt die gesamte majestätische Rückfront der Opéra Garnier, die seit Kurzem renoviert wird. Natürlich kannte er das Plakat und wusste, dass BeCurrent sich diese symbolträchtige Stelle – «so nah wie möglich am Strom», laut Rafi Saïd, dem Marketingleiter des Unternehmens – für eine horrende Summe gesichert hatte. Nichtsdestotrotz ist er schockiert. Der Schock rührt nicht von der erdrückenden Nähe des

Plakats noch von dem starken Gegensatz zu dem imperialen Monument, das es mit seiner Arroganz einhüllt, sondern von dem seltsamen Gefühl, hineingezogen zu werden zwischen die sechs Gestalten, die sich dort schweren Schrittes fortbewegen, in eine Landschaft, die so ungreifbar und nebulös ist wie ein Gemälde von Turner. Jetzt ist Benjamins Silhouette zu sehen, gekleidet wie am Vortag, im Regenmantel und mit Church's Loafers, dort, mitten unter ihnen, erstarrt unter der interpunktionslosen *tagline*, in schwarzen Lettern auf einen bedrohlichen Himmel geschrieben:

raten Sie wer der Mörder ist

Als es dem Taxi wenige Minuten später endlich gelingt, aus dem neuralgischen Knotenpunkt des Platzes herauszukommen, als das Plakat nur noch eine Kuriosität der Werbeindustrie ist, deutlich unattraktiver als die Schaufensterfront der Galeries Lafayette, sitzt Benjamin nicht mehr allein auf der Rückbank. Die eiskalte Ungewissheit, ob er ein Mörder ist, dringt durch das halb geöffnete Fenster in den Wagen, breitet sich nun wie ein obszönes, gruseliges Wesen auf der Sitzbank aus und drückt ihn an sich. Du und ich, wir werden uns nicht mehr trennen, Grossmann, was sagst du dazu!?! Benjamins Herz verdüstert sich. Er schließt die Augen. *Das ist nicht wahr. Es kann nicht, kann nicht wahr sein. Er kann kein Mörder sein …* (Später wird ihm klar, dass das Entsetzen, das er in diesem Augenblick empfunden hat, sich in ihm festgesetzt hat, um ihn nie wieder zu verlassen).

Sich im Zickzack zwischen den Autos hindurchlavierend, durchquert das Gefährt, so gut es geht, das 19. Arrondissement, vorbei am Gare de l'Est, begibt sich in die Arbeiterviertel des Pariser Ostens und lässt immer verfallenere Gebäude hinter sich, müde Boulevards, an den Eingängen zur Überlandmetro gestrandete Obdachlose, den überfüllten Platz von Bataille de Stalingrad, Junkies, um die sich keiner mehr kümmert, vor ihren Plakaten stehende Zeugen Jehovas, die auf der Brücke ihre Prospekte verteilen, den von Massen belagerten McDonald's, Migranten, die dumpf vor sich hin starrend auf den Bürgersteigen stehen. Als Benjamin auf der Place du Colonel-Fabien angekommen ist und ein schüchterner Sonnenstrahl die Windschutzscheibe streift, steigt beim Anblick der vier Einsatzwagen, die direkt vor dem «Generator»-Gebäude stehen, seine nervliche Anspannung. In dem einen Wagen sitzen Polizisten, die anderen drei sind leer. In der Nähe der Café-Bar, gleich neben dem Gebäude, sind zwei Polizisten postiert und beobachten die Umgebung.

Bevor das Taxi in den Boulevard de la Villette einbiegt, wagt Benjamin einen Blick in die Rue Albert-Camus. Er hatte keine Erwartungen, aber mit dieser Trostlosigkeit hat er auch nicht gerechnet. Die Bänke sind leer. Die wenigen dürren Bäume stehen da wie vergessene Statisten in einem Wartezimmer. Der gleiche Sonnenstrahl fällt müde auf die Fassade der Mietshäuser, in einem vergeblichen Versuch, Trost zu spenden. Was wird da in der Cité gerade im Verborgenen ausgeheckt? Wo sind die anderen Polizisten? Oder die Teenagergrüppchen, die sich sonst auf dem runden Platz tummeln? Die Mütter mit ihren Einkaufstaschen, die alten Männer mit ihren maroden, auf den Bänken gestrandeten Leibern? In dieser undurchdringlichen und ungewöhnlichen Atmosphäre ist jedes Szenario denkbar, denkt Benjamin besorgt. Das schwärzeste Drama nicht weniger als ein Sozialdrama oder ein Thriller. Er weiß genau, dass es in der Ecke keine einzige Videoüberwachungskamera mehr gibt. Sie wurden so häufig von Dealerbanden und Kunden zerstört, dass die Stadtverwaltung am Ende das Handtuch warf und sich jetzt nicht mehr um dieses Problemviertel kümmert. Es bestand also keine Gefahr, dass man ihn gefilmt hatte. Nicht die geringste.

Diese Feststellung beruhigt ihn nur kurz, denn sofort macht sich ein mulmiges Gefühl breit. War er gestern Abend wirklich hier gewesen? War er das wirklich? Hat er wirklich den Schutz dieser Cité verlassen, nachdem er Issa Zeitouni gegen das Metallgitter geschubst hatte? *Issa Zeitouni.* Vor gerade mal vierundzwanzig Stunden war dieser Name nur eine Abstraktion gewesen, der Staub eines Planeten, den Milliarden Kilometer von seiner auf BeCurrent zentrierten Umlaufbahn trennten. Und jetzt ist er wie eine Fliege, gefangen in einem fensterlosen Raum, dessen einziger Bewohner Benjamin Grossmann ist.

Während dieses ganze Chaos in ihm brodelt, packt ihn die Ungewissheit beim Kragen und brüllt ihm ins Gesicht: DENK DRAN, DASS DIESER JUNGE NIE DEIN HANDY GEHABT HAT! NIE!

V
DIE YAKUZA

1

Auf der anderen Seite der Cité GAB hat sich über mehrere Kilometer eine Front gebildet. Seit dem späten Vormittag waren am Quai de Jemmapes, an der Stelle, an der Issa Zeitounis Leiche gefunden wurde, aber auch nahe der Metrostation Jaurès, mehrere Einsatzwagen geparkt. Gegenwärtig durchsuchen Polizisten mit Handschuhen am Flussufer die von den Migranten verlassenen Zelte und übergeben sie anschließend der Müllabfuhr. Im Vollschutzanzug und mit weißer Maske nehmen die Müllmänner sie auseinander und werfen sie in das Maul eines großen Müllwagens. Die Ratten, ohne die Zelte der Dunkelheit beraubt, rennen aufgeregt und orientierungslos herum. Sie sind so sehr an Menschen gewöhnt, dass sie nicht einmal mehr zu fliehen versuchen. Über ihnen, in einem Himmel, der immer weiter und wattiger wird, kreist mit wütender Ungeduld eine hungrige Vogelschar.

Es ist Stunden her, seit das Gerücht, dass nur wenige Meter von dem kleinen Lager unter der Brücke entfernt eine Leiche gefunden wurde, die Runde gemacht hat, sodass die Migranten sich schnell und unauffällig wie eine Ameisenarmee um den Kanal verteilen konnten. Jetzt hocken sie versteckt hinter den kahlen Stämmen der Bäume, hinter den Metallzäunen des Square, unter den überdachten Eingängen der Mietshäuser und den Brückenpfeilern der überirdischen Metro und beobachten mit Angst im Bauch und zerschlagener Hoffnung, wie ihr Haus wieder einmal abgerissen wird. Unglaublich, wie sehr der Mensch sich an einen Ort binden kann, selbst wenn dieser die Verkörperung des Elends darstellt! Ein Elend, so schwarz, dass man meinen könnte, es wäre einer anderen Zeit entsprungen und wie ein Blutegel auf die Haut einer europäischen Metropole des 21. Jahrhunderts gesetzt worden. Sie schlafen mit den Nasen im Abfall, in den Ohren das dreckige Fiepen der Ratten, die alkoholisierten Streitereien und das Knistern der Crackpfeifen, aber am frühen Morgen laden sie den Akku ihres Handys am USB-Anschluss des Buswartehäuschens auf. Das ist absurd! Und selbst diese Absurdität, diese Schizophrenie nimmt man ihnen weg.

Sie haben sehr wohl verstanden, dass diese Polizisten hier nicht gekommen sind, um sie einzukassieren. Es gibt kein Einsatzfahrzeug der Bereitschaftspolizei, keinen Bus, in den man sie pferchen könnte. Es wird nur hier und da gemunkelt, dass es sich um eine improvisierte und opportunistische Operation handelt. Die Bullen nutzen die Gelegenheit, sie erst auszuquartieren und dann entlang des Ufers Betonblöcke zu errichten, damit sie ein für alle Mal verschwinden. Wer könnte sie stoppen? Welche Vereinigung könnte die Polizei von ihrer Arbeit abhalten? Ein Jugendlicher wurde tot aufgefunden, also muss etwas passiert sein. Ein Jugendlicher stirbt nicht wie ein kleiner, alter Mann, der seinen letzten Atemzug tut. Jemand muss ihn getötet haben. Sie nicht, nein. Sie kommen niemandem zu nah, das weiß die Polizei. Aber der Junge hatte offenbar nicht einmal mehr Schuhe an, ausgeplündert wie ein Soldat auf dem Schlachtfeld. Und was diese Schuhe angeht, so könnte niemand beschwören, dass sie nicht irgendwo in dem unfassbaren Durcheinander dieses unseligen Lagers auftauchen werden.

Seit einer Viertelstunde steht Amir auf dem Pont Eugène-Varlin. Er war gerade aus dem Collège Valmy gekommen, als er die Polizisten bemerkte. Cathie hatte ihn als Externen angemeldet, damit er jeden Tag zum Mittagessen nach Hause kam, statt mit den *farançavis* in die Schulkantine zu gehen. Wie die anderen sechzehn Jugendlichen in seiner Sonderklasse für minderjährige Ausländer, wird er von den *farançavis,* die sich berechtigt fühlen, ihn zu provozieren und ihm seine Sachen zu klauen, Wikla genannt (für Willkommensklasse). Nachdem er sich mit einem von ihnen geprügelt hatte, meldete Cathie ihn von der Schulkantine ab. Unfähig, sich zu bewegen, fassungslos und entsetzt beobachtet Amir, wie die Polizisten den einzigen Ort auf der Welt zerstören, an dem er ohne Angst sein konnte. Mit anderen Hazaras zusammensitzen, seine Muttersprache sprechen, gemeinsam Tee trinken, über die neuesten Witze lachen, die über das Land kursieren, das sie *Faghanisthan* (Land der Verfluchten) nennen. Und Schach spielen mit Ashkan Mahali, ehemaliger Schachmeister der Universität Kabul, dem Anatoly Karpov einmal Glückwünsche ausgesprochen hat und der ihm Kopfschmerzen bereitet, weil er so stark ist. Natürlich gibt es manche, vor allem diese zänkischen Paschtunen, die neidisch sind auf alles, was er hat, seit er bei Cathie wohnt, die ihn abschätzig anschauen und beleidigen. Aber da gibt es auch andere, seine Schicksalsgenossen, seine großen Brüder im Elend, immer bereit, sich zu erheben und ihn zu verteidigen, dass die Adern an ihrem Hals anschwellen. «*Ey baba*, lasst ihn los, ihr Idioten! Gut, dass einer von uns diese Hölle verlassen hat!», ereifert sich Baba Iradsch, der die Spur seines Sohnes irgendwo in Griechenland verloren hat.

Er kann nichts dafür, dass Cathie ihn entdeckt hat. Er saß auf einer Bank auf dem Boulevard, neben der Laterne, an der das Porträt eines vermissten Jugendlichen klebte, der von seiner Familie gesucht wurde, bei einem weiteren Versuch, die Gratiszeitung zu entziffern, die am Metro-Ausgang verteilt wird. Seine Liebe für französische Zeitungen zu pflegen ist seine einzige Aufgabe. Sie erinnern ihn an die Zeitungen, die die französischen Soldaten in ihrem

Militärstützpunkt, nur wenige Kilometer von seinem Zuhause entfernt, in seinem Tal in der Provinz Kapisa zurückgelassen hatten. Die Soldaten hatten Straßen und Brunnen gebaut, die Klinik repariert, den Basar elektrifiziert, die Dächer der Schule und der Moschee erneuert, um sich dem Vormarsch der Taliban entgegenzustemmen, bevor sie nach dreizehn Jahren zwiespältiger Präsenz das Lager verließen und ein ausgeblutetes und resigniertes Volk sowie eine Geisterfestung zurückließen, die kein Afghane betreten durfte. Manchmal kletterten die Dorfkinder nachts heimlich über die dicken Kasernenmauern, schlichen sich in die dunklen, baufälligen, von Kabeln durchzogenen Baracken, in denen der ockerfarbene Staub vom Bergland des Tagab lag, um alles zu klauen, was man zurückgelassen hatte.

Amir, ein recht mickriges Kerlchen für seine acht Jahre, war ihnen eines Abends gefolgt, weil sein dreizehnjähriger Cousin Morad, der regelmäßig an diesen nächtlichen Expeditionen teilnahm, Amirs Mutter um Erlaubnis gebeten hatte, ihn mitzunehmen. Da er nicht genug Kraft hatte, um die wenigen Möbel, die noch übrig waren, wegzutragen, um Neonröhren und Bogenlampen abzumontieren oder Elektroleitungen herauszureißen, hatte er ein paar Zeitungen, die in einem Stapel neben einer zerfetzten Matratze lagen, mitgenommen, in der Hoffnung, dass seine Mutter sie zum Anfachen des Feuers im Tannurofen hernehmen könnte. Auf dem Rückweg, begleitet vom unheimlichen Konzert der Kalaschnikows und ferner Detonationen, hatte Morad ihm, während er wie ein zum Tode Verurteilter an seiner geschmuggelten Zigarette zog, erklärt, die ausländischen Militärs seien Idioten, weil sie sich weigerten zu sehen, dass es seit der Machtübernahme durch Mirwais Khan Baba im 17. Jahrhundert keiner Armee gelungen war, Afghanistan zu kontrollieren. Afghanistan war vielmehr ihr Grab geworden.

«Keiner?», fragte sich Amir verwundert.

«Nee! Weder den Briten noch den Russen noch den Franzosen noch diesen verrückten Amerikanern, die sämtliche Kriege verlieren, sich aber für die Rais der Welt halten! Sogar die Inder haben sich von den Limeys in eine Falle locken lassen, aber wir nicht, Cousin! Wir nicht!»

Wieder zu Hause, stolz wie ein Prinz, wiederholt er seiner Mutter gegenüber Morads Worte. Seine Mutter, die nicht mehr Bildung besaß als er, nickte und sagte erstaunt *adjab! Adjab!*, bevor sie die kleinen Brüder und Schwestern, die an sie gelehnt eingeschlafen waren, zur Seite schob, um Amir Platz zu machen. Gemeinsam blätterten sie die französischen Zeitungen und Zeitschriften durch, deren Papier vom Staub ganz schwer geworden war, verblüfft, fasziniert und verwirrt zugleich. Diese runden Buchstaben und die vielen Satzzeichen … Und dann die Fotos! Fotos in unwirklichen Farben. Landschaften, Straßen, Denkmäler, Essen, Schuhe, Frauen und Männer, die atemberaubend gut aussahen. «Sieh nur, wie glatt ihre Gesichter sind, Amir *jan*, sie sehen aus, als hätten sie nie Kummer gehabt.» Sie staunten über diese Welt, die sich unter ihren Fingern entfaltete, seufzten, ließen weitere Ausrufe und Kommentare folgen, und seine Mutter, die plötzlich zehn Jahre jünger wirkte, lachte und erzählte ihm Geschichten von früher, aus der Zeit vor den Taliban.

Ihr Lachen.

Als Cathie sich neben ihn gesetzt und ihn gefragt hatte, wie er hieß, hatte er sich sofort an das Versprechen erinnert, das er seiner Mutter nach dem Mord an seinem Vater gegeben hatte – seine arme Mutter, wo war sie jetzt? War sie noch am Leben?

«Der Allmächtige», hatte sie ihm mit ihrer müden Stimme gesagt, «kann jedes Gesicht annehmen, Amir *jan*, du musst wachsam sein, damit du Ihn erkennst.»

«Ich werde wachsam sein, Mama *jan*!»

«Versprichst du mir das?»

«Ich verspreche es dir!»

Es war jedoch nicht schwer, Ihn in Cathies sympathischem Gesicht zu erkennen, in ihrem mitfühlenden Lächeln, denn in den fünf Monaten seit seiner Ankunft hatte kein *farançavi* je das Wort an ihn gerichtet, mit Ausnahme der Mitarbeiter von France terre d'asile und der Präfektur. Dass er ihr in dem chaotischen Treiben auf der Place du Colonel-Fabien am Abend aufgefallen war, er und seine schmutzstarrende Jacke, seine bis aufs Blut abgekauten Fingernägel und die verklebten Haare; dass sie zu ihm gekommen war, ihn angelächelt hatte, ein Stück von ihrem Baguette abgerissen und ihm gereicht hatte, das konnte nur bedeuten, dass die Hand des Allmächtigen sie von hinten gestoßen hatte. Amir ist sich dessen sicher (auch wenn er immer noch nicht versteht, warum er sich dafür eine hartgesottene Atheistin ausgesucht hat, die keine Hemmungen kennt, ziemlich streitlustig ist und jedes Mal, wenn ein Geistlicher im Fernsehen auftritt, Schimpfwörter benutzt). Aber diese Gewissheit kann die Schuldgefühle nicht auslöschen, dass seine Leidensgenossen da draußen in der Kälte stehen, mit Angst im Bauch, während er seinen Kopf auf eine Matratze bei einer Heizung bettet.

Vorhin, auf dem Schulhof, hatte er gehört, dass man heute Morgen einen Jungen tot aufgefunden hatte. Nicht wo, nicht wie. Einfach nur tot. Dabei war das doch egal! Es war sowieso ihre Schuld. Hier der Beweis. Kein Lager mehr, kein Ashkan Mahali, kein Baba Iradsch, kein Hussein, kein Farhad, kein Behrouz! Wenn der Mond vom Himmel verschwände, wäre es auch ihre Schuld!

Eines Nachts im September hatte seine Mutter ihn geweckt und ihm befohlen, Morad zu folgen. Er wartete vor der Tür auf ihn, um heimlich nach Iran zu gehen. Iran! Diejenigen, die bereits gegangen waren, sagten, dass sie die Afghanen schlimmer behandelten als Hunde, obwohl sie die gleiche Sprache und Religion hatten. Aber sie hätten keine andere Wahl, sagte seine Mutter, sie müssten gehen und ihr Schicksal in Gottes Hände legen. Seit dieser Nacht, die dunkel ist wie die Trauer, bis zu diesem Augenblick auf der Brücke über dem Kanal Saint-Martin, zieht sich durch alles, was er gesehen und erlebt hat, er und all die anderen, der rote Faden des Krieges. Auch dieser Sache ist Amir sich sicher. Wenn diese Riesenschweinerei einmal deine Wohnung verwüstet, dir deine Familie genommen, deine Tage verbrannt hat, wenn ihr Todesgeruch sich auf dich gelegt hat, wird er dich nicht mehr verlassen. Wohin du auch gehst, was auch immer du tust, er begleitet dich und vernichtet dich.

Sieh nur! Wieder Uniformen, wieder Gewalt, wieder Zerstörung, Angst, Demütigung. Es gibt keinen Ausweg. Nicht für sie. Auf den Quais unten, das ist das Tal von Tagab, das sind die amerikanischen Spezialeinheiten, die französischen Soldaten, die Taliban, die Checkpoints, die Keller, der Stacheldraht, die Lastwagen, die Feindseligkeit der Iraner, die Sklaverei, die Lager in Griechenland, die Knüppelschläge der Polizisten, der Terror im Zug, Morads Verhaftung in Italien, seine Einsamkeit … während rundherum Paris ist. Gut gekleidete, saubere Menschen, die es eilig haben. Die hingehen, wo sie hinmüssen, in der Gewissheit, nicht von ihrem Weg abgebracht zu werden. Sie unterhalten sich am Telefon, kommentieren die Launen des Wetters, denken an den Feierabend, an ihre Kinder, an ihr Wochenende, während sie wieder einmal gezwungen sind, alles hinter sich zu lassen und zu fliehen. Wo ist das Taschenschachspiel, das Cathies Sohn gehörte und das er Ashkan Mahali überlassen hat? Wo ist das Heft, in dem Baba Iradsch Tagebuch führte, während er darauf wartete, seinen Sohn zu finden?

Wozu seid ihr zu uns gekommen, mit euren Soldaten, euren Waffen, euren Panzern, denkt er, den Tränen nahe, wenn ihr uns in eurem Haus nicht haben wollt? Was habt ihr euch dabei gedacht, dass ihr euren Krieg zu uns bringt?

2

«Wollen Sie immer noch keinen Anwalt?», fragt der Leutnant.

«Nein.»

Sie könnte noch anmerken, dass sie ganz genau weiß, dass Anwälte im Polizeigewahrsam keinen Zugang zu den Akten haben und daher nicht viel nützen, aber Sam schweigt. Sie will ohnehin nichts von ihnen. Weder ein Glas Wasser noch ein Sandwich noch einen Anwalt. Sie hat sich nicht einmal ihre Namen gemerkt, als Sultanik, der schnell noch seine eigene Haut retten wollte, sie halbherzig vorstellte, bevor er sich eilig aus dem Staub machte. Ein Polizeileutnant und ein Hauptmann, das ist alles, was sie weiß.

Eine Stunde zuvor hatten die beiden Männer von der Dienstaufsicht sie unter den dumpfen Blicken der Kollegen aus Sultaniks Büro geholt. Mit hochgerecktem Kinn, den Blick starr geradeaus gerichtet, liefen sie durch die engen Gänge des Polizeireviers, fast unverhohlen ihre Freude zeigend, dass sie in einem Fall, der ein schöner Medienhype werden könnte, die Racheengel spielen durften, dann ging es die Treppen hinauf in den einen der beiden Vernehmungsräume, der akzeptabel aussah, wenn man es vermied, auf die Fußleisten zu achten. Sollte am Ende des Tages ein Journalist in einem dieser schlampigen Artikel, die ins Internet gestellt werden, schreiben, «... aus einer mit den Ermittlungen vertrauten Quelle», dürfte es sich ohne jeden Zweifel um einen dieser beiden Cowboys handeln.

Seit Sam auf jenem Stuhl sitzt, der normalerweise für die schädlichsten und gefährlichsten Individuen dieser Stadt reserviert ist, behandeln sie sie wie eine kleine unbedeutende Kriminelle. Als hätte sie nicht Stunde um Stunde auf der anderen Seite dieses Schreibtisches gesessen, genau auf ihrem Platz, ohne auf die Zeit oder ihre Müdigkeit zu achten, in dem Versuch, den Opfern Gerechtigkeit widerfahren zu lassen. Als ihr Kollege von der Drogenfahndung, Pierre Alfonsi, der auf der Polizeischule die gleiche Klasse besucht hatte, nach einem Fall legitimer Selbstverteidigung von der IGPN in Gewahrsam genommen wurde und so zerschunden wieder herauskam, dass er Monate später noch immer nicht in der Lage war, wieder zur Arbeit zu kommen, hatte Sam die Angstattacken, mit denen er zu kämpfen hatte, nicht recht ernst genommen. Sie hatte sogar, ohne auf seine Scham und erlittene Erniedrigung einzugehen, zu ihm gesagt: «Das war doch nur ein verwaltungstechnischer Akt, Pierrot, das ändert nichts daran, dass du ein guter Polizist bist!» Was für eine Plattitüde! Was für ein Schwachsinn!

Jetzt stellt sie entsetzt fest, dass es keine Grenzen, keine Mauern gibt, um sie zu schützen. Die heiligen Werte der Polizei, der Respekt vor der Hierarchie, der Ehrenkult, der Einsatz für das Gemeinwohl, *pro patria vigilant* … All das bedeutet nichts. Sobald sie in die Arena steigen und sich Auge in Auge mit der blinden, komplexen, rohen Realität wiederfinden, werden sie so verwundbar wie ein Säugling. Von überallher, jederzeit, kann plötzlich jemand auftauchen, in ihr Leben eindringen oder es an sich reißen – *wer hat sie gefilmt? wie lange wurde sie schon überwacht?* – und sie auf die andere Seite katapultieren. Unter die Schurken und die Kriminellen. Und dann wird es niemanden mehr geben, der sie beschützt.

Der Leutnant führt die Befragung durch. Der Hauptmann, magerer Hals und knochiger Kiefer, unförmiger brauner Anzug, starrt auf den Bildschirm seines Laptops, der am Ende des Schreibtischs steht. Ein beginnender Schnupfen zwingt ihn, sich regelmäßig die Nase zu putzen. Im Gegensatz zu seinem Kollegen ist der Leutnant wie aus dem Ei gepellt. Marineblauer Anzug und passende Streifenkrawatte, weißes Hemd mit englischem Kragen, eine große Brille, die sein halbes Gesicht verdeckt. Seine Lippen sind so schmal wie ein Knopfloch, und er hat ein Haarimplantat, das einen geraden Strich über der Stirn bildet. Wahrscheinlich ist er Polizist, aber es dürfte schon eine Weile her sein, dass er mit frisch polierten Dienstschuhen im Einsatz war.

«Wissen Sie, dass mangelnder Respekt gegenüber einem Leichnam strafrechtlich verfolgt werden kann?», sagt er, während er sich vorbeugt, um eine Büroklammer von der Ecke des Tisches zu entfernen. Er schaut zu Sam auf, mustert sie: «Verstoß gegen die gebotene Ehrfurcht gegenüber dem toten Menschen, haben Sie davon gehört?»

Er will dir Angst machen, denkt Sam.

Keine Panik.

«Ich habe Ihnen schon gesagt, dass ich nicht wusste, dass er tot ist.»

«Ich habe sehr gut zugehört! Migranten, Junkies ... Ich sehe schon, dass Sie das alles überfordert. Aber sehen Sie, die Frage, die ich mir stelle, ist folgende: Warum haben Sie ihm einen Fußtritt in die Seite gegeben?»

Was kann sie darauf schon antworten? Diese Frage stellt sie sich ja selbst. Sie wirbelt schon seit Stunden im Dampfkochtopf ihres Schädels herum, so fieberhaft auf der Suche nach einem Ausweg wie ein Insekt, das, unter einer Glasglocke gefangen, Todesqualen leidet. Sam erinnert sich an den brummenden Schwarm von Gefühlen, der ihre Nerven reizte und ihr Bein vorschnellen ließ, aber jetzt erscheint ihr dieser Moment so abstrakt, so nebulös, dass sie sich nicht vorstellen kann, ihn wirklich erlebt zu haben. Was war da passiert? Woher kamen all diese Gefühle? Wie konnten sie in solch einem Albtraum enden?

Der Leutnant spielt mit der Büroklammer und fixiert sie dabei mit theatralischer Intensität. Er ist offensichtlich überzeugt, die richtige Frage gefunden zu haben, und scheint nicht bereit, nachzugeben:

«Und?»

«Ich war wütend, dass er mir nicht antwortet», lautet Sams zaghafter Versuch.

«Dass er Ihnen nicht antwortet? Sie scheinen ihm aber überhaupt keine Frage gestellt zu haben.»

«Auf dem Video ist das so», sagt sie und kämpft gegen ihr Herz, das wieder verrückt spielt. «Auf dem Video ist es so, dass ich die Treppe hinuntergehe, um ihn zu treten, aber das stimmt nicht ...»

«Und was haben Sie getan?»

«Ich habe ihn gebeten, aufzustehen.»

«Sie haben ihn gebeten, aufzustehen?» (Leises Kichern.) «Sie haben uns doch gesagt, dass Sie dachten, der Kerl sei ein Migrant, der zu viel getrunken hat oder der sich zu viel Shit, Crack oder sonst einen anderen Mist reingezogen hat, der hier in der Gegend verkauft wird, ist das richtig?»

«Ja, das ist richtig.»

«Und Ihrer Meinung nach ist ein so zugedröhnter Typ fit genug, Ihnen zu gehorchen?»

«Ich habe nicht erwartet, dass ...»

«Was genau haben Sie denn erwartet?»

«Ich weiß nicht. Dass er sich bewegt.»

«Und er hat sich nicht bewegt?»

Der Leutnant jubelt. Sam hört deutlich sein Lasso über ihrem Kopf kreisen.

«Hat er sich nun bewegt, ja oder nein?», wiederholt er gereizt.

In dem Augenblick, da diese Frage die warme Luft in dem Raum durchbohrt, steht Dalloz' massive Gestalt vor Sams Augen, aus der Froschperspektive gesehen, breitbeinig, die Füße ganz nah am Rand, bereit, zu springen und die Sache zu regeln.

«Kennen Sie viele Typen, die voll drauf sind und sich bewegen, Baydar?»

Er wird nicht loslassen.

Sam schluckt schwer.

«Nein ...»

Die Scham würgt ihre Stimmbänder.

Nie wieder wird sie durch dieses Viertel gehen können, nicht einmal in Zivilkleidung, aus Angst, irgendeine Frau, die ihr begegnet, könnte die Mutter von Issa Zeitouni sein. Eine Mutter aus der Cité GAB. Sam kann sich unschwer ihre Wohnung vorstellen, die Eingangstür, an der die Kollegen heute Morgen geklopft haben dürften, den Fliesenboden ... Sie kann sich unschwer vorstellen, wie sie, vor eisiger Verzweiflung erstarrt, in der Leichenhalle vor ihrem toten Sohn steht.

«Er hätte allenfalls irgendeinen Laut von sich geben können, aber sich bewegen ... (Zu ihrem Kollegen) Was meinst du dazu?»

«Ich habe noch nie gesehen, dass ein mit Drogen vollgepumpter Kerl sich bewegt, aber irgendeinen Laut hätte er von sich geben können, das schon», antwortet der Hauptmann, ohne vom Bildschirm aufzusehen.

«Bist du sicher?», bohrt er nach.

«Jepp.»

Der Leutnant dreht sich zu Sam um, den Mund zu einem zufriedenen Grinsen verzogen. Um ihren gesenkten Blick einzufangen, schiebt er seinen Oberkörper vor.

«Und, hat er einen Laut von sich gegeben? (Da sie keinen Mucks von sich gibt, dreht er um ein paar Dezibel auf.) Hat er nun einen Laut von sich gegeben oder nicht?»

Sam schüttelt den Kopf.

«Er gibt keinen Laut von sich, bewegt sich nicht, also geht es ihm, einmal angenommen, dass er überhaupt noch lebt, im besten Fall ziemlich schlecht und er braucht ärztliche Hilfe.»

Sam sieht die Schadenfreude in den Augen des Leutnants aufblitzen, deren Funken ihr ins Gesicht schlagen. Das sind dieselben Funken, die in den Augen jedes Polizisten aufblitzen, dessen Lasso sich um die Beute legt. Das Spiel ist noch nicht aus, Baydar, scheinen sie zu sagen, aber du hast es bereits verloren. Von nun an wirst du dich nur immer tiefer und tiefer hineinreiten ... und in Stücke zerbrechen.

Sie versucht trotzdem, sich an der Oberfläche zu halten, sich an der herablassenden Stimme des Leutnants festzuklammern, der sie jetzt an ihre Pflicht im Umgang mit einem leidenden Individuum erinnert – als ob sie das nicht wüsste, als hätte sie nicht Dalloz' schräge Blicke ertragen! –, aber die Angst und die Verzweiflung drücken sie nieder. Ach, könnte sich doch nur die Erde unter ihren Füßen öffnen und sie verschlingen! Könnte doch nur ihr Herz ... Mein Gott! Es ist gar nicht ihre Art, so zu denken, aber in diesem Moment sieht sie außer dem Tod oder einem Wunder keine Alternative.

« ... sind Sie Marathonläuferin? He, Baydar?»

Die Stimme des Kapitäns packt sie, bringt einen Teil von ihr zurück in den Raum. Sie dreht langsam ihren Kopf zu ihm, überrascht, dass er zu ihr aufschaut. Sie hat sogar den Eindruck, ein gewisses Interesse darin lesen zu können.

«Wie lange laufen Sie schon Marathon?»

«Seit fünf Jahren.»

Warum diese Frage?

«Paris?»

Sie nickt hustend. Ihre Kehle ist so trocken …

«Ich bereite mich gerade auf den in Boston vor … Ich meine, das würde ich gern», fügt sie ganz leise hinzu, als käme die Hoffnung auf was auch immer in ihrer Situation einer besorgniserregenden Anmaßung gleich.

«16. Platz!», wirft er voller Bewunderung ein. «Ich schaffe es gerade mal, bis zum Ende durchzuhalten.»

«Dann werden Sie es also wieder löschen?»

Der Leutnant mischt sich in ihr Gespräch ein, sichtlich irritiert, dass es eine so nette Wendung genommen hat.

«Ja, in ein paar Stunden wird das erledigt sein.»

«Bis dahin bleibt nur zu hoffen, dass kein Troll darauf stößt. Wenn einer die Verbindung zu dem Video herstellt, ist der Shitstorm garantiert.»

Mit diesen Worten steht der Leutnant auf, streckt sich und kreuzt damit die unsichtbare Diagonale zwischen Sam und ihrem Kollegen.

«Damit verhindern wir auch, dass sie entdeckt wird», grummelt der Hauptmann, während er aus seiner Tasche ein Fläschchen mit Nasentropfen zieht.

«Natürlich! Was ist jetzt, wann kommen denn die Sandwiches?»

Sam ist entsetzt und versteht, dass sie über ihr Profilbild sprechen, das auf der Website der Polizeipräfektur veröffentlicht wurde, nachdem sie es in diesem Jahr beim Paris-Marathon auf Platz sechzehn geschafft hatte. Eine ganze Seite in der Rubrik «Wir über uns», in der jene Beamten, die sich besonders hervorgetan haben, ihren kleinen Auftritt haben sollten. Dort ist unter anderem zu lesen, dass Asya Baydar den Arm einer Radfahrerin, die im 20. Arrondissement von einem Auto erfasst wurde, *vor der Amputation gerettet* hatte, indem sie *mit beispielhafter Gefasstheit* die notwendigen

Handgriffe zur Blutstillung ausgeführt hatte. Gelöscht! Sie hatte ihrer Mutter noch nichts davon erzählt, weil sie sich sagte, dass es besser war, zu warten, bis sie in Straßburg wäre, ihr die Seite selber zeigen und sich die Zeit nehmen könnte, ihr zu erklären, was für eine Ehre es war, in dieser Rubrik zu erscheinen. Sie sah sich am Abend ihrer Ankunft neben ihr in der Küche sitzen, nachdem der Vater eingeschlafen wäre und ihre Geschwister mit Tupperdosen voll mit Essen nach Hause gegangen wären. Sie hätte dann ihren Laptop eingeschaltet, hätte sie in ihrem eigenen Tempo den Artikel lesen lassen und ihr Gesicht dabei beobachtet. Siehst du, du musst dir keine Sorgen mehr um mich machen, Mama. Alles ist gut, ich verdiene meinen Lebensunterhalt, ich habe einen Beruf, den ich liebe, in dem man meinen Wert erkennt. Sie sind stolz auf mich, ich schwör's dir! Auch wenn ich noch nicht verheiratet bin, auch wenn ich kein Kind habe, bin ich doch keine Versagerin, Mama.

3

Als eine halbe Stunde später ein Schinken-Butter-Gurken-Sandwich, ein Thunfisch-Mayonnaise-Sandwich und zwei Flaschen stilles Wasser auf dem Schreibtisch des Befragungsraums in den Räumlichkeiten der Compagnie de sécurisation et d'intervention von Paris landen, wird die Stadt draußen unerwartet von Sonne überflutet.

Nach der Sintflut der letzten Tage, die die Menschen sogar die Existenz eines Himmelssterns namens Sonne vergessen ließ, der ein Leben auf dem Planeten Erde erst ermöglicht, wirkt sein explosives Erscheinen wie ein wahnwitziger Theatercoup. Mal ehrlich, nachdem man am Morgen, erdrückt von einem wolkenverhangenen Himmel und bis zur Unkenntlichkeit in Schichten aus Wolle oder synthetischen Stoffen gepackt, das Haus verlassen hatte, wer hätte da gewettet, dass man am frühen Nachmittag auf der Terrasse seinen Kaffee trinken und der Welt in die Augen sehen könnte? Übrigens leerte sich die Theke von *La Vielleuse*, einem der beliebtesten, düstersten, aber auch ältesten Cafés des Pariser Ostens, seit dem 19. Jahrhundert an der Ecke zwischen der Rue de Belleville und dem Boulevard gelegen, innerhalb von zehn Minuten von seinen Stammgästen. Sie eilten allesamt mit entspannten Gesichtern und einer Tasse Kaffee oder ihrem Bier in der Hand nach draußen.

Diejenigen, die durch die Tür auf der Seite der Rue de Belleville nach draußen gelangten, kamen an einem gerahmten Spiegel vorbei, der von Rissen durchzogen und mit einer uralten Malerei verziert war, die eine Drehleierspielerin darstellte. Bis 1982, dem Jahr, in dem eine der bedeutendsten Erneuerungen des Viertels stattfand, war die junge Drehleierspielerin in den großen Spiegel integriert, der hinter dem Tresen an der Wand entlanglief. Auf seinem oberen Teil konnten die Kunden über sie lesen: «Obwohl sie am 9. Juni 1918 von der dicken Bertha verletzt wurde, hat sie nie aufgehört, die Siegeshymne zu spielen.» Die «dicke Bertha» war eine deutsche Mörserkanone, durch deren Druckwelle die glatte Oberfläche des Spiegels für immer beschädigt worden war. Man kann recht gefahrlos darauf wetten, dass Benjamin Grossmann heute der einzige Kunde ist, der die Geschichte des Spiegelrechtecks, das neben der Tür hängt, kennt. Der Einzige, der trotz all der Jahre, die er nicht in diesem Laden verbracht hat, unwillkürlich beim Betreten des Raumes daran denken musste – und er hatte weiß Gott gerade andere Dinge im Kopf! Der Grund: die verrückten Abende, die er hier mit seinem Vater verbracht hatte, dem unverbesserlichen Alexis Grossmann. Außerdem hatte er den Taxifahrer nur deshalb darum gebeten, in der Rue de Belleville anzuhalten, war er nur deshalb in diesen Raum geflüchtet, weil Cathie (in dem unwahrscheinlichen Fall, dass sie nicht bei der Arbeit war) hier niemals herkommen würde. Sie vermied es sogar, in der Gegend überhaupt durch diese Straße zu gehen, aus Angst, dem schwankenden Geist ihres Exmannes zu begegnen.

Jetzt trennen Benjamin Grossmann gute drei Meter von der anderen Kundin, die drinnen geblieben ist: Nénette, achtundfünfzig Jahre alt, die gespenstische Chlocharde vom Boulevard, die aufgrund einer Mischung aus chronischer Sorge und billigem Alkohol wie eine Hundertjährige aussah. In seinem Hemd, das sich unter der Jacke in einen Schwamm verwandelt hat, die Nase auf dem Bildschirm seines iPad mini, versucht er, sich auf die siebenundneunzig E-Mails zu konzentrieren, die er seit heute Morgen erhalten hat (was hat er nur falsch gemacht, welchen üblen Manipulationen ist er ausgesetzt, dass er systematisch, und obwohl er tonnenweise Werbeblocker einbaut, E-Mails mit Rabatten für Brustimplantate erhält?).

Er hätte sich auch an einen Tisch setzen können, aber der Tresen war ihm lieber. Es war derselbe Tresen, an dem Alexis Grossmann bei seinen seltenen Besuchen in dieser Gegend, bei denen er vorgeblich seinen Sohn sehen wollte, immer hängen blieb. In Wahrheit nutzte Alexis Grossmann die Gelegenheit, um das Bierfass und sein Bankkonto zu leeren, dessen Kontostand immer stärker von der Arbeitslosenversicherung abhing. In einem verzweifelten Versuch, sein dahinwelkendes Ego wieder aufzurichten, gab er lallend und mit trübem Blick ein Getränk nach dem anderen aus, um Anekdote an Anekdote zu reihen, die zumeist seinen angegriffenen Verstand offenbarten und von *Neige* handelten, dem Kassenschlager von Juliet Berto und Jean-Henri Roger, der 1980 in *La Vielleuse* gedreht worden war und an dem er als stellvertretender Regisseur mitgearbeitet hatte. Trotz seiner erst zwölf oder dreizehn Jahre hätte Benjamin seine Hand dafür ins Feuer gelegt, dass niemand dieser fröhlichen Wracks, die begeistert waren, sich gratis einen hinter die Binde gießen zu können, jemals von diesem Film gehört hatte. Obwohl das erbärmliche Schauspiel, das sein Vater hier bot, ihm Unbehagen bereitete – laut seiner Mutter wurde Alexis Grossmann immer seltener von den Filmleuten angefragt, weil er immer älter und bescheuerter wurde –, und obwohl er jede Anekdote auswendig kannte, hörte Benjamin ihm mit übertriebenem Interesse zu. Um zu verhindern, dass er in seiner abgrundtiefen Betrunkenen-Nostalgie versank, lenkte er ihn geschickt wieder aufs Thema zurück. Wahrscheinlich hatte er hier, genau hier, vor diesem Tresen, umfassend erfahren, was das Wort «Schuld» bedeutete. Er konnte ihn nicht allein lassen und zu seiner Mutter zurückkehren, er konnte es einfach nicht, aus Angst, dass er dann auf der Straße enden würde, erstickt in seinem Erbrochenen oder zu Tode geprügelt von anderen Betrunkenen, die zufällig vorbeikamen. Ohne diese Schuldgefühle, ohne das vitale Bedürfnis, die klebrige Schnauze seines Vaters aus ihrem Leben fernzuhalten, hätte er ihn wahrscheinlich abgeschrieben. Hätte Alexis Grossmann das überhaupt bemerkt?

4

Die Sonne ergießt sich wie Eigelb über den Tresen des Cafés *La Vielleuse*. Benjamin wirft einen Blick auf die Zeitanzeige oben auf seinem Tablet. Noch eine Viertelstunde.

Er klickt auf den Button «Papierkorb jetzt leeren» und löscht sämtliche E-Mails, die er dort hineinbefördert hat. Wenn er doch nur den gestrigen Abend auf die gleiche Weise löschen könnte. Ein kleiner Klick, und hopp. Verschwunden! Erledigt! Vielleicht haben wir uns zu sehr an diesen kleinen Klick gewöhnt, denkt er, an diesen Papierkorb, der in unserem Alltag hängt, bodenloser Brunnen des Vergessens, und sollten uns mit einem ebenso logischen wie unvermeidlichen Phänomen auseinandersetzen: der Konsequenz. Der Konsequenz unserer Taten. Solche Überlegungen hatte er sich bereits gemacht, als seine Kollegin Amandine Sales, die für den Dokumentarfilmbereich zuständig ist und mit der Benjamin an manchen Freitagabenden ein Gläschen trinkt, um sich über laufende Projekte auszutauschen, ihm mitteilte, sie werde den Vertrag für eine Dokumentarfilmserie mit dem Titel *Disadopted* unterschreiben, die über einen Zeitraum von fünf Jahren den Lebensläufen vierer Kinder folgt, die in den USA adoptiert und später zurückgegeben oder verlassen wurden, weil sie den Adoptiveltern nicht mehr passten.

«Schalt mal den Ton ein! Na los, den Ton!»

Die Stentorstimme des Wirts von *La Vielleuse*, deren Taste sich bei der Einstellung «wütender Proll» verklemmt hatte, hallt durch den leeren Raum und unterbricht seine Gedanken. Benjamin hebt das Kinn. Hinter dem Tresen steht der junge Kellner, spindeldürr, fettiges Haar und von Ekzemen zerfressene Nasenflügel – *mein Gott, was mache ich bloß hier?* – und richtet in aller Seelenruhe die Fernbedienung auf den in der Höhe angebrachten Bildschirm, der auf den Kanal BFM eingestellt ist.

«Beeil dich, verdammt!», schimpft der Wirt.

Auf dem Bild ist in Medium-Shot-Einstellung eine junge Journalistin zu sehen, die so jung ist, dass das Mikro in ihrer Hand fast schon anachronistisch wirkt. Hinter ihr sehen wir ganz unverkennbar den imposanten Sitz der Kommunistischen Partei Frankreichs mit seiner zentralen weißen Kuppel. Benjamins Neuronen werden von einer Panik geschüttelt, die er schon einmal so in den Griff bekommen konnte. Jetzt ist es so weit, das Fernsehen ist schon da … Die Bestie hat ihre Chance gewittert und eilt herbei, um ihren unersättlichen Wanst zu füllen … Von jetzt an kann nichts mehr völlig im Dunkeln bleiben. Zum ersten Mal stößt die Aussicht, alles zu verlieren, einer mit Emotionen gemästeten Gesellschaft zum Fraß vorgeworfen zu werden, ihre Banderilla in Benjamins Herz.

«Mensch, das ist doch bei uns!», ruft Nénette aus und strahlt dabei, als sei Meryl Streep zu einer Stippvisite ins Viertel gekommen.

Im selben Moment erhebt sich die Stimme der Journalistin:

«… nicht mehr, im Moment läuft eine Untersuchung zur Ermittlung der genauen Todesursache. Laut der Polizeipräfektur, die wir vor wenigen Minuten erreichen konnten, wird die Polizistin gerade von der IGPN befragt. Ich möchte Sie daran erinnern, dass das Video, das sie dabei zeigt, wie sie die Leiche von Issa Zeitouni tritt, seit heute Morgen in den Social Media die Runde macht.»

Zurück zur Sendung. Ein Journalist in den Vierzigern, der eine falsche Betroffenheit zur Schau trägt, fragt seine Kollegin mit ernstem Blick in die Kamera:

«Sie können also bestätigen, dass sich die IGPN mit dem Fall befasst?»

«Ganz genau, Jérôme.»

«Ist die Identität der Polizistin bekannt?»

«Nein. Die Polizei möchte sie nicht öffentlich bekannt geben, zumal sie in den Netzwerken Drohungen erhalten hat.»

«Haben Sie die Eltern des Opfers treffen, mit ihnen sprechen können?»

«Bildet dieser Medienfuzzi sich etwa ein, die Eltern wollten vor der Kamera den Kasper machen! Die haben ein Kind verloren, verdammt!»

Der durchdringende Einwurf des Patron übertönt den Anfang der Antwort der Journalistin. Aber Benjamin kann trotzdem heraushören, dass sie sie nicht getroffen hat …

Die Eltern … ein Kind verloren …

«… Laut den mir zugänglichen Informationen lebte das Opfer mit seiner Mutter und seinen beiden jüngeren Schwestern in diesem Gebäudekomplex (Kameraschwenk zu den Mietskasernen), den man Cité Grange-aux-Belles nennt …»

Eine Mutter … zwei jüngere Schwestern …

Mein Gott!

«Aber das ist doch bei uns!», ruft Nénette.

«… keine Vorstrafen, offenbar ein völlig unauffälliger Junge», setzt die Journalistin hinzu.

«Danke, Mona.»

In dem Bestreben, jeden Leerlauf zu vermeiden, wendet sich der Reporter augenblicklich einem Mann mit recht grobschlächtigem Körperbau zu, kahl geschorener Kopf, Pullover mit V-Ausschnitt, dessen hochgekrempelte Ärmel behaarte Arme zeigen. Trotz seines aufgedunsenen Gesichts und seiner toastbrotfarbenen Haut erkennt Benjamin ihn wieder. Rémy Servan! Der 68er-Filmemacher und Ex-Maoist Servan, Autor zahlreicher Dokumentarfilme und eines Spielfilms über ehemalige Genossen, die Familienväter wurden, war eine der Figuren der intellektuellen Linken der 1980er-Jahre. Er stand Jack Lang nahe und engagierte sich sehr für die kurdischen Kämpfer, die er in dem Dokumentarfilm *Wir haben gesagt: Nie wieder!*, mit dem er die meisten Preise kassierte, zum Thema gemacht hatte.

Wie immer wird die Überraschung, Servan an einem Ort zu sehen, an dem man ihn nicht erwartet, sofort durch die Erinnerung an seinen ausgeprägten Opportunismus wettgemacht. Wie ein Kobold auf der Lauer springt er aus seinem Korb, sobald ein Mikrofon in der Nähe ist. Benjamin erinnert sich an die Beerdigung von Jean Tordjman – einem alten, sehr reizenden Schauspieler, der vor allem in der Szene für seine Mitwirkung in Hunderten von Kurzfilmen bekannt war, mit dem Servan aber nie gedreht hatte –, und daran, wie gierig dieser nach dem Mikrofon griff, sobald Esther Tordjman, Jeans Tochter, die Anwesenden aufgefordert hatte, ein paar Worte zu sagen. Sogar an seiner Unterstützung für die Kurden und seinem Kreuzzug gegen den Genozid in Ruanda bekam man Jahre später Zweifel. Rémy Servan würde selbst die Liga der Lauchzüchter unterstützen, wenn er dadurch im Rampenlicht stehen und sein Ego feiern könnte. Experte bei BFM! Sehr witzig! Experte für was genau?

«Hatte die Polizei recht daran getan, so schnell zu reagieren, schließlich wusste sie, dass ihr ohnehin angeschlagenes Image durch diese Sache einen weiteren schweren Schlag erleiden würde», fragt ihn der Journalist.

Rémy Servan, offensichtlich ein Experte für «Polizeireaktionen», will gerade den Mund aufmachen, als die Stimme des Wirts ertönt:

«Schalt das aus, wir pfeifen auf diese Schwuchteln!»

5

Nur zweihundert Meter trennen *La Vielleuse* vom Restaurant *Pho Qué Huong*, einem der meistbesuchten Restaurants in Belleville. Zweihundert Meter durch Gedränge und Chaos, doch die Entfernung ist groß genug, dass Benjamin, der sich ganz klein macht, um nicht auf Khermissi, Chloé oder eine seiner alten Bekannten zu treffen, sich selbst wieder als Kind sieht, wie er über diese Gehsteige läuft und mit dem Fuß, der in einem Puma-Basketballschuh steckt, die Ameisen in der sengenden Sommersonne zerquetscht. Damals hatte er, von einer ganz frischen Existenzangst gepackt, das verstörende und ein wenig beängstigende Bedürfnis gehabt, sich selbst zu überzeugen, dass der Tod letztlich gar nicht so schrecklich sein konnte, denn wenn man es recht bedachte: Für diese armen

Ameisen war er der Tod. Und er hatte kein Skelettgesicht, keinen schwarzen Umhang und auch keine Sense hinter dem Rücken …

… Und für Issa Zeitouni, flüstert ihm die Stimme der Ungewissheit zu, wer ist für ihn der Tod?

Wieder wird ihm ganz flau ums Herz. Was soll er jetzt tun? Sich selbst anzeigen? Aber mal halblang, er ist sich ja noch gar nicht sicher, dass er es war! Der Junge hatte sich von alleine aufgerichtet! War gelaufen!

«Machen Sie mal voran, da!», ertönt eine ungeduldige Stimme hinter ihm.

Er dreht sich um.

Ein Mann mit einem großen Paket in den Händen. Er hat es eilig. Möchte vorbeigehen. Benjamin verzieht entschuldigend das Gesicht und tritt einen Schritt zur Seite. Sofort stürmt der Kerl los, denn im Gegensatz zu dem Arschloch im Parka, der hier nur rumlurcht, hat er einen Job zu erledigen.

Benjamin beneidet ihn darum, dass er nur daran denkt, dieses Paket auszuliefern und aus seinem Tag etwas zu machen! Er beschleunigt seinen Schritt. Was ist nur mit dir los?! Du bist für die Entwicklung des französischen Zweigs von BeCurrent verantwortlich! Du duzt dich mit Natalie Portman, Rami Malek und mehr Berühmtheiten, als dieser Typ aufzählen kann! Reiß dich zusammen, zum Kuckuck, und halt dich gerade!

In dem Moment, als er seine Hand auf den Türgriff von *Pho Qué Huongs* Glastür legt, hört er einen, dann mehrere laute Schreie. Die Schreie waren wie ein Lachen, wie er es von den Silbermöwen kannte, die man bei Starkwind an Tagen wie diesen vom Fenster des Hauses seiner Großmutter in Saint-Malo beim Surfen auf den Wellen beobachten konnte. Wie schon heute Morgen blickt er zum Himmel auf, der von einem so reinen Blau ist, dass er wirkt wie mit Aquarellfarben gemalt. Während er zwischen den Dächern der

Pariser Häuser nach dem Seevogel sucht, denkt er an den Satz von Meg Cockburn, den sie einmal fallen gelassen hatte, als sie in kleiner Runde in der Bar des Mandrake-Hotels in London saßen. An jenem Abend hatten sie über die Push-Nachrichten, die sie auf ihren jeweiligen Handys erhielten, alle in derselben Sekunde erfahren, dass ein gewaltiger Tsunami gerade die Stadt Palu in Indonesien verwüstete. Von ihrem Display aufblickend, hatte Meg Cockburn verkündet: «Ich sage das mit großem Bedauern, aber all diese Katastrophen und Krisen sind sehr gut für uns. Die Menschen haben sich schon immer mit Geschichten über ihr Unglück hinweggetröstet. Vor dem Irakkrieg hatte mein Schwiegersohn noch nie ein einziges Buch aufgeschlagen. Nach seiner Rückkehr ließ er sich im Keller seines Hauses eine Bibliothek einbauen, die mittlerweile aus allen Nähten platzt!» Dann hatte sie gelacht und ihre breiten Schultern geschüttelt, diese Tochter eines englischen Eisenbahners, die mit dreizehn Rugby-Fan gewesen war und gern dunkles Bier getrunken hatte und mit neunzehn mit 100 Dollar in der Tasche in die USA gekommen war (so die Legende). Und schon waren alle wie nicht mehr ganz gescheit in ein gehässiges Gelächter ausgebrochen, aller außer Jason Hopper, der Schmeicheleien, bei denen man so weit ging, die Chefin nachzuäffen, ablehnte, sich auf sein Glas glutenfreies Bier stürzte und es in einem Zug runterkippte.

Plötzlich wird von der anderen Seite die Restauranttür aufgerissen und Benjamin nach vorne katapultiert. Ganz in die unbeschwerte Freude ihres Gesprächs vertieft, springt ein Paar hinaus, ohne ihn eines Blickes zu würdigen. An einem anderen Tag hätte er mit einem wohlgesetzten «Pardon» auf sich aufmerksam gemacht, um sie daran zu erinnern, dass es in dieser Welt Regeln gab, aber heute, heute fühlt er sich niemandem gegenüber zu irgendetwas berechtigt.

Die Tür schließt sich hinter seinem Rücken. Ein würziger Duft, so unangenehm wie vertraut, dringt ihm in die Nase. Er erinnert ihn an die Samstagmittage von damals, als Cathie und er nach dem Judo-Training oder dem Gitarrenunterricht in *ihrem* vietnamesischen Billigrestaurant Bahn Cuàn essen gingen, das von einer Frau mit freundlichem Lächeln und durchscheinender Haut geführt wurde. Diese Angewohnheit hatte etwas so Vertrautes und Inniges gehabt, wahrscheinlich weil sie ihnen das Gefühl gab, eine Familie zu sein, dass sie sich stillschweigend weigerten, sie zu opfern und in ein anderes Restaurant zu gehen. Selbst als er im 12. Arrondissement eine Dachkammer bezogen hatte, war Benjamin nicht von ihrem Ritual abgewichen. Er traf sich mit Cathie vor der Synagoge am Boulevard de Belleville, und dann gingen sie gemeinsam dorthin, wie früher. Doch dann war er, ohne dass es ihm aufgefallen wäre, nicht mehr gekommen (warum eigentlich?), und Cathie hatte ihm keinerlei Vorwürfe gemacht. Er weiß nicht einmal mehr, ob sie immer noch allein hingeht. Oder vielleicht geht sie ja jetzt mit ihrem Afghanen hin …

«Gutentag! Sie wollen essän?»

Eine Asiatin, klein und rund, fixiert ihn ungeduldig, bereit, ihn an den erstbesten Tisch zu setzen und ihm eine Schüssel Suppe zu servieren. Er merkt, dass er immer noch keinen Hunger hat.

«Nein. Ich bin im anderen Raum verabredet», sagt er, schaut sich aber trotzdem um.

Nur zwei von den Dutzenden von Tischen sind besetzt, mit jungen Asiaten, die einigen Lärm veranstalten. Die anderen sind ein einziges Schlachtfeld aus Gläsern, die zur Hälfte mit einer dicken Flüssigkeit gefüllt sind, ordentlich auf den Schalen abgelegten Essstäbchen, aus Kräuterstängeln und Garnelenschwänzen, die ein Mann in Windeseile vom Tisch wischt.

«Da hinten!», sagt die Frau plötzlich viel unfreundlicher und deutet mit dem Arm auf die andere Seite des Raumes.

Der zweite Raum sieht ähnlich aus wie der erste und gleicht den meisten asiatischen Restaurants in der Gegend: minimalistisch, praktisch, dem einzigen Anspruch genügend, zu einem lächerlichen Preis ein schnelles Essen zu servieren. Er ist größer und noch immer halb voll. Es herrscht ein gedämpftes Chaos, die Gäste sind schon in der Verdauungsphase angekommen, trinken gerade ihren Kaffee aus oder warten auf die Rechnung.

Benjamin versteckt seine Angst hinter der gleichgültigen Miene eines Menschen, der nach seiner Verabredung Ausschau hält, und beobachtet eingehend jeden Tisch, lässt den Blick von Gesicht zu Gesicht wandern auf der Suche nach der Frau mit der verzerrten Stimme, die ihn während seines Meetings mit Praz und Hopper angerufen hatte. Aber er sieht keine allein sitzende Frau. Dagegen …

Oh nein, das darf nicht wahr sein! Thomas Sefériadis sitzt hinten beim Fenster. Jawohl, das ist er, mit seiner vorzeitig weiß gewordenen Beethoven-Mähne und der Brille mit dem feinen Metallrahmen. Er hat Kopfhörer in den Ohren und scheint in ein spannendes Gespräch vertieft (noch einer, der arbeitet, während er selbst …).

Als Benjamin bei Atlantis TV war, hatte er ihn mehrmals als Drehbuchautor engagiert, bevor er eines seiner Projekte entwickelte, *Überleben*, einen Krimi um fünf französische Soldaten, die nach einem Afrika-Einsatz zu ihren Familien zurückgekehrt waren und von einem Mörder ins Visier genommen wurden. Benjamin, der stolz war, ein Projekt mit Aktualitätsbezug zu haben, konnte schließlich die Fiction-Sparte von France Télévisions für sich gewinnen, die *irgendwas* über den Kontext Armee bringen wollte. Es war die Zeit, als *Homeland* gerade über die Bildschirme flimmerte und die Franzosen merkten, dass es möglich war, eine spannende Geschichte zu erzählen, die in der Komplexität der heutigen Welt verankert war. Doch nach vielen Monaten des Schreibens und des kreativen Austauschs hatte der Programmverantwortliche von France 2 ihnen mitgeteilt, man habe sich gegen eine Weiterverfolgung des Projekts entschieden, weil das Thema *dann doch zu heikel* wäre.

«Das hätte man ja, verdammt noch mal, auch früher merken können! Das ist die volle Verarsche!»

«Ich weiß, Thomas, das ist eine beschissene Antwort und dir gegenüber völlig unverantwortlich. Aber du weißt ja, wie sie sind ...»

«Nein, das weiß ich nicht, und ich will es auch gar nicht mehr wissen!»

Rasend vor Wut war Thomas aus seinem Büro gestürmt, um frische Luft zu schnappen, und das war das letzte Mal, dass sie sich gesehen hatten. Benjamin hätte ihn zwei- oder dreimal beinahe angerufen, aber die Aussicht, dem Frust dieses ewigen Verfolgten weitere Nahrung zu geben, hatte ihn schon im Voraus ermüdet. Wäre er damals gebeten worden, Thomas Sefériadis zu beschreiben, hätte Benjamin zuerst seinen verwirrten Blick erwähnt, bei dem man den Eindruck bekam, er habe sich nie wirklich mit der anstrengenden Erfahrung des Existierens abgefunden. Er hätte noch hinzugefügt, dass er ein zweifelnder, unsicherer Mann war, unter dessen verzagter Schale es noch ein Geheimversteck gab, in dem er offenbar einen beachtlichen Vorrat an Stolz gehortet hatte. Als Benjamin vor sechs Monaten zu BeCurrent gerufen wurde, hatte er ihm eine Glückwunschnachricht geschickt und noch einen Satz hinzugefügt, der in etwa lautete: «Vielleicht können wir jetzt endlich heikle Themen behandeln!» Diese Nachricht hatte Benjamin schnell mit einem Danke! und einem 🙂 beantwortet. Er erhielt so viele Mails, dass er sie kaum noch las.

Jetzt ist Thomas Sefériadis hier, wenige Meter von ihm entfernt. Eine böse Überraschung, wie sie schlimmer nicht hätte sein können, aber ganz und gar logisch, denn wie zahllose andere aus der Unterhaltungsbranche wohnte er im Viertel und ging oft auswärts essen. Benjamin senkt das Kinn, macht eine Hundertachtzig-Grad-Drehung und lässt sich hinter einem Tisch auf einen Stuhl sacken. Er kann nicht gehen, er kann nicht bleiben. Er würde am liebsten schreien.

Fünf Minuten, beschließt er, dann bin ich weg!

Drei neue Gäste setzen sich an den Nachbartisch, zwei Frauen und ein Mann, die auf ihr Wechselgeld oder einen Bewirtungsbeleg warten und sich dabei unterhalten.

«... Das Problem ist, dass heutzutage niemand mehr für irgendetwas zahlen will. Alles soll kostenlos sein!»

«... und wegwerfbar! Schau dir die Roller an! Die Leute schmeißen sie einfach irgendwohin, als ob ...»

Um seine Fassung zurückzugewinnen, schnappt sich Benjamin die Speisekarte, die zwischen den Soßenfläschchen steckt, und überfliegt sie mit einem Ernst, als hielte er einen Artikel aus der *Le Monde diplomatique* in Händen. Eistee, heißer oder eiskalter Tee mit Milch, Jasmintee, Sojamilch, Salz-Zitronen, rote Bohnen ... Als er bei den Nachspeisen angelangt ist, taucht ein asiatisches Mädchen von etwa zehn Jahren quasi aus dem Nichts auf und setzt sich ihm gegenüber. Ihre Wangen sind rund, die Haare zu einem Pferdeschwanz gebunden, sie streckt ihren Arm vor und zeigt ihm die leere Handfläche. Verblüfft über diese merkwürdige Erscheinung, dauert es eine Weile, bis Benjamin begreift, dass sie das Geld von ihm fordert. Ein Kind! Er wird ihr ja wohl nicht 1600 Euro zustecken!

«Wo ist deine Mutter?»

Sie blickt streng und schüttelt den Kopf: «Ich habe Sie angerufen, ich will das Geld.»

Die weibliche Stimme, bei der er dachte, jemand habe sie absichtlich verstellt, war in Wirklichkeit die einer ... Sein Gehirn zoomt auf das seelenruhige Gesicht des Kindes. Er starrt sie entsetzt an. Doch in Wahrheit ist es seine eigene Paranoia, die ihn überrascht. Seine alberne Fähigkeit, sich einen Spionagefilm zusammenzureimen, um sich eine Realität, die ihn eigentlich übersteigt, begreiflich zu machen. Was zum Teufel geht da in seinem Kopf ab? Wie hatte er sich einbilden können, die Frau, die ihn angerufen hatte, sei in Wahrheit eine Art Anna Chapman? Aber wo hatte dieses Kind sein Handy her? Wie war sie auf die Idee gekommen, ihn zu kontaktieren, sich hier mit ihm zu treffen und zum Tausch eine solche Summe von ihm zu fordern?

Unbeirrt starrt die Yakuza-Rekrutin ihn weiter an. Ihr offener Gesichtsausdruck lässt keinen Zweifel, dass sie die wilde Achterbahnfahrt an Unverständnis und Fragen, die sich gerade in Benjamin abspielt, erahnen kann. Um nicht das Gesicht zu verlieren – *sie hat ja nicht mal alle Zähne!* –, richtet er sich auf, runzelt die Brauen und schenkt ihr einen jener eindringlichen Blicke, mit denen er Autoren bedenkt, die nicht in der Lage sind, ein ordentliches Drehbuch zu schreiben.

«Ich möchte trotzdem deine Eltern sehen.»

«Das ist unmöglich, sie sprechen kein Französisch», sagt sie, als wäre damit alles klar.

«Keiner von beiden?»

Kopfschütteln.

Wie die Eltern seines Freundes Georges Cheng. Wahrscheinlich muss sie ihnen auch bei Terminen auf der Polizeipräfektur oder in irgendeiner anderen Behörde als Übersetzerin zur Hand gehen.

«Hast du Geschwister?», fragt Benjamin, dessen Verärgerung gerade um einige Grade gesunken ist.

Sie nickt.

«Bist du die Älteste?»

Sie nickt. Dann schüttelt sie den ausgestreckten Handteller, wie um sämtliche Fragen abzuwürgen. Ja, genau das ist es, denkt Benjamin, sie ist die Älteste, die möglichst schnell erwachsen werden wollte, um ihren Eltern als Stimme zu dienen und zu jener zerbrechlichen Schnittstelle zu werden, ohne die sie in dieser Stadt verloren wären. Benjamin spürt einen leichten Neid in sich aufsteigen, wie damals, wenn er Georges Cheng und dessen Mutter in der Apotheke begegnete. Georges war ihr immer zwei Schritte voraus gewesen, hatte mit den Sprachen jongliert, die Geldscheine hingestreckt, das Wechselgeld genommen und sich die jeweiligen Dosierungsanweisungen gemerkt, während er selbst verlegen neben Cathie gestanden und gewartet hatte.

Ungeduldig sieht die kleine Yakuza sich um. Reflexartig folgt Benjamin ihrem Blick. Neben der Durchreiche zur Küche steht der Mann, der im ersten Raum die Tische abgewischt hat, mit einem von Erschöpfung gezeichneten Gesicht. Als ihre Blicke sich kreuzen, explodiert ein Blitz in Benjamins Schädel. Er erkennt den Mann von gestern Abend wieder, den Mann, der im Bar-Tabak direkt vor ihm gestanden hatte und der sich ihm als «der Chinese mit der zerschlissenen Jacke und den Rubbellosen» ins Gedächtnis gebrannt hat. Sofort setzen die feuernden Neuronen eine Assoziationskette von Bildern frei, die mit diesem Augenblick zusammenhängen. Er am Telefon mit Ariane, der Karton in einem unstabilen Gleichgewicht unter seinem Arm, der Chinese, der einen Schritt zur Seite macht und beginnt, seine Lose freizurubbeln, der eisige Blick der Verkäuferin, jemand, der an ihm vorbeizugehen versucht, Arianes Stimme, die Verkäuferin, der Karton, ich rufe dich zurück, Ariane, die Ecke des Kartons auf der Theke … und … und … Plötzlich läuft der Film in Zeitlupe ab er beendet den Anruf legt sein Handy auf die Theke, um seine Brieftasche herauszuholen !

Für einen Augenblick wird die Welt dunkel und hört auf, sich zu drehen.

Als sein Verstand wieder in die Realität zurückfindet, bemerkt Benjamin, dass der Chinese ihm kurz und aufrichtig zunickt. Es ist eine Art bescheidenes, fatalistisches Eingeständnis, mit dem er ihm offenbar sagen möchte: Ja, ich war das, ich habe Ihr Handy genommen, weil SIE es vergessen haben, und wenn Sie es zurückhaben wollen, ist es ganz normal, dafür zu bezahlen.

Xiang Hu Liu, der die 1600 Euro so schnell wie möglich einstreichen möchte, um seinem Chef Peifeng Yu und seinem Kollegen Jian die Schulden zurückzuzahlen, dreht sich wieder zu seiner Tochter um. Die Geste reicht schon, sie hat verstanden. Sie zieht also das gestohlene Handy aus der Tasche und legt es auf den Tisch. Vorhin, als Xiang Hu Liu ins Restaurant kam, hatte er Jians Frau getroffen, die wie jeden Morgen mit ihrer Schwester in der Nähe des Tang-Supermarktes stand und Wachteleier, Peking-Enten-Flügel und Koriandersträuße feilbot. Scham hatte ihn übermannt und tut es noch immer, als er sah, wie sie ihr Gesicht abwandte, anstatt seinen Gruß zu erwidern.

Es ist tatsächlich sein Handy, stellt Benjamin fest. Sein Handy mit der durchsichtigen Schutzhülle, die er am Flughafen von Los Angeles gekauft hatte.

Ein Gegenstand. Bloß ein Gegenstand.

«Sie sollten den Zugangscode ändern, er ist zu einfach», sagt die kleine Yakuza in belehrendem Ton. «Ich habe Ball Blast gespielt, der Akku ist leer.»

Benjamin schämt sich plötzlich, dass er diese Spiele auf seinem Handy hat. Spiele, mit denen er stundenlang in Hotelzimmern oder auf Flughafenterminals zubringt, um runterzukommen.

«Wie heißt du?», fragt er sie, getrieben von dem Wunsch, sie auf den Platz zu verweisen, der ihr zusteht, den eines kleinen Mädchens, das um diese Zeit eigentlich in der Schule sein sollte.

Sie zögert, bevor sie antwortet:

«Thérèse Liu.»

Thérèse Liu, wiederholt Benjamin im Stillen. Das sieht ganz danach aus, als habe eine Hebamme im Kreißsaal diesen Vornamen für sie ausgesucht, nachdem die Eltern ihr zu verstehen gegeben haben, dass sie selbst keine französischen Vornamen kannten. Mit einem französischen Vornamen hat man in Frankreich eine bessere Zukunft, hatte ihr Georges Cheng erklärt, der selbst Träger des Vornamens eines im Schützengraben gefallenen Urgroßvaters war.

Als Benjamin nicht reagiert, mustern Vater und Tochter ihn mit besorgter Miene. Jetzt, da die Karten offengelegt sind und die Spannung ein Ende hat, sind sie sich offensichtlich nicht sicher, ob der *Gweilo* bereit ist, für die Rückgabe zu zahlen. Wenn sie dieses Risiko eingehen, obwohl sie wissen, dass er sie verpfeifen könnte, dann haben sie das Geld bitter nötig, denkt sich Benjamin. 1600 Euro ... Nicht 1500, auch nicht 1000 ... Hinter dieser Summe verbirgt sich mit Sicherheit eine aussichtslose Lage.

Wenn sie wüssten! Benjamin ist bereit, sein ganzes Monatsgehalt zu zahlen, wenn dadurch große Wasserfontänen auf den gestrigen Abend niedergehen und ihn im Papierkorb verschwinden lassen könnten. Er ist nie gläubig gewesen, aber als er in diesem Moment in die Innentasche seines Parkas greift, um den Umschlag mit den Scheinen herauszuholen, hofft er mit einem mystischen Flehen, der Akt des Gebens möge seine zerstörte Seele wieder heilen. Wie viele Kirchen wurden schon mit dem Geld von Sündern gebaut, die zu diesem Opfer bereit waren, um sich von unerträglichen Schuldgefühlen rein zu waschen und um göttliche Vergebung zu erbitten! Der Ablasshandel ... Was er hier tut, ist nichts anderes.

«Benjamin Grossmann, sieh einer an!»

Mit dem Umschlag in der Hand fährt Benjamin herum, als sei er von einer Wespe in den Nacken gestochen worden. Neben ihm steht Thomas Sefériadis mit seinen zwei Reihen strahlender Zähne. Er will ihm gerade freundlich eine Hand auf die Schulter legen.

«Als ich dich gerade gesehen habe, von hinten, da hab ich mich gefragt, ob … Aber dann … Ganz ehrlich, ich freu mich, dich zu sehen!»

«Nicht zu glauben! Thomas! Darf ich noch kurz …?»

«Ja, sicher doch, ich bitte dich!»

In einer einzigen Bewegung legt Benjamin den Umschlag auf den Tisch, greift nach dem Handy und steht auf, erleichtert, dass es vorbei ist. Das Kind steht ebenfalls auf und saust in die Küche.

Als er Thomas gegenübersteht, im Rücken den Yakuza-Clan, fühlt Benjamin sich verpflichtet, ihm eine Erklärung zu geben, zumal er sich irgendwie schämt, ihn seit seiner Ernennung nicht mehr kontaktiert zu haben: «Gestern Abend hab ich hier mit meiner Mutter zu Abend gegessen, du erinnerst dich? Sie wohnt am Boulevard, und ich habe … (verärgertes Hohngelächter) mein Handy hier vergessen! Ich bin schier ausgeflippt, ich kann dir sagen … Zum Glück haben sie es für mich aufgehoben. Das habe ich ihnen mit einer Kleinigkeit vergolten, versteht sich doch von selbst …»

«Das kann ich mir vorstellen! Mit all den Nummern, die du da drinhaben dürftest! Dein Glück, dass du es nicht in unserem Café im 11. vergessen hast, dann wärst du tot!»

«Schreibst du immer noch für die?»

«Nein, mit Schreiben hab ich aufgehört … Das heißt … Zurzeit schreibe ich für mich selbst, aber als Drehbuchautor arbeite ich nicht mehr.»

«Ach, tatsächlich?», ruft Benjamin aus und schielt, nicht sehr überrascht über diese Information, ängstlich Richtung Küche. Jetzt schiebt der Chinese den Umschlag in die Tasche seiner unförmigen Hose. *Das war's, er hat sein Geld, und ich habe mein Handy … Nicht nötig, sich weiter damit zu beschäftigen …*

In dem Moment, in dem Xiang Hu Liu zu ihm aufblickt, wendet Benjamin seinen Blick ab und konzentriert sich auf Thomas: «Sollen wir gehen?»

«Gerne! Nach einer scharfen Soße habe ich immer große Lust auf eine Zigarette», erwidert Thomas mit einem breiten Grinsen.

Benjamin starrt unwillkürlich auf Thomas' Zähne, die immerhin erstaunlich weiß sind. In der Zeit, als sie noch zusammengearbeitet hatten, waren Thomas' Zähne durch seinen literweisen Koffeinkonsum, das Nikotin und die Lakritzstangen gelb und dürr wie tote Hornissen. Ein abstoßender Anblick, der Benjamin regelmäßig zum Zahnarzt trieb. Offensichtlich hat ein entscheidendes Ereignis in Thomas Sefériadis' Leben ihn dazu veranlasst, sich endlich um sich selbst zu kümmern. Kaum ist Benjamin dieser Gedanke durch den Kopf gegangen, verschwindet die Nahaufnahme von Thomas' Mund. Unmittelbar darauf hallt das Geräusch seiner Schuhe durch den fast leeren Raum. Benjamin folgt ihm und ist sich bewusst, dass der Chinese und seine Tochter ihm hinterherblicken.

Als sie im ersten Saal angekommen sind, legt Thomas einen Zehn-Euro-Schein auf den Tresen: «Passt schon, der Rest ist für Sie.» Benjamin geht an ihm vorbei und steuert mit beschwingtem Schritt die Eingangstür an, während er sich fragt, ob er nicht besser mit einer billigen Ausrede verschwinden sollte. *Atme, verdammt noch mal, du hast keinen Grund, ihn wie einen Lump einfach stehen zu lassen und noch eine Schaufel voll Schuld auf den Berg zu laden, den du ohnehin schon mit dir herumschleppst!*

6

«Nein danke, ich rauche nicht mehr.»

«Ich nehme mal an, die Amerikaner haben dir da keine Wahl gelassen», sagt Thomas und zündet sich eine Zigarette an.

Wie so oft gibt Thomas' Scharfblick, seine Fähigkeit, in ihm zu lesen, Benjamin das Gefühl, so interessant zu sein wie eine Packung Cornflakes. Er beschließt, nicht zu antworten, und fragt:

«Und was machst du jetzt genau?»

Während sie zwischendurch immer wieder zur Seite gehen, um Passanten, die davon entnervt sind, dass sie mitten auf dem schmalen Bürgersteig der Rue de la Présentation stehen geblieben sind, den Weg freizumachen, erzählt ihm Thomas, dass er im PR-Team einer der Kandidatinnen für das Bürgermeisteramt von Paris arbeitet, für Roxane Hayavi-Daule, ehemalige parlamentarische Attachée der PS, jetzt LREM, Chefunterhändlerin des Umweltministers und ausgebildete Augenärztin. Vor einigen Monaten wurde er von ihr kontaktiert, um ihr zu einer identitätsstiftenden und dynamischen Persönlichkeit zu verhelfen, eine lesbare, leicht verständliche Sprache für sie zu entwickeln und sich vor allem eine packende Geschichte für sie auszudenken, die man den Parisern gut verkaufen kann.

«Und jetzt mal ganz ehrlich, ich fühle mich da sehr wohl! Ich … (kleine zufriedene Lacher) ich könnte sogar sagen, dass mir das einen Mordsspaß macht.»

«Das sehe ich», sagt Benjamin, der nun versteht, warum sein Gebiss aussieht wie mit dem Kärcher gereinigt und wieso er einen schwarzen Rollkragenpullover aus Kaschmir trägt, wahrscheinlich von Bompard.

Gleichzeitig ahnt er, dass Thomas übertreibt, um ihm unter die Nase zu reiben, wie gut er seinen Misserfolg verwunden hat.

«Als man mir das Angebot machte, dachte ich sofort an Levinsons Film *Wag the dog. Wenn der Schwanz mit dem Hund wedelt.* Erinnerst du dich an den?»

«Aber klar doch!»

Benjamin erinnert sich an diese gefällige Komödie, die am Vorabend der US-amerikanischen Präsidentschaftswahlen spielt und in der es um den machiavellistischen Wahlkampfberater des Präsidenten geht, der, um seinen in einen Sexskandal verwickelten Starkandidaten zu retten, einen einflussreichen Hollywood-Produzenten um Hilfe bittet und ihn beauftragt, für Ablenkung zu sorgen, indem er mithilfe von Computergrafiken einen gefakten Krieg in Albanien erfindet. Nur begreift Benjamin nicht ganz, mit wem Thomas sich eigentlich vergleicht: mit dem von Robert De Niro gespielten Berater oder mit dem von Dustin Hoffman gespielten Produzenten? Er erinnert sich vor allem, gelesen zu haben, dass einige Tage nach dem 11. September 2001 ein Treffen zwischen Beamten des Pentagons und mehreren großen Hollywood-Drehbuchautoren stattgefunden hatte, unter ihnen John Milius, der Co-Autor von *Apocalypse Now*, um die Drehbücher für den Gegenschlag zu entwickeln. Er erinnert sich daran, weil er darüber nachgedacht hatte, dass in Hollywood, wo alles, wirklich alles, in den Hochöfen der Fiktion landet, über dieses Treffen, trotz seines großen dramaturgischen Potenzials, seltsamerweise nie geredet worden ist. Er hatte Jason Hopper befragt und bewusst den naiven kleinen Franzosen gespielt, um weder seinen Patriotismus zu erschüttern noch seinen Glauben an ihre Fähigkeit, die Welt zu fiktionalisieren. Jason hatte ihm in seinem hypertrophen Französisch geantwortet, der 11. September habe das Land in einen derartigen psychischen Schockzustand versetzt, dass in den folgenden Jahren vor allem Geschichten erzählt werden sollten, die den beschädigten Mythos Amerikas rehabilitieren. Die John Wayne wiederauferstehen lassen.

Ihre Helden, die Feuerwehrleute, verherrlichen. Ihre Solidarität loben, ihre Stärke, die Fähigkeit der Frauen und Männer dieses Landes, über sich selbst hinauszuwachsen, sich Herausforderungen zu stellen, sich zu opfern, zu kämpfen, und alles noch größer wieder aufzubauen.

«Andererseits», setzte er hinzu, «diese Tragödie war so unglaublich und großartig (diese Twagödie waw soou unglaublisch und growsaartisch), sprengte so die Realität, dass sie uns zwang, komplexere Geschichten zu erzählen, größere, mit elusiven … äh, pardon, mit Charakteren, die schwer zu fassen sind. Schau dir die besten Serien an, dann fällt dir auf, dass die meisten Dramen in genau dieser Zeit entstanden sind: *Lost, Breaking Bad* … man musste die Welt anders denken, Amerika anders denken. Du musst auch etwas Großartiges erschaffen, etwas Überraschendes. Keine Wahl!»

Benjamin macht den Mund auf und will gerade von diesem frühen Gespräch erzählen, um Thomas und damit auch sich selbst daran zu erinnern, wer er ist und mit wem er arbeitet. Doch Thomas kommt ihm zuvor.

«Nein, im Ernst, wenigstens rede ich jetzt mit Leuten, die Zeitung lesen. Diese kulturlosen Deppen, die nur für die Einschaltquote leben und den Prozentsatz an Hausfrauen vor dem Fernseher steigern möchten, konnte ich nicht mehr verkraften. Die haben nicht mal begriffen, dass die Hausfrau heute auf Tinder ist, Joints raucht und auf Bruno-Mars-Konzerte geht!»

Die spitze Bemerkung ist nicht auf ihn gemünzt (er kennt Thomas, er ist völlig unfähig, direkt zu sein), aber er kann nicht umhin, es trifft ihn dennoch mit voller Wucht. Hätte er heute Morgen nicht die Metro genommen, wäre der Winter vorbeigegangen, ohne dass er erfahren hätte, dass bald Kommunalwahlen sind … Was Roxane Dingsda anging … oder den Streik der Schausteller … Wie konnte er so dermaßen abgehoben werden und gleichzeitig das Gefühl haben, ständig inmitten der Stürme zu stehen, die die Welt erschüttern?

«Du bist für sie das, was David Axelrod für Obama war», sagt er aufrichtig und versucht, sich an seine Kenntnisse der internationalen Politik zu klammern, um nicht als der Letzte der Trottel dazustehen.

«Oh là là, das wäre ich gerne! Im Moment bin ich nur der Drehbuchautor, der versucht herauszuarbeiten, was an ihr besonders bemerkenswert oder ergreifend ist. Ihre unglaubliche Vergangenheit, ihre Ankunft in Frankreich … Du weißt ja, wie sie ist … (Benjamin nickt überzeugt), es gibt eine echte Diskrepanz zwischen ihren progressiven Ideen und ihrem Aussehen, ihrem Potenzial und der Art und Weise, wie sie es verkauft. Das ist echte Arbeit! Aber sollte sie gewählt werden, würde das zugleich bedeuten, dass sie die erste muslimische Bürgermeisterin von Paris wird!»

«Sie ist von welcher …»

«… iranischer Herkunft und Atheistin», erwidert Thomas begeistert. «Eben, mein Job ist es auch, die Vorurteile, die mit der Darstellung des Islams in Frankreich verknüpft sind, zu bekämpfen. Das ist spannend … Auf jeden Fall viel spannender, als Geschichten mit realitätsfernen Kriminalfällen und bipolaren Polizisten zu schreiben! Es geht mir dort gut, ich habe es geschafft! (Ein langer Zug an der Zigarette, als wollte er hässliche Erinnerungen vertreiben.) Übrigens ist Roxane ein Fan von *Another Us*. Außerdem hat sie versprochen, sie würde sich, falls sie zur Bürgermeisterin gewählt wird, die Haare wie Lilly Waters schneiden lassen … Wie hieß noch mal die Schauspielerin, die die Rolle spielt … Angela …?»

«Nolan. Angela Nolan.»

«Genau, Nolan! Na ja, ob es jetzt die Fans der Serie oder die Fans von Angela Nolan waren, sie haben sich jedenfalls alle auf die sozialen Netzwerke gestürzt und zu ihrer Wahl aufgerufen. Völlig irre! Von da an ging es übrigens erst richtig los …»

«Ach ja?»

Benjamin kann gar nicht fassen, wie viele Informationen über seine Person zirkulieren, während er völlig blind durch die Gegend läuft.

«Die Idee kam mir, als ich den Hype um Matteo Renzi und das Murakami-Buch sah, *Wovon ich rede, wenn ich vom Laufen rede*», sagte Thomas, und man konnte ihm seinen Stolz anhören, am Weltgeschehen teilzuhaben. «Renzi hat gewonnen, er ist den Marathon gelaufen, den Rest kennst du …»

Benjamin kennt weder den Rest noch den Hype, aber er nickt mit einem täuschend echten Verschwörerlächeln.

«Bravo!»

«Danke! Wenn du Zeit hast, komm und lern sie mal kennen. Wir sind im Café *Oasis* verabredet, du weißt schon, in der Nähe des Square Juliette-Dodu, um zur Mutter von Issa zu gehen, dem Jungen, der heute Morgen tot auf dem Quai gefunden wurde.»

Benjamins Herz startet einen Hundert-Meter-Lauf. Das ist die einzige Information, die einzige, von der er sich gewünscht hätte, sie nie gehört zu haben.

«Meine Tochter geht in die gleiche Klasse wie seine kleine Schwester. Ich sehe die Mutter jeden Tag. Und jetzt … (langer Seufzer) jedes Mal, wenn ich ihr begegne … Es ist schrecklich! Es ist wichtig für Roxane, sie zu unterstützen, außerdem ist sie die Einzige unter den Kandidaten, die ihre Gefühle als Mutter, aber auch als orientalische Frau, als Muslima, verstehen kann.»

Thomas bläst Zigarettenrauch in die Luft, der so weiß ist wie der Rauch, der die erfolgreiche Papstwahl verkündet.

«Weiß man, was da passiert ist?», wagt Benjamin zu fragen, während seine linke Schläfe von einer beginnenden Migräne gemartert wird.

«Noch nicht ... Ich habe mit Erwan telefoniert, du weißt schon, Erwan Pavan, von der 2. Polizeieinheit der Kripo ... Er hat uns über den polizeilichen Notruf technische Hilfe geleistet ... Es handelt sich wahrscheinlich um eine Abrechnung zwischen Banden aus den Cités.»

«Eine Abrechnung?»

Diese vollkommen neue Möglichkeit ist für Benjamins überhitztes Gehirn wie eine erfrischende Brise.

«Ja, seit September hat es schon zwei gegeben ... Die letzte war Ende Januar, da wurde ein Jugendlicher tot im Müllraum der Cité Rouge gefunden. *Le Parisien* brachte keine vier Zeilen darüber, und in den anderen Zeitungen stand gar nichts! Adam hatte es mir nach der Schule erzählt ... Vierte Klasse, stell dir vor ...»

«Cité Rouge gegen Grange-aux-Belles, richtig?»

«Offensichtlich ... Aber da ist noch die Cité Blanche, die Beihilfe leistet oder mitmacht (verdrossenes Kopfschütteln). Es ist alles so undurchsichtig, dass du nicht wirklich weißt, was vor sich geht. Issa ist der Dritte in fünf Monaten ...»

Doch Benjamin regt sich nicht gleich auf. Im Laufe seiner Karriere hat er sich oft genug mit polizeilichen Ermittlungen beschäftigt, um stets im Hinterkopf zu behalten, dass alles auch eine falsche Fährte sein kann und dass Anfangshypothesen im Laufe der Ermittlungen oft komplett zerpflückt werden. Um nicht aufdringlich zu wirken und bei Thomas keinen Verdacht zu wecken, fragt er in neutralem Tonfall:

«Und ... weiß man, wie er gestorben ist?»

Eine lärmende Taubenschar, bereit, für ein Stück Brot einander zu köpfen, lenkt Thomas' Aufmerksamkeit ab. Er nimmt sich ein paar Sekunden Zeit, bevor er antwortet:

«Nein. Seine Mutter ist zum Institut für Rechtsmedizin gegangen, mal sehen, was sie Roxane erzählt. Aber ich habe gehört, dass es keine Messerstecherei gegeben hat, im Gegensatz zu den anderen Malen.»

«Das heißt?»

Er hat sehr wohl verstanden, aber es drängt ihn plötzlich mit aller Macht, die Details zu erfahren, auch auf die Gefahr hin, als der letzte Idiot dazustehen.

«Er wurde nicht abgestochen wie der Junge aus der Cité Rouge. Jedenfalls wird es noch eine Autopsie geben.»

Keine Stichwunde. Genau das hat er behauptet. Aber woher weiß er das? Wo hat er diese Information her? Benjamin juckt es sehr, ihn danach zu fragen, aber er spürt wieder, wie Panik in ihm hochschießt. Wenn er seinen Mund aufmacht, der trocken ist wie Sandpapier, wird Thomas, der so fix in seinen psychologischen Analysen ist, die Feinheiten seiner psychischen Verfassung sofort entschlüsseln.

«Wolltest du etwas sagen?», fragt Thomas, während er ihn über die Schulter eines Passanten hinweg anschaut.

Ein Sonnenstrahl spiegelt sich auf seiner Brille und verdeckt seinen Blick.

«Ich? Nein ...»

«Es ist an der Zeit, diese Kids spüren zu lassen, dass sie nicht länger in einer Parallelgesellschaft leben müssen. Sie gehören genauso zu Paris wie du und ich ... Wir müssen sie integrieren, und das ist unsere Aufgabe. Wir müssen das Soziale wieder ins Zentrum der Debatte rücken. Ich habe die Nase voll von der Ökonomie. Es wird über nichts anderes mehr gesprochen, weder über Kultur noch über Bildung, über Bürgersinn oder die Weitergabe von Werten, nur noch über Ökonomie! Sogar die Linke. Vor allem die Linke! Will immer alles auf den Klassenkampf zurückführen, als ob der einfache Arbeiter keine anderen Bestrebungen hätte, als Arbeiter zu bleiben. Wenn du wüsstest, was ich sehe, seit ich die Dinge wirklich beobachte. Es ist erschreckend!»

In der Stille, die seinem vom Wahlkampf inspirierten Höhenflug folgt, drückt Thomas mit der Sohle seiner Stan Smith die Zigarette aus. Benjamin stellt mit Schrecken fest, dass er seine einzige Informationsquelle zum «Fall Zeitouni» ist und ihm bei der Frage, wie er reagieren soll, einen Vorsprung verschaffen könnte. Kurz gesagt, er ist Thomas Sefériadis ausgeliefert, diesem gequälten Drehbuchautor, der immer in Geldnot war und ihn dann um die Hälfte seines Honorars als Vorauszahlung angebettelt hatte, um über die Runden zu kommen! Gott, wie er sich selbst dafür hasst, dass er gezwungen ist, ihm wie ein räudiger Hund zu folgen! Aber hat er die Wahl? Auf alle Fälle muss er etwas nehmen und Medikamente schlucken, bevor sich die Migräne noch in einen Presslufthammer verwandelt. Warum also nicht in das verdammte Café Oasis gehen? Ja, warum eigentlich nicht? Nach einer schnellen Kalkulation der örtlichen Begebenheiten schätzt er die Entfernung des Square Juliette-Dodu zur Place du Colonel-Fabien ab und geht davon aus, dass er weder Journalisten begegnen noch in die Nähe der Rue Albert-Camus gelangen wird. Er hatte gedacht, wenn er erst sein Handy zurückhätte und dessen Gewicht in der Hosentasche spüren würde, wäre damit auch ein gewisses Gleichgewicht wiederhergestellt. Das ist jedoch nicht der Fall. Er muss Bescheid wissen, muss aus dieser Finsteren Ungewissheit herausfinden. Und ebenso muss er einen besorgten Blick auf seine Uhr werfen und so tun, als warte irgendwo ein Leben auf ihn, bevor er sagt:

«Okay, ich komme mit … Ich muss in … fünfundvierzig Minuten bei einem Dreh sein. Dort nehm ich mir dann ein Taxi. Ich kann es kaum erwarten – *ist es wirklich nötig, noch eine Schaufel draufzulegen? Es reicht, hör auf damit!* –, eine weitere Bewunderin von *Another Us* kennenzulernen!»

7

Während ihr Sohn in Begleitung dieses jungen Mannes mit der Intellektuellenfrisur, den sie zwei- oder dreimal auf der Terrasse des Café *Chéri* mit ihm gesehen hatte, vor dem Zeitungskiosk gegenüber dem Sephora-Geschäft stehen bleibt, damit der junge Mann die Tagesausgabe von *Le Monde* kaufen kann, setzt Cathie, die in ihrem weißen Kittel, eine Brille mit dicken Gläsern auf ihren immer stärker geschädigten Augen, gebeugt an ihrem Leuchttisch sitzt, ihr ganzes Können ein, um mithilfe von Pinzetten, Tupfern, Skalpellen, Lösungsmitteln und Spezialklebern einen der sechs Filme von Alice Guy zu restaurieren, die ein Schweizer Sammler, regelmäßiger Kunde des Filmarchivs, kürzlich erworben hatte.

Ende November hatte ihre Chefin Gemma Barbier, die für die mechanische Instandsetzung zuständig war, ihr die sechs verbeulten und mit Rostflecken übersäten Blechdosen anvertraut und sie gebeten, die Aufgabe als Priorität zu betrachten. Trotz ihrer Freude, dass man ihr diese Filme anvertraut hatte, befürchtete sie beim Anblick der Dosen das Schlimmste. Schon beim Öffnen erkannte sie am stechenden Geruch der Salpetersäure und an den welligen Verwerfungen am Film, dass das Zellulosenitrat von Pilzen befallen war, was hieß, dass dringender Handlungsbedarf bestand. Wenn sie mit einem so starken Verfallsgrad konfrontiert wird, hat Cathie immer das Gefühl, die Zeit und ihr zerstörerisches Werk mit erschreckender Klarheit zu erkennen. Die grausame Art und Weise vorgeführt zu bekommen, wie sie nach langem Tasten und Knabbern ihre Beute ergreift, besiedelt und verschlingt. Wie ein Geier, der sich auf einen verlassenen Kadaver stürzt, kann ihre Gier, ihr nekrophages Bedürfnis, zu zerfleischen und zu zerstören, durch nichts mehr aufgehalten werden. Sie zu stoppen erweist sich daher als mühsamer, anstrengender und manchmal sinnloser Kampf. Bei diesen Filmen, die zwischen 1916 und 1917 gedreht und zufällig bei der Räumung eines Speichers in San Francisco gefunden wurden, ist das, was Cathie antreibt, koste es, was es wolle, das Kräftemessen zu gewinnen, die traurige Tatsache, dass der katastrophale Zustand des Films in etwa dem geringen Ansehen entspricht, das die Urheberin genießt. Schon seit Langem ärgert sie sich darüber, dass die Filmpioniere Méliès, Linder, Feuillade und Franju weltweit gefeiert werden, und sich nur so wenige für Alice Guy interessieren. Sie war die erste Regisseurin in der Geschichte des Kinos, Direktorin von Gaumont, bevor sie nach New York ging und dort ihre eigene Produktionsfirma gründete, Autorin unter anderem von. *A Fool and His Money*, dem ersten Spielfilm, der nur mit afroamerikanischen Schauspielern gedreht wurde. Sie wurde in Paris geboren und starb verarmt in New Jersey, eine wahnsinnig kühne und erfinderische Künstlerin. Hunderte von Alice Guys Filmen waren verloren gegangen, als ihre Produktionsfirma von der US-amerikanischen Justiz beschlagnahmt wurde, weil ihr Mann sie schlecht gemanagt und seine Frau ihrem Schicksal überlassen hatte, um mit einem jungen Starlet nach Los Angeles zu ziehen. Bei der Restaurierung dieser allmählich verrottenden Filme, Fotogramm für Fotogramm, ist es für Cathie, als befreie sie Alice Guy – die als viel zu ehrgeizige, viel zu brillante Frau von der Männerwelt in einen versteckten Winkel des 20. Jahrhunderts verbannt wurde – aus den verheerenden Klauen der Zeit und des Vergessens.

Doch da sie nun schon mehr als fünfunddreißig Jahre in diesen Mauern das Menschheitserbe an beweglichen Bildern wieder zum Leben erweckt und Fragmente der Geschichte rettet, die von alten, gefährlichen und entzündlichen Chemikalien angegriffen wurden, muss sie zur effektiven Ausübung ihres Berufs nicht mehr höchste Konzentration walten lassen. Deshalb denkt sie beim Reinigen der beschädigten Konturen einer Perforation an Amir. An Amir, wie er heute Morgen in der Küche saß; an das, was er zu ihr gesagt hat (sie hat das langsame Tempo seines sich allmählich verbessernden Satzbaus im Ohr).

«Ich habe deinen Sohn gesehen, gestern Abend.»

«Ach ja? Er hat mich kurz besucht, aber du bist zu spät nach Hause gekommen, um ihm zu begegnen. Übrigens, vergiss nicht, mich daran zu erinnern, dir seinen Schlüssel zu geben.»

«Ich habe ihn nicht hier gesehen. Aber dort, auf Colonel Fabien. Beim Benzin.»

«An der Tankstelle?»

Amir hatte genickt, während er seinen Tee mit kochendem Wasser übergoss, der so konzentriert war, dass er aussah wie Tinte.

«Hatte er getankt?»

«Nein. Er war zu Fuß gegeht.»

«Er war zu Fuß gegangen.»

Als Cathie ihn korrigierte, merkte sie, wie der Ärger über sich selbst seine Monobraue in Zickzackfalten legte.

«Bist du sicher, dass er es war?»

Er nickte sehr energisch, während er seinen Grammatikfehler wieder wettzumachen versuchte:

«Du hast mir Fotos von ihm gezeigt. Er hatte einen Regen… Regenmantel … ein bisschen beige … und spazieren gehen.»

«Beige», hatte sie wiederholt, als wehre sie sich noch gegen das Erstaunen, das sie ergriffen hatte. «Was hast du dort gemacht?»

«Ich war mit meine Leute. Wir haben Ashkan Mahali besucht. Sie wollten zu ihm reden … Mit ihm reden», hatte Amir sofort richtiggestellt. «Sie werden ihn filmen … nicht morgen … sondern der Tag danach … mit mir.»

«Übermorgen.»

«Ja, übermorgen.»

Eine Viertelstunde später, um 7:25 Uhr, verließ Cathie ihre Wohnung mit der seltsamen Vorahnung, die aus der Peripherie ihrer täglichen Automatismen allmählich zu ihr vordrang, dass am gestrigen Abend bei Benji irgendetwas geschehen war … Sie hatte gesehen, dass er vor der Cité Blanche gewartet hatte … Dann hatte Amir ihn auf der Place du Colonel-Fabien gesehen … Als sie den Kragen ihres Mantels hochschlug und den Boulevard de la Villette, der noch taub war von Nacht und Kälte, entlangzugehen begann, entwickelte sich das Gefühl zu einer Frage. Warum hatte sie ihr Wiedersehen so jämmerlich verpatzt? Warum war es plötzlich so schwer für sie geworden, dass er sein Leben ohne sie leben konnte? Doch seit Benjamins Geburt war ihr klar, dass sie ihm niemals ihre Erwartungen würde aufzwingen wollen, so wie ihre Mutter es mit ihr, der einzigen Tochter, getan hatte. Wie viele Fehler hätte sie vermeiden können, wenn nicht die meisten ihrer Entscheidungen zum Ziel gehabt hätten, vor ihr zu fliehen? Irritiert über sich selbst, über die Wendung ihrer Gefühle, fiel Cathie ein, dass sie Benjamin nicht einmal in den Arm genommen hatte. Und warum nicht? Weil sie es ihm übel nahm, dass er sie so weit gebracht hatte, seine Aufmerksamkeit einzufordern. Wie erbärmlich! Die Geschichte mit dem Karton, den er abholen sollte, mal ehrlich, das war vor allem ein Vorwand, damit er sie besuchen kommt, einen Moment mit ihr verbringt, nur sie zwei beide, und sie ihn fragen kann: «Hast du Hunger, mein Schatz?», woraufhin er dann antwortet: «Was meinst du, sollen wir bei Bahn Cuàn ein Phò essen gehen?»

Und er war ja auch gekommen.

Aber sie hatte es sich nicht verkneifen können …

Schließlich hatte sie ihm nie das Gefühl gegeben, sie erwarte mehr als einen Anruf pro Woche, oder doch?

Dabei erwartet sie genau das. Eine undefinierbare Angst scheint sie manchmal gefangen zu halten. Sie hat das Gefühl, heute unsichtbarer zu sein als früher, nicht nur für die jungen Leute, die auf dem Bahnsteig in der Metro an ihr vorbeihasten und sie nur als ein Hindernis auf ihrem Weg betrachten, sondern für alle anderen. Sogar für ihren Sohn. Dabei spürt sie in sich noch etwas Unfertiges pulsieren, das gerade erst erwacht, etwas, das noch nicht gelebt hat … das aber wahrscheinlich keine Einladung zum Leben mehr erhalten wird. All diese Eindrücke quälen sie. Sie hatte gedacht, sie sei bereit, habe ihr inneres Haus längst so organisiert, dass sie sich zu gegebener Zeit in einer soliden und akzeptablen Einsamkeit einrichten könnte. Nur dass die Wände jetzt hier und da Risse bekamen und das Gerüst undicht wurde, ohne dass sie es bemerkt hätte. Was ist nur mit ihr, fragt sich Cathie, während sie sich der Leuchtreklame der Metro nähert, warum erscheint ihr die Zukunft so beängstigend? Sie weiß, dass alle, die sich auf diesen abschüssigen Weg begeben, der Welt abhandenkommen und sterben. Das Viertel ist voll von alten Opas, die den ganzen Tag auf den Bänken herumhocken und darauf warten, dass die Zeit sie wegspült, von alten Schnapsdrosseln, die von ihren Familien verlassen wurden, von Schluckspechten, denen der Atem ausgeht …

Und was Benjamin angeht, so rührt ein Teil ihrer Vorbehalte gegen ihn wohl daher, dass sie seine Entscheidung, die Kinofilmproduktion endgültig aufzugeben, erst zugunsten des Fernsehens und später zugunsten einer Plattform, nicht verstanden hat. Sie mag altmodisch sein, aber Filme sind immer noch eine Kunstform, während die Filme, die als Massenware für den Konsum angeboten werden … Morde und noch mehr Morde! Verstümmelte Leichen, verschwundene Kinder, schummrige Polizeireviere, unglaubwürdige Situationen, schlampige Ermittlungen. Wie können die Menschen nur ihre Abende damit verbringen, zuzusehen, wie ihre Mitmenschen umgebracht, erwürgt und gehäutet werden, und anschließend ruhig einschlafen?

Das legt die Vermutung nahe, dass sich der Bürger des 21. Jahrhunderts trotz des Stolzes auf die technologischen Fähigkeiten, mit denen er sich brüstet, nicht einen Deut weiterentwickelt hat. Es steckt noch die Faszination für den Tod in ihm, die dazu geführt hatte, dass die Pariser des 19. Jahrhunderts in Scharen an dem neuen Leichenschauhaus vorbeiflanierten, das Baron Haussmann für die Île de la Cité, gleich hinter Notre Dame, entworfen hatte. Die Leichenhalle war sieben Tage die Woche geöffnet und kostenlos. Die frisch hinzugekommenen Leichen wurden auf schrägen Tischen aus schwarzem Marmor hinter großen Glasfenstern ausgestellt. Der Anblick war offenbar umso erschreckender, als grelles Licht auf die Leichen fiel, um die Details sichtbar zu machen.

Nein, Cathie hat keine Lust, ihre Dosis morbides Fernsehen zu konsumieren, um sich zu beweisen, dass sie noch lebt – oder wie auch immer die psychosoziologische Erklärung aussehen mag, die dieses Verhalten rechtfertigen soll. Ab und zu schaut sie ARTE, wenn ein alter Film läuft, ach was, nicht mal das! Mehrere Wochen nach seiner Ernennung hatte Benjamin ihr ein Abonnement für BeCurrent angeboten (er bekommt einen Rabatt von 5 % auf die 8,90 Euro pro Monat). Um ihm eine Freude zu machen, hatte Cathie das Angebot angenommen und stand nun vor einem Mosaik von Angeboten, so verloren wie ein Boot mitten auf dem Ozean. Nachdem sie per SMS von Benjamin eine Empfehlung für die Serie *Another Us* bekommen hatte, hatte sie die Sache in Angriff genommen: zwölf Folgen, die sich um eine Mutter drehen. Nachdem ihre Zwillingstöchter bei einem Autounfall ums Leben kamen, beschließt sie, sich einem Zentrum anzuschließen, das wie eine Stadt organisiert ist und von Individuen bewohnt wird, deren Gedächtnis durch ein Trauma gelöscht wurde. Nach drei Folgen hatte sie aufgegeben. Zu viele Handlungsstränge, zu unglaubwürdig, zu viele visuelle Effekte, zu viele Nahaufnahmen. Sie fragte sich sogar, ob die Manager der Unterhaltungsindustrie und die Politiker nicht vielleicht die stillschweigende Übereinkunft getroffen hatten, die Menschen mit diesen völlig überdrehten Stories zuzuschütten, sie rund um die Uhr vorm Bildschirm zu fesseln, damit sie nicht mehr nachdenken und sich nicht mehr in die Angelegenheiten des Landes einmischen können. Die hypnotische Macht der Unterhaltungsindustrie. Der betäubende Overload an Emotionen. Cathie hatte sich davor gehütet, mit Benji über ihre Theorien zu sprechen. Dabei ärgerte es sie eigentlich, dass ihr Sohn, eine Blume im Gewehr, an dieser verheerenden Entwicklung irgendwie teilhatte. Er hatte sich verändert, das war nicht zu leugnen, die Kieferpartie war fester geworden, und diese Verhärtung setzte sich im Oberkörper fort; ein demonstratives Selbstbewusstsein, eine vollkommen neue Arroganz.

Bei der Metro angekommen, musste sie einem Haufen umgeworfener Elektroroller ausweichen, dabei spürte sie wieder den ersten Biss der verzehrenden Sorge um Benjamin. Was hatte er gestern Abend in der Nähe der Tankstelle verloren? Hatte er kein Benzin mehr im Tank? Sie wollte ihn anrufen, zögerte aber. Es war noch zu früh. Sie würde die beiden stören. Er war bestimmt wach, aber Ariane ... Es wäre ihr unangenehm, wenn Ariane eine Bemerkung über seine Mutter machen würde. Es wäre ihr unangenehm, wenn ihr Bild für eine unbestimmte Zeit mit dem schrecklichen Telefonklingeln verbunden würde. Sie mochte Ariane, erkannte eine Stärke in ihr, die sie wie eine Mauer vor Feigheit in der Liebe schützte, aber sie war sich nicht sicher, ob die beiden einander jemals nahe sein könnten. Benjamin war aufgeblüht mit ihr, und im Grunde war das alles, was zählte.

Wie jeden Morgen hatte sich Cathie die *Libération* gekauft – später würde sie Benji anrufen, vielleicht in der Mittagspause –, dann war sie für den langen Weg zum Filmarchiv in die unterirdischen

Gefilde hinabgestiegen, eine kremlartige Festung (zur gleichen Zeit, gegen 7:35 Uhr, filmte Camille Karvel auf dem Quai de Jemmapes eine Polizistin, die eine Leiche trat). Um die Mittagszeit war sie immer noch bei der Vorbesprechung der Restaurierung der Filme von Otar Iosseliani, die für eine Retrospektive in der Cinémathèque vorgesehen waren. Dieses Treffen verließ sie zu spät, um noch ihren Sohn anrufen oder an den Gesprächen ihrer Kollegen teilhaben zu können, von denen einige um den Fall Zeitouni kreisten. Mit Blick auf den bereits knospenden Garten verschlang sie ihr hart gekochtes Ei und ihre geriebenen Karotten, ehe sie, in der Hand einen Becher Kaffee mit ein klein wenig Milch, zurück in ihren Schneideraum ging.

Und da fällt ihr wieder das Gespräch mit Amir in der Küche ein. Die Tankstelle … Der beigefarbene Regenmantel … Sie hätte das Gespräch mit Nico beenden, Benji begrüßen, ihn in ihre Arme schließen sollen. Auch wenn er nicht auf ihre Nachricht geantwortet hatte, auch wenn er sie nicht über sein Kommen informiert hatte. Sie entfernt ein wenig Staub um die gesäuberte Perforation herum und legt die Pinzette nieder. Sie wirft einen Blick auf ihre Uhr. Langsam, Wirbel für Wirbel, verlässt sie die gebückte Haltung, von der sie immer einen ganz steifen Rücken bekommt.

8

Ich wollte nur wissen, was du empfunden hast, als du den Film der Bruder Lumière entdeckt hast. Ich hab mich gefragt, ob Ariane diese Geschichte kennt, mir scheint, dass …

Während Cathies Stimme (die sanfteste auf ihrer Palette, die Troststimme, die Sonntagabendstimme, die Nachdemschwimmbadstimme) in der randvollen Mailbox ihres Sohnes aufgezeichnet wird, verlangsamt Benjamin seine Schritte.

Vor ihm, gleich vor dem Café *Oasis*, der unverkennbare Menschenauflauf rund um eine bedeutende Persönlichkeit. Ausgestreckte Mikrofone, mehrere Kameras, neugierige Schaulustige, angezogen von der Aussicht auf ein besonderes Ereignis. Es werden Ellbogen ausgefahren, man stellt sich auf Zehenspitzen, macht alberne Zeichen, um die Aufmerksamkeit auf sich zu lenken. Benjamin, der gedacht hatte, sie würden sich in aller Ruhe im Café zusammensetzen, ist starr vor Schreck.

Etwa einen Meter vor ihm bleibt die verschwommene Gestalt von Thomas Sefériadis stehen, dreht sich um.

«Kommst du?»

Benjamin sieht ihn an. Die Augen voller Schalk, wirkt Thomas fröhlich wie ein kleiner Boss, dem gerade eine feindliche Übernahme gelungen ist. Der Ausdruck auf seinem Langweilergesicht ist so ungewöhnlich, dass Benjamin sich plötzlich fragt, ob er diesen Menschen überhaupt kennt.

«Wenn ich dir gesagt hätte, dass es voll wird, wärst du nicht gekommen. Es tut mir leid, aber die Gelegenheit war einfach zu schön! Roxane Hayavi-Daule begegnet dem einzigen Franzosen, der an *Another Us* mitgearbeitet hat, der Angela Nolan kennt und BeCurrent in Frankreich vertritt!» (übertriebenes Ausbreiten der Arme, um das Glück willkommen zu heißen). «Wenn du willst», schlägt Thomas vor, «bleibst du hier und ich geh sie holen ...»

Zerknirscht und wütend versucht Benjamin, gegen seine Angst anzukämpfen. Jetzt, da Thomas Sefériadis ihn in eine Falle gelockt hat – *weil er nichts mehr von mir erwartet, weil er einen Job gefunden hat!* –, jetzt, da er keine andere Wahl hat, als sich der Situation zu stellen, wird er ihm nicht auch noch das Vergnügen gönnen, ihr verdammtes Treffen zu inszenieren. «Na dann, auf geht's ...», sagt

Benjamin mit einem so zerknirschten Lächeln, dass es zur Grimasse gerät. Denn schon bevor sein Hirn grünes Licht gegeben hatte, begann eine Frage, gegen die Wände seines Schädels zu pochen: Ist er sich sicher, dass niemand, aber auch wirklich niemand, ihn letzte Nacht gesehen hat?

«Super, Alter!», sagt Thomas und klopft ihm auf die Schulter.

Mit Übelkeit im Magen setzt Benjamin einen Fuß vor den anderen und starrt dabei in die Kameras – *drei!* –, den Moment fürchtend, in dem sie auf ihn schwenken (denn dieser Moment wird kommen, nicht wahr? Denn es gibt keinen Weg mehr daran vorbei? …). Vor Angst krampft sich sein Bauch zusammen. Schweiß rinnt ihm den Rücken hinunter. Er setzt seine ganze Energie daran, einen aufrechten Blick beizubehalten, um nicht schuldig zu wirken. Ist es möglich, dass ihn jemand gesehen hat? Jemand, der ihn wiedererkennen würde, sobald er ihn auf irgendeinem Bildschirm sieht, wie er Roxane Soundso die Hand schüttelt … jemand, der dann schreien würde: «Das ist er! Ja, das ist er! Der Typ, der *»Der Typ, der was? Was? Du weißt ganz genau, dass da niemand war! Niemand!*

Noch zwei Schritte … und dann gehört er sich schon nicht mehr selbst.

In wenigen Stunden wird sein Bild auf den Nachrichtenkanälen und in den sozialen Netzwerken in Dauerschleife zu sehen sein. Ja, genau, sein Name ist Benjamin Grossmann, er ist der Entwicklungsleiter des französischen Zweigs von BeCurrent … Er unterstützt Roxane Soundso! Er kann sie schon hören, die politischen Analysten à la Jacques Séguéla und Rémy Servan, wie sie die Kommunikationsstrategie der Kandidatin auseinanderpflücken: «clever», «spektakulär», «lachhaft», «völlig konstruiert» … Er hat nicht den geringsten Zweifel, dass Thomas Sefériadis als Allererster das Foto ihrer *unglaublichen, zufälligen Begegnung* auf Instagram posten wird. Er wird Angela Nolan darauf aufmerksam machen, die mit ihrer ganz und gar angelsächsischen Naivität mit *Wows* und *OMG*s und ❤️ und 💋 reagieren wird, die von Netz zu Netz hüpfen, an den Kabeln der Server entlanggleiten und um den Planeten Walzer tanzen werden. Benjamin Grossmann wird bald für alle so frei zugänglich sein wie eine Bahnhofshalle. In seinem Berufs- und Arbeitsleben, seiner Vergangenheit, seinen Accounts, seinen Fotos, aufgenommen auf diesem oder jenem Festival, wird sich die ganze Welt ganz nach Belieben umtun können, dort verweilen, herumspekulieren, ins Schwärmen geraten, kommentieren, sich verwundern, ihren Dreck abladen, herumschnüffeln … Wie soll er sich vor Nina rechtfertigen, die ihn am Set von *Rageuses* wähnt und wahrscheinlich schon Ariane informiert hat, die genervt ist, weil sie ihn nicht erreichen konnte, und es kaum erwarten kann, zu erfahren, was es Neues von dem verdammten Immobilienmakler gibt? Was wird er Ariane erzählen, wenn ihre Freundinnen oder ihre Familie sie aufgeregt anrufen, um ihr mitzuteilen, dass sie Benjamin mit dieser Kandidatin gesehen haben, die verspricht, sich die Haare schneiden zu lassen wie Angela Nolan, falls sie das Bürgermeisteramt von Paris bekommt? Könnte er doch nur Ariane anrufen, ihre Stimme hören …

Da steht er nun, an der Schwelle zum fünften Kreis der Hölle, wo diejenigen schmoren, die sich dem Zorn hingegeben haben, gelähmt, unfähig, den letzten Schritt zu tun. Vor ihm erheben sich die dunklen Häuser der Cité Grange-aux-Belles. In der Mitte dieses unansehnlichen Blocks, im Bauch der Siedlung, der Metallzaun, gegen den   Sein versteinertes Gesicht   Sein erstarrter Blick!   Und plötzlich staut sich die dicke, feuchte Luft des Menschenauflaufs, in den er geraten ist. Er ist eingesperrt in ein einziges, raues Vibrieren. Schultern, Ellenbogen, Köpfe. Gestikulieren. Stimmengewirr. Raunen. Die Menge. Schließt sich um ihn.

Saugt ihm den Sauerstoff ab. Vor seinem irren Blick laufen die Bewegungen in Zeitlupe ab. Thomas schiebt den Paravent aus Leibern beiseite neugierige Blicke starren ihn an, verbeißen sich in seinen Hals die elegante Silhouette einer dunkelhaarigen Frau Kaskaden langer Haare ein granatroter Lippenstift Thomas' Rücken wieder die Frau ihr Blick auf ihn gerichtet Die Kameras

VI
KONVERGENZ

1

In seinem 1865 veröffentlichten Buch *Einführung in das Studium der experimentellen Medizin*, einem bedeutenden Werk der wissenschaftlichen Philosophie des 19. Jahrhunderts, entwickelte der berühmte französische Physiologe Claude Bernard die Idee, dass es zwei Milieus gibt, in denen Lebewesen sich entwickeln. Ein *inneres Milieu*, das aus lebensnotwendigen Flüssigkeiten besteht – Blut, Lymphe, Plasma –, und ein *äußeres Milieu*, in das der Organismus eingebettet ist. Die erstaunliche Anpassungsfähigkeit des inneren Milieus betonend, schrieb Bernard: «Alle Lebensmechanismen verfolgen, obwohl sie unendlich variieren können, immer nur das eine Ziel, die Einheit der Lebensbedingungen im inneren Milieu aufrechtzuerhalten.» Rund sechzig Jahre später beschreibt der US-amerikanische Physiologe Walter Bradford Cannon in seinem Buch *The Wisdom of the Body*, das auf Bernards Arbeiten aufbaut, eines der wichtigsten Phänomene der Biologie und Medizin: die Homöostase. Mit anderen Worten: die Fähigkeit eines jeden lebenden Körpers, sein inneres Gleichgewicht unabhängig von äußeren Belastungen aufrechtzuerhalten. Cannon präzisiert: «Veränderungen der Umwelt lösen Reaktionen innerhalb des Systems aus oder nehmen unmittelbar darauf Einfluss, was schließlich zu Störungen innerhalb des Systems führt. Doch die Störungen bewegen sich normalerweise in engen Grenzen, da innerhalb des Systems automatische Anpassungen in Gang gesetzt werden …»

Stéphane Jahanguir Sharif kennt diesen Begriff genau. Auch wenn er seit seinem Rücktritt und seit Verlassen des Lehrbetriebs nicht mehr mit ihm in Berührung gekommen ist (seine Vorlesung an der Universität umfasste ein Kapitel mit dem Titel «Zelluläre Homöostase und Immunsystem»). Jetzt jedoch, da sein Handy wieder klingelt und es um ihn herum wieder lebendiger wird, denkt er unwillkürlich wieder an Homöostase und automatische Anpassung, denn er spürt im Innersten seiner Zellen, wie ein beispielloser Regulierungsprozess ausgelöst wird, der sein verlorenes Gleichgewicht wiederherzustellen versucht.

Ein Teil von Stéphane Jahanguirs innerem Gleichgewicht, das so zerbrechlich ist wie eine Reliquie, ist eng an die Verführungsbeziehung geknüpft, die er seit dem Ausscheiden als Vorsitzender von *Bürger zweiter Klasse* mit den Medien aufzubauen versucht hat. Bevor Bérénice Allais, diese Schlampe, ihren links-feministischen Zauberstab zückte und ihn mit einem *Avada Kedavra* noch einmal gegen die zerstörerische Mauer der richtigen Gesinnung schleuderte, hatte er den berauschenden Eindruck, er stehe kurz davor, auf ordnungsgemäße Weise den Platz einzunehmen, den man ihm auf der Bühne von CNews zugewiesen hatte – immer derselbe in der Sitzordnung. Seine Rolle: der nicht-maghrebinische Muslim, ein *bad guy*, der zum *good guy* wurde, streng und cool zugleich, in der Lage, die Debatte durch unerwartete Gedankengänge zu beleben. Eine Figur, die er auf Empfehlung von Vanessa Win in ein graues Hemd und einen schwarzen Zara-Anzug kleidet, um einen nüchternen und wiedererkennbaren Stil zu demonstrieren.

Dass der Verlust dieser wachsenden Respektabilität ebenso wie Chalhoubs Schweigen zu den chaotischen Schwankungen in seiner Hirnchemie beigetragen haben, wird ihm erst jetzt vollends bewusst. Jetzt, da sein Körper, nach einem Kampf mit den äußeren Kräften, reagiert und die Oberhand gewonnen hat. Jetzt, da sein Puls wieder steigt, da die Journalisten ihn bedrängen, da CNews ihm angeboten hat, an der abendlichen Debatte über den Tod von Issa Zeitouni teilzunehmen (er hat die Journalistin gewarnt, dass er nur unter der Bedingung zusagen könne, dass man ihm die vollständige Liste der Gesprächsteilnehmer aushändigte, was sie ohne jeden Einwand akzeptierte). Das Ergebnis: seine Dopaminrezeptoren schweben in einem berauschenden Wohlbefinden. Selbst sein *äußeres Milieu* – das vollgestopfte Wohnzimmer im ewigen Dämmerlicht, auch an diesem Morgen unerträglich stickig – ist eine Insel der Harmonie. Er fühlt sich wie ein heimgekehrter Exilant. Seinen Körper empfindet er als schwerelos. Der Alarm seiner Depression ist deaktiviert. Er hat in dem vertrauten Gefüge, das seine Existenz ausmacht, seinen Platz wieder eingenommen: das ferne Brummen der Waschmaschine; der gleichmäßige Atem von Yasser, der neben ihm auf dem Sofa schläft, seine pummeligen Füßchen in seine Seite gedrückt; sein Handy, das neben seinem Arm vibriert, das er nicht berührt, an das er nicht rangeht, um ihn nicht zu wecken; und Shahnaz, die unterwegs ist, um die beiden älteren Kinder von der Schule abzuholen, mit ihrem purpurnen Schleier über dem seidigen Haar, der so wenig in diese europäische Stadt passt wie eine Wildblume in eine Vase. Keine Turbulenzen mehr, keine Schatten. Alles ist wieder unter den Fittichen Seiner Güte und Seiner Barmherzigkeit. Alles liegt in Seinen Händen.

Die Hitze des Laptops brennt ihm auf den Oberschenkeln. Er sollte aufhören, von Website zu Website zu springen, und ihn ausschalten. Aber er kann nicht anders, er liest zum zweiten Mal den Artikel in der *Huffington Post*, der die Überschrift trägt: «**Der Tod eines Teenagers lässt in den sozialen Netzen die Emotionen hochkochen**».

PARIS. Am frühen Morgen kochten in den sozialen Netzwerken die Emotionen hoch, nachdem ein zweiminütiger Film ins Netz gestellt wurde. Die Bilder zeigen eine Polizistin, die dem 17-jährigen Issa Zeitouni, der tot auf dem Quai de Jemmapes gefunden wurde, Fußtritte versetzt. Die Todesumstände des Teenagers sind noch immer äußerst unklar. Es wurde eine Untersuchung eingeleitet.

Der in den Medien sehr aktive Innenminister Émilien Pollan postete kurz darauf eine Nachricht auf Twitter.

Émilien Pollan @EPollan · 7h

Issa Zeitounis Familie und seinen Angehörigen gilt meine volle Unterstützung. Sie können sich sicher sein, dass dieses traurige Drama schnell aufgeklärt wird. An dieser Stelle möchte ich unseren Ordnungskräften danken, die tagtäglich eine hervorragende Arbeit leisten.

8 3 14

Viele Internetnutzer reagierten auf die Äußerungen des Ministers und bezeichneten sie als «lächerlich» und «beschämend».

SebKenZ @sebkenzi · 7h

Wie beschämend, von Ordnungskräften zu sprechen, während @PoliceNationale erneut ein Drama zu verantworten hat – wann hört das endlich auf? Stärke und Unterstützung für Issa.

7 11 17

Mehrere Künstler brachten ihre Empörung zum Ausdruck, indem sie den Hashtag #WahrheitFürIssa, der am Morgen aufgetaucht war, weiterleiteten. Als die Angelegenheit für mehr Aufsehen sorgte, meldeten sich

Politiker mit der Forderung zu Wort, die Motive dieser Polizistin müssten vollständig aufgeklärt werden.

Stéphane Jahanguir überspringt mehrere abgedruckte Tweets und zwei Absätze und gelangt zur Mitte des Artikels. Sogleich liest er langsamer und kostet jedes Wort aus.

StéphaneJahanguirSharif @SJSharif · 2h
1/3 Meine Freunde, meine Brüder und Schwestern, heute Morgen ist Issa Zeitouni gestorben. Egal wie alt er war oder welcher Religion er angehörte, er war ein französischer Staatsbürger. Möge Gott den Schmerz seiner Familie lindern und ihn bei Sich aufnehmen. Unsere Stärke ist nicht unser Hass, sondern unsere Fähigkeit, ihn zu überwinden.

9 8 18

StéphaneJahanguirSharif @SJSharif · 2h
2/3 Auch wenn man uns erneut ins Visier genommen hat, können wir geduldig sein und auf Antworten warten. Diejenigen, die den Schmerz einer trauernden Familie ausnutzen wollen, um Gewalt zu verbreiten und Hassreden zu halten, werden unseren republikanischen Grundsätzen nicht gerecht.

12 9 5

StéphaneJahanguirSharif @SJSharif · 2h
3/3 Wir erwarten, dass die Regierung starke Maßnahmen ergreift, um zu verhindern, dass unsere muslimischen Mitbürger, die zu Lebzeiten oft schlecht behandelt werden, auch im Tod schlecht behandelt werden. #IssaZeitouni

7 17 10

Sein Beitrag wurde von vielen Internetnutzern begrüßt. Sie sahen in seinem Aufruf ein Zeichen der Beschwichtigung in einem Kontext.

Da ihn die Fortsetzung nicht mehr interessiert, beschließt Stéphane Jahanguir, den Bildschirm runterzuklappen, und setzt sich auf. Während er den Computer auf den mit Legosteinen übersäten Couchtisch stellt, liest er genüsslich noch einmal den Anfang der ihm gewidmeten Passage: «Stéphane Jahanguir Sharif überraschte mit dem Aufruf …» Ja, dieser unglaubliche Rotschopf überrascht euch immer wieder, ihr Penner!

Er nimmt Yassers warmen Knöchel in die Hand, legt seinen Kopf auf das dicke Sofakissen und schließt die Augen. Er lächelt, als er das unaufhörliche Vibrieren seines Handys spürt. Man ruft ihn an und er reagiert nicht darauf … Schtt … Noch nicht! Er kann die Anzahl der Retweets, Shares, Likes, WhatsApp-Nachrichten und Aufforderungen gar nicht mehr zählen. Diese Netzwerke, *astaghfirullah*, sind das Wunder der Brotvermehrung! Und wie herrlich ist das, wenn die ganze Welt virtuell auf ihn zustürmt und ihn in den Himmel hebt. Er hat das überwältigende Gefühl, auf einem Hügel zu stehen, wie der Prophet Ali ibn Abi Talib vor der Schlacht von Badr, und das begeisterte Lärmen der Gläubigen unter ihm zu vernehmen. Er erinnert sich an die Pressemitteilung, die Mada im Namen von *Bürger zweiter Klasse* verschickte, und an ihre Rhetorik, die mit der Zeit zu einer quälenden und langweiligen Leier wurde: «Jeden Tag werden Schwarze und Araber mit 20 % höherer Wahrscheinlichkeit als andere kontrolliert, beleidigt und gedemütigt» – «sie machen 90 % der in den Händen der Polizei zu Tode gekommenen Fälle aus» – «Legitimierung der Islamophobie» – «Staat und Justiz müssen Verantwortung übernehmen».

Stéphane Jahanguir ist seit geraumer Zeit davon überzeugt, dass dieses Kommunikationssystem, brutal, kompromisslos und faktenorientiert, paradoxerweise der Mehrheit eine Entschuldigung dafür liefert, genauso zu handeln, wie sie es tut und wie es ihr in jedem Fall das Liebste ist: sich abwenden und wegschauen. Du kommst von der Arbeit nach Hause, bist richtig kaputt, hast jede Menge Sorgen mit deinem Arbeitgeber, deiner Bank, deinen Kindern, deinen Nachbarn, deiner Schwiegermutter, und ehrlich gesagt nicht die geringste Lust, deine Facebook-Seite oder deine E-Mails zu öffnen, um dann zu sehen, dass Mada Soucko, diese beeindruckende Rassisierte Göttin, dir an die Gurgel springt, dafür sorgt, dass du dich im Stacheldrahtgewirr ihrer Wortfelder verhedderst, dir Schuldgefühle einredet und dir andeutungsweise vorwirft, dass du keine Ahnung hast, von welchen Ungerechtigkeiten du umzingelt bist. Und wenn du noch dazu weder Schwarz noch arabisch bist und nicht einmal in einem schwer geschädigten sozialen Brennpunkt wohnst, dann weißt du, dass es dir an den Kragen geht! Die Folge davon: Die Realität, so abscheulich sie sein mag, versinkt nur noch mehr in der Finsternis der Gleichgültigkeit, und man muss sich gewaltig die Ärmel hochkrempeln, um sie da wieder herauszufischen.

Stéphane Jahanguir will nicht länger, wie Mada, ein Fischer sein, sondern ein Jäger. Der Jäger der Finsternis Ein Samurai, der gegen den Zusammenbruch der Realitäten kämpft. Sein Traum von MUZ geht in diese Richtung (er hat keinen Zweifel daran, dass Chalhoub, dieser Fettwanst, ihn heute Abend nach seinem Auftritt auf CNews anrufen wird, mit einer Ausrede, die so diskret ist wie die Schneider der Königin von England, damit er es protestlos hinnimmt, dass er sich nicht mehr bei ihm gemeldet hat). Genau wie sein langer homöostatischer Text, den er nach dem Mittagsgebet verfasst und auf Facebook gepostet hat, und von dem er Auszüge getwittert hat, die von der *HuffPost* zitiert wurden.

Dieser Text ist die Antwort seiner rechten Hand auf seine linke Hand; treibende Hand der gefürchteten Djam-Maschine, die jetzt niemand mehr aufhalten kann (eine halbe Stunde, nachdem er gegangen war, hatte Djam ihm per Telegram den Namen und die Adresse der Polizistin Asya Baydar geschickt, und zwar mit der Nachricht: «das fuckt mich nur + ab jtz wo ich weiss die bullntussi is muslima». Stéphane Jahanguir hatte den Text in einem Zug geschrieben, nachdem er das erste Tütchen Koks mit dem Zeigefinger gründlich ausgekratzt und dann auf sein Zahnfleisch gerieben hatte. Je länger der Text wurde, desto heftiger drang der Odem des Lebens in seine Organe. Man hätte meinen können, sein rekonvaleszentes *inneres Milieu* richte sein Rückgrat auf. Die Worte wirbelten über seinem Kopf umher und warteten nur darauf, eingefangen zu werden. Die Worte des Friedensstifters, nach außen ein weißer Mann, doch mit gemischtem Blut, erschaffen aus dem Lehm des Urkonflikts, und daher besser als jeder andere in der Lage, ihn aufzufangen und beizulegen. Seit er auf «Senden» geklickt hatte … seit sich seine Sätze auf andere Bildschirme ergossen haben … seit diesem Artikel in der *HuffPost* … welche Gelassenheit! welche Stärke! Er fühlt sich seiner selbst sicher, so sicher … *Ich bin Euch viel näher noch als Eure Halsschlagader …*

Yassers Fuß zuckt in seiner Hand, was den watteweichen Fluss seiner Gedanken unterbricht.

Stéphane Jahanguir öffnet die Augen. Sein Blick trifft unvermittelt auf den seines Sohnes, so weit und klar wie der Fluss Indus.

«Hast du gut geschlafen, mein Yayou?»

Yasser, mit seinem Engelskopf, nickt. Niemand weiß, wie sehr Stéphane Jahanguir jedes Mal zittert, wenn er eines seiner Kinder ansieht, heimgekehrt aus dem Schlaf wie aus einem unerreichbaren Paradies, unfassbar unschuldig und verletzlich. Die Vorstellung, dass sie in ihrem Inneren, im Herzen ihrer Zellen, im Labyrinth ihrer Blutgefäße, dieses listige Leiden, diesen schlammigen Fluss tragen könnten, der ihn selbst so oft vernichtet, ist ihm unerträglich. Da er ihr Blut nicht von diesem schrecklichen Erbe rein waschen kann, möchte er die Welt so gestalten, dass sie dort angstfrei leben können.

«Ist Mama schon da?»

«Noch nicht. Ich glaube, sie ist gerade mit Mariam und Ehsan in der Bäckerei, um dir ein Pain au chocolat zu kaufen.»

«Eine Viennoise au chocolat ist mir aber lieber.»

«Ach! Seit wann denn das?»

Yasser zieht seinen «Weiß nicht»-Flunsch, den Hals vorgereckt und die Augen rund wie Murmeln.

«Das glaube ich Ihnen nicht, Herr Yasser Sharif, Sie wissen ganz genau, seit wann Sie lieber Viennoises au chocolat essen», erwidert Stéphane Jahanguir in einem gespielt strengen Ton.

«Nein, das weiß ich nicht …»

«Doch, doch …»

«Nein, nein», antwortet Yasser auftrumpfend.

Der kleine, sich windende Körper, die provokative Grimasse auf seinem Kindergesicht lassen Stéphane Jahanguir erahnen, welche Reaktion er sich von seinem Vater erhofft. Ohne ihn aus den Augen zu lassen, beginnt er vorsichtig, ihn unter der Fußsohle zu kitzeln. Yasser windet sich, spannt die Kiefer an. Aber schon sehr bald schreit er auf, lacht, fuchtelt mit den Händen, lacht, «Hör auf! Hör auf! HÖR AUF!».

«Okay, ich hör ja schon auf», sagt er und zieht brüsk seine Hand zurück, «ich höre auf! Unter der Bedingung, dass du aufstehst und deine Legosteine wegräumst, wie du es Mama versprochen hast.»

«Kann ich mein Spiderman-Kostüm anziehen, für wenn Ehsan kommt?»

Da sein Vater offensichtlich nicht nachgeben will, faltet das Kind in katholischer Gebetshaltung die Hände unterm Kinn. Wo hat er das nur gelernt?, fragt sich Stéphane Jahanguir.

«Bitte schön!»

«Na gut», gibt er nach. «Aber danach räumst du auf?»

«Ja, mach ich.»

«Wo ist dein Kostüm?»

Yasser zeigt auf den Berg Bügelwäsche, der auf dem Sessel neben dem Fernseher auf weitere Behandlung wartet. «Sicher?» Yasser nickt energisch, während er wie ein kleines Monster mit den Augen rollt.

Den vertrauten Geruch von Lavendelweichspüler in der Nase, wühlt Stéphane Jahanguir sich durch die Wäsche. Er entdeckt das rot-blaue Spiderman-Kostüm, das schon recht mitgenommen aussieht, weil der große Bruder es nicht gut behandelt hat, und zieht daran. Während der unförmige Haufen sein Gleichgewicht verliert, entdeckt er darin ganz unten sein zerknülltes graues Hemd. Sein Façonnable-Hemd aus Voile-Baumwollstoff, das er für 155 Euro erstanden hat, um damit im Fernsehen aufzutreten. Er zieht es heraus und schüttelt es mehrmals, um es zu glätten. Er wird es bügeln. Für den heutigen Abend. Sein graues Hemd und seinen schwarzen Anzug. Seine Verkleidung.

2

Zu dieser Jahreszeit bricht gegen 17:40 Uhr die Nacht über die hektische Stadt herein, doch im Vernehmungsraum, der nach Nordwesten ausgerichtet ist, geht das Tageslicht aus dem einzigen Fenster, das so groß wie eine Briefmarke und von Schmutz und altem Regen gestreift ist, bereits in eine vorzeitige Dämmerung über. Der Schatten des im Gegenlicht sitzenden Leutnants wird mit jeder

Minute größer. Und je dichter die Schatten werden, desto mehr nimmt Sam, erschöpft von der Brutalität der Vernehmung, bei der sie stundenlang die gleichen Sätze wiederholen musste, alle Kraft zusammen, um durchzuhalten, überzeugt, dass ihr Martyrium bald ein Ende haben wird. Sie hat schon vor einer ganzen Weile die Rüstung der Marathonläuferin angelegt. Wenn man die Metapher ein wenig weiterspinnen wollte, schätzt sie, dass sie jetzt weniger als drei Kilometer von der Zielgerade entfernt ist, allein in der Mitte der Straße, schweißgebadet, die Muskeln wie gelähmt vom Anstieg der Milchsäure, aber mit geschärftem Verstand. Darin liegt ihre Stärke, immer schon, in ihrer Fähigkeit, zu widerstehen, den Schmerz wegzudrücken, das Ziel im Auge zu behalten, während die Konkurrenten die Zügel ihres Geistes schon seit langer Zeit haben schleifen lassen.

«Wollen Sie immer noch keinen Anwalt?»

«Nein.»

«Sie werden ohnehin genug Zeit haben, darüber nachzudenken, denn ich werde den Polizeigewahrsam verlängern», sagt der Leutnant und dreht den Kopf zu seinem Kollegen, der gerade das Netzkabel des Laptops verstaut.

Sam ist sich nicht sicher, ob sie das richtig verstanden hat. Doch sie spürt, dass Panik ihre Nerven allmählich verrücktspielen lässt. Mit einem fast schon an Katatonie grenzenden Unglauben starrt sie auf die gespenstische Gestalt des Leutnants, der in der Dunkelheit verborgen ist. Mit erstickter Stimme, der ihre Angst anzuhören ist, fragt sie vorsichtig nach:

«Muss ich … Muss ich morgen wiederkommen?»

Eine Sekunde vergeht.

Dann zwei.

Während sie gespannt auf die Antwort des Leutnants wartet, sieht sie das gestresste Gesicht ihrer Mutter, die sich in der Buslinie 75 über sie beugt und ihr in einem strengen und zugleich bittenden Tonfall zuflüstert, sie möge still sein. Latifa Baydar weiß, dass ihre Tochter kurz davor ist, den Mann anzuschreien, der sie gerade geschubst hat, um den leeren Sitz vor ihr zu ergattern. Sie weiß, wie gut sie es versteht, sie zu verteidigen, und vor allem, auf sich aufmerksam zu machen. Wenn sie noch länger hierbleibt, wird ihre Mutter irgendwann davon erfahren und denken, dass sie …

«Sie haben nicht verstanden, Baydar, ich verlängere den Gewahrsam. Sie müssen nicht wiederkommen, weil Sie nicht gehen dürfen!»

Der Leutnant antwortet ihr im genervten Tonfall eines Schalterbeamten, der erneut gestört wird, obwohl er gerade das Schild «Geschlossen» aufgestellt hat.

Sam spürt den harten Aufprall einer Kugel an ihrem Hinterkopf. Sofort strömen ihr ganzer Wille, ihre Energie, ihre Beharrlichkeit heraus.

3

Er hatte sich dreieinhalb Jahre zuvor bei Twitter angemeldet, nachdem es zu einigen spontanen, unorganisierten, aber besonders heftigen Demonstrationen gegen die Polizei gekommen war. Schockiert über das Bild eines Kollegen, der bei einem Einsatz plötzlich in Flammen stand, hatte er auf eigene Faust entschieden, in die Höhle dieser Gruppierung einzudringen, sich virtuell bei den Anführern der Bewegung und der Ultras einzuschleusen. Er hatte sich als ultralinken Aktivisten ausgegeben, als Fan brutaler Kämpfe und Anhänger des *copwatching*. Als Profilbild hatte er das Bild einer Demonstration zu Ehren von Rodney King gewählt, das Pseudonym Ogre de Tervuren, der Kannibale von Tervuren und @LeBaron, die Spitznamen seines berühmten Namensvetters Eddy Mercks, die aber wunderbar zu einem Hitzkopf passten, der schnell auch mal handgreiflich werden konnte.

Aufgewachsen in einer kommunistischen Familie, die seit Ende der 1940er-Jahre in Ivry-sur-Seine lebte und ihn schon bei den großen Streiks von 1995 mit dem Kinderwagen auf die Demonstrationszüge des Allgemeinen Gewerkschaftsbunds CGT mitgenommen hatte, fiel es ihm nicht schwer, engagierte Tweets abzusetzen, die gespickt waren mit revolutionären Verweisen und Aufrufen zum Kampf, mit denen er sich geschickt einen Ruf als Radikaler erwarb. Sein Avatar hatte ihm bereits zweimal dazu verholfen, Zeit und Ort einer improvisierten Versammlung von Randalierern in Erfahrung zu bringen und die Kollegen von der Kriminalitätsbekämpfungsbrigade BAC warnen zu können. In letzter Zeit war Clément Merx nicht mehr so häufig auf Twitter unterwegs gewesen, aber er füttert seinen Account weiterhin, um in der Szene einen Fuß in der Tür zu haben und es im Bedarfsfall nutzen zu können. Die Polizei hat nicht die Mittel, die Identität eines jeden anonymen Ultras in Erfahrung zu bringen, der einen Guerillakrieg gegen die Bullen anzettelt, oder den Urheber eines widerwärtigen Videos ausfindig zu machen, das aus seinem Zusammenhang gerissen wurde, er aber kann ihn entlarven, sich ihm nähern, ihn ansprechen und seine Absichten ergründen. Und tatsächlich, an diesem heiklen Spätnachmittag im Februar kann niemand ahnen, dass der junge Mann in Jeans und schwarzer Lederjacke, der allein am Fenster des Cafés *Le Grincheux* sitzt, an der Ecke zur Avenue Secrétan, der alten Einkaufsstraße, die von der Metrostation Jaurès bis zu den Buttes-Chaumont führt, Silberringe an den Fingern und den düsteren Blick nach draußen gerichtet, in Wirklichkeit ein Polizist ist, der auf seine Beute lauert: @Corky.

Aber wer war @Corky?

Normalerweise, dachte Merx heute Morgen, als er in der Umkleidekabine des Polizeireviers saß und schnell den Twitter-Feed von @Corky durchging, passt diese Art von Profil mit den Schwerpunkten Polizeigewalt, Rap und Serien zu Typen, die sich auch für Fußball und Identitätsfragen interessieren (zwei Merkmale, die bei @Corky überhaupt nicht gegeben sind), keinesfalls jedoch für Sylvia Plath und Henri Michaux, für den Fotografen JR oder für Banksy (das Profilbild von @Corky ist das Schablonenbild, das der Künstler zu Ehren der Bataclan-Opfer auf die Fluchttür des Konzertsaals gesprüht hatte, welche später dann gestohlen wurde). Ein junger Nerd? Merx hatte eher einen verwirrten, sensiblen, gebildeten Teenager aus wohlhabenden Verhältnissen im Blick, der mit Mama und Papa im Clinch liegt, zumindest so sehr, dass er im Morgengrauen durch die Straßen schleicht und Polizisten filmt, weil er seine Rebellion ausagieren will.

Die Revolte der jungen Leute war ihm zwar nicht fremd, aber er selbst war den umgekehrten Weg gegangen und hatte einen offiziellen Pakt mit dem größten Feind seiner Eltern geschlossen: der Polizei. Natürlich hatten die Eltern Merx – die Mutter mehr noch als der Vater, dessen Kampf- und Diskussionsenergie größtenteils von der Tyrannei einer chronischen Halswirbelsäulenarthrose aufgezehrt wurde – ihren Jüngsten mit wutverzerrtem Gesicht daran erinnert, dass die Pariser Polizei bei der Jagd auf Widerstandskämpfer und Kommunisten verflucht noch mal aktiv mit den Nazis zusammengearbeitet hatte. Ohne sie hätte man die Razzia des Vel d'Hiv – 13 000 Juden, darunter 4000 Kinder, 1200 Verhaftungstrupps, die ab 5 Uhr morgens im Einsatz waren, Angstschreie, Bitten, Stürze aus dem Fenster in der Rue du Poitou und der Rue de Belleville – nicht so effizient durchführen können. Der jüngste Sprössling, der genug hatte von den engen Fluren, in denen das Denken der Merx seit zwei Generationen versteinerte, war wütend geworden. Und Stalin mit seinem NKWD? Und die Stasi? Haha! Was für eine Heuchelei! Wenn sie wollten, dass die Kommunisten vor Ort an die Macht kämen, dann müssten sie offensichtlich die Polizei lieben lernen!

«Du verrätst uns gerade, Clement, merkst du das eigentlich?»

«Nein, Mama, nicht ich habe euch verraten, ihr seid nur zu verbohrt, das zu erkennen!»

Seit er das Kommissariat in Asnières verlassen hat, um zur CSI-75 zu gehen, geht Clément Merx jeden Morgen, wenn er über den Place du Colonel-Fabien geht (im Familienpantheon erhielt Fabien, der mit bürgerlichem Namen Pierre Georges hieß, ein Kader der Kommunistischen Partei Frankreichs war und 1941 das erste Attentat auf die deutsche Besatzungsmacht verübte, den Platz rechts von Fidel Castro), dieser Streit durch den Kopf, mit einer Mischung aus Schuldgefühlen und Fatalismus. Wahrscheinlich konnte er für seine Freiheit nichts anderes tun, als sie zu verletzen, indem er ihre Waffe gegen sie richtete.

Wer auch immer @Corky ist, Merx möchte jedenfalls seinen Kopf packen, ihn an die Wand drücken und ihm in die Ohren stopfen, was für eine verdammt tolle Polizistin Sam ist. Es war nicht gesagt, dass Sam sich jemals davon erholen würde. Es war nicht gesagt, dass sie nicht wie sein Kumpel Robin Moniz enden würde, dem zweiundzwanzigsten Polizisten, der seit September Selbstmord begangen hatte. Ein aufgesetzter Kopfschuss mit der Dienstwaffe, auf dem Parkplatz des Polizeipräsidiums von Rennes.

15 Uhr 50.

Über den privaten Twitter-Nachrichtendienst hatte @Corky sich mit ihm für 16 Uhr in diesem Café verabredet. Da er aus seinen lakonischen Antworten einen Hauch von Misstrauen herausgehört hatte, wollte er lieber früher kommen, sich direkt ans Fenster setzen, dessen Scheibe allerdings mit einem feuchten, eisigen Film bedeckt war, und Ausschau nach ihm halten. Aus Erfahrung weiß er, dass die Neugier die virtuellen Gesprächspartner dazu bringt, um den Treffpunkt herumzuschleichen und zu versuchen, dem mysteriösen Wesen, das sie im Internet getroffen haben und das von einer Aura des Unwirklichen umgeben ist, zunächst einmal ein Gesicht zu geben, auch auf die Gefahr hin, in letzter Minute die Meinung zu ändern und wieder abzuhauen.

Aus Angst, von den Kollegen entdeckt zu werden, wollte Merx die Gegend um die Rue Albert-Camus vorsichtshalber meiden. Seit dem Morgen sind Dutzende von Polizisten in der Ecke unterwegs, beobachten die Cité GAB und ermitteln im Todefall Issa Zeitouni, wohl wissend, dass niemand etwas gesehen hatte und niemand etwas sagen würde. Die Kapuze auf dem Kopf und die Hände in den Taschen, war er Richtung Norden gegangen. Auf dem Weg dorthin begegnete er zwei Mannschaftswagen der Republikanischen Sicherheitskompagnie CRS, die vor der Cité Rouge parkten. Er weiß, dass die Hinweise, es könnte um eine Abrechnung gehen, seit dem Mord an Gabriel Rahal sehr ernst genommen werden. Außerdem hat eine der Banden der Cité Rouge den kleinen Platz am Pont Eugène-Varlin – etwa 100 Meter von dem Ort entfernt, an dem die Leiche von Issa Zeitouni gefunden wurde – zu ihrem exklusiven Empfangssaal erklärt. Seit die Stadtverwaltung dort Fitnessgeräte für die Anwohner aufgestellt hat, stürmen die Jungs jeden Abend gegen 22 Uhr den Platz und nehmen ihn bis Mitternacht für sich in Beschlag. Während sie zum Rhythmus von Gangsta-Rap, den sie sich via Bose-Kopfhörern aufs Trommelfell jagen, ihre Deltamuskeln und Beinbeuger stählen, verhökern die He-Mans diskret ihre Ware. Haschisch, Crystal, MDMA, Speed, Schnee, Ketamin. Alles, was du willst, solange du löhnst und verschwindest. In einem Land, in dem mit Rauschgift fast 3 Milliarden Jahresumsatz gemacht werden, ist es nicht verwunderlich, dass sich die kleinen Gangsterbosse aus den Cités, früher einfache, einem Netz angehörige Dealer, organisiert haben, um ihren Marktanteil einzustreichen. Wenn man sich ansieht, wie sie sich in so kurzer Zeit durchgeschlagen haben, könnten sie auch ein respektables Start-up-Unternehmen leiten, wenn sie sich die Mühe machten. Die Wahrscheinlichkeit, dass sie Issa Zeitouni, einem Vertreter der rivalisierenden Cité, über den Weg gelaufen waren und ihn ein wenig zu hart angefasst hatten, sollte nicht abgetan werden. Die Begegnung war vielleicht nicht geplant gewesen – der Körper wies keine Schuss- oder Stichwunden auf –, aber es passte gut. War Issa Zeitouni an der Ermordung von Gabriel Rahal beteiligt gewesen? Möglicherweise. Der mutmaßliche Mörder und sein Komplize, siebzehn und neunzehn Jahre alt, waren unter anderem von Sam und Dalloz festgenommen worden, und man hatte ein Verfahren gegen sie eingeleitet. Aber vielleicht waren sie zu dritt gewesen? Es war durchaus möglich, dass Zeitouni als Schmieresteher im Hof der Cité rumlungerte, um sie zu warnen, falls jemand auftauchen sollte.

Gleichzeitig ist die demonstrative Präsenz der Einsatzwagen vor der Cité Rouge nicht allein durch die unerbittliche Rivalität zwischen der Cité Rouge und der GAB oder durch die Gefahr von Spannungen zu erklären. Die Kollegen wissen genau, dass die Bullenbeißer der Cité Rouge nicht vorhaben, aus der Deckung zu kommen. Weder jetzt noch in den nächsten Tagen. Sie werden sich brav zurücknehmen, sich unauffällig verhalten und aufräumen, was es aufzuräumen gibt. Auch auf Seite der GAB hat niemand die Absicht, zu reagieren. In dem Wissen, dass sie sich im Auge des Zyklons der Polizei befinden, schlucken sie lieber ihren Ärger hinunter, lassen sie lieber den Sturm vorüberziehen und warten in Ruhe einige Wochen, vielleicht sogar Monate ab, bevor sie Vergeltungsmaßnahmen ergreifen. Es ist jedes Mal dieselbe Spielfolge, derselbe morbide Paso doble. Im Moment geht es für die eine wie die andere Seite ausschließlich darum, ihr Business zu schützen. Zumal dieses seit dem Einstieg der 18- bis 25-Jährigen in den Kokainkonsum ziemlich stark floriert. Die Machtdemonstration der Polizisten ist eher Teil einer offensiven Strategie. Angesichts der Flut von Beleidigungen, die seit heute Morgen eingegangen sind, ist die beste Art zu reagieren, die Dinge richtigzustellen. All diesen Möchtegern-Staatsanwälten zu sagen: Sie können diese Geschichte in alle Richtungen drehen und wenden, meine Damen und Herren, Sie können in den sozialen Netzwerken beleidigende Kommentare hinterlassen, Alarm schlagen, uns verachten, uns vorwerfen, der bewaffnete Arm des Faschismus zu sein, deshalb sind wir noch lange nicht die Mörder von Issa Zeitouni. Die Mörder sind auf der anderen Straßenseite, und wissen Sie was? Wir beobachten sie!

Merx wollte ihnen allen einen Dienst erweisen, indem er sämtliche Bilder von @Corky an sich bringen und ins Netz stellen würde, damit die Leute sie ohne die Schnittmanipulation und die Effekte sehen konnten, mit denen die Realität erst zerhackt und dann mit der «Jetzt empört euch!»-Soße serviert wurde. Er hat das Gefühl, auf @Corky überzeugend gewirkt zu haben, ihm genug Angst gemacht zu haben, damit er ihm vertraut. Er hätte ganz sicher nicht so reagiert wie Sam – was zum Teufel hatte sie da bloß geritten? –, aber nach dem Tritt hatte sie ihren Irrtum sofort erkannt. Sie hatte sich neben den Teenager gekniet, hatte getan, was nötig war. Sie hatte nichts von einer monströsen Polizistin, die sich auf eine Leiche stürzt, um sie zu vermöbeln. Selbst Dalloz, dessen emotionaler Zustand dem eines Betonblocks gleicht, war nach Sichtung des Videos fassungslos gewesen.

«Verdammt, so ist das doch gar nicht passiert!»

«Natürlich nicht. Das ist eine Montage, die sie total belastet ...»

«So eine Schweinerei! Du wirst sehen, wie sie dafür bezahlen wird ...»

Merx, der sich mit Netzwerken auskannte, hatte sofort geahnt, dass das Video unzählige Male geteilt und viral gehen würde, und sie damit erneut auf das Schlachtfeld der unersättlichen Wutausbrüche katapultieren würde, aber was Dalloz vorausgesagt hatte, das hatte er sich nicht vorstellen können. Er hatte nicht damit gerechnet, dass Sam bezahlen müsste. Erst als er mit der Realität konfrontiert wurde – Sam mit eingezogenen Schultern und gesenktem Kopf, links und rechts einer von den Deppen der Polizeiaufsichtsbehörde, der IGPN –, war ihm das richtig bewusst geworden … Sam war jetzt der Sündenbock, die bedrohliche Kraft, die man vom Rest der Gruppe isolieren, die Krebszelle, die man auf der Stelle ausrotten musste. Das ganze Revier war anwesend, in kleinen Grüppchen standen sie auf den Fluren, Zeugen des Opfers, das eine von ihnen im Namen der vergangenen und zukünftigen Sünden aller anderen auf sich nahm. Das ganze Revier. Gelähmt. Betäubt. Niedergedrückt wegen der Brutalität des Bildes. Alle, nur Sultanik nicht. Er hatte sich in sein Büro eingesperrt, allein mit seinem Ehrgeiz, der Gottesanbeterin, die sich seiner Seele bemächtigt und Sam ins Leere gestürzt hatte. Da wurde Merx klar, dass weder Sultanik, noch die Polizei der Polizei, noch einer dieser krawattegeschmückten Beamten auf dem aufsteigenden Ast ihrer Karriereleiter sich die Mühe machen würde, nach dem ganzen Film zu suchen, um beweisen zu können, was wirklich am Ufer dieses verfluchten Kanals passiert war, und Sam damit aus dem Sumpf zu ziehen. Im Gegenteil, sie war ihnen nützlich, denn so bekamen sie die Gelegenheit, sich mit geringem Aufwand zu Männern der Gerechtigkeit und Fairness aufzuplustern. Ab und zu muss man auch mal ins eigene Fleisch schneiden können. Das erinnerte ihn an eine Serie, die er mit seiner damaligen Freundin Violette gesehen hatte, die ihre Abende am liebsten mit «Essen vom Chinesen vor einem Film» verbrachte. *Bloodlines*. Ein Geschwisterclan, der nicht zögert, den älteren Bruder, der ihnen schadet und immer mehr Probleme macht, loszuwerden, um die Institution Familie zu retten. Übrigens hatte gegen Mittag, gleich nachdem die IGPN den Einsatz angekündigt hatte, der Hashtag #IssaZeitouni den ersten Platz auf der Trendliste bereits verlassen und war auf den vierten zurückgefallen. Gute Nachricht für Sultanik! Nur dass nun niemand mehr Merx garantieren konnte, dass ihre Feigheit bei Sam haltmachen würde. Auch er wurde von der Polizeiaufsichtsbehörde vorgeladen, für den nächsten Morgen, gleich nach Dalloz. Wer weiß, ob bis dahin nicht noch eine weitere Filmmontage in den Netzwerken auftauchen wird, was einen weiteren Rudelbildungseffekt auslösen und ihn genau wie Sam an den Rand des Abgrunds bringen würde? Er musste an diesen Film rankommen, und sei es nur, um sich selbst zu schützen.

16:05 Uhr.

Im Hin und Her der Passanten glaubt Merx, eine schmale und hochgewachsene Gestalt zu entdecken, Mütze auf dem Kopf, teilweise von einer Litfaßsäule verdeckt.

4

Valentine Karvel nimmt einen Klangteppich aus leisem Weinen und murmelnden Frauenstimmen wahr, während sie ihre Stiefel in eine Ecke des engen, körperwarmen und mit Schuhen übersäten Eingangsflurs von Nouara Zeitounis Wohnung stellt. Dann geht sie Richtung Wohnzimmer. Sie trägt das Haar zu einem tiefen Pferdeschwanz gebunden, aus dem einige noch zu kurze Strähnen hervorlugen, und wirkt müde, gezeichnet von einem langen Arbeitstag zwischen chaotischen Hin- und Rückfahrten mit dem Rad. Sie trägt ihre alte bordeauxrote Lederjacke, die sie ein Jahrzehnt lang im Schrank aufbewahrt und erst vor ein paar Wochen wieder hervorgeholt hat, als wollte sie die Wiederauferstehung eines kämpferischen Ichs feiern. Sie löst ihren dicken, bunten Schal aus Wollmusselin, der sie fast erstickt, auch wenn er einen guten Schutz vor den Unbilden des Klimas zu bieten scheint. Ihre Tasche, in der sie ihren Laptop und den Packen noch unkorrigierter Klassenarbeiten mit sich herumschleppt, drückt ihr auf die knochige Schulter. Seit einiger Zeit zwingt sich Valentine jedoch, mehr zu essen, vor allem an den Abenden, an denen Camille da ist, aber wahrscheinlich ist es noch nicht genug, um zu ihren früheren Kurven zurückzufinden. Will sie das überhaupt? Ist ihr diese ausgeprägte Magerkeit nicht lieber, die ihren Eintritt in einen neuen Lebensabschnitt markiert, sie zugleich aber auch jeden Tag daran erinnert, dass sie sich dem stellen muss?

In Valentine Karvels posttraumatischem Sprachgebrauch verweist das Wort «vorher» auf einen Zeitraum vor neunzehn Jahren und vier Monaten, vor der Ankündigung ihres Mannes, dessen Namen sie der Einfachheit halber immer noch trägt, sie zu verlassen. Vor diesem Vorher … gibt es gar kein Vorher mehr. Alle anderen Vorhers wurden von der verheerenden Druckwelle dieses Ehebebens vernichtet. Ihre studentische Jugend, in der sie von Reisen und Begegnungen träumte; ihre Dachkammer am Boulevard des Batignolles; die spontanen Feiern bis zum Morgengrauen; die zwei Jahre in Edinburgh; die Ausflüge mit dem Schwimmteam der Uni ans Meer. Vernichtet! Versunken! Nachts, wenn sie allein im Bett liegt und darauf wartet, dass die Vierteltablette Lexomil zu wirken beginnt – ein Sieg, bei einer Vierteltablette angekommen zu sein! –, verloren in einem Labyrinth aus Zweifeln und Fragen, verflucht sie sich manchmal noch dafür, dass sie die Vorzeichen der Katastrophe nicht gesehen hatte oder nicht hatte sehen wollen. Der Abend ihres vierzigsten Geburtstages. Sie steht vor dem Küchentisch, um sie herum ein Meer von Sektflöten, und leert eine Flasche Champagner, während William aus dem Nichts auftaucht, sie von hinten umarmt und ihr ins Ohr flüstert: «Herr und Frau Ratenwir haben ihren Sohn nach einem Tier mit drei Buchstaben benannt. Wie heißt er?» ... «Ich hab keine Ahnung, ich bin so schlecht in dem Spiel, das weißt du doch!» «Gibst du auf?» «Ja!» «Hai ... Hai Ratenwir, mein Schatz! Schau nicht so, ich meine es ernst!» Ein Heiratsantrag nach zwölf Jahren Zusammenleben und einer zehnjährigen Tochter! In der nächsten Minute ist Valentine viel zu sehr damit beschäftigt, in die Luft zu springen und vor Freude zu weinen, um zu erkennen, dass das, was sie zu diesem Zeitpunkt für das verrückteste Geschenk der Welt hält, in Wirklichkeit eine schreckliche Illusion ist.

Die Wahrheit – und das bekam sie bei den verrückten Streitereien zu spüren, in denen fette Brocken ihrer Vergangenheit ausgegraben, zertrampelt, analysiert, verwüstet und zerfetzt wurden – ist erschütternd. So erschütternd, dass sie nie mit jemandem darüber sprechen konnte, sondern sie versteckt hält wie eine beschämende Krankheit, ein innerer Fäulnisbeschleuniger. Wie oft hatte sie Personen, die an diesem Abend zugegen waren, allen voran ihre Mutter, die damals extra aus Reims angereist war, sagen hören: «Wirklich bescheuert, dass ihr geheiratet habt, jetzt müsst ihr euch für die Scheidung mit Anwälten ruinieren!» Eine erbärmliche Feststellung, auf die sie jedoch gewohnheitsmäßig mit einer dummen Grimasse und einem noch dümmeren «Nicht weiter schlimm» antwortet. Sie hat nicht den Mut, sich einzugestehen, dass William ihr nur deshalb einen Heiratsantrag gemacht hatte, weil er kein anderes Geschenk für sie gehabt hatte. Oder besser gesagt, er hatte keine Lust gehabt, ihr etwas zu schenken, das diesem symbolischen Datum gerecht würde, das auf subtile Weise sowohl kostspielig (ein Wochenlohn) als auch intim sein sollte (ein romantisches Tête-à-Tête), im Stil des berühmten Wochenendes in Rom, das sie sich bei Camilles Geburt versprochen hatten und dessen konkrete Umsetzung sich wiederholt an den starren Wänden des Realitätsprinzips gestoßen hatte. Als Valentine am Vorabend beschlossen hatte, Familie und Freunde zu einer improvisierten *kleinen Party* einzuladen, und ihn somit in die Falle gelockt hatte, war er nach einem anstrengenden Tag mit Kniearthrose-Operationen nach Hause gekommen und hatte sich irgendwo zwischen der Haustür und der Wohnungstür gesagt, dass er keine andere Wahl mehr hatte, als die Hochzeitskarte auszuspielen. Das würde seine Wirkung nicht verfehlen, und so könnte er sich aus der Affäre ziehen. Er konnte ja nicht ahnen, dass er unter der Führung seiner zukünftigen Frau, die sich in der Täuschung suhlte, zum Helden des Abends werden würde. Wie schnell sie ihre vierzig Jahre aus dem Fenster geworfen hatte, um ihn ins Rampenlicht zu stellen! Der tapfere Odysseus kehrt zu seiner Familie zurück, reifer und weiser.

In dieser Nacht hatten sie sich, nachdem sie sich monatelang von einer immer besorgniserregenderen Gleichgültigkeit hatten auffressen lassen, sogar mit einem anrührenden Ungestüm geliebt und waren dann in die Küche gestürmt, um das letzte Stück Lasagne und die Reste des Iberico-Schinkens mit einer abgestandenen Flasche Rotwein zu teilen. Als Valentine am nächsten Morgen erwachte, leicht wie eine Feder, hatte sie gespürt, wie eine Frühlingsbrise über ihre Seele wehte. Sie war überzeugt gewesen, dass die Maschinerie ihrer Existenz wieder mit wunderbarer Reibungslosigkeit funktionierte. Es gab also überhaupt keinen Grund, dem Berg von Ängsten, der sich seit geraumer Zeit in einem Winkel ihres Kopfes angehäuft hatte, irgendeine Beachtung zu schenken. Keinen Grund, nicht weiter daran zu glauben.

Später, als die abgestorbene Haut ihres Lebens in Fetzen abging, was neben anderem auch die erbärmlichen Details jenes Abends enthüllte, sah sie mit grausamer Schärfe Williams verärgertes Gesicht, als er durch die Haustür trat, das Geschick, mit dem er es fertigbrachte, nie neben ihr auf einem Foto zu sein, die Tequila-Shots, die nach seinem Antrag zum Ende des Abends hin immer zahlreicher wurden. Seltsam, denkt sie oft, wie die Ereignisse des Lebens die zerstörerischen Keime ihres Endes in sich tragen.

Nouara Zeitouni empfängt die Frauen, die zu ihrer Unterstützung gekommen sind, in ihrem Wohnzimmer, das in Klangwellen getaucht ist, in denen sich die Akzente ferner Länder kreuzen. Auf dem Couchtisch stehen Teller mit orientalischem Gebäck, aber bisher ist noch niemand auf die Idee gekommen, die Deckenlampe einzuschalten. Trauer und Fassungslosigkeit prägen die Stimmung.

Um den Tresen, der den Raum von der Küche trennt, hat sich eine kleine Gruppe versammelt, in der Valentine einige Frauen aus ihrem früheren Leben entdeckt. Linda, Yolande, Fatou, Emma, Inès, Valérie, Luisa. Mütter, die sie noch als Frau mit tadellos geschnittenem Haar und hochhackigen Schuhen kannten, als Managerin einer Eventagentur, die, nachdem sie Camille zur Schule gebracht hatte, auf der Café-Terrasse der Chinesin mit Kaffee und Zigarette in ihren Tag startete, der erst weit nach 20 Uhr endete. Nouara Zeitouni, Inès Moaziz, Valérie Blotz und Yolande Ekotto saßen jeden Morgen mit ihr am Tisch. Andere gesellten sich zeitweise zu ihnen oder winkten ihnen im Vorbeigehen zu. Eine halbe Stunde lang sprachen Valentine Karvel und ihre Freundinnen über die verschiedensten Themen, plauderten ohne Tabus, gaben sich gegenseitig Tipps, tauschten säckeweise Kleidung und Spielzeug, unterstützten sich gegenseitig, halfen sich aus der Klemme und organisierten Treffen, verwandelten ihren Tisch in den soziokulturellen Mittelpunkt des Viertels. Wenn sie mit einem einzigen Wort beschreiben sollte, wie sie sich damals gefühlt hatte, würde sie sagen, sie war «verankert». Ein fast schon körperliches, fröhliches und beruhigendes Gefühl, mit beiden Füßen fest auf dem Boden zu stehen und zugleich mit dem Puls der Welt verbunden zu sein.

Das Kaffeeritual endete vor Jahren, zumindest für sie, denn sie hatte kein weiteres Kind, das sie zur Schule hätte bringen müssen. Man begegnet sich noch auf der Straße, bleibt stehen, tauscht ein paar Banalitäten aus, verspricht, sich mal wieder zu treffen, sich Zeit zu nehmen, und dann geht jede ihrer Wege, bis zum nächsten Mal. Ein Teil von ihr wünscht sich nichts sehnlicher, als die Bande wieder zu knüpfen, etwas Einfaches zu organisieren, vielleicht ein Abendessen, auf dem Markt einzukaufen, zu kochen, aber ein anderer Teil sträubt sich dagegen, die Vergangenheit in ihr Haus zu lassen, die sie mit allen Mitteln (zuletzt mit einer Anmeldung zum Qigong-Kurs am Dienstagabend) loszuwerden versucht (ohne ihn geht es ihr besser, ja, ohne ihn geht es ihr wirklich besser …).

Als Valentine sich zu der Gruppe gesellt, entdeckt sie Samia, die von Fatous stämmigem Körper verdeckt wird. Sie bemerkt ihre rot geweinten Augen und ihren blassen Teint, aber was sie vor allem erstaunt, ist ihr aufgedunsenes Gesicht, als nehme sie regelmäßig Kortison oder ein Neuroleptikum. Sie in diesem Zustand zu sehen, weckt Valentines Schuldgefühle. Sofort hält sie Ausschau nach Nouara, in der leider vergeblichen Hoffnung, sie zu entdecken, bevor sie Samia gegenübersteht.

Vor ein paar Wochen hatte Camille ihr beim Frühstück erzählt, Samias ältester Sohn Malik sei am Vortag verhaftet worden, frühmorgens, nach dem Mord an Gabriel Rahal. Fassungslos über die Nachricht wollte Valentine Samia anrufen, nahm sogar ihr Telefon mit, überlegte es sich aber im letzten Moment anders, weil sie nicht wusste, was sie ihr sagen sollte. Sie hatte sich fest vorgenommen, sie später anzurufen, wenn sie ihre Gefühle ein wenig sortiert hätte. Aber die vielen «später» wurden durch alle möglichen Ausreden verwässert, und am Ende war ihr Vorhaben nur ein weiteres Holzscheit im großen Flammenmeer der gebrochenen Versprechen. Sie wusste, dass man Gabriels Leiche im Müllraum der Cité Rouge gefunden hatte. … Der kleine Gabriel, Asthmatiker, immer einen Fußball unterm Arm … Und seine Mutter, Maria, distanziert und sehr gepflegt, so glücklich, als sie ihnen vor dem Schultor verkündet hatte, dank ihrer Hartnäckigkeit habe sie von der Stadtverwaltung nach Jahren in einer feuchten Einzimmerwohnung auf dem Boulevard endlich eine anständige Wohnung in der Cité Rouge bekommen … Malik … Mein Gott, wie war das möglich? Malik und seine lachenden Augen … Zwei Kinder, denen sie beim Spielen auf dem Square Juliette-Dodu zugesehen hatte … Es war unvorstellbar! Als Camille ihren verstörten Blick sah, stieß sie aus: «Das ist schon oft passiert, weißt du, nur dass es dich nicht betraf, das ist alles!»

«Was ist schon oft passiert?»

«Dass ein Junge in der Ecke abgemurkst wird …»

«Und warum hast du mir nie davon erzählt?»

«Du wohnst doch hier, oder?»

Da Valentine nicht die geringste Lust hatte, gegen den Sarkasmus ihrer Tochter anzukämpfen – anders als Camille wahrscheinlich gehofft hatte –, brach sie das Gespräch kurzerhand ab und ging duschen. Früher hatte Yolande, die Vorsitzende des Vereins Les GABelles, den sie gegründet hatte, um Müttern, vor allem denen afrikanischer Herkunft, den Zugang zur Kultur und zum Reichtum der Stadt zu ermöglichen, ihr grausame Geschichten erzählt, und tatsächlich hatte Valentine ihr mit dem schwankenden Interesse eines Menschen zugehört, der eigentlich das Gefühl hat, dass ihn das nichts angeht. Vielleicht lag es daran, dass sie nicht in einer dieser Cités wohnte und sich hinter der Haussmann'schen Fassade ihres Gebäudes aus Quaderstein vor deren Unglück geschützt wähnte. Oder weil sie nicht von Ängsten geplagt wurde und sich nicht vorstellen konnte, dass ihre Tochter als Teenager mit den Jungenbanden, darunter auch Yolandes letztem Sohn (den sie am Ende nach Afrika zu ihrem Bruder geschickt hatte), abhängen würde. Und die Jahre gaben ihr recht. Camille, die sich die meiste Zeit in ihrem Zimmer verschanzte oder auf ihrem Skateboard unterwegs war, hatte begonnen, sich in einer Welt zu bewegen, die von den Orten und Protagonisten ihrer Kindheit weit entfernt war. (Wer lebt in dieser Welt, aus was ist sie gemacht? Was macht sie wirklich, wenn sie da draußen ist? Mit wem trifft sie sich? Valentine hat keine Ahnung. Und obwohl es eine Zeit gab, in der sie unter dieser wachsenden Distanz litt, hatte sie sich daran gewöhnt, wie man sich an einen stechenden Schmerz gewöhnt.) Doch als Camille ihr von Maliks Verhaftung erzählte, sah Valentine in ihrem kakifarbenen Blick diesen Trauerschleier, der mit der Pubertät gekommen war, die – zeitgleich mit Williams Abreise, denkt sie immer noch mit Wut im Bauch – alles aus dem Lot brachte. Sie hätte sie sofort fragen müssen, wie es ihr damit ging, statt sich mit ihrer eigenen Verwirrung zu beschäftigen: ihr einen Platz in diesem Drama geben, dessen Hauptfiguren, wie sie als kleines Mädchen immer sagte, ihre *Kumpels* waren. Sie hätte … aber die Wahrheit ist, dass Valentine in der Gegenwart ihrer Tochter ihre Spontaneität verloren hat, weil ihre Arroganz und ihr Schweigen sie schier an den Rand bringen.

Während sie die Freundinnen von früher umarmt, verflucht sie sich, dass sie Yolande nicht wenigstens angerufen hat, um sich nach Samia zu erkundigen. Tatsache war, dass sie ihr gegenüber, je mehr Tage vergingen, desto mehr zwiespältige Gefühle entwickelte. Eine Frage quälte sie: War Samia verantwortlich für das, was aus ihrem siebzehnjährigen Sohn geworden war? Valentine hätte gerne eine klare Antwort auf diese Frage gehabt, das hätte ihr viel Kopfzerbrechen erspart, aber sie war außerstande, eine Entscheidung zu treffen. Und damit unfähig, sie anzurufen. Es ist ihr unangenehm, betreten legt sie ihre Hand auf Samias Arm. «Guten Tag.» Sie bemüht sich, natürlich zu wirken und ihr das gleiche Lächeln zu schenken wie den anderen.

Statt einer Antwort stößt Samia mit vor Schmerz und Schande zitternden Lippen hervor:

«Er hat für das bezahlt, was mein Sohn getan hat …»

«Sag das nicht! Ich verbiete dir, das zu sagen!», ruft Yolande mit lauter und zugleich mütterlicher Stimme. «Ich habe es dir schon einmal gesagt: Du weißt nicht, ob Issa an diesem Abend mit deinem Sohn zusammen war oder nicht! Weißt du es etwa?» (Mit gesenktem Blick schüttelt Samia den Kopf) «Da siehst du, du weißt es nicht! Niemand hier weiß es, nicht einmal Nouara! Ich habe sie gefragt, und sie hat mir gesagt, er sei draußen gewesen, wie jeden andern Abend auch.»

«Aber Issa, der …», versucht Samia, jetzt in Tränen aufgelöst.

«Issa was? Okay, er hat sich gut um seine Mama gekümmert, das ist wahr … Aber er war wie die anderen! Engel und Dämonen, diese Blagen, Engel und Dämonen!»

Yolande dreht sich zu Valentine um, als wolle sie Samias Klagen einen Riegel vorschieben.

«Hat deine Tochter es dir erzählt, oder hast du es auf Facebook gesehen?»

«Auf Facebook …»

Vor etwa zehn Jahren hatte Valentine, die ganz Social-Media-verrückt war, Yolande geholfen, eine Facebook-Seite zu erstellen, damit sie einfacher mit ihrer Familie in Kamerun Kontakt halten konnte. Yolande entdeckte schon bald, wie sie das Medium für ihre Vereins- und Gemeindearbeit nutzen konnte, und wurde zu einer begeisterten Nutzerin. Sie stellte regelmäßig die Bürgermeister und stellvertretenden Bürgermeister der vier Stadtbezirke, aus denen das Viertel bestand, zur Rede, doch diese hatten es bald dick und hörten auf, zu ihren Forderungen Stellung zu nehmen und ihr zu antworten. Tatsächlich hatte sich Yolande, berauscht von dem Eindringen der Hochtechnologie in ihr Leben als Pflegehelferin im Krankenhaus Saint-Louis und angespornt von der Macht, die sie dadurch erlangte, in eine Art Komplizenschaft mit Valentine hineinfantasiert, damals die einzige Mutter, die ihr Facebook-Gerede überhaupt verstand. Yolande weiß jedoch nicht, dass Valentine seit der Entscheidung, ihr Leben zu ändern, auch ihr Verhalten geändert hat – sie gab einen Beruf auf, in dem das komfortable Gehalt das Gefühl, ein Hamster in einem Käfig zu sein, nicht ausglich, und tat stattdessen etwas Nützliches: Sie trat in den Schuldienst ein, als Englischlehrerin an einer als REP+ eingestuften, pädagogisch vorbildlichen Gesamtschule in Pantin, für ein Gehalt, das eines Hamsters würdig war. Seither quillt ihr Kopf über von Begriffen wie «nachhaltige Energie», «Folgen für die Umwelt», «Lebensmittelverschwendung», «Plastik», «Glyphosat», «Monsanto», «Luftverschmutzung», «Artensterben», «CETA», «Umweltverschmutzung», «digitale Umweltbelastung». Sie bemüht sich jeden Tag, den Anteil ihres konsumierenden Seins zu reduzieren, um den Anteil ihres bewussten Seins wachsen zu lassen. Aus diesem Grund gönnt sie sich nach ihrem letzten Kurs am Vormittag, dem vor der Mittagspause, nur noch ein paar Minuten auf Facebook, diesem Energie fressenden Monster und Freiheitsräuber, und auch das nur, um sich zu informieren. Was sie gerade getan hat.

Nie hätte sie sich träumen lassen, auf ein Video zu stoßen, in dem Issas Leiche zu sehen ist …

Mein Gott!

Die Welt ist von Bruchlinien durchzogen, und diese sind meistens die Ursache für die schlechten Nachrichten, ja sogar Tragödien. Der Balkan, der Nahe Osten, der Gazastreifen … Der Quai de

Jemmapes gehört nicht in diese Kartografie und doch … Was Valentine heute Mittag auf dem Bildschirm ihres Laptops gesehen hat, war eines der unerträglichsten Bilder, mit denen sie je konfrontiert wurde. Eine Nahaufnahme von Issas erstarrtem Gesicht! Zugleich kam mit dem Schock auch ein Gefühl der Evidenz an die Oberfläche. Sie war nicht vollkommen überrascht. Nein, war sie nicht. Ob es sie nun direkt betraf oder nicht, aber sie war über die Jahre Zeugin der sich verhärtenden Gewaltfronten geworden, die sich in ihrem Viertel gebildet hatten, das Gleichgewicht störten und die Spannungen verzehnfachten. Man kann nicht widerrechtlich überholten Überzeugungen anhängen, den Mythos von der bürgerlichen Stadt Paris nähren, diesem Juwel an Schönheit und Kultur, die Fassaden renovieren, die Busspuren verbreitern, Hortensien in die Parks pflanzen, Toiletten am Kanal aufstellen, an den Wochenenden alle möglichen spektakulären Veranstaltungen organisieren und sich weigern, zu sehen, dass die Infektion schon das gesamte Stadtgefüge erfasst hat. Bisher betrifft das nur die Außenbezirke, die Randzonen, die Problemviertel, nun ja, da kann man weiter im Stadtzentrum große Gesten machen und es wie die Reichen von 1920 halten, die in die Closerie des Lilas zum Tanzen gingen und die Pest ignorierten, von der Saint-Ouen, Clichy und Pantin heimgesucht wurden, bis hinüber zur schmuddeligen Cité in der Rue d'Hautpoul hinter den Buttes-Chaumont.

«Ich habe meinen Kindern heute verboten, nach draußen zu gehen, ich habe sie sogar zu Hause eingesperrt, bevor ich herkam», sagt Linda, bei der immer, wenn sie unter Druck steht, der spanische Akzent zum Vorschein kommt.

«Was soll das? Glaubst du, du kannst sie ihr ganzes Leben lang einsperren?», erwidert Yolande, während sie sich mit einem zerpflückten Taschentuch den Schweiß abtupft, der auf ihrer Stirn perlt. «Ich meine ja nur: Wir müssen uns organisieren, das ist alles!

Zusammen mit den Müttern der Cité Rouge, mit den Müttern der Cité Blanche ... Wir müssen die Blutung stoppen.»

«Weiß man denn schon sicher, dass es die Cité Rouge war, ich meine, dass es sich um eine Abrechnung handelt?», fragt Valentine.

«Natürlich, es gibt ja schon nichts anderes mehr, lauter Abrechnungen!», sagt Fatou, und zuckt mit den Schultern, die von einem schönen, weichen Wax-Stoff in der Grundfarbe Gelb bedeckt sind. «Neulich kam ein Junge mit einem Messer in die Klasse meiner Jüngsten! Ein Messer mit neun Jahren?!»

«In der Klasse von Lilian hat einer einen Hundert-Euro-Schein gezückt», sagt Inès, die ihr Haar offensichtlich gebleicht hat. «Hat eine Woche lang Schmiere gestanden und dann vor seinen Freunden angegeben. Fred und ich haben uns gesagt, dass er mehr verdienen dürfte als die Lehrerin.»

«Und Issa, wurde er auch erstochen, wie Gabriel?», fragt Valentine, die langsam spürt, wie der Zusammenhalt der Gruppe sie einnimmt und Wut in ihr hochkocht.

Sie fühlt sich wie eine Freundin, die zu spät zu einem Treffen gekommen ist und versucht, ins Gespräch einzusteigen. Sie gehört dazu. Ja, sie gehört zu ihnen. Sie ist Teil dieser solidarischen und hilflosen Gemeinschaft, die dazu verurteilt ist, zuzusehen, wie ihre Kinder sterben.

«Nein. Nouara hat von einem ... von so was wie einem sehr schwerem Schädeltrauma gesprochen», sagt Yolande. «Wie ein schlimmer Schlag auf den Kopf, der zu Hirnblutungen geführt hat.»

«Er hatte auch blaue Flecken am ganzen Körper, als ob er getreten worden wäre», fügt Inès hinzu. «Gebrochene Rippen und irgendwo ein Bruch ...»

«Es waren mehrere?!», sagt Valentine in einem Tonfall zwischen Frage und Feststellung.

«Wie immer, wie die Schakale sind sie aufeinander losgegangen!», sagt Fatou und schnalzt mit der Zunge.

«Was hatte er da draußen verloren?», fragt Linda.

«Er wollte sich mit seinen Futsal-Freunden treffen. Die Sporthalle ist auf der anderen Seite des Kais. Sie hatten wohl gewartet, bis er die Cité verlassen hatte, und sich dann auf ihn gestürzt.»

«Die Polizei war vorhin bei mir», sagt Inès, «sie haben Sami verhört. Zum Glück hat ihm sein Vater gestern Abend verboten, das Haus zu verlassen!»

«Ruben war draußen, er hat ihnen gesagt, dass er Issa nicht gesehen hat. Dabei weiß ich gar nicht, wo er sich rumtreibt, wie es aussieht, war er gar nicht unten», seufzt Luisa.

Valentine beobachtet Samia aus den Augenwinkeln. Sie trägt eine Menge Leid mit sich herum. Ihre Gestalt wirkt so traurig und niedergeschlagen, dass sie wie eine von den Madonnenstatuen aussieht, die auf Friedhöfen herumstehen. Wenn sie in diesem Moment in Samias Kopf schlüpfen könnte, würde sie sich im trüben Licht des Morgengrauens Ende Januar wiederfinden, in ihrer chaotischen Wohnung. Die Szene mit Maliks Verhaftung läuft darin in einer Endlosschleife. Samia schreit, als würde man ihr die Eingeweide herausreißen, klammert sich an ihren Sohn, eine Polizistin zieht sie zurück, trennt sie von ihm, Samia schlägt mit aller Kraft auf sie ein, stößt sie zurück, die Polizistin packt sie an den Handgelenken, fordert sie auf, sich zu beruhigen …

… Als Samia es nicht mehr aushält, unterdrückt sie ein Schluchzen, steht auf und rennt ins Badezimmer. In der besorgten Stille, die daraufhin folgt, denkt jede an ihre eigenen Kinder. Wo sind sie jetzt gerade? Sind sie vor der Katastrophe sicher?

«Es ist unerträglich für sie», klagt Luisa, ihre Nachbarin von nebenan.

«Sie hätte das Geld, das Malik ihr zugesteckt hat, ablehnen sollen, das habe ich ihr schon hundertmal gesagt», ärgert sich Yolande. «Das ist kein gutes Geld. Du weigerst dich, es anzunehmen, und schimpfst mit ihm!»

«Sei nicht so hart. Sie musste ihre kranke Mutter in Algerien besuchen, sie hatte keine andere Wahl …»

«Ich weiß, Inès, ich weiß», gibt Yolande klein bei.

Valentine legt ihr einfühlsam die Hand auf den Arm. Sie ahnt, dass jedes einzelne Drama der ehrgeizigen Mission, die Yolande sich mit diesen Frauen gesetzt hat, einen Messerstich versetzt. Yolande, die unerschütterliche Optimistin, wirkt allerdings hilflos wie Sisyphus, dessen Felsbrocken gerade wieder ins Tal hinuntergerollt ist.

«Ich sage, dass Issa mit Malik zusammen war, in der Nacht, als der Junge aus der Cité Rouge …»

Inès spricht den Satz nicht zu Ende, findet keine Worte, um ihn zu beenden. Jedenfalls wirkt er wie eine kalte Dusche.

Valentine sieht die beunruhigende Frage in allen Blicken aufscheinen. Yolande will gerade etwas sagen, als Nouaras Zimmertür aufgeht.

5

Es erscheint Nouaras zarte Gestalt, in Schwarz gekleidet, mit zerknittertem Gesicht, tiefe Ringe unter den Augen. So sieht also eine Mutter aus, die gerade ihr Kind verloren hat, denkt Valentine, eine Mutter, die jene Schwelle zur Verzweiflung überschritten hat, die jede von ihnen vom ersten Schrei an fürchtet. Wie viel Schmerz muss sie in diesem Moment aushalten? Ergriffen und erschüttert über ihren geschrumpften Körper – erst der Mann verhaftet, jetzt der Sohn tot –, nimmt Valentine allen Mut zusammen, steht auf, um auf sie zuzugehen und sie in die Arme zu nehmen, stockt aber sofort. Hinter Nouara erscheint eine brünette Frau mit langen Haaren, intensiv rotem Lippenstift, dynamischer Ausstrahlung, einem Regenmantel von Burberry und zehn Zentimeter hohen Absätzen (da schau her, sie hat ihre Schuhe anbehalten …). Hinter ihr ein Mann mit mittellangem, grau meliertem Haar, blassem Teint, schwarzer Rollkragenpullover, Handy in der Hand (auch er hat noch seine Schuhe an). Valentine erkennt ihn vor allem wegen seiner auffälligen Haare. Sie läuft ihm oft auf dem Samstagsmarkt am Boulevard de la Villette über den Weg, manchmal hat er eine Frau und ein kleines Mädchen dabei, manchmal ist er allein, zieht einen alten Einkaufstrolley aus Korb hinter sich her, mit dem er aussieht wie aus der Zeit gefallen. Ihr Blick kehrt zu der dunkelhaarigen Frau zurück, denn ihr scheint, als hätte sie sie schon einmal irgendwo gesehen. Wo könnte das gewesen sein?, fragen sich ihre auf Hochtouren laufenden Gesichtserkennungszellen. Die stimulierten Neuronen beschleunigen den Prozess der Gesichtserkennung und schließen das Viertel und seine Umgebung sehr schnell aus. Plötzlich stürzt die dunkelhaarige Frau hinter Nouara hervor und auf Yolande zu. Ihre Absätze hämmern mit einem schamlosen Klack-Klack-Klack-Klack auf den Boden, und sie streckt ihre Hände nach Yolande aus, die sich gezwungen sieht, sie unauffällig zu ergreifen. Ihre fast schon farbige Stimme zerschneidet die monochrome Atmosphäre des Wohnzimmers … Ihre Stimme … In Valentines Gehirn beginnt ein Alarm zu blinken, der alle Antennen auf eine Spur schickt, die Morgensendung von France Inter.

«Wir werden uns ganz bald treffen, Yolande, ich bestehe darauf!», sagt die dunkelhaarige Frau und versenkt ihren flammenden Blick in den von Yolande, als wollte sie literweise Ehrlichkeit in sie hineingießen. «Nicht wahr, Thomas, du kümmerst dich darum?»

«Ja, natürlich», stimmt der Mann ihr zu, ehe er sich an Yolande wendet. «Hast du noch immer die gleiche Nummer?»

«Ja, hab ich.»

«Gut, dann schicke ich dir die Nummer von meinem Geschäftstelefon. Mit dem werde ich dich anrufen und dir Termine vorschlagen.»

Valentine überrascht es, dass er sie duzt. Dann fällt ihr ein, dass Yolandes jüngste Tochter Jasmine kaum älter sein dürfte als das Mädchen, das den Mann auf den Markt begleitet. Wahrscheinlich kennen sie sich aus der Schule, vielleicht trinken sie sogar zusammen Kaffee bei der Chinesin.

«Wissen Sie, Madame», sagt Yolande zu der Frau, die immer noch mit festem Griff ihre Hände hält, mit exaltierter Miene, «wir wollen nicht, dass so etwas wie mit Issa noch einmal geschieht. Aber wir wollen auch keine hohlen Versprechungen. Wir wollen, dass die Dinge schwarz auf weiß niedergeschrieben werden, und unterzeichnet. Wir wollen Beweise!» (Das Wort «Beweis» schießt wie eine Drohung aus ihrem Mund.) «Jeder fordert Beweise! Wenn du eine Flasche Milch zurückgeben willst, weil sie sauer ist, verlangen sie einen Kaufbeleg. Wenn du neue Papiere brauchst, Papiere, die du bereits in der Hand hast, verlangt man noch mehr Papiere, um zu beweisen, dass diese Papiere, auf denen dein Name, dein Geburtsdatum und dein Foto stehen, dir gehören!» (Die Gruppe lässt ein zustimmendes Summen ertönen. Valentine ist sich nun sicher, dass sie diese Frau kürzlich in einem Interview gehört hat … ein Doppelname … was ziemlich Kompliziertes …) «Sie werden das nicht ändern? Niemand wird das ändern! Also fordern wir jetzt auch Beweise!»

«Ich verstehe Sie, Yolande, Sie haben recht! Wir werden das alles diskutieren. Ganz, ganz bald!», betont sie wieder und schüttelt Yolandes Hände, als wollte sie einen Pakt besiegeln.

Dann dreht sie sich in ein und derselben Bewegung mit einem freundlichen Lächeln und ausgestreckter Hand nach Valentine um, die sich jedoch nur am Rande ihres Blickfeldes befindet. Was beweist, dass sie sie von Anfang an gesehen hat.

«Roxane Hayavi-Daule.»

Roxane Hayavi-Daule! Die dritte Kandidatin für die Präsidentschaftsmehrheit bei den Kommunalwahlen ... In der Sekunde, in der Valentines Neuronen die Information aufnehmen und sich beruhigen, nutzt Roxane Hayavi-Daule die Gelegenheit, um aus der Liste-der-Bemerkungen-die-man-gegenüber-einer-potenziellen-Wählerin-sinnvollerweise-machen-sollte die für sie am besten geeignete herauszusuchen.

«Ihr Schal ist wundervoll!»

«Ah, danke ...»

Aus Höflichkeit schüttelt Valentine ihr die Hand, macht sich aber nicht die Mühe, sich vorzustellen. Diese Leute interessieren sie nicht, interessieren sie nicht mehr. Seit fünfundzwanzig Jahren wählt sie mit oder ohne Überzeugung Menschen ihrer Art. Sauber und anständig, höflich, mehr oder minder gebildet, mehr oder minder angepasst, mehr oder minder aufgeblasene Wortwahl, auf diskrete Weise ehrgeizig oder streberhaft. Aber diesmal ist Schluss. Aus und vorbei. Außerdem bewegt sie sich als Bürgerin am Ufer eines nie da gewesenen Elends, das von dem erschreckenden Gefühl beherrscht wird, dass es niemanden mehr gibt, an den man sich wenden kann. Wir sind verdammt (verdammt wozu? Zu permanentem Elend? Zu ewigem Umherirren? Sie weiß es nicht, fühlt sich aber durch eine unerklärliche Intuition alarmiert, die über diesen dünnen Faden, der ihr animalisches Sein noch mit dem Herzschlag dieses Planeten verbindet, an ihren Körper weitergeleitet wird), und wir müssen uns selbst zu helfen wissen. Die verantwortlichen Politiker sind unabhängig von ihrer Gesinnung oder der Vergangenheit ihrer Partei nicht nur keine Lösung mehr, sondern aufgrund ihrer Anfälligkeit für Macht oder durch ihre Gier zu einem großen Teil des Problems geworden. Zum ersten Mal fragt sich Valentine sogar, ob sie überhaupt wählen gehen soll. Sie zögert nicht deshalb, wie man meinen könnte, weil dieses Schattentheater, zu dem die Politik, vor allem in Zeiten der Wahl, verkommen ist, sie zunehmend abstößt. Ganz im Gegenteil. Der Grund ist ein Aufbäumen ihres Stolzes, ein Widerstand, der einen Hauch von Verachtung in sich trägt. Sie gibt damit dem Wert Ausdruck, den sie von jetzt an ihrem Stimmzettel beimisst, der von so vielen Frauen hart erkämpft worden ist und ein viel zu wertvolles Gut ist, um seine Stimme bloß irgendwem zu geben. Diese inkonsequenten und hohlen «Irgendwers», die nicht einmal mehr den Mut haben, als die Menschen, die sie sind, in die Arena zu steigen, sondern sich nur gepudert und in der von Kommunikationstrainern geläuterten Version präsentieren (zweifellos ist dieser Thomas so einer, der gerade auf Yolandes Handy nachsieht, ob sie seine Datei erhalten hat). Als Valentine sie jetzt so betrachtet, wird sie an die Schlangenbeschwörer erinnert, die sie in Marokko bewundert hatte, überwältigt von der bezaubernden Musik ihrer Flöten, bevor sie erfuhr, dass die Schlange in Wirklichkeit gar nicht von der betörenden Melodie angezogen wird, da sie gar keine Ohren hat und deshalb taub ist, sondern von den Erschütterungen durch den Fuß des Musikers, der den Takt auf den Boden klopft, was das Reptil als Gefahr interpretiert.

«Auf Wiedersehen, meine Damen», sagte Roxane Hayavi-Daule, die sich sichtlich weigert, die Versammlung zu verlassen, ehe man ihr nicht die rechte Beachtung gezollt hat.

Aus allen vier Ecken des Raumes erhebt sich eine Wolke von Gemurmel und schwebt durch die trockene Heizungsluft des Wohnzimmers. Unterdessen, klack klack klack klack, verschwindet die Kandidatin im Flur, gefolgt von dem Mann mit der auffälligen

Frisur. Valentine ist nicht gewillt , den beiden Clowns weitere Bedeutung beizumessen, und wendet sich Nouara zu, in der Hoffnung, ihren Blick zu erhaschen. Doch Nouaras Blick ist auf Samia gerichtet, die gerade aus dem Badezimmer kommt. Samia ... Vielleicht hat sie einfach Antidepressiva verschrieben bekommen, denkt Valentine.

Als sie Nouara direkt gegenübersteht, schreckt Samia zurück. Valentine sieht, wie Verzweiflung in ihr hochkommt und ihre Gesichtszüge zerfließen. «Nouara, mein Schatz ...», flüstert Samia mit Tränen in den Augen. Doch als Samia auf Nouara zugehen will, hält Nouara sie mit einem arabischen Ausruf zurück, der wie der Schrei eines Tieres klingt. In der allgemeinen Erstarrung spuckt Nouara Sätze aus, die Samia durchbohren und vernichten.

Valentine sucht in den Gesichtern rundum nach einer Erklärung. Diejenigen, die Arabisch verstehen, wie Inès Moaziz, schauen entsetzt. Mit flammend roten Wangen schüttelt Samia sehr energisch den Kopf und stammelt unter Schluchzern ein paar Worte. Worte, die von dem Sturm hinweggefegt werden, mit dem Nouara gegen sie wütet. Yolande geht in Panik dazwischen, bald gefolgt von anderen Frauen.

6

Camille rennt, außer Atem, mit Beinen wie Gelee und einer eiskalten Nase. Sie läuft an der Drogerie Ecke Rue des Maroquiniers vorbei zur Place du Colonel-Fabien. Endlich wieder zu Hause zu sein, auf ihrem Terrain, verschafft ihr ein Gefühl der Erleichterung, auch wenn es zu zerbrechlich ist, um ihr die Angst zu nehmen. Sie rennt weiter durch die bunte Menschenmenge, die sich vor der Boulangerie, dem Eingang zur Metro und der Bushaltestelle staut und so ungeduldig wie sie selbst darauf wartet, dass dieser Tag ein Ende hat.

Jetzt ist die Menge so dicht, dass sie gezwungen ist, langsamer zu laufen. Ängstlich blickt sie sich um.

Kann ihn immer noch nicht sehen. Nur eilig hastende Schatten.

Wenige Minuten zuvor hatte sie den Stau hinter einem Müllwagen genutzt, um in eine verborgene Passage in der Rue de la Source abzubiegen, rechts vom koscheren Supermarkt, und den Jungen Bullen abzuhängen. Sie hätte nie gedacht, dass einer dieser Müllwagen, die genau in der kritischen Zeit in der Abenddämmerung auf die Straßen strömen, wenn die Leute erschöpft und genervt ihre Büros verlassen, bereit, einen Mord zu begehen, um nach Hause zu kommen, ihr einmal das Leben retten würde. Einer dieser Müllwagen, gegen die ihre Mutter damals in ihrer Jugend jeden Donnerstagabend gewütet hatte, wenn sie sie im Auto zu ihrem Tanzkurs in der Nähe der Place de la Bastille brachte, damit sie sich vor dem Anziehen ihres Trikots noch ein wenig ausruhen konnte.

Camille erkannte ihn fast augenblicklich wieder.

Seit Wochen beobachtet sie ihn, ihn und seine beiden Kollegen, übers Handydisplay. Die Konturen seines Gesichts, den langen Kiefer, seine Haltung, den kleinen athletischen Körper. Sein Aussehen ist ihr schrecklich vertraut, auch wenn sie keine Ahnung hat, welche Farbe seine Augen haben. Zuerst hatte sie seine Anwesenheit im *Grincheux* für einen Zufall gehalten: Schau an, der Junge Bulle, ausgerechnet in dem Café, in dem @LeBaron sich mit ihr verabredet hat. Eine dieser ironischen Abkürzungen des Lebens, wieder so eine, die sie sich nicht erklären kann, die sie aber aufrüttelt. Daher schaltete sie in den Wachsamkeitsmodus. Stellte sich auf den Bürgersteig gegenüber, versteckte sich hinter einer Litfaßsäule und nahm die Ohrstöpsel raus, über die sie sich gerade die eindringliche

Stimme von XXXTentacion reinzog. Sie wollte die Situation erst einmal überdenken. Sie hatte keinen Zweifel daran, dass der Junge Bulle sie nicht kannte. Sie konnte in aller Ruhe ins *Grincheux* gehen, ohne dass er auch nur einen Moment lang auf die Idee kommen würde, wer sie war. Aber das Café ist klein, die Tische stehen dicht an dicht, und sie konnte sich nicht vorstellen, wie sie mit @LeBaron über das Verschlüsseln seiner IP-Adresse und übers Copwatching reden sollte – und das war alles, worüber sie reden wollte, denn sie wollte sich mit @LeBaron messen, in seinem Blick ein heimliches Einverständnis, Kameradschaft oder sogar Bewunderung lesen –, ohne dass der Junge Bulle ihnen zuhörte. Zumal sie beide unter den Stammgästen am Tresen herausstechen würden, von denen einige schon seit dem Mittag darauf warteten, die Stunde des Apéro für eröffnet zu erklären. Einen Moment lang hatte sie den Eindruck, der Junge Bulle starre sie an. Es fuhr ein elektrischer Schlag durch ihr Nervenkostüm. Sie wäre fast gegangen, entschied sich aber, @LeBaron eine DM zu schicken, in der sie ihn bat, sich mit ihr im Café *La Sentinelle* zu treffen, auf der anderen Seite der Halle Secrétan, dreihundert Meter weiter. In dieses Café hatte ihre Erzeugerfraktion sie jeden Sonntagmorgen mitgenommen, bevor die Markthalle, eine große Metallkonstruktion, die im Jahr 1868 erbaut wurde und unter Denkmalschutz steht, wegen Bauarbeiten geschlossen wurde. Camille weiß alles über dieses Gebäude, für das ihre Eltern monatelang in einem Anwohnerkollektiv gekämpft hatten, damit es nach seiner Sanierung seinen volkstümlichen Geist behalten konnte, mit seinen Gemüsehändlern, Floristen, ansässigen Handwerkern und Marktschreiern. Die Stadtverwaltung zog es jedoch vor, das Gebäude an eine Bauträgergruppe abzutreten, die eine riesige Sporthalle der Billigklasse darin einrichtete, mit Klamottenläden und einem Supermarkt.

Es dauerte nur eine Sekunde. Eine einzige. Zeit genug, die Direktnachricht zu schicken, den Kopf zu heben und zu sehen, wie der Junge Bulle den Blick auf das Display seines Handys senkte.

Ihr Herz raste.

Noch bevor er zu ihr aufblicken konnte, rannte sie wie besessen davon.

Schon bald war er hinter ihr und zwang sie, die Grenzen ihres Territoriums zu verlassen, um vor ihm zu fliehen. Er rannte schnell, gab alles, was er hatte. Was für eine Idiotin sie doch war! Was für eine Idiotin!

Während sie über belebte Bürgersteige rannten, steile Straßen hinab, sich zwischen Leuten in wattierten Jacken und mit gleichgültigen Gesichtern hindurchlavierten, zwischen eiligen Lieferanten und mitten durch das albtraumhafte Ballett der Autos, Fahrräder, Roller, Scooter und Motorräder, vorbei an Geschäften mit glitzernden Auslagen, an Restaurants, die sich auf den abendlichen Gästeandrang vorbereiteten, begannen nach und nach, hypnotische Bilder aus *Another Us* vor ihren Augen vorbeizuziehen. Eine Verfolgungsjagd zwischen Lilly Waters, die nach dem Tod ihrer bei einem Autounfall ums Leben gekommenen Zwillingstöchter verrückt wurde, und dem Geist von Clara, einem der Zwillingsmädchen, die durch die heruntergekommenen Straßen eines verlassenen Stadtteils von Detroit rannten. Camille lief neben Clara her. Solange Claras Geist rannte, um vor ihrer Mutter zu fliehen, würde auch Camille weiterlaufen. Sie konnte noch lange so weiterlaufen. Sie liebte den Schmerz der Anstrengung, besaß Durchhaltevermögen, vor allem, seit sie mit dem Kickboxen angefangen hatte. Ja, das gefiel ihr. Ihre Mutter hatte ihr ein Video von einem Typen gezeigt, so einem besorgten jungen Akademiker, der von Zusammenbrüchen sprach, von Rissen, Einschlägen und Schocks, die systemisch ineinandergriffen, von Wirtschafts- oder Klimakrisen, die miteinander interagierten und uns in zwei oder drei Jahrzehnten wahrscheinlich an das Ende unserer Zivilisation katapultieren würden. Nein, kein Ende, das sich mit einem Trommelwirbel ankündigt, spektakulär und gigantisch wie in den in Hollywood zusammengebrauten Blockbustern, sondern ein gefährliches Ende, hinterhältig, heimtückisch. Beim Zuhören hatte Camille gedacht: Sollte dieser Typ recht behalten, wie ihre Mutter es befürchtete und wie sie selbst jedes Mal dunkel vorausahnte, wenn sie im Viertel dem ausgemergelten Körper und resignierten Blick eines afrikanischen Immigranten begegnete, eines Klimaflüchtlings oder eines längst Gebrochenen, dann sollte sie besser ihren Willen und ihre Widerstandskraft trainieren.

7

Sie rennt nicht mehr.

Ihre Atmung beruhigt sich langsam wieder, und aus ihrem trockenen Mund kommen kleine Dampfstöße. (Sie wirft einen Blick hinter sich: Er ist immer noch nicht da.) Vor dem Generatorgebäude parken Einsatzwagen, da ist es ohnehin besser, nicht zu rennen, um nicht auf sich aufmerksam zu machen. Ein Freund von ihr, Antoine, ein Externer, hat ihr erzählt, auf dem Place du Colonel-Fabien seien den ganzen Tag mehrere Einsatzwagen und Dutzende von Journalisten vor Ort. Offenbar sind sie wieder abgezogen, weil sie annahmen, im Viertel werde man sich still verhalten. Wie gerne hätte sie das gesehen! Ihr Werk, wenn man so will. Aber sie hatte ja bis 16 Uhr Unterricht gehabt und wollte nicht mit Schuleschwänzen den Zorn ihrer Eltern auf sich ziehen. Aber immerhin, all die Leute, die jetzt in ihrem Kiez auftauchen, nur weil sie sich im Morgengrauen hinter einer Laterne versteckt hatte … Sogar der Junge Bulle war wütend, rasend wütend, weil er sich eingebildet hatte, er könnte ihr eine Falle stellen, der Dämel. Camille hatte auf Twitter gesehen, dass die von der IGPN seine Kollegin festgenommen hatten. Das änderte zwar überhaupt nichts, denn die Bullen müssen nie zahlen, aber so hat sie ihnen wenigstens einen gehörigen Schrecken eingejagt und vor allem hat sie Issa gerächt. Eminems Stimme dröhnt in ihren Ohren. *Guts over fear, For all the times I let you push me around, And let you keep me down, Now I got guts over fear …* Sie würde sich am liebsten neben einen Reporter stellen, Mikro in der Hand, ihn anstarren und sich insgeheim denken, dass er viel dafür geben würde, zu wissen, dass die große Verbindung, die er nicht kennt, in Wirklichkeit @Corky ist.

Sie steckt ihre eiskalten Hände tief in die Taschen der Uniqlo-Jacke, die sie ihrem Vater gemopst hat, und geht schnell um die Einsatzwagen herum. Sie sind alle im Inneren zusammengepfercht, geschützt vor der Kälte, die jetzt wieder angezogen hat. Gut, sollen sie so bleiben! Sie geht an der Laterne vorbei, an der schon seit Monaten das verblasste Porträt eines gewissen Sébastien klebt, eines jungen Mannes, der im 19. Arrondissement verschwand und seither von seiner Familie gesucht wird.

Als sie in die Rue Albert-Camus einbiegt (immer noch niemand hinter ihr), gehen die Lichter der Stadt an. Wunderbar, bald wird es endgültig dunkel werden, und sie wird von dieser Angst befreit sein, die immer noch sanft bei ihrem Herzen pocht.

Sie bewegt sich auf den Bauch der Stadt zu. Sie will wissen, wer da ist, wer was weiß, wer was sagt. Sie hätte nichts dagegen, zusammen mit den anderen ihre Wut hochkochen zu lassen. Ein paar Züge von einer Zigarette und dann ein paar scharfe, nervöse, ausgespuckte Worte, «was 'n Scheiß», «Drecksbande», «können uns mal». Sie möchte tief in sich spüren, dass Issa auch ihr Kumpel ist, auch wenn sie sich nur selten über den Weg gelaufen sind, nur einen kurzen Faustcheck machten, weil sie sich beide bewusst waren, dass sie sich nicht mehr viel zu erzählen hatten. Aber er war einer. Paris ist zu groß, zu verlockend, als dass die Tatsache, zusammen aufgewachsen zu sein, unbedingt was von Dauer bedeuten würde. Man verliert sich aus den Augen, schaut sich anderswo um, sucht Neues und findet es ohne große Mühe.

Sie geht an Haus 2 vorbei. Will es aber nicht betreten, in den dritten Stock hinaufgehen und Nouara besuchen. Nicht jetzt. Allein der Gedanke, vor ihr zu stehen, mit ihr sprechen, sie berühren zu müssen, in dem Wissen, dass sie die einzige Person außer ihr selbst ist, die die Leiche ihres Sohnes gesehen hat, ist ihr unerträglich. Später. Ja, später. Wenn ihre Mutter sie fragt, ob sie Nouara besucht hat – denn das wird sie tun, in diesem vorwurfsvollen Ton, den sie so grauenhaft findet –, wird Camille ihr sagen, dass sie vorhat, hinzugehen, natürlich wird sie hingehen, was denkt sie denn, sie wartet nur ab, bis nicht mehr so viele Leute da sind.

Sie sieht eine Betonfläche in der Nähe der kleinen Grünanlage für die Kleinen, eine Ecke, die seit vielen Generationen die «Platte» genannt wird. Einen Meter weiter steht Soda an einen Motorroller gelehnt und unterhält sich mit Djam.

Djam!

Seit einer Ewigkeit hat sie ihn nicht mehr gesehen. Als sie elf war und anfing, allein durchs Viertel zu ziehen, war es ihre größte Herausforderung, Djam aufzuspüren. Neugierig beobachtete sie ihn aus den Augenwinkeln. Er war immer allein, erweckte aber immer den Eindruck, in Begleitung einer Schattenarmee unterwegs zu sein. Er faszinierte sie: Der Spitzname war stark, dann sein rasierter Kopf, der Zeitlupengang, mit dem er tat, als wäre er der coolste und gefährlichste Typ von ganz Panama. Ein echter Thug, mit einer zugleich zurückgehaltenen und beängstigenden Energie. Es ging das Gerücht, dass er eine Waffe bei sich trug. Eine Beretta 92FS Kaliber .22 LR. Keiner von ihnen wusste, was diese Zahlen zu bedeuten hatten, aber allein schon sie auszusprechen gab ihnen das Gefühl, dem

FBI-Team von *Without a trace – Spurlos verschwunden* anzugehören. Dann wurde Djam ein ganzes Jahr lang nicht mehr gesehen. Niemand wusste, wo er war. Offenbar hatte er nicht mal mehr eine Telefonnummer. Eines Nachmittags im Frühling, dem nach Bataclan, tauchte er wieder auf, verwandelt, nicht wiederzuerkennen. Rundlicher. Das glatte Gesicht umrahmt von Knospen schwarzer Locken. Der geduldige Blick eines Mannes, der gelernt hat, mit der Zeit umzugehen. Der Zulu hatte sich zum Animateur eines Freizeitzentrums entwickelt. Fehlte nur noch das Bananenlächeln.

Seine Verwandlung beeindruckte Camille jedoch weniger als sein unerwartetes Auftauchen. Sie dachte, er sei tot, gestorben im Kampf und durch die Gewalt, inmitten einer beklemmenden Insellandschaft à la Assassin's Creed. Als sie ihn vor dem Zaun des kleinen Skateparks am Quai de Jemmapes auftauchen sah, während sie gerade die Heldentaten ihrer Freunde filmte, war sie so überrascht, dass sie ihm spontan ein fröhliches Lächeln schenkte, das er mit einem «Alles klar, Rec?» beantwortete. Er hatte sie nicht nur gefunden, sondern ihr auch bereits einen Spitznamen verpasst. Rec.

Seit dieser unerwarteten Rückkehr kommt Djam oft zurück, vor allem nach Anbruch der Nacht, und bringt Kekspackungen oder Cola-Dosen mit. Er versammelt die Jugendlichen, geht mit ihnen unten ins Stadion, organisiert Basketballspiele oder Fußballturniere und spricht ab und zu mit ihnen über Religion und Gott und ihre Pflichten Ihm gegenüber. Anfangs schloss sich Camille ihnen an, um der apokalyptischen Stimmung in der Wohnung zu entfliehen, in der überall das Wort «Scheidung» aufblinkte (Issa war immer auf dem Spielfeld, mit seinen giraffenartigen Schritten und seinem Stammesgeheul bei jedem Korbtreffer). Sie war ihnen sogar zu drei oder vier Demos in die Banlieue gefolgt, die von *Bürger zweiter Klasse* organisiert worden waren und bei denen es Djam gelungen war, ihr das Gefühl zu geben, auf einem lustigen Ferienlager zu sein. Aber schon bald waren ihr das überschießende Testosteron, der Schweißgeruch und die billigen Gewissheiten tierisch auf die Nerven gegangen. Nicht von Djam, sondern von den anderen, ihren Kumpels von früher. Immer die gleichen schweinischen Witze, der gleiche Hass, die gleichen Obsessionen. Die Kohle, die Bräute, das Vögeln. Seit Anfang des Jahres ist Camille nicht mehr hingegangen, um ihnen nicht begegnen zu müssen.

Aber heute Abend ist es anders. Heute Abend ist Issa, dessen Kopf immer wie das Periskop eines U-Boots aus der Masse der dunklen Hoodies herausragte, nicht mehr da. Zum ersten Mal an diesem Tag bekommt Camille einen Kloß im Hals. Sie will sie nicht verlieren, verdammt! Sie will nicht, dass ihre ganze Kindheit auf dem Friedhof landet!

Sie tut so, als würde sie sich die Schuhe binden, um einen Moment Zeit zu gewinnen und sich wieder in den Griff zu bekommen. Um sie herum ist alles seltsam ruhig, wie ein Körper, den das Fieber niedergestreckt hat. Aber Camille weiß, dass der Schein trügt. Sie weiß, dass Issas Tod das Viertel nicht auf lange Zeit runterdimmen wird. Sie steht auf. Ihre Blicke kreuzen sich.

Djam gibt ihr ein Zeichen, näher zu kommen. Camille nimmt all ihre Kraft zusammen, um nicht vor ihm zusammenzubrechen.

Check. Aufeinanderklatschende Handflächen. Faust gegen Faust. Faust aufs Herz.

Wie immer ist Sodas Blick getrübt, er ist vollgepumpt mit Substanzen, die nicht einmal er selbst kennt. Die Narbe, die über seinen blassen Teint läuft, eine Kurve zwischen seinem Ohr und der Mitte seiner Wange, hat sich purpurrot gefärbt. In der Gegend weiß jeder, dass es besser ist, mit Soda einer Meinung zu sein als umgekehrt. Er brachte immer nur Ärger und ging ab wie eine entsicherte Granate. Schon als Kind war er bereit, seinen Freunden die Augen auszukratzen, wenn sie seine Tropico-Dose anrührten. Er nahm sie auf den Square Juliette-Dodu mit, stellte sie auf eine Bank und behielt die Welt im Auge. Deshalb hatte er sich den Spitznamen auf die Fingerknöchel tätowiert. Aber das Gruseligste an ihm war, dass er das ganze Jahr über nun ein T-Shirt trug, obwohl er besorgniserregend mager war. Man könnte meinen, seine Haut habe, im Gegensatz zu seinem Hirn, beschlossen, auf «off» umzuschalten.

«Cool, dich zu sehen, Rec!», sagt Djam.

«Same», sagt Camille mit erstickter Stimme.

«Du folgst mir doch auf Telegram?»

Camille nickt.

«Hast du meine Nachricht bekommen?»

«Ich habe nicht auf mein Handy geschaut … Ich habe … (Sie entscheidet sich für eine glaubwürdige Lüge.) Ich war in der Schule …»

«Hast du das Video von Issa im Netz gesehen?»

Camille nickt und versucht, weiter cool zu wirken.

«Die Bullentussi», sagt Djam, «du hast ja gesehen, wie sie ihn bearbeitet. Seine Leiche, die Schlampe!»

«Ja, hab ich gesehen …»

«Schau auf Telegram nach, los …»

Djam hat die verhaltene Aufgekratztheit eines Typen, der weiß, dass er gute Ware hat, und sich den Luxus leistet, dich das selbst herausfinden zu lassen. Teils aus Neugier, teils, um ihm eine Freude zu machen, kommt Camille der Aufforderung nach. Das weiße Licht des Bildschirms flackert auf ihrem Gesicht.

Sie liest: Asya Baydar, gefolgt von einer Adresse im elften Arrondissement.

«Das ist die Bullentussi», erklärt Djam.

Er muss nichts weiter sagen, sie hat verstanden.

Es ist das zweite Mal, dass sie eine solche Nachricht von ihm erhält. In der ersten ging es um einen Journalisten, eine Art hemmungslosen Islamhasser, zumindest hatte sie das so in den Social

Media gelesen. Sie stand am Bahnhof und wollte gerade in den Zug nach Reims einsteigen, um die erste Ferienwoche bei ihren Großeltern zu verbringen. Sie wollte nicht, dass Djam sie in seine Rachefantasien einbezieht, zumal sie solche kollektiven Aktionen und den Bandeneffekt nicht ausstehen kann. Sie hatte nicht gewusst, wie sie es ihm sagen sollte, und hatte daher lieber gar nicht geantwortet.

Nur dass es diesmal um sie ging.

Die Hände in den Taschen seines Adidas-Trainingsanzugs, sieht Djam sie ganz unverstellt verächtlich an, als wollte er fragen: «Bist du jetzt dabei oder nicht?» Es sieht aus, als hätte sie die Wahl, hat sie aber nicht. Es ist eine Grenze, eine existenzielle und soziale Positionsbestimmung. Der schmale Bereich, in dem sich die Frage nach Zugehörigkeit und Loyalität entscheidet. Bis zu dem Punkt hatten wir Spaß, oder? Wir warfen mit dem Basketball, leerten schale Bierdosen, lachten uns schier kaputt, während wir uns böse Witze schickten und unsere Helme tauschten. Aber hier ist etwas am Kippen, hier wird's hart, hier wird an Heiliges gerührt. Wir müssen unser Bestes geben, oder? Wenn Djam nur wüsste! Dann würde er ihr vielleicht einen Kuss auf die Stirn drücken, würde ihr sagen, sie solle sich ein schönes warmes Bad einlassen und sich ausruhen. 21,6 Tsd. Retweets! Sie hat wahrlich ihren Beitrag geleistet. Aber sie hat sich immer geweigert, ihnen die Identität von @Corky zu offenbaren, denn die Macht von @Corky beruht gerade darauf, dass sie unsichtbar ist, nicht greifbar, mit der Masse verschmilzt und verschwindet. Dabei – sie schätzt geschwind die Lage ein –, wenn sie es Djam jetzt nicht sagt, dann muss sie hingehen und bei der nächsten Telegram-Nachricht wieder. Sobald du in das Spiel einsteigst, findest du keinen Weg mehr heraus. *Du solltest es ihm lieber sagen, er wartet … Sag mal, Djam, weißt du, wer @Corky ist?* Sie wird es sagen. Sie muss es sagen. Sie hat das Gefühl, am Schwimmbeckenrand zu stehen, kurz vorm Sprung, als sie ein «Cam!» hört.

Die Stimme ihrer Mutter lässt Camille herumfahren.

Vom matten Licht der Straßenlaternen beleuchtet, geht Valentine Karvel gerade die letzten paar Stufen der Treppe hinunter, die Haus 2 von der Platte trennen. Jetzt kommt sie auf sie zu, die Absätze ihrer Stiefeletten klappern auf dem Kopfsteinpflaster. Mit ihrer schlanken Figur sieht sie in dieser Lederjacke noch mal zehn Jahre jünger aus, denkt Camille.

«Guten Abend», wirft Valentine Djam und Soda zu, als wolle sie sich von dieser Verpflichtung befreien.

-«'n Abend, Madame ...»

«Ich dachte, ich sehe dich bei Nouara», sagt sie zu ihrer Tochter.

Camille senkt verärgert den Blick. Warum tut sie das? In wessen Namen erlaubt sie sich, sich auf ihre Seite zu stellen, sich aufzudrängen, sie zur Rede zu stellen? Sie hat diesen Besitzerinstinkt, der ihrer Mutter aus allen Poren quillt, sobald sie spürt, dass sie woanders ist, nie geschätzt. Sie muss an sich halten, um sie nicht zum Teufel zu jagen.

«Weißt du, Cam, sie würde sich freuen, dich zu sehen.»

Ah, verdammt! Wenn sie ihr nicht antwortet, wird sie weitermachen!

Camille hebt den Kopf. Noch bevor ihr Blick auf dem Gesicht ihrer Mutter verharrt, erkennt sie am Rand ihres Gesichtsfeldes nahe der serpentinenartigen Gasse, die zur Rue Grange-aux-Belles führt, eine Gestalt auf einer Bank. Sofort ziehen sich ihre Muskeln zusammen. Sie muss sich nicht umschauen, um zu wissen, dass es sich um den Jungen Bullen handelt. Und doch tut sie es, sie kann nicht anders. Wie lange steht er da schon und beobachtet sie? Ein eisiges Zittern geht von den Haarwurzeln aus und erfasst ihren ganzen Körper. Sie hält sich am Blick ihrer Mutter fest, um nicht in die Knie zu gehen.

«Geht es dir gut?», fragt ihre Mutter.

Nein, geht es nicht.

«Jaja. Ich werde sie besuchen, ich wollte schon hingehen, aber dann (sie schluckt, die Angst kratzt ihr im Hals), dann dachte ich, da wären zu viele Leute. Ich geh später.»

«Wart nicht zu lang.»

«Wir können ja jetzt hingehen», schlägt Djam mit beruhigender Stimme vor. «Ich muss auch hin.»

«Okay, gehen wir!», antwortet Camille in dem klaren Bewusstsein, soeben die Grenze überschritten zu haben.

Jetzt ist sie im Spiel. Mittendrin. Sie wird später sehen, wie sie da wieder herauskommt. Im Moment weiß sie nur eines: 1. Solange sie bei Djam bleibt, wird alles gut. 2. Ihre Mutter soll die Fliege machen.

«Wann kommst du nach Hause?», fragt Valentine, der diese Option nicht zu schmecken scheint.

Camille weiß, dass die Aussicht, sie mit Djam, den sie gar nicht kennt, auf einem Streifzug zu wissen, ihrer Mutter nicht gefällt (außerdem hasst sie Typen, die Jogginghosen tragen). Andererseits hat sie ihr nichts anderes anzubieten!

«Kein Plan. Ich ruf dich an ...» (Valentine rührt sich nicht.) «Ich ruf dich an, Mama, versprochen!»

Ihre Mutter schüttelt den Kopf. Sie zögert, dann legt sie die Hand auf den Arm ihrer Tochter. Drückt sie liebevoll.

«Tut mir leid, das mit Issa.»

Es ist so lange her, dass ihre Mutter sie berührt hat ... In Camilles Brust erwacht ein Vulkan der Gefühle. Bevor diese Funken ihr noch den Verstand vernebeln, zieht sie ihren Arm zurück. Sonst würde sie noch den ganzen Abend mit Heulen verbringen. Überrascht über die Reaktion ihrer Tochter, zuckt Valentine zurück, was die Geschichte ihrer Missverständnisse perfekt zusammenfasst. Camille kennt nur zur Genüge den Gesichtsausdruck ihrer Mutter, die sich gleich umdrehen wird, eine Mischung aus Kränkung, unausgesprochenen Verletzungen und Selbstmitleid. *Es tut mir leid, Mama Tut mir so leid.*

Wenn Valentine Karvel wenige Tage später an diesen Moment zurückdenken wird, wird sie sich dafür verfluchen, ihren Gefühlen nachgegeben und Camille gehen gelassen zu haben. Jetzt aber holt sie ihr Handy, das gerade losvibriert, aus der Tasche und wirft einen Blick aufs Display: eine Benachrichtigung der Zeitung *Le Monde*.

LE MONDE

Brände, giftige Dämpfe, Hitzewellen … In Südafrika hat ein höllischer Sommer bereits mehr als 2 Millionen Hektar Land verwüstet.

Während sich die Schritte ihrer Mutter entfernen, nimmt Camille all ihren Mut zusammen und dreht sich zu dem Jungen Bullen um, der immer noch reglos an derselben Stelle sitzt. Sie kann seine Augen nicht sehen, aber sie ist sich sicher, dass er sie anschaut. Der Dampf aus seinem Mund zieht hinüber zu dem chemischen Licht am Eingang von Haus 3 hinter ihm. Der Abend ist noch jung, aber die Jagd ist bereits eröffnet. *Sieh ihn dir genau an, Cam. Er ist auf deinem Terrain, er macht dir keine Angst.*

Da der Junge Bulle ihre ganze Aufmerksamkeit beansprucht, merkt Camille nicht, wie Djam und Soda Blicke tauschen, als in Djams Tasche ein Nachrichten-Signalton zu hören ist.

Djam holt sein Handy heraus, liest die Nachricht von Stéphane Jahanguir, auf die er gewartet hatte.

+55

Er nimmt die Information mit dem Ernst eines Stabschefs zur Kenntnis, der für den Nuklearcode verantwortlich ist. Er weiß nicht, wo Stéphane Jahanguir ist, weiß nicht, was er macht. Er wollte nur sein Vertrauen erringen, wollte, dass er ihm freie Hand lässt. Und das hat er getan. Jetzt ist es an ihm, für Ordnung zu sorgen. Schnell geht er jeden Schritt durch. Alles paletti, alles Gucci. Von Kopf bis Fuß elektrisiert, spricht er im Stillen einen der Sätze seines Idols Bruce Lee, den er sich mit blauer Tinte auf seinen Unterarm hat tätowieren lassen, neben dessen Porträt aus der damaligen Zeit, *Die Todeskralle schlägt wieder zu: Der Wille allein reicht nicht; wir müssen handeln.* Das ist es, was ich tue, verdammt, das ist es, was ich tue!

Er hält Soda das Display hin.

Soda starrt auf die Nachricht. Dann nickt er langsam, als würde in seinem Schädel ein rostiger Motor in Gang gesetzt.

«Kapiert, Amigo?», flüstert ihm Djam ins Ohr.

Soda schenkt ihm dieses so vertraute Lächeln, das ihn schon zweimal hinter Gitter gebracht hat, ein seliges, fleischiges Grinsen, das seine Zahnruinen entblößt. Beruhigt klopft Djam ihm auf den Nacken.

«Ich hab morgen Geburtstag», sagt Soda, weiter breit grinsend.

«Echt Mann! Achtzehn.»

Soda nickt, und in seinen Augen blitzt Stolz auf, bis jetzt am Leben geblieben zu sein.

«Mach kein Scheiß, Digga! Achtzehn Jahre, jetzt wird's ernst!», sagt Djam mit der Verschworenheit des großen Beschützerbruders.

«Keine Sorge, hab's im Griff, Alter!»

Jetzt, da er weiß, dass Soda es schaffen wird, sich sein schönstes Geburtstagsgeschenk zu besorgen, ist Djam noch entspannter. Ihm bleibt gerade noch Zeit, Issas Mutter zu besuchen, dann werden sie zur Wohnung der Polizistin flitzen, damit man sie in der Ecke nicht mehr zu Gesicht bekommt. Tax ist bereits vor Ort, um nachzuschauen, bis in welche Ecken die Videoüberwachung reicht, und wird ihm Bescheid geben, sobald die Bullenhure auftaucht. Angeblich hat sich die IGPN mit dem Fall befasst, aber Mada hat ihnen erklärt, dass das alles Quatsch ist. Um die Institution zu schützen, verschwinden Akten wie Gebäck an einem Abend im Ramadan. Aus den Augen, aus dem Sinn, *wallah*! Wenn du Mist baust, wirst du sofort verurteilt, aber wenn die Bullen dich fertigmachen, tun sie nur ihren Job. Um die Wut zu beruhigen, die langsam in ihm hochkocht, legt er eine Hand flach auf Camilles Rücken.

«Gehen wir, Rec?»

Einen kurzen Moment reagiert Camille nicht. Sie versucht, sich einzureden, dass sie Djam besser folgen sollte, auch wenn sie keine Lust dazu hat. Djam entgeht ihr zögerlicher Blick nicht.

«Du denkst zu viel!», sagt er und bricht in schallendes Gelächter aus.

Wie kann er so lachen, da doch Issa …? Camille lässt den Gedanken ziehen und zuckt nur mit den Schultern: «Gehen wir.»

Als sie durch die Glastür von Haus 2 tritt, wirft sie einen letzten Blick hinter sich.

Er ist da, er wartet auf sie.

Später, jedes Mal, wenn sie die Augen schließt, wird dieses Bild sie verfolgen. Dieses, aber auch das andere. Das Bild, das sie noch nicht gesehen hat.

8

Sultanik hatte die Gemeinheit besessen, Dalloz zu schicken, um sie abzuholen und ins Untergeschoss des Polizeireviers zu bringen. Vorhin im Vernehmungsraum hatte sie von sich aus Gürtel und Schnürsenkel ausgezogen, um den harten Kerlen von der Polizeiaufsicht nicht die Genugtuung zu lassen, sie dazu aufzufordern. Obwohl sie das Gefühl hat, nicht mehr in ihrem Körper zu wohnen, in diesem seiner Substanz beraubten Leib, der die Stufen hinuntergeht, erkennt sie das schwere, dumpfe Geräusch ihrer Schritte auf dem Beton wieder. Dieses Geräusch hat so oft ihren Tagesrhythmus bestimmt, dass sie ihn unter dem Ritornell der Alltagsgeräusche abgespeichert hat. Was sie nicht wiedererkennt, ist die Stille, die sie umgibt. Undurchdringlich, kompakt, verdichtet sie sich mit jedem ihrer Schritte. Dringt in diese unheimliche Masse ein, obwohl sie aus ihr selbst herauszukommen scheint, aus einer gähnenden Leere, die in ihrer Brust ausgehoben wurde. Wer ist sie in diesem Moment? Wer wird sie morgen sein? Nicht Sam. Nein. Sie wird nie wieder Sam sein.

Asya Baydar … Ich bin Asya Baydar. Die Ausländerin.

Je weiter sie in die Tiefen des Gebäudes vordringen, das sie noch heute Morgen als Zentrum ihrer Welt betrachtet hatte, desto übler wird der Gestank, der ihnen entgegenschlägt, eine Mischung aus Urin, Schweiß, getrocknetem Blut und Kanalisation, bei der es einem den Atem verschlägt, als wollte er sie warnen, dass dies der Ort ist, an dem die Menschheit ihren Untergang erfährt. Dort, wo die Zeit stehen bleibt, wo Kakerlaken an den gestrandeten Leibern schnüffeln. Überall auf der Welt befinden sich die Pforten zur Hölle in einem solchen Kellergeschoss wie diesem hier. Manchmal, wenn sie diese Stufen in Begleitung eines Untersuchungshaftbeamten hinabsteigt, begleiten sie vier Verse aus dem Gilgamesch-Epos:

Der schwarze Tag der Menschheit, der hat dich erreicht,
der alleinige Ort der Menschheit, der hat dich erreicht,
die unwiderstehliche Flut hat dich erreicht,
die ungleichen Kämpfe haben dich erreicht …

Sie sind die Deutung eines Traums von Gilgamesch, in dem Götter erschienen, die sich versammelt hatten, um über seinen Tod zu entscheiden. Sie hat sie noch aus jener Zeit in Erinnerung, in der ihre Herkunft sie stark beschäftigte und sie den Orient auf eine andere Art kennenlernen wollte als durch die engstirnige und freiheitsberaubende Denkart von Ahmet Baydar, und daher Bücher über orientalische Mythologie las. Hier wird sie die Nacht verbringen. Unter dem Surren der Neonröhren, die wie alles andere dem Diktat der Budgetbeschränkung unterworfen sind. «Es ist zu Ihrem Besten, Baydar, Sie werden sehen», sagt der Hauptmann mit einem Hauch von Mitgefühl in der Stimme und putzt sich dann die Nase.

Sie weiß, dass sie frieren wird.

Dass sie sich davon nicht erholen wird.

Plötzlich schreit jemand: «Ich will hier raus, scheiße noch mal, ich will hier raus!»

«Keine Sorge, du wirst allein sein», flüstert Dalloz ihr mit einer nicht wiederzuerkennenden, fast liebevollen Stimme zu. «Wir werden es schon schaffen, die woanders unterzubringen. Es ist mir gelungen, Denis Bescheid zu geben, weißt du. Es hat lange gedauert, bis er abgenommen hat, aber dann …»

Denis …

Sam kann sich unschwer seinen schrägen Blick auf den Bildschirm seines Handys vorstellen, das neben seinem Computer liegt, sein Stirnrunzeln, wenn er eine Nummer nicht kennt, das π, das sich auf seiner Stirn abzeichnet. Er wird nicht ihre Familie in

Straßburg anrufen können, um ihnen zu sagen, dass sie dieses Wochenende nicht kommt. Er hat keine Telefonnummer. Er hat sie einmal um die Nummer ihrer älteren Schwester gebeten, doch es war ihr irgendwie gelungen, sie ihm nicht zu geben. *Du wirst es selbst machen, du wirst rechtzeitig genug rauskommen, um es selbst zu machen.* Aber vielleicht auch nicht, vielleicht komme ich hier nicht wieder raus. Wieder gerät sie in Panik. Ihr Puls rast, in ihrem Kopf beginnt es, zu pochen. Sie versucht, sich an die Gegenwart zu klammern, einfach den Mund aufzumachen und Dalloz zu fragen, was Denis ihm gesagt hat. Aber die Worte bleiben ihr im Hals stecken. Wenn sie sich dazu zwingen würde, wenn sie trotzdem versuchen würde, sie auszusprechen, würde sie in Tränen ausbrechen.

«Tut mir leid, Sam ...»

Dalloz sieht aus wie ein Lastwagen, dem man alle vier Räder abmontiert hat. Er wagt weder, sie zu berühren, noch, sie anzusehen. Dabei sieht es so aus, als wollte er so einiges sagen, wüsste aber nicht so recht, wo er anfangen soll. Unterdessen denkt Sam weiter an Denis. Er hatte um 17 Uhr im Bois de Vincennes auf sie gewartet, um joggen zu gehen. Joggen und reden ... Würde sie ihm wieder ins Gesicht sehen können?

«Deine Kollegen schikanieren Kinder, die einfach nur unten vor dem Haus miteinander quatschen, Asya. Wieso sollten sie sich nicht dort aufhalten? Okay, sie sollten nicht dort stehen! Aber warum werden sie immer und immer wieder hart rangenommen, nach ihren Papieren gefragt, an die Wand gedrückt? Was glaubst du wohl, wie Hass entsteht? Nicht nur der auf die Polizei, sondern der auf das Land, das sie repräsentiert.»

«Ich bin nicht sie, Denis, lass mich in Ruhe! Unter uns gesagt, ich bin hier die Kanakin, ich bin damit aufgewachsen, dass man mich immer schräg ansah, dass wir Leibesvisitationen unterzogen wurden, sobald wir eine Grenze überquerten. Das reicht, ich hab das schon vor dir gewusst!»

Sie weiß nicht mehr, wie es dazu kam, aber plötzlich ist sie in der Zelle und Dalloz ist nicht mehr da. Seine sich entfernenden Schritte hallen wie Gongs. Von der anderen Seite der Mauer schießt eine Beleidigung zu ihr herüber. In der darauffolgenden Stille zerreißt etwas in Asya Baydars Brust und beginnt zu bluten.

furioso

I lay down by the river. The shadows moved across me, inch by inch. And all that I heard was the war between the water and the bridge.

Nick Cave, Carry Me

VII
DER FLUSS

1

Genau um diese Stunde, in dem Moment, wenn die Nacht über die Stadt hereinbricht, wenn alles zu Bewegung und Verschiebung wird, merkt man, um was für ein gigantisches Gemeinschaftswerk es sich bei dieser Metropole handelt. Sich entwickelnd. Sich wandelnd. Ein endloser und kaleidoskopartiger Prozess, seit über zweitausend Jahren von Dutzenden und Aberdutzenden von Generationen erfunden, geformt, gestaltet, ausgearbeitet; von Erbauern, Invasoren, Einheimischen, Architekten, Elenden, Königen, Kaisern, Klerikern, Arbeitern, Gemüsebauern, Einheimischen, Studenten, Handwerkern, Exilanten, Intellektuellen, Industriellen, Immigranten. Sie trägt die Stigmata der Eroberungen und Kriege in sich, und die des Volkszorns, gewaltig, erschütternd, nie erloschen. Ihre Paläste, ihre Kuppeln, ihre Alleen, ihre Gärten, ihre Gassen, ihre gepflasterten Höfe, ihre Türme, in denen sich Vergangenheit und Zukunft aneinanderschmiegen, Erzählungen und Geschichte, Repression und Revolution, Terror und Befreiung, Schönheit und Schrecken, Sturheit und Widerspenstigkeit scheinen aus dem Boden zu schießen, um die Ordnung der Welt herauszufordern.

Doch ganz gleich, welche Veränderungen sie im Laufe der Jahrhunderte erfahren hat, welche Raumaufteilungen und Bauweisen, welche Epoche gerade dominierte, welcher Zeitgeschmack herrschte, welche sozialen, politischen, wirtschaftlichen und demografischen Notwendigkeiten bestanden, welche Sanierungsmaßnahmen, künstlerischen Bewegungen, technologischen Fortschritte auch immer es gegeben hat, eines bleibt, unveränderlich und imposant, eine gekrümmte Linie mit einem Knoten in der Mitte, die die Stadt durchquert und sie in zwei Hälften teilt: der Fluss.

Übrigens beginnt die Geschichte der Stadt wahrscheinlich genau hier, in der Mitte des nährenden Flusses, auf der größten seiner Inseln, an der seine Überquerung am leichtesten ist und sich drei Jahrhunderte vor Christus ein Stamm von Galliern niederließ, die Parisii. Später wurde diese Insel zum Sitz der Macht, während der Revolution trug sie den Namen Île de la Fraternité, Insel der Brüderlichkeit, wurde dann teilweise dem Erdboden gleichgemacht und im Zweiten Kaiserreich wieder aufgebaut, jetzt als Île de la Cité. Im Lauf der Jahrhunderte wurden Kais geschaffen und ausgebaut. Quai des Grands-Augustins, Quai de la Mégisserie, Quai des Célestins. Brücken führten von einem Ufer zum anderen, Petit-Pont und Grand-Pont; sie wurden zerstört und wieder aufgebaut, Pont des Meuniers, Pont-au-Change, Pont Notre-Dame. Es wurden immer mehr, sie waren auf beiden Seiten von Häuserreihen gesäumt, dann verschwanden die Läden, um den Bürgersteigen Platz zu machen, Pont-Neuf, Pont Marie, Pont Royal, Pont de la Concorde. Und schließlich hatte die Chaussee ihren Auftritt. Heute gibt es siebenunddreißig Verbindungen zwischen beiden Ufern, über die täglich Hunderttausende von Menschen strömen. Eine dichte, bunt gemischte Menschenmenge, die gar nicht umhinkann, als trotz Eile, Ärger und Müdigkeit, trotz Spannungen, Zweifeln und Fragen, den Blick auf die Seine zu richten und den Atem anzuhalten. Wie Tania Ung, die gerade das riesige, kastenartige Gebäude aus roten Backsteinen verlässt, das Rechtsmedizinische Institut von Paris, kurz IMP, das man zwischen die Metro-Geleise und den Quai de la Rapée gequetscht hat und wo sie als Gerichtsmedizinerin arbeitet.

Während die Gebäudeumrisse sich langsam verwischen und die Dunkelheit alles erfasst, betrachtet sie, vom rechten Ufer aus, die langen bunten Girlanden, die an den zu Bars oder Konzertsälen umfunktionierten Hausbooten hängen. Ihre festlichen grünen, gelben, roten, orangefarbenen und blauen Lichter spiegeln sich in Wellen auf dem Fluss.

Tania Ung schlägt den Kragen ihres Wollmantels hoch, bleibt stehen. Sie wendet den Blick auf die ungeheure Weite der Stadt, glitzernd, soweit das Auge reicht. Wie ein orientierungsloser Taucher, der zur lauten, leuchtenden Welt der Oberfläche zurückkehrt, braucht sie jeden Tag diese wenigen Minuten des Übergangs, um sich von diesem monochromen Ort zu lösen, den sie im Gedenken an die Dostojewski-Begeisterung ihrer Jugend Totenhaus genannt hat. Zeit, um wieder in die Welt der Lebenden einzutreten, sich an Hektik und Lärm zu gewöhnen, bevor sie ihre Tochter vom Kindergarten abholt. Seit dem 21. Dezember, dem Abend der Wintersonnenwende, sehnt sie sich nach der Zeit im Jahr, in der die Tage wieder sichtlich länger werden, wo die Verheißung eines langen Abends mit einem Glas Wein auf dem Balkon (der Balkon war ihr sehr wichtig, sie war bereit, sich mit weniger Quadratmetern zu begnügen oder das Viertel zu wechseln, aber nicht, auf den Balkon zu verzichten) begleitet sie bis zu ihrer Wohnung.

Sie fragt sich oft, wie all dieses geschäftige Treiben, wie all diese Wünsche, diese Energie, diese Spannung, diese Leidenschaft, wie all die vielen Leben diese Seelenschwärze gebären können, in die sie sich Tag für Tag, auf der Suche nach Antworten, hineinbegibt. Dort, in diesen Straßen, die bald von Partygängern und Nachtschwärmern bevölkert sein werden, in diesen brav aneinandergereihten Mietshäusern, in diesen noch vollen Bibliothekssälen, in diesen Museen, Cafés und Fast-Food-Restaurants, in diesem überfüllten Zug der überirdischen Metro, der zum nächsten Bahnsteig rast, gibt es Männer, Frauen und Kinder, die jetzt noch leben, die sie aber morgen früh auf ihrem Autopsietisch vorfinden wird, die in wenigen Stunden oder mitten in der Nacht Opfer sein werden, Opfer eines schweren Unfalls, Opfer von Einsamkeit, Opfer häuslicher Gewalt, Opfer eines erwiesenen oder mutmaßlichen Mordes. Manchmal sind es anonyme Personen, deren Identität sie nie erfahren wird, nach denen niemand sucht, die niemand holt. Manchmal sind es Minderjährige, die am Boden zerstörte, vor Schreck erstarrte Eltern zurücklassen, die man auffangen und trösten muss. Wie die Eltern der zweijährigen Mariama, die an den Folgen einer Beschneidung starb und deren Gesicht, das einen unbeschreiblichen Schmerz spiegelte, sie immer noch verfolgt. Oder die Mutter dieses Teenagers, Issa Zeitouni, der im Morgengrauen auf dem Quai de Jemmapes entdeckt wurde und den sie heute Nachmittag obduziert hatte. Ein komplexer Tod. Schädel-Hirn-Trauma mit extraduralem Hämatom. Kompression des Hirnstamms. Zahlreiche Blutergüsse auf dem Oberkörper. Wunde an der rechten Schläfe. Rippenfrakturen mit eingedrückter Brustwand. Vielleicht ein Lynchmord. Oder eine Schlägerei mit anschließendem Sturz. Da der Medienrummel groß ist, warten viele Menschen auf den Autopsiebericht, vor allem die Polizeigewerkschaft, die sie seit heute Morgen dreimal angerufen hat. Aber sie werden sich alle gedulden müssen, zumindest bis sie die Ergebnisse der biologischen und toxikologischen Analysen erhalten, sie untersuchen und interpretieren kann. Issa wird diese Nacht, und wahrscheinlich noch weitere Nächte, im Totenhaus verbringen, bis der für die Ermittlung zuständige Richter die Bestattungsgenehmigung ausstellt. Vor einigen Jahren stand sie vor der Leiche eines zweiundfünfzigjährigen Mannes, den sie am Vorabend in einer Pizzeria in der Nähe der

Metrostation Saint-Paul als Tischnachbarn gehabt hatte. An diesem Abend wollte sie mit Freunden in einem Meeresfrüchte-Restaurant zu Abend essen, doch aufgrund eines Reservierungsfehlers mussten sie auf eine eher unspektakuläre Pizzeria ausweichen. Der Mann war ihr aufgefallen, denn obwohl er allein war, aß er mit Appetit und bestellte sich noch eine zweite Flasche Wein. Am nächsten Tag hatte sie einen Schock bekommen, als sie ihn vor sich auf dem Edelstahltisch liegen sah. Trotz mehrerer Brüche hatte sie sein kantiges Gesicht erkannt, die abfallenden Augen und den kleinen Silberring um sein linkes Ohrläppchen. Er hatte sich in der Nacht mit über vier Promille Alkohol im Blut aus dem Fenster gestürzt.

Eine Krankenwagensirene heult auf dem Pont d'Austerlitz auf, bewegt sich Richtung Hôpital de la Pitié-Salpêtrière. Wie jeden Abend geht Tania Ung zu ihrem Fahrrad, das sie an den Metallzaun des Square Albert-Tournaire angeschlossen hat, genervt vom fernen Motorengebrumm der Autos, die in einem monströsen Durcheinander dicht an dicht fahren. Sie setzt ihren Helm auf und macht ihre Tasche am Gepäckträger fest. Sie bereitet sich mental darauf vor, sich in die Schlacht zu stürzen, sich dem Chaos und der Luftverschmutzung zu stellen, während sie sich fragt, ob es wirklich sinnvoll ist, in diesem Wahnsinn ein Kind großzuziehen. Aber wo sollten sie hin, ihre Tochter und ihre Lebensgefährtin? Sie denkt an Kambodscha, an den Mekong-Fluss, an dem ihr Vater geboren wurde, und dessen aquatische Biodiversität, die größte der Welt, Lebensgrundlage für Millionen von Menschen, durch chinesische Staudämme bedroht ist. In welchem Land, in welcher Stadt würden sie dem verfrühten Schmelzen der Gletscher, der erschreckenden Entwaldung, dem beängstigenden Verschwinden der Vögel, den Fischen mit ihren von Plastikmüll aufgeblähten Bäuchen, den Wirbelstürmen, der Dürre und dem makabren Schauspiel einer sterbenden Welt entgehen? Nichts scheint ihr mehr von Dauer zu sein, nicht einmal die Flüsse. Alles, worauf sie schaut, kann jeden Augenblick zerstört werden. Fleisch, Blech, Karosserie, Metall, Stein, Holz, alles kann in Flammen aufgehen, schmelzen, zerfetzt, verbogen, zermalmt, zerquetscht werden, sogar Notre-Dame, deren verstümmelter Rücken sich jetzt vor ihren Augen erhebt.

In dem Moment, da Tania Ungs Fahrrad sich seinen Weg entlang des Quai Henri-IV bahnt, geht am anderen Ende des Flusses, ganz im Westen, Stéphane Jahanguir Sharif im Laufschritt über den Quai du Point du Jour auf das CNews-Gebäude zu.

Er war an der Metrostation Ranelagh, vier Stationen vor Porte de Saint-Cloud, ausgestiegen, weil er das Bedürfnis hatte, zu laufen. Schnell, mit großen Schritten und viel Luft in den Lungen. Den Körper in Bewegung spüren. Die Luft durchschneiden. Seine Gedanken ordnen. Sein Gehirn ist ein himmlisches Dopaminbad. Er fühlt sich fit, sehr fit, bereit für die Debatte. Hahaha! Ihr Idioten! Es ist zwar nicht die richtige Zeit, um über Odysseus und das Trojanische Pferd nachzudenken, aber genau daran denkt er gerade. Er denkt sogar an nichts anderes, obwohl er besser auf den Verkehr achten sollte. *Ich bin Odysseus, des Laertes Sohn …* Er hat diese triumphale Passage seinem älteren Bruder Ehsan vorgelesen. Das Wort hämmert in seinem Kopf … Troja Troja Troja Troja … treibt seinen Lauf an.

So, da steht er nun vor der Glastür, bewacht von einem Gorilla in dunklem Anzug und Parka, der die Aufgabe hat, die Identität der Besucher zu prüfen. Stéphane Jahanguir ist ein wenig außer Atem, aber klar im Kopf. Oh ja, schrecklich klar! Bereit, in die Flanke des Pferdes zu steigen und dann, bamm!, sie von innen zu überraschen.

Während er dem Tempelwächter seinen Pass überreicht, wirft er einen Blick auf seine Uhr und rechnet zum zehnten Mal kurz nach: 5 Minuten Händeschütteln + 15 Minuten in der Maske + 5 Minuten bis zum Set + 5 Minuten Aufbau + 5 bis 10 Minuten Beginn der

Sendung + 15 Minuten Diskussion vor der Werbung ... Etwa 55 Minuten.

Da steht er nun in der Lobby, die so hell erleuchtet ist wie ein Folterkeller. Bevor er sich zum Empfang begibt, erneut seine Papiere vorzeigt, seinen Namen buchstabiert und lächelt, bleibt er kurz vor der Wand aus Bildschirmen stehen, auf denen die laufenden Programme der Gruppe zu sehen sind. Als er vor dieser wattstarken Pixelexplosion verharrt, zückt er sein Handy und schickt über Telegram eine Nachricht an Djam: «+55».

In dem Augenblick, da er auf «Senden» drückt, spürt er einen plötzlichen Adrenalinschub. Als würde er einen Zünder drücken.

2

Das Wohnzimmer ist blitzsauber, ein Wunder an harmonischen Farben und gewählten Symmetrien. Der hübsche Strauß roter Ranunkeln, am Sonntag auf dem Markt gekauft, ziert noch immer den Couchtisch. Dutzende Umzugskartons, die vor Kurzem geliefert wurden und gegen die Wand gelehnt dastehen, deuten auf einen baldigen Auszug hin. Was dem Raum die Flüchtigkeit einer Theaterkulisse verleiht.

Benjamin Grossmann zieht sein Jackett aus und wirft es über den Arm des taupefarbenen Samtsofas. Sogleich gibt sein Hemd einen beißenden Schweißgeruch ab, der ihm in die Nasenlöcher steigt und seine Gesichtsmuskeln zu einer angewiderten Grimasse verzerrt. Es ist nicht ganz jener vertraute und befriedigende Geruch, den sein Körper nach dem Joggen verströmt; nein, es hat irgendwie etwas Demütigendes, und das beißt noch mehr. Einen stinkenden Hauch von Angst, einen ranzigen Beigeschmack von Feigheit.

Ohne das Licht einzuschalten, geht er durch den schattengestreiften Flur ins Badezimmer. Zieht sein Hemd aus. Steckt es in die Waschmaschine. Das Badezimmer glänzt vor Sauberkeit. Der Duft von Pfingstrosen entströmt den Fragonard-Dufthölzchen und wabert durch die Luft. Eine Dusche wäre wünschenswert, aber alles in ihm sträubt sich dagegen. Müdigkeit und Ärger drücken ihm auf die Schläfen und komprimieren die wenige Energie, die ihm noch geblieben ist. Er stürzt sich auf das Deo. Sprüht sich großzügig damit ein und zieht dann das weiße Velva-Sheen-T-Shirt an, das immer noch auf dem Badewannenrand liegt und das er zum Schlafen trägt. Er mag es nicht, wenn Marta, die Haushälterin, eine effiziente und diskrete junge Venezolanerin, seine Sachen anrührt. Um ehrlich zu sein, es ist ihm peinlich, dass sich jemand anderes als er selbst um seine Unterwäsche kümmert. Er hat noch nicht begriffen, dass er an einem Punkt seiner Karriere angelangt ist, an dem diese lästigen Pflichten rund um die Körperpflege nicht mehr seine Aufgabe sind und er nur noch darauf achten muss, sich auf höchstem Niveau zu halten. Er hat es immerhin versucht, hat Marta eine Zeit lang die Pflege seiner Unterhosen und Socken überlassen, war dabei aber nie das seltsame Gefühl losgeworden, seinen Bedürfnissen zuwiderzuhandeln und seine Autonomie zu verlieren. War er jetzt wirklich reich genug, um sich dieser Art häuslicher Ungezwungenheit anheimzugeben? Sollte er sich diesen neuen Bequemlichkeiten hingeben, wo er doch wusste, wie unsicher sein Beruf war und dass er über Nacht wieder auf der Straße landen konnte, einen Karton mit seinen Habseligkeiten in den Händen? Um sich Arianes psychologische Analysen zu ersparen – die mit so etwas nie ein Problem hat – und um ihren unerwarteten Ausflügen in sein Über-Ich zu entgehen, lässt Benjamin keine Gelegenheit aus, sich selbst öffentlich als zwanghaft zu bezeichnen, (was ihm jedoch weitere, von Ariane mit einem ironischen, manchmal auch zärtlichen Lächeln geäußerte Charakterbeschreibungen wie «psychisch erstarrt», «argwöhnisch» oder «paranoid», nicht erspart, die Benjamin jedoch nicht weiter beachtet, da sie ihn im Grunde genommen nicht wirklich betreffen).

Er beschließt, sich einen großen Lemon Drop zu mixen, zwei Ibuprofen-Tabletten zu nehmen, die wenigen überfälligen Projekte zu lesen und zu versuchen, vor 23 Uhr ins Bett zu kommen. Zumindest bevor Ariane wieder da ist. Gott sei Dank ist sie mit Freundinnen in den Zoo von Vincennes gefahren, zu einer Abendveranstaltung, bei der zwischen den Tieren in Käfigen getanzt wird, zu einer nur über Kopfhörer übertragenen Musik, die mit den Geräten verschiedener DJs verbunden sind. Das war jedenfalls das, was Benjamin von dem Konzept begriffen hatte, das Ariane ihm vorhin schnell erklärt hatte.

Bevor er die Dreharbeiten zu *Rageuses* verließ, erschöpft und mit einer Riesenwut im Bauch (nach der Vorführung des Rohmaterials vom Vortag, das fast so schlimm war wie ein Entwöhnungsbrei für Welpen), rief er Ariane an, um sich zu vergewissern, dass sie nicht da sein würde, wenn er jetzt gleich nach Hause käme. Da sie es gewohnt ist, dass Benjamin seinem Arbeitstag im Büro noch eine Filmvorführung folgen lässt, einen Abend im Theater, wo er sich einen Schauspieler ansehen möchte, ein Abendessen mit einem Regisseur oder einem Kollegen, den man vor einer Ausstrahlung unterstützen muss, macht Ariane sich nicht einmal mehr die Mühe, ihm zu sagen, wenn sie ausgeht. Tatsächlich ist die Option, die eine oder andere Verpflichtung auch mal abzusagen, um 18:30 Uhr nach Hause zu kommen und sich dann, nachdem man sich im Badezimmerspiegel das nicht mehr ganz taufrische Gesicht angesehen hat, das Schlaf-T-Shirt anzuziehen, die einzige, die für die Benjamin Grossmanns dieser Welt nicht in Betracht kommt. In der Tat hat Benjamin sich bis heute nicht von dem leise sirrenden Schuldgefühl befreien können, das in seinen Ohren klingt, seit er

Shashi Banerjee, dem englischen Showrunner, der auf Stipvisite in Paris war, per SMS das Bier abgesagt hatte, das sie gegen 20 Uhr in seiner Hotelbar hatten trinken wollen. Die Tatsache, dass er sich seine Schuldgefühle kleinreden und sich sagen konnte, es habe sich nur um ein freundschaftliches Treffen gehandelt, zumal sie sich ja schon bald auf dem Seriemania-Festival wiedersehen würden und Shashi außerdem vor allem als Begleitung seiner Frau in Paris gewesen war, der Produzentin eines Films, der diese Woche in den Kinos anläuft, ist bereits ein großer Sieg.

Ein Drink … er braucht einen Drink.

Während er durch den Flur wieder zurückgeht, legt sich ihm ein Gewicht auf die Brust und drückt ihm den Atem ab. Mit Beklemmungsgefühlen schaltet er das Licht im Flur an. Dann sämtliche Wohnzimmerlampen. Den Fernseher, bei dem er den Ton abschaltet. Dann die Deckenlampe in der Küche. Er lehnt sich an die Wand und probiert einen von Ken Altmans Tipps zur Behandlung von Angstzuständen aus: Er drückt auf den Punkt L14, der zwischen Zeigefinger und Daumen liegt, und massiert ihn langsam. *Langsam* … Er will einfach nur eine Antwort. Eine verdammte Antwort. Wie auch immer sie ausfallen mag. Er will einfach nur Gewissheit haben. Im Taxi, das ihn zum Set zurückbrachte, hatte er Dutzende von Websites zu Kopfverletzungen und Gehirnerschütterungen durchforstet, doch die Angst war zu stark gewesen, als dass er sich durch den medizinischen Fachjargon hätte quälen wollen, er hätte nicht allzu viel davon verstanden. Er musste Thomas Sefériadis anrufen, diesen dummen Sack. Er hatte die Mutter des Jungen besucht, er dürfte wissen, woran er gestorben ist. Schließlich war es sein Job, sich schlauzumachen, derlei Fragen zu stellen, vor Mitgefühl zu strotzen und dann Geschichten voller Racheintrigen und Unrecht zu spinnen, um sie dann seiner Favoritin in den Mund zu legen. Dieser jämmerliche Typ hatte nicht einmal gewartet, bis er ihm die Hand geschüttelt hatte – was für ein aberwitziger Albtraum, die neugierige Menge, die Kameras! –, um ihr Foto über die Social Media zu verbreiten, wie einen Sack Erdnüsse, die man den Affen vorwirft. Natürlich hat Angela Nolan es postwendend gelikt. Und ihre Herde aus 765 000 Instagram-Followern, plus ihren 685 348 Twitter-Followern, dazu noch die 63 457 Abonnenten des persönlichen Accounts von Roxane Dingsda, plus den Mitgliedern ihrer Support Groups … Und schon ist Benjamins Leben ein einziger Irrsinn. Sein Handy, das ständig über verschiedene Kanäle von Nachrichten durchgeschüttelt wird, ist so laut, blinkend und stressig geworden wie ein Spielautomat in einem Casino. Er war gezwungen, alle Nachrichten wegzudrücken, das Handy auf lautlos zu stellen und schließlich ganz auszuschalten, und zwar nur weil – Gipfel des Irrsinns – Fremde, die in Brüssel oder San Francisco an ihrem Schreibtisch hocken, in ihrem Schlafzimmer in Madrid, Melun oder Birmingham, in der Umkleidekabine ihres Fitnessstudios in Oslo oder Sydney, es sich erlauben, sein Foto mit Roxane Dingsda zu kommentieren, und das nur, um als brave Schoßhündchen Angela Nolan nachzueifern, die *Love u guys* geschrieben hatte! Und dieses Zockerspiel könnte dafür sorgen, dass diese Frau, trotz ihrer Quasi-Inkompetenz, die zukünftige Bürgermeisterin von Paris wird! Soll sie doch! Wenn Google und Facebook erst einmal definitiv die Verwaltung der Städte übernommen haben, werden Sie und ihresgleichen außer zur Organisation der Mülltonnenleerung zu nichts Großem mehr zu gebrauchen sein. Heute sind die Stadtverwaltungen nicht einmal mehr in der Lage, die Invasion der Elektroroller zu antizipieren, wie wird es dann erst in drei, fünf, zehn Jahren sein, wenn die wahren Invasoren aus der Deckung kommen?

Während er die Tür des Gefrierfachs mit den Blumenmagneten öffnet, an denen die Flyer für asiatische Gerichte zum Mitnehmen hängen, wandern seine Gedanken weg von Roxane Hayavi-Daule zu einer schnellen Rückblende auf die Ursache dieses grotesken Zirkus. Dass er Seferiadis zufällig bei Pho Qué Huong getroffen, dass er ihm bis zum Fuß der Cité GAB gefolgt war, dass er dreihundert Meter von der Stelle entfernt, an der er den Jungen angesprochen hatte, gefilmt wurde, war das ein Zeichen? Wollte Gott – oder welcher Jason Hopper auch immer im Universum an den Schalthebeln der Macht saß – den Blick der Weltöffentlichkeit auf ihn richten? Hier, sehen Sie ihn sich an, meine Damen und Herren, das ist ER! Der Mörder des Teenagers, der heute Morgen am Quai de Jemmapes gefunden wurde. Im Übrigen kehrt der Mörder immer an den Ort des Verbrechens zurück, nicht wahr, Grossmann? Was sagst du dazu, Alter? Das Einmaleins der Dramaturgie! Blödsinn, antwortet sein gesunder Menschenverstand, niemand weiß, wo dieses Einmaleins herkommt! Aus welcher Statistik? Aus welcher kriminologischen Studie? Er hat sich mit Thomas Seferiadis getroffen, weil es unmöglich ist, in Belleville aufzuschlagen, ohne Thomas Seferiadis zu treffen! Er liegt in der Nachbarschaft auf der Lauer wie ein opportunistisches Bakterium in einem kranken Körper.

Benjamin kippt sich einen kräftigen Schuss eisgekühlten Absolut Vodka in den Rachen, und dann einen noch größeren Schuss in den Shaker. Eiswürfel, Zitronensaft und Rohrzuckersirup. Er schüttelt ungeduldig. Als er vorhin mit Ariane telefonierte, hat sie das verfluchte Foto mit keinem Wort erwähnt. Das heißt, sie weiß offenbar gar nicht Bescheid. Ihr Vater ist vorbeigekommen, um das Auto abzuholen, dann hat sie sich wahrscheinlich eine Thermoskanne mit grünem Tee gekocht und sich dann auf ihr Buch konzentriert. Nur dass ihre Freundinnen es nicht versäumen werden, sie zwischen zwei Tänzen unter Tigern und Giraffen auf die plötzliche Berühmtheit ihres Mannes aufmerksam zu machen und ihr haarklein alles zu erzählen. Benjamin wird mindestens sechs Stunden

Schlaf brauchen, wenn er am nächsten Morgen ihre Lügendetektorprüfung bestehen will. Es sei denn, er geht aus dem Haus, bevor sie aufwacht. Was die beste Lösung wäre. Sein Tag ist ohnehin total durchgetaktet. Ausgeschlossen, noch einmal den halben Tag damit zu vergeuden, in der Stadt herumzulaufen. Er beginnt mit einem sehr wichtigen Treffen mit einem Dutzend großer Produzenten, denen er die neue Organisation von BeC in Dublin erklären wird. Seine Rede ist bereits fertig, geschrieben wurde sie Anfang der Woche, und von Zoé Samama aus der Kommunikationsabteilung Korrektur gelesen (er weiß noch, wie unwohl ihm dabei war, als er ihr die E-Mail mit seiner Rede im Anhang schickte, in der er die Vorteile dieser «Standortverlagerung» anpries, dabei wird man Zoé entlassen, wie alle Kollegen in ihrer Abteilung, nur nicht den Chef, denn der wird die Arbeit in Paris stemmen).

Benjamin schenkt sich ein großes Glas Lemon Drop ein. Morgen wird er sein himmelblaues Paul-Smith-Outfit und seine neuen Nikes tragen; ein weißes Hemd, aber keine Krawatte. Elegant und dennoch zugewandt. Er wird es schaffen. Er darf auf keinen Fall seine Joggingrunde im Morgengrauen verpassen. Noch einen Tag ohne sein Ritual übersteht er nicht. Ja, er wird es schaffen. Anschließend wird er Shashi anrufen und ihn und seine Frau zum Mittagessen einladen – ins *Subterfuge*, jawohl, das neue Restaurant des italienischen Chefkochs Tonino Verdi in der Rue de Berri –, er darf nicht vergessen, Nina (die man auch bald entlassen wird) zu bitten, ihnen einen Tisch zu reservieren.

3

Als er wieder im Wohnzimmer steht, das wie ein Operationssaal hell erleuchtet ist, mit einem Glas in der Hand und Ibuprofen-Molekülen im Blut, zieht Benjamin sein Handy aus der Tasche seiner Jacke, die er über die Armlehne des von Herman Loos entworfenen und von Sentou wiederaufgelegten Sessels «C» geworfen hat, und lässt sich auf das Sofa fallen. Außer ein paar Keksen am Regietisch beim Set hat er den ganzen Tag über nichts gegessen. Er sollte sich lieber etwas Einfaches kochen, eine Dosis Eiweiß und Stärke, Rührei mit Nudeln, aber er hat nicht mehr die Kraft, sich zu rühren. Im Fernseher vor ihm läuft eine Werbung für einen SUV, dessen CO_2-Bilanz der eines Dritte-Welt-Landes entsprechen dürfte. Er wird Seferiadis anrufen, ganz entspannt einen auf alter Kumpel machen: «War schön, dich zu treffen, Mann! Dass ich dir mit Angela Nolan einen Gefallen tun konnte, ist doch mega»... und dann das Gespräch allmählich auf Issa Zeitouni lenken. Keine langen Ausflüchte, wenn er es wissen will, bleibt ihm keine andere Wahl. Aber vorher wird er erst noch einen kleinen Schluck trinken und einen Blick auf die Tageszahlen von BeC werfen. Er hat sie sich angesehen, sobald er sein Handy wieder einschalten konnte. Sie sind so atemberaubend, dass es ihm vorkommt, als habe er einen Schuss reinen Sauerstoff genommen. *Sonnenwende*, der Film von Jerry Wald, wurde in drei Tagen von 32 Millionen Abonnenten angesehen, die Serie *Cheese* hält sich bei 5 Millionen pro Tag, und die Serie *Another Us*, die diese Woche die 50-Millionen-Marke knackt, schießt den Vogel ab. 50 Millionen!

Das entspricht der Bevölkerung eines Landes wie Spanien! Vor zwanzig Minuten hat Meg Cockburn auf ihrem Twitter-Account in Englisch, Französisch, Deutsch und Spanisch gepostet: «Ihr seid fantastisch! Dank euch werden von *Another Us* noch ... DREI weitere Staffeln gedreht!»

Er will gerade auf die blaue Twitter-App tippen, um die Flut euphorischer Kommentare zu lesen, aber er zögert. Wenn er sich in diesen Bereich vorwagt, wird er versucht sein, sich das Video noch einmal anzusehen ... Schon der Gedanke löst einen Flash bei ihm aus. Er sieht den zusammengesackten Körper des Jungen am Fuß des Metallgitters vor sich, seine weit aufgerissenen Augen, in ihren Höhlen erstarrt ...

Er kippt seinen Wodka.

Wem kann er das erzählen? Seit Monaten hat er sich nicht mehr bei Jules, Ibra und Romain gemeldet, seiner alten Clique vom Lycée Voltaire, die allen Zeiten widerstanden hat und mit der er ab und zu einen draufmacht. Er hat sich nicht einmal zwei Minuten Zeit genommen, um auf Jules' letzte Nachricht zu antworten, die er vor zehn Tagen auf seinem Flug nach Dublin erhalten hatte, mit der Einladung zu seiner Einzugsparty am vergangenen Wochenende. Jules war Berater in einer Firma, die auf soziale Sicherheit spezialisiert ist. Er konnte ihn jetzt nicht anrufen, um ihm von seinen Problemen zu erzählen. Und die Freunde aus seiner Branche ... diese vielen Namen in dem übervollen Adressbuch deines Handys ... Und doch weißt du ganz genau, dass du in der Branche keine Freunde mehr hast. Wenn du Teil von BeCurrent bist, aktives Mitglied eines komplexen Imperiums, in dem eine Kultur der Geheimhaltung herrscht, musst du dich in eine glatte Oberfläche verwandeln, die das Licht vollständig reflektiert. Der kleinste Schatten kann dich an den Anfang deiner beruflichen Existenz zurückwerfen. Er kichert in sich hinein, als er an eine Zeile von Tony Soprano denkt, der in Unterhemd und Morgenmantel vor seinem Cereals essenden Sohn in der Küche sitzt: «*I don't care how close you are: in the end, your friends gonna let you down.*»

Er springt auf. Stürmt durchs Wohnzimmer und öffnet das Fenster zur Straße. Er braucht Geräusche, möchte den gleichgültigen

Lärm der Welt hereinlassen, möchte sehen, dass im wirklichen Leben, wo weder Angela Nolan noch der Zerrspiegel der sozialen Medien lauern, jeder seinen Weg geht, ohne auf Benjamin Grossmann zu achten. Bevor er das Fenster erreicht, bemerkt er auf dem Möbel, in dem Ariane ihre Papiere aufbewahrt, eine weiß-gelbe Geschenkschachtel, aus der ein Dreieck aus rotem Seidenpapier herausragt. Er bleibt stehen, nimmt die Karte mit dem gewellten Rand, die obenauf liegt.

«Als ich an diesem Laden vorbeikam, musste ich an dich denken. Ich konnte nicht anders! Küsschen.»

Benjamin erkennt die Handschrift von Nelly, Arianes Tante mütterlicherseits, die seit etwa zwanzig Jahren als Korrespondentin für Printmedien in München lebt. Nelly ist geschieden, Mutter von drei Söhnen und hat Ariane immer als die Tochter betrachtet, die sie nie bekommen hat.

Benjamin zieht eine kleine, sehr kleine weiße Samtkombi aus der Schachtel und faltet sie vorsichtig auseinander. Vorne drauf ist ein winziges gelbes Kaninchen mit pummeligem Bauch und gefalteten Ohren, das ihm schelmisch zuzwinkert. Das Ganze ist so zart, dass er kaum wagt, es in seinen dicken Fingern zu halten. Die fluffige Weichheit des Stoffes weckt in ihm den Wunsch, damit über die Wange zu streichen, daran zu schnüffeln und es zu küssen. Die Vorstellung, dass man das bald einem Baby anzieht, einem Baby, das er dann an seiner Schulter wiegt, dem er *I Know It's Over* von The Smiths zum Einschlafen vorsingt, zersprengt ihm schier das Herz. Er hatte sich in den Jahren des Wartens so viele Fragen gestellt! Wollte er wirklich ein Kind? Musste seine Selbstverwirklichung zwingend diese Etappe durchlaufen? Würde er aufgrund seiner unveräußerlichen genetischen Veranlagung zur milden Form eines Doppelgängers von Alexis Grossmann werden? Bis dann das Bild des ersten Ultraschalls, das in der Praxis des Gynäkologen gemacht wurde, auf Recyclingpapier aus dem Drucker kam. Er hatte es in seinem Handy gespeichert und stundenlang diese Form angeschaut, so winzig wie ein Böhnchen, bis es in jede einzelne Zelle seines Körpers geströmt war und seine Zweifel samt und sonders zerstreut hatte. Und jetzt, zwei Monate später, erinnert ihn dieser Anzug in seinem Wohnzimmer, sein erschütterndes Eindringen in seinen Lebensraum, daran, dass das Kind bald da sein wird.

Sein Kind.

Mit angehaltenem Atem legt er die Kombi zurück in die Schachtel und schließt sie wieder. Sogar Nelly weiß von Arianes Schwangerschaft, denkt er, während seine Mutter … (Er erinnert sich, dass Cathie ihm heute Nachmittag eine Nachricht hinterlassen hat, die unter Dutzenden anderer Nachrichten untergegangen ist und die er nicht einmal abgehört hat …).

Sie hatten es Arianes Familie an einem dieser geselligen und gemütlichen Wochenenden mitgeteilt, an denen die Pages, groß und klein, sich auf dem Land treffen. Ariane hatte vor dem Mittagessen ums Wort gebeten. Freudenschreie. Umarmungen. Champagnerbläschen. Lachen. Er weiß nicht, wann es passiert war, aber Ariane hatte ihm am Ende das Gefühl gegeben, ihre Eltern, Michel und Carole, stünden ihr deutlich näher, seien viel mehr *ihre* Familie als Cathie. Arme Cathie, die nur ein Kind bekommen hat, die kein Anwesen auf dem Land, keinen Swimmingpool im Garten und auch nicht diese sprühende Neugier auf andere Kulturen besitzt, die Carole Page so strahlend und respektabel wirken lassen. Doch als an jenem Sonntagmittag am Familientisch die Glückwünsche auf sie niederprasselten, spürte Benjamin eine Dichotomie zwischen seiner äußeren Hülle, die in völliger Symbiose mit diesem Freudenausbruch stand, und seinem inneren Selbst, das so niedergeschlagen war wie ein Waisenkind auf einem Schulausflug mit Familie. Er trug eine Traurigkeit in sich, denn es würde ihm nie vergönnt sein, mit Cathie etwas Vergleichbares zu erleben. Weit weg von der Wohnung am Boulevard de la Villette mit ihrer Atmosphäre von Melancholie und Einsamkeit, weit weg vom Beton und dem Lärm der Stadt. Immer spürt er die Vergangenheit in gebrochenen Farbtönen über ihnen schweben, die Blase, in der er aufgewachsen ist und in der es gerade genug Platz für sie beide gab. Weder er noch sie wissen so recht, wie sie ihre Beziehung leichter, unbeschwerter machen und in eine neue Richtung lenken können. Der gestrige Abend war ein Beweis dafür! Wären die Dinge anders gelaufen, hätte Cathie sich die Zeit genommen, ihm zuzuhören und ihm Fragen zu stellen, würde er jetzt nicht um diese Zeit versuchen, sich mit Alkohol zu betäuben, um den Moment für den Anruf bei Thomas Seferiadis hinauszuzögern. Und dann wäre er ihm auch gar nicht über den Weg gelaufen, denn dann hätte er sein Handy nicht in der Bar Tabac der Chengs vergessen und hätte nicht vor der kleinen Yakuza erscheinen müssen.

Nein, er wird Seferiadis nicht anrufen, beschließt er in der Hoffnung, dieser quälenden Ungewissheit, die sich in seinem Kopf eingenistet hat, endgültig das Maul zu stopfen. Was soll er tun? Was soll er daraus lernen? Der Junge war aufgestanden und weggegangen, mehr war nicht passiert. Und niemand konnte ihm garantieren, dass Issa nicht hundert Meter weiter, sobald er in die Nähe des Quai de Jemmapes kam, eine üble Bekanntschaft gemacht hatte. Nein, niemand. Von diesem Moment an ist jede Spekulation, jede Projektion, jeder Versuch, diese Tatsache zu fiktionalisieren, auf seine bedauerliche Neigung zurückzuführen, sich von seinen Emotionen überwältigen zu lassen. Und für so etwas hat er absolut keine Zeit.

Beflügelt von dieser Logik, befeuert von seinem Willen, diese Anflüge von Depression, die ihm seit heute Morgen das Leben vergiften, zu überwinden, schaut Benjamin auf seine Uhr. 18:55 Uhr. Er wird Cathie eine Nachricht schicken und ihr vorschlagen, sich in einer knappen Stunde im *Bahn Cuàn* mit ihm zu treffen. Es ist Zeit, ihr zu verkünden, dass er bald Vater wird.

4

Melina Szicek holt die dampfende Tasse Mandelmilch aus der Mikrowelle. Ihre Mutter, die berühmte Georgina Szicek, die allen Bewohnern des Gebäudes wohlbekannt ist, weil sie hier zwei Wohnungen besitzt, hatte ihr vor einigen Tagen diese Mikrowelle hingestellt, die von den Mietern einer ihrer vielen anderen Wohnungen zurückgelassen wurde. Melina hat es wieder nicht gewagt, sie anzurufen und zu bitten, nicht in ihre Wohnung zu gehen, wenn sie nicht da ist. Weder, um ein Haushaltsgerät anzuschließen, noch, um nachzuschauen, ob die Fenster alle geschlossen sind, noch mit ihrer Putzfrau. Aber wie immer wurde wenige Minuten, nachdem sie entdeckt hatte, dass sie wieder einmal in ihr Refugium eingedrungen war, ihr heißer Ärger hinterrücks von einem tiefen Gefühl der Dankbarkeit zunichtegemacht. Schließlich wohnt sie in ihrer Wohnung, zahlt weder Miete noch Nebenkosten oder Strom und hat nur eine einzige Verpflichtung: ihr Medizinstudium erfolgreich abzuschließen. Außerdem liebt sie das Viertel, die Avenue Parmentier und die Rue Saint-Maur, die viel belebter sind als die Porte Maillot, wo sie aufgewachsen ist. Allerdings ist Melina seit einigen Wochen verärgert, seit nämlich die Nachbarin aus dem zweiten Stock, wahrscheinlich getrieben von der Lust auf kleine Fiesheiten, von denen menschliche Beziehungen geprägt sind, ihr mitgeteilt hat, dass das Paar, das vor ihr dort gewohnt hat – angeblich ist die Frau bei der Polizei –, überhaupt keine Lust hatte, auszuziehen. Letztlich hat ihre Mutter, wenn sie das richtig gedeutet hat, sie sogar vor die Tür gesetzt, obwohl sie ihr gegenüber versichert hatte, die Wohnung sei gerade frei geworden, sie müsse sie aber nicht mehr vermieten, denn sie habe sie schon vor langer Zeit abbezahlt. Offensichtlich wollte sie keinen Konflikt zwischen ihnen heraufbeschwören, da sie wusste, wie sensibel ihre Tochter ist. (Zumindest beschreibt ihre Mutter sie immer so, was Melina ungemein ärgert, vor allem, wenn sie dann noch hinzufügt: «Früher war ich genau wie sie, aber das Leben macht einen nun mal härter, ob man will oder nicht.»)

Obwohl sie mit ansehen musste, wie ihre Mutter sich jeden Tag abmühte, für sie und ihren Bruder alles unter Dach und Fach zu bringen – ihr Vater, ein ehemaliger Säbelfechter, der im Fechtklub von Grenelle Fechtmeister wurde, versteht nichts von Geschäften und überlässt seiner Frau die Verwaltung des geduldig angehäuften Vermögens –, hatte Melina nie wirklich darüber nachgedacht, wie das alles laufen sollte, sobald sie alt genug wäre, das familiäre Nest zu verlassen. Georgina hatte ihnen oft gesagt, sie könnten in eine der Wohnungen ziehen, unter der Bedingung, dass sie einer ordentlichen Beschäftigung nachgingen und ihrem Leben einen Sinn gaben. Nur dass sie Leute rausschmeißen würde, um sie stattdessen reinzusetzen, nein, das hätte Melina sich niemals vorstellen können. Sie muss diese Frage mit ihrer Mutter klären, denn bei Entscheidungen, die sie selbst betreffen, möchte sie nicht länger außen vor bleiben. In einem Monat wird sie zwanzig, und bis dahin möchte sie den Kokon der Pubertät abgestreift haben, auch wenn sie vermutet, dass ihre Mutter noch nicht so weit ist.

Wie dem auch sei, im Moment sollte sie lieber ihre Energie sparen, um ihr Abendprogramm zu bewältigen, zumal die Müdigkeit langsam die Oberhand gewinnt, wodurch sie immer reizbarer und immer weniger leistungsfähig wird. Ihr Ziel: die Tasse austrinken (sie hat sonst nichts für ihren hungrigen Magen), eine Guronsan-

Tablette nehmen und einen Großteil der Nacht wach bleiben, um für die Zwischenprüfung zu lernen.

Als sie sich wieder an den Tisch setzt, der mit Büchern und Papieren bedeckt ist, hört sie Schritte im Hausflur. Zwei oder drei Personen kommen die Treppe herauf. Das ist der größte Nachteil an diesem Gebäude, es fällt ihr schwer, sich an die Geräusche zu gewöhnen, die von allen Seiten auf sie einströmen. Unerwartet. Irritierend. Schamlos. Angefangen bei der Toilettenspülung bis zum nächtlichen Husten, vom Gitarrenunterricht für Anfänger bis zum feuchtfröhlichen Abendessen, dazwischen die ewigen Streitereien und die Wiederversöhnungen in der Horizontale, nichts aus dem Intimleben ihrer Nachbarn entgeht ihren schockierten Ohren, die die Stille eines Zimmers mit Blick auf den Garten gewöhnt sind, in einem Wohnhaus mit dicken Mauern. Vorhin, als sie auf dem Heimweg von der Uni war und kaum die Tür hinter sich geschlossen hatte, kam jemand die Treppe heruntergestürzt, was ihr Herz unwillkürlich rasen ließ. Sie hätte nie gedacht, dass das Alleinleben so schwer sein würde. Es war, als stieße man eine Tür ins Leere auf.

Sie klappt den Bildschirm ihres Laptops wieder auf (sie hat den Hintergrund geändert und ein Foto ihres Jahrgangs vor der Medizinischen Fakultät hochgeladen), öffnet den Ordner «Medizinische Toxikologie», nicht gerade ihr Lieblingskurs. Sie würde sich gerne schnell ganz hineinversenken, um so wenig Zeit wie möglich zu verlieren, aber es nähern sich Schritte. Auf ihrem Treppenabsatz, wo sich links und rechts neben ihr je eine weitere Tür befindet, bleiben sie stehen. Sie nimmt ihre Tasse, bläst darauf, trinkt einen Schluck und wartet, bis die Prozedur Klingeln-Türöffnen-Umarmung-Türschließen endet. Sie betet, dass das Wiedersehen nicht in eine improvisierte Party ausartet, mit lauter Musik und Zigarettenstummeln auf der Treppe.

Es klingelt an ihrer Tür.

Ey Leute, mal ehrlich! Immerhin kleben Namensschilder unter den Klingeln. Sie beschließt, nicht aufzumachen, sie werden sich schon Mühe geben, die gesuchte Tür zu finden.

Es klingelt erneut.

Melina wirft einen verärgerten Blick auf die Tür zwei Meter weiter. Sie muss jetzt wirklich mit dem Lernen anfangen, wenn sie heute Nacht wenigstens drei Stunden schlafen will. Seit zwei Jahren ist sie in einem solchen Stress, dass die kleinste Störung sofort ihre Gedanken in eine schreckliche Zukunft lenkt: bei den Prüfungen durchfallen, das Vertrauen verspielen, die Nachprüfungen vermasseln, untergehen, im Elend versinken, das Studienjahr in den Sand setzen. Ist es zu viel verlangt, dass man sie in Ruhe lässt? Kann die Welt sie nicht mal einen Monat lang vergessen? Jetzt lauscht sie auf Schritte und hofft, dass sie sich so schnell wie möglich entfernen. Doch die Stille dehnt sich aus, macht sie nervös. Verärgert spannt sie den Kiefer an, wendet sich trotzdem wieder ihrem Computerbildschirm zu. Es klingelt erneut.

Jetzt ist ihre Streitlust geweckt, und sie steht auf. Geht zur Tür, bereit, ihre schlechte Laune zu zeigen. Kaum hat sie die Tür aufgezogen, als eine riesige behandschuhte Hand ihr Gesicht packt und sie mit aller Kraft zurück in die Wohnung stößt. Sie wird nach hinten geschleudert und prallt mit dem Rücken gegen die Wand. Der Schmerz ist so groß, dass sie das Gefühl hat, in zwei Teile zu zerbrechen. Ein warmes Rinnsal Blut läuft ihr in den Nacken. Sie versucht, sich zu bewegen, sich zu befreien, doch die behandschuhte Hand zerquetscht ihr das Gesicht, hindert sie daran, etwas zu sehen, zu atmen. Sie spürt, wie ihr Nasenknochen bricht. Sie möchte schreien, kann es aber nicht. In ihrem Schädel hämmern Schrittgeräusche. Weitere Personen kommen in ihre Wohnung, gehen um sie herum. Die Wohnungstür knallt zu. Sie hat nicht einmal Zeit, Angst zu haben, schon sticht sie etwas Scharfes in den Bauch. Es ist so heftig, dass ihre Beine nachgeben. Ihr Magen krampft sich zusammen, sie muss sich gleich übergeben. Doch die behandschuhte Hand presst ihren Kiefer zusammen, drückt ihren Kopf in die Wand. Noch ein Hieb. Und noch einer. In die Rippen. Sie atmet nicht mehr. Ein kratziges Etwas bewegt sich an ihrem Ohr. Eine Zunge. *Du dreckige Hure!* Während ein stechender Schmerz ihr ins Kreuz schießt, zieht sich die Hand zurück, sie sackt zusammen ...

Erst als der Kopf von Melina Szicek auf dem Boden landet, sieht Camille Karvel, die mit dem Rücken an der Wohnungstür lehnt, während sie die Ausraster von Djam und seinen Kumpeln filmt, so wie er es ihr aufgetragen hat, schließlich das Gesicht auf dem Display ihres Handys auftauchen. Ein von heftigem Schmerz verzerrtes Gesicht, das wie ein Ball vom Parkettboden abprallt. *Dieses Gesicht ...* Sofort steigt Entsetzen in ihr auf, packt sie an der Kehle.

«Das ist nicht sie! Es ist nicht die Polizistin! DasistnichtdiepolizistinscheißenochmaldasISTSIENICHT! LASST SIE LOS IHR»

Sie möchte weiter und weiter schreien, aber ihre Stimme erstickt in einer Welle von Schluchzern, während Wut und Schmerz den Raum entflammen.

5

Genau in diesem Moment betritt Benjamin das Wohnzimmer an der Rive Gauche, mit nach hinten gekämmten Haaren, einem Paar niedriger Converse an den Füßen und einem dicken grauen irischen Wollpullover, den er direkt über sein weiches T-Shirt gezogen hat. Cathie hat ihm immer noch nicht geantwortet. Bestimmt ist sie in der U-Bahn, beruhigt er sich, wo sie ihr Handy wegen der Taschendiebe nicht mehr herausholt. Macht nichts. Sie werden schon zueinanderfinden.

Er bewegt sich zielstrebig zwischen den Möbeln hindurch und schaltet die Lampen aus. Als nur noch die Deckenlampe brennt – der Lichtschalter befindet sich neben der Eingangstür –, nimmt er die Fernbedienung vom Couchtisch und richtet sie auf den Fernseher, um ihn in den Stand-by-Modus zu versetzen. Auf dem Bildschirm ist in der Halbtotale ein brennendes Polizeiauto zu sehen. Aus dem Heck des Fahrzeugs quillt eine beeindruckende graue Rauchwolke. Das Bild ist packend genug, um Benjamins Aufmerksamkeit zu erregen. Doch was seinen Atem plötzlich stocken lässt, ist ein Detail im Hintergrund, oben links im Bild: die riesigen weißen Buchstaben des Wortes «Generator». Er muss sich nicht erst das Hirn zermartern, um sich zu erinnern, wo und wann er das letzte Mal ein Gebäude mit diesem Schriftzug gesehen hat. Ein Teil seines Gehirns befiehlt ihm, sofort den Fernseher auszuschalten und weiterzumachen. Aber der andere Teil nagelt ihn an Ort und Stelle fest, während seinem Blick die wachsende Beunruhigung abzulesen ist.

Das Bild wird immer stärker herangezoomt. Obwohl es stellenweise dunkel ist, wirkt es unglaublich brutal. Nur wenige Meter neben dem ausgebrannten Auto liegt ein Polizist am Boden, die Beine in Flammen. Offensichtlich wurde er von den umstehenden Kollegen aus dem Auto gezogen. Auf der rechten Seite erscheint ein helles, rotes Licht, dann hält ein Feuerwehrfahrzeug. Innerhalb weniger Sekunden erobern die Feuerwehrmänner den Ort, halten ihre Ausrüstung bereit und schwärmen in alle Richtungen aus. Plötzlich ändert sich der Aufnahmewinkel, und auf dem Bildschirm beginnt der Krieg. Benjamin erkennt die Tankstelle an der Ecke Rue Grange-aux-Belles. Unter dem Neonlicht findet eine apokalyptische Konfrontation zwischen einer zehnköpfigen Einsatztruppe der CRS und einer Gruppe Jugendlicher statt, die ihre Kapuzen über den Kopf gezogen haben. Einige von ihnen, mit Stirnbändern oder Masken vor dem Gesicht, werfen schwere Gegenstände in Richtung der CRS. Diese wehren sich heftig, mit Schlagstöcken in der Hand. Zwei CRS stürzen sich auf einen Jugendlichen, schlagen ihn mit voller Wucht und fixieren ihn auf dem Boden. Einer der beiden verprügelt ihn mit einem so entfesselten Zorn, dass es beängstigend ist. Ein Mann mit Jacke und Mütze, ohne Waffen oder Schutzkleidung, rennt in ihre Richtung, offensichtlich um ihnen zu helfen. Hätte Benjamin Grossmann Clément Merx gekannt, hätte er ihn sofort identifiziert.

Benjamin, dem schwindelig wird, fragt sich verwirrt und verunsichert, ob die Bilder, die da vor seinen Augen vorbeiziehen, in Echtzeit aufgenommen wurden. Findet das tatsächlich jetzt, im Augenblick, statt oder stammen die Bilder aus einer alten Reportage? Schließlich schaltet er den Fernseher laut, um sicherzugehen. Man hört aus dem Off einen Journalisten sprechen. Seine Stimme kann die Hintergrundgeräusche der Sirenen und Schreie kaum übertönen. Jemand brüllt ununterbrochen, «Hau ab».

«... Im Moment sieht es so aus, als seien keine Randalierer aus anderen Orten gekommen. Die Jugendlichen, die Sie hier sehen, stammen aus dem Viertel. Wie Sie hören, skandieren sie den Namen Issa Zeitouni. Ich möchte daran erinnern, dass die Auseinandersetzung einige Minuten nach dem Wurf zweier Molotowcocktails auf einen der Einsatzwagen begann, die seit heute Morgen auf der Place du Colonel-Fabien standen. Der darin befindliche Polizist konnte brennend aus dem Fahrzeug gezogen werden. Die Feuerwehr evakuiert ihn gerade ...».

Jetzt fokussiert die Kamera auf den verletzten Polizisten, der, von Feuerwehrleuten umringt, auf einer Trage liegt.

Von vernichtenden Schuldgefühlen gequält, lässt Benjamin wie unter Zwang noch einmal die wenigen Minuten zwischen dem Augenblick Revue passieren, in dem er sein Handy in der Eile auf dem Tresen der Bar Tabac hatte liegen lassen und dem Zusammenstoß mit Issa Zeitouni vor der Tür. Hätte er diese Tür doch nur zehn Sekunden später erreicht. Hätte er sich doch nur, als er dann im Auto saß, daran erinnert, dass er sein Handy vergessen hatte. Die Geschichte der Menschheit ist voll von Geschichten, in denen aufgrund einer Minute der Unachtsamkeit oder Nachlässigkeit oder aufgrund eines auf den ersten Blick unwichtigen Ereignisses, das jedoch plötzlich in Horror umschlägt, Leben zerstört wurden. Hätten wir von Tschernobyl gehört, wenn der stellvertretende Chefingenieur Anatoli Diatlov nicht die absurde Entscheidung getroffen hätte, am Reaktorblock 4 einen Test der Notstromversorgung durchzuführen? Hätte Präsident Harry Truman den Befehl zum Abwurf der Atombombe auf Hiroshima gegeben, wenn das japanische Wort *mokusatsu*, das Premierminister Kantaro Suzuki ein paar Tage zuvor ausgesprochen hatte, anders übersetzt worden wäre? Was wäre auf dem Flug der Germanwings A320 von Barcelona nach Düsseldorf passiert, wenn der Pilot Patrick Sondheimer seinen Posten nicht verlassen hätte, um auf die Toilette zu gehen und die Kontrolle seinem Co-Piloten Andreas Lubitz zu überlassen? Wie kann man das wissen? Wie kann man sicher sein, welche Rolle der Zufall bei einer Tragödie spielt? Vor vierundzwanzig Stunden – nur vierundzwanzig Stunden! – war Issa Zeitouni noch am Leben gewesen, hatte dieser Polizist noch auf seinen zwei Beinen gestanden, war dieser Junge noch nicht wie der schlimmste Verbrecher niedergeknüppelt worden. War alles normal gewesen. Na ja, die Art von Normalität, die in diesem Viertel herrscht, wo die Dinge wie durch ein Wunder zusammenhalten, wo die Leute von morgens bis abends ihren Geschäften nachgehen und warten … warten, dass sich jemand daran erinnert, dass auch sie in dieser

Stadt leben, und warten, dass sich die Dinge verbessern oder auch verschlechtern. Aber gestern Abend musste er da durch. Dabei waren doch all seine Wünsche, Hoffnungen und Träume, all seine Ambitionen hier entstanden, auf diesem in Flammen stehenden Platz, in diesen Straßen, auf diesem Boulevard. Jetzt wird ihm bewusst, dass sein ganzes Leben für immer um diesen Kern kreisen wird. Sein ganzer Wille und seine Beharrlichkeit werden nicht genügen, ihn von dieser Kraft loszureißen, die ihn in seiner Umlaufbahn hält. Er dachte, er könnte die Vergangenheit hinter sich lassen und ein anderer werden, nun ist er in der Vergangenheit gefangen, verfolgt von seinem eigenen Geist, von dem Jungen, der seinen betrunkenen Vater ins *Vielleuse* begleitete, der die Hälfte des Sommers auf dem Bürgersteig neben Monsieur Khermissi sitzend verbrachte und ihm zuhörte, wenn dieser von dem großen tunesischen Sänger Cheikh El Afrit erzählte oder laut aus dem Koran las. Und dieser Junge, den können weder Jason Hopper noch das gesamte Be-Current-Imperium jemals ganz verschwinden lassen.

«… Ja, vor nur wenigen Minuten wurde eine neue Front der Gewalt eröffnet, nur wenige Hundert Meter von der Place du Colonel-Fabien entfernt. Eine sehr brutale Auseinandersetzung zwischen den Jugendlichen aus Grange-aux-Belles und der Cité Rouge. Wahrscheinlich handelt es sich um eine Vergeltung für den Tod von Issa Zeitouni. Die Bilder, die Sie gerade sehen, wurden direkt vor den Toren der Cité Rouge aufgenommen. Sehen Sie … Drei Autos sind bereits in Brand gesteckt worden, und ein Motorrad liegt brennend auf der Fahrbahn. Die Auseinandersetzung begann wenige Minuten nach dem Abzug der Polizisten, die seit dem späten Vormittag dort postiert waren, aber zur Verstärkung auf die Place du Colonel-Fabien gerufen wurden …». *Vergeltung* … Das Wort fiel mit einer solchen Selbstverständlichkeit, dass es Benjamin fast durchgerutscht wäre. Zum Glück schlug sein fiebriger Verstand Alarm, löste seine Schockstarre und erinnerte ihn daran, dass diese mögliche Erklärung entscheidend für ihn war.

Was bedeutet das?

Sind sich alle sicher – die Jugendlichen aus der GAB, der Journalist, die Polizisten –, dass Issa Zeitouni von einer der Banden der Cité Rouge getötet wurde, oder ist es bloß eine Vermutung? Vielleicht sind sie davon überzeugt, wieso wäre es sonst zu einer solchen Gewaltspirale gekommen? Eine Welle der Hoffnung durchströmt ihn und verschluckt die Stimme des Journalisten. Seine Stimmung hellt sich allmählich wieder auf. Genau das hatte Thomas gesagt! ... Er hatte von einem Teenager gesprochen, der tot in einem Müllraum in der Cité Rouge gefunden wurde ... Ja, genau das hatte er gesagt! Die klassische Vergeltungsspirale zwischen Dealerbanden. Schon als er noch ein Kind war, wurde die ganze Gegend um die Metrostation Stalingrad von Crack überschwemmt, und es gab ständig Kämpfe zwischen den Verkäufern verschiedener Lebensmittelläden, die in der Nacht geöffnet hatten. Jeden Tag kursierte auf dem Schulhof eine neue Geschichte, die Benjamin Cathie brühwarm erzählte, berauscht von dem Gefühl, ein Geheimagent zu sein, der über die Intrigen Bescheid wusste, die in den hintersten Winkeln der Welt gesponnen wurden. Wahrscheinlich war Issa, als er die Rue Albert-Camus verließ, der Bande des Teenagers über den Weg gelaufen, den man in der Cité Rouge getötet hatte, und sie hatten ihn sich geschnappt. Zumindest scheinen das alle zu glauben. Warum also daran zweifeln?

Benjamin hat keine Zeit, weiter über diese Frage nachzudenken, als die Ungewissheit ihm einen ersten Haken von rechts verpasst. Weil du nicht dumm genug bist, dem, *was alle Welt zu glauben scheint*, ins Netz zu gehen, Benjamin Grossmann, deshalb! Jene Wahrheit, die alles so hinbiegt, wie es gewünscht wird, die es den einen ermöglicht, ihren Bro zu rächen, den anderen, die Zuschauer auf einem Höchstmaß an Emotionen zu halten, den Polizisten, sich abzureagieren, Thomas Sefériadis, Herzensgüte auf die Liste der Charaktereigenschaften von Roxane Soundso zu setzen, ist nicht DIE Wahrheit. Keiner von ihnen hat das Geräusch gehört, mit dem seine Schädelknochen gegen das Metall schlugen. Keiner hat sein aschfahles Gesicht gesehen. KEINER!

...Das weiße Licht, das der Bildschirm ausstrahlt, blendet ihn und beendet den Boxkampf, der in seinem Gehirn tobt.

In dem aseptischen Studio sitzt eine schöne, aus komplexem ethnischen Hintergrund stammende Journalistin in einem blauen Cocktailkleid, mit nackten Armen und makellosem Make-up, und setzt die typisch beherrschte Miene auf, die dramatischen Nachrichten vorbehalten ist. Die Augen starr in die Kamera gerichtet, spricht sie die Zuschauer direkt an und betont dabei bestimmte Silben, als bediene sie ein Spannungsmodulationspedal.

«Jetzt kehren wir UMgehend zur Place du Colonel-Fabien zurück, wo die Feuerwehr gerade – Sie erinnern sich bestimmt – einen SCHWERST verletzten Polizisten geborgen hat. Sprechen wir WEITER über das, was an DIEsem MORgen am Quai de Jemmapes im zehnten Arrondissement von Paris GESCHEHEN ist» (Blick in die Gästerunde, vom einen zum anderen wandernd).

Währenddessen erscheint am unteren Bildschirmrand ein dickes Banner, das das Thema der Debatte ankündigt:

ISSA ZEITOUNI: POLIZEIGEWALT ODER ENTGLEISUNG?

Die Journalistin wendet sich nach rechts:

«Bevor uns diese Bilder erreichten, hatten Sie den WUNSCH geäußert, dass die Polizei sich ÖFFENTlich bei der FaMIlie und den BeWOHnern dieses Viertels entschuldigt, um eine EskalaTION der GEWALT zu vermeiden ... »

Einstellungswechsel. Es erscheint das Gesicht des ... dieses ... dieser widerwärtigen Wanze ... Stéphane Jahanguir Dingsbums, mit seiner fahlen Miene und dem billigen schwarzen Anzug, der ihm Zugang zur Respektabilität verschaffen und ihn in die elitäre Gruppe derjenigen aufnehmen soll, die eine Meinung zu vertreten haben. Und es funktioniert! Alles funktioniert! Die Verpackung, alles ist eine Frage der Verpackung!

«Absolut!!! Was mir absolut unbegreiflich ist, und ich nehme einmal an, den meisten unserer Mitbürger geht das ebenso, ist, dass wir gezwungen sind, etwas so ... Banales, ich wollte sagen, etwas so Dummes zu sagen. Wenn jemand unangemessen gehandelt hat – und in diesem Fall geht das, was diese Polizistin getan hat, weit darüber hinaus, es ist sogar strafwürdig –, ist es doch das Erste, dass man sich entschuldigt. Mit anderen Worten: 1. Dass man das Ausmaß dessen erkennt, was man getan hat; 2. den Menschen, die man verletzt hat, trotz alledem Respekt bezeugt. Das predige ich immer meinen Kindern, wissen Sie. Mal im Ernst, man muss sich ein bisschen in die Lage dieser Jugendlichen versetzen. Sie haben einen ihrer Freunde verloren, wie, warum, das weiß noch keiner, aber was am Quai passiert ist ...»

Benjamin verkrampft sich. Wenn dieser orange Irre behauptet, dass sie noch nicht wissen, wie Issa Zeitouni gestorben ist, dann heißt das, es gibt keinerlei Gewissheit. Die Ungewissheit kehrt mit Macht in seine Brust zurück, drückt auf seine Lunge.

«ImmerHIN sprechen wir von einer ABrechnung ...»

«Ich finde es lachhaft, wenn Leute plötzlich wach werden und meinen, diese Kids vollkommen zu verstehen, indem sie von Abrechnung reden. Ich werde jetzt etwas Ungeheuerliches sagen: Aber damit es zu einer Abrechnung kommen kann, muss es erst einmal Rechnungen zu begleichen geben! (Nervöses Kichern.) Es sind also Dinge passiert, es gibt Rechnungen ...»

«BeSTREIten Sie denn diese HypoTHESE?», fragt die Journalistin ungeduldig.

«Ich bestreite gar nichts. Ich wundere mich nur, dass wir erst jetzt aufwachen. Haben Sie je von Morden in dieser Gegend gehört? Haben Sie selbst, Madame Touzin, haben Sie auch nur ein einziges Mal den Namen Gabriel Rahal ausgesprochen? Das ist der Junge, der im Müllraum der Cité Rouge erstochen wurde. Haben Sie gesehen, dass die Bürgermeisterin von Paris die Mutter dieses Jungen aufsucht, die ihre Kinder allein großzieht? Hier geht es nicht um Marseille oder Sarcelles, hier geht es um einen Stadtteil von Paris! Inzwischen sind die Kinder, die auf diesen Bildern zu sehen sind, in Trauer… schon wieder in Trauer, wollte ich sagen. Auch ihre Familien trauern. Man darf nicht vergessen, dass Issa Zeitouni aus einem Einfache-Leute-Viertel stammt. Sie alle haben ihn aufwachsen sehen, sie alle haben ihn bei sich zu Hause aufgenommen, haben ihm zu essen gegeben. Diese Menschen verdienen genauso viel Respekt wie jeder andere Franzose. Und das sollte die Polizei besser ein für alle Mal verinnerlichen. Ich jedenfalls rufe diese Jugendlichen heute Abend auf, nach Hause zu gehen, (Blick à la Dexter in die Kamera), die Gewalt zu beenden und bei ihren Familien zu bleiben. Ein Aufstand wird uns Issa nicht zurückbringen. Und es wird sicherlich auch nicht die Justiz beschleunigen. Sie müssen ihre Wut zügeln, nicht um das, was heute passiert ist, zu verharmlosen, sondern um der Polizei eine Lektion zu erteilen. Wie übrigens auch den Politikern, die das Ausmaß ihrer Not nicht erkennen. Wenn ich hier rausgehe, werde ich mich vor Ort begeben, um ihnen das zu sagen, und ich hoffe, ich kann…»

Benjamin drückt auf den Knopf der Fernbedienung und schaltet den Fernseher aus. Oder besser gesagt, er setzt dem Geschwätz dieser Laus, die sich jetzt für Mahatma Gandhi hält, ein Ende.

In der darauffolgenden Stille, außerstande, sich zu bewegen, hat er das Gefühl, sein Geist verlasse seinen Körper. Er ist wie ein schlafender Zugreisender, der im Augenblick des Zusammenstoßes aufschreckt. Vor seinen Augen stehen deutlich lesbare Worte, die wie eine Warnung klingen: «das Locard'sche-Prinzip». Ein Grundprinzip der wissenschaftlichen Polizeiarbeit, das besagt: Wenn zwei Körper miteinander in Kontakt kommen, ein Täter und ein Opfer, kommt es zwangsläufig zu einer Übertragung von Spuren, und zwar zu einer wechselseitigen.

Panik ergreift ihn. Sein Anzug und sein Hemd liegen im Schmutzwäschekorb. Sein Regenmantel hängt am Kleiderständer.

Am Kleiderständer!

Du wirst ihn ja wohl nicht wegwerfen?

Natürlich werde ich ihn wegwerfen!

Er rennt in die Küche, öffnet den untersten Schrank, holt einen Müllsack heraus und stopft alles hinein.

Sein Handy vibriert in der Gesäßtasche seiner Jeans. Ariane. Er weiß genau, warum sie ihn anruft. Er kann ihr nicht antworten. Nicht jetzt. Es sei denn, er fragt sie: «Bin ich das gewesen, Ariane? Um Himmels willen, habe ich das alles verursacht?» Und sie antwortet ihm dann: «Natürlich nicht, mein Schatz, du warst es nicht! Ich meine, das ist doch unmöglich! Ehrlich, ich denke, du solltest dich hinlegen, tief in den Bauch atmen und versuchen, dich zu entspannen.»

Er drückt den Anruf weg.

Schreibt eine SMS:

> Bin mit Shashi unterwegs. Ruf dich an.

Zögert, welches Emoji er anhängen soll. Entscheidet sich für 💛 (gelb, Arianes Lieblingsfarbe) und drückt auf «Senden».

Noch eine Lüge!

Ariane antwortet ihm sofort. Meistens ist er hin und weg von der Diktatur des Augenblicks, dem unmittelbaren Puls, der Apnoe der Zeit, *vivacissimo*, zackzack, ohne Luftholen, wie aus der Pistole geschossen, aber es kommt auch vor, wie heute Abend, dass er sie hasst, dass es ihn ankotzt, dass er sie mit Stumpf und Stiel aus seiner Existenz ausreißen will.

> Wieso warst du bei dieser Frau? Ich mag sie nicht besonders. Sie ist nervig, oder ?

Sie mag sie nicht besonders … Ariane kennt also Roxane Dingsda! Ariane, mit der er den Großteil seiner Freizeit, seinen Speichel und seine Hoffnungen teilt, kennt diese Frau, während er noch nie von ihr gehört hat!

> Thomas hat sie mir vorgestellt. Seferiadis. Er arbeitet mit ihr. Ich erzähl es dir später

Er stockt. Wenn er ihr sofort antwortet, wird sie glauben, er habe Zeit, wird ihm eine neue SMS schicken, ihn vielleicht sogar zwischen zwei Tänzen anrufen, unter den mürrischen Blicken von Giraffen. Wenn er ihr aber nicht antwortet … Er löscht den ersten Teil seiner Nachricht und behält nur das Ende:

> Ich erzähl es dir später.

Und fügt noch hinzu:

> Kann grad nicht

Und schickt sie ab.

Er muss raus hier, den Müllsack in einen der Müllcontainer werfen, die im Keller geparkt sind, und Cathie finden. Wo ist sie? Bei dem, was im Viertel gerade los ist, können sie sich unmöglich bei *Bahn Cuàn* treffen. Er wird ihr noch eine Nachricht schicken. Außerdem gibt es keinen Grund, warum sie in die Ecke Colonel-Fabien gehen sollte. Überhaupt keinen.

Als Benjamin durch den Eingangsflur geht, begegnet er in dem in Turin gekauften Spiegel, der aus zweiundsechzig facettierten Rechtecken in verschiedenen Größen besteht, seinem frakturierten Spiegelbild. Selbst in Stücken ist sein Teint grau wie ein Grabstein.

6

Benjamin Grossmann schließt seine Wohnungstür und betritt den dunklen Flur, der zum Fahrstuhl führt. Zur gleichen Zeit hält Roxane Hayavi-Daule in der Rue de la Croix-Nivert im 15. Arrondissement in einem roten, taillierten Kleid von Vanessa Bruno, das farblich zu ihrem Clarins-Lippenstift passt, den Atem an und starrt auf den riesigen Fernsehbildschirm, der am Rande eines Teppichs, in der Grundfarbe Dunkelblau mit der für Isfahan-Teppiche typischen Seidenkette, auf dem Boden steht.

Es war ein erstaunlicher, außergewöhnlicher Tag gewesen: Kameras, Interviews, kernige Botschaften an die Problemviertel, die Begegnung mit dem Leiter von BeCurrent, die Reaktion der *Another Us*-Darstellerin Angela Nolan auf Instagram, ihre Unterstützung, die halbe Stunde mit Nouara Zeitouni, ihr Foto, das in Issa Zeitounis Zimmer aufgenommen und über die Netzwerke verschickt wurde, die Explosion der Kommentare und Likes. Mit dem Ergebnis, dass die Wahlabsicht um 3 % gestiegen war, vor allem unter den Achtzehn- bis Fünfundzwanzigjährigen.

Um zu feiern, dass sie nach einem schwierigen Wochenbeginn diesen unbestreitbaren Etappensieg errungen hatten, lud Roxane Hayavi-Daule ihr Team zu einem Glas bei sich zu Hause ein; zwei Frauen und zwei Männer, darunter Thomas Seferiadis, offenbar eine treibende Kraft bei ihrem Aufstieg, auch wenn sie noch nicht recht weiß, wie sie mit ihm umgehen soll (zum Glück essen Laurent und die Kinder heute Abend bei ihrer Schwiegermutter zu Abend, sie hatte versprochen, zu ihnen zu stoßen).

Gegen 19:30 Uhr saßen sie wie die Orgelpfeifen auf einem bunten Ensemble Mah-Jong-Sofas von Roche Bobois. Mit dem Handy in der einen und dem Glas Chablis in der anderen Hand, mit einem Ohr dem Nachrichtensender BFM lauschend, gingen sie die Termine für den nächsten Tag durch, ohne zu ahnen, dass dieser Tag wahrlich noch einige Überraschungen für sie bereithalten sollte. Eine Viertelstunde später berichtete der Journalist ernst, soeben seien auf ein Polizeiauto im 10. Arrondissement von Paris, an der Place du Colonel-Fabien, zwei Molotowcocktails geworfen worden. Die Brutalität der Nachricht ließ alles erstarren, selbst die Luft im Raum. Nicht nur dort, wo sich Roxane Hayavi-Daule und ihr Team befanden, sondern in jedem Raum, in dem Frauen und Männer diskutierten, Kandidaten, Berater, Aktivisten, die seit vielen Monaten an diesem Kampf beteiligt waren. Im Bruchteil einer Sekunde war die Wahlkampfgestaltung, die sich seit einigen Tagen mit einer unerwarteten Wiederauferstehung der aktuellen Bürgermeisterin abzuzeichnen begann, zunichtegemacht. Sie waren fassungslos, aufgeregt, elektrisiert – denn sie wussten, dass die Zähler wieder auf null gestellt waren und dass das Spiel, meine Damen und Herren, wieder von vorne begann.

Seit über einer Stunde jonglierten die Mitarbeiter von Roxane Hayavi-Daule, die in dem großen, geschmackvoll eingerichteten Salon saßen, mit Ideen, Vorschlägen, Argumenten und Gegenargumenten, angeheizt von den erschütternden Bildern der Auseinandersetzungen, getragen von der Flamme einer neuen Hoffnung. Jeder hing am Telefon und informierte sich bei seinen Bekannten in den Ministerien, den Medien und der Präfektur, um möglichst schnell die beste Strategie zu finden, aus der Lage Profit zu schlagen, ohne genau diesen Eindruck zu erwecken. Mitten in dem aufgekratzten Gestammel, dem unaufhörlichen Hin und Her, der Hektik wird Roxane Hayavi-Daule – deren orientalischer Emotionalität, leidenschaftlich und lyrisch, keine westliche Strategie gewachsen war –, den Blick starr auf den Fernsehbildschirm gerichtet, die Fersen in den Perserteppich gepresst, von anderen Gedanken bewegt. Denn die Stimme, die in dieser Sekunde in ihr vibriert, die sie belebt und berauscht, ist weder die der Journalisten noch die eines ihrer Mitarbeiter. Es ist die Stimme ihres Vorbilds, des Bürgermeisters von London, Sadiq Khan, der am 7. Mai 2016 im Kirchenschiff der Southwark Cathedral steht: «Mein Name ist Sadiq Khan und ich bin der Bürgermeister von London.» Ein mittlerweile berühmt gewordener Satz, mit dem der Sohn eines aus Pakistan eingewanderten Busfahrers seine Antrittsrede begann. Jetzt ist sie sich sicher: So wird auch sie nach der Bekanntgabe ihres Wahlsiegs ihre Rede beginnen lassen. Ja, dies sind die Worte, die sie sagen wird. «Mein Name ist Roxane Hayavi-Daule, und ich bin die Bürgermeisterin von Paris.»

VIII
AUF DEM PLATZ

1

Sie weiß nicht, warum, aber Cathie kann an der Hölle, die sie nun schon zum dritten Mal, mit Angst im Bauch, zu durchqueren versucht, nichts Außergewöhnliches finden. Und das ist erst der Anfang, sagt sie sich. Der Beginn der Brände, der Blaulichter, der Explosionen, der Schreie, der Trauer. Der Beginn der Unruhen. Der beklemmende Geruch verbrannter Reifen. Blendende Rauchschwaden. Überall Leichen. In Uniform oder in Zivil. Die Leute rennen, wehren sich, prügeln, fliehen, brechen zusammen, leisten Hilfe. Eine Blutlache auf dem Bürgersteig. Geborstene Schaufenster. Die der Apotheke an der Ecke zwischen der Place du Colonel-Fabien und dem Boulevard de la Villette. Die Meute ist drinnen, verwüstet die Regale, lässt Medikamentenschachteln mitgehen, die schnell Abnehmer am Gare du Nord oder beim Périférique an der Porte de la Chapelle finden werden, dem neuen Styx-Ufer der Drogen.

Wenn sie sieht, wie das Viertel wie Kontinente zerbricht und auseinanderdriftet, wie es jeden Tag mehr von Ozeanen der Respektlosigkeit, der Anmaßung, der Arroganz und der Vorurteile getrennt wird, denkt sie oft, dass es nicht mehr lange gut gehen wird. Damals tat es vielleicht weh, sich anzuhören, wenn die kleinen, von Algerien an Land gegangenen Araber «unsere Vorfahren, die Gallier» und ähnlichen Unsinn sagen mussten, aber heute ist es so, dass sich alle Gemeinschaften, die in ihrer jeweiligen Ecke unter sich bleiben, aneinanderreiben, einander belauern, beleidigen, bekämpfen, ohne einander zu verstehen, ohne auch nur zehn Wörter gemein zu haben, ein einziger Wundbrand. Und wenn dieser Wundbrand sich einnistet, wenn Spannungen zwischen den verschiedenen ethnischen Gruppen und dem Prekariat zusammenkommen, wenn man Schwarzen und Arabern die Miete verweigert, Chinesinnen angreift, Prostitution und Drogenhandel auf dem Bürgersteig gedeihen lässt, jüdische Geschäfte mit «Drecksjude verrecke» beschmiert, wenn man Migranten oder Obdachlose draußen erfrieren und Kinder nach der Schule Schmiere stehen lässt, wenn die einen anfangen, sich zu organisieren, um sich vor den anderen zu schützen, und sich niemand irgendwo für irgendwas verantwortlich oder zuständig fühlt, dann kommt der Moment, in dem die Infektion schließlich den ganzen Körper erfasst. Und dann bricht der Damm.

Cathie ist so wütend, dass sie schreien könnte. Sie weiß nicht, weiß nicht mehr, was besser oder schlechter ist, was man tun oder nicht tun sollte. Alles, was sie weiß, ist, dass es so nicht mehr weitergehen kann. Etwas bricht gerade zusammen, und es gibt keine Sicherheitsvorkehrungen wie diese Airbags, die bei Zusammenstößen herausspringen, um einen vor dem Aufprall zu schützen. Sie hat schon an Dutzenden von Demonstrationen teilgenommen, gegen sämtliche Gesetze, die die gefräßige Macht des Geldes begünstigen, aber es kam ihr so vor, als habe die Gewalt zugenommen, und so ziemlich alles andere auch. Schaut euch doch an, wie die Polizei ungestraft wütet, wie sie mit dem Schlagstock auf Arme, Beine, gekrümmte Rücken und geduckte Nacken geht, ohne Befehl oder Kommando, mitgerissen von ihrer eigenen Wut.

Zwei brennende Autos auf der Fahrbahn setzen die Nacht in Flammen und versperren ihr den Zugang zur Rue Grange-aux-Belles. Die Luft stinkt nach Kerosin. Brennt ihr in den Lungen. Sie möchte zu den Quais gehen, um zu sehen, ob sie Leute findet, die ihn kennen. Sie wird den Platz nicht noch ein viertes Mal umrunden. Das bringt nichts. Wenn es hätte sein sollen, dann hätte sie ihn gesehen. Sie hat jedes Gesicht gemustert, sich jeden Verletzten angeschaut. Nur wenige Meter vor ihr schlägt eine Horde vermummter Typen mit Eisenstangen die Fassade des «Generator»-Gebäudes ein. An den Fenstern schreien verängstigte Gäste. Verdammt, wo ist er? Wo ist Amir?

Eine Hand legt sich auf ihre Schulter. Cathie schnellt herum, voller Hoffnung.

Es dauert eine Sekunde, bis sie Inès erkennt, Inès Moaziz, die ältere Schwester von Abdel, der früher Benjis bester Freund gewesen war. Sie hat eine Wollmütze über die Stirn gezogen, und ihre Augen sind knallrot von dem Tränengas, dem Cathie entkommen konnte. Inès beugt sich zu Cathie hinunter, drückt ihren kalten Mund an ihre Wange und schreit, um sich Gehör zu verschaffen.

«Sie können hier nicht bleiben, Cathie ...»

«Ich suche Amir, den jungen Afghanen, der bei mir wohnt ...»

«Wir versuchen, die Jugendlichen zusammenzubringen ... Sie nach Hause zu holen ... Kommen Sie, vielleicht finden wir ihn ...»

Da fallen Cathie die Fotos von Amir ein, die sie im Handy gespeichert hat, aktuelle Fotos, aufgenommen an dem Sonntag, als sie in den Tuilerien spazieren gegangen waren. Sie sollte sie ihr zeigen. Warum hat sie nicht schon früher daran gedacht, sie herzuzeigen? *Vielleicht, weil du weißt, dass es nichts bringt ...* Ein schreckliches Geräusch erschüttert die Luft. Glasscherben fliegen in ihre Richtung. Aus allen Ecken kommen Hilfeschreie. Der Überlebensinstinkt zwingt sie, das Gesicht an die Brust zu ziehen und sich zusammenzukrümmen. Sie werden von der Menge nach vorne gedrückt. Inès packt Cathie fest am Arm. «Kommen Sie!»

Wenige Meter weiter können sie sich endlich wieder aufrichten. Sie gehen an einem Fernsehteam vorbei, das von zwei Kerlen mit

Kapuzenpullovern angegriffen wird, die nicht gefilmt werden wollen. Sie gehen um das blutige Bein eines Teenagers herum, der von Schmerzen geschüttelt wird wie ein Fisch, der in einem elektrischen Netz gefangen ist. Zwei Feuerwehrleute versuchen, ihn unter Kontrolle zu bringen. Inès bleibt einen Moment stehen, um zu sehen, ob sie ihn kennt.

«Da sind einige nicht von hier», murmelt sie, wütend, dass diese Eindringlinge gekommen sind, um ihren letzten Lebensraum zu zerstören.

«Wer ist der tote Junge?», fragt Cathie.

Ein Feuerwehrmann schreit: «Hör auf, verdammt noch mal, halt endlich still.»

«Issa, er wohnt in der GAB. Er hat für einen anderen aus der Cité Rouge bezahlt, der vor zwei, drei Wochen tot aufgefunden wurde. Wir halten das nicht mehr aus, ich schwör's Ihnen, wir halten's nicht mehr aus!»

Völlig vor den Kopf geschlagen wegen dem, was sie gerade erfahren hat, weiß Cathie nicht, was sie sagen soll. Früher, als Benjamin noch klein war, war sie Elternsprecherin gewesen und hatte alle Geschichten gekannt. Jetzt weiß sie eigentlich nur noch, was rund um ihren Wohnblock passiert, mehr nicht.

Schritt für Schritt nähern sie sich mit dem Handy in der Hand einer kleinen Gruppe von Frauen, die sich nur wenige Meter vom Sitz der Kommunistischen Partei entfernt in eine Toreinfahrt geflüchtet hat. Die Schaufenster der Stadtbibliothek gleich gegenüber sehen aus wie der Eingang zu einer Höhle. Im Inneren sieht man schemenhafte Gestalten herumschleichen. Polizisten ziehen eine junge Frau an den Beinen und schleifen sie über den Bürgersteig.

Eine von Panik ergriffene Frau mit eingefrorener Miene packt Inès am Arm.

«Hast du Camille gesehen?»

«Camille? Nein ... Hast du sie angerufen?»

«Hundertmal! Sie antwortet nicht ... Sie antwortet nicht! Am Ende hat sie bei diesem ganzen Schlamassel noch mitgemischt, das wäre ihr zuzutrauen!»

«Beruhige dich, Valentine», sagt eine junge, dunkelhaarige Frau, die Cathie nicht kennt. «Wir werden sie schon finden. Ich rufe noch mal Yolande an, sie wird es weiterleiten ... Wir werden sie finden, glaub mir!»

«Und sag Yolande, dass wir auch noch einen afghanischen Jugendlichen suchen ... Amir, so hieß er doch?», fragt Inès und dreht sich zu Cathie um.

> Habe gerade die Nachrichten gesehen. Zu Bahn Cuàn gehen wird schwer werden. Ich versuch, zu dir zu kommen.

«Ja, genau», antwortet Cathie, die gerade eine SMS von Benjamin erhalten hat.

Das ist jetzt nicht der richtige Zeitpunkt, sie wird ihm später antworten.

«Du blutest ja! Hey, Valentine, du hast Blut an der Hand!», ruft Inès besorgt aus.

«Nicht schlimm. Lass nur.»

Cathie versucht, Valentine ein blasses Trostlächeln zu schenken. Selbst ihr angstverzerrtes Gesicht ist ihr noch vertraut. Sie müssen sich schon einmal auf dem Markt oder in einem Café begegnet sein. Valentine dagegen, die den Blick starr auf die junge Frau richtet, die Yolande telefonisch zu erreichen versucht, hat ihre Anwesenheit nicht einmal wahrgenommen. Was Cathie gerade erlebt, ist mit dem, was diese Frau durchmacht, überhaupt nicht vergleichbar. Und sei es nur, weil man Cathie wenigstens auf einer herausgerissenen Notizbuchseite eine Nachricht hinterlassen hat. Sie ist hier, sie hat ihre Hand darum gelegt, in der Tasche ihrer dicken Jacke. Würde sie sie jetzt herausholen und Inès oder Valentine zeigen, sie würden sie für verrückt halten, dass sie durch die brennenden Straßen irrt, obwohl Amir doch gegangen ist. Er ist sogar schon seit einigen Stunden weg, oder?

Als sie vorhin vor ihrer Haustür stand und auf der Klinke ihrer Wohnungstür das gefaltete Stück Papier liegen sah, hatte sie ein ungutes Gefühl gehabt. Trotzdem war sie guter Laune gewesen, denn sie hatte gerade Benjamins Vorschlag gelesen, sich mit ihr im *Bahn Cuàn* zu treffen. Sie hatte bloß die Tür aufschließen und sich vergewissern wollen, dass es Amir gutging und er etwas zu essen hatte, ihre Tasche abstellen, die schwer war wie ein Kartoffelsack, schnell ein paar Fahrkarten und ihr Handy mitnehmen und zu ihrem Sohn gehen.

Doch schon als sie den Zettel nahm, wusste sie, dass etwas nicht stimmte. Allein der Anblick von Amirs kindlicher, bemühter Handschrift hatte genügt.

Ich kann nicht bleibe, ich geh mit meine Kumpel.
Entschuldigung und vielen Dank
Amir

Sie war nicht einmal ins Haus gegangen, um nachzuschauen, ob seine Sachen noch da waren. Im Schlafzimmer, im Bad, der Bademantel, den sie ihm gerade im Sonderangebot gekauft hatte. Sie war aus dem Haus gerannt und mit dem alten Khermissi zusammengestoßen, der gerade seinen Laden abschloss. Da er die gewalttätigen Unruhen von 1968 nie vergessen hat, greift Khermissi bei den geringsten Massenbewegungen den Ereignissen voraus und lässt das Metallgitter herunter.

Im Juni 1968 hatten sich zwei Tunesier, ein Jude und ein Muslim, um ein Kartenspiel gestritten, allerdings vor dem Hintergrund des ersten Jahrestags des Sechstagekriegs, und ihr Streit war eskaliert. Youssef Khermissi war damals neunzehn Jahre alt gewesen und gerade in Frankreich und im Viertel angekommen, bei einem Cousin seiner Mutter, die in Tunis geblieben war. Rund fünfzig Geschäfte waren verwüstet, geplündert und angezündet worden. Tunesische Muslime, die von Marokkanern und Algeriern unterstützt wurden, hatten sogar versucht, die Synagoge in der Rue Julien-Lacroix anzuzünden, während die Gläubigen im Inneren Barrikaden errichteten. Das Ereignis wurde damals so ernst genommen, dass der tunesische Botschafter Mohamed Masmouni den Rabbiner von Belleville, Emmanuel Chouchena, besuchte und zur öffentlichen Bekundung seiner Solidarität mit ihm durchs Viertel spazierte. Man stelle sich das mal vor! Jetzt bricht sich die Gewalt an jeder Straßenecke Bahn, ohne dass jemand Notiz davon nimmt.

In seinem abgehackten Französisch erklärte Khermissi Cathie, er habe Amir nicht aus dem Gebäude kommen sehen, habe aber gehört, die Migranten, die sich auf den Quais niedergelassen hatten, seien von der Polizei vertrieben worden.

«Siehst du, ich mach dicht, denn ich sag's dir, diese Geschichte führt zu nichts Gutem. Vorhin sind die jungen Leute aus der Cité Blanche auf den Platz gerannt wie Tiger, denen man den Käfig geöffnet hat!»

«Was für eine Geschichte?»

«Der Kleine, den man tot aufgefunden hat ...»

«Welcher Kleine?»

«Der Junge aus der GAB. Hast du nichts davon gehört?»

«Nein, ich bin gerade von der Arbeit nach Hause gekommen. Ich verstehe nicht: Warum haben die Polizisten die Afghanen umquartiert?»

Khermissi zuckte fatalistisch mit den Schultern: «Wer weiß? Sie vertreiben sie, und dann kommen sie wieder! So ist das eben!»

Kurzatmig bückte er sich, um das Gitterrollo einrasten zu lassen. Seine Knie machten ein Geräusch, als würde man auf Töpfen Schlagzeug spielen.

«Wann war das?»

«Gegen Mittag … vielleicht früher. Ich war nicht da. Du solltest auch besser nach Hause gehen.»

«Gegen Mittag …»

Ein Krampf der Verzweiflung schnürte Cathie den Magen zu. Sie war nicht einverstanden, dass Amir ging, dass er einfach auszog, um mit seinen *Kumpeln* abzuhauen. Überhaupt nicht einverstanden. Sie hatte sich immer gefragt, wie er damit zurechtkam, dass er seine Leidensgenossen zurückgelassen hatte. Machte er sich Gedanken um ihr Schicksal? Hatte er manchmal Schuldgefühle, wenn er auf dem Weg zur Schule über die Brücke ging? Einmal hatte sie ihn danach gefragt, und Amir, wie immer zurückhaltend und entgegenkommend, hatte ihr einfach nur geantwortet: «Ist okay, kein Problem.» Cathie hatte ihm geglaubt und schon Zukunftsszenarien entworfen. Sie stellte sich vor, dass sie in Paris bleiben würde, bis Amir seine Papiere und sein Abitur in der Tasche hätte, und sie sich dann ein Haus am Meer suchen und ihre Tage mit Blick auf den Horizont verbringen würde. Aber die wahre Antwort lag zerknüllt in ihrer Tasche.

Was macht sie hier unter diesen Müttern, warum tut sie so, als ob sie einen Jungen hätte wie die anderen, einen kleinen Knirps aus dem Viertel, der seine Rituale und Codes und sein Vokabular hat, der gewitzt ist und schnell ausrastet? Mach die Augen auf! Wie soll er denn zurückkommen – falls Amir es bereut, dass er aus einem Impuls heraus (*gegen Mittag …*) gegangen ist –, wo es hier von bewaffneten Polizisten nur so wimmelt? Was hier passiert, diese Wut, die aus einer tiefen, von Generation zu Generation weitergegebenen Verständnislosigkeit und Demütigung kommt, ist nicht seine Geschichte, betrifft ihn nicht. Er hat sich immer gewundert, dass «hier», wie er sagte, so viele Menschen unterschiedlicher Herkunft und Hautfarbe zusammenleben, ohne sich gegenseitig umzubringen.

Während um sie herum Wut und Hass in einer Szenerie beklemmender Verwüstung aufeinanderprallen, findet Cathie endlich ein Wort für das Gefühl, das sie seit einiger Zeit heimsucht und dafür sorgt, dass sie sich so alt fühlt. Ohnmacht.

2

Die junge Assistentin mit dem wasserstoffblonden Haar schlug ihm vor, Nadia solle ihn in der Zeit, bis sein Taxi käme, schon mal abschminken, und Stéphane Jahanguir nahm das Angebot an. Die süße Nadia hat ihn vorerst allein in dem Raum gelassen, in dem es nach Lavendel und kaltem Kaffee roch – seinem eigenen, den er bei seiner Ankunft verlangt, aber aus Zeitgründen nicht hatte trinken können –, denn an der Bühne musste noch etwas geändert werden. Stéphane Jahanguir nutzt ihre Abwesenheit, um sich ein wenig Koks unter die Zunge zu reiben und sein System noch ein wenig mehr hochzufahren.

Unterdessen checkt er noch schnell seine Nachrichten, während er mit einem Auge den oben angebrachten Monitor des Senders verfolgt, über den die Bilder eines effizient organisierten Aufstands laufen, der sich allmählich auf das ganze Viertel ausweitet. Diese Welt dreht sich schnell, so schnell. Und, verdammt, wie sehr er das liebt! Heute Morgen war das Leben eine weiße Leinwand gewesen, er hatte nicht einmal mehr gewusst, wie er einen Fuß vor den anderen setzen sollte, und jetzt, jetzt hält er den Puls der Stadt in der Hand (da gibt es nichts zu meckern, Djam hat gute Arbeit geleistet, man könnte meinen, darüber habe er schon lange nachgedacht). Als die Scheiben des McDonald's in der Avenue Secrétan unter dem Gewicht der schwarz vermummten Körper nachgeben, kommt ihm plötzlich eine Idee. Ohne Scheiß, mit Musik würden diese Bilder noch tausendmal stärker rüberkommen. Das wäre sogar richtig klasse. Kein Rap, kein Hip Hop; alles viel zu stereotyp. Klassische Musik. Lyrische Musik. Mit Streichern, vielen Streichern. Vivaldi!

Er steht auf, stellt sich vor den Bildschirm. Aufgekratzt. Lebendig. Jedes Mal, wenn Stéphane Jahanguir vor Bildern der Stadtguerilla aus irgendeinem Teil der Welt steht, fühlt er sich von einer ungeheuren Kraft beseelt, spürt er eine Verbindung zu dem Teil in ihm, den es unaufhörlich nach Adrenalin, nach Rebellion, nach Wagemut und Zorn verlangt. Er hat zwar spät angefangen, aber die Freude war sofort da, und seither… seither… kann niemand, der ihn in diesen fensterlosen Raum gesperrt sieht, mit Schminke im Gesicht, ahnen, dass er sich zusammenreißt, um nicht auszubüchsen, sich dem Aufstand anzuschließen und diese Drecksbude zu Kleinholz zu hacken. Er nimmt sich sogar ziemlich heftig an die Kandare, scheiße noch mal. Was er am meisten vermisst, seit er *Bürger zweiter Klasse* verlassen hat: dieses irre Gefühl, ganz zu sein, im Gleichklang mit allem, sämtliche Überzeugungen und Emotionen direkt miteinander verdrahtet. Ein Atomreaktor. Eine Rakete kurz vorm Start. Aber es wird schon gehen *Wenn dann Rechtleitung von mir zu euch kommt – wer dann meiner Leitung folgt, die brauchen keine Furcht zu haben und sollen auch nicht traurig sein!*

Er wird durchhalten, mit beiden Beinen fest auf dem Boden stehen und seine Mission als Jäger der Finsternis erfüllen.

Etwa zwanzig SMS und Nachrichten hat er während der Sendung erhalten, aber keine einzige von Chalhoub, diesem Arschloch. Zwei von Mada Soucko, die hat er erst gar nicht geöffnet. Eine Handvoll Freunde und Bekannte beglückwünschen ihn zu seinem Beitrag, ermuntern ihn, unterstützen ihn. Sieben Audionachrichten, darunter drei von unbekannten Nummern. Wer weiß, vielleicht hat dieses Arschloch ja eine neue Nummer …

… Die erste: Ein Europe-1-Journalist, der ihn einlädt, in der Morgensendung um 7:30 Uhr aufzutreten. Sehr gut! Er wird ihn vom Taxi aus zurückrufen.

Nächste Nachricht. «Guten Tag, Monsieur Sharif, hier spricht Nils Polonia.» Na so was! Nils Polonia! Dieser dickliche Emporkömmling mit dem verweichlichten Puppengesicht und dem pompösen Titel eines Stellvertretenden Bürgermeisters von Paris, zuständig für Fragen der Sicherheit, Stadtpolitik und Integration! Stéphane Jahanguir war drei- oder viermal auf Fernsehbühnen oder bei Demonstrationen mit ihm aneinandergeraten, wobei es um eine Gruppe von Schülern ging, die von einem Collège im 11. Arrondissement – dem Arrondissement, in dem Polonia gewählter Abgeordneter der Grünen ist – in den Hungerstreik getreten waren, nachdem der Schulleiter sich geweigert hatte, ihnen die Möglichkeit zu geben, statt in die Kantine zu gehen, auf dem Schulhof ihre mitgebrachten Halal-Gerichte zu essen. Neben ihren tief greifenden Meinungsverschiedenheiten in gesellschaftlichen Fragen hatten Stéphane Jahanguir und Nils Polonia eine Gemeinsamkeit entdeckt, eine einzige: ihre wechselseitige Abneigung. «… In Absprache mit der Bürgermeisterin» (armes, abhängiges Schaf, denkt sich Stéphane Jahanguir) «würden wir mit Ihnen gern in Bälde einen Termin vereinbaren. Angesichts der aktuellen Lage» (mit anderen Worten: der bevorstehenden Wahlen, die ihnen einen apokalyptischen Schrecken einjagen), «hieße das natürlich: je früher, je besser. Sie können mich gern zurückrufen, ich hoffe …»

Stéphane Jahanguir übertönt Polonias gestresst klingende Stimme mit einem schallenden Lachen, das vor Energie nur so strotzt. Er stellt es sich bildlich vor, das Mondgesicht dieses humorlosen Polonia in der eilig einberufenen Krisensitzung im Rathaus – in der der ganze Mitarbeiterstab auf die sozialen Medien starrt, um die berühmte *Situation* zu verfolgen, um die sie sich bis dato nicht geschert hatten –, als die Entscheidung fiel, «Sharif, den Friedensstifter», zu rufen. «Nils, kümmere du dich bitte darum», befiehlt die Bürgermeisterin, wahrscheinlich in eines ihrer unförmigen Kostüme gezwängt. «Warum ich?» «Weil du der verdammte Stellvertreter für Sicherheit und Integration bist! Und wenn du genau hinsiehst, ist dieser Zirkus deine Sache!» Was für ein herrlicher Spaß! Er wird Polonia schmoren lassen. Ihn morgen früh in aller Seelenruhe anrufen. Im Rathaus denken sie sowieso nur noch darüber nach, wie sie ihn auf ihre Seite ziehen können, um ihn dann, wenn es daran geht, die lahme Bilanz in Sachen Sicherheit, Integration, soziale Brennpunkte und Einwanderung zu präsentieren, im richtigen Moment als Alibi vorzuschieben. Während er den kalten Kaffee hinunterkippt, damit das Kokain länger wirkt, spielt der Anrufbeantworter die dritte Nachricht ab. Ein Typ, zu dem er vor ein paar Tagen über Le Bon Coin Kontakt aufgenommen hatte, weil er ihm für seinen ältesten Sohn ein 24-Zoll-Fahrrad abkaufen wollte. Keine Verbindung zu Chalhoub.

Die Tür öffnet sich. Stéphane Jahanguir steckt sein Handy weg. Nadia stürmt herein, auf ihrer Brust hängt die an einer Kette befestigte Brille. Gefolgt von einem Mann, offensichtlich einem der nächsten Redner.

Der Mann ist etwa sechzig Jahre alt und trägt ein kariertes Hemd und einen Pullover mit V-Ausschnitt über seinem wohlgenährten

Oberkörper. Sein aufgedunsenes Gesicht erinnert Stéphane Jahanguir an gekochten Kohl.

«Es tut mir leid», sagt Nadia zu ihm. «Die Techniker mussten noch etwas einstellen, das hat ewig gedauert. Kennen Sie sich?»

Stéphane Jahanguir hat nicht einmal Zeit, zu antworten, als der Kerl ihm schon bis auf zwei Zentimeter auf die Pelle gerückt ist, mit ausgestreckter Hand und dem süffisanten Lächeln eines alten Routiniers des republikanischen Lebens:

«Nein, wir sind uns noch nie begegnet. Sie sind …?»

«Sharif.»

«Freut mich sehr.»

Sein Händedruck ist stark genug, um Holz zu Spänen zu zermalmen. Er hält es aber nicht für nötig, sich vorzustellen, denn er zweifelt keine Sekunde, dass er Stéphane Jahanguir bekannt ist.

«Soll ich mich hierhinsetzen, Nadia?»

«Ja, nur zu!»

Wieder geht die Tür auf: die wasserstoffblonde Assistentin.

«Ihr Taxi ist gekommen», ruft sie Stéphane Jahanguir zu, der sich immer noch nicht gesetzt hat. «Kannst du ihn schnell abschminken, Nadia, bevor du Monsieur Servan schminkst?»

«Danke, das braucht es gar nicht», sagt Stéphane Jahanguir, der es kaum erwarten kann, diesen Zoo zu verlassen, sich nach Troja zu begeben, das gerade niedergebrannt und geplündert wird, und dort seine Mission zu erfüllen. «Ich nehme mir nur ein paar Tücher mit …»

«Ja, natürlich.»

Nadia reicht ihm mehr Tücher, als für die Entfernung seines Make-ups nötig sind. Im selben Moment ertönt der schrille Klingelton seines Handys. Noch vor dem Blick aufs Display ahnt er, dass er es ist. Wieso? Warum? Diese Fragen verweisen auf die Geheimnisse, die hin und wieder die Dunkelheit in uns durchbrechen, damit wir nicht vergessen, dass wir ohne jeden Zweifel größer sind und stärker miteinander verbunden, als wir glauben. Sie können es «Intuition» nennen, wenn es Sie beruhigt, aber für Stéphane Jahanguir sind es Splitter des Unsichtbaren, das Gott uns schauen lässt, um uns zu belohnen. Als er nach zwei Klingeltönen auf das Display schaut – Pierre CHALHOUB –, wackelt die Erdachse.

Es waren wohl schon einige Sekunden vergangen, denn die Assistentin klingt allmählich recht ungeduldig:

«Also dann, kommen Sie jetzt, Monsieur Sharif?»

Elektrisiert von den Trompeten des Triumphes, die in seinem Kopf erschallen, drückt Stéphane Jahanguir Sharif den Anruf weg, dann blickt er auf, ein unkontrollierbares Lächeln auf den Lippen:

«Ich komme (er wendet sich zu Nadia und Gekochter Kohl um). Auf Wiedersehen …»

«Nehmen Sie nicht den Weg durch das 11.», sagt Rémy Servan, in sein Handy vertieft. «Offenbar brennt dort ein Mietshaus, ein Teil des Viertels ist gesperrt.»

3

Weder nach Verlassen des Raumes noch am späteren Abend wird Stéphane Jahanguir sich für das brennende Mietshaus interessieren. Jede Stunde werden Dutzende von Menschen ihr Hab und Gut oder ihr Leben verlieren, er aber wird Tausende Kilometer entfernt sein, mitten im Kampf gegen die Finsternis. Alles, was ihn an der Geschichte vom «Gebäudebrand im 11. Arrondissement» interessiert, ist die Tatsache, dass die starke Mobilisierung von Polizei und Feuerwehr dafür sorgt, dass der Aufstand die Grenzen des 10., 19. und 20. Arrondissements schnell überschreitet und auf das 21. und 22. überspringt. Was, mathematisch betrachtet, seiner

Mission noch mehr Gewicht verleihen und ihn selbst noch unentbehrlicher machen wird.

Nie wird Djam ihm erzählen, was geschehen ist. Weder ihm noch sonst jemandem. Stéphane Jahanguir war ohnehin keine Sekunde lang daran interessiert gewesen, Rache an der Polizistin zu nehmen. Djam hat sehr gut verstanden, dass das ein kleines Extra war, das er und seine Brüder sich gönnen durften, als Belohnung dafür, dass sie die Lunte gelegt und die Feindseligkeiten ausgelöst hatten. Eine Art Bonus, eine dritte Halbzeit.

Wie dem auch sei, augenblicklich hat jeder seine eigenen Sorgen, ehe man sich im Morgengrauen ein letztes Mal zum gemeinsamen Gebet trifft. Während Stéphane Jahanguir Sharif auf dem Rücksitz des Taxis, das ihn zur Place du Colonel-Fabien bringt, jenes Machtgefühl empfindet, das dieser schleimige Mogul Chalhoub elf Kilometer weiter östlich in jeder Minute seines Arschlochdaseins empfunden haben dürfte, wartet Djamalhedin Osamane, genannt Djam, auf dem Bürgersteig der Rue Saint-Maur, ohne Kapuze und Handschuhe, im Schatten einer erstarrten und verängstigten Menschenmenge, die dem prometheischen Kampf der Feuerwehrleute gegen die Flammen zusieht. Doch vor seinem unergründlichen Blick läuft schon seit Stunden ein ganz anderer Film. Eine lange Rückblende, die ihn auf den Moment zurückwirft, in dem ihm klar wurde, dass das Mädchen zu seinen Füßen nicht die Polizistin war.

Die aufgeschlagenen Medizinbücher auf dem Tisch, die Aufnahmen vor der medizinischen Fakultät Pierre-et-Marie-Curie, der Studentenausweis im Geldbeutel: Melina Szicek, zweites Studienjahr.

Sie hatten ihre ganze Kraft mobilisiert, überzeugt, Asya Baydar vor sich zu haben, eine dreckige Bullenschlampe, die hartnäckig Widerstand leisten, sie provozieren und ihnen die Waffe vor die Nase halten wird. Vorhin, als er ihr Gesicht in seiner Hand zerquetscht und ihren Schädel gegen die Wand geschlagen hatte, rechnete er damit, dass sie ihm die Knie in die Eier rammt, dann mit ihrem Ellbogen seine Wirbelsäule zertrümmert und seinen Kiefer zerschmettert. Er hatte von einer Schlägerei im Stil von *Fast and Furious* geträumt, schnell und brutal, aus der er, Soda und Tax, sichtlich angeschlagen, aber siegreich hervorgehen würde. Eine von Rec gefilmte Schlägerei, die er sich reinziehen würde, wenn er in der Falle lag, und die er zum Spaß seinen Bros schicken könnte. Irgendwann hat er vage Recs Stimme gehört, aber im Kopf war er zu weit weg, um ihr Gestammel zu verstehen. Als er sich umdrehte, schwitzend, außer sich, war Rec nicht mehr da und die Haustür stand einen Spalt weit offen. Soda hatte weiter auf das Mädchen eingedroschen, dabei bewegte sie sich nicht einmal mehr. Tax hatte sein Messer an einem Geschirrtuch abgewischt.

Die aufgeschlagenen Medizinbücher auf dem Tisch. Das Foto einer Gruppe in weißen Kitteln auf dem Bildschirmschoner des Computers.

Plötzlich hatte der Boden unter seinen Füßen zu schwanken begonnen. Djam richtete seinen Blick langsam und ungläubig auf den geschundenen Leib, der unter Sodas Schlägen zuckte. Das Gesicht war verwüstet, unkenntlich. Das Fleisch war tot, das war offensichtlich. Aber ihr langes, hellbraunes Haar glänzte immer noch im gelben Licht der Deckenlampe. Djam wusste nicht, wie die Polizistin aussah, aber das war sie nicht. Camilles dumpfe Stimme, die immer wieder denselben Satz schrie, löste sich aus einer fernen Region seines Gehirns und mischte sich mit seiner Fassungslosigkeit. Sie war es nicht, nein, sie war es nicht.

Er war wütend auf sich selbst, weil er sich geirrt hatte. Er hätte nicht blind vertrauen dürfen, hätte sich erst vergewissern müssen. Er war wütend auf Soda, diesen Geisteskranken, der wie eine Eiterbeule an ihm klebte und sich nie im Griff hatte.

LASS SIE ENDLICH LOS, DU ARSCHLOCH! DAS IST SIE NICHT!

Seine Stimme hatte die Wände zum Wackeln gebracht.

Soda war erstarrt, mit der wütenden Miene eines Idioten, der nicht gerne gescholten wird. Jemand machte sich bemerkbar, irgendwo auf der anderen Seite der Wand. *TockTockTockTockTock*. Die sind wirklich empfindlich in diesem Haus, aber ehrlich, hatte Djam gedacht, während er Soda anstarrte, der wiederum ihn anstarrte. Bei ihm zu Hause musste mindestens die Decke einstürzen, damit die Leute Alarm schlugen.

«Was weißt du schon?», erwiderte Soda und spuckte den Rauch des Joints aus, den er sich gerade angezündet hatte.

«Ich weiß es, du Arschloch!»

«Nenn mich nicht Arschloch!»

«Dann lass es gut sein!»

«Wo ist Rec?», hatte Tax ausgestoßen, plötzlich nicht mehr mit dem Gesicht eines auf Krawall gebürsteten Teenagers, sondern dem, das er damals als Zweijähriger machte, wenn seine Mutter ihn in der Krippe ablieferte.

In der lastenden Stille, die seiner Frage folgte, erkannte Djam ein weiteres Bruchstück der Realität, fiel ein weiterer Lichtstrahl auf den Schlamassel, in dem er steckte.

Rec.

Er hatte sich zu dem offenen Türspalt umgedreht, weil er glaubte, einen Schatten zu sehen, der sich losriss und die Treppe hinunterlief. Hatte sie jemand überrascht oder war seine Fantasie mit ihm durchgegangen? Seine Kiefer fingen an zu mahlen, er versuchte, sich aus dem Treibsand seiner Paranoia zu befreien und auf das zu konzentrieren, was wirklich schlimm war. Rec und der Film. Zu diesem Zeitpunkt könnte sie ebenso gut auf der Polizeiwache sein, den Bullen ihr Meisterwerk zeigen und sie verpfeifen.

«Ich will nicht im Knast enden», hatte Tax in panischem Ton gesagt.

Er war noch keine siebzehn und zu demselben Schluss gekommen wie er selbst. Was bedeutete, dass es gut möglich war, dass Rec sie verpfiff.

«Niemand wird in den Knast kommen, so 'n Quatsch! Echt jetzt, du redest dir zu viel ein, Mann», hatte Soda ihn zurechtgewiesen und dabei gelächelt wie der Bandenchef der Trinitarios aus den Bronx.

Djam hatte die Zähne zusammengebissen.

«Verdammt, diese Kakerlake vermasselt uns alles!»

«Bleibt hier, ich schnappe sie mir, die Schlampe. Die weiß genau, wenn sie uns verrät, dann lass ich sie ihre Mutter fressen!»

«Und wenn die Bullen auftauchen?»

«Jetzt mal ganz gechillt, Tax. Die tauchen nich auf, okay?» (Zu Soda:) «Bin gleich wieder da, du kümmerst dich um Tax!»

«Die ist hin», sagte Soda und schob den blutigen Körper des Mädchens mit der Spitze seiner Nikes von sich weg.

«Und?»

«Was machen wir damit?»

Djam musste sich zurückhalten, um ihn nicht an die Wand zu knallen und ihm sein degeneriertes Maul zu stopfen.

«Ihr wartet, bis ich zurück bin!»

«Ah ja ...»

Das war weder eine Frage noch eine Bestätigung. Nur ein freches, in eine schräge Grimasse gepacktes Frotzeln.

«Jo!»

Noch während Djam die Treppe hinunterrannte, rief er Camille an. Tausendfach wurden Klingeltöne ins Leere geschickt, bevor sie ins Nichts fielen. Das war fast schon eine Kriegserklärung, aber wirklich!

Er wollte gerade die Rue Saint-Maur überqueren, innerlich wie eine durchlöcherte Regentonne, als Tax ihn rief. Er drehte sich verärgert um.

«Scheiße, was machst du hier?»

«Soda meint, ich könnt zurück in meinen Bau, kann ich? Ich versprech dir, ich halt die Klappe. Alles versprech ich dir, wenn ich den Mund aufmach, bin ich eh am Arsch.»

Djam musterte ihn. Tax hechelte wie ein Hund.

«In Ordnung, hau schon ab! Wir treffen uns dort. Sag mal, Rec wohnt doch über der Apotheke, oder?»

Sie überquerten die Straße.

«Ja schon. Aber ihr Alter, der wohnt am Kanal. Ich such sie für dich!»

«Gar nichts machst du! Hast du 'n Ticket für die Metro?»

«Brauch ich nich.»

«Doch. Jetzt schon. Brauchst dich nicht auch noch erwischen lassen. Hier, kauf dir eins und mach die Fliege (er hatte ihm einen Fünf-Euro-Schein hingestreckt). Und direkt nach Hause, klar? Direkt!»

Tax nickte gehorsam.

Djam blieb auf dem Bürgersteig stehen und blickte ihm nach, wie er sich Richtung Metrostation trollte. Er hätte ihn begleiten, mit ihm die Metro nehmen können, aber er musste nachdenken, sich die Beine vertreten und den Kopf frei bekommen. Er holte sein Handy raus, um auf die Uhr zu schauen. 22:15 Uhr. Als er es wieder in die Tasche steckte, zerriss eine gewaltige Explosion auf der anderen Straßenseite ihm schier das Trommelfell. Die Erde wankte schon.

4

Vor ihm eine Reihe von Schaulustigen. Auf der anderen Seite des Bürgersteigs, von Staub bedeckt, benommen, verletzt, im Pyjama, barfuß, flüchteten Menschen, denen die Feuerwehr zu Hilfe eilte, aus den umliegenden Gebäuden. Jetzt steht das Wohnhaus des Mädchens vollständig in Flammen. Aus dem Inneren dringen erstickte Schreie. Wer nah genug dran ist, hört verzweifelte «Holt-uns-hier-raus»-Schreie.

Djam versucht, sich vorzustellen, was der Pyromane in der Wohnung im fünften Stock abgezogen haben könnte. Soda hatte wohl den Gashahn aufgedreht, in aller Ruhe seinen Joint zu Ende geraucht und dann die Kippe in die Luft geworfen. Wahrscheinlich hatte er ihr noch beim Landen zugesehen und gedacht, er hätte genug Zeit, zu fliehen. Und Bumm! Eine so wuchtige Explosion kann nur von Gas kommen. Außerdem wird das um ihn herum gemunkelt. Wenn es stimmt, wird Soda aus der Nummer nicht mehr rauskommen, Djam weiß das, und doch bleibt er stehen und lauert auf die Rückkehr seiner streichholzdürren Gestalt.

Er hätte ihn niemals allein lassen dürfen, erst recht nicht nach Sodas Frage: «Die ist hin. Was machen wir damit?» Wenn Soda eine Frage stellt, dann heißt das, dass es in seiner verrückten Birne mächtig zu arbeiten beginnt. Und wenn Soda etwas beschäftigt, wenn sich in dem Atomkraftwerk, das ihm als Hirn dient, erst einmal etwas verklemmt hat, werden seine Nerven elektrisiert und er stürmt los, bereit, sich ins Leere zu stürzen. Vor einem Jahr hatte er bei einer Schlägerei mit der Cité Blanche, weil er überzeugt war, die Jungs hätten ihm eine Falle gestellt, mit einem Baseballschläger sämtliche Erdgeschossfenster eingeschlagen, wovon sein Galliergesicht eine ekelhafte Narbe zurückbehielt. Djam hatte schon gewusst, was er tat, als er ihn gebeten hatte, die Molotowcocktails auf den Einsatzwagen der Bullen zu werfen.

Trotzdem hat Soda Tax nach Hause geschickt, um ihn zu schützen und ihm eine sinnlose Angst zu ersparen, und alles getan, was nötig war, um sie zu schützen. Das war das Werk eines Geisteskranken, eines Radikalen, zur Feier seiner achtzehn Jahre hier so ein Feuerwerk zu veranstalten … Aber getan hat er es! Dabei hätte er selbst die Verantwortung übernehmen müssen, schließlich hatte er die Adresse der Polizistin herausgefunden, sie in diese Sackgasse geführt, Rec gebeten, sie zu filmen … Er hätte am Ball bleiben, sich was einfallen lassen müssen, um sie aus dem Schlamassel herauszuholen, oder aber allein untergehen, statt sich einfach zu verpissen. Mit dem Niederbrennen dieses Mietshauses hat der arrogante Idiot ihm für den Rest seines Lebens sein durchgeknalltes Lächeln in den Schädel gebrannt. Eine ewige Botschaft, über die Djam nun nachdenken kann, soviel er möchte. *Du hältst dich für einen Scheiß Boss, Djam, du mit deinem Gott und deinen Gewissheiten, dabei bist du als Freund nur der volle Blindgänger, ein gottverdammter Feigling!* Du bist so feige, dass du nicht mal ins Haus gerannt bist, nicht mal die Treppen hoch, um zu versuchen, ihn zu retten. Tja, Rec darf ihn ruhig verraten, einen Gefallen würde sie ihm damit tun! Es sei denn, Allah hat Erbarmen mit ihm und schickt ihm den Tod …

In der Wohnung nebenan beginnt eine Frau mit einem Kind auf dem Arm zu schreien. «Vielleicht ist sie gerade aufgewacht», meint jemand, der neben Djam steht.

«Meinst du?»

«Wahrscheinlich hat sie Medikamente eingeworfen.»

… Doch das sofortige Zeichen der Rettung, das Djam sich von Ihm erwartet, wird er heute Abend genauso wenig erhalten wie all die anderen Male, die er zu Allah gebetet hat. Bald wird sich eine

Stunde auf die andere setzen, aber es wird keine Strafe kommen, die ihn vom Gestank seiner Schuld befreit. Er muss allein da durch, wie immer. Allein mit dem gequälten Gesicht der verstörten Frau, die sich an die Uniform des Polizisten klammert, als er ihr den Zugang zum abgesperrten Bereich verwehrt. *Lassen Sie mich durch   meine Tochter ist da drin.   Bitte   Meine Melina, meine Melina*

Er wird den Ort kurz vor Sonnenaufgang verlassen, bevor die Feuerwehrleute sich nach der endgültigen Löschung des Brandes daranmachen, die unter Steinblöcken und Schutt begrabenen Leichen zu bergen. Er wird ihnen den Rücken kehren, wird die herzzerreißende Stimme dieser Mutter, *ihrer* Mutter, in den Tiefen seiner Seele mit sich nehmen, er, der die eigene Mutter nie gekannt hatte. Während all der Stunden, die er auf diesem Stückchen Bürgersteig stand, mitten unter den Bewohnern des 21. Arrondissements, diesen Weißbroten der oberen Mittelschicht, die er für dumme Spießer hält, für seine Feinde, hatte ihn ein seltsames, noch nie gekanntes Gefühl heimgesucht. Ein Gefühl von Normalität. Und zeitweise, blitzartig und überraschend, ein Gefühl von Zugehörigkeit. Nur wenige Meter von ihm entfernt standen Polizisten in beeindruckender Zahl, und keiner von ihnen hatte sich auf ihn gestürzt, um seine Personalien zu kontrollieren. Ist das möglich? Ist es möglich, dass auf der einen Seite Polizisten stehen und auf der anderen Seite Djam, und dass zwischen ihnen nichts passiert, kein Schlagabtausch, weder verbal noch körperlich noch sonst irgendwie? Ist es möglich, dass er nicht direkt erkannt und aus der Gemeinschaft der Menschen herausgegriffen wird, um abgesondert und wie ein tollwütiger Hund behandelt zu werden? Dabei war es das einzige Mal, das einzige Mal in den einundzwanzig Jahren seines Lebens auf diesem Fleckchen französischer Erde, nach Hunderten Kontrollen, Durchsuchungen und Polizeigewahrsamen, dass er es verdient hätte, an die Wand gestellt, verhaftet, verhört, erschossen zu werden.

Später, als die Nacht zu zerfasern beginnt, werden ihm fliehende Männer und Frauen begegnen, verängstigt, mit tränenüberströmten Gesichtern und Beklemmung in der Brust. Einige werden taumeln und zusammenbrechen. Andere werden stehen bleiben, einen Hustenanfall bekommen. «Nicht da lang, nicht da lang!» «Die halten voll drauf!» Er sollte vielleicht auch wegrennen, vor dem Tränengas fliehen, das sich in den engen Straßen rasend schnell ausbreiten wird, vor den Flash-Balls, doch dazu wird er keine Lust haben. Er wird keinen Sinn darin sehen. Denn in einem bestimmten Moment, einem, den er nicht genau festlegen kann, wurde er dort, vor dem Feuer, zu einem Geist. Zu einer abstrakten Form mit einem riesigen Loch in der Mitte. Der Rest, alles, was er einmal war, die einschüchternde, wilde Masse, das Raubtier, der Jäger, der große Beschützerbruder, der treue Freund, der loyale Schüler, der wilde Teenager, der verzweifelte Waisenjunge, das alles wurde von den Flammen erfasst und ist in Rauch aufgegangen.

Aber in den darauffolgenden Stunden wird niemand ihn irgendwo sehen, weil niemand genug auf ihn achtet. Weder der überforderte, überdrehte Stéphane Jahanguir, der ihn immerhin angerufen hatte, um ihn zu bitten, ins Büro von *Bürger zweiter Klasse* zu kommen, und mit dem er einen Moment verbracht hatte, den er unter anderen Umständen als ebenso berauschend wie brüderlich empfunden hätte, die Komplizenschaft zweier Kämpfer, zweier Soldaten, die vor Allah knien, und in einer einzigen Bewegung gemeinsam beten, im belebenden Licht des neuen Tages; auch Ludovic nicht, Sodas älterer Bruder, den er gegen 7:30 Uhr morgens wiedersehen sollte, während ein eisiger Sprühregen über der Stadt niedergeht. Ludovic irrt benommen und mit zottigem Bart durch die Ruinen seiner Werkstatt in der Avenue Claude-Vellefaux. Er wird ihm in ruhigem

Ton und mit gewählten Worten erklären, es werde gemunkelt, Soda befinde sich in dem in Schutt und Asche gelegten Gebäude in der Rue Saint-Maur.

«Was?! Was hat er da gemacht? In was hat er sich da wieder reingeritten?»

«Keinen Schimmer. Hat man mir nur erzählt.»

«Wer? Wer hat dir das erzählt?»

«Typen, die in der Ecke wohnen, kennst du nicht. Ein Bro von denen hat in einer der Wohnungen gedealt. Mehr weiß ich nich.»

«Weswegen bist du eigentlich gekommen, was willst du mir genau sagen?»

Selbst als Ludovic seine Stimme erhebt, wird Djam seine Haltung nicht ändern, denn er weiß genau, welche Last der Große Bruder bald wird tragen müssen: die Krankenhäuser durchtelefonieren, die Leiche seines Brüderchens finden, hinfahren, ihn identifizieren und dann der Mutter mitteilen, dass ihr jüngster Sohn, der nicht zu bändigende Enzo Fontaine, genannt Soda, letzte Nacht gestorben ist, während die ganze Familie dachte, er sei bei den Krawallen, plündere Läden und mache sich einen Riesenspaß draus.

«Um dir zu sagen, was ich dir gerade gesagt habe, Ludo.»

«Und die haben ihn in dem Gebäude gesehen, diese Arschlöcher?»

«Ja ... Er war bei ihrem Kumpel.»

«Und du, woher kennst du die?»

«Weiß nicht mehr ... Kenn sie halt.»

«Und wo ist er jetzt? In der Klinik?»

«Nein, glaub ich nicht.»

«Wo denn dann, Scheiße noch mal, WO DENN DANN?»

Bevor Djam antwortet, wird er tief Luft holen, lang genug, um sich noch einmal zu sagen, dass ein Geist, was auch geschehen mag, dazu verurteilt ist, zu verschwinden.

5

Clément Merx liegt auf dem kalten Boden und versucht, die Augen zu öffnen, aber nur das linke gehorcht ihm. Das rechte Auge durchzuckt ein quälender Schmerz, als wollte es seinen Körper verlassen. Über ihm ist ein großes Chaos. Stimmen huschen in alle Richtungen. *Aus dem Weg Aus dem Weg.*

Schatten wuseln umher. Neblig. Verschwommen. *Ach du meine Güte Schau nicht hin sein Gesicht* Ihm muss etwas Schlimmes passiert sein, sonst würde er nicht auf dem Boden liegen, sondern wäre bei seinen Kollegen. Irgendwann hatte ein CRS-Mann mit einem Sturmgewehr zu ihm gesagt, er habe keinen Schutz und solle lieber vorsichtig sein. Er hatte nicht gleich reagiert, hatte weiter zu helfen versucht. Erst als er einen Automotor in ihre Richtung fliegen sah, hatte er es geschnallt. Dann hatte er gar nichts mehr geschnallt, eine ganze Weile lang. Gefangen im Krieg. Warum? Wie hatte das angefangen? Er weiß es nicht mehr. Er weiß nur noch, dass er vor langer Zeit einmal auf einer Bank saß.

Unter ihm ist es nass, sogar sein Atem kommt nass heraus. Er würde gern aufstehen, ins Trockene gehen, aber er kann nicht. Er weiß nicht mehr, wie das geht, aufstehen. Er hat die Kontrolle verloren. Eine Gestalt taucht auf, direkt über ihm, dann wird sie nach hinten weggezogen. *Lasst mich los Scheiße lasst mich los* Jemand schreit. Klammert sich an ihn. Eine Stimme in Panik: *Scheiße, der stirbt! Wenn ihr den so liegen lasst, dann stirbt der!* Von wem reden die? Merx ist sich nicht sicher, dass er gemeint ist.

Die Gestalt erscheint wieder. Kommt näher. Wird zu einem Gesicht. Kommt noch näher. Auf diese Entfernung ist es perfekt, kann er die Gesichtszüge erkennen, eingerahmt von einer schwarzen

Mütze. Der Blick ähnelt dem seiner Mutter, damals, wenn er mit blutenden Knien nach Hause kam, weil er vom Fahrrad gefallen war. Sie sagt, sie ist Corky. Merx kapiert es offenbar nicht, denn sie wiederholt es noch einmal.

Corky   Er erinnert sich vage, dass er gekommen war, um sie zu treffen   in einem Café

Nach und nach rasen Dutzende von Bildfragmenten auf ihn zu   Sam   Der Kanal Saint-Martin   Dalloz' breiter Oberkörper   Eine Straßenlaterne   Zelte   Ein Junge ohne Schuhe   Sirenen   Aber er weiß nicht, wie er sie einfangen soll, um ihnen einen Sinn zu geben. Was genau ist passiert? Weiß Corky es? Gern würde er ihr diese Frage stellen. Nur ist das nicht möglich. Es kommt ihm so vor, als wären seine Lippen nicht mehr da. Er starrt auf die von Corky, die sich unaufhörlich bewegen *Tut mir leid Tut mir leid,* um zu sehen, wie das geht.

Die Nacht fällt auf sein Gesicht. Er ist gezwungen, sein linkes Auge zusammenzukneifen, um weiter einen Lichtstreifen zu erkennen. Er ist nicht dumm, er weiß, dass dieses Gesicht das Letzte ist, was er auf dieser Erde sehen wird. An der Stimme erkennt er, dass es ein Mädchen ist.

Ein Mädchen.

Er versucht, mit ihr zu sprechen. Ihr zu sagen, dass er geglaubt hatte, sie sei ein Junge, ein sensibler und orientierungsloser Teenager. Aber Corky ist nicht mehr da.

Oder er.

6

Die Feuerwehrleute haben sie weggescheucht, sie und alle anderen, und ihn dann abgeschirmt. Jetzt, vorbei an den effizienten Bewegungen, dem Körpereinsatz, den Armen, die sich mühen, den letzten Rest Atem in ihm festzuhalten, starrt Camille auf das zertrümmerte Gesicht des Jungen Bullen, als könnte sie ihn allein mit dem Blick an der Oberfläche halten. Jetzt wissen nur noch er und sie, dass sie @Corky ist.

Sie hat den Geruch seines Blutes in der Nase. Seinen Blutgeruch und den des Mädchens aus der Wohnung. Es riecht nach rostigem Eisen. Sie würde sich gerne bewegen, und sei es nur, um nicht mehr zu zittern, aber sie kann nicht. Sie hat Angst, verrückt zu werden, wenn sie sich bewegt. Oder in tausend Teile zu zerspringen. Zu explodieren.

Als sie aus der Wohnung ging, war die junge Frau noch nicht tot, er aber wird bald sterben. Hier vor ihren Augen. Der Junge Bulle wird sterben. Derselbe, den sie tagtäglich am frühen Morgen beobachtet hatte, wie er mit sicherem Gang und den Händen in den Taschen seiner Uniformhose auf dem Quai de Jemmapes ankam, in Begleitung seiner beiden Kollegen. Er wird sterben. Die Hälfte seines Gehirns wurde zu Brei geschlagen, wie sollte es anders sein?

7

Merx spürt einen anhaltenden Druck auf seiner Brust. Es hat keinen Sinn, ich bin erledigt, Leute, ich bin erledigt, schreit eine Stimme in dem, was von seinem Schädel noch übrig ist.

8

Wäre ihre Zunge nicht völlig taub von dem Schock, würde Camille ihnen sagen, sie sollten ihn in Ruhe lassen und ihr am besten Platz machen, damit sie zu ihm gehen und seine Hand halten kann. Vielleicht stand es irgendwo in der Sternenkonfiguration dieser Nacht, dieser Nacht der Katastrophen und Schmerzen, geschrieben, dass sie die erste Jahreszeit ihres Lebens hier, vor dem demolierten Café des Dames, beenden würde. Dass sie ihre Jugend für immer neben den ausgebluteten Körper des Jungen Bullen legen und sie mit ihm davonfliegen lassen würde.

Wäre sie, statt auf dem Gehsteig gegenüber dem Polizeirevier in der Rue Louis-Blanc ins Zögern zu geraten, hineingegangen, um Djam und Soda, dieses Arschloch, anzuzeigen; wäre die Angst, die Polizisten könnten ihr Handy durchsuchen, auf das Video von heute Morgen stoßen und herausfinden, dass sie in Wirklichkeit @Corky ist, nicht stärker gewesen als der Hass, den sie für diese beiden Bekloppten empfindet; hätte die Angst, in die Mühlen der Justiz zu geraten, sie nicht in der Kälte zurückgehalten; wäre sie sich nicht sicher gewesen, dass Djam auch nach seiner Verhaftung und selbst hinter Gittern einen Weg finden würde, sie oder ihre Familie zu attackieren; wäre sie nicht wegen der vorstürmenden Menge und der blendenden Tränengasdämpfe gezwungen gewesen, die Place du Colonel-Fabien, Schauplatz eines irrsinnigen Krieges, zu meiden, und dann auf dieser Seite des Boulevards gelandet, hätte sie niemals seine Polizeimütze auf dem Boden liegen sehen, dann seine Blutspuren und dann seinen Körper. Sie war gerade zur rechten Zeit gekommen, um neben ihm niederzuknien und ihn um Verzeihung zu bitten. Ein lächerlicher Trost im Vergleich zu dem unermesslichen Grauen, in dem sie zu versinken droht, aber real genug, um ihn in ihr inneres Gefängnis mitzunehmen, in dem sie sich bald einsperren wird, ein Grauen, das sie auszehren wird bis aufs Mark, während sie sich sagt, dass sie vielleicht doch nicht nur ein Monster ist.

Stiefelknallen erschüttert den Asphalt. Irgendwo zerbricht ein schwerer Gegenstand. Camille sieht einen winzigen Glassplitter auf die leblose Hand des jungen Polizisten fallen, der nichts spürt. Jetzt zittert sie nicht mehr, jetzt schlottert sie. Einzelne Stücke von ihr brechen im Inneren ihres Körpers auseinander.

Sie hört deutlich ihre Mutter nach ihr rufen. Diese angsterstickte Stimme, die sie noch aus der Kindheit kennt, wenn Camille sich hinter den Büschen des Square Juliette-Dodu versteckte, um ihr einen Streich zu spielen. Trotz der ohrenbetäubenden Lärmschichten, die sich über alles legen, übertönt ihre Stimme alles und dringt zu ihr durch. Camille findet ihren Einsatz unglaublich und würde ihr gern helfen. Würde sie gern suchen, zu ihr hinlaufen, es zulassen, dass sie sie in die Arme nimmt, sie drückt, um sich selbst zu beruhigen, um keine Angst mehr zu haben, ja, das ist sie, ihre Tochter, sie steht, ist unversehrt, lebendig. Oh Cam, mein Schätzchen!

Aber sie will den Jungen Bullen nicht aus den Augen lassen. Wie heißt er? Vielleicht kann sie noch näher an ihn herankommen und ihm die Frage stellen. Das rechte Auge ist noch halb geöffnet, aber seine Haut ist seltsam durchscheinend geworden.

«Das hat keinen Sinn, hör auf, dich zu quälen», sagt ein Feuerwehrmann zu seinem Kollegen, der neben dem Jungen Bullen kniet und energisch eine Herzdruckmassage durchführt. «Hör auf, sage ich dir. Hör auf!»

9

«Warum bringst du ihn hier rein, Dalloz hatte mir versprochen, dass ich allein sein würde?»

«Dalloz ist nicht da und wir sind überlastet», knurrt ihr Kollege Jibril Mocana, genannt Moka, und schiebt einen vorläufig Festgenommenen in Sams Zelle. «Mach dich drauf gefasst, da kommen noch mehr.»

«Aber ... Warte ... Warum?»

«Weil da draußen die Hölle los ist und wir nicht mehr wissen, wohin mit ihnen. Willst du wissen, warum es draußen kracht?»

In Mokas harten Augen blitzen unterschwellige Signale auf, die Sam nicht richtig einordnen kann. In ihr ist so viel Nebel, so viel Schmerz, Angst, Demütigung und Einsamkeit, seit so vielen Stunden schon, dass es ihr so vorkommt, als erwache sie aus dem Koma. Moka senkt den Blick und schließt die Gittertür. Er wirkt gereizt, gehetzt, als hätte er hier keine Zeit zu verlieren. Der Typ in der Nachbarzelle, der alle zehn Minuten eine ganze Litanei an Beleidigungen loslässt, brüllt wieder los. Jemand schreit, er solle die Klappe halten. Plötzlich erhebt sich ein Wutgebrüll.

«Hey da, Bulle, ich will Wasser!»

«Das trifft sich schlecht, uns wurde das Wasser abgestellt», entgegnet Moka und lässt seine Halswirbel knacken.

Nein, sie kann Moka nicht gehen lassen, nicht ohne mit ihm gesprochen zu haben. Nur eine Minute. Sam merkt, dass er sauer auf sie ist, dabei hat er ihr vorhin, als sie mit den beiden Beamten von der Dienstaufsicht durch den Gang ging, zugelächelt. Nichts Demonstratives, nur als kleines Zeichen eines guten Kameraden, der sich sorgt, der solidarisch ist.

Ihre eiskalten Finger streifen die von Moka.

«Was veranstaltet ihr denn da, kennt ihr euch etwa?», fragt eine Stimme aus der Dunkelheit.

Ertappt, zieht Sam sofort ihre Hand zurück. Dreht sich um.

Der Mann, der gerade ihre Zelle betreten hat, steht zwei Schritte hinter ihr. Das schummrige Neonlicht erhellt nur schwach sein galliges Gesicht. Er starrt sie an. Zwischen zwanzig und dreißig, kurzes, dünnes Haar, eine frische Wunde am Kinn, ein schwarzes Sweatshirt mit dem Bild der Band KoЯn.

Violette Spuren am Hals erklären seine gepresste Stimme. Die Polizei muss ihm wohl den Kehlkopf gequetscht haben, wahrscheinlich hat er einen auf kleiner Klugscheißer gemacht und sie provoziert.

Draußen ist die Hölle los.

Schließlich versteht sie. Unruhen, ja, Unruhen ...

«Du bist Polizistin, was?»

Sie antwortet nicht. Der Gefangene in Verwahrungshaft wendet sich an Moka.

«Ist sie ein Bulle? He, ich rede mit dir, du Idiot!»

Moka wirft ihm einen schnellen Blick zu, ist aber schon auf dem Weg zum Ausgang.

Obwohl sie schon so viele Jahre in dem verheerenden Irrsinn dieser Stadt zugebracht hat, spürt Sam, wie die Angst ihr immer fester die Kehle zuschnürt. Dieser Typ verhält sich, als wären die Rollen vertauscht worden. Vielleicht sind sie das ja? Vielleicht sind sie schon an diesem Punkt angelangt? Sie senkt den Kopf, um ihr Gesicht zu verbergen. Dann geht sie ruhig die drei Schritte zur anderen Seite der Zelle und versucht, die Panik zu unterdrücken, die in ihrem Bauch rumort.

Aber das war nicht genug.

Im Hirn des Mannes beginnt es bereits, zu arbeiten.

«Mit kommt's so vor, als hätt ich dich schon mal wo geseh'n. Hab ich dich wo geseh'n?»

Sam kann nicht entscheiden, ob er blufft oder es ehrlich meint. Sie ist zu sehr von ihrer Angst getrieben, um sich konzentrieren zu können. Sie presst ihre Nase an die Wand, der Geruch von Pissegestank hebt ihr den Magen.

«Antwortest du mir jetzt mal?»

«Nein, glaub nicht», sagt sie aus der tiefen Leere heraus, in der sie immer mehr versinkt.

«Aber ja doch! Ich find's raus ... Glaub mir, ich find's raus!»

Sam hat keinen Zweifel daran, dass er draufkommen wird. Er hat noch ein paar Stunden Zeit, um sich daran zu erinnern, wo er das Gesicht der Scheiß-Bullenschlampe-die-eine-Leiche-tritt gesehen hat, und einen Plan zu schmieden, wie er sie fertigmachen kann, wenn er erst einmal draußen ist.

IX
DER TAG DANACH

1

An diesem Februarmorgen, sagt sich Benjamin Grossmann, geht das Licht nicht wie seit Langem auf der anderen Seite des Atlantiks, in Los Angeles, auf, sondern genau hier, im Wohnzimmer von Cathies Appartement, fällt es in das Fenster, das auf den Hinterhof hinausgeht, in dem ein kalter, hartnäckiger Regen auf die PVC-Rohre prasselt. Ein Zinklicht ohne Sonne, ohne Wärme. Nur eine weitere Information in dem Nachrichtenstrudel, der in genau dieser Minute auf dem Planeten zirkuliert und doch nur von der Banalität der Welt erzählt, und sonst nicht viel mehr. Nichts als vorgefertigte Reden, Wahlversprechen, Inflation, steigende Benzinpreise, Tod eines Prominenten, Ergebnisse eines Fußballspiels, der letzte Tweet des US-Präsidenten.

Aus der Küche unten schallt das Radio herauf, in dem der Sender France Info läuft. Dasselbe Radio wie vor zehn Jahren, wie vor zwanzig Jahren, ein kleines tragbares Gerät von Philips mit AAA-Batterien, die alle sechs Monate gewechselt werden müssen, und das Cathie auf einem Jahrmarkt in Belgien gewonnen hatte, nachdem sie mit einem Gewehr ein Dutzend Luftballons abgeschossen hatte, die hinter einem Drahtgeflecht umherwirbelten. Die Opferbilanz eines Brandes in einem sechsstöckigen Mietshaus im elften Arrondissement von Paris, wahrscheinlich verursacht durch ein Gasleck, war bedauerlicherweise auf sieben gestiegen. Die Polizeipräfektur hat vor wenigen Minuten die Zahlen für die Nacht der Gewalt im Osten von Paris bekannt gegeben. Zum aktuellen Zeitpunkt sind vier Tote zu beklagen, darunter zwei Polizisten, sowie 123 Verletzte. Die Auseinandersetzungen gehen weiter, vor allem vor den Toren der Hauptstadt, in Pantin und Bagnolet, wo Vorstadtbanden mit Eisenstangen, Baseballschlägern und angeblich sogar Schusswaffen die Randalierer unterstützen.

Die Stirn an das beschlagene Fenster gepresst, mit nassen Haaren und den Händen in den Taschen seiner Jeans von Zadig & Voltaire, bemerkt Benjamin, dass man schon nicht mehr über Issa Zeitouni spricht. Er ist wie eine überreife Frucht vom Baum der Medienberichterstattung gefallen. Nein, die Gegenwart existiert nicht mehr, und das ist nicht nur für ihn so. Nur der Augenblick zählt, alles andere ist bedeutungslos. Das heißt, dass Sie nie erfahren werden, was in der Nacht von Mittwoch auf Donnerstag in der Rue Albert-Camus und anschließend in der Gegend um den Quai de Jemmapes geschehen ist, es besteht allenfalls die Möglichkeit, dass sich in vier oder fünf Jahren eine Fernsehsendung, die über Kriminalfälle berichtet, für diese Geschichte interessiert und eine dieser in gruselige Musik verpackten Ermittlungs-Dokus produziert. Was nicht sehr wahrscheinlich ist, denn das Ereignis war doch recht unspektakulär.

Irgendetwas an dieser Tatsache bedrückt Benjamin und macht ihn noch mehr fertig. Er fühlt sich seltsam hilflos und verloren, als hätte man ihn am Straßenrand vergessen. Alle schauen weg, während er wie von einem komplexen Gefühl gelähmt dasteht, das sein erschöpfter Verstand nicht mehr recht durchdringt. Um es loszuwerden, müsste er selbst die Tür zu einem Polizeirevier aufstoßen und die Konsequenzen tragen. Niemand wird kommen, um ihn aus dieser Misere zu befreien. Niemand. Wenn er es tut, ob er nun schuldig ist oder nicht, fällt sein Leben in die Hände der Justiz und er ist erledigt. BeCurrent, ein auf sein Image bedachtes Unternehmen, wird ihn nicht mehr haben wollen. Und in diesem Metier, in dem jeder jeden kennt, wird niemand das Risiko eingehen, einen Menschen einzustellen, der von dem amerikanischen Riesen als Altlast fallen gelassen wurde.

Vorhin, als es ihm gelungen war, halb betrunken und trotz der vom Rauch brennender Autoreifen gereizten Augen mit niemandem zusammenzustoßen und Cathies Wohnhaus zu erreichen, stand im Eingang plötzlich Chloé wie die Inkarnation von Lewis Carrolls Roter Königin vor ihm. Mit einer Zigarette in der Hand und ängstlichem Blick hatte sie ihn eine Stunde lang mit ihrer Geschichte über die Abrechnung zwischen der Cité Rouge und der Cité Grange-aux-Belles das Ohr abgekaut. Von Thomas Sefériadis über Chloé bis hin zu den Experten, die in den Nachrichtensendern zu Wort kamen, hielten alle diese Hypothese immer noch für stichhaltig. Beweise? Wer braucht die schon, wenn sich Todesfälle durch Vergeltungsmaßnahmen im Laufe der Jahre immer mehr häufen? In regelmäßigen Abständen nickend, um Chloé das Gefühl zu geben, er höre ihr zu, fragte er sich wieder einmal: Wenn alle das glauben, warum noch daran zweifeln?

Am Wochenende wird er nach Dublin fahren, seine neuen Mitarbeiter treffen und die große Wohnung in der Nähe der Grafton Street besichtigen, die der Makler für sie geblockt hatte, mit einem kleinen Büro für Ariane und einem Schlafzimmer mit Verbindungstür zum Kinderzimmer. In etwa zehn Tagen werden sie dort wahrscheinlich einziehen, damit er weiter eine Flut von Geschichten in Produktion bringen kann, mit komplizierten Charakteren, mit denen er fortan Ähnlichkeit haben wird. Doppelzüngige Wesen, Antihelden, Menschen, die von einer unklaren Angst oder einem Geheimnis gequält werden, aber dennoch jeden Tag in gebügelten Anzügen die Parodie der Realität spielen. Nur dass er keine Filmfigur ist … Sein Vater hatte ihm einmal gesagt – während einer jener episodischen Nüchternheitsphasen, in denen er ihm geschwind die Finessen des Daseins erklärt hatte –, dass laut einem deutschen Philosophen, einem gewissen Adorno, die Menschen am Ende ihren Namen ähnlich werden. «Schau dir die Brüder Lumière an. Du heißt Lumière, und zack, schon hast du das Kino erfunden! Wer kann das glauben? Und weißt du, was Grossmann bedeutet? Na, weißt du's? Es bedeutet großer Mann! Mal sehen, wie es dir gelingt, ein großer Mann zu werden, kleiner Mann.» *Ich rutsche gerade aus. Obwohl ich mich festhalte und meine einzige Illusion dieser Regentropfen ist, der sich an die Scheibe klammert … rutsche ich.*

Gestern Abend hatte sich der Taxifahrer geweigert, ihn weiter als bis zur Place de la Bastille zu fahren. Ein brennendes Mietshaus, das geht ja gerade noch, aber wenn die Unruhen schon bis zum Boulevard Magenta und der Place de la République gehen, nein danke! Benjamin nutzte die Gelegenheit, um zu einer kleinen Bar in einer dunklen Sackgasse im 11. Arrondissement zu laufen, die er schon als Zwanzigjähriger besucht hatte, als es dort noch Wodka für 2 Euro und ein LCD-Sound-System gab. Die Bar ist heute ein vegetarisches Thai-Restaurant, mit einer Holztheke anstelle der Tische. Dann hatte er sich hundert Meter weiter, begleitet von beißendem Shit-Geruch, der schwerelos in der Luft hing, schnell in eine andere Bar geflüchtet.

Eine lauwarme Halbe in der Hand, mit einer Pobacke auf einen Kunstlederhocker gestützt, hörte er mit halbem Ohr zu, wie ein Kerl in seinen Fünfzigern, der nach Junkfood und Alkohol stank, dem Barkeeper mit einem lauten, wütenden Lachen erzählte, wie er vor zwei Jahren von einer Geschäftsreise zurückgekommen war und seine Frau mit einem anderen erwischt hatte. Im Taxi hatte Benjamin eine SMS von Ariane erhalten. Sie hatte beschlossen, wegen der Unruhen bei ihrer Freundin Jeanne Bertold zu übernachten, in der Nähe des Zoos von Vincennes. «Ich will kein Risiko eingehen», hatte sie noch hinzugefügt. Er musste sich fortan mit Arianes fundamentalem Bedürfnis arrangieren, bei jeder Entscheidung zu zeigen, dass ihr vor allem das Wohlergehen des Babys am Herzen lag. Das Baby, dieses arme Dummerchen, schwebte derzeit in aller Seelenruhe in seiner tragbaren Fruchtblase und wartete darauf, sie zum Platzen zu bringen und seine Füßchen auf unser heruntergekommenes, durchs All driftendes Raumschiff zu setzen. Benjamin war also allein auf der Welt und hätte gern sein Leben hier beendet, hinter diesem Tresen, in einer Verzweiflungsgemeinschaft mit anderen Männern.

... Dann hatte die Bar zugemacht und er hatte wieder draußen gestanden, noch lebendig, wenn auch wahrscheinlich etwas weniger als vor dem Betreten der Bar. Auf dem Bürgersteig, warum, weiß er nicht, hatte er den Typen gefragt, ob er in Paris auch schon Silbermöwen gehört habe. Der Typ hatte den Kopf hin und her gewiegt, die glasigen Augen ins Leere gerichtet, dann war er gegangen.

Cathie war zu Hause gewesen, als er gegen halb sechs Uhr morgens dort angekommen war. Sie war sogar noch angezogen, trug Jeans und Hemd und hatte dunkle Augenringe. Er war überrascht, als sie ohne ein Wort auf ihn zuging und ihn in die Arme nahm, diese langen, festen Arme einer ehemaligen Handballspielerin. Zum ersten Mal seit langer Zeit, vielleicht seit seiner Hochzeit, hatte er sie an seine Brust gedrückt und beim Berühren ihres Körpers, der vertraut nach ihrem Parfüm roch und geschrumpft zu sein schien, einen Schock verspürt. Obwohl er mindestens zehn Zentimeter größer als sie war, lehnte den Kopf an ihre Schulter. Eine Sekunde später legte Cathie ihre Hand in seinen Nacken, bevor sie flüsterte: «Er ist weg. Amir ist weg.» Ein unerwartetes Schluchzen schwoll in Benjamins Kehle. Um zu verhindern, dass es aus ihm herausbrach, drückte er seine Mutter noch mehr, klammerte sich an sie. Aber der Druck von Cathies Hand in seinem Nacken gab ihm das seltsame Gefühl, dass sie es war, die sich an ihn klammerte. Irgendwo auf dem Boulevard ging eine Sirene los. Plötzlich riss Cathie sich von ihm los, wechselte das Thema, als wolle sie der Versuchung entgehen, in Selbstmitleid auszubrechen. «Bist du zu Fuß hier? Ich habe gehört, dass sie die Linie 11 gesperrt haben.» Er nickte. «Geh duschen, ich bringe dir frische Handtücher.»

Wieder kam sie seinem Wunsch zuvor, und er ging darauf ein.

2

Als Xiang Hu Liu auf der Höhe des Waschsalons der Kroaten auf dem Boulevard de la Villette ankam, erstarrte er, als habe ihn der Blitz getroffen.

Der Lastwagen, den er am Vortag in einer Ladezone an der Ecke der Rue Sambre et Meuse vor der beleuchteten Fassade eines Restaurants geparkt hatte, liegt hinter einem Haufen verbrannter Reifen. Ein Wrack, das umgestürzt auf der Straße liegt, ausgeweidet, verkohlt. Seit über einer halben Stunde läuft Xiang Hu Liu, trunken vor Verzweiflung, durch das Viertel, rennt im Zickzack zwischen den Trümmern, den umgestürzten Autos, den zerstörten Wartehäuschen, den Einsatzwagen der Sicherheitskräfte, den lauernden Jugendbanden umher, mitten durch die Scharmützel. Er hat sich sogar gefragt, ob er vielleicht verrückt geworden ist, ob er diese Ladezone nur geträumt hat.

Er hätte nie auf Mei hören sollen, die ihn gestern Abend noch ausgelacht hatte, als er hinausgehen wollte, um nach dem Lkw zu sehen. «Die werden doch niemals deinen Lkw attackieren, du Quatschkopf, das Einzige, was passieren wird, ist, dass du getötet wirst! Glaubst du denn, die werden dich verschonen?» Sie hat recht, ihn einen Quatschkopf zu schimpfen, denn letztlich ist er ja einer! Ein Nichtsnutz, ein Waschlappen, der sich weichkochen lässt von einer Frau, die so faul ist, dass sie nicht einmal arbeiten gehen kann. Wie soll er jetzt Peifeng Yu vor die Augen treten und ihm erklären, dass der Lastwagen in Rauch aufgegangen ist? Jetzt, da der Mistkerl seine 1500 Euro eingesteckt hat, wird er nicht zögern, ihn zur Schnecke zu machen, ihm das Rückgrat zu brechen, ihn bis ans Ende seiner Tage dafür blechen zu lassen.

3

Das Geräusch von Cathies Schritten, die die wenigen Stufen zwischen Küche und Wohnzimmer hinaufsteigt, und der holzige Kaffeegeruch zwingen Benjamin, die Stirn vom Fenster zu lösen.

«Regnet es immer noch?»

«Ja, aber es hat etwas nachgelassen», sagt er mit einer vom Schlafmangel belegten Stimme.

«Hörst du das? Die machen weiter da draußen, ich glaube, sie plündern gerade den Lidl (tiefer Seufzer der Verärgerung). Aber ich sag dir, wenn sie das Restaurant unten zerlegen, mit den ständig leckenden Mülltonnen, dann weine ich keine Träne.»

Benjamin setzt sich zu ihr an den Tisch, an dem Cathie ihm Jahr für Jahr, auf seine ausgewogene Ernährung achtend, beim Essen zugesehen hat. Als er am Lichtschalter vorbeikommt, streckt er den Arm aus, um das Deckenlicht einzuschalten, besinnt sich dann aber eines Besseren. Er hat keine Lust, das melancholische, bläuliche Gegenlicht zu zerstören, das sich im Raum ausbreitet und die Konturen von Cathies Gestalt verschwimmen lässt, deren Hände auf dem Siebstempel der Kaffeepresse ruhen. In den oberen Stockwerken knallt eine Tür. Jemand rennt die Treppe hinunter. Jemand geht aus dem Haus, um sein Leben zu leben, um vielleicht joggen zu gehen ... Was wird er Ken Altman antworten, wenn er sich meldet? *Soll das ein Witz sein? Zwei Tage hintereinander, ohne sich auf RunMind einzuloggen ... Er wird sich melden!*

Sein Herz krampft sich zusammen. Er schließt einen Moment die Augen.

«Komm, setz dich.»

Als er sie wieder öffnet, schaut Cathie ihn liebevoll an.

«Müde?» Er nickt, obwohl er dieses Wort hasst. Und noch mehr hasst er es, zuzugeben, dass auch er müde sein kann. Es ist eine so einfache Ausrede geworden! Kein Gespräch mehr ohne ein «ich bin müde» – und seine nervtötenden Varianten, «ich bin kaputt», «ich bin alle», «ich kann nicht mehr» –, auf das man mit einem dümmlichen Lächeln und Mitleidsbekundungen reagieren muss. Während er den Stuhl zurückzieht, stellt er, mehr aus Stolz als um Cathies willen, klar, dass seine Müdigkeit nur vorübergehend ist, dass sie sich in ein paar Milligramm Koffein auflösen lässt, doch dann bemerkt er, dass am äußersten Tischrand an einem mexikanischen Schlüsselanhänger in Form eines Totenkopfs sein Wohnungstürschlüssel liegt.

«Du kannst ihn wieder mitnehmen, wenn du willst», sagt Cathie, während sie ihm einschenkt.

Überrumpelt, schüttelt Benjamin den Kopf.

«Du weißt ja gar nicht, was los ist, vielleicht kommt er ja zurück.»

«Der kommt nicht zurück.»

Cathie verbirgt ihre Verwirrung, indem sie entschlossenen Schrittes um den Tisch herumgeht, um den Schlüssel zu nehmen und ihn Benjamin zu reichen. «Da.» Es klingt fast wie ein Befehl, so sehr spannt sie ihre Muskeln an, um sich nicht von ihren Gefühlen überwältigen zu lassen. Wahrscheinlich hofft sie, dass er, indem er diesen Schlüssel nimmt, indem er diesem Tausch zustimmt, die traurige Gewissheit bestätigt, dass Amir nicht mehr zurückkommt. Aber Benjamin kann es nicht. Er kann nicht einmal seinen Arm bewegen, so unerträglich erscheint ihm die Situation. Würde er ihn an sich nehmen und in seine Tasche stecken – dabei ist Amir doch wegen ihm gegangen, ja wegen ihm –, würde dieser Moment zu einem Tumor werden, den er nie wieder losbekäme.

Cathie ihrerseits hatte durchaus eine scharfe Bemerkung ihres Sohnes erwartet, eine Zurechtweisung, einen Vorwurf, zumindest etwas Triumphierenderes als diesen verlegenen Blick, der sie daran erinnerte, wie sie am Mittwochabend auseinandergegangen waren. Aber egal. Um der Sache schnell ein Ende zu machen, legt sie den Schlüssel neben sich und setzt sich wieder.

«Niemand merkt, wie verstört diese Kinder sind», sagt sie und schenkt sich dabei einen Kaffee ein. «Sie wurden alle im Krieg geboren, aber das ist nicht alles, ihre Eltern nämlich auch. Bürgerkrieg, Invasionen, sie haben nichts anderes erlebt. Zerstörung und Tod, in Endlosschleife. Und da verlangen wir, dass sie reagieren wie wir! Dass sie denken wie wir! Dass sie sich integrieren! All die Fußballer, die Rapper, die wir ihnen als Integrationsvorbilder vorhalten, inwiefern haben die sich denn integriert, mal von der Kohle abgesehen?» (Sie stockt und schluckt ihre Verärgerung hinunter.) «Ich konnte nicht immer ahnen, was in seinem Kopf vor sich geht, weißt du, was er fühlt, was er in der nächsten Viertelstunde tun wird. Vielleicht ist er ja längst in England.»

«Er wollte nach England?»

«Nein. Aber man weiß ja nie. Er hat mir erzählt, dass irgendwelche Typen aus dem Ausland, die von der Polizei geschickt werden, an manchen Abenden die Ausreisewilligen holen und über Nacht nach Calais bringen. Soweit ich weiß, kontrollieren die Zollbeamten in diesen Nächten die Lastwagen nicht, damit sie über die Grenze kommen. Ich nehme an, auf diese Weise können sie Paris ganz diskret leer räumen, sie loswerden ...»

Benjamin nickt nur und weiß nicht so recht, was er sagen soll. Cathies Sorgen gehen ihn schon so lange nichts mehr an, dass er ihr nicht einmal irgendeine Plattitüde erwidern kann. Ein Konvoi von Einsatzwagen rast über den Boulevard. Der schreckliche Blaulichtsirenenton rüttelt an den Fenstern, zwingt zur Stille. Benjamin nutzt die Gelegenheit, um einen kurzen Blick auf seine Uhr zu werfen. Viertel nach sieben. Wenn Benjamin seine Rede noch einmal durchlesen und sich auf das Treffen mit den Produzenten vorbereiten will, muss er in einer Stunde im Büro sein. Er hat absolut keine Zeit mehr, nach Hause zu fahren und sich umzuziehen, aber seine Kleidung stinkt säuerlich nach Bar und nach Rauch. Am besten würde er mit dem Motorradtaxi von hier losfahren, den Fahrer unten vor seinem Haus warten lassen, bis er sich umgezogen hatte, und dann ins Büro eilen ... Vielleicht sollte er das tun ...

«Er hat dich vorgestern gesehen ...»

Der Blick, den er Cathie zuwirft, dürfte seiner Ungläubigkeit so deutlich Ausdruck gegeben haben, dass sie sofort hinzufügt:

«Amir. Er hat dich gesehen. Vorgestern. An dem Abend, als du hier warst.»

«Ach ja? Wo denn?»

«In der Nähe der Tankstelle, Rue Grange-aux-Belles. Ich hab ihm gesagt, dass das wahrscheinlich nicht du warst, aber die Beschreibung stimmte.»

Nicht allein, dass diese Information Benjamin den Magen umdreht, auch verwirrt ihn Cathies Ton. Als befürchte sie etwas. Habe einen Verdacht. Oder liest er das nur hinein? In seinem Kopf beginnt es, zu rasen. Wenn Amir ihn gesehen hat, könnten ihn auch andere gesehen haben. Er versucht, sich zu konzentrieren, sich die

Szene noch einmal vor Augen zu führen. Wo war er? Mit wem war er dort?

«Was hat er denn da gemacht?», stößt er schließlich mit kratziger Stimme hervor.

«Er war mit einem Filmteam unterwegs, das einen Dokumentarfilm über unbegleitete Minderjährige dreht. Und du, was hast du dort gemacht?»

Ah, dieser misstrauische Ton! Sie zweifelt bereits an ihm, das ist offensichtlich. Sonst würde sie nicht so beharrlich nachfragen. Aber wie sollte sie erraten können, dass er Issa Zeitouni begegnet ist? Das ist unmöglich! Er erinnert sich vage an eine kleine Gruppe bei einem Auto neben der Tankstelle. Doch es schien niemand auf ihn geachtet zu haben. *Man muss es ihr sagen, das ist der richtige Moment, ich muss es ihr sagen!* Ihr was sagen, verdammt? Dass der Junge wieder aufgestanden und weggelaufen ist? Was soll ich ihr sagen?! *Sag es ihr trotzdem.* Aber dann wird sie ihn verlieren, wird sie auch ihn verlieren …

«Jemand hat das Benzin aus meinem Auto abgezapft … Daher bin ich schnell welches holen gegangen. Zum Glück hatte ich einen Kanister im Kofferraum. Wenigstens das hab ich bei den Dreharbeiten gelernt, dass man vorausschauend planen muss!»

Cathie kneift mit einem seltsamen Ausdruck die Augen zusammen. Da Benjamin nicht weiß, dass seine Mutter ihn vom Fenster der Nachbarwohnung aus beobachtet hat und sich sicher ist, am Arm ihres Sohnes keinen Kanister gesehen zu haben, fällt es ihm schwer, ihren Gesichtsausdruck zu deuten. Er spürt nur, dass sie ihm nicht glaubt.

Cathie bemerkt die Spannung in seinem Kiefer. Man sieht den Knochen unter der Haut. Verheimlicht er ihr etwas?

«Weißt du, ich hatte es super eilig … Ich …» (Er muss sich zusammennehmen, um nicht den Blick zu senken.) «Maman, Ariane ist schwanger. Es tut mir so leid, ich wollte es dir schon früher sagen, aber wir haben noch die erste 3-Monats-Ultraschall-Untersuchung abgewartet.»

Er fühlt sich furchtbar schäbig, moralisch so verdorben wie eine tote Ratte, aber er lächelt sie trotzdem an, mit authentischer Aufrichtigkeit. Weil er Lust darauf hat. Er kann ihr nicht die große Tafelrunde bei den Pages bieten, frische Landluft, die greifbare Freude, eine Familie zu gründen und sie mit einer anderen großen, gastfreundlichen Familie zu verbinden, aber dieses Lächeln, das wenigstens konnte er ihr schenken. In den letzten Jahren hatte er sich jedes Mal, wenn er auf Ariane gewartet hatte, nachdem sie sich mit einem Schwangerschaftstest in der Toilette eingesperrt hatte, vorgestellt, wie er es Cathie sagen würde.

«Sie ist schwanger?», fragt Cathie verwundert.

Ein unerwartetes Leuchten breitet sich auf ihrem Gesicht aus. Benjamins Kehle schnürt sich zu. Sein ganzer Körper füllt sich mit Tränen. Wie abscheulich von ihm, wie abscheulich …

«Ja, Mama, sie ist schwanger! Ich … ich werde Vater.»

«Na so was! Ich weiß nicht, was ich sagen soll, mein Schatz … Ich bin … Olala …»

Sie legt ihrem Sohn die Hand fest und zärtlich auf den Arm. *Nein, er kann es ihr nicht sagen, er wird es ihr niemals sagen können.* Er spürt seine Halsvene pochen. Ist er bereit, alles zu verlieren, alles zu zerstören, nur weil er ein metallisches Geräusch gehört hat und ein junger Bursche auf dem Boden zusammengesunken ist? Was ist mit dem, was draußen passiert, und Amir Du vergisst schnell, finde ich?, zischt die entsetzliche Ungewissheit in seinem Schädel.

Er unterdrückt ein Schluchzen, fühlt die Wärme der Hand seiner Mutter bis in seine Schulter ausstrahlen. Ihm fällt auf, dass sie jetzt mehr braune Flecken auf der Haut hat.

«Bist du glücklich?»

«Ja, sehr sogar. Ich bin sehr glücklich!»

Die Absurdität dieser Antwort macht ihn fertig. Er lässt sofort einen Satz folgen, den er schon fix und fertig im Kopf hat:

«Egal ob Mädchen oder Junge, Ariane möchte es Sacha nennen. Von mir hat es ja schon den Nachnamen, daher lasse ich sie wählen.»

«Sacha Grossmann!»

«Ja, Sacha Grossmann ... Weißt du, wir werden bald weggehen ... wir ziehen nach Dublin, wegen meiner Arbeit.»

«Nach Dublin? Warum musst du nach Dublin ziehen?»

Cathies Stimme klingt überrascht, aber auch ein wenig resigniert, was ihm das Herz bricht.

«Aus vielerlei Gründen. Dort werden wir eine große Wohnung haben, du kannst uns besuchen kommen, sooft du willst ...»

Das ist einfach das Einzige, was er ihr sagen kann, und sollte Ariane damit nicht einverstanden sein, wäre ihm das auch egal.

«Natürlich werde ich kommen ...»

Benjamin erinnert sich plötzlich, dass er in seinem Handy noch das Ultraschallfoto hat, das der Gynäkologe gemacht hat. Er steht auf.

«Wo willst du hin?», fragt Cathie.

«Ich muss dir etwas zeigen!»

Er holt sein Handy aus der Tasche seines Parkas, der sechs Schritte weiter auf der Armlehne des Sofas liegt.

«Hier, schau mal!», ruft er aus und hält Cathie das Display hin. Das entfernte Geräusch einer Explosion lässt sie kurz in ihrer Bewegung stocken. Dann hellt sich Cathies besorgte Miene wieder auf und sie greift zum Handy ihres Sohnes. Sie setzt sich ihre Brille auf, neigt den Kopf zum Bildschirm. Und ist hin und weg.

Im nächsten Moment, während er noch Cathies begeisterte Fragen zu Arianes Schwangerschaft beantwortet, nimmt Benjamin sein Handy wieder in die Hand, wirft einen Blick aufs Display und schaltet den Apparat in den Stand-by-Modus. Dieser Blick wird der letzte sein, den er auf dieses Foto wirft.

Genau eine Stunde und fünfundvierzig Minuten später, als das Treffen mit den Produzenten, das er zum Großteil nur mit einem explosiven Cocktail aus Tabletten bis zum Ende durchsteht, in ein ungezwungenes Geplauder mündet, erscheint auf dem Display seines stummgeschalteten Handys eine unbekannte Nummer. Zweimal drückt er den Anruf mit steifer Hand weg und hofft, dass es nichts Wichtiges ist. Beim dritten Mal, mit rasendem Herzen, überzeugt, dass es diesmal die Polizei ist – wer sonst sollte dreimal hintereinander anrufen, ohne eine Nachricht zu hinterlassen? –, wird er sich entschuldigen, seinen Gesprächspartnern den Rücken zudrehen und drangehen:

«Hallo?»

«Ja … Guten Tag, Monsieur …»

Die Stimme hat einen undefinierbaren Akzent und klingt ängstlich. Überwältigt von diesem unguten Vorgefühl, das schlechten Nachrichten vorausgeht, wird Benjamin durch den Reaktor eilen, sich abseits auf die Terrasse setzen, durchgepustet von einem eisigen Wind, damit er den Uber-Fahrer besser hören kann, der Ariane nach Hause gebracht hat. Der Mann wird ihm erklären, dass sein Auto auf der Avenue Ledru-Rollin in eine Auseinandersetzung geraten sei. Es sei geschossen worden und die Heckscheibe sei zerbrochen. Benjamin fragt mit erstickter Stimme:

«Sie haben sie ins Krankenhaus gebracht, richtig?»

«Ja, ja … Ihr geht es gut, Monsieur … Es geht um das Baby …»

Postludium

Bleibt eine Stadt für über hundert Stunden sich selbst überlassen, ist das eine völlig irre Situation. Wir waren noch mittendrin, als ich die Verantwortlichen von BeCurrent kontaktierte, die mir ohnehin schon grünes Licht gegeben hatten.

Carlo Praz – Interview, veröffentlicht in So Film

Sie beschloss, bis ins Stadtzentrum weiterzufahren. Allein die bloße Tatsache, in diesem Bus neben einer Frau zu sitzen, die gerade ein Telefongespräch führte, verschaffte ihr wieder das gleiche Gefühl wie gestern im Badezimmer. Das Gefühl wieder aufzuleben. Nach monatelangem unbeständigen Wetter waren die Temperaturen seit dem Vortag plötzlich sprunghaft gestiegen, und die Menschen strömten ins Freie. Die Straßen waren proppenvoll, die Straßencafés überfüllt, und als sie aus dem Bus stieg, stellte sie erleichtert fest, dass sie nicht mehr die Einzige war, die eine Sonnenbrille trug. Sie war zwar nicht zum Einkaufen hergekommen, überlegte sich aber, ob sie nicht auch mal in einen dieser Läden mit den bunten Schaufensterauslagen gehen sollte, neue Kleider anfassen, sich vorstellen, wie sie einem stehen würden, sie anprobieren und sich selbst im Spiegel betrachten. Sie wusste nicht, ob sie zu einem solchen Optimismus fähig war, wahrscheinlich nicht jetzt, aber irgendwann einmal würde sie sich dazu zwingen müssen. Reflexartig drehte sie sich nach ein paar Schritten um, weil sie schauen wollte, ob jemand ihr folgte oder sie fotografierte, aber seit der Prozess vorbei war, schienen die Leute sich anderen Dingen zugewandt zu haben. In einem Monat würde es ein Jahr her sein. Bald würden die großen Ferien beginnen, andere Paare würden ihren Tag am Strand verbringen, mit Sonnenschirm und Kühl-

box, und wenn sie wieder abreisten, war vielleicht, ohne dass sie es ahnten, ihr Leben bereits zerstört. Das war nun schon das zweite Mal seit heute Morgen, dass sie an Jonas dachte. Sie sollte ihn anrufen. Sie wusste nicht einmal, wo er jetzt wohnte. Jonas' Feigheit und Schweigen waren nichts Neues, aber wenn sie schwieg, war sie nur genauso feige wie er. Lange Zeit hatte sie sich eingebildet, sie habe ihn verlassen, weil sie ihn irgendwann nicht mehr geliebt hatte. Aber jetzt weiß sie, dass es die einzige Möglichkeit war, zu vergessen. Die Vergangenheit vergessen, vergessen, was aus ihnen geworden war. Die Angst vergessen. Diese Leiche vergessen, die wie eine Mauer zwischen ihnen gestanden hatte. Sie würde ihn anrufen. Sie nahm sich ganz fest vor, es zu tun.

Benjamin Grossmann sitzt im Halbdunkel des Wohnzimmers seiner Dubliner Wohnung auf dem Boden, der vollgestellt ist mit Kartons und Möbeln, die seit zweiundzwanzig Monaten in ihren Umzugsplastikplanen rumstehen, und liest Ariane Pages Buch *Paradies* zu Ende, das er einige Stunden zuvor begonnen hatte.

Das Buch hat ihn erschüttert, umgehauen und mit Bewunderung erfüllt, sodass er wieder und wieder die letzten beiden Sätze liest: *Sie würde ihn anrufen. Sie nahm sich ganz fest vor, es zu tun*. Seine chronische Traurigkeit scheint in diesem Versprechen Trost zu finden, von dem er – vielleicht zu Unrecht – annimmt, es sei unmittelbar an ihn gerichtet. Natürlich weiß er, dass es eine Figur ist, die da spricht, eine Frau in einem frei erfundenen Roman, mit seiner eigenen Logik und seinem eigenen Kontext ... Das weiß er, verdammt noch mal! Aber einmal angenommen, er war zu einem Großteil ihr Modell für die Entwicklung des Charakters von Jonas – dessen ist er sich nun sicher –, gab es dann einen Grund, einen einzigen, dass der Jonas aus diesen Zeilen, jener Jonas, der einen Anruf verdient hat, nicht vielleicht auch er ist? Zugleich mischt sich in dieses brandgefährliche Gefühl die berechtigte Angst, dass der erbitterte, fieberhafte Kampf gegen die quälende Hoffnung, Ariane könnte sich eines Tages melden, wieder von vorne losginge. Er hatte diesen Kampf erst vor Kurzem beendet und dabei das Gefühl gehabt, einige Jahre seines Lebens dabei gelassen zu haben.

Er klappt das Buch zu. Eine lächerliche Geste, um Arianes Worte auf Distanz zu halten und wieder Fuß in der Realität zu fassen.

Er war über das Buch gestolpert, als er in diesem Jahr an einem lauen Septembersonntag an einer kleinen französischen Buchhandlung in der Dawson Street vorbeilief. Zufällig, würde er sagen, wenn er es jemals jemandem erzählen müsste. Wahrscheinlich, um nicht zu erwähnen, wie aufgewühlt er eine Stunde zuvor gewesen war, als der erste BeCurrent-Beitrag über die seit Wochen geplante Serie auf dem Bildschirm seines Handys erschien.

> BC BeCURRENT France
>
> Alles, was du vorerst über unsere neue Serie wissen musst: Paris, 5 Tage blutige Unruhen, 9.427 Festnahmen, 32 Tote, 1.749 Verletzte. Die Serie VERGELTUNG startet heute. Mach dich auf eines gefasst: Du wirst nicht abschalten können!

Und schon war er im Geiste wieder in Paris, es war wie eine Rückblende zu den dunklen Tagen, an denen die Angst durch die große Pforte in seinen Körper Einzug hielt und nie wieder daraus verschwand. Das Gespräch mit dem Fahrer auf der Terrasse des Reaktors. Der unmittelbare, schneidende Schmerz. Dann die Tränen, die Schreie, die Vorwürfe, die Streitereien. Und sehr bald darauf die Trennung. Dann weiter zu den hell erleuchteten Flughafenterminals, den Taxis, den kahlen Räumen der Wohnung. Er hatte sowohl ihr ganzes Leben und als auch sein Geheimnis in ihre Hände gegeben. Sie hätte ihn anzeigen können, hat es aber nicht getan. Stattdessen ist sie in Schweigen versunken, einem zornigen Schweigen, vollgestopft mit zahllosen noch ungesagten Sätzen, noch ausstehenden Erklärungen.

Um die Bilderflut zu stoppen, ging Benjamin aus dem Haus. Auch wenn nichts sie auslöschen konnte, weder irgendein Stoff noch irgendein Himmel – gehen half, es heilte ihn in kleinen Schritten.

Jetzt, da das violett schimmernde Licht der Abenddämmerung sich entlang der Fassade an die breiten Fenster heftet, fühlt sich Benjamin von einer Art melancholischem Schlummer übermannt. Er hatte sie beim Schreiben beobachtet, beim Schreiben dieses Buches. In dem Zimmer an der Ecke Rue Claude-Bernard, an dem Schreibtisch, den sie gemeinsam bei einem Trödler im 9. Arrondissement gekauft hatten Er war da gewesen hatte ihr Tee gekocht In all den schrecklichen Tagen, die seiner Abreise gefolgt waren, hatte er sich bemüht, alles, was geschehen war, als eine Geschichte zu betrachten, eine plausible, wahrscheinliche Erzählung, um wenigstens einen Sinn in dem zu finden, was ihnen gerade widerfuhr. Eine Geschichte, die immer auf die gleiche Weise begann: mit ihm in jener regnerischen Februarnacht, in der er zu Cathie gegangen war. Hatte er recht damit? Woher weiß man, an welcher Stelle eine Geschichte wirklich beginnt? Dieser Mann, der einsam ist in einer Stadt, in der er doch immerhin wohnt, dieser Mann, der verloren durch die bevölkerten Straßen des Stadtzentrums irrt und auf das Buch seiner Frau stößt, von der er seit fast anderthalb Jahren nichts mehr gehört hat, ist das auch ein Anfang? Immerhin haben Leopold Bloom und seine Streifzüge durch Dublin einen über tausend Seiten starken *Ulysses* hervorgebracht … Wer weiß, ob das, was wir als einen Anfang betrachten, nicht in Wahrheit der Moment ist, in dem unser Weg auf den eines anderen stößt, der Moment, in dem diese Wege sich gegenseitig durchdringen? Nur ein Augenblick, der plötzlich Bedeutung erlangt, weil er das Unerwartete in sich trägt. Doch in der Sekunde zuvor waren diese Existenzen bereits in Bewegung, voll von anderen Geschichten, auf den verschlungenen Pfaden eines anderen Glücks, anderer Dramen oder anderer Lügen wandelnd, und es sind all diese Mosaiksteine, die sich gegenüberstehen, in Kontakt miteinander treten und sich aneinander anpassen. Jedes Mal, wenn Benjamin in ein Flugzeug steigt, denkt er plötzlich an all diese Leben, die ihn umgeben und die für die Dauer des Fluges sein eigenes Leben überlagern. Würde das Flugzeug abstürzen ... Vielleicht würde dann irgendwo irgendwer eine andere *Lost*-Serie schreiben.

Carlo Praz lässt die Serie mit der Ermordung von Gabriel Rahal im Müllraum der Cité Rouge beginnen und macht Issa Zeitouni zum Schmieresteher im Hof, der seine Bros warnen sollte. Ein Anfang, der sich von dem von Benjamin unterscheidet und zwangsläufig zu einer anderen Geschichte führt. Aber ist es die Wahrheit? Praz war dem Leitgedanken der Abrechnung gefolgt, der ihn begeisterte, ihn dazu verleitete, Jason Hopper anzurufen (denn in den wenigen Minuten, in denen Benjamin Grossmann am anderen Ende des Reaktors mit der kleinen Yakuza telefonierte und sich von ihr erpressen ließ, war es dem großen Schlaumeier Praz gelungen, an Hoppers Privatnummer heranzukommen) und die Serie sofort zu unterzeichnen. Eine bitterböse Fiktion mit Paris als Arena. Ein Paris, das von Krieg überzogen wird, nachdem zwei rivalisierende Banden in einen Konflikt geraten sind. Die Handlung wahrt keinerlei Treue zur polizeilichen Ermittlung, ist jedoch so realistisch, so ergreifend und mit so viel Liebe zum Detail dargestellt, dass sie absolut authentisch wirkt. Vom Schock des ersten Bildes an wird niemand vermuten, dass sich die Ereignisse nicht so zugetragen haben, wie Praz sie erzählt.

Jawohl, vielleicht hat diese Geschichte genau dort begonnen, in diesem Müllraum … Oder auch schon vorher, mit Gabriel Rahal selbst: in der Nacht, in der er losgeschickt wurde, um den Jungen aus der anderen Bande zu töten.

Dank Praz' Recherchen vor Ort, die er neben dem Verfassen der einzelnen Folgen durchgeführt hat, erfuhr Benjamin, dass Issa Zeitouni sich vor der Cité Blanche von seinen Bros trennte und dann in die Sporthalle auf der anderen Seite des Kanals ging, in die Passage Delessert, zu einem Futsal-Spiel, das etwa anderthalb Stunden dauerte (niemand hatte herauszufinden versucht, was er dazwischen gemacht hatte, da es für alle offensichtlich war, dass er erst die Rue Albert-Camus überquert hatte und dann über die Brücke Eugène-Varlin zur Sporthalle gegangen war). Nach dem Spiel, bei dem er nicht ganz bis zum Ende geblieben war, hatte er die Sporthalle verlassen, weil er sich nicht gut gefühlt hatte. Benjamin hatte Praz mehrmals gefragt, was er mit «nicht gut gefühlt» meinte: War ihm übel gewesen? Hatte er Kopfschmerzen gehabt? Aber Praz, den diese Information nicht interessierte, hatte ihm keine genaue Antwort darauf geben können (in der Serie verlässt Issa Zeitouni nach einem Anruf seiner Freundin, der sich als Falle herausstellt, die Sporthalle). Im Gegensatz dazu spricht der Autopsiebericht, der von der Gerichtsmedizinerin Dr. Tania Ung, die Praz kennenlernen konnte, erstellt wurde, von mehreren Knochenbrüchen, von «zahlreichen Blutergüssen am Oberkörper» und einer «Wunde an der rechten Schläfe». Verletzungen, an denen Benjamin völlig unbeteiligt war.

Ach, wie hatte er sich an diese Gewissheit geklammert! Hundertmal hatte er Ariane schreiben und ihr Beweise schicken wollen, doch hin- und hergerissen zwischen widersprüchlichen Vorwegnahmen ihrer möglichen Reaktionen, hatte er es sich anders überlegt. Doch jetzt, da er sie wiedergefunden hat, jetzt, da er die letzten beiden Sätze ihres Buches gelesen hat, wird es für ihn Zeit, die Initiative zu ergreifen und Mut zu beweisen.

Plötzlich steht er auf. Krumm. Steif. Er möchte sich bewegen, den Blutkreislauf wieder in Gang bringen, seine Gedanken ordnen. Er wird sie anrufen ... Ja, er wird sie anrufen. Denn dieser gequälte Mann, der an einem Septembernachmittag vor der Schaufensterauslage einer Dubliner Buchhandlung steht, muss nicht unbedingt ein Anfang sein, oder? Es kann genauso gut ein Ende sein. Ein glückliches Ende.

Zitatnachweise

- Samuel Beckett, Der Namenlose, Frankfurt a. M., Suhrkamp Verlag 1959, Übersetzung: Elmar Tophoven.

- Sahih Muslim, Hadithnr. 4832/Kapitel 48
  Quelle: islamische-datenbank.de

- Victor Hugo, Der Glöckner von Notre-Dame, dtv klassik, München 1994, Übersetzung: Friedrich Bremer und Michaela Meßner.

- Gabriel García Márquez, Hundert Jahre Einsamkeit, FISCHER Taschenbuch, neu übersetzt von Dagmar Ploetz, Frankfurt a. M., 2019.

- Der Koran. Neu übertragen von Hartmut Bobzin, C.H.Beck, 2. Auflage, 2015.

- Romain Gary, Frühes Versprechen, Übersetzung: Giò Waeckerlin Induni, SchirmerGraf Verlag, München, 2008.

- Sallaberger, Walther: Der Tod des göttlichen Königs. Die Krise des Menschenbilds in altbabylonischer Zeit. in: Fieger, Michael (Hrsg.): Krankheit und Sterben: ein interprofessioneller Dialog. Das Alte Testament im Dialog, Bd. 6., S. 245–271, Bern [u. a.], 2012.